康节先生文集①

四库全书版足本

皇极经世书

[宋]邵　雍　著
闵兆才　编校

（上册）

华龄出版社

责任编辑:薛　治
责任印制:李未圻

图书在版编目(CIP)数据

康节先生文集.1 / (宋) 邵雍著；闵兆才编校. --北京：华龄出版社，2020.10
ISBN 978-7-5169-1742-8

Ⅰ.①康… Ⅱ.①邵… ②闵… Ⅲ.①宋诗-诗集 Ⅳ.①I222.744

中国版本图书馆CIP数据核字(2020)第175927号

书　　名:康节先生文集.1
作　　者:(宋)邵　雍　著　闵兆才　编校

出 版 人:胡福君
出版发行:华龄出版社
地　　址:北京市东城区安定门外大街甲57号　**邮　　编**:100011
电　　话:(010)58122246　**传　　真**:(010)84049572
网　　址:http://www.hualingpress.com

印　　刷:石家庄北方海德印刷有限公司
版　　次:2020年11月第1版　2020年11月第1次印刷
开　　本:710mm×1000mm　1/16　**印　　张**:64
字　　数:1271千字
定　　价:128.00元(全二册)

出版说明

邵雍（1011—1077），字尧夫。北宋著名理学家、象数学家、哲学家、诗人。自号安乐先生，祖籍河北范阳（今河北省涿州市），后移居衡漳，再迁共城（今河南省辉县市），又徙洛阳。邵雍卒于宋神宗熙宁十年，宋哲宗元祐中谥“康节”，按照《谥法》用字的特定含义，温良好乐曰“康”，能固所守曰“节”，所以追谥为“康节”。宋孝宗淳熙初从祀孔庙，追封新安伯。一介终生无职无权的布衣之士，身后能享此殊荣的，三千年来，只有邵雍一人。

邵雍曾隐居在河南辉县的苏门山百源之上，后人称为“百源先生”。屡授官不赴。与周敦颐、张载、程颢、程颐同为中国文化史上知名的北宋五大儒，亦称“北宋五子”。明代嘉靖中祀称“先儒邵子”。邵雍以讲《易》著称，为理学象数学派的创始者。

邵雍是宋代易学大师、思想家，是一位卓尔不凡的奇才！他终生奉行的人生哲学就是：讲求高尚的道德情操，探求宇宙的无穷奥秘，研究天人的离合关系，写出传世的诗赋文章。他曾表示，一生要做到“心无妄思，足无妄去，人无妄交，物无妄受”。立身处世，都要做一个品行端正、与人为善的君子。

历史上的邵雍家境清贫、生活拮据，但他从小酷爱读书、勤奋好学，闻名乡里。当时辉县县令李之才是北宋初期著名的易学家，他为邵雍的治学精神所感动，将其平生所学河图、洛书、伏羲八卦、六十四卦图，毫无保留地传授给邵雍。得到真传的邵雍更加刻苦，史书上记载他“冬不炉，夏不扇，日不再食，夜不就席枕”，经过几十年的刻苦磨砺，终于成为中国的一代易学大师。

邵雍融合儒家、道家思想，把《周易》归结为“象”和“数”，以为象数系统是最高法则，形成其象数之学（又称“先天学”），并按照自己推衍的象数解释事物的构成和变化图象，构造出宇宙发生的图象体系。认为宇宙的本源是“太极”或“道”。“太极，道之极也”，“生天地之始，太极也”。“太极一也，不动，生二，二则神也。神生数，数生象，象生器”。提倡以心来体会万物之理，即“以一心观万心，一身观万身，一物观万物，一世观万世”。世界万物均由一个总的本体“太极”演化而来，然后“一分为二”生出阴阳，“二分为四”生出日、月、星、辰四象，“四分为八”生出八卦，“八分十六”生出暑寒昼夜、雨风露雷、性情形体、飞走木草。依次分化，遂生世界万物。其象数学对于宋明理学的产生与发展有重大影响。

《周易》是中国传统文化宝库中一部十分重要的文献，为“六经之首”。在我国，对易学的研究历久不衰，尤其是在宋代，由于河图、洛书、太极图、先天图的发现，易学研究出现了一个高峰。在易学史上，宋代的主要贡献突出表现在两个方面：一是综合河洛之学与《易经》象数之学的成果，对宇宙、历史盛衰治乱的规律建立了一个完整的体系；二是将以往这门经院哲学式的科学化繁为简，化难为易，使其迅速走向民间，它的实用价值因此日益显示，日渐扩大。而完成这两大变革的代表人物便是邵雍。

南宋大儒，著名思想家、教育家、理学家朱熹曾盛赞康节先生：“天挺人豪，英迈盖世。架风鞭霆，历览无际。手探月窟，足蹑天根。闲中今古，醉里乾坤。”北宋著名思想家，“洛学”的创始人，理学体系的形成者程颢称邵雍的学术为“内圣外王之学”。北宋著名思想家程颐称赞邵雍“其心虚明，自能知之”。邵雍门生张峄总结说，先生“研精极思，三十年观天地之消长，推日月之盈缩，考阴阳之度数，察刚柔之形体。故经之以元，纪之以会，参之以运，终之以世。又断自唐虞，迄于五代，本诸天道，质以人事，兴废治乱，靡所不载。其辞约，其义广，其书著，其旨隐。于是乎美矣！至矣！天下之能事毕矣！”

我们广泛搜集、整理，将邵雍的著作汇编成《康节先生文集》，以飨读者。

《皇极经世书》导读

邵雍在《安乐窝中四长吟》中写道：

安乐窝中快活人，闲来四物幸相亲，
一编诗逸收花月，一部书严惊鬼神。
一炷香清冲宇泰，一樽酒美湛天真。
太平自庆何多也，唯愿君王寿万春。

诗中“四物”即是编写《伊川击壤集》、焚香、饮酒和撰写《皇极经世书》。他对《皇极经世书》的自我评价是“一部书严惊鬼神”。

秦汉以来，对于《周易》的继承，大体有两大学派，一派是讲究义理，以汉代王弼、宋代胡瑗、程颢、程颐为代表；另一派则注重象数，以京房、焦赣、陈抟和邵雍为代表。邵雍将《周易》的象数思维发展到极高程度，形成一整套象数推演的逻辑方法，开了中国式的数理逻辑的先河。他以“先天图”为基础，即“河图、洛书、伏羲八卦、六十四卦”图象为根基，构建其庞大的先天象数学体系。邵雍在其长篇巨制，集易数之大成的《皇极经世书》中，就是以其特有的象数推衍古往今来的兴废治乱，得失邪正，阐释天地万物的生成变化的。

根据邵雍诗作“书《皇极经世》后”和“《经世吟》”的诗意，《皇极经世书》中的“皇”指伏羲或三皇，皇极经世当指用三皇所立之法则来观察和推测人类历史的变化以御世。

《皇极经世书》体系庞大，包括了宇宙起源论、自然观、历史观以及社会政治理论等等。其主旨是认为宇宙间一切都有数，以象数系统为最高法则，以为一切事物都是依其所推衍之象数而构成和发生变化的。为了论证此主旨，提出了许多图式，进行了烦琐的阐说。

《皇极经世书》中涉及了许多天文、历法、舆地、律吕声音和数学知识，邵雍依据象数法则对人类社会和宇宙起源变化过程的具体推算，实属他的独创。

《四库全书总目》：“《皇极经世书》，盖即所谓物理之学也。其书以元经会，以会经运，以运经世。起于尧帝甲辰，至后周显德六年己未。凡兴亡治乱之迹，皆以象推之。”

下面就全书内容作简单介绍。

观物篇一，即是“以元经会一”。

从日甲一、月子一、星甲一、辰子一，到星癸三十、辰亥三百六十止，以元经会一，共经历10800年，也就是邵雍推算的从太极混元之初起到天地生成之时，为整个大宇宙的子时，卦象为䷗复。

观物篇二，即是“以元经会二”。

从日甲一、月丑二、星甲三十一、辰子三百六十一到星癸六十、辰亥七百二十，又经历10800年，共经历21600年，此时相当于大宇宙的丑时，为地球生成之际，卦象为临䷒。

观物篇三，即是“以元经会三”。

从日甲一、月寅三、星甲六十一、辰子七百二十一到星癸九十、辰亥一千八十。又经10800年，共经历32400年，此时相当于大宇宙的寅时，犹如一天的早晨，万物生成，按照邵雍的推算，人类也是产生于此时的中期，卦象为泰䷊。

观物篇四，即是“以元经会四”。

从日甲一、月卯四、星甲九十一、辰子一千八十一到星癸一百二十、辰亥一千四百四十，自32400年起又经历10800年，共经历43200年。此时地球上万物滋生，但是人类尚处于幼弱阶段，卦象为大壮䷡。

观物篇五，即是“以元经会五”。

从日甲一、月辰五、星甲一百二十一、辰子一千四百四十一到星癸一百五十、辰亥一千八百。人类自43200年起又经历10800年，共经历54000年，此时，地球上的人类日渐壮大，卦象为夬䷪。

观物篇六，即是“以元经会六”。

从日甲一、月巳六、星甲一百五十一、辰子一千八百一到星癸一百八十、辰亥二千一百六十。

人类自54000年起又经历10800年，共经64800年，此时，为虞舜在位三十九年，卦象为乾䷀。

观物篇七，即是“以元经会七”。

从日甲一、月午七、星甲一百八十一、辰子二千一百六十一起到星癸二百十、辰亥二千五百二十止，人类自64800年起又经历10800年，共经历75600年，卦象为姤䷫。

观物篇八，即是“以元经会八”。

从日甲一、月未八、星甲二百十一、辰子二千五百二十一到星癸二百四十、辰亥二千八百八十。人类自75600年起又经历10800年，共经历86400年，即天地生成第86400年，即至元之第八会止，如日之过午，卦象为遁䷠。

观物篇九，即是“以元经会九”。

从日甲一、月申九、星甲二百四十一、辰子二千八百八十一到星癸二百七十、辰亥三千二百四十。人类自86400年起又经历10800年，共经历97200年，即至97200年止，卦象为否䷋。

观物篇十，即是“以元经会十”。

从日甲一、月酉十、星甲二百七十一、辰子三千二百四十一到星癸三百、辰亥三千六百。人类自97200年起又经历10800年，共经历108000年，即至108000年止，此际卦象为观䷓。

观物篇十一，即是“以元经会十一”。

从日甲一、月戌十一、星甲三百一、辰子三千六百一到星癸三百三十、辰亥三千九百六十。人类自108000年起又经历10800年，共经历118800年，即至118800年止，此际卦象为剥䷖。

观物篇十二，即是“以元经会十二”。

从日甲一、月亥十二、星甲三百三十一、辰子三千九百六十一到星癸三百六十、辰亥四千三百二十。人类自118800年起又经历10800年，共经历129600年，即至129600年止，此时卦象为坤䷁。

观物篇十三，即是“以会经运一”。

从日之甲一、月之寅三、星之己第七十六运，亦即天地生成之第27360年，人类诞生之始计起，此为“开物”之时，至月之巳六、星之壬第一百七十九止，共有24400年之久，虽有人类，无迹可考，故只列星辰经运表。

观物篇十四，即是“以会经运二”。

从日之甲一、月之巳六、星之癸一百八十、辰之子二千一百四十九，到辰之亥二千一百六十止，即第64470年，始逐年记事，止于大禹即位第八年，即第64830年。公历为公元前2217年。

观物篇十五，即是“以会经运三”。

从日之甲一、月之午七、星之甲一百八十一、辰之子二千一百六十一，到辰之亥二千一百七十二，经历360年，为夏朝时代之年表。公历为公元前1857年。

观物篇十六，即是“以会经运四”。

从日之甲一、月之未八、星之乙一百八十二、辰之子二千一百七十三，止于辰之亥二千一百八十四，又经历360年，为夏商时代之年表。公历为公元前1497年。

观物篇十七，即是“以会经运五”。

从日之甲一、月之午七、星之丙一百八十三、辰之子二千一百八十五，止于辰之亥二千一百九十六，又经历360年，为商朝年表。公历为公元前1137年。

观物篇十八，即是“以会经运六”。

从日之甲一、月之午七、星之丁一百八十四、辰之子二千一百九十七，止于辰之亥二千二百八，又经历360年，为西周年表。公历为公元前777年。

观物篇十九，即是“以会经运七”。

从日之甲一、月之午七、星之戊一百八十五、辰之子二千二百九，止于辰之亥二千二百二十，为春秋年表。公历为公元前417年。

观物篇二十，即是“以会经运八”。

从日之甲一、月之午七、星之己一百八十六、辰之子二千二百二十一，止于辰之亥二千二百三十二，为战国、西汉年表。公历为公元前57年。

观物篇二十一，即是“以会经运九”。

从日之甲一、月之午七、星之庚一百八十七、辰之子二千二百三十三，止于辰之亥二千二百四十四，为东汉、三国年表。公历为公元303年。

观物篇二十二，即是“以会经运十”。

从日之甲一、月之午七、星之辛一百八十八、辰之子二千二百四十五，止于辰之亥二千二百五十六，为南北朝、隋、唐年表。公历为公元663年。

观物篇二十三，即是“以会经运十一”。

从日之甲一、月之午七、星之壬一百八十九、辰之子二千二百五十七，止于辰之亥二千二百六十八，为唐、十国、宋年表。公历为公元1023年。

观物篇二十四，即是“以会经运十二”。

从日之甲一、月之午七、星之癸一百九十、辰之子二千二百六十九，止于辰子亥二千二百八十，360年间，年表列至宋神宗熙宁元年，公历为公元1068年。

观物篇二十五，即是“以运经世一”。

从“经元之甲一、经会之巳六、经运之癸一百八十，经世之子二千一百四十九”到“经世之亥二千一百六十”。即从公元前2577年起到公元前2218年止，主要为尧舜禹年间大事，共有360年。

观物篇二十六，即是“以运经世二”。

从公元前2217年起到公元前1858年止，主要为夏朝大事，共有360年。

观物篇二十七，即是“以运经世三”。

从公元前1857年起到公元前1498年止，主要为夏朝末及商朝大事，共计360年。

观物篇二十八，即是“以运经世四”。

从公元前1497年起到公元前1138年止，主要为商朝和周朝大事，共计360年。

观物篇二十九，即是“以运经世五”。

从公元前1137年起到公元前778年止，主要为周朝大事，共计360年。

观物篇三十，即是“以运经世六”。

从公元前777年起到公元前418年止，主要为春秋大事，共计360年。

观物篇三十一，即是“以运经世七”。

从公元前417年起到公元前58年止，主要战国、秦朝、西汉大事，共计360年。

观物篇三十二，即是“以运经世八”。

从公元前57年起到303年止，主要为西汉、东汉、三国、魏晋大事，共计360年。

观物篇三十三，即是“以运经世九”。

从304年起到663年止，主要为南北朝、隋朝、唐朝初年大事，共计360年。

观物篇三十四，即是“以运经世十”。

从664年起到后周显德六年，即干支纪年为己未年，公元纪年为

959年止。这里主要为唐朝、五代大事。960年至1023年，即北宋庚申年至北宋癸亥年，为北宋初年，其间大事邵雍没有记述。

观物篇三十五至观物篇五十，讲的律吕声音与易卦的关系，又叫《声音律吕图》，也叫《经世声音图》，也叫《律吕声音之数图》，在此书中占了相当大的篇幅。

邵雍在《皇极经世书》中所列的《声音律吕图》，以声音对卦，这是一种极为独到的创新。

此图准天四卦之“日月星辰”，配“平上去入”之十声。准地四卦之“水火土石”，配“开发收闭”之十二音。列为上下、阴阳两层，层分四行。

其无字而有声音，声○音□，其去体数不用，声●音■，视阴阳而方图别之，备声音律吕之考而已。声音之图二层，逐字上唱下和，唱一和十六。地以律天，则和者上，而次于唱之行。天以吕地，则唱者下，而次于和之行。

声本天而以吕地，唱地音。音本地而以律天，和天声。于天之用声，分“平上去入”，为一百一十二，都以“开发收闭”音和之。

于地之用音，分“开发收闭”，为一百五十二，都以“平上去入”之声唱之，唱和之通用，律吕之调匀，阴阳之交济，都是天地自然之吹而万应四方。

数天四声，用七，“日月星辰”皆然。一百六十除去四十八，得一百一十二。地四音，用数，火土十二，水九，石五，一百九十二除去四十，得一百五十二。总共加起来为二百六十四，加体数入，为用数共有二百五十六。因此通数言行则通，不通则不行。

物有性情形体，则有声音。在声音，则有律吕，有唱和。声音唱和，与世间万物通数。举正音而声在其中，律数而吕在其中。声音之道，根源于四象，四象之立，本于极数。极分阴阳，阳数天一，一衍而十，数起十干。阴数地二，于衍十二，数起十二地支。合阳刚太少，数得四十。合阴柔太少，数得四十八，是为四象体数。四乘四十，阳得一百六十。四乘四十八，阴得一百九十二。以一百六十，乘以一百九十二，得三万零七百二十，是为四象体数。阳一百六十，内去阴体数四十八，得一百一十二。阴一百九十二，内去阳体数四十，得一百五十二，是为四象用数。以阳数一百一十二，唱（乘）阴数一百五十二，共得一万七千零二十四。以一万七千零二十四，唱（乘）一万七千零二十四，共得二千八百九十八万一千六百五十七，是为四象通数，即为“动植通数”而用之。

声阳属天，天干有十，凡十声，律阳从声。行至于七而止，其后三数，是无声无字。

音阴属地，地支十二，凡十二音，吕阴从音，如“黑花香雪”、“东乃走思”之类。行至九而止，其后三数，则是无声无字。

本十天干数而为正声十图。甲至癸各十六数，以一百六十阳数除十数而变来，各分以“平上去入”，而配以“日月星辰”，是叫天声，所以唱地音。

本十二地支数列为正音十二图，子至亥各十六数，以一百九十二阴数除十二而变来，各分以“开发收闭”，而配以“水火土石”，是叫地音，所以和天声。

按十声图，每声纵横十六，并有声无字之虚图二十九，去体数不用之黑圆图四十八有内，共一百六十。除去圆黑四十八，天之用声，为一百一十二。

按十二音图，每音纵横也为十六，并有音无字之虚方十九，去体数不用之黑方四十有内，共一百九十二。除去方黑四十，地之用音，为一百五十二，都是去三用七之数，而音较有余分。

其天声顺序为：一声甲，二声乙，三声丙，四声丁，五声戊，六声己，七声庚，八声辛，九声壬，十声癸。

其地音顺序为：一音子，二音丑，三音寅，四音卯，五音辰，六音巳，七音午，八音未，九音申，十音酉，十一音戌，十二音亥。

为了更好地讲解观物篇三十五至观物篇五十的内容，我们列出《律吕声音之数图》：

正声	一声	二声	三声	四声	五声	六声	七声	八声	九声	十声		
	多开 可宰 个爱 舌○	良丁 两井 向亘 ○○	千臣 典引 旦艮 ○○	刀牛 早斗 孝奏 岳六	妻○ 子○ 四○ 日德	宫鱼 孔鼠 众去 ○○	心男 审坎 禁欠 ○○	●● ●● ●● ●●	●● ●● ●● ●●	●● ●● ●● ●●		
	禾回 火每 化退 八○	光兄 广永 况莹 ○○	元君 犬允 半巽 ○○	毛○ 宝○ 报○ 霍玉	衰龟 ○水 帅贵 骨北	龙乌 甬虎 用兔 ○○	○○ ○○ ○○ 十妾	●● ●● ●● ●●	●● ●● ●● ●●	●● ●● ●● ●●		

	一音	二音	三音	四音	五音	六音	七音	八音	九音	十音	十一音	十二音
正音	古坤 甲巧 九邱 癸弃	黑五 花瓦 香仰 血□	安母 亚马 乙美 一米	夫武 法晚 □□ 飞尾	卜普 百朴 丙品 必匹	东土 丹贪 帝天 ■■	乃老 你冷 女吕 ■■	走草 哉采 足七 ■■	思□ 三□ 星□ ■■	■■ 山□ 手耳 ■■	■■ 庄义 震赤 ■■	■■ 卓拆 中丑 ■■
	□□ □□ 近乾 揆蚪	黄吾 华牙 雄月 贤尧	□目 爻儿 王眉 寅民	父文 凡万 □□ 吠未	步旁 白排 葡平 鼻瓶	兑同 大覃 弟田 ■■	内鹿 南荦 年离 ■■	自曹 在才 匠全 ■■	寺□ □□ 象□ ■■	■■ 士□ 石二 ■■	■■ 乍崇 □辰 ■■	■■ 宅茶 直呈 ■■

此图是《皇极经世书》律吕声音之数图，即所谓《易》的万物之数。声有十个，代表阳，即十日（十天干）。音有十二个，代表阴，即十二时辰（十二地支）。一声互变为十六声，是由天四象日、月、星、辰相互交变而来的。一音互变为十六音，是由地四象水、火、土、石相互交变而来的。

十声全数共 160 个，为阳、刚的体数。去掉其中无声的 48 个，实际有声的共 112 个，为阳、刚的用数。

十二音全数共 192 个，为阴、柔的体数。去掉其中无音的 40 个，有音的共 152 个，为阴、柔的用数。

用声、音的体数相唱和（相交），则声、音各得 30720 个，为动、植物的体数。用声、音的用数相唱和，则声、音各得 17024 个，即为动、植物的用数。

声音律吕之数，是一种天地阴阳、刚柔相交的自然表现形式，是自然界固有的。

元会运世，以天的运行为主。声音律吕以地之生成万物为主。天地的相互交错，生生不息，即来源于此。

要特别注意的是：在《皇极经世书》中以及此图中：●为无声，■为无音，○为有声无字，□为有音无字。

观物篇五十一至观物篇六十二，以及观物外篇上、观物外篇下，在此不再一一讲述。

元、会、运、世是邵雍推算宇宙万物的生灭及人类历史的兴亡而创立的一套天体学理论。他在推演漫长无际的宇宙生化规律时，感到日常所用的时间单位不够用，因此再创一套数理公式。他以《易经》六十四卦圆图为体，将八宫卦与元、会、运、世、岁、月、日、时相配合，再将宇宙天地及人类社会的历史纳入其中，从而创立了一套上可测天、中可测人、下可测地的博大预测体系。那么元、会、运、世这套预测体系的奥妙何在呢？千百年来能勘破此中奥妙之人极少，因此学术界一般把《皇极经世书》之学视为绝学，大多数都知难而退。

所以，如欲破解这一哑谜，首先必须弄懂这四个大的时间单位如何计算。我们若从通常使用的年为基础进行换算，那么一世便是三十年，一运等于十二世，相当于三百六十年，一会等于三十运，相当于一万零八百年，一元又等于十二会，换成年为十二万九千六百年。

即是：

一世＝30年

一运＝12世＝360年

一会＝30运＝10800年

一元＝12会＝129600年

这里有一个规律可循。这就是元、会、运、世四者都是遵循着十二、三十这两个数隔位相乘。邵子为什么要起用这两个数呢？他认为，这两个数代表着天地运动的节律。只要我们细心观察一下，便会发现这个节律在我们日常生活中也存在。例如一年有十二个月，一月有三十天，一天可分十二个时辰等等。这些都表明十二与三十是两个极重要的数字，它们就好像天地运行的脉搏一样，掌握了它的奥妙，便能对宇宙万物的盛衰进行推算。

元、会、运、世有多种计算方法，表面上看起来好像只是四个时间，其实它的象征是无穷的。元、会、运、世可以以元为单位计算，也可以以会、运、世为单位进行计算。

我们试先以元为单位来计算。假设元为一，那么会便是十二，运则为三百六十，世为四千三百二十。这是一个时间周期。同样，我们还可以以会为单位去计算，这样会之元为十二，会之会为一百四十四，会之运为四千三百二十，会之世为五万一千八百四十。这种计算还可以进一步推下去，例如以运为单位，以世为单位。这就说明元、会、运、世并不是四个死时间，而是互相包容、互相蕴含的四个活时间，亦即元中有会，会中有运，运中有世，同样会中也有元，运中也有会，世中也有运。有了这套灵活的时间计算体系，邵雍便可用来测算宇宙创生及上古的大化流行。这样他就不仅把眼光投向人类社会，而且进一步扩充到宇宙的无穷变化。这也是他比一般数术家高明的地方，因为单从人类社会本身是无法自己预测自己的，如果进行推测，就要跳出人类社会这个狭隘的圈子。

邵雍认为从元之元直到元之世只是一个时间周期，从会之元直到会之世是另一个较大的时间周期，一直到世之元、世之世，这一时间周期就算结束了。但这还不是宇宙的生化总数。如果完成宇宙大化的总推测，还应加上地数，即岁、月、日、辰四个时间单位。以岁、月、日、辰与元、会、运、世相配，自岁之元，岁之会，岁之运，岁之世，直到辰之元，辰之会，辰之运，辰之世。这样天地的一个大周期才算结束，这也是天地的始终之数。邵雍认为，用这套天地之数便可对人类社会包括人类社会之前及之后的宇宙进行推测。

推算的结果如何呢？他用这套数理公式终于找到了地球和人类生成循环的确切周期，如果将邵康节先生太过繁复的原表简化，可列出如下“一元消长之数图”：

元	会	运(+30)	世(+360)	年(+10800)	卦象	物 象
日甲	月子一	星 30	辰 360	年 10800	复	
	月丑二	星 60	辰 720	年 21600	临	
	月寅三	星 90	辰 1080	年 32400	泰	开物于星之已 76
	月卯四	星 120	辰 1440	年 43200	大壮	
	月辰五	星 150	辰 1800	年 54000	夬	
	月巳六	星 180	辰 2160	年 64800	乾	唐尧肇始于星之癸 180 辰 2157
	月午七	星 210	辰 2520	年 75600	姤	姤时为夏商周秦两汉两晋十六国南北朝隋唐五代宋
	月未八	星 240	辰 2880	年 86400	遁	
	月申九	星 270	辰 3240	年 97200	否	
	月酉十	星 300	辰 3600	年 108000	观	
	月戌十一	星 330	辰 3960	年 118800	剥	闭物于星之戊 315
	月亥十二	星 360	辰 4320	年 129600	坤	

元会运世之数，即《周易》中所说的天地之数。元为甲一。会为月，从地支的子到亥共分为十二会。运为星，从甲到癸行三周，共三十运为一会。世为辰，从子到亥十二世为一运。

元会运世的推算方法为 $1\times12\times30\times12$。以至到岁月日时分秒，都是按照乘以 12，乘以 30 交替计算的。如 1 年等于 12 个月，1 月等于 30 天，1 天等于 12 时辰，1 时辰等于 30 分，1 分等于 12 秒。

一元的十二会用十二辟卦表示。以会经运其数自开物之寅之半到闭物戌之半，共为八会，二百四十运，二千八百八十世，八万六千四百年。从冬至到日甲、月子、星甲、辰子时起到开物时共二会半、七十五运、九百世、二万七千年。闭物后有一会半、四十五运、五百四十世、一万六千二百年。到这时一元之数就终了。从开物到闭物，也等于一年的早春到晚秋，一日的早晨到黄昏。

在实际运用中，以运经世之数起于月会巳之六，星运为癸一百八十辰之世末，二千一百五十六。甲辰年，唐尧即位，一直到五代周恭帝凡三千三百一十六年为基准。

下面列一下元会运世总数：

一分统十二秒。

一时统三十分，三百六十秒。

一日统十二时，三百六十分，四千三百二十秒。

一月统三十日，三百六十辰，一万八百分，十二万九千六百秒。

一年统十二月，三百六十日，四千三百二十辰，十二万九千六百分。

一世统三十年，三百六十月，四千三百二十日，十二万九千六百辰。

一运统十二世，三百六十年，四千三百二十月，十二万九千六百日。

一会统十二运，三百六十世，一万八百年，十二万九千六百月。

一元统十二会，三百六十运，四千三百二十世，十二万九千六百年。

不少学者指出，元会运世实乃一年之缩影，这是完全正确的。我们知道，一年（元）有十二月（会），一月有三十日（运），一日有十二辰（世），一辰为三十时分（年）。所以如果说一年是一个子周期的话，那么一元就是一个母周期。在小周天中，岁始于子时即一阳初起之农历十一月冬至，此刻如一昼夜之正子时即零点时分，可用复卦䷗来象征；物生于丑时即二阳已生之农历十二月，此际如子夜后丑时即一时至三时，可用临卦䷒来象征；人生于寅时即三阳已起的农历正月，如黎明前之三时到五时，可用泰卦䷊来象征。此即邵子所谓“天开于子，地辟于丑，人生于寅”之意也。将此相放大到人类历史观之，天地运行到元之第六会月之巳即 64800 年之际，阳气臻于全盛，如乾卦☰所示，人类之文明，亦以此时为盛，唐尧即于此运行其圣王之治。

时空生灭的大小周率一经确定，然后将伏羲先天卦图置于每一周期，于是大大小小的“成住坏空”的逻辑规律自然就可以确定了。邵雍就是按照这一原则创立他的预测模式的。

邵雍提出了皇、帝、王、霸的概念。所谓皇就是道化大行，返璞归真。用邵雍自己的话来说，“皇之皇，以道行道之事也。”皇在历史上相当于三皇时期，这也是人类历史上最光辉籼烂的时期。帝则此皇差一些，虽然德化流行，但离道已远，因此还要引进道德来弥补，也就是以道行德之事。这在历史上相当于五帝时期。此时大朴已散，人们逐渐由本真之性分裂为仁义之性。王又要比帝差一些，是以道行功之事，功利原则是这一时期的行为总则，原先崇尚的仁义之心，到这一时期已逐渐淡薄，不过人们依然遵循着公正的原则。这在历史上相当于三王时期。最后为霸，霸比王又降一等，其基本特点是以道行力之事，以力服人。这在历史上为春秋战国时期。整个历史就是这样由皇到帝，又由帝而王而霸，呈现出整体衰落的迹象。其根源不在于哪个阶层甚至整个社会的主观意愿，而在于天道的气运本身就处在由盛而衰、由朴而散的阶段。邵雍用春夏秋冬四季比喻历史的这种盛衰变化，他把三皇比做春，五帝为夏，三王为秋，五伯为冬。不过历史也不是这样机械地，而是衰落中有复兴，亦即帝中有皇，霸中有王。

天有日月星辰四象，地有水火土石四物，其八种物质又经过阴阳、刚柔、动静的生克制化演变成万种物质。大数为元、会、运、世。小数为岁、月、日、辰（时）。现列《经世天地衍易图》如下：

太阳	乾	一	日	暑	元	性	皇	目	心		平
太阴	兑	二	月	寒	会	情	帝	耳	胆		上
少阳	离	三	星	昼	运	形	王	鼻	脾		去
少阴	震	四	辰	夜	世	体	伯	口	肾		入
少刚	巽	五	石	雷	岁	木	易	色	肺	骨	闭
少柔	坎	六	土	露	月	草	书	声	肝	肉	收
太刚	艮	七	火	风	日	飞	诗	气	胃	髓	发
太柔	坤	八	水	雨	辰	走	春秋	味	膀胱	血	开

此图将天地万物归统于八卦之下。

乾卦统日、暑、元、性、皇、目、心、平。

兑卦统月、寒、会、情、帝、耳、胆、上。

离卦统星、昼、运、形、王、鼻、脾、去。

震卦统辰、夜、世、体、伯、口、肾、入。

巽卦统石、雷、岁、木、易、色、肺、骨、闭。

坎卦统土、露、月、草、书、声、肝、肉、收。

艮卦统火、风、日、飞、诗、气、胃、髓、发。

坤卦统水、雨、辰、走、春秋、味、膀胱、血、开。

这张《经世天地衍易图》分列了天地八种物质及其演变和影响的气候、大数、小数、人世、人体、天声、地音。

如：在天为日、月、星、辰。

在地为石、土、火、水。

气候为暑、寒、昼、夜。雷、露、风、雨。

大数为元、会、运、世。

小数为年、月、日、时。人类有性、情、形、体。

人类物质世界有皇、帝、王、伯。人类精神世界有《易》《书》《诗》《春秋》。

人体上有目、耳、鼻、口、色、声、气、味。

人身上有心、胆、脾、肾、肺、肝、胃、膀胱、骨、肉、髓、血。

声音有平、上、去、入、闭、收、发、开。

此图特点，以四为基数，如日、月、星、辰，元、会、运、世。这是邵康节先生将太极生两仪（阴阳），两仪生四象，四象生万物的万物化生演变理论，发挥提高，又有新的创新和发展。

下面引用邵雍诗作《书〈皇极经世〉后》《安乐窝中一部书》《皇极经世一元吟》，以供读者朋友鉴赏。

《书〈皇极经世〉后》：

朴散人道立，法始乎羲皇。岁月易迁革，书传难考详。
二帝启禅让，三王正纪纲。五伯仗形胜，七国争强梁。
两汉骧龙凤，三分走虎狼。西晋擅风流，群凶来北荒。
东晋事清芬，传馨宋齐梁。逮陈不足算，江表成悲伤。
后魏乘晋弊，扫除几小康。迁洛未甚久，旋闻东西将。
北齐举爝火，后周驰星光。隋能一统之，驾福于巨唐。

五代如传舍，天下徒扰攘。不有真主出，何由奠中央！
一万里区宇，四千年兴亡。五百主肇位，七十国开疆。
或混同六合，或控制一方。或创业先后，或垂祚短长。
或奋于将坠，或夺于已昌。或灾兴无妄，或福会不祥。
或患生藩屏，或难起萧墙。或病由唇齿，或疾亟膏盲。
谈笑萌事端，酒食开战场。情欲之一发，利害之相戕。
剧力恣吞噬，无涯罹祸殃。山川才表里，丘垅又荒凉。
荆棘除难尽，芝兰种未芳。龙蛇走平地，玉石碎昆岗。
善设称周孔，能齐是老庄。奈何言已病，安得意都忘！

《安乐窝中一部书》：

安乐窝中一部书，号云皇极意何如？
春秋礼乐能遗则，父子君臣可废乎？
浩浩羲轩开辟后，巍巍尧舜协和初。
炎炎汤武干戈外，汹汹桓文弓剑余。
日月星辰高照耀，皇王帝伯大铺舒。
几千百主出规制，数亿万年成楷模。
治久便忧强跋扈，患深仍念恶驱除。
才堪命世有时有，智可济时无世无。
既往尽归闲指点，未来须俟别支梧。
不知造化谁为主，生得许多奇丈夫。

《皇极经世一元吟》：

天地如盖轸，覆载何高极？日月如磨蚁，往来无休息。
上下之岁年，其数难窥测。且以一元言，其理尚可识。
一十有二万，九千余六百。中间三千年，迄今之陈迹。
治乱与废兴，著见于方策。吾能一贯之，皆如身所历。

历代研究《皇极经世书》的主要著作有(对康节先生的“皇极”之学加以诠释和阐发,使先生的“皇极”之学成为专门之学):宋代,其子邵伯温撰《皇极系述》《观物内篇解》,蔡元定撰《皇极经世指要》,朱元升撰《邵易略例》,俞琰撰《易外别传》。明代,黄畿撰《皇极经世书传》,余本撰《皇极经世释义》。清代,王植撰《皇极经世直解》。

上册目录

提　要……………………………………………………………… 2

钦定四库全书·皇极经世书卷一上

观物篇一　以元经会一…………………………………………………… 6
观物篇二　以元经会二 ………………………………………………… 12
观物篇三　以元经会三 ………………………………………………… 18

钦定四库全书·皇极经世书卷一下

观物篇四　以元经会四 ………………………………………………… 26
观物篇五　以元经会五 ………………………………………………… 32
观物篇六　以元经会六 ………………………………………………… 38

钦定四库全书·皇极经世书卷二上

观物篇七　以元经会七 ………………………………………………… 46

观物篇八　以元经会八 …… 54

钦定四库全书·皇极经世书卷二中

观物篇九　以元经会九 …… 62
观物篇十　以元经会十 …… 68

钦定四库全书·皇极经世书卷二下

观物篇十一　以元经会十一 …… 76
观物篇十二　以元经会十二 …… 82

钦定四库全书·皇极经世书卷三上

观物篇十三　以会经运一 …… 90
观物篇十四　以会经运二 …… 93
观物篇十五　以会经运三 …… 99
观物篇十六　以会经运四 …… 107

钦定四库全书·皇极经世书卷三下

观物篇十七　以会经运五 …… 116
观物篇十八　以会经运六 …… 124

钦定四库全书·皇极经世书卷四上

观物篇十九　以会经运七 …… 132
观物篇二十　以会经运八 …… 146

钦定四库全书·皇极经世书卷四中

观物篇二十一　以会经运九…………………………………………… 160
观物篇二十二　以会经运十…………………………………………… 169

钦定四库全书·皇极经世书卷四下

观物篇二十三　以会经运十一………………………………………… 184
观物篇二十四　以会经运十二………………………………………… 196

钦定四库全书·皇极经世书卷五上

观物篇二十五　以运经世一…………………………………………… 206
观物篇二十六　以运经世二…………………………………………… 211
观物篇二十七　以运经世三　………………………………………… 219
观物篇二十八　以运经世四…………………………………………… 227

钦定四库全书·皇极经世书卷五下

观物篇二十九　以运经世五…………………………………………… 236
观物篇三十　以运经世六……………………………………………… 245

钦定四库全书·皇极经世书卷六上

观物篇三十一　以运经世七…………………………………………… 268
观物篇三十二　以运经世八…………………………………………… 291

钦定四库全书·皇极经世书卷六中

观物篇三十三　以运经世九……312

钦定四库全书·皇极经世书卷六下

观物篇三十四　以运经世十……342

钦定四库全书·皇极经世书卷七上

观物篇三十五……372
观物篇三十六……402

钦定四库全书·皇极经世书卷七下

观物篇三十七……432
观物篇三十八……462

钦定四库全书

子部

皇极经世书卷一上

详校官中书 臣 吕光復

灵台郎 臣 倪廷梅 复勘

总校官编修 臣 王燕绪

校对官中书 臣 潘奕雋

誊录监生 臣 王遇亨

皇極經世書 術數類一 數學之屬

提要

臣等謹案皇極經世書十四卷宋邵雍撰邵子數學本於李挺之穆修而其源出於陳摶當李挺之初見邵子於百泉即授以義理性命之學其作皇極經世蓋出於物理之學所謂易外別傳者是也其書以元經會以會經

運以運經世起於帝堯甲辰至後周顯德六年己未而興亡治亂之蹟皆以卦象推之朱子謂皇極是推步之書可謂能得其要領朱子又嘗謂自易以後無人做得一物如此整齊包括得盡又謂康節易看了却看別人的不得而張崏亦謂此書本以天道質以人事辭約而義廣天下之能事畢矣蓋自邵子始為此學其後自張行成祝泌等數家以外能

钦定四库全书·皇极经世书·子部七 术数类一（数学之属）

提 要

臣等谨案：《皇极经世书》十四卷，宋邵雍撰。邵子数学本于李挺之、穆修，而其源出于陈抟，当李挺之初见邵子于百泉，即授以义理性命之学。其作《皇极经世》盖出于物理之学，所谓“《易》外别传”者是也。其书以元经会，以会经运，以运经世，起于帝尧甲辰，至后周显德六年己未，而兴亡治乱之蹟，皆以卦象推之。朱子谓：“《皇极》是推步之书”，可谓能得其要领。朱子又尝谓：“自《易》以后，无人做得一物如此整齐，包括得尽。”又谓：“康节《易》看了，却看别人的不得。”而张峄[1]亦谓：“此书本以天道，质以人事，辞约而义广，天下之能事毕矣。”盖自邵子始为此学，其后自张行成[2]、

校者注 ① 张峄：字子望，荥阳（今属河南省荥阳市）人。为邵雍先生门人，受学于邵雍，与兄同登进士（清乾隆《荥阳县志》卷六）。官太常寺主簿。早逝（《宋元学案》卷三三）。张峄《观洛城花呈尧夫先生》：“平生自是爱花人，到处寻芳不遇真。只道人间无正色，今朝初见洛阳春。”

② 张行成：南宋易学家、学者，字文饶，一字子饶。因学归邵雍，“学康节先生易几十年”，人称“观物先生”。生卒年不详，约生活于公元十二世纪。临邛（今四川省邛崃市）人。南宋绍兴（1131－1137）进士，乾道（1165－1173）间，“由成都府路钤辖司干办公事丐祠，杜门十年。”（黄宗羲《宋元学案·张祝诸儒学案》）著有《周易述衍》《皇极经世索隐》《皇极经世观物外篇衍义》《易通变》《翼玄》《元包数义》《潜虚衍义》等。

祝泌[1]等数家以外，能明其理者甚鲜，故世人卒莫穷其作用之所以然。其起而议之者则曰：“元、会、运、世之分，无所依据。十二万九千余年之说近于释氏之劫数。水、火、土、石，本于释氏之地、水、火、风。且五行何以去金、去木？乾在《易》为天，而《经世》为日；兑在《易》为泽，而《经世》为月。以至离之为星，震之为辰，坤之为水，艮之为火，坎之为土，巽之为石，其取象多不与《易》相同，俱难免于牵强不合。”然邵子在当日，用以占验，无不奇中，故历代皆重其书。且其自述大旨亦不专于象数。如云：“天下之事始过于重，犹卒于轻；始过于厚，犹卒于薄。”又云：“学以人事为大。”又云：“治生于乱，乱生于治。圣人贵未然之防，是谓《易》之大纲。”又云：“天下将治，则人必尚义也；天下将乱，则人必尚利也。尚义，则谦让之风行焉；尚利，则攘夺之风行焉。”类皆立义正大，垂训深切，是《经世》一书，虽明天道而实责成于人事。洵粹然儒者之言，固非谶纬术数家所可同年而语也。

乾隆四十六年四月恭校上

总纂官　臣纪　昀　臣陆锡熊　臣孙士毅

总校官　臣陆费墀

校者注　①　祝泌：宋饶州德兴人，字子泾。宋度宗咸淳十年进士，授饶州路三司提干。年老乞休，御书“观物楼”扁额赐之，遂自称“观物老人”。宋亡，元世祖诏征不起。尝传邵雍先生“皇极”之学于廖应淮。著有《皇极经世钤》。

欽定四庫全書
皇極經世書卷一上　　宋　邵雍　撰
觀物篇一　以元經會一
日甲一　月子一　星甲一　辰子一
辰丑二
辰寅三
辰卯四
辰辰五
欽定四庫全書　皇極經世書　卷一上　一
辰巳六
辰午七
辰未八
辰申九
辰酉十
辰戌十一
辰亥十二
星乙二　辰子十三

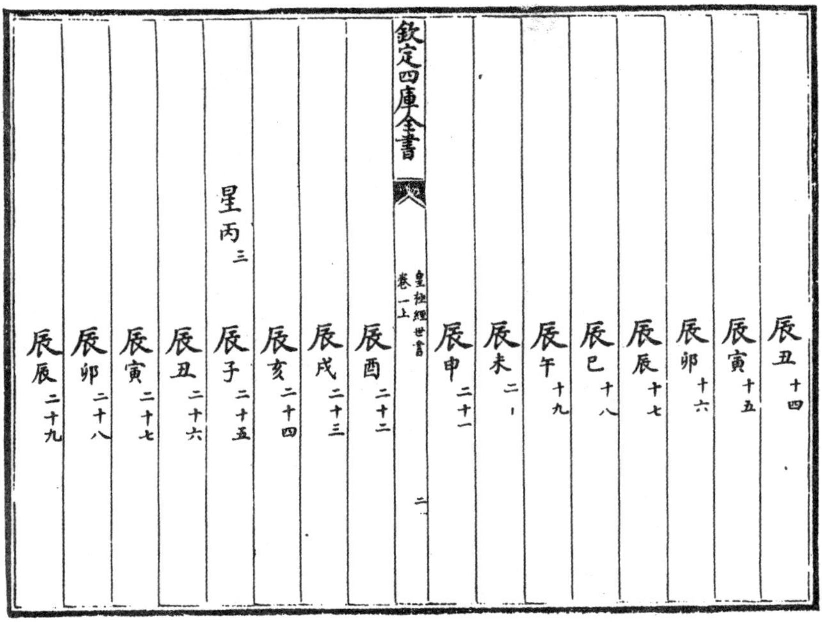
辰丑十四
辰寅十五
辰卯十六
辰辰十七
辰巳十八
辰午十九
辰未二十
辰申二十一
欽定四庫全書　皇極經世書　卷一上　二
辰酉二十二
辰戌二十三
辰亥二十四
星丙三　辰子二十五
辰丑二十六
辰寅二十七
辰卯二十八
辰辰二十九

钦定四库全书·皇极经世书古书书影

钦定四库全书·皇极经世书卷一上

［宋］ 邵 雍 撰

观物篇一 以元经会一[①]

日甲一 月子一

星甲一 辰子一 辰丑二 辰寅三 辰卯四 辰辰五 辰巳六 辰午七 辰未八 辰申九 辰酉十 辰戌十一 辰亥十二

星乙二 辰子十三 辰丑十四 辰寅十五 辰卯十六 辰辰十七 辰巳十八 辰午十九 辰未二十 辰申二十一 辰酉二十二 辰戌二十三 辰亥二十四

校者注 ① 以元经会一：即“观物篇一”，从“日甲一、月子一、星甲一、辰子一”起，到“星癸三十、辰亥三百六十”止，以元经会一，共经历10800年，也就是邵雍先生推算的从太极混元之初起到天地生成之时，为整个大宇宙的子时，卦象为复（䷗）。

星丙三　辰子二十五
辰丑二十六
辰寅二十七
辰卯二十八
辰辰二十九
辰巳三十
辰午三十一
辰未三十二
辰申三十三
辰酉三十四
辰戌三十五
辰亥三十六

星丁四　辰子三十七
辰丑三十八
辰寅三十九
辰卯四十
辰辰四十一
辰巳四十二
辰午四十三
辰未四十四
辰申四十五
辰酉四十六
辰戌四十七
辰亥四十八

星戊五　辰子四十九
辰丑五十
辰寅五十一
辰卯五十二
辰辰五十三
辰巳五十四
辰午五十五
辰未五十六
辰申五十七
辰酉五十八
辰戌五十九
辰亥六十

星己六　辰子六十一
辰丑六十二
辰寅六十三
辰卯六十四
辰辰六十五
辰巳六十六
辰午六十七
辰未六十八
辰申六十九
辰酉七十
辰戌七十一
辰亥七十二

星庚七　辰子七十三
辰丑七十四
辰寅七十五
辰卯七十六
辰辰七十七
辰巳七十八
辰午七十九
辰未八十
辰申八十一
辰酉八十二
辰戌八十三
辰亥八十四

星辛八　辰子八十五
辰丑八十六
辰寅八十七
辰卯八十八
辰辰八十九
辰巳九十
辰午九十一
辰未九十二
辰申九十三
辰酉九十四
辰戌九十五
辰亥九十六

星壬九 辰子九十七
辰丑九十八
辰寅九十九
辰卯一百
辰辰一百一
辰巳一百二
辰午一百三
辰未一百四
辰申一百五
辰酉一百六
辰戌一百七
辰亥一百八
星癸十 辰子一百九
辰丑一百一十
辰寅一百十一
辰卯一百十二
辰辰一百十三
辰巳一百十四
辰午一百十五
辰未一百十六
辰申一百十七
辰酉一百十八
辰戌一百十九
辰亥一百二十
星甲十一 辰子一百二十一
辰丑一百二十二
辰寅一百二十三
辰卯一百二十四
辰辰一百二十五
辰巳一百二十六
辰午一百二十七
辰未一百二十八
辰申一百二十九
辰酉一百三十
辰戌一百三十一
辰亥一百三十二
星乙十二 辰子一百三十三
辰丑一百三十四
辰寅一百三十五
辰卯一百三十六
辰辰一百三十七
辰巳一百三十八
辰午一百三十九
辰未一百四十
辰申一百四十一
辰酉一百四十二
辰戌一百四十三
辰亥一百四十四
星丙十三 辰子一百四十五
辰丑一百四十六
辰寅一百四十七
辰卯一百四十八
辰辰一百四十九
辰巳一百五十
辰午一百五十一
辰未一百五十二
辰申一百五十三
辰酉一百五十四
辰戌一百五十五
辰亥一百五十六
星丁十四 辰子一百五十七
辰丑一百五十八
辰寅一百五十九
辰卯一百六十
辰辰一百六十一
辰巳一百六十二
辰午一百六十三
辰未一百六十四
辰申一百六十五
辰酉一百六十六
辰戌一百六十七
辰亥一百六十八

星戊十五　辰子一百六十九
辰丑一百七十
辰寅一百七十一
辰卯一百七十二
辰辰一百七十三
辰巳一百七十四
辰午一百七十五
辰未一百七十六
辰申一百七十七
辰酉一百七十八
辰戌一百七十九
辰亥一百八十

星己十六　辰子一百八十一
辰丑一百八十二
辰寅一百八十三
辰卯一百八十四
辰辰一百八十五
辰巳一百八十六
辰午一百八十七
辰未一百八十八
辰申一百八十九
辰酉一百九十
辰戌一百九十一
辰亥一百九十二

星庚十七　辰子一百九十三
辰丑一百九十四
辰寅一百九十五
辰卯一百九十六
辰辰一百九十七
辰巳一百九十八
辰午一百九十九
辰未二百
辰申二百一
辰酉二百二
辰戌二百三
辰亥二百四

星辛十八　辰子二百五
辰丑二百六
辰寅二百七
辰卯二百八
辰辰二百九
辰巳二百十
辰午二百十一
辰未二百十二
辰申二百十三
辰酉二百十四
辰戌二百十五
辰亥二百十六

星壬十九　辰子二百十七
辰丑二百十八
辰寅二百十九
辰卯二百二十
辰辰二百二十一
辰巳二百二十二
辰午二百二十三
辰未二百二十四
辰申二百二十五
辰酉二百二十六
辰戌二百二十七
辰亥二百二十八

星癸二十　辰子二百二十九
辰丑二百三十
辰寅二百三十一
辰卯二百三十二
辰辰二百三十三
辰巳二百三十四
辰午二百三十五
辰未二百三十六
辰申二百三十七
辰酉二百三十八
辰戌二百三十九
辰亥二百四十

星甲二十一 辰子二百四十一
辰丑二百四十二
辰寅二百四十三
辰卯二百四十四
辰辰二百四十五
辰巳二百四十六
辰午二百四十七
辰未二百四十八
辰申二百四十九
辰酉二百五十
辰戌二百五十一
辰亥二百五十二

星乙二十二 辰子二百五十三
辰丑二百五十四
辰寅二百五十五
辰卯二百五十六
辰辰二百五十七
辰巳二百五十八
辰午二百五十九
辰未二百六十
辰申二百六十一
辰酉二百六十二
辰戌二百六十三
辰亥二百六十四

星丙二十三 辰子二百六十五
辰丑二百六十六
辰寅二百六十七
辰卯二百六十八
辰辰二百六十九
辰巳二百七十
辰午二百七十一
辰未二百七十二
辰申二百七十三
辰酉二百七十四
辰戌二百七十五
辰亥二百七十六

星丁二十四 辰子二百七十七
辰丑二百七十八
辰寅二百七十九
辰卯二百八十
辰辰二百八十一
辰巳二百八十二
辰午二百八十三
辰未二百八十四
辰申二百八十五
辰酉二百八十六
辰戌二百八十七
辰亥二百八十八

星戊二十五 辰子二百八十九
辰丑二百九十
辰寅二百九十一
辰卯二百九十二
辰辰二百九十三
辰巳二百九十四
辰午二百九十五
辰未二百九十六
辰申二百九十七
辰酉二百九十八
辰戌二百九十九
辰亥三百

星己二十六 辰子三百一
辰丑三百二
辰寅三百三
辰卯三百四
辰辰三百五
辰巳三百六
辰午三百七
辰未三百八
辰申三百九
辰酉三百十
辰戌三百十一
辰亥三百十二

星庚二十七　**辰子**三百十三
辰丑三百十四
辰寅三百十五
辰卯三百十六
辰辰三百十七
辰巳三百十八
辰午三百十九
辰未三百二十
辰申三百二十一
辰酉三百二十二
辰戌三百二十三
辰亥三百二十四

星辛二十八　**辰子**三百二十五
辰丑三百二十六
辰寅三百二十七
辰卯三百二十八
辰辰三百二十九
辰巳三百三十
辰午三百三十一
辰未三百三十二
辰申三百三十三
辰酉三百三十四
辰戌三百三十五
辰亥三百三十六

星壬二十九　**辰子**三百三十七
辰丑三百三十八
辰寅三百三十九
辰卯三百四十
辰辰三百四十一
辰巳三百四十二
辰午三百四十三
辰未三百四十四
辰申三百四十五
辰酉三百四十六
辰戌三百四十七
辰亥三百四十八

星癸三十　**辰子**三百四十九
辰丑三百五十
辰寅三百五十一
辰卯三百五十二
辰辰三百五十三
辰巳三百五十四
辰午三百五十五
辰未三百五十六
辰申三百五十七
辰酉三百五十八
辰戌三百五十九
辰亥三百六十

观物篇二 以元经会二[①]

日甲一 月丑二

星甲三十一 辰子三百六十一
辰丑三百六十二
辰寅三百六十三
辰卯三百六十四
辰辰三百六十五
辰巳三百六十六
辰午三百六十七
辰未三百六十八
辰申三百六十九
辰酉三百七十
辰戌三百七十一
辰亥三百七十二

星乙三十二 辰子三百七十三
辰丑三百七十四
辰寅三百七十五
辰卯三百七十六
辰辰三百七十七
辰巳三百七十八
辰午三百七十九
辰未三百八十
辰申三百八十一
辰酉三百八十二
辰戌三百八十三
辰亥三百八十四

星丙三十三 辰子三百八十五
辰丑三百八十六
辰寅三百八十七
辰卯三百八十八
辰辰三百八十九
辰巳三百九十
辰午三百九十一
辰未三百九十二
辰申三百九十三
辰酉三百九十四
辰戌三百九十五
辰亥三百九十六

星丁三十四 辰子三百九十七
辰丑三百九十八
辰寅三百九十九
辰卯四百
辰辰四百一
辰巳四百二
辰午四百三
辰未四百四
辰申四百五
辰酉四百六
辰戌四百七
辰亥四百八

校者注 ① 以元经会二：即“观物篇二”，从“日甲一、月丑二、星甲三十一、辰子三百六十一”起，到“星癸六十、辰亥七百二十”止，又经历10800年，共经历21600年。此时相当于大宇宙的丑时，为地球生成之际，卦象为临（䷒）。

星戊三十五 辰子四百九
辰丑四百十
辰寅四百十一
辰卯四百十二
辰辰四百十三
辰巳四百十四
辰午四百十五
辰未四百十六
辰申四百十七
辰酉四百十八
辰戌四百十九
辰亥四百二十
星己三十六 辰子四百二十一
辰丑四百二十二
辰寅四百二十三
辰卯四百二十四
辰辰四百二十五
辰巳四百二十六
辰午四百二十七
辰未四百二十八
辰申四百二十九
辰酉四百三十
辰戌四百三十一
辰亥四百三十二
星庚三十七 辰子四百三十三
辰丑四百三十四
辰寅四百三十五
辰卯四百三十六
辰辰四百三十七
辰巳四百三十八
辰午四百三十九
辰未四百四十
辰申四百四十一
辰酉四百四十二
辰戌四百四十三
辰亥四百四十四
星辛三十八 辰子四百四十五
辰丑四百四十六
辰寅四百四十七
辰卯四百四十八
辰辰四百四十九
辰巳四百五十
辰午四百五十一
辰未四百五十二
辰申四百五十三
辰酉四百五十四
辰戌四百五十五
辰亥四百五十六
星壬三十九 辰子四百五十七
辰丑四百五十八
辰寅四百五十九
辰卯四百六十
辰辰四百六十一
辰巳四百六十二
辰午四百六十三
辰未四百六十四
辰申四百六十五
辰酉四百六十六
辰戌四百六十七
辰亥四百六十八
星癸四十 辰子四百六十九
辰丑四百七十
辰寅四百七十一
辰卯四百七十二
辰辰四百七十三
辰巳四百七十四
辰午四百七十五
辰未四百七十六
辰申四百七十七
辰酉四百七十八
辰戌四百七十九
辰亥四百八十

星甲四十一 辰子四百八十一
辰丑四百八十二
辰寅四百八十三
辰卯四百八十四
辰辰四百八十五
辰巳四百八十六
辰午四百八十七
辰未四百八十八
辰申四百八十九
辰酉四百九十
辰戌四百九十一
辰亥四百九十二
星乙四十二 辰子四百九十三
辰丑四百九十四
辰寅四百九十五
辰卯四百九十六
辰辰四百九十七
辰巳四百九十八
辰午四百九十九
辰未五百
辰申五百一
辰酉五百二
辰戌五百三
辰亥五百四
星丙四十三 辰子五百五
辰丑五百六
辰寅五百七
辰卯五百八
辰辰五百九
辰巳五百十
辰午五百十一
辰未五百十二
辰申五百十三
辰酉五百十四
辰戌五百十五
辰亥五百十六
星丁四十四 辰子五百十七
辰丑五百十八
辰寅五百十九
辰卯五百二十
辰辰五百二十一
辰巳五百二十二
辰午五百二十三
辰未五百二十四
辰申五百二十五
辰酉五百二十六
辰戌五百二十七
辰亥五百二十八
星戊四十五 辰子五百二十九
辰丑五百三十
辰寅五百三十一
辰卯五百三十二
辰辰五百三十三
辰巳五百三十四
辰午五百三十五
辰未五百三十六
辰申五百三十七
辰酉五百三十八
辰戌五百三十九
辰亥五百四十
星己四十六 辰子五百四十一
辰丑五百四十二
辰寅五百四十三
辰卯五百四十四
辰辰五百四十五
辰巳五百四十六
辰午五百四十七
辰未五百四十八
辰申五百四十九
辰酉五百五十
辰戌五百五十一
辰亥五百五十二

星庚四十七　辰子五百五十三
辰丑五百五十四
辰寅五百五十五
辰卯五百五十六
辰辰五百五十七
辰巳五百五十八
辰午五百五十九
辰未五百六十
辰申五百六十一
辰酉五百六十二
辰戌五百六十三
辰亥五百六十四

星辛四十八　辰子五百六十五
辰丑五百六十六
辰寅五百六十七
辰卯五百六十八
辰辰五百六十九
辰巳五百七十
辰午五百七十一
辰未五百七十二
辰申五百七十三
辰酉五百七十四
辰戌五百七十五
辰亥五百七十六

星壬四十九　辰子五百七十七
辰丑五百七十八
辰寅五百七十九
辰卯五百八十
辰辰五百八十一
辰巳五百八十二
辰午五百八十三
辰未五百八十四
辰申五百八十五
辰酉五百八十六
辰戌五百八十七
辰亥五百八十八

星癸五十　辰子五百八十九
辰丑五百九十
辰寅五百九十一
辰卯五百九十二
辰辰五百九十三
辰巳五百九十四
辰午五百九十五
辰未五百九十六
辰申五百九十七
辰酉五百九十八
辰戌五百九十九
辰亥六百

星甲五十一　辰子六百一
辰丑六百二
辰寅六百三
辰卯六百四
辰辰六百五
辰巳六百六
辰午六百七
辰未六百八
辰申六百九
辰酉六百十
辰戌六百十一
辰亥六百十二

星乙五十二　辰子六百十三
辰丑六百十四
辰寅六百十五
辰卯六百十六
辰辰六百十七
辰巳六百十八
辰午六百十九
辰未六百二十
辰申六百二十一
辰酉六百二十二
辰戌六百二十三
辰亥六百二十四

星丙五十三 辰子六百二十五
辰丑六百二十六
辰寅六百二十七
辰卯六百二十八
辰辰六百二十九
辰巳六百三十
辰午六百三十一
辰未六百三十二
辰申六百三十三
辰酉六百三十四
辰戌六百三十五
辰亥六百三十六

星丁五十四 辰子六百三十七
辰丑六百三十八
辰寅六百三十九
辰卯六百四十
辰辰六百四十一
辰巳六百四十二
辰午六百四十三
辰未六百四十四
辰申六百四十五
辰酉六百四十六
辰戌六百四十七
辰亥六百四十八

星戊五十五 辰子六百四十九
辰丑六百五十
辰寅六百五十一
辰卯六百五十二
辰辰六百五十三
辰巳六百五十四
辰午六百五十五
辰未六百五十六
辰申六百五十七
辰酉六百五十八
辰戌六百五十九
辰亥六百六十

星己五十六 辰子六百六十一
辰丑六百六十二
辰寅六百六十三
辰卯六百六十四
辰辰六百六十五
辰巳六百六十六
辰午六百六十七
辰未六百六十八
辰申六百六十九
辰酉六百七十
辰戌六百七十一
辰亥六百七十二

星庚五十七 辰子六百七十三
辰丑六百七十四
辰寅六百七十五
辰卯六百七十六
辰辰六百七十七
辰巳六百七十八
辰午六百七十九
辰未六百八十
辰申六百八十一
辰酉六百八十二
辰戌六百八十三
辰亥六百八十四

星辛五十八 辰子六百八十五
辰丑六百八十六
辰寅六百八十七
辰卯六百八十八
辰辰六百八十九
辰巳六百九十
辰午六百九十一
辰未六百九十二
辰申六百九十三
辰酉六百九十四
辰戌六百九十五
辰亥六百九十六

星壬五十九　**辰子**六百九十七
辰丑六百九十八
辰寅六百九十九
辰卯七百
辰辰七百一
辰巳七百二
辰午七百三
辰未七百四
辰申七百五
辰酉七百六
辰戌七百七
辰亥七百八

星癸六十　**辰子**七百九
辰丑七百十
辰寅七百十一
辰卯七百十二
辰辰七百十三
辰巳七百十四
辰午七百十五
辰未七百十六
辰申七百十七
辰酉七百十八
辰戌七百十九
辰亥七百二十

观物篇三 以元经会三[①]

日甲一 月寅三

星甲六十一 辰子七百二十一
辰丑七百二十二
辰寅七百二十三
辰卯七百二十四
辰辰七百二十五
辰巳七百二十六
辰午七百二十七
辰未七百二十八
辰申七百二十九
辰酉七百三十
辰戌七百三十一
辰亥七百三十二

星乙六十二 辰子七百三十三
辰丑七百三十四
辰寅七百三十五
辰卯七百三十六
辰辰七百三十七
辰巳七百三十八
辰午七百三十九
辰未七百四十
辰申七百四十一
辰酉七百四十二
辰戌七百四十三
辰亥七百四十四

星丙六十三 辰子七百四十五
辰丑七百四十六
辰寅七百四十七
辰卯七百四十八
辰辰七百四十九
辰巳七百五十
辰午七百五十一
辰未七百五十二
辰申七百五十三
辰酉七百五十四
辰戌七百五十五
辰亥七百五十六

星丁六十四 辰子七百五十七
辰丑七百五十八
辰寅七百五十九
辰卯七百六十
辰辰七百六十一
辰巳七百六十二
辰午七百六十三
辰未七百六十四
辰申七百六十五
辰酉七百六十六
辰戌七百六十七
辰亥七百六十八

校者注 ① 以元经会三：即“观物篇三”，从“日甲一、月寅三、星甲六十一、辰子七百二十一”起，到“星癸九十、辰亥一千八十”止，又经 10800 年，共经历 32400 年。此时相当于大宇宙的寅时，犹如一天的早晨，万物生成，按照邵雍先生的推算，人类也是产生于此时的中期，卦象为泰（䷊）。

星戊六十五　辰子七百六十九
辰丑七百七十
辰寅七百七十一
辰卯七百七十二
辰辰七百七十三
辰巳七百七十四
辰午七百七十五
辰未七百七十六
辰申七百七十七
辰酉七百七十八
辰戌七百七十九
辰亥七百八十

星己六十六　辰子七百八十一
辰丑七百八十二
辰寅七百八十三
辰卯七百八十四
辰辰七百八十五
辰巳七百八十六
辰午七百八十七
辰未七百八十八
辰申七百八十九
辰酉七百九十
辰戌七百九十一
辰亥七百九十二

星庚六十七　辰子七百九十三
辰丑七百九十四
辰寅七百九十五
辰卯七百九十六
辰辰七百九十七
辰巳七百九十八
辰午七百九十九
辰未八百
辰申八百一
辰酉八百二
辰戌八百三
辰亥八百四

星辛六十八　辰子八百五
辰丑八百六
辰寅八百七
辰卯八百八
辰辰八百九
辰巳八百十
辰午八百十一
辰未八百十二
辰申八百十三
辰酉八百十四
辰戌八百十五
辰亥八百十六

星壬六十九　辰子八百十七
辰丑八百十八
辰寅八百十九
辰卯八百二十
辰辰八百二十一
辰巳八百二十二
辰午八百二十三
辰未八百二十四
辰申八百二十五
辰酉八百二十六
辰戌八百二十七
辰亥八百二十八

星癸七十　辰子八百二十九
辰丑八百三十
辰寅八百三十一
辰卯八百三十二
辰辰八百三十三
辰巳八百三十四
辰午八百三十五
辰未八百三十六
辰申八百三十七
辰酉八百三十八
辰戌八百三十九
辰亥八百四十

星甲七十一 辰子八百四十一
辰丑八百四十二
辰寅八百四十三
辰卯八百四十四
辰辰八百四十五
辰巳八百四十六
辰午八百四十七
辰未八百四十八
辰申八百四十九
辰酉八百五十
辰戌八百五十一
辰亥八百五十二
星乙七十二 辰子八百五十三
辰丑八百五十四
辰寅八百五十五
辰卯八百五十六
辰辰八百五十七
辰巳八百五十八
辰午八百五十九
辰未八百六十
辰申八百六十一
辰酉八百六十二
辰戌八百六十三
辰亥八百六十四
星丙七十三 辰子八百六十五
辰丑八百六十六
辰寅八百六十七
辰卯八百六十八
辰辰八百六十九
辰巳八百七十
辰午八百七十一
辰未八百七十二
辰申八百七十三
辰酉八百七十四
辰戌八百七十五
辰亥八百七十六
星丁七十四 辰子八百七十七
辰丑八百七十八
辰寅八百七十九
辰卯八百八十
辰辰八百八十一
辰巳八百八十二
辰午八百八十三
辰未八百八十四
辰申八百八十五
辰酉八百八十六
辰戌八百八十七
辰亥八百八十八
星戊七十五 辰子八百八十九
辰丑八百九十
辰寅八百九十一
辰卯八百九十二
辰辰八百九十三
辰巳八百九十四
辰午八百九十五
辰未八百九十六
辰申八百九十七
辰酉八百九十八
辰戌八百九十九
辰亥九百
星己七十六 辰子九百一
辰丑九百二
辰寅九百三
辰卯九百四
辰辰九百五
辰巳九百六
辰午九百七
辰未九百八
辰申九百九
辰酉九百十
辰戌九百十一
辰亥九百十二

星庚七十七
辰子九百十三
辰丑九百十四
辰寅九百十五
辰卯九百十六
辰辰九百十七
辰巳九百十八
辰午九百十九
辰未九百二十
辰申九百二十一
辰酉九百二十二
辰戌九百二十三
辰亥九百二十四

星辛七十八
辰子九百二十五
辰丑九百二十六
辰寅九百二十七
辰卯九百二十八
辰辰九百二十九
辰巳九百三十
辰午九百三十一
辰未九百三十二
辰申九百三十三
辰酉九百三十四
辰戌九百三十五
辰亥九百三十六

星壬七十九
辰子九百三十七
辰丑九百三十八
辰寅九百三十九
辰卯九百四十
辰辰九百四十一
辰巳九百四十二
辰午九百四十三
辰未九百四十四
辰申九百四十五
辰酉九百四十六
辰戌九百四十七
辰亥九百四十八

星癸八十
辰子九百四十九
辰丑九百五十
辰寅九百五十一
辰卯九百五十二
辰辰九百五十三
辰巳九百五十四
辰午九百五十五
辰未九百五十六
辰申九百五十七
辰酉九百五十八
辰戌九百五十九
辰亥九百六十

星甲八十一
辰子九百六十一
辰丑九百六十二
辰寅九百六十三
辰卯九百六十四
辰辰九百六十五
辰巳九百六十六
辰午九百六十七
辰未九百六十八
辰申九百六十九
辰酉九百七十
辰戌九百七十一
辰亥九百七十二

星乙八十二
辰子九百七十三
辰丑九百七十四
辰寅九百七十五
辰卯九百七十六
辰辰九百七十七
辰巳九百七十八
辰午九百七十九
辰未九百八十
辰申九百八十一
辰酉九百八十二
辰戌九百八十三
辰亥九百八十四

星丙八十三 **辰子**九百八十五
辰丑九百八十六
辰寅九百八十七
辰卯九百八十八
辰辰九百八十九
辰巳九百九十
辰午九百九十一
辰未九百九十二
辰申九百九十三
辰酉九百九十四
辰戌九百九十五
辰亥九百九十六

星丁八十四 **辰子**九百九十七
辰丑九百九十八
辰寅九百九十九
辰卯一千
辰辰一千一
辰巳一千二
辰午一千三
辰未一千四
辰申一千五
辰酉一千六
辰戌一千七
辰亥一千八

星戊八十五 **辰子**一千九
辰丑一千十
辰寅一千十一
辰卯一千十二
辰辰一千十三
辰巳一千十四
辰午一千十五
辰未一千十六
辰申一千十七
辰酉一千十八
辰戌一千十九
辰亥一千二十

星己八十六 **辰子**一千二十一
辰丑一千二十二
辰寅一千二十三
辰卯一千二十四
辰辰一千二十五
辰巳一千二十六
辰午一千二十七
辰未一千二十八
辰申一千二十九
辰酉一千三十
辰戌一千三十一
辰亥一千三十二

星庚八十七 **辰子**一千三十三
辰丑一千三十四
辰寅一千三十五
辰卯一千三十六
辰辰一千三十七
辰巳一千三十八
辰午一千三十九
辰未一千四十
辰申一千四十一
辰酉一千四十二
辰戌一千四十三
辰亥一千四十四

星辛八十八 **辰子**一千四十五
辰丑一千四十六
辰寅一千四十七
辰卯一千四十八
辰辰一千四十九
辰巳一千五十
辰午一千五十一
辰未一千五十二
辰申一千五十三
辰酉一千五十四
辰戌一千五十五
辰亥一千五十六

星壬八十九　辰子一千五十七
辰丑一千五十八
辰寅一千五十九
辰卯一千六十
辰辰一千六十一
辰巳一千六十二
辰午一千六十三
辰未一千六十四
辰申一千六十五
辰酉一千六十六
辰戌一千六十七
辰亥一千六十八

星癸九十　辰子一千六十九
辰丑一千七十
辰寅一千七十一
辰卯一千七十二
辰辰一千七十三
辰巳一千七十四
辰午一千七十五
辰未一千七十六
辰申一千七十七
辰酉一千七十八
辰戌一千七十九
辰亥一千八十

（皇极经世书卷一上）

钦定四库全书

子部

皇极经世书卷一下

详校官中书 臣 吕光復

灵台郎 臣 倪廷梅 复勘

总校官编修 臣 王燕绪

校对官中书 臣 潘奕雋

誊 录监生 臣 王遇亨

皇極經世書卷一下

宋 邵雍 撰

觀物篇四 以元經會四

日甲一 月卯四 星甲九十一 辰子一 一千八十

辰丑二 一千八十

辰寅三 一千八十

辰卯四 一千八十

辰辰五 一千八十

辰巳六 一千八十

辰午七 一千八十

辰未八 一千八十

辰申九 一千八十

辰酉 一千九十

辰戌一 一千九十

辰亥二 一千九十

星乙 九十二 辰子三 一千九十

钦定四库全书·皇极经世书卷一下

[宋]　邵　雍　撰

观物篇四　以元经会四①

日甲一　月卯四

星甲九十一　辰子一千八十一
辰丑一千八十二
辰寅一千八十三
辰卯一千八十四
辰辰一千八十五
辰巳一千八十六
辰午一千八十七
辰未一千八十八
辰申一千八十九
辰酉一千九十
辰戌一千九十一
辰亥一千九十二

星乙九十二　辰子一千九十三
辰丑一千九十四
辰寅一千九十五
辰卯一千九十六
辰辰一千九十七
辰巳一千九十八
辰午一千九十九
辰未一千一百
辰申一千一百一
辰酉一千一百二
辰戌一千一百三
辰亥一千一百四

校者注　①　以元经会四：即“观物篇四”，从日甲一、月卯四、星甲九十一、辰子一千八十一”起，到“星癸一百二十、辰亥一千四百四十”止，自 32400 年起又经历 10800 年，共经历 43200 年。此时地球上万物滋生，但是人类尚处于幼弱阶段，卦象为大壮（䷡）。

星丙九十三 **辰子**一千一百五
辰丑一千一百六
辰寅一千一百七
辰卯一千一百八
辰辰一千一百九
辰巳一千一百十
辰午一千一百十一
辰未一千一百十二
辰申一千一百十三
辰酉一千一百十四
辰戌一千一百十五
辰亥一千一百十六

星丁九十四 **辰子**一千一百十七
辰丑一千一百十八
辰寅一千一百十九
辰卯一千一百二十
辰辰一千一百二十一
辰巳一千一百二十二
辰午一千一百二十三
辰未一千一百二十四
辰申一千一百二十五
辰酉一千一百二十六
辰戌一千一百二十七
辰亥一千一百二十八

星戊九十五 **辰子**一千一百二十九
辰丑一千一百三十
辰寅一千一百三十一
辰卯一千一百三十二
辰辰一千一百三十三
辰巳一千一百三十四
辰午一千一百三十五
辰未一千一百三十六
辰申一千一百三十七
辰酉一千一百三十八
辰戌一千一百三十九
辰亥一千一百四十

星己九十六 **辰子**一千一百四十一
辰丑一千一百四十二
辰寅一千一百四十三
辰卯一千一百四十四
辰辰一千一百四十五
辰巳一千一百四十六
辰午一千一百四十七
辰未一千一百四十八
辰申一千一百四十九
辰酉一千一百五十
辰戌一千一百五十一
辰亥一千一百五十二

星庚九十七 **辰子**一千一百五十三
辰丑一千一百五十四
辰寅一千一百五十五
辰卯一千一百五十六
辰辰一千一百五十七
辰巳一千一百五十八
辰午一千一百五十九
辰未一千一百六十
辰申一千一百六十一
辰酉一千一百六十二
辰戌一千一百六十三
辰亥一千一百六十四

星辛九十八 **辰子**一千一百六十五
辰丑一千一百六十六
辰寅一千一百六十七
辰卯一千一百六十八
辰辰一千一百六十九
辰巳一千一百七十
辰午一千一百七十一
辰未一千一百七十二
辰申一千一百七十三
辰酉一千一百七十四
辰戌一千一百七十五
辰亥一千一百七十六

星壬九十九 辰子一千一百七十七
辰丑一千一百七十八
辰寅一千一百七十九
辰卯一千一百八十
辰辰一千一百八十一
辰巳一千一百八十二
辰午一千一百八十三
辰未一千一百八十四
辰申一千一百八十五
辰酉一千一百八十六
辰戌一千一百八十七
辰亥一千一百八十八
星癸一百 辰子一千一百八十九
辰丑一千一百九十
辰寅一千一百九十一
辰卯一千一百九十二
辰辰一千一百九十三
辰巳一千一百九十四
辰午一千一百九十五
辰未一千一百九十六
辰申一千一百九十七
辰酉一千一百九十八
辰戌一千一百九十九
辰亥一千二百
星甲一百一 辰子一千二百一
辰丑一千二百二
辰寅一千二百三
辰卯一千二百四
辰辰一千二百五
辰巳一千二百六
辰午一千二百七
辰未一千二百八
辰申一千二百九
辰酉一千二百十
辰戌一千二百十一
辰亥一千二百十二
星乙一百二 辰子一千二百十三
辰丑一千二百十四
辰寅一千二百十五
辰卯一千二百十六
辰辰一千二百十七
辰巳一千二百十八
辰午一千二百十九
辰未一千二百二十
辰申一千二百二十一
辰酉一千二百二十二
辰戌一千二百二十三
辰亥一千二百二十四
星丙一百三 辰子一千二百二十五
辰丑一千二百二十六
辰寅一千二百二十七
辰卯一千二百二十八
辰辰一千二百二十九
辰巳一千二百三十
辰午一千二百三十一
辰未一千二百三十二
辰申一千二百三十三
辰酉一千二百三十四
辰戌一千二百三十五
辰亥一千二百三十六
星丁一百四 辰子一千二百三十七
辰丑一千二百三十八
辰寅一千二百三十九
辰卯一千二百四十
辰辰一千二百四十一
辰巳一千二百四十二
辰午一千二百四十三
辰未一千二百四十四
辰申一千二百四十五
辰酉一千二百四十六
辰戌一千二百四十七
辰亥一千二百四十八

星戊一百五 **辰子**一千二百四十九
辰丑一千二百五十
辰寅一千二百五十一
辰卯一千二百五十二
辰辰一千二百五十三
辰巳一千二百五十四
辰午一千二百五十五
辰未一千二百五十六
辰申一千二百五十七
辰酉一千二百五十八
辰戌一千二百五十九
辰亥一千二百六十

星己一百六 **辰子**一千二百六十一
辰丑一千二百六十二
辰寅一千二百六十三
辰卯一千二百六十四
辰辰一千二百六十五
辰巳一千二百六十六
辰午一千二百六十七
辰未一千二百六十八
辰申一千二百六十九
辰酉一千二百七十
辰戌一千二百七十一
辰亥一千二百七十二

星庚一百七 **辰子**一千二百七十三
辰丑一千二百七十四
辰寅一千二百七十五
辰卯一千二百七十六
辰辰一千二百七十七
辰巳一千二百七十八
辰午一千二百七十九
辰未一千二百八十
辰申一千二百八十一
辰酉一千二百八十二
辰戌一千二百八十三
辰亥一千二百八十四

星辛一百八 **辰子**一千二百八十五
辰丑一千二百八十六
辰寅一千二百八十七
辰卯一千二百八十八
辰辰一千二百八十九
辰巳一千二百九十
辰午一千二百九十一
辰未一千二百九十二
辰申一千二百九十三
辰酉一千二百九十四
辰戌一千二百九十五
辰亥一千二百九十六

星壬一百九 **辰子**一千二百九十七
辰丑一千二百九十八
辰寅一千二百九十九
辰卯一千三百
辰辰一千三百一
辰巳一千三百二
辰午一千三百三
辰未一千三百四
辰申一千三百五
辰酉一千三百六
辰戌一千三百七
辰亥一千三百八

星癸一百十 **辰子**一千三百九
辰丑一千三百十
辰寅一千三百十一
辰卯一千三百十二
辰辰一千三百十三
辰巳一千三百十四
辰午一千三百十五
辰未一千三百十六
辰申一千三百十七
辰酉一千三百十八
辰戌一千三百十九
辰亥一千三百二十

星甲一百十一 **辰子**一千三百二十一
辰丑一千三百二十二
辰寅一千三百二十三
辰卯一千三百二十四
辰辰一千三百二十五
辰巳一千三百二十六
辰午一千三百二十七
辰未一千三百二十八
辰申一千三百二十九
辰酉一千三百三十
辰戌一千三百三十一
辰亥一千三百三十二

星乙一百十二 **辰子**一千三百三十三
辰丑一千三百三十四
辰寅一千三百三十五
辰卯一千三百三十六
辰辰一千三百三十七
辰巳一千三百三十八
辰午一千三百三十九
辰未一千三百四十
辰申一千三百四十一
辰酉一千三百四十二
辰戌一千三百四十三
辰亥一千三百四十四

星丙一百十三 **辰子**一千三百四十五
辰丑一千三百四十六
辰寅一千三百四十七
辰卯一千三百四十八
辰辰一千三百四十九
辰巳一千三百五十
辰午一千三百五十一
辰未一千三百五十二
辰申一千三百五十三
辰酉一千三百五十四
辰戌一千三百五十五
辰亥一千三百五十六

星丁一百十四 **辰子**一千三百五十七
辰丑一千三百五十八
辰寅一千三百五十九
辰卯一千三百六十
辰辰一千三百六十一
辰巳一千三百六十二
辰午一千三百六十三
辰未一千三百六十四
辰申一千三百六十五
辰酉一千三百六十六
辰戌一千三百六十七
辰亥一千三百六十八

星戊一百十五 **辰子**一千三百六十九
辰丑一千三百七十
辰寅一千三百七十一
辰卯一千三百七十二
辰辰一千三百七十三
辰巳一千三百七十四
辰午一千三百七十五
辰未一千三百七十六
辰申一千三百七十七
辰酉一千三百七十八
辰戌一千三百七十九
辰亥一千三百八十

星己一百十六 **辰子**一千三百八十一
辰丑一千三百八十二
辰寅一千三百八十三
辰卯一千三百八十四
辰辰一千三百八十五
辰巳一千三百八十六
辰午一千三百八十七
辰未一千三百八十八
辰申一千三百八十九
辰酉一千三百九十
辰戌一千三百九十一
辰亥一千三百九十二

星庚一百十七 **辰子**一千三百九十三
辰丑一千三百九十四
辰寅一千三百九十五
辰卯一千三百九十六
辰辰一千三百九十七
辰巳一千三百九十八
辰午一千三百九十九
辰未一千四百
辰申一千四百一
辰酉一千四百二
辰戌一千四百三
辰亥一千四百四

星辛一百十八 **辰子**一千四百五
辰丑一千四百六
辰寅一千四百七
辰卯一千四百八
辰辰一千四百九
辰巳一千四百十
辰午一千四百十一
辰未一千四百十二
辰申一千四百十三
辰酉一千四百十四
辰戌一千四百十五
辰亥一千四百十六

星壬一百十九 **辰子**一千四百十七
辰丑一千四百十八
辰寅一千四百十九
辰卯一千四百二十
辰辰一千四百二十一
辰巳一千四百二十二
辰午一千四百二十三
辰未一千四百二十四
辰申一千四百二十五
辰酉一千四百二十六
辰戌一千四百二十七
辰亥一千四百二十八

星癸一百二十 **辰子**一千四百二十九
辰丑一千四百三十
辰寅一千四百三十一
辰卯一千四百三十二
辰辰一千四百三十三
辰巳一千四百三十四
辰午一千四百三十五
辰未一千四百三十六
辰申一千四百三十七
辰酉一千四百三十八
辰戌一千四百三十九
辰亥一千四百四十

观物篇五 以元经会五[1]

日甲一 月辰五

星甲一百二十一 **辰子**一千四百四十一
辰丑一千四百四十二
辰寅一千四百四十三
辰卯一千四百四十四
辰辰一千四百四十五
辰巳一千四百四十六
辰午一千四百四十七
辰未一千四百四十八
辰申一千四百四十九
辰酉一千四百五十
辰戌一千四百五十一
辰亥一千四百五十二

星乙一百二十二 **辰子**一千四百五十三
辰丑一千四百五十四
辰寅一千四百五十五
辰卯一千四百五十六
辰辰一千四百五十七
辰巳一千四百五十八
辰午一千四百五十九
辰未一千四百六十
辰申一千四百六十一
辰酉一千四百六十二
辰戌一千四百六十三
辰亥一千四百六十四

星丙一百二十三 **辰子**一千四百六十五
辰丑一千四百六十六
辰寅一千四百六十七
辰卯一千四百六十八
辰辰一千四百六十九
辰巳一千四百七十
辰午一千四百七十一
辰未一千四百七十二
辰申一千四百七十三
辰酉一千四百七十四
辰戌一千四百七十五
辰亥一千四百七十六

星丁一百二十四 **辰子**一千四百七十七
辰丑一千四百七十八
辰寅一千四百七十九
辰卯一千四百八十
辰辰一千四百八十一
辰巳一千四百八十二
辰午一千四百八十三
辰未一千四百八十四
辰申一千四百八十五
辰酉一千四百八十六
辰戌一千四百八十七
辰亥一千四百八十八

校者注 ① 以元经会五：即“观物篇五”，从“日甲一、月辰五、星甲一百二十一、辰子一千四百四十一”起，到“星癸一百五十、辰亥一千八百”止。人类自43200年起又经历10800年，共经历54000年，此时，地球上的人类日渐壮大，卦象为夬（䷪）。

星戊一百二十五 **辰子**一千四百八十九
辰丑一千四百九十
辰寅一千四百九十一
辰卯一千四百九十二
辰辰一千四百九十三
辰巳一千四百九十四
辰午一千四百九十五
辰未一千四百九十六
辰申一千四百九十七
辰酉一千四百九十八
辰戌一千四百九十九
辰亥一千五百
星己一百二十六 **辰子**一千五百一
辰丑一千五百二
辰寅一千五百三
辰卯一千五百四
辰辰一千五百五
辰巳一千五百六
辰午一千五百七
辰未一千五百八
辰申一千五百九
辰酉一千五百十
辰戌一千五百十一
辰亥一千五百十二
星庚一百二十七 **辰子**一千五百十三
辰丑一千五百十四
辰寅一千五百十五
辰卯一千五百十六
辰辰一千五百十七
辰巳一千五百十八
辰午一千五百十九
辰未一千五百二十
辰申一千五百二十一
辰酉一千五百二十二
辰戌一千五百二十三
辰亥一千五百二十四

星辛一百二十八 **辰子**一千五百二十五
辰丑一千五百二十六
辰寅一千五百二十七
辰卯一千五百二十八
辰辰一千五百二十九
辰巳一千五百三十
辰午一千五百三十一
辰未一千五百三十二
辰申一千五百三十三
辰酉一千五百三十四
辰戌一千五百三十五
辰亥一千五百三十六
星壬一百二十九 **辰子**一千五百三十七
辰丑一千五百三十八
辰寅一千五百三十九
辰卯一千五百四十
辰辰一千五百四十一
辰巳一千五百四十二
辰午一千五百四十三
辰未一千五百四十四
辰申一千五百四十五
辰酉一千五百四十六
辰戌一千五百四十七
辰亥一千五百四十八
星癸一百三十 **辰子**一千五百四十九
辰丑一千五百五十
辰寅一千五百五十一
辰卯一千五百五十二
辰辰一千五百五十三
辰巳一千五百五十四
辰午一千五百五十五
辰未一千五百五十六
辰申一千五百五十七
辰酉一千五百五十八
辰戌一千五百五十九
辰亥一千五百六十

星甲一百三十一 辰子一千五百六十一
辰丑一千五百六十二
辰寅一千五百六十三
辰卯一千五百六十四
辰辰一千五百六十五
辰巳一千五百六十六
辰午一千五百六十七
辰未一千五百六十八
辰申一千五百六十九
辰酉一千五百七十
辰戌一千五百七十一
辰亥一千五百七十二
星乙一百三十二 辰子一千五百七十三
辰丑一千五百七十四
辰寅一千五百七十五
辰卯一千五百七十六
辰辰一千五百七十七
辰巳一千五百七十八
辰午一千五百七十九
辰未一千五百八十
辰申一千五百八十一
辰酉一千五百八十二
辰戌一千五百八十三
辰亥一千五百八十四
星丙一百三十三 辰子一千五百八十五
辰丑一千五百八十六
辰寅一千五百八十七
辰卯一千五百八十八
辰辰一千五百八十九
辰巳一千五百九十
辰午一千五百九十一
辰未一千五百九十二
辰申一千五百九十三
辰酉一千五百九十四
辰戌一千五百九十五
辰亥一千五百九十六

星丁一百三十四 辰子一千五百九十七
辰丑一千五百九十八
辰寅一千五百九十九
辰卯一千六百
辰辰一千六百一
辰巳一千六百二
辰午一千六百三
辰未一千六百四
辰申一千六百五
辰酉一千六百六
辰戌一千六百七
辰亥一千六百八
星戊一百三十一 辰子一千六百九
辰丑一千六百十
辰寅一千六百十一
辰卯一千六百十二
辰辰一千六百十三
辰巳一千六百十四
辰午一千六百十五
辰未一千六百十六
辰申一千六百十七
辰酉一千六百十八
辰戌一千六百十九
辰亥一千六百二十
星己一百三十六 辰子一千六百二十一
辰丑一千六百二十二
辰寅一千六百二十三
辰卯一千六百二十四
辰辰一千六百二十五
辰巳一千六百二十六
辰午一千六百二十七
辰未一千六百二十八
辰申一千六百二十九
辰酉一千六百三十
辰戌一千六百三十一
辰亥一千六百三十二

星庚一百三十七 **辰子**一千六百三十三
辰丑一千六百三十四
辰寅一千六百三十五
辰卯一千六百三十六
辰辰一千六百三十七
辰巳一千六百三十八
辰午一千六百三十九
辰未一千六百四十
辰申一千六百四十一
辰酉一千六百四十二
辰戌一千六百四十三
辰亥一千六百四十四

星辛一百三十八 **辰子**一千六百四十五
辰丑一千六百四十六
辰寅一千六百四十七
辰卯一千六百四十八
辰辰一千六百四十九
辰巳一千六百五十
辰午一千六百五十一
辰未一千六百五十二
辰申一千六百五十三
辰酉一千六百五十四
辰戌一千六百五十五
辰亥一千六百五十六

星壬一百三十九 **辰子**一千六百五十七
辰丑一千六百五十八
辰寅一千六百五十九
辰卯一千六百六十
辰辰一千六百六十一
辰巳一千六百六十二
辰午一千六百六十三
辰未一千六百六十四
辰申一千六百六十五
辰酉一千六百六十六
辰戌一千六百六十七
辰亥一千六百六十八

星癸一百四十 **辰子**一千六百六十九
辰丑一千六百七十
辰寅一千六百七十一
辰卯一千六百七十二
辰辰一千六百七十三
辰巳一千六百七十四
辰午一千六百七十五
辰未一千六百七十六
辰申一千六百七十七
辰酉一千六百七十八
辰戌一千六百七十九
辰亥一千六百八十

星甲一百四十一 **辰子**一千六百八十一
辰丑一千六百八十二
辰寅一千六百八十三
辰卯一千六百八十四
辰辰一千六百八十五
辰巳一千六百八十六
辰午一千六百八十七
辰未一千六百八十八
辰申一千六百八十九
辰酉一千六百九十
辰戌一千六百九十一
辰亥一千六百九十二

星乙一百四十二 **辰子**一千六百九十三
辰丑一千六百九十四
辰寅一千六百九十五
辰卯一千六百九十六
辰辰一千六百九十七
辰巳一千六百九十八
辰午一千六百九十九
辰未一千七百
辰申一千七百一
辰酉一千七百二
辰戌一千七百三
辰亥一千七百四

星丙一百四十三 **辰子**一千七百五
辰丑一千七百六
辰寅一千七百七
辰卯一千七百八
辰辰一千七百九
辰巳一千七百十
辰午一千七百十一
辰未一千七百十二
辰申一千七百十三
辰酉一千七百十四
辰戌一千七百十五
辰亥一千七百十六
星丁一百四十四 **辰子**一千七百十七
辰丑一千七百十八
辰寅一千七百十九
辰卯一千七百二十
辰辰一千七百二十一
辰巳一千七百二十二
辰午一千七百二十三
辰未一千七百二十四
辰申一千七百二十五
辰酉一千七百二十六
辰戌一千七百二十七
辰亥一千七百二十八
星戊一百四十五 **辰子**一千七百二十九
辰丑一千七百三十
辰寅一千七百三十一
辰卯一千七百三十二
辰辰一千七百三十三
辰巳一千七百三十四
辰午一千七百三十五
辰未一千七百三十六
辰申一千七百三十七
辰酉一千七百三十八
辰戌一千七百三十九
辰亥一千七百四十
星己一百四十六 **辰子**一千七百四十一
辰丑一千七百四十二
辰寅一千七百四十三
辰卯一千七百四十四
辰辰一千七百四十五
辰巳一千七百四十六
辰午一千七百四十七
辰未一千七百四十八
辰申一千七百四十九
辰酉一千七百五十
辰戌一千七百五十一
辰亥一千七百五十二
星庚一百四十七 **辰子**一千七百五十三
辰丑一千七百五十四
辰寅一千七百五十五
辰卯一千七百五十六
辰辰一千七百五十七
辰巳一千七百五十八
辰午一千七百五十九
辰未一千七百六十
辰申一千七百六十一
辰酉一千七百六十二
辰戌一千七百六十三
辰亥一千七百六十四
星辛一百四十八 **辰子**一千七百六十五
辰丑一千七百六十六
辰寅一千七百六十七
辰卯一千七百六十八
辰辰一千七百六十九
辰巳一千七百七十
辰午一千七百七十一
辰未一千七百七十二
辰申一千七百七十三
辰酉一千七百七十四
辰戌一千七百七十五
辰亥一千七百七十六

星壬一百四十九
辰子一千七百七十七
辰丑一千七百七十八
辰寅一千七百七十九
辰卯一千七百八十
辰辰一千七百八十一
辰巳一千七百八十二
辰午一千七百八十三
辰未一千七百八十四
辰申一千七百八十五
辰酉一千七百八十六
辰戌一千七百八十七
辰亥一千七百八十八

星癸一百五十
辰子一千七百八十九
辰丑一千七百九十
辰寅一千七百九十一
辰卯一千七百九十二
辰辰一千七百九十三
辰巳一千七百九十四
辰午一千七百九十五
辰未一千七百九十六
辰申一千七百九十七
辰酉一千七百九十八
辰戌一千七百九十九
辰亥一千八百

观物篇六　以元经会六①

日甲一　月巳六

星甲一百五十一　辰子一千八百一
辰丑一千八百二
辰寅一千八百三
辰卯一千八百四
辰辰一千八百五
辰巳一千八百六
辰午一千八百七
辰未一千八百八
辰申一千八百九
辰酉一千八百十
辰戌一千八百十一
辰亥一千八百十二

星乙一百五十二　辰子一千八百十三
辰丑一千八百十四
辰寅一千八百十五
辰卯一千八百十六
辰辰一千八百十七
辰巳一千八百十八
辰午一千八百十九
辰未一千八百二十
辰申一千八百二十一
辰酉一千八百二十二
辰戌一千八百二十三
辰亥一千八百二十四

星丙一百五十三　辰子一千八百二十五
辰丑一千八百二十六
辰寅一千八百二十七
辰卯一千八百二十八
辰辰一千八百二十九
辰巳一千八百三十
辰午一千八百三十一
辰未一千八百三十二
辰申一千八百三十三
辰酉一千八百三十四
辰戌一千八百三十五
辰亥一千八百三十六

星丁一百五十四　辰子一千八百三十七
辰丑一千八百三十八
辰寅一千八百三十九
辰卯一千八百四十
辰辰一千八百四十一
辰巳一千八百四十二
辰午一千八百四十三
辰未一千八百四十四
辰申一千八百四十五
辰酉一千八百四十六
辰戌一千八百四十七
辰亥一千八百四十八

校者注　①　以元经会六：即“观物篇六”，从“日甲一、月巳六、星甲一百五十一、辰子一千八百一”起，到“星癸一百八十、辰亥二千一百六十”止，人类自54000年起又经历10800年，共经64800年，此时，为虞舜在位三十九年，卦象为乾（☰）。

星戊一百五十五 辰子一千八百四十九
辰丑一千八百五十
辰寅一千八百五十一
辰卯一千八百五十二
辰辰一千八百五十三
辰巳一千八百五十四
辰午一千八百五十五
辰未一千八百五十六
辰申一千八百五十七
辰酉一千八百五十八
辰戌一千八百五十九
辰亥一千八百六十

星己一百五十六 辰子一千八百六十一
辰丑一千八百六十二
辰寅一千八百六十三
辰卯一千八百六十四
辰辰一千八百六十五
辰巳一千八百六十六
辰午一千八百六十七
辰未一千八百六十八
辰申一千八百六十九
辰酉一千八百七十
辰戌一千八百七十一
辰亥一千八百七十二

星庚一百五十七 辰子一千八百七十三
辰丑一千八百七十四
辰寅一千八百七十五
辰卯一千八百七十六
辰辰一千八百七十七
辰巳一千八百七十八
辰午一千八百七十九
辰未一千八百八十
辰申一千八百八十一
辰酉一千八百八十二
辰戌一千八百八十三
辰亥一千八百八十四

星辛一百五十八 辰子一千八百八十五
辰丑一千八百八十六
辰寅一千八百八十七
辰卯一千八百八十八
辰辰一千八百八十九
辰巳一千八百九十
辰午一千八百九十一
辰未一千八百九十二
辰申一千八百九十三
辰酉一千八百九十四
辰戌一千八百九十五
辰亥一千八百九十六

星壬一百五十九 辰子一千八百九十七
辰丑一千八百九十八
辰寅一千八百九十九
辰卯一千九百
辰辰一千九百一
辰巳一千九百二
辰午一千九百三
辰未一千九百四
辰申一千九百五
辰酉一千九百六
辰戌一千九百七
辰亥一千九百八

星癸一百六十 辰子一千九百九
辰丑一千九百十
辰寅一千九百十一
辰卯一千九百十二
辰辰一千九百十三
辰巳一千九百十四
辰午一千九百十五
辰未一千九百十六
辰申一千九百十七
辰酉一千九百十八
辰戌一千九百十九
辰亥一千九百二十

星甲一百六十一 辰子一千九百二十一
辰丑一千九百二十二
辰寅一千九百二十三
辰卯一千九百二十四
辰辰一千九百二十五
辰巳一千九百二十六
辰午一千九百二十七
辰未一千九百二十八
辰申一千九百二十九
辰酉一千九百三十
辰戌一千九百三十一
辰亥一千九百三十二
星乙一百六十二 辰子一千九百三十三
辰丑一千九百三十四
辰寅一千九百三十五
辰卯一千九百三十六
辰辰一千九百三十七
辰巳一千九百三十八
辰午一千九百三十九
辰未一千九百四十
辰申一千九百四十一
辰酉一千九百四十二
辰戌一千九百四十三
辰亥一千九百四十四
星丙一百六十三 辰子一千九百四十五
辰丑一千九百四十六
辰寅一千九百四十七
辰卯一千九百四十八
辰辰一千九百四十九
辰巳一千九百五十
辰午一千九百五十一
辰未一千九百五十二
辰申一千九百五十三
辰酉一千九百五十四
辰戌一千九百五十五
辰亥一千九百五十六
星丁一百六十四 辰子一千九百五十七
辰丑一千九百五十八
辰寅一千九百五十九
辰卯一千九百六十
辰辰一千九百六十一
辰巳一千九百六十二
辰午一千九百六十三
辰未一千九百六十四
辰申一千九百六十五
辰酉一千九百六十六
辰戌一千九百六十七
辰亥一千九百六十八
星戊一百六十五 辰子一千九百六十九
辰丑一千九百七十
辰寅一千九百七十一
辰卯一千九百七十二
辰辰一千九百七十三
辰巳一千九百七十四
辰午一千九百七十五
辰未一千九百七十六
辰申一千九百七十七
辰酉一千九百七十八
辰戌一千九百七十九
辰亥一千九百八十
星己一百六十六 辰子一千九百八十一
辰丑一千九百八十二
辰寅一千九百八十三
辰卯一千九百八十四
辰辰一千九百八十五
辰巳一千九百八十六
辰午一千九百八十七
辰未一千九百八十八
辰申一千九百八十九
辰酉一千九百九十
辰戌一千九百九十一
辰亥一千九百九十二

星庚一百六十七
辰子一千九百九十三
辰丑一千九百九十四
辰寅一千九百九十五
辰卯一千九百九十六
辰辰一千九百九十七
辰巳一千九百九十八
辰午一千九百九十九
辰未二千
辰申二千一
辰酉二千二
辰戌二千三
辰亥二千四

星辛一百六十八
辰子二千五
辰丑二千六
辰寅二千七
辰卯二千八
辰辰二千九
辰巳二千十
辰午二千十一
辰未二千十二
辰申二千十三
辰酉二千十四
辰戌二千十五
辰亥二千十六

星壬一百六十九
辰子二千十七
辰丑二千十八
辰寅二千十九
辰卯二千二十
辰辰二千二十一
辰巳二千二十二
辰午二千二十三
辰未二千二十四
辰申二千二十五
辰酉二千二十六
辰戌二千二十七
辰亥二千二十八

星癸一百七十
辰子二千二十九
辰丑二千三十
辰寅二千三十一
辰卯二千三十二
辰辰二千三十三
辰巳二千三十四
辰午二千三十五
辰未二千三十六
辰申二千三十七
辰酉二千三十八
辰戌二千三十九
辰亥二千四十

星甲一百七十一
辰子二千四十一
辰丑二千四十二
辰寅二千四十三
辰卯二千四十四
辰辰二千四十五
辰巳二千四十六
辰午二千四十七
辰未二千四十八
辰申二千四十九
辰酉二千五十
辰戌二千五十一
辰亥二千五十二

星乙一百七十二
辰子二千五十三
辰丑二千五十四
辰寅二千五十五
辰卯二千五十六
辰辰二千五十七
辰巳二千五十八
辰午二千五十九
辰未二千六十
辰申二千六十一
辰酉二千六十二
辰戌二千六十三
辰亥二千六十四

星丙一百七十三 **辰子**二千六十五
辰丑二千六十六
辰寅二千六十七
辰卯二千六十八
辰辰二千六十九
辰巳二千七十
辰午二千七十一
辰未二千七十二
辰申二千七十三
辰酉二千七十四
辰戌二千七十五
辰亥二千七十六

星丁一百七十四 **辰子**二千七十七
辰丑二千七十八
辰寅二千七十九
辰卯二千八十
辰辰二千八十一
辰巳二千八十二
辰午二千八十三
辰未二千八十四
辰申二千八十五
辰酉二千八十六
辰戌二千八十七
辰亥二千八十八

星戊一百七十五 **辰子**二千八十九
辰丑二千九十
辰寅二千九十一
辰卯二千九十二
辰辰二千九十三
辰巳二千九十四
辰午二千九十五
辰未二千九十六
辰申二千九十七
辰酉二千九十八
辰戌二千九十九
辰亥二千一百

星己一百七十六 **辰子**二千一百一
辰丑二千一百二
辰寅二千一百三
辰卯二千一百四
辰辰二千一百五
辰巳二千一百六
辰午二千一百七
辰未二千一百八
辰申二千一百九
辰酉二千一百十
辰戌二千一百十一
辰亥二千一百十二

星庚一百七十七 **辰子**二千一百十三
辰丑二千一百十四
辰寅二千一百十五
辰卯二千一百十六
辰辰二千一百十七
辰巳二千一百十八
辰午二千一百十九
辰未二千一百二十
辰申二千一百二十一
辰酉二千一百二十二
辰戌二千一百二十三
辰亥二千一百二十四

星辛一百七十八 **辰子**二千一百二十五
辰丑二千一百二十六
辰寅二千一百二十七
辰卯二千一百二十八
辰辰二千一百二十九
辰巳二千一百三十
辰午二千一百三十一
辰未二千一百三十二
辰申二千一百三十三
辰酉二千一百三十四
辰戌二千一百三十五
辰亥二千一百三十六

星壬一百七十九	**辰子**二千一百三十七	
	辰丑二千一百三十八	
	辰寅二千一百三十九	
	辰卯二千一百四十	
	辰辰二千一百四十一	
	辰巳二千一百四十二	
	辰午二千一百四十三	
	辰未二千一百四十四	
	辰申二千一百四十五	
	辰酉二千一百四十六	
	辰戌二千一百四十七	
	辰亥二千一百四十八	
星癸一百八十	**辰子**二千一百四十九	
	辰丑二千一百五十	
	辰寅二千一百五十一	
	辰卯二千一百五十二	
	辰辰二千一百五十三	
	辰巳二千一百五十四	
	辰午二千一百五十五	
	辰未二千一百五十六	
	辰申二千一百五十七	唐尧二十一
	辰酉二千一百五十八	唐尧五十一
	辰戌二千一百五十九	虞舜九
	辰亥二千一百六十	虞舜三十九

（皇极经世书卷一下）

钦定四库全书

子部

皇极经世书卷二上

详校官中书 臣 吕光復

灵台郎 臣 倪廷梅 复勘

总校官编修 臣 王燕绪

校对官中书 臣 潘奕雋

誊录监生 臣 王遇亨

欽定四庫全書

皇極經世書卷二上

宋 邵雍 撰

觀物篇七

以元經會七

日甲一 月午七 星甲一百八十 辰子二千一百六十一 夏禹八

辰丑二千一百六十二 夏太康二

辰寅二千一百六十三 夏仲康二

辰卯二千一百六十四 夏王相二十

辰辰二千一百六十五 夏少康二十三

辰巳二千一百六十六 夏少康五十三

辰午二千一百六十七 夏王槐四

辰未二千一百六十八 夏芒八

辰申二千一百六十九 夏不降四

辰酉二千一百七十 夏不降三十四

辰戌二千一百七十一 夏扃五

辰亥二千一百七十二 夏廑十四

星乙二一百八十 辰子二千一百七十三 夏孔甲二十三

钦定四库全书·皇极经世书卷二上

[宋] 邵 雍 撰

观物篇七 以元经会七①

日甲一 月午七

星甲一百八十一	辰子二千一百六十一	夏禹八
	辰丑二千一百六十二	夏太康二
	辰寅二千一百六十三	夏仲康二
	辰卯二千一百六十四	夏王相二十
	辰辰二千一百六十五	夏少康二十三
	辰巳二千一百六十六	夏少康五十三
	辰午二千一百六十七	夏王槐四
	辰未二千一百六十八	夏芒八
	辰申二千一百六十九	夏不降四
	辰酉二千一百七十	夏不降三十四
	辰戌二千一百七十一	夏扃五
	辰亥二千一百七十二	夏廑十四
星乙一百八十二	辰子二千一百七十三	夏孔甲二十三
	辰丑二千一百七十四	夏发十一
	辰寅二千一百七十五	夏癸二十二
	辰卯二千一百七十六	夏癸五十二

校者注 ① 以元经会七：即“观物篇七”，从“日甲一、月午七、星甲一百八十一、辰子二千一百六十一”起，到“星癸二百十、辰亥二千五百二十”止，人类自64800年起又经历10800年，共经历75600年，卦象为姤（䷫）。

	辰辰二千一百七十七	商太甲十七
	辰巳二千一百七十八	商沃丁十四
	辰午二千一百七十九	商太庚十五
	辰未二千一百八十	商雍己三
	辰申二千一百八十一	商太戊二十一
	辰酉二千一百八十二	商太戊五十一
	辰戌二千一百八十三	商仲丁六
	辰亥二千一百八十四	商亶甲八
星丙一百八十三	辰子二千一百八十五	商祖辛十
	辰丑二千一百八十六	商沃甲二十四
	辰寅二千一百八十七	商祖丁二十九
	辰卯二千一百八十八	商阳甲二
	辰辰二千一百八十九	商盘庚二十五
	辰巳二千一百九十	商小乙六
	辰午二千一百九十一	商武丁八
	辰未二千一百九十二	商武丁二十八
	辰申二千一百九十三	商祖甲二
	辰酉二千一百九十四	商祖甲三十二
	辰戌二千一百九十五	商武乙二
	辰亥二千一百九十六	商帝乙二十五
星丁一百八十四	辰子二千一百九十七	商受辛十八
	辰丑二千一百九十八	周成王九
	辰寅二千一百九十九	周康王二
	辰卯二千二百	周昭王六
	辰辰二千二百一	周昭王三十六
	辰巳二千二百二	周穆王十五
	辰午二千二百三	周穆王四十五
	辰未二千二百四	周懿王八
	辰申二千二百五	周考王十三
	辰酉二千二百六	周厉王十二
	辰戌二千二百七	周厉王四十二
	辰亥二千二百八	周宣王二十一
星戊一百八十五	辰子二千二百九	周幽王五
	辰丑二千二百十	周平王二十四
	辰寅二千二百十一	周桓王二
	辰卯二千二百十二	周庄王十
	辰辰二千二百十三	周惠王二十
	辰巳二千二百十四	周襄王二十五

	辰午二千二百十五	周定王十
	辰未二千二百十六	周灵王五
	辰申二千二百十七	周景王八
	辰酉二千二百十八	周敬王十三
	辰戌二千二百十九	周敬王四十三
	辰亥二千二百二十	周贞王二十三
星己一百八十六	**辰子**二千二百二十一	周威烈九
	辰丑二千二百二十二	周安王十五
	辰寅二千二百二十三	周显王十六
	辰卯二千二百二十四	周显王十七
	辰辰二千二百二十五	周赧王十八
	辰巳二千二百二十六	周赧王四十八
	辰午二千二百二十七	秦始皇十
	辰未二千二百二十八	汉高祖元
	辰申二千二百二十九	汉文帝四
	辰酉二千二百三十	汉景帝十
	辰戌二千二百三十一	汉武帝二十四
	辰亥二千二百三十二	汉武帝五十四
星庚一百八十七	**辰子**二千二百三十三	汉宣帝十七
	辰丑二千二百三十四	汉成帝六
	辰寅二千二百三十五	汉平帝四
	辰卯二千二百三十六	汉光武十一
	辰辰二千二百三十七	汉明帝七
	辰巳二千二百三十八	汉和帝六
	辰午二千二百三十九	汉安帝十八
	辰未二千二百四十	汉桓帝八
	辰申二千二百四十一	汉灵帝十七
	辰酉二千二百四十二	汉献帝二十五
	辰戌二千二百四十三	魏帝芳五 蜀帝禅二十二 吴帝权二十二
	辰亥二千二百四十四	晋武帝十 吴帝皓十二
星辛一百八十八	**辰子**二千二百四十五	晋惠帝十四
	辰丑二千二百四十六	晋成帝九
	辰寅二千二百四十七	晋哀帝三
	辰卯二千二百四十八	晋武帝二十二 后魏道武一

	辰辰二千二百四十九	宋帝义隆元 后魏太武元
	辰巳二千二百五十	宋武帝二 后魏文成三
	辰午二千二百五十一	齐武帝二 后魏孝文十四
	辰未二千二百五十二	梁武帝十三 后魏宣武十五
	辰申二千二百五十三	梁武帝四十三 西魏文帝十一
	辰酉二千二百五十四	陈宣帝七 后周武帝十五
	辰戌二千二百五十五	隋炀帝元
	辰亥二千二百五十六	唐太宗九
星壬一百八十九	**辰子**二千二百五十七	唐高宗十五
	辰丑二千二百五十八	唐中宗十一
	辰寅二千二百五十九	唐玄宗十三
	辰卯一千二百六十	唐玄宗四十三
	辰辰一千二百六十一	唐德宗五
	辰巳一千二百六十二	唐宪宗九
	辰午一千二百六十三	唐武宗四
	辰未一千二百六十四	唐僖宗元
	辰申一千二百六十五	唐昭宗十六
	辰酉一千二百六十六	
	辰戌一千二百六十七	宋太祖五
	辰亥一千二百六十八	宋太宗十九
星癸一百九十	**辰子**二千二百六十九	宋仁宗二
	辰丑二千二百七十	宋仁宗三十二
	辰寅二千二百七十一	
	辰卯二千二百七十二	
	辰辰二千二百七十三	
	辰巳二千二百七十四	
	辰午二千二百七十五	
	辰未二千二百七十六	
	辰申二千二百七十七	
	辰酉二千二百七十八	
	辰戌二千二百七十九	
	辰亥二千二百八十	

星甲一百九十一 **辰子**二千二百八十一
辰丑二千二百八十二
辰寅二千二百八十三
辰卯二千二百八十四
辰辰二千二百八十五
辰巳二千二百八十六
辰午二千二百八十七
辰未二千二百八十八
辰申二千二百八十九
辰酉二千二百九十
辰戌二千二百九十一
辰亥二千二百九十二

星乙一百九十二 **辰子**二千二百九十三
辰丑二千二百九十四
辰寅二千二百九十五
辰卯二千二百九十六
辰辰二千二百九十七
辰巳二千二百九十八
辰午二千二百九十九
辰未二千三百
辰申二千三百一
辰酉二千三百二
辰戌二千三百三
辰亥二千三百四

星丙一百九十三 **辰子**二千三百五
辰丑二千三百六
辰寅二千三百七
辰卯二千三百八
辰辰二千三百九
辰巳二千三百十
辰午二千三百十一
辰未二千三百十二
辰申二千三百十三
辰酉二千三百十四
辰戌二千三百十五
辰亥二千三百十六

星丁一百九十四 **辰子**二千三百十七
辰丑二千三百十八
辰寅二千三百十九
辰卯二千三百二十
辰辰二千三百二十一
辰巳二千三百二十二
辰午二千三百二十三
辰未二千三百二十四
辰申二千三百二十五
辰酉二千三百二十六
辰戌二千三百二十七
辰亥二千三百二十八

星戊一百九十五 **辰子**二千三百二十九
辰丑二千三百三十
辰寅二千三百三十一
辰卯二千三百三十二
辰辰二千三百三十三
辰巳二千三百三十四
辰午二千三百三十五
辰未二千三百三十六
辰申二千三百三十七
辰酉二千三百三十八
辰戌二千三百三十九
辰亥二千三百四十

星己一百九十六 **辰子**二千三百四十一
辰丑二千三百四十二
辰寅二千三百四十三
辰卯二千三百四十四
辰辰二千三百四十五
辰巳二千三百四十六
辰午二千三百四十七
辰未二千三百四十八
辰申二千三百四十九
辰酉二千三百五十
辰戌二千三百五十一
辰亥二千三百五十二

星庚一百九十七　辰子二千三百五十三
辰丑二千三百五十四
辰寅二千三百五十五
辰卯二千三百五十六
辰辰二千三百五十七
辰巳二千三百五十八
辰午二千三百五十九
辰未二千三百六十
辰申二千三百六十一
辰酉二千三百六十二
辰戌二千三百六十三
辰亥二千三百六十四

星辛一百九十八　辰子二千三百六十五
辰丑二千三百六十六
辰寅二千三百六十七
辰卯二千三百六十八
辰辰二千三百六十九
辰巳二千三百七十
辰午二千三百七十一
辰未二千三百七十二
辰申二千三百七十三
辰酉二千三百七十四
辰戌二千三百七十五
辰亥二千三百七十六

星壬一百九十九　辰子二千三百七十七
辰丑二千三百七十八
辰寅二千三百七十九
辰卯二千三百八十
辰辰二千三百八十一
辰巳二千三百八十二
辰午二千三百八十三
辰未二千三百八十四
辰申二千三百八十五
辰酉二千三百八十六
辰戌二千三百八十七
辰亥二千三百八十八

星癸二百　辰子二千三百八十九
辰丑二千三百九十
辰寅二千三百九十一
辰卯二千三百九十二
辰辰二千三百九十三
辰巳二千三百九十四
辰午二千三百九十五
辰未二千三百九十六
辰申二千三百九十七
辰酉二千三百九十八
辰戌二千三百九十九
辰亥二千四百

星甲二百一　辰子二千四百一
辰丑二千四百二
辰寅二千四百三
辰卯二千四百四
辰辰二千四百五
辰巳二千四百六
辰午二千四百七
辰未二千四百八
辰申二千四百九
辰酉二千四百十
辰戌二千四百十一
辰亥二千四百十二

星乙二百二　辰子二千四百十三
辰丑二千四百十四
辰寅二千四百十五
辰卯二千四百十六
辰辰二千四百十七
辰巳二千四百十八
辰午二千四百十九
辰未二千四百二十
辰申二千四百二十一
辰酉二千四百二十二
辰戌二千四百二十三
辰亥二千四百二十四

星丙二百三　辰子二千四百二十五
辰丑二千四百二十六
辰寅二千四百二十七
辰卯二千四百二十八
辰辰二千四百二十九
辰巳二千四百三十
辰午二千四百三十一
辰未二千四百三十二
辰申二千四百三十三
辰酉二千四百三十四
辰戌二千四百三十五
辰亥二千四百三十六

星丁二百四　辰子二千四百三十七
辰丑二千四百三十八
辰寅二千四百三十九
辰卯二千四百四十
辰辰二千四百四十一
辰巳二千四百四十二
辰午二千四百四十三
辰未二千四百四十四
辰申二千四百四十五
辰酉二千四百四十六
辰戌二千四百四十七
辰亥二千四百四十八

星戊二百五　辰子二千四百四十九
辰丑二千四百五十
辰寅二千四百五十一
辰卯二千四百五十二
辰辰二千四百五十三
辰巳二千四百五十四
辰午二千四百五十五
辰未二千四百五十六
辰申二千四百五十七
辰酉二千四百五十八
辰戌二千四百五十九
辰亥二千四百六十

星己二百六　辰子二千四百六十一
辰丑二千四百六十二
辰寅二千四百六十三
辰卯二千四百六十四
辰辰二千四百六十五
辰巳二千四百六十六
辰午二千四百六十七
辰未二千四百六十八
辰申二千四百六十九
辰酉二千四百七十
辰戌二千四百七十一
辰亥二千四百七十二

星庚二百七　辰子二千四百七十三
辰丑二千四百七十四
辰寅二千四百七十五
辰卯二千四百七十六
辰辰二千四百七十七
辰巳二千四百七十八
辰午二千四百七十九
辰未二千四百八十
辰申二千四百八十一
辰酉二千四百八十二
辰戌二千四百八十三
辰亥二千四百八十四

星辛二百八　辰子二千四百八十五
辰丑二千四百八十六
辰寅二千四百八十七
辰卯二千四百八十八
辰辰二千四百八十九
辰巳二千四百九十
辰午二千四百九十一
辰未二千四百九十二
辰申二千四百九十三
辰酉二千四百九十四
辰戌二千四百九十五
辰亥二千四百九十六

星壬二百九

辰子二千四百九十七
辰丑二千四百九十八
辰寅二千四百九十九
辰卯二千五百
辰辰二千五百一
辰巳二千五百二
辰午二千五百三
辰未二千五百四
辰申二千五百五
辰酉二千五百六
辰戌二千五百七
辰亥二千五百八

星癸二百十

辰子二千五百九
辰丑二千五百十
辰寅二千五百十一
辰卯二千五百十二
辰辰二千五百十三
辰巳二千五百十四
辰午二千五百十五
辰未二千五百十六
辰申二千五百十七
辰酉二千五百十八
辰戌二千五百十九
辰亥二千五百二十

观物篇八 以元经会八[①]

日甲一 月未八

星甲二百十一 **辰子**二千五百二十一
辰丑二千五百二十二
辰寅二千五百二十三
辰卯二千五百二十四
辰辰二千五百二十五
辰巳二千五百二十六
辰午二千五百二十七
辰未二千五百二十八
辰申二千五百二十九
辰酉二千五百三十
辰戌二千五百三十一
辰亥二千五百三十二

星乙二百十二 **辰子**二千五百三十三
辰丑二千五百三十四
辰寅二千五百三十五
辰卯二千五百三十六
辰辰二千五百三十七
辰巳二千五百三十八
辰午二千五百三十九
辰未二千五百四十
辰申二千五百四十一
辰酉二千五百四十二
辰戌二千五百四十三
辰亥二千五百四十四

星丙二百十三 **辰子**二千五百四十五
辰丑二千五百四十六
辰寅二千五百四十七
辰卯二千五百四十八
辰辰二千五百四十九
辰巳二千五百五十
辰午二千五百五十一
辰未二千五百五十二
辰申二千五百五十三
辰酉二千五百五十四
辰戌二千五百五十五
辰亥二千五百五十六

星丁二百十四 **辰子**二千五百五十七
辰丑二千五百五十八
辰寅二千五百五十九
辰卯二千五百六十
辰辰二千五百六十一
辰巳二千五百六十二
辰午二千五百六十三
辰未二千五百六十四
辰申二千五百六十五
辰酉二千五百六十六
辰戌二千五百六十七
辰亥二千五百六十八

校者注 ① 以元经会八：即“观物篇八”，从“日甲一、月未八、星甲二百十一、辰子二千五百二十一”起，到“星癸二百四十、辰亥二千八百八十”止。人类自75600年起又经历10800年，共经历86400年，即天地生成第86400年，即至元之第八会止，如日之过午，卦象为遁（䷠）。

星戊二百十五
辰子二千五百六十九
辰丑二千五百七十
辰寅二千五百七十一
辰卯二千五百七十二
辰辰二千五百七十三
辰巳二千五百七十四
辰午二千五百七十五
辰未二千五百七十六
辰申二千五百七十七
辰酉二千五百七十八
辰戌二千五百七十九
辰亥二千五百八十

星己二百十六
辰子二千五百八十一
辰丑二千五百八十二
辰寅二千五百八十三
辰卯二千五百八十四
辰辰二千五百八十五
辰巳二千五百八十六
辰午二千五百八十七
辰未二千五百八十八
辰申二千五百八十九
辰酉二千五百九十
辰戌二千五百九十一
辰亥二千五百九十二

星庚二百十七
辰子二千五百九十三
辰丑二千五百九十四
辰寅二千五百九十五
辰卯二千五百九十六
辰辰二千五百九十七
辰巳二千五百九十八
辰午二千五百九十九
辰未二千六百
辰申二千六百一
辰酉二千六百二
辰戌二千六百三
辰亥二千六百四

星辛二百十八
辰子二千六百五
辰丑二千六百六
辰寅二千六百七
辰卯二千六百八
辰辰二千六百九
辰巳二千六百十
辰午二千六百十一
辰未二千六百十二
辰申二千六百十三
辰酉二千六百十四
辰戌二千六百十五
辰亥二千六百十六

星壬二百十九
辰子二千六百十七
辰丑二千六百十八
辰寅二千六百十九
辰卯一千六百二十
辰辰一千六百二十一
辰巳一千六百二十二
辰午一千六百二十三
辰未一千六百二十四
辰申一千六百二十五
辰酉一千六百二十六
辰戌一千六百二十七
辰亥一千六百二十八

星癸二百二十
辰子二千六百二十九
辰丑二千六百三十
辰寅二千六百三十一
辰卯二千六百三十二
辰辰二千六百三十三
辰巳二千六百三十四
辰午二千六百三十五
辰未二千六百三十六
辰申二千六百三十七
辰酉二千六百三十八
辰戌二千六百三十九
辰亥二千六百四十

星甲二百二十一

辰子二千六百四十一
辰丑二千六百四十二
辰寅二千六百四十三
辰卯二千六百四十四
辰辰二千六百四十五
辰巳二千六百四十六
辰午二千六百四十七
辰未二千六百四十八
辰申二千六百四十九
辰酉二千六百五十
辰戌二千六百五十一
辰亥二千六百五十二

星乙二百二十二

辰子二千六百五十三
辰丑二千六百五十四
辰寅二千六百五十五
辰卯二千六百五十六
辰辰二千六百五十七
辰巳二千六百五十八
辰午二千六百五十九
辰未二千六百六十
辰申二千六百六十一
辰酉二千六百六十二
辰戌二千六百六十三
辰亥二千六百六十四

星丙二百二十三

辰子二千六百六十五
辰丑二千六百六十六
辰寅二千六百六十七
辰卯二千六百六十八
辰辰二千六百六十九
辰巳二千六百七十
辰午二千六百七十一
辰未二千六百七十二
辰申二千六百七十三
辰酉二千六百七十四
辰戌二千六百七十五
辰亥二千六百七十六

星丁二百二十四

辰子二千六百七十七
辰丑二千六百七十八
辰寅二千六百七十九
辰卯二千六百八十
辰辰二千六百八十一
辰巳二千六百八十二
辰午二千六百八十三
辰未二千六百八十四
辰申二千六百八十五
辰酉二千六百八十六
辰戌二千六百八十七
辰亥二千六百八十八

星戊二百二十五

辰子二千六百八十九
辰丑二千六百九十
辰寅二千六百九十一
辰卯二千六百九十二
辰辰二千六百九十三
辰巳二千六百九十四
辰午二千六百九十五
辰未二千六百九十六
辰申二千六百九十七
辰酉二千六百九十八
辰戌二千六百九十九
辰亥二千七百

星己二百二十六

辰子二千七百一
辰丑二千七百二
辰寅二千七百三
辰卯二千七百四
辰辰二千七百五
辰巳二千七百六
辰午二千七百七
辰未二千七百八
辰申二千七百九
辰酉二千七百十
辰戌二千七百十一
辰亥二千七百十二

星庚二百二十七
辰子二千七百十三
辰丑二千七百十四
辰寅二千七百十五
辰卯二千七百十六
辰辰二千七百十七
辰巳二千七百十八
辰午二千七百十九
辰未二千七百二十
辰申二千七百二十一
辰酉二千七百二十二
辰戌二千七百二十三
辰亥二千七百二十四

星辛二百二十八
辰子二千七百二十五
辰丑二千七百二十六
辰寅二千七百二十七
辰卯二千七百二十八
辰辰二千七百二十九
辰巳二千七百三十
辰午二千七百三十一
辰未二千七百三十二
辰申二千七百三十三
辰酉二千七百三十四
辰戌二千七百三十五
辰亥二千七百三十六

星壬二百二十九
辰子二千七百三十七
辰丑二千七百三十八
辰寅二千七百三十九
辰卯二千七百四十
辰辰二千七百四十一
辰巳二千七百四十二
辰午二千七百四十三
辰未二千七百四十四
辰申二千七百四十五
辰酉二千七百四十六
辰戌二千七百四十七
辰亥二千七百四十八

星癸二百三十
辰子二千七百四十九
辰丑二千七百五十
辰寅二千七百五十一
辰卯二千七百五十二
辰辰二千七百五十三
辰巳二千七百五十四
辰午二千七百五十五
辰未二千七百五十六
辰申二千七百五十七
辰酉二千七百五十八
辰戌二千七百五十九
辰亥二千七百六十

星甲二百三十一
辰子二千七百六十一
辰丑二千七百六十二
辰寅二千七百六十三
辰卯二千七百六十四
辰辰二千七百六十五
辰巳二千七百六十六
辰午二千七百六十七
辰未二千七百六十八
辰申二千七百六十九
辰酉二千七百七十
辰戌二千七百七十一
辰亥二千七百七十二

星乙二百三十二
辰子二千七百七十三
辰丑二千七百七十四
辰寅二千七百七十五
辰卯二千七百七十六
辰辰二千七百七十七
辰巳二千七百七十八
辰午二千七百七十九
辰未二千七百八十
辰申二千七百八十一
辰酉二千七百八十二
辰戌二千七百八十三
辰亥二千七百八十四

星丙二百三十三	**辰子**二千七百八十五	**星己**二百三十六	**辰子**二千八百二十一
	辰丑二千七百八十六		**辰丑**二千八百二十二
	辰寅二千七百八十七		**辰寅**二千八百二十三
	辰卯二千七百八十八		**辰卯**二千八百二十四
	辰辰二千七百八十九		**辰辰**二千八百二十五
	辰巳二千七百九十		**辰巳**二千八百二十六
	辰午二千七百九十一		**辰午**二千八百二十七
	辰未二千七百九十二		**辰未**二千八百二十八
	辰申二千七百九十三		**辰申**二千八百二十九
	辰酉二千七百九十四		**辰酉**二千八百三十
	辰戌二千七百九十五		**辰戌**二千八百三十一
	辰亥二千七百九十六		**辰亥**二千八百三十二
星丁二百三十四	**辰子**二千七百九十七	**星庚**二百三十七	**辰子**二千八百三十三
	辰丑二千七百九十八		**辰丑**二千八百三十四
	辰寅二千七百九十九		**辰寅**二千八百三十五
	辰卯二千八百		**辰卯**二千八百三十六
	辰辰二千八百一		**辰辰**二千八百三十七
	辰巳二千八百二		**辰巳**二千八百三十八
	辰午二千八百三		**辰午**二千八百三十九
	辰未二千八百四		**辰未**二千八百四十
	辰申二千八百五		**辰申**二千八百四十一
	辰酉二千八百六		**辰酉**二千八百四十二
	辰戌二千八百七		**辰戌**二千八百四十三
	辰亥二千八百八		**辰亥**二千八百四十四
星戊二百三十五	**辰子**二千八百九	**星辛**二百三十八	**辰子**二千八百四十五
	辰丑二千八百十		**辰丑**二千八百四十六
	辰寅二千八百十一		**辰寅**二千八百四十七
	辰卯二千八百十二		**辰卯**二千八百四十八
	辰辰二千八百十三		**辰辰**二千八百四十九
	辰巳二千八百十四		**辰巳**二千八百五十
	辰午二千八百十五		**辰午**二千八百五十一
	辰未二千八百十六		**辰未**二千八百五十二
	辰申二千八百十七		**辰申**二千八百五十三
	辰酉二千八百十八		**辰酉**二千八百五十四
	辰戌二千八百十九		**辰戌**二千八百五十五
	辰亥二千八百二十		**辰亥**二千八百五十六

星壬二百三十九

辰子二千八百五十七
辰丑二千八百五十八
辰寅二千八百五十九
辰卯二千八百六十
辰辰二千八百六十一
辰巳二千八百六十二
辰午二千八百六十三
辰未二千八百六十四
辰申二千八百六十五
辰酉二千八百六十六
辰戌二千八百六十七
辰亥二千八百六十八

星癸二百四十

辰子二千八百六十九
辰丑二千八百七十
辰寅二千八百七十一
辰卯二千八百七十二
辰辰二千八百七十三
辰巳二千八百七十四
辰午二千八百七十五
辰未二千八百七十六
辰申二千八百七十七
辰酉二千八百七十八
辰戌二千八百七十九
辰亥二千八百八十

（皇极经世书卷二上）

钦定四库全书

子部

皇极经世书卷二中

详校官中书 臣 吕光復

灵台郎 臣 倪廷梅 复勘

总校官编修 臣 王燕绪

校对官中书 臣 潘奕隽

誊录监生 臣 王遇亨

欽定四庫全書

皇極經世書卷二中

宋 邵雍 撰

觀物篇九 以元經會九

日甲一 月申九 星甲二百四十 辰子二千八百八十一

辰丑二千八百八十二

辰寅二千八百八十三

辰卯二千八百八十四

辰辰二千八百八十五

辰巳二千八百八十六

辰午二千八百八十七

辰未二千八百八十八

辰申二千八百八十九

辰酉二千八百九十

辰戌二千八百九十一

辰亥二千八百九十二

星乙二百四十二 辰子二千八百九十三

钦定四库全书·皇极经世书卷二中

[宋]　邵　雍　撰

观物篇九　以元经会九[1]

日甲一　月申九

星甲二百四十一　辰子二千八百八十一
辰丑二千八百八十二
辰寅二千八百八十三
辰卯二千八百八十四
辰辰二千八百八十五
辰巳二千八百八十六
辰午二千八百八十七
辰未二千八百八十八
辰申二千八百八十九
辰酉二千八百九十
辰戌二千八百九十一
辰亥二千八百九十二

星乙二百四十二　辰子二千八百九十三
辰丑二千八百九十四
辰寅二千八百九十五
辰卯二千八百九十六
辰辰二千八百九十七
辰巳二千八百九十八
辰午二千八百九十九
辰未二千九百
辰申二千九百一
辰酉二千九百二
辰戌二千九百三
辰亥二千九百四

校者注　①　以元经会九：即“观物篇九”，从“日甲一、月申九、星甲二百四十一、辰子二千八百八十一”起，到“星癸二百七十、辰亥三千二百四十”止。人类自86400年起又经历10800年，共经历97200年，即至97200年止，卦象为否（䷋）。

星丙二百四十三　辰子二千九百五
辰丑二千九百六
辰寅二千九百七
辰卯二千九百八
辰辰二千九百九
辰巳二千九百十
辰午二千九百十一
辰未二千九百十二
辰申二千九百十三
辰酉二千九百十四
辰戌二千九百十五
辰亥二千九百十六
星丁二百四十四　辰子二千九百十七
辰丑二千九百十八
辰寅二千九百十九
辰卯二千九百二十
辰辰二千九百二十一
辰巳二千九百二十二
辰午二千九百二十三
辰未二千九百二十四
辰申二千九百二十五
辰酉二千九百二十六
辰戌二千九百二十七
辰亥二千九百二十八
星戊二百四十五　辰子二千九百二十九
辰丑二千九百三十
辰寅二千九百三十一
辰卯二千九百三十二
辰辰二千九百三十三
辰巳二千九百三十四
辰午二千九百三十五
辰未二千九百三十六
辰申二千九百三十七
辰酉二千九百三十八
辰戌二千九百三十九
辰亥二千九百四十
星己二百四十六　辰子二千九百四十一
辰丑二千九百四十二
辰寅二千九百四十三
辰卯二千九百四十四
辰辰二千九百四十五
辰巳二千九百四十六
辰午二千九百四十七
辰未二千九百四十八
辰申二千九百四十九
辰酉二千九百五十
辰戌二千九百五十一
辰亥二千九百五十二
星庚二百四十七　辰子二千九百五十三
辰丑二千九百五十四
辰寅二千九百五十五
辰卯二千九百五十六
辰辰二千九百五十七
辰巳二千九百五十八
辰午二千九百五十九
辰未二千九百六十
辰申二千九百六十一
辰酉二千九百六十二
辰戌二千九百六十三
辰亥二千九百六十四
星辛二百四十八　辰子二千九百六十五
辰丑二千九百六十六
辰寅二千九百六十七
辰卯二千九百六十八
辰辰二千九百六十九
辰巳二千九百七十
辰午二千九百七十一
辰未二千九百七十二
辰申二千九百七十三
辰酉二千九百七十四
辰戌二千九百七十五
辰亥二千九百七十六

星壬二百四十九 **辰子**二千九百七十七
辰丑二千九百七十八
辰寅二千九百七十九
辰卯二千九百八十
辰辰二千九百八十一
辰巳二千九百八十二
辰午二千九百八十三
辰未二千九百八十四
辰申二千九百八十五
辰酉二千九百八十六
辰戌二千九百八十七
辰亥二千九百八十八
星癸二百五十 **辰子**二千九百八十九
辰丑二千九百九十
辰寅二千九百九十一
辰卯二千九百九十二
辰辰二千九百九十三
辰巳二千九百九十四
辰午二千九百九十五
辰未二千九百九十六
辰申二千九百九十七
辰酉二千九百九十八
辰戌二千九百九十九
辰亥三千
星甲二百五十一 **辰子**三千一
辰丑三千二
辰寅三千三
辰卯三千四
辰辰三千五
辰巳三千六
辰午三千七
辰未三千八
辰申三千九
辰酉三千十
辰戌三千十一
辰亥三千十二
星乙二百五十二 **辰子**三千十三
辰丑三千十四
辰寅三千十五
辰卯三千十六
辰辰三千十七
辰巳三千十八
辰午三千十九
辰未三千二十
辰申三千二十一
辰酉三千二十二
辰戌三千二十三
辰亥三千二十四
星丙二百五十三 **辰子**三千二十五
辰丑三千二十六
辰寅三千二十七
辰卯三千二十八
辰辰三千二十九
辰巳三千三十
辰午三千三十一
辰未三千三十二
辰申三千三十三
辰酉三千三十四
辰戌三千三十五
辰亥三千三十六
星丁二百五十四 **辰子**三千三十七
辰丑三千三十八
辰寅三千三十九
辰卯三千四十
辰辰三千四十一
辰巳三千四十二
辰午三千四十三
辰未三千四十四
辰申三千四十五
辰酉三千四十六
辰戌三千四十七
辰亥三千四十八

星戊二百五十五　辰子三千四十九
辰丑三千五十
辰寅三千五十一
辰卯三千五十二
辰辰三千五十三
辰巳三千五十四
辰午三千五十五
辰未三千五十六
辰申三千五十七
辰酉三千五十八
辰戌三千五十九
辰亥三千六十

星己二百五十六　辰子三千六十一
辰丑三千六十二
辰寅三千六十三
辰卯三千六十四
辰辰三千六十五
辰巳三千六十六
辰午三千六十七
辰未三千六十八
辰申三千六十九
辰酉三千七十
辰戌三千七十一
辰亥三千七十二

星庚二百五十七　辰子三千七十三
辰丑三千七十四
辰寅三千七十五
辰卯三千七十六
辰辰三千七十七
辰巳三千七十八
辰午三千七十九
辰未三千八十
辰申三千八十一
辰酉三千八十二
辰戌三千八十三
辰亥三千八十四

星辛二百五十八　辰子三千八十五
辰丑三千八十六
辰寅三千八十七
辰卯三千八十八
辰辰三千八十九
辰巳三千九十
辰午三千九十一
辰未三千九十二
辰申三千九十三
辰酉三千九十四
辰戌三千九十五
辰亥三千九十六

星壬二百五十九　辰子三千九十七
辰丑三千九十八
辰寅三千九十九
辰卯三千一百
辰辰三千一百一
辰巳三千一百二
辰午三千一百三
辰未三千一百四
辰申三千一百五
辰酉三千一百六
辰戌三千一百七
辰亥三千一百八

星癸二百六十　辰子三千一百九
辰丑三千一百十
辰寅三千一百十一
辰卯三千一百十二
辰辰三千一百十三
辰巳三千一百十四
辰午三千一百十五
辰未三千一百十六
辰申三千一百十七
辰酉三千一百十八
辰戌三千一百十九
辰亥三千一百二十

星甲二百六十一 **辰子**三千一百二十一
辰丑三千一百二十二
辰寅三千一百二十三
辰卯三千一百二十四
辰辰三千一百二十五
辰巳三千一百二十六
辰午三千一百二十七
辰未三千一百二十八
辰申三千一百二十九
辰酉三千一百三十
辰戌三千一百三十一
辰亥三千一百三十二

星乙二百六十二 **辰子**三千一百三十三
辰丑三千一百三十四
辰寅三千一百三十五
辰卯三千一百三十六
辰辰三千一百三十七
辰巳三千一百三十八
辰午三千一百三十九
辰未三千一百四十
辰申三千一百四十一
辰酉三千一百四十二
辰戌三千一百四十三
辰亥三千一百四十四

星丙二百六十三 **辰子**三千一百四十五
辰丑三千一百四十六
辰寅三千一百四十七
辰卯三千一百四十八
辰辰三千一百四十九
辰巳三千一百五十
辰午三千一百五十一
辰未三千一百五十二
辰申三千一百五十三
辰酉三千一百五十四
辰戌三千一百五十五
辰亥三千一百五十六

星丁二百六十四 **辰子**三千一百五十七
辰丑三千一百五十八
辰寅三千一百五十九
辰卯三千一百六十
辰辰三千一百六十一
辰巳三千一百六十二
辰午三千一百六十三
辰未三千一百六十四
辰申三千一百六十五
辰酉三千一百六十六
辰戌三千一百六十七
辰亥三千一百六十八

星戊二百六十五 **辰子**三千一百六十九
辰丑三千一百七十
辰寅三千一百七十一
辰卯三千一百七十二
辰辰三千一百七十三
辰巳三千一百七十四
辰午三千一百七十五
辰未三千一百七十六
辰申三千一百七十七
辰酉三千一百七十八
辰戌三千一百七十九
辰亥三千一百八十

星己二百六十六 **辰子**三千一百八十一
辰丑三千一百八十二
辰寅三千一百八十三
辰卯三千一百八十四
辰辰三千一百八十五
辰巳三千一百八十六
辰午三千一百八十七
辰未三千一百八十八
辰申三千一百八十九
辰酉三千一百九十
辰戌三千一百九十一
辰亥三千一百九十二

星庚二百六十七　**辰子**三千一百九十三
辰丑三千一百九十四
辰寅三千一百九十五
辰卯三千一百九十六
辰辰三千一百九十七
辰巳三千一百九十八
辰午三千一百九十九
辰未三千二百
辰申三千二百一
辰酉三千二百二
辰戌三千二百三
辰亥三千二百四
星辛二百六十八　**辰子**三千二百五
辰丑三千二百六
辰寅三千二百七
辰卯三千二百八
辰辰三千二百九
辰巳三千二百十
辰午三千二百十一
辰未三千二百十二
辰申三千二百十三
辰酉三千二百十四
辰戌三千二百十五
辰亥三千二百十六

星壬二百六十九　**辰子**三千二百十七
辰丑三千二百十八
辰寅三千二百十九
辰卯三千二百二十
辰辰三千二百二十一
辰巳三千二百二十二
辰午三千二百二十三
辰未三千二百二十四
辰申三千二百二十五
辰酉三千二百二十六
辰戌三千二百二十七
辰亥三千二百二十八
星癸二百七十　**辰子**三千二百二十九
辰丑三千二百三十
辰寅三千二百三十一
辰卯三千二百三十二
辰辰三千二百三十三
辰巳三千二百三十四
辰午三千二百三十五
辰未三千二百三十六
辰申三千二百三十七
辰酉三千二百三十八
辰戌三千二百三十九
辰亥三千二百四十

观物篇十 以元经会十[1]

日甲一 月酉十

星甲二百七十一 **辰子**三千二百四十一
辰丑三千二百四十二
辰寅三千二百四十三
辰卯三千二百四十四
辰辰三千二百四十五
辰巳三千二百四十六
辰午三千二百四十七
辰未三千二百四十八
辰申三千二百四十九
辰酉三千二百五十
辰戌三千二百五十一
辰亥三千二百五十二

星乙二百七十二 **辰子**三千二百五十三
辰丑三千二百五十四
辰寅三千二百五十五
辰卯三千二百五十六
辰辰三千二百五十七
辰巳三千二百五十八
辰午三千二百五十九
辰未三千二百六十
辰申三千二百六十一
辰酉三千二百六十二
辰戌三千二百六十三
辰亥三千二百六十四

星丙二百七十三 **辰子**三千二百六十五
辰丑三千二百六十六
辰寅三千二百六十七
辰卯三千二百六十八
辰辰三千二百六十九
辰巳三千二百七十
辰午三千二百七十一
辰未三千二百七十二
辰申三千二百七十三
辰酉三千二百七十四
辰戌三千二百七十五
辰亥三千二百七十六

星丁二百七十四 **辰子**三千二百七十七
辰丑三千二百七十八
辰寅三千二百七十九
辰卯三千二百八十
辰辰三千二百八十一
辰巳三千二百八十二
辰午三千二百八十三
辰未三千二百八十四
辰申三千二百八十五
辰酉三千二百八十六
辰戌三千二百八十七
辰亥三千二百八十八

校者注 ① 以元经会十：即“观物篇十”，从“日甲一、月酉十、星甲二百七十一、辰子三千二百四十一”起，到“星癸三百、辰亥三千六百”止。人类自 97200 年起又经历 10800 年，共经历 108000 年，即至 108000 年止，此际卦象为观（䷓）。

星戊二百七十五 **辰子**三千二百八十九
辰丑三千二百九十
辰寅三千二百九十一
辰卯三千二百九十二
辰辰三千二百九十三
辰巳三千二百九十四
辰午三千二百九十五
辰未三千二百九十六
辰申三千二百九十七
辰酉三千二百九十八
辰戌三千二百九十九
辰亥三千三百

星己二百七十六 **辰子**三千三百一
辰丑三千三百二
辰寅三千三百三
辰卯三千三百四
辰辰三千三百五
辰巳三千三百六
辰午三千三百七
辰未三千三百八
辰申三千三百九
辰酉三千三百十
辰戌三千三百十一
辰亥三千三百十二

星庚二百七十七 **辰子**三千三百十三
辰丑三千三百十四
辰寅三千三百十五
辰卯三千三百十六
辰辰三千三百十七
辰巳三千三百十八
辰午三千三百十九
辰未三千三百二十
辰申三千三百二十一
辰酉三千三百二十二
辰戌三千三百二十三
辰亥三千三百二十四

星辛二百七十八 **辰子**三千三百二十五
辰丑三千三百二十六
辰寅三千三百二十七
辰卯三千三百二十八
辰辰三千三百二十九
辰巳三千三百三十
辰午三千三百三十一
辰未三千三百三十二
辰申三千三百三十三
辰酉三千三百三十四
辰戌三千三百三十五
辰亥三千三百三十六

星壬二百七十九 **辰子**三千三百三十七
辰丑三千三百三十八
辰寅三千三百三十九
辰卯三千三百四十
辰辰三千三百四十一
辰巳三千三百四十二
辰午三千三百四十三
辰未三千三百四十四
辰申三千三百四十五
辰酉三千三百四十六
辰戌三千三百四十七
辰亥三千三百四十八

星癸二百八十 **辰子**三千三百四十九
辰丑三千三百五十
辰寅三千三百五十一
辰卯三千三百五十二
辰辰三千三百五十三
辰巳三千三百五十四
辰午三千三百五十五
辰未三千三百五十六
辰申三千三百五十七
辰酉三千三百五十八
辰戌三千三百五十九
辰亥三千三百六十

星甲二百八十一 **辰子**三千三百六十一
辰丑三千三百六十二
辰寅三千三百六十三
辰卯三千三百六十四
辰辰三千三百六十五
辰巳三千三百六十六
辰午三千三百六十七
辰未三千三百六十八
辰申三千三百六十九
辰酉三千三百七十
辰戌三千三百七十一
辰亥三千三百七十二

星乙二百八十二 **辰子**三千三百七十三
辰丑三千三百七十四
辰寅三千三百七十五
辰卯三千三百七十六
辰辰三千三百七十七
辰巳三千三百七十八
辰午三千三百七十九
辰未三千三百八十
辰申三千三百八十一
辰酉三千三百八十二
辰戌三千三百八十三
辰亥三千三百八十四

星丙二百八十三 **辰子**三千三百八十五
辰丑三千三百八十六
辰寅三千三百八十七
辰卯三千三百八十八
辰辰三千三百八十九
辰巳三千三百九十
辰午三千三百九十一
辰未三千三百九十二
辰申三千三百九十三
辰酉三千三百九十四
辰戌三千三百九十五
辰亥三千三百九十六

星丁二百八十四 **辰子**三千三百九十七
辰丑三千三百九十八
辰寅三千三百九十九
辰卯三千四百
辰辰三千四百一
辰巳三千四百二
辰午三千四百三
辰未三千四百四
辰申三千四百五
辰酉三千四百六
辰戌三千四百七
辰亥三千四百八

星戊二百八十五 **辰子**三千四百九
辰丑三千四百十
辰寅三千四百十一
辰卯三千四百十二
辰辰三千四百十三
辰巳三千四百十四
辰午三千四百十五
辰未三千四百十六
辰申三千四百十七
辰酉三千四百十八
辰戌三千四百十九
辰亥三千四百二十

星己二百八十六 **辰子**三千四百二十一
辰丑三千四百二十二
辰寅三千四百二十三
辰卯三千四百二十四
辰辰三千四百二十五
辰巳三千四百二十六
辰午三千四百二十七
辰未三千四百二十八
辰申三千四百二十九
辰酉三千四百三十
辰戌三千四百三十一
辰亥三千四百三十二

星庚二百八十七 辰子三千四百三十三
辰丑三千四百三十四
辰寅三千四百三十五
辰卯三千四百三十六
辰辰三千四百三十七
辰巳三千四百三十八
辰午三千四百三十九
辰未三千四百四十
辰申三千四百四十一
辰酉三千四百四十二
辰戌三千四百四十三
辰亥三千四百四十四

星辛二百八十八 辰子三千四百四十五
辰丑三千四百四十六
辰寅三千四百四十七
辰卯三千四百四十八
辰辰三千四百四十九
辰巳三千四百五十
辰午三千四百五十一
辰未三千四百五十二
辰申三千四百五十三
辰酉三千四百五十四
辰戌三千四百五十五
辰亥三千四百五十六

星壬二百八十九 辰子三千四百五十七
辰丑三千四百五十八
辰寅三千四百五十九
辰卯三千四百六十
辰辰三千四百六十一
辰巳三千四百六十二
辰午三千四百六十三
辰未三千四百六十四
辰申三千四百六十五
辰酉三千四百六十六
辰戌三千四百六十七
辰亥三千四百六十八

星癸二百九十 辰子三千四百六十九
辰丑三千四百七十
辰寅三千四百七十一
辰卯三千四百七十二
辰辰三千四百七十三
辰巳三千四百七十四
辰午三千四百七十五
辰未三千四百七十六
辰申三千四百七十七
辰酉三千四百七十八
辰戌三千四百七十九
辰亥三千四百八十

星甲二百九十一 辰子三千四百八十一
辰丑三千四百八十二
辰寅三千四百八十三
辰卯三千四百八十四
辰辰三千四百八十五
辰巳三千四百八十六
辰午三千四百八十七
辰未三千四百八十八
辰申三千四百八十九
辰酉三千四百九十
辰戌三千四百九十一
辰亥三千四百九十二

星乙二百九十二 辰子三千四百九十三
辰丑三千四百九十四
辰寅三千四百九十五
辰卯三千四百九十六
辰辰三千四百九十七
辰巳三千四百九十八
辰午三千四百九十九
辰未三千五百
辰申三千五百一
辰酉三千五百二
辰戌三千五百三
辰亥三千五百四

星丙二百九十三 辰子三千五百五
辰丑三千五百六
辰寅三千五百七
辰卯三千五百八
辰辰三千五百九
辰巳三千五百十
辰午三千五百十一
辰未三千五百十二
辰申三千五百十三
辰酉三千五百十四
辰戌三千五百十五
辰亥三千五百十六

星丁二百九十四 辰子三千五百十七
辰丑三千五百十八
辰寅三千五百十九
辰卯三千五百二十
辰辰三千五百二十一
辰巳三千五百二十二
辰午三千五百二十三
辰未三千五百二十四
辰申三千五百二十五
辰酉三千五百二十六
辰戌三千五百二十七
辰亥三千五百二十八

星戊二百九十五 辰子三千五百二十九
辰丑三千五百三十
辰寅三千五百三十一
辰卯三千五百三十二
辰辰三千五百三十三
辰巳三千五百三十四
辰午三千五百三十五
辰未三千五百三十六
辰申三千五百三十七
辰酉三千五百三十八
辰戌三千五百三十九
辰亥三千五百四十

星己二百九十六 辰子三千五百四十一
辰丑三千五百四十二
辰寅三千五百四十三
辰卯三千五百四十四
辰辰三千五百四十五
辰巳三千五百四十六
辰午三千五百四十七
辰未三千五百四十八
辰申三千五百四十九
辰酉三千五百五十
辰戌三千五百五十一
辰亥三千五百五十二

星庚二百九十七 辰子三千五百五十三
辰丑三千五百五十四
辰寅三千五百五十五
辰卯三千五百五十六
辰辰三千五百五十七
辰巳三千五百五十八
辰午三千五百五十九
辰未三千五百六十
辰申三千五百六十一
辰酉三千五百六十二
辰戌三千五百六十三
辰亥三千五百六十四

星辛二百九十八 辰子三千五百六十五
辰丑三千五百六十六
辰寅三千五百六十七
辰卯三千五百六十八
辰辰三千五百六十九
辰巳三千五百七十
辰午三千五百七十一
辰未三千五百七十二
辰申三千五百七十三
辰酉三千五百七十四
辰戌三千五百七十五
辰亥三千五百七十六

星壬二百九十九

辰子三千五百七十七
辰丑三千五百七十八
辰寅三千五百七十九
辰卯三千五百八十
辰辰三千五百八十一
辰巳三千五百八十二
辰午三千五百八十三
辰未三千五百八十四
辰申三千五百八十五
辰酉三千五百八十六
辰戌三千五百八十七
辰亥三千五百八十八

星癸三百

辰子三千五百八十九
辰丑三千五百九十
辰寅三千五百九十一
辰卯三千五百九十二
辰辰三千五百九十三
辰巳三千五百九十四
辰午三千五百九十五
辰未三千五百九十六
辰申三千五百九十七
辰酉三千五百九十八
辰戌三千五百九十九
辰亥三千六百

（皇极经世书卷二中）

钦定四库全书

子部

皇极经世书卷二下

详校官中书　臣　吕光復

灵台郎　臣　倪廷梅　复勘

总校官编修　臣　王燕绪

校对官中书　臣　潘奕隽

誊　录监生　臣　王遇亨

欽定四庫全書

皇極經世書卷二下　　宋　邵雍　撰

觀物篇十一　以元經會十一

日甲一月戊十一星甲三百一辰子一 三千六百

辰丑二 三千六百

辰寅三 三千六百

辰卯四 三千六百

辰辰五 三千六百

辰巳六 三千六百

辰午七 三千六百

辰未八 三千六百

辰申九 三千六百

辰酉十 三千六百

辰戌十一 三千六百

辰亥十二 三千六百

星乙三百二　辰子十三 三千六百

钦定四库全书·皇极经世书卷二下

［宋］　邵　雍　撰

观物篇十一　以元经会十一[①]

日甲一　月戌十一

星甲三百一

辰子三千六百一
辰丑三千六百二
辰寅三千六百三
辰卯三千六百四
辰辰三千六百五
辰巳三千六百六
辰午三千六百七
辰未三千六百八
辰申三千六百九
辰酉三千六百十
辰戌三千六百十一
辰亥三千六百十二

星乙三百二

辰子三千六百十三
辰丑三千六百十四
辰寅三千六百十五
辰卯三千六百十六
辰辰三千六百十七
辰巳三千六百十八
辰午三千六百十九
辰未三千六百二十
辰申三千六百二十一
辰酉三千六百二十二
辰戌三千六百二十三
辰亥三千六百二十四

校者注　①　以元经会十一：即“观物篇十一”，从“日甲一、月戌十一、星甲三百一、辰子三千六百一”起，到“星癸三百三十、辰亥三千九百六十”止。人类自108000年起又经历10800年，共经历118800年，即至118800年止，此际卦象为剥(䷖)。

星丙三百三　辰子三千六百二十五
辰丑三千六百二十六
辰寅三千六百二十七
辰卯三千六百二十八
辰辰三千六百二十九
辰巳三千六百三十
辰午三千六百三十一
辰未三千六百三十二
辰申三千六百三十三
辰酉三千六百三十四
辰戌三千六百三十五
辰亥三千六百三十六

星丁三百四　辰子三千六百三十七
辰丑三千六百三十八
辰寅三千六百三十九
辰卯三千六百四十
辰辰三千六百四十一
辰巳三千六百四十二
辰午三千六百四十三
辰未三千六百四十四
辰申三千六百四十五
辰酉三千六百四十六
辰戌三千六百四十七
辰亥三千六百四十八

星戊三百五　辰子三千六百四十九
辰丑三千六百五十
辰寅三千六百五十一
辰卯三千六百五十二
辰辰三千六百五十三
辰巳三千六百五十四
辰午三千六百五十五
辰未三千六百五十六
辰申三千六百五十七
辰酉三千六百五十八
辰戌三千六百五十九
辰亥三千六百六十

星己三百六　辰子三千六百六十一
辰丑三千六百六十二
辰寅三千六百六十三
辰卯三千六百六十四
辰辰三千六百六十五
辰巳三千六百六十六
辰午三千六百六十七
辰未三千六百六十八
辰申三千六百六十九
辰酉三千六百七十
辰戌三千六百七十一
辰亥三千六百七十二

星庚三百七　辰子三千六百七十三
辰丑三千六百七十四
辰寅三千六百七十五
辰卯三千六百七十六
辰辰三千六百七十七
辰巳三千六百七十八
辰午三千六百七十九
辰未三千六百八十
辰申三千六百八十一
辰酉三千六百八十二
辰戌三千六百八十三
辰亥三千六百八十四

星辛三百八　辰子三千六百八十五
辰丑三千六百八十六
辰寅三千六百八十七
辰卯三千六百八十八
辰辰三千六百八十九
辰巳三千六百九十
辰午三千六百九十一
辰未三千六百九十二
辰申三千六百九十三
辰酉三千六百九十四
辰戌三千六百九十五
辰亥三千六百九十六

星壬三百九 **辰子**三千六百九十七
辰丑三千六百九十八
辰寅三千六百九十九
辰卯三千七百
辰辰三千七百一
辰巳三千七百二
辰午三千七百三
辰未三千七百四
辰申三千七百五
辰酉三千七百六
辰戌三千七百七
辰亥三千七百八

星癸三百一十 **辰子**三千七百九
辰丑三千七百十
辰寅三千七百十一
辰卯三千七百十二
辰辰三千七百十三
辰巳三千七百十四
辰午三千七百十五
辰未三千七百十六
辰申三千七百十七
辰酉三千七百十八
辰戌三千七百十九
辰亥三千七百二十

星甲三百一十一 **辰子**三千七百二十一
辰丑三千七百二十二
辰寅三千七百二十三
辰卯三千七百二十四
辰辰三千七百二十五
辰巳三千七百二十六
辰午三千七百二十七
辰未三千七百二十八
辰申三千七百二十九
辰酉三千七百三十
辰戌三千七百三十一
辰亥三千七百三十二

星乙三百一十二 **辰子**三千七百三十三
辰丑三千七百三十四
辰寅三千七百三十五
辰卯三千七百三十六
辰辰三千七百三十七
辰巳三千七百三十八
辰午三千七百三十九
辰未三千七百四十
辰申三千七百四十一
辰酉三千七百四十二
辰戌三千七百四十三
辰亥三千七百四十四

星丙三百一十三 **辰子**三千七百四十五
辰丑三千七百四十六
辰寅三千七百四十七
辰卯三千七百四十八
辰辰三千七百四十九
辰巳三千七百五十
辰午三千七百五十一
辰未三千七百五十二
辰申三千七百五十三
辰酉三千七百五十四
辰戌三千七百五十五
辰亥三千七百五十六

星丁三百一十四 **辰子**三千七百五十七
辰丑三千七百五十八
辰寅三千七百五十九
辰卯三千七百六十
辰辰三千七百六十一
辰巳三千七百六十二
辰午三千七百六十三
辰未三千七百六十四
辰申三千七百六十五
辰酉三千七百六十六
辰戌三千七百六十七
辰亥三千七百六十八

星戊三百一十五　**辰子**三千七百六十九
辰丑三千七百七十
辰寅三千七百七十一
辰卯三千七百七十二
辰辰三千七百七十三
辰巳三千七百七十四
辰午三千七百七十五
辰未三千七百七十六
辰申三千七百七十七
辰酉三千七百七十八
辰戌三千七百七十九
辰亥三千七百八十

星己三百一十六　**辰子**三千七百八十一
辰丑三千七百八十二
辰寅三千七百八十三
辰卯三千七百八十四
辰辰三千七百八十五
辰巳三千七百八十六
辰午三千七百八十七
辰未三千七百八十八
辰申三千七百八十九
辰酉三千七百九十
辰戌三千七百九十一
辰亥三千七百九十二

星庚三百一十七　**辰子**三千七百九十三
辰丑三千七百九十四
辰寅三千七百九十五
辰卯三千七百九十六
辰辰三千七百九十七
辰巳三千七百九十八
辰午三千七百九十九
辰未三千八百
辰申三千八百一
辰酉三千八百二
辰戌三千八百三
辰亥三千八百四

星辛三百一十八　**辰子**三千八百五
辰丑三千八百六
辰寅三千八百七
辰卯三千八百八
辰辰三千八百九
辰巳三千八百一十
辰午三千八百一十一
辰未三千八百一十二
辰申三千八百一十三
辰酉三千八百一十四
辰戌三千八百一十五
辰亥三千八百一十六

星壬三百一十九　**辰子**三千八百一十七
辰丑三千八百一十八
辰寅三千八百一十九
辰卯三千八百二十
辰辰三千八百二十一
辰巳三千八百二十二
辰午三千八百二十三
辰未三千八百二十四
辰申三千八百二十五
辰酉三千八百二十六
辰戌三千八百二十七
辰亥三千八百二十八

星癸三百二十　**辰子**三千八百二十九
辰丑三千八百三十
辰寅三千八百三十一
辰卯三千八百三十二
辰辰三千八百三十三
辰巳三千八百三十四
辰午三千八百三十五
辰未三千八百三十六
辰申三千八百三十七
辰酉三千八百三十八
辰戌三千八百三十九
辰亥三千八百四十

星甲三百二十一 **辰子**三千八百四十一
辰丑三千八百四十二
辰寅三千八百四十三
辰卯三千八百四十四
辰辰三千八百四十五
辰巳三千八百四十六
辰午三千八百四十七
辰未三千八百四十八
辰申三千八百四十九
辰酉三千八百五十
辰戌三千八百五十一
辰亥三千八百五十二
星乙三百二十二 **辰子**三千八百五十三
辰丑三千八百五十四
辰寅三千八百五十五
辰卯三千八百五十六
辰辰三千八百五十七
辰巳三千八百五十八
辰午三千八百五十九
辰未三千八百六十
辰申三千八百六十一
辰酉三千八百六十二
辰戌三千八百六十三
辰亥三千八百六十四
星丙三百二十三 **辰子**三千八百六十五
辰丑三千八百六十六
辰寅三千八百六十七
辰卯三千八百六十八
辰辰三千八百六十九
辰巳三千八百七十
辰午三千八百七十一
辰未三千八百七十二
辰申三千八百七十三
辰酉三千八百七十四
辰戌三千八百七十五
辰亥三千八百七十六
星丁三百二十四 **辰子**三千八百七十七
辰丑三千八百七十八
辰寅三千八百七十九
辰卯三千八百八十
辰辰三千八百八十一
辰巳三千八百八十二
辰午三千八百八十三
辰未三千八百八十四
辰申三千八百八十五
辰酉三千八百八十六
辰戌三千八百八十七
辰亥三千八百八十八
星戊三百二十五 **辰子**三千八百八十九
辰丑三千八百九十
辰寅三千八百九十一
辰卯三千八百九十二
辰辰三千八百九十三
辰巳三千八百九十四
辰午三千八百九十五
辰未三千八百九十六
辰申三千八百九十七
辰酉三千八百九十八
辰戌三千八百九十九
辰亥三千九百
星己三百二十六 **辰子**三千九百一
辰丑三千九百二
辰寅三千九百三
辰卯三千九百四
辰辰三千九百五
辰巳三千九百六
辰午三千九百七
辰未三千九百八
辰申三千九百九
辰酉三千九百一十
辰戌三千九百一十一
辰亥三千九百一十二

星庚三百二十七　**辰子**三千九百一十三
辰丑三千九百一十四
辰寅三千九百一十五
辰卯三千九百一十六
辰辰三千九百一十七
辰巳三千九百一十八
辰午三千九百一十九
辰未三千九百二十
辰申三千九百二十一
辰酉三千九百二十二
辰戌三千九百二十三
辰亥三千九百二十四

星辛三百二十八　**辰子**三千九百二十五
辰丑三千九百二十六
辰寅三千九百二十七
辰卯三千九百二十八
辰辰三千九百二十九
辰巳三千九百三十
辰午三千九百三十一
辰未三千九百三十二
辰申三千九百三十三
辰酉三千九百三十四
辰戌三千九百三十五
辰亥三千九百三十六

星壬三百二十九　**辰子**三千九百三十七
辰丑三千九百三十八
辰寅三千九百三十九
辰卯三千九百四十
辰辰三千九百四十一
辰巳三千九百四十二
辰午三千九百四十三
辰未三千九百四十四
辰申三千九百四十五
辰酉三千九百四十六
辰戌三千九百四十七
辰亥三千九百四十八

星癸三百三十　**辰子**三千九百四十九
辰丑三千九百五十
辰寅三千九百五十一
辰卯三千九百五十二
辰辰三千九百五十三
辰巳三千九百五十四
辰午三千九百五十五
辰未三千九百五十六
辰申三千九百五十七
辰酉三千九百五十八
辰戌三千九百五十九
辰亥三千九百六十

观物篇十二　以元经会十二[①]

日甲一　月亥十二

星甲三百三十一　辰子三千九百六十一
辰丑三千九百六十二
辰寅三千九百六十三
辰卯三千九百六十四
辰辰三千九百六十五
辰巳三千九百六十六
辰午三千九百六十七
辰未三千九百六十八
辰申三千九百六十九
辰酉三千九百七十
辰戌三千九百七十一
辰亥三千九百七十二

星乙三百三十二　辰子三千九百七十三
辰丑三千九百七十四
辰寅三千九百七十五
辰卯三千九百七十六
辰辰三千九百七十七
辰巳三千九百七十八
辰午三千九百七十九
辰未三千九百八十
辰申三千九百八十一
辰酉三千九百八十二
辰戌三千九百八十三
辰亥三千九百八十四

星丙三百三十三　辰子三千九百八十五
辰丑三千九百八十六
辰寅三千九百八十七
辰卯三千九百八十八
辰辰三千九百八十九
辰巳三千九百九十
辰午三千九百九十一
辰未三千九百九十二
辰申三千九百九十三
辰酉三千九百九十四
辰戌三千九百九十五
辰亥三千九百九十六

星丁三百三十四　辰子三千九百九十七
辰丑三千九百九十八
辰寅三千九百九十九
辰卯四千
辰辰四千一
辰巳四千二
辰午四千三
辰未四千四
辰申四千五
辰酉四千六
辰戌四千七
辰亥四千八

校者注　①　以元经会十二：即“观物篇十二”，从“日甲一、月亥十二、星甲三百三十一、辰子三千九百六十一”起，到“星癸三百六十、辰亥四千三百二十”止。人类自118800年起又经历10800年，共经历129600年，即至129600年止，此际卦象为坤（☷）。

星戊三百三十五　辰子四千九
辰丑四千一十
辰寅四千一十一
辰卯四千一十二
辰辰四千一十三
辰巳四千一十四
辰午四千一十五
辰未四千一十六
辰申四千一十七
辰酉四千一十八
辰戌四千一十九
辰亥四千二十

星己三百三十六　辰子四千二十一
辰丑四千二十二
辰寅四千二十三
辰卯四千二十四
辰辰四千二十五
辰巳四千二十六
辰午四千二十七
辰未四千二十八
辰申四千二十九
辰酉四千三十
辰戌四千三十一
辰亥四千三十二

星庚三百三十七　辰子四千三十三
辰丑四千三十四
辰寅四千三十五
辰卯四千三十六
辰辰四千三十七
辰巳四千三十八
辰午四千三十九
辰未四千四十
辰申四千四十一
辰酉四千四十二
辰戌四千四十三
辰亥四千四十四

星辛三百三十八　辰子四千四十五
辰丑四千四十六
辰寅四千四十七
辰卯四千四十八
辰辰四千四十九
辰巳四千五十
辰午四千五十一
辰未四千五十二
辰申四千五十三
辰酉四千五十四
辰戌四千五十五
辰亥四千五十六

星壬三百三十九　辰子四千五十七
辰丑四千五十八
辰寅四千五十九
辰卯四千六十
辰辰四千六十一
辰巳四千六十二
辰午四千六十三
辰未四千六十四
辰申四千六十五
辰酉四千六十六
辰戌四千六十七
辰亥四千六十八

星癸三百四十　辰子四千六十九
辰丑四千七十
辰寅四千七十一
辰卯四千七十二
辰辰四千七十三
辰巳四千七十四
辰午四千七十五
辰未四千七十六
辰申四千七十七
辰酉四千七十八
辰戌四千七十九
辰亥四千八十

星甲三百四十一 辰子四千八十一
辰丑四千八十二
辰寅四千八十三
辰卯四千八十四
辰辰四千八十五
辰巳四千八十六
辰午四千八十七
辰未四千八十八
辰申四千八十九
辰酉四千九十
辰戌四千九十一
辰亥四千九十二
星乙三百四十二 辰子四千九十三
辰丑四千九十四
辰寅四千九十五
辰卯四千九十六
辰辰四千九十七
辰巳四千九十八
辰午四千九十九
辰未四千一百
辰申四千一百一
辰酉四千一百二
辰戌四千一百三
辰亥四千一百四
星丙三百四十三 辰子四千一百五
辰丑四千一百六
辰寅四千一百七
辰卯四千一百八
辰辰四千一百九
辰巳四千一百一十
辰午四千一百一十一
辰未四千一百一十二
辰申四千一百一十三
辰酉四千一百一十四
辰戌四千一百一十五
辰亥四千一百一十六

星丁三百四十四 辰子四千一百一十七
辰丑四千一百一十八
辰寅四千一百一十九
辰卯四千一百二十
辰辰四千一百二十一
辰巳四千一百二十二
辰午四千一百二十三
辰未四千一百二十四
辰申四千一百二十五
辰酉四千一百二十六
辰戌四千一百二十七
辰亥四千一百二十八
星戊三百四十五 辰子四千一百二十九
辰丑四千一百三十
辰寅四千一百三十一
辰卯四千一百三十二
辰辰四千一百三十三
辰巳四千一百三十四
辰午四千一百三十五
辰未四千一百三十六
辰申四千一百三十七
辰酉四千一百三十八
辰戌四千一百三十九
辰亥四千一百四十
星己三百四十六 辰子四千一百四十一
辰丑四千一百四十二
辰寅四千一百四十三
辰卯四千一百四十四
辰辰四千一百四十五
辰巳四千一百四十六
辰午四千一百四十七
辰未四千一百四十八
辰申四千一百四十九
辰酉四千一百五十
辰戌四千一百五十一
辰亥四千一百五十二

星庚三百四十七
辰子四千一百五十三
辰丑四千一百五十四
辰寅四千一百五十五
辰卯四千一百五十六
辰辰四千一百五十七
辰巳四千一百五十八
辰午四千一百五十九
辰未四千一百六十
辰申四千一百六十一
辰酉四千一百六十二
辰戌四千一百六十三
辰亥四千一百六十四

星辛三百四十八
辰子四千一百六十五
辰丑四千一百六十六
辰寅四千一百六十七
辰卯四千一百六十八
辰辰四千一百六十九
辰巳四千一百七十
辰午四千一百七十一
辰未四千一百七十二
辰申四千一百七十三
辰酉四千一百七十四
辰戌四千一百七十五
辰亥四千一百七十六

星壬三百四十九
辰子四千一百七十七
辰丑四千一百七十八
辰寅四千一百七十九
辰卯四千一百八十
辰辰四千一百八十一
辰巳四千一百八十二
辰午四千一百八十三
辰未四千一百八十四
辰申四千一百八十五
辰酉四千一百八十六
辰戌四千一百八十七
辰亥四千一百八十八

星癸三百五十
辰子四千一百八十九
辰丑四千一百九十
辰寅四千一百九十一
辰卯四千一百九十二
辰辰四千一百九十三
辰巳四千一百九十四
辰午四千一百九十五
辰未四千一百九十六
辰申四千一百九十七
辰酉四千一百九十八
辰戌四千一百九十九
辰亥四千二百

星甲三百五十一
辰子四千二百一
辰丑四千二百二
辰寅四千二百三
辰卯四千二百四
辰辰四千二百五
辰巳四千二百六
辰午四千二百七
辰未四千二百八
辰申四千二百九
辰酉四千二百十
辰戌四千二百一十一
辰亥四千二百一十二

星乙三百五十二
辰子四千二百一十三
辰丑四千二百一十四
辰寅四千二百一十五
辰卯四千二百一十六
辰辰四千二百一十七
辰巳四千二百一十八
辰午四千二百一十九
辰未四千二百二十
辰申四千二百二十一
辰酉四千二百二十二
辰戌四千二百二十三
辰亥四千二百二十四

星丙三百五十三 **辰子**四千二百二十五
辰丑四千二百二十六
辰寅四千二百二十七
辰卯四千二百二十八
辰辰四千二百二十九
辰巳四千二百三十
辰午四千二百三十一
辰未四千二百三十二
辰申四千二百三十三
辰酉四千二百三十四
辰戌四千二百三十五
辰亥四千二百三十六

星丁三百五十四 **辰子**四千二百三十七
辰丑四千二百三十八
辰寅四千二百三十九
辰卯四千二百四十
辰辰四千二百四十一
辰巳四千二百四十二
辰午四千二百四十三
辰未四千二百四十四
辰申四千二百四十五
辰酉四千二百四十六
辰戌四千二百四十七
辰亥四千二百四十八

星戊三百五十五 **辰子**四千二百四十九
辰丑四千二百五十
辰寅四千二百五十一
辰卯四千二百五十二
辰辰四千二百五十三
辰巳四千二百五十四
辰午四千二百五十五
辰未四千二百五十六
辰申四千二百五十七
辰酉四千二百五十八
辰戌四千二百五十九
辰亥四千二百六十

星己三百五十六 **辰子**四千二百六十一
辰丑四千二百六十二
辰寅四千二百六十三
辰卯四千二百六十四
辰辰四千二百六十五
辰巳四千二百六十六
辰午四千二百六十七
辰未四千二百六十八
辰申四千二百六十九
辰酉四千二百七十
辰戌四千二百七十一
辰亥四千二百七十二

星庚三百五十七 **辰子**四千二百七十三
辰丑四千二百七十四
辰寅四千二百七十五
辰卯四千二百七十六
辰辰四千二百七十七
辰巳四千二百七十八
辰午四千二百七十九
辰未四千二百八十
辰申四千二百八十一
辰酉四千二百八十二
辰戌四千二百八十三
辰亥四千二百八十四

星辛三百五十八 **辰子**四千二百八十五
辰丑四千二百八十六
辰寅四千二百八十七
辰卯四千二百八十八
辰辰四千二百八十九
辰巳四千二百九十
辰午四千二百九十一
辰未四千二百九十二
辰申四千二百九十三
辰酉四千二百九十四
辰戌四千二百九十五
辰亥四千二百九十六

星壬三百五十九	**辰子**四千二百九十七	**星癸**三百六十	**辰子**四千三百九
	辰丑四千二百九十八		**辰丑**四千三百十
	辰寅四千二百九十九		**辰寅**四千三百一十一
	辰卯四千三百		**辰卯**四千三百一十二
	辰辰四千三百一		**辰辰**四千三百一十三
	辰巳四千三百二		**辰巳**四千三百一十四
	辰午四千三百三		**辰午**四千三百一十五
	辰未四千三百四		**辰未**四千三百一十六
	辰申四千三百五		**辰申**四千三百一十七
	辰酉四千三百六		**辰酉**四千三百一十八
	辰戌四千三百七		**辰戌**四千三百一十九
	辰亥四千三百八		**辰亥**四千三百二十

（皇极经世书卷二下）

钦定四库全书

子部

皇极经世书卷三上

详校官中书臣吕光復

灵台郎臣倪廷梅复勘

总校官编修臣王燕绪

校对官编修臣沈清藻

誊录监生臣俞昌言

欽定四庫全書

皇極經世書卷三上　　宋　邵雍　撰

觀物篇十三　以會經運一

經日之甲一

經月之寅三

開物始月寅之中

經星之巳七十六

經星之庚七十七

經星之辛七十八

經星之壬七十九

經星之癸八十

經星之甲八十一

經星之乙八十二

經星之丙八十三

經星之丁八十四

經星之戊八十五

钦定四库全书·皇极经世书卷三上

［宋］ 邵 雍 撰

观物篇十三 以会经运一[①]

经日之甲〔一〕[②]

经月之寅〔三〕

开物始月寅之中

经星之己〔七十六〕
经星之庚〔七十七〕
经星之辛〔七十八〕
经星之壬〔七十九〕
经星之癸〔八十〕
经星之甲〔八十一〕
经星之乙〔八十二〕
经星之丙〔八十三〕
经星之丁〔八十四〕
经星之戊〔八十五〕
经星之己〔八十六〕
经星之庚〔八十七〕
经星之辛〔八十八〕
经星之壬〔八十九〕
经星之癸〔九十〕

校者注 ① 以会经运一：即“观物篇十三”，从“经日之甲一、经月之寅三、经星之己”第七十六运，亦即天地生成之第27360年，人类诞生之始计起，此为“开物”之时，至“经日之甲一、经月之巳六、经星之壬一百七十九”止，共有24400年之久，虽有人类，但无迹可考，故只列星辰经运表。

② 本书中所有的中括号皆为校者所加。

经日之甲〔一〕

经月之卯〔四〕

经星之甲〔九十一〕

经星之乙〔九十二〕

经星之丙〔九十三〕

经星之丁〔九十四〕

经星之戊〔九十五〕

经星之己〔九十六〕

经星之庚〔九十七〕

经星之辛〔九十八〕

经星之壬〔九十九〕

经星之癸〔一百〕

经星之甲〔一百一〕

经星之乙〔一百二〕

经星之丙〔一百三〕

经星之丁〔一百四〕

经星之戊〔一百五〕

经星之己〔一百六〕

经星之庚〔一百七〕

经星之辛〔一百八〕

经星之壬〔一百九〕

经星之癸〔一百十〕

经星之甲〔一百十一〕

经星之乙〔一百十二〕

经星之丙〔一百十三〕

经星之丁〔一百十四〕

经星之戊〔一百十五〕

经星之己〔一百十六〕

经星之庚〔一百十七〕

经星之辛〔一百十八〕

经星之壬〔一百十九〕

经星之癸〔一百二十〕

经日之甲〔一〕

经月之辰〔五〕

经星之甲〔一百二十一〕

经星之乙〔一百二十二〕

经星之丙〔一百二十三〕

经星之丁〔一百二十四〕

经星之戊〔一百二十五〕

经星之己〔一百二十六〕

经星之庚〔一百二十七〕

经星之辛〔一百二十八〕

经星之壬〔一百二十九〕

经星之癸〔一百三十〕

经星之甲〔一百三十一〕

经星之乙〔一百三十二〕

经星之丙〔一百三十三〕

经星之丁〔一百三十四〕

经星之戊〔一百三十五〕

经星之己〔一百三十六〕

经星之庚〔一百三十七〕

经星之辛〔一百三十八〕

经星之壬〔一百三十九〕

经星之癸〔一百四十〕

经星之甲〔一百四十一〕

经星之乙〔一百四十二〕

经星之丙〔一百四十三〕

经星之丁〔一百四十四〕
经星之戊〔一百四十五〕
经星之己〔一百四十六〕
经星之庚〔一百四十七〕
经星之辛〔一百四十八〕
经星之壬〔一百四十九〕
经星之癸〔一百五十〕

经日之甲〔一〕

经月之巳〔六〕

经星之甲〔一百五十一〕
经星之乙〔一百五十二〕
经星之丙〔一百五十三〕
经星之丁〔一百五十四〕
经星之戊〔一百五十五〕
经星之己〔一百五十六〕
经星之庚〔一百五十七〕
经星之辛〔一百五十八〕
经星之壬〔一百五十九〕
经星之癸〔一百六十〕
经星之甲〔一百六十一〕
经星之乙〔一百六十二〕
经星之丙〔一百六十三〕
经星之丁〔一百六十四〕
经星之戊〔一百六十五〕
经星之己〔一百六十六〕
经星之庚〔一百六十七〕
经星之辛〔一百六十八〕
经星之壬〔一百六十九〕
经星之癸〔一百七十〕
经星之甲〔一百七十一〕
经星之乙〔一百七十二〕
经星之丙〔一百七十三〕
经星之丁〔一百七十四〕
经星之戊〔一百七十五〕
经星之己〔一百七十六〕
经星之庚〔一百七十七〕
经星之辛〔一百七十八〕
经星之壬〔一百七十九〕

观物篇十四　以会经运二[①]

经日之甲〔一〕

经月之巳〔六〕

经星之癸〔一百八十〕

经辰之子〔二千一百四十九〕

甲子	甲戌	甲申
乙丑	乙亥	乙酉
丙寅	丙子	丙戌
丁卯	丁丑	丁亥
戊辰	戊寅	戊子
己巳	己卯	己丑
庚午	庚辰	庚寅
辛未	辛巳	辛卯
壬申	壬午	壬辰
癸酉	癸未	癸巳

经辰之丑〔二千一百五十〕

甲午	己亥	甲辰
乙未	庚子	乙巳
丙申	辛丑	丙午
丁酉	壬寅	丁未
戊戌	癸卯	戊申

校者注　①　以会经运二：即“观物篇十四”，从“经日之甲一、经月之巳六、经星之癸一百八十、经辰之子二千一百四十九”起，至“经辰之亥二千一百六十”止，即第64470年，始逐年记事，止于大禹即位第八年，即第64830年。公历为公元前2217年。

己酉	甲寅	己未
庚戌	乙卯	庚申
辛亥	丙辰	辛酉
壬子	丁巳	壬戌
癸丑	戊午	癸亥

经辰之寅〔二千一百五十一〕

甲子	甲戌	甲申
乙丑	乙亥	乙酉
丙寅	丙子	丙戌
丁卯	丁丑	丁亥
戊辰	戊寅	戊子
己巳	己卯	己丑
庚午	庚辰	庚寅
辛未	辛巳	辛卯
壬申	壬午	壬辰
癸酉	癸未	癸巳

经辰之卯〔二千一百五十二〕

甲午	甲辰	甲寅
乙未	乙巳	乙卯
丙申	丙午	丙辰
丁酉	丁未	丁巳
戊戌	戊申	戊午
己亥	己酉	己未
庚子	庚戌	庚申
辛丑	辛亥	辛酉
壬寅	壬子	壬戌
癸卯	癸丑	癸亥

经辰之辰〔二千一百五十三〕

甲子	乙丑	丙寅

丁卯	丙子	乙酉
戊辰	丁丑	丙戌
己巳	戊寅	丁亥
庚午	己卯	戊子
辛未	庚辰	己丑
壬申	辛巳	庚寅
癸酉	壬午	辛卯
甲戌	癸未	壬辰
乙亥	甲申	癸巳

经辰之巳〔二千一百五十四〕

甲午	甲辰	甲寅
乙未	乙巳	乙卯
丙申	丙午	丙辰
丁酉	丁未	丁巳
戊戌	戊申	戊午
己亥	己酉	己未
庚子	庚戌	庚申
辛丑	辛亥	辛酉
壬寅	壬子	壬戌
癸卯	癸丑	癸亥

经辰之午〔二千一百五十五〕

甲子	壬申	庚辰
乙丑	癸酉	辛巳
丙寅	甲戌	壬午
丁卯	乙亥	癸未
戊辰	丙子	甲申
己巳	丁丑	乙酉
庚午	戊寅	丙戌
辛未	己卯	丁亥

戊子	庚寅	壬辰
己丑	辛卯	癸巳

经辰之未〔二千一百五十六〕

甲午	甲辰唐尧	甲寅〔十一〕
乙未	乙巳〔二〕	乙卯〔十二〕
丙申	丙午〔三〕	丙辰〔十三〕
丁酉	丁未〔四〕	丁巳〔十四〕
戊戌	戊申〔五〕	戊午〔十五〕
己亥	己酉〔六〕	己未〔十六〕
庚子	庚戌〔七〕	庚申〔十七〕
辛丑	辛亥〔八〕	辛酉〔十八〕
壬寅	壬子〔九〕	壬戌〔十九〕
癸卯	癸丑〔十〕	癸亥〔二十〕

经辰之申〔二千一百五十七〕

甲子〔二十一〕	甲戌〔三十一〕	甲申〔四十一〕
乙丑〔二十二〕	乙亥〔三十二〕	乙酉〔四十二〕
丙寅〔二十三〕	丙子〔三十三〕	丙戌〔四十三〕
丁卯〔二十四〕	丁丑〔三十四〕	丁亥〔四十四〕
戊辰〔二十五〕	戊寅〔三十五〕	戊子〔四十五〕
己巳〔二十六〕	己卯〔三十六〕	己丑〔四十六〕
庚午〔二十七〕	庚辰〔三十七〕	庚寅〔四十七〕
辛未〔二十八〕	辛巳〔三十八〕	辛卯〔四十八〕
壬申〔二十九〕	壬午〔三十九〕	壬辰〔四十九〕
癸酉〔三十〕	癸未〔四十〕	癸巳〔五十〕

经辰之酉〔二千一百五十八〕

甲午〔五十一〕	戊戌〔五十五〕
乙未〔五十二〕	己亥〔五十六〕
丙申〔五十三〕	庚子〔五十七〕
丁酉〔五十四〕	辛丑〔五十八〕

壬寅〔五十九〕
癸卯〔六十〕
甲辰〔六十一〕
乙巳〔六十二〕
丙午〔六十三〕
丁未〔六十四〕
戊申〔六十五〕
己酉〔六十六〕　洪水方割命鲧治之。
庚戌〔六十七〕
辛亥〔六十八〕
壬子〔六十九〕
癸丑〔七十〕　徵舜登庸。
甲寅〔七十一〕
乙卯〔七十二〕　荐舜于天命之位。
丙辰虞舜　正月上日舜受命于文祖。
丁巳〔二〕
戊午〔三〕
己未〔四〕
庚申〔五〕
辛酉〔六〕
壬戌〔七〕
癸亥〔八〕

经辰之戌〔二千一百五十九〕

甲子〔九〕
乙丑〔十〕
丙寅〔十一〕
丁卯〔十二〕
戊辰〔十三〕
己巳〔十四〕
庚午〔十五〕
辛未〔十六〕
壬申〔十七〕
癸酉〔十八〕
甲戌〔十九〕
乙亥〔二十〕
丙子〔二十一〕
丁丑〔二十二〕
戊寅〔二十三〕
己卯〔二十四〕
庚辰〔二十五〕
辛巳〔二十六〕
壬午〔二十七〕
癸未〔二十八〕　帝尧殂落。
甲申〔二十九〕
乙酉〔三十〕
丙戌〔三十一〕　月正元日舜格于文祖。
丁亥〔三十二〕
戊子〔三十三〕
己丑〔三十四〕
庚寅〔三十五〕
辛卯〔三十六〕
壬辰〔三十七〕
癸巳〔三十八〕

经辰之亥〔二千一百六十〕

甲午〔三十九〕
乙未〔四十〕
丙申〔四十一〕
丁酉〔四十二〕
戊戌〔四十三〕
己亥〔四十四〕
庚子〔四十五〕
辛丑〔四十六〕
壬寅〔四十七〕
癸卯〔四十八〕
甲辰〔四十九〕
乙巳〔五十〕
丙午〔五十一〕
丁未〔五十二〕
戊申〔五十三〕
己酉〔五十四〕
庚戌〔五十五〕
辛亥〔五十六〕
壬子〔五十七〕
癸丑〔五十八〕
甲寅〔五十九〕
乙卯〔六十〕
丙辰〔六十一〕 荐禹于天命之位。
丁巳夏禹 正月朔旦受命于神宗。
戊午〔二〕
己未〔三〕
庚申〔四〕
辛酉〔五〕
壬戌〔六〕
癸亥〔七〕

观物篇十五　以会经运三[①]

经日之甲〔一〕

经月之午〔七〕

经星之甲〔一百八十一〕

经辰之子〔二千一百六十一〕

甲子〔八〕

乙丑〔九〕

丙寅〔十〕

丁卯〔十一〕

戊辰〔十二〕

己巳〔十三〕

庚午〔十四〕

辛未〔十五〕

壬申〔十六〕

癸酉〔十七〕　舜陟方乃死。

甲戌〔十八〕

乙亥〔十九〕

丙子〔二十〕

丁丑〔二十一〕

戊寅〔二十二〕

己卯〔二十三〕

庚辰〔二十四〕

辛巳〔二十五〕

壬午〔二十六〕

癸未〔二十七〕　东巡至于会稽，崩。

甲申夏启

乙酉〔二〕

丙戌〔三〕

丁亥〔四〕

戊子〔五〕

己丑〔六〕

庚寅〔七〕

辛卯〔八〕

壬辰〔九〕

癸巳夏太康

校者注　①　以会经运三：即“观物篇十五”，从“经日之甲一、经月之午七、经星之甲一百八十一、经辰之子二千一百六十一”起，至“经辰之亥二千一百七十二”止，共经历360年，为夏朝时代之年表。公历为公元前1857年。

经辰之丑〔二千一百六十二〕

甲午〔二〕
乙未〔三〕
丙申〔四〕
丁酉〔五〕
戊戌〔六〕
己亥〔七〕
庚子〔八〕
辛丑〔九〕
壬寅〔十〕
癸卯〔十一〕
甲辰〔十二〕
乙巳〔十三〕
丙午〔十四〕
丁未〔十五〕
戊申〔十六〕
己酉〔十七〕
庚戌〔十八〕
辛亥〔十九〕
壬子〔二十〕
癸丑〔二十一〕
甲寅〔二十二〕
乙卯〔二十三〕
丙辰〔二十四〕
丁巳〔二十五〕
戊午〔二十六〕
己未〔二十七〕
庚申〔二十八〕
辛酉〔二十九〕太康失邦有穷，后羿拒于河而死。
壬戌夏仲康
癸亥〔二〕

经辰之寅〔二千一百六十三〕

甲子〔三〕
乙丑〔四〕
丙寅〔五〕
丁卯〔六〕
戊辰〔七〕
己巳〔八〕
庚午〔九〕
辛未〔十〕
壬申〔十一〕
癸酉〔十二〕
甲戌〔十三〕
乙亥夏相
丙子〔二〕
丁丑〔三〕
戊寅〔四〕
己卯〔五〕
庚辰〔六〕
辛巳〔七〕
壬午〔八〕
癸未〔九〕
甲申〔十〕
乙酉〔十一〕

丙戌〔十二〕
丁亥〔十三〕
戊子〔十四〕
己丑〔十五〕
庚寅〔十六〕
辛卯〔十七〕
壬辰〔十八〕
癸巳〔十九〕

经辰之卯〔二千一百六十四〕

甲午〔二十〕
乙未〔二十一〕
丙申〔二十二〕
丁酉〔二十三〕
戊戌〔二十四〕
己亥〔二十五〕
庚子〔二十六〕
辛丑〔二十七〕
壬寅〔二十八〕 寒浞杀有穷，后羿代立，使子浇及豷伐斟灌、斟鄩氏，灭相。封浇于过，封豷于戈。相之臣靡逃于有鬲氏，相之后纺缗还于有仍氏始生少康。
癸卯夏少康始生
甲辰〔二〕
乙巳〔三〕
丙午〔四〕
丁未〔五〕
戊申〔六〕
己酉〔七〕
庚戌〔八〕
辛亥〔九〕
壬子〔十〕
癸丑〔十一〕
甲寅〔十二〕
乙卯〔十三〕
丙辰〔十四〕
丁巳〔十五〕
戊午〔十六〕
己未〔十七〕
庚申〔十八〕
辛酉〔十九〕
壬戌〔二十〕
癸亥〔二十一〕

经辰之辰〔二千一百六十五〕

甲子〔二十二〕
乙丑〔二十三〕
丙寅〔二十四〕
丁卯〔二十五〕
戊辰〔二十六〕
己巳〔二十七〕
庚午〔二十八〕
辛未〔二十九〕
壬申〔三十〕
癸酉〔三十一〕

甲戌〔三十二〕
乙亥〔三十三〕
丙子〔三十四〕
丁丑〔三十五〕
戊寅〔三十六〕
己卯〔三十七〕
庚辰〔三十八〕
辛巳〔三十九〕
壬午夏少康立　夏之臣靡自鬲收斟灌、斟鄩之烬，以灭浞而立少康。少康既立，遂灭浇于过，灭豷于戈，以绝有穷氏之族。

癸未〔二〕
甲申〔三〕
乙酉〔四〕
丙戌〔五〕
丁亥〔六〕
戊子〔七〕
己丑〔八〕
庚寅〔九〕
辛卯〔十〕
壬辰〔十一〕
癸巳〔十二〕

经辰之巳〔二千一百六十六〕

甲午〔十三〕
乙未〔十四〕
丙申〔十五〕
丁酉〔十六〕
戊戌〔十七〕
己亥〔十八〕
庚子〔十九〕
辛丑〔二十〕
壬寅〔二十一〕
癸卯〔二十二〕
甲辰夏杼
乙巳〔二〕
丙午〔三〕
丁未〔四〕
戊申〔五〕

己酉〔六〕
庚戌〔七〕
辛亥〔八〕
壬子〔九〕
癸丑〔十〕
甲寅〔十一〕
乙卯〔十二〕
丙辰〔十三〕
丁巳〔十四〕
戊午〔十五〕
己未〔十六〕
庚申〔十七〕
辛酉夏槐
壬戌〔二〕
癸亥〔三〕

经辰之午〔二千一百六十七〕

甲子〔四〕
乙丑〔五〕
丙寅〔六〕
丁卯〔七〕
戊辰〔八〕
己巳〔九〕
庚午〔十〕
辛未〔十一〕
壬申〔十二〕
癸酉〔十三〕
甲戌〔十四〕
乙亥〔十五〕
丙子〔十六〕
丁丑〔十七〕
戊寅〔十八〕
己卯〔十九〕
庚辰〔二十〕
辛巳〔二十一〕
壬午〔二十二〕
癸未〔二十三〕
甲申〔二十四〕
乙酉〔二十五〕
丙戌〔二十六〕
丁亥夏芒
戊子〔二〕
己丑〔三〕
庚寅〔四〕
辛卯〔五〕
壬辰〔六〕
癸巳〔七〕

经辰之午〔二千一百六十八〕

甲午〔八〕
乙未〔九〕
丙申〔十〕
丁酉〔十一〕
戊戌〔十二〕
己亥〔十三〕
庚子〔十四〕
辛丑〔十五〕
壬寅〔十六〕
癸卯〔十七〕
甲辰〔十八〕
乙巳夏泄
丙午〔二〕
丁未〔三〕
戊申〔四〕
己酉〔五〕
庚戌〔六〕
辛亥〔七〕
壬子〔八〕
癸丑〔九〕
甲寅〔十〕
乙卯〔十一〕
丙辰〔十二〕
丁巳〔十三〕

戊午〔十四〕
己未〔十五〕
庚申〔十六〕
辛酉夏不降
壬戌〔二〕
癸亥〔三〕

经辰之申〔二千一百六十九〕

甲子〔四〕
乙丑〔五〕
丙寅〔六〕
丁卯〔七〕
戊辰〔八〕
己巳〔九〕
庚午〔十〕
辛未〔十一〕
壬申〔十二〕
癸酉〔十三〕
甲戌〔十四〕
乙亥〔十五〕
丙子〔十六〕
丁丑〔十七〕
戊寅〔十八〕
己卯〔十九〕
庚辰〔二十〕
辛巳〔二十一〕
壬午〔二十二〕
癸未〔二十三〕
甲申〔二十四〕
乙酉〔二十五〕
丙戌〔二十六〕
丁亥〔二十七〕
戊子〔二十八〕
己丑〔二十九〕
庚寅〔三十〕
辛卯〔三十一〕
壬辰〔三十二〕
癸巳〔三十三〕

经辰之酉〔二千一百七十〕

甲午〔三十四〕
乙未〔三十五〕
丙申〔三十六〕
丁酉〔三十七〕
戊戌〔三十八〕
己亥〔三十九〕
庚子〔四十〕
辛丑〔四十一〕
壬寅〔四十二〕
癸卯〔四十三〕
甲辰〔四十四〕
乙巳〔四十五〕
丙午〔四十六〕
丁未〔四十七〕
戊申〔四十八〕
己酉〔四十九〕
庚戌〔五十〕
辛亥〔五十一〕

壬子〔五十二〕
癸丑〔五十三〕
甲寅〔五十四〕
乙卯〔五十五〕
丙辰〔五十六〕
丁巳〔五十七〕
戊午〔五十八〕
己未〔五十九〕
庚申夏扃
辛酉〔二〕
壬戌〔三〕
癸亥〔四〕

经辰之戌〔二千一百七十一〕

甲子〔五〕
乙丑〔六〕
丙寅〔七〕
丁卯〔八〕
戊辰〔九〕
己巳〔十〕
庚午〔十一〕
辛未〔十二〕
壬申〔十三〕
癸酉〔十四〕
甲戌〔十五〕
乙亥〔十六〕
丙子〔十七〕
丁丑〔十八〕
戊寅〔十九〕
己卯〔二十〕
庚辰〔二十一〕
辛巳夏廑
壬午〔二〕
癸未〔三〕
甲申〔四〕
乙酉〔五〕
丙戌〔六〕
丁亥〔七〕
戊子〔八〕
己丑〔九〕
庚寅〔十〕
辛卯〔十一〕
壬辰〔十二〕
癸巳〔十三〕

经辰之亥〔二千一百七十二〕

甲午〔十四〕
乙未〔十五〕
丙申〔十六〕
丁酉〔十七〕
戊戌〔十八〕
己亥〔十九〕
庚子〔二十〕
辛丑〔二十一〕
壬寅夏孔甲
癸卯〔二〕
甲辰〔三〕
乙巳〔四〕

丙午〔五〕
丁未〔六〕
戊申〔七〕
己酉〔八〕
庚戌〔九〕
辛亥〔十〕
壬子〔十一〕
癸丑〔十二〕
甲寅〔十三〕
乙卯〔十四〕
丙辰〔十五〕
丁巳〔十六〕
戊午〔十七〕
己未〔十八〕
庚申〔十九〕
辛酉〔二十〕
壬戌〔二十一〕
癸亥〔二十二〕

观物篇十六　以会经运四①

经日之甲〔一〕

经月之未〔八〕

经星之乙〔一百八十二〕

经辰之子〔二千一百七十三〕

甲子〔二十三〕
乙丑〔二十四〕
丙寅〔二十五〕
丁卯〔二十六〕
戊辰〔二十七〕
己巳〔二十八〕
庚午〔二十九〕
辛未〔三十〕
壬申〔三十一〕
癸酉夏皋
甲戌〔二〕
乙亥〔三〕
丙子〔四〕
丁丑〔五〕
戊寅〔六〕
己卯〔七〕
庚辰〔八〕
辛巳〔九〕
壬午〔十〕
癸未〔十一〕
甲申夏发
乙酉〔二〕
丙戌〔三〕
丁亥〔四〕
戊子〔五〕
己丑〔六〕
庚寅〔七〕
辛卯〔八〕
壬辰〔九〕
癸巳〔十〕

校者注　①　以会经运四：即“观物篇十六”，从“经日之甲一、经月之未八、经星之乙一百八十二、经辰之子二千一百七十三”起，至“经辰之亥二千一百八十四”止，又经历 360 年，为夏商时代之年表。公历为公元前 1497 年。

经辰之丑〔二千一百七十四〕

甲午〔十一〕
乙未〔十二〕
丙申〔十三〕
丁酉〔十四〕
戊戌〔十五〕
己亥〔十六〕
庚子〔十七〕
辛丑〔十八〕
壬寅〔十九〕
癸卯夏癸
甲辰〔二〕
乙巳〔三〕
丙午〔四〕
丁未〔五〕
戊申〔六〕
己酉〔七〕
庚戌〔八〕
辛亥〔九〕
壬子〔十〕
癸丑〔十一〕
甲寅〔十二〕
乙卯〔十三〕
丙辰〔十四〕
丁巳〔十五〕
戊午〔十六〕
己未〔十七〕
庚申〔十八〕
辛酉〔十九〕
壬戌〔二十〕
癸亥〔二十一〕

经辰之寅〔二千一百七十五〕

甲子〔二十二〕
乙丑〔二十三〕
丙寅〔二十四〕
丁卯〔二十五〕
戊辰〔二十六〕
己巳〔二十七〕
庚午〔二十八〕
辛未〔二十九〕
壬申〔三十〕
癸酉〔三十一〕
甲戌〔三十二〕
乙亥〔三十三〕
丙子〔三十四〕
丁丑〔三十五〕
戊寅〔三十六〕
己卯〔三十七〕
庚辰〔三十八〕
辛巳〔三十九〕
壬午〔四十〕
癸未〔四十一〕
甲申〔四十二〕
乙酉〔四十三〕
丙戌〔四十四〕
丁亥〔四十五〕
戊子〔四十六〕
己丑〔四十七〕

庚寅〔四十八〕
辛卯〔四十九〕
壬辰〔五十〕
癸巳〔五十一〕

经辰之卯〔二千一百七十六〕

甲午〔五十二〕
乙未商汤
丙申〔二〕
丁酉〔三〕
戊戌〔四〕
己亥〔五〕
庚子〔六〕
辛丑〔七〕
壬寅〔八〕
癸卯〔九〕
甲辰〔十〕
乙巳〔十一〕
丙午〔十二〕
丁未〔十三〕
戊申商太甲
己酉〔二〕
庚戌〔三〕
辛亥〔四〕
壬子〔五〕
癸丑〔六〕
甲寅〔七〕
乙卯〔八〕
丙辰〔九〕
丁巳〔十〕
戊午〔十一〕
己未〔十二〕
庚申〔十三〕
辛酉〔十四〕
壬戌〔十五〕
癸亥〔十六〕

经辰之辰〔二千一百七十七〕

甲子〔十七〕
乙丑〔十八〕
丙寅〔十九〕
丁卯〔二十〕
戊辰〔二十一〕
己巳〔二十二〕
庚午〔二十三〕
辛未〔二十四〕
壬申〔二十五〕
癸酉〔二十六〕
甲戌〔二十七〕
乙亥〔二十八〕
丙子〔二十九〕
丁丑〔三十〕
戊寅〔三十一〕
己卯〔三十二〕
庚辰〔三十三〕
辛巳商沃丁
壬午〔二〕
癸未〔三〕
甲申〔四〕
乙酉〔五〕

丙戌〔六〕
丁亥〔七〕
戊子〔八〕
己丑〔九〕
庚寅〔十〕
辛卯〔十一〕
壬辰〔十二〕
癸巳〔十三〕

经辰之巳〔二千一百七十八〕

甲午〔十四〕
乙未〔十五〕
丙申〔十六〕
丁酉〔十七〕
戊戌〔十八〕
己亥〔十九〕
庚子〔二十〕
辛丑〔二十一〕
壬寅〔二十二〕
癸卯〔二十三〕
甲辰〔二十四〕
乙巳〔二十五〕
丙午〔二十六〕
丁未〔二十七〕
戊申〔二十八〕
己酉〔二十九〕
庚戌商太庚
辛亥〔二〕
壬子〔三〕
癸丑〔四〕
甲寅〔五〕
乙卯〔六〕
丙辰〔七〕
丁巳〔八〕
戊午〔九〕
己未〔十〕
庚申〔十一〕
辛酉〔十二〕
壬戌〔十三〕
癸亥〔十四〕

经辰之午〔二千一百七十九〕

甲子〔十五〕
乙丑〔十六〕
丙寅〔十七〕
丁卯〔十八〕
戊辰〔十九〕
己巳〔二十〕
庚午〔二十一〕
辛未〔二十二〕
壬申〔二十三〕
癸酉〔二十四〕
甲戌〔二十五〕
乙亥商小甲
丙子〔二〕
丁丑〔三〕
戊寅〔四〕
己卯〔五〕
庚辰〔六〕
辛巳〔七〕

壬午〔八〕
癸未〔九〕
甲申〔十〕
乙酉〔十一〕
丙戌〔十二〕
丁亥〔十三〕
戊子〔十四〕
己丑〔十五〕
庚寅〔十六〕
辛卯〔十七〕
壬辰商雍己
癸巳〔二〕

经辰之未〔二千一百八十〕

甲午〔三〕
乙未〔四〕
丙申〔五〕
丁酉〔六〕
戊戌〔七〕
己亥〔八〕
庚子〔九〕
辛丑〔十〕
壬寅〔十一〕
癸卯〔十二〕
甲辰商太戊
乙巳〔二〕
丙午〔三〕
丁未〔四〕
戊申〔五〕
己酉〔六〕
庚戌〔七〕
辛亥〔八〕
壬子〔九〕
癸丑〔十〕
甲寅〔十一〕
乙卯〔十二〕
丙辰〔十三〕
丁巳〔十四〕
戊午〔十五〕
己未〔十六〕
庚申〔十七〕
辛酉〔十八〕
壬戌〔十九〕
癸亥〔二十〕

经辰之申〔二千一百八十一〕

甲子〔二十一〕
乙丑〔二十二〕
丙寅〔二十三〕
丁卯〔二十四〕
戊辰〔二十五〕
己巳〔二十六〕
庚午〔二十七〕
辛未〔二十八〕
壬申〔二十九〕
癸酉〔三十〕
甲戌〔三十一〕
乙亥〔三十二〕
丙子〔三十三〕
丁丑〔三十四〕

戊寅〔三十五〕
己卯〔三十六〕
庚辰〔三十七〕
辛巳〔三十八〕
壬午〔三十九〕
癸未〔四十〕
甲申〔四十一〕
乙酉〔四十二〕
丙戌〔四十三〕
丁亥〔四十四〕
戊子〔四十五〕
己丑〔四十六〕
庚寅〔四十七〕
辛卯〔四十八〕
壬辰〔四十九〕
癸巳〔五十〕

经辰之酉〔二千一百八十二〕

甲午〔五十一〕
乙未〔五十二〕
丙申〔五十三〕
丁酉〔五十四〕
戊戌〔五十五〕
己亥〔五十六〕
庚子〔五十七〕
辛丑〔五十八〕
壬寅〔五十九〕
癸卯〔六十〕
甲辰〔六十一〕
乙巳〔六十二〕
丙午〔六十三〕
丁未〔六十四〕
戊申〔六十五〕
己酉〔六十六〕
庚戌〔六十七〕
辛亥〔六十八〕
壬子〔六十九〕
癸丑〔七十〕
甲寅〔七十一〕
乙卯〔七十二〕
丙辰〔七十三〕
丁巳〔七十四〕
戊午〔七十五〕
己未商仲丁
庚申〔二〕
辛酉〔三〕
壬戌〔四〕
癸亥〔五〕

经辰之戌〔二千一百八十三〕

甲子〔六〕
乙丑〔七〕
丙寅〔八〕
丁卯〔九〕
戊辰〔十〕
己巳〔十一〕
庚午〔十二〕
辛未〔十三〕
壬申商外壬
癸酉〔二〕

甲戌〔三〕
乙亥〔四〕
丙子〔五〕
丁丑〔六〕
戊寅〔七〕
己卯〔八〕
庚辰〔九〕
辛巳〔十〕
壬午〔十一〕
癸未〔十二〕
甲申〔十三〕
乙酉〔十四〕
丙戌〔十五〕
丁亥商河亶甲
戊子〔二〕
己丑〔三〕
庚寅〔四〕
辛卯〔五〕
壬辰〔六〕
癸巳〔七〕

经辰之亥〔二千一百八十四〕

甲午〔八〕
乙未〔九〕
丙申商祖乙
丁酉〔二〕
戊戌〔三〕
己亥〔四〕
庚子〔五〕
辛丑〔六〕
壬寅〔七〕
癸卯〔八〕
甲辰〔九〕
乙巳〔十〕
丙午〔十一〕
丁未〔十二〕
戊申〔十三〕
己酉〔十四〕
庚戌〔十五〕
辛亥〔十六〕
壬子〔十七〕
癸丑〔十八〕
甲寅〔十九〕
乙卯商祖辛
丙辰〔二〕
丁巳〔三〕
戊午〔四〕
己未〔五〕
庚申〔六〕
辛酉〔七〕
壬戌〔八〕
癸亥〔九〕

（皇极经世书卷三上）

钦定四库全书

子部

皇极经世书卷三下

详校官中书 臣 吕光復

灵台郎 臣 倪廷梅 复勘

总校官编修 臣 王燕绪

校对官中书 臣 高 中

誊 录监生 臣 俞昌言

皇極經世書卷三下

宋 邵雍 撰

觀物篇十七 以會經運五

經日之甲一

經月之午七

經星之丙一百八十三

經辰之子二千一百八十五

甲子十

乙丑十一

丙寅十二

丁卯十三

戊辰十四

己巳十五

庚午十六

辛未商沃甲

壬申二

钦定四库全书·皇极经世书卷三下

[宋] 邵 雍 撰

观物篇十七 以会经运五[1]

经日之甲〔一〕

经月之午〔七〕

经星之丙〔一百八十三〕

经辰之子〔二千一百八十五〕

甲子〔十〕

乙丑〔十一〕

丙寅〔十二〕

丁卯〔十三〕

戊辰〔十四〕

己巳〔十五〕

庚午〔十六〕

辛未商沃甲

壬申〔二〕

癸酉〔三〕

甲戌〔四〕

乙亥〔五〕

丙子〔六〕

丁丑〔七〕

戊寅〔八〕

己卯〔九〕

庚辰〔十〕

辛巳〔十一〕

壬午〔十二〕

癸未〔十三〕

校者注 ① 以会经运五：即“观物篇十七”，从“经日之甲一、经月之午七、经星之丙一百八十三、经辰之子二千一百八十五”起，至“经辰之亥二千一百九十六”止，又经历360年，为商朝年表。公历为公元前1137年。

甲申〔十四〕
乙酉〔十五〕丙戌〔十六〕
丁亥〔十七〕
戊子〔十八〕
己丑〔十九〕
庚寅〔二十〕
辛卯〔二十一〕
壬辰〔二十二〕
癸巳〔二十三〕

经辰之丑〔二千一百八十六〕

甲午〔二十四〕
乙未〔二十五〕
丙申商祖丁
丁酉〔二〕
戊戌〔三〕
己亥〔四〕
庚子〔五〕
辛丑〔六〕
壬寅〔七〕
癸卯〔八〕
甲辰〔九〕
乙巳〔十〕
丙午〔十一〕
丁未〔十二〕
戊申〔十三〕
己酉〔十四〕
庚戌〔十五〕
辛亥〔十六〕
壬子〔十七〕
癸丑〔十八〕
甲寅〔十九〕
乙卯〔二十〕
丙辰〔二十一〕
丁巳〔二十二〕
戊午〔二十三〕
己未〔二十四〕
庚申〔二十五〕
辛酉〔二十六〕
壬戌〔二十七〕
癸亥〔二十八〕

经辰之寅〔二千一百八十七〕

甲子〔二十九〕
乙丑〔三十〕
丙寅〔三十一〕
丁卯〔三十二〕
戊辰商南庚
己巳〔二〕
庚午〔三〕
辛未〔四〕
壬申〔五〕
癸酉〔六〕
甲戌〔七〕
乙亥〔八〕
丙子〔九〕
丁丑〔十〕

戊寅〔十一〕
己卯〔十二〕
庚辰〔十三〕
辛巳〔十四〕
壬午〔十五〕
癸未〔十六〕
甲申〔十七〕
乙酉〔十八〕
丙戌〔十九〕
丁亥〔二十〕
戊子〔二十一〕
己丑〔二十二〕
庚寅〔二十三〕
辛卯〔二十四〕
壬辰〔二十五〕
癸巳商阳甲

经辰之卯〔二千一百八十八〕

甲午〔二〕
乙未〔三〕
丙申〔四〕
丁酉〔五〕
戊戌〔六〕
己亥〔七〕
庚子商盘庚
辛丑〔二〕
壬寅〔三〕
癸卯〔四〕
甲辰〔五〕
乙巳〔六〕
丙午〔七〕
丁未〔八〕
戊申〔九〕
己酉〔十〕
庚戌〔十一〕
辛亥〔十二〕
壬子〔十三〕
癸丑〔十四〕
甲寅〔十五〕
乙卯〔十六〕
丙辰〔十七〕
丁巳〔十八〕
戊午〔十九〕
己未〔二十〕
庚申〔二十一〕
辛酉〔二十二〕
壬戌〔二十三〕
癸亥〔二十四〕

经辰之辰〔二千一百八十九〕

甲子〔二十五〕
乙丑〔二十六〕
丙寅〔二十七〕
丁卯〔二十八〕
戊辰商小辛
己巳〔二〕
庚午〔三〕
辛未〔四〕

壬申〔五〕
癸酉〔六〕
甲戌〔七〕
乙亥〔八〕
丙子〔九〕
丁丑〔十〕
戊寅〔十一〕
己卯〔十二〕
庚辰〔十三〕
辛巳〔十四〕
壬午〔十五〕
癸未〔十六〕
甲申〔十七〕
乙酉〔十八〕
丙戌〔十九〕
丁亥〔二十〕
戊子〔二十一〕
己丑商小乙
庚寅〔二〕
辛卯〔三〕
壬辰〔四〕
癸巳〔五〕

经辰之巳〔二千一百九十〕

甲午〔六〕
乙未〔七〕
丙申〔八〕
丁酉〔九〕
戊戌〔十〕
己亥〔十一〕
庚子〔十二〕
辛丑〔十三〕
壬寅〔十四〕
癸卯〔十五〕
甲辰〔十六〕
乙巳〔十七〕
丙午〔十八〕
丁未〔十九〕
戊申〔二十〕
己酉〔二十一〕
庚戌〔二十二〕
辛亥〔二十三〕
壬子〔二十四〕
癸丑〔二十五〕
甲寅〔二十六〕
乙卯〔二十七〕
丙辰〔二十八〕
丁巳商武丁
戊午〔二〕
己未〔三〕
庚申〔四〕
辛酉〔五〕
壬戌〔六〕
癸亥〔七〕

经辰之午〔二千一百九十一〕

甲子〔八〕
乙丑〔九〕
丙寅〔十〕
丁卯〔十一〕
戊辰〔十二〕
己巳〔十三〕
庚午〔十四〕
辛未〔十五〕
壬申〔十六〕
癸酉〔十七〕
甲戌〔十八〕
乙亥〔十九〕
丙子〔二十〕
丁丑〔二十一〕
戊寅〔二十二〕
己卯〔二十三〕
庚辰〔二十四〕
辛巳〔二十五〕
壬午〔二十六〕
癸未〔二十七〕
甲申〔二十八〕
乙酉〔二十九〕
丙戌〔三十〕
丁亥〔三十一〕
戊子〔三十二〕
己丑〔三十三〕
庚寅〔三十四〕
辛卯〔三十五〕
壬辰〔三十六〕
癸巳〔三十七〕

经辰之未〔二千一百九十二〕

甲午〔三十八〕
乙未〔三十九〕
丙申〔四十〕
丁酉〔四十一〕
戊戌〔四十二〕
己亥〔四十三〕
庚子〔四十四〕
辛丑〔四十五〕
壬寅〔四十六〕
癸卯〔四十七〕
甲辰〔四十八〕
乙巳〔四十九〕
丙午〔五十〕
丁未〔五十一〕
戊申〔五十二〕
己酉〔五十三〕
庚戌〔五十四〕
辛亥〔五十五〕
壬子〔五十六〕
癸丑〔五十七〕
甲寅〔五十八〕
乙卯〔五十九〕
丙辰商祖庚
丁巳〔二〕

戊午〔三〕
己未〔四〕
庚申〔五〕
辛酉〔六〕
壬戌〔七〕
癸亥商祖甲

经辰之申〔二千一百九十三〕

甲子〔二〕
乙丑〔三〕
丙寅〔四〕
丁卯〔五〕
戊辰〔六〕
己巳〔七〕
庚午〔八〕
辛未〔九〕
壬申〔十〕
癸酉〔十一〕
甲戌〔十二〕
乙亥〔十三〕
丙子〔十四〕
丁丑〔十五〕
戊寅〔十六〕
己卯〔十七〕
庚辰〔十八〕
辛巳〔十九〕
壬午〔二十〕
癸未〔二十一〕
甲申〔二十二〕
乙酉〔二十三〕
丙戌〔二十四〕
丁亥〔二十五〕
戊子〔二十六〕
己丑〔二十七〕
庚寅〔二十八〕
辛卯〔二十九〕
壬辰〔三十〕
癸巳〔三十一〕

经辰之酉〔二千一百九十四〕

甲午〔三十二〕
乙未〔三十三〕
丙申商廪辛
丁酉〔二〕
戊戌〔三〕
己亥〔四〕
庚子〔五〕
辛丑〔六〕
壬寅商庚丁
癸卯〔二〕
甲辰〔三〕
乙巳〔四〕
丙午〔五〕
丁未〔六〕
戊申〔七〕
己酉〔八〕
庚戌〔九〕
辛亥〔十〕

壬子〔十一〕
癸丑〔十二〕
甲寅〔十三〕
乙卯〔十四〕
丙辰〔十五〕
丁巳〔十六〕
戊午〔十七〕
己未〔十八〕
庚申〔十九〕
辛酉〔二十〕
壬戌〔二十一〕
癸亥商武乙

经辰之戌〔二千一百九十五〕

甲子〔二〕
乙丑〔三〕
丙寅〔四〕
丁卯商太丁
戊辰〔二〕
己巳〔三〕
庚午商帝乙
辛未〔二〕
壬申〔三〕
癸酉〔四〕
甲戌〔五〕
乙亥〔六〕
丙子〔七〕
丁丑〔八〕
戊寅〔九〕
己卯〔十〕
庚辰〔十一〕
辛巳〔十二〕
壬午〔十三〕
癸未〔十四〕
甲申〔十五〕
乙酉〔十六〕
丙戌〔十七〕
丁亥〔十八〕
戊子〔十九〕
己丑〔二十〕
庚寅〔二十一〕
辛卯〔二十二〕
壬辰〔二十三〕
癸巳〔二十四〕

经辰之亥〔二千一百九十六〕

甲午〔二十五〕
乙未〔二十六〕
丙申〔二十七〕
丁酉〔二十八〕
戊戌〔二十九〕
己亥〔三十〕
庚子〔三十一〕
辛丑〔三十二〕
壬寅〔三十三〕
癸卯〔三十四〕
甲辰〔三十五〕
乙巳〔三十六〕

丙午〔三十七〕
丁未商受辛
戊申〔二〕
己酉〔三〕
庚戌〔四〕
辛亥〔五〕
壬子〔六〕
癸丑〔七〕
甲寅〔八〕
乙卯〔九〕
丙辰〔十〕
丁巳〔十一〕
戊午〔十二〕
己未〔十三〕
庚申〔十四〕
辛酉〔十五〕
壬戌〔十六〕
癸亥〔十七〕　锡周文王命为西伯。

观物篇十八 以会经运六①

经日之甲〔一〕

经月之午〔七〕

经星之丁〔一百八十四〕

经辰之子〔二千一百九十七〕

甲子〔十八〕
乙丑〔十九〕
丙寅〔二十〕
丁卯〔二十一〕
戊辰〔二十二〕
己巳〔二十三〕 周文王没，武王即位。
庚午〔二十四〕
辛未〔二十五〕
壬申〔二十六〕
癸酉〔二十七〕
甲戌〔二十八〕
乙亥〔二十九〕
丙子〔三十〕
丁丑〔三十一〕
戊寅〔三十二〕
己卯周武王
庚辰〔二〕
辛巳〔三〕
壬午〔四〕
癸未〔五〕
甲申〔六〕
乙酉〔七〕
丙戌周成王
丁亥〔二〕
戊子〔三〕
己丑〔四〕
庚寅〔五〕
辛卯〔六〕
壬辰〔七〕
癸巳〔八〕

校者注 ① 以会经运六：即“观物篇十八”，从“经日之甲一、经月之午七、经星之丁一百八十四、经辰之子二千一百九十七”起，至“经辰之亥二千二百八”止，又经历360年，为西周年表。公历为公元前777年。

经辰之丑〔二千一百九十八〕

甲午〔九〕
乙未〔十〕
丙申〔十一〕
丁酉〔十二〕
戊戌〔十三〕
己亥〔十四〕
庚子〔十五〕
辛丑〔十六〕
壬寅〔十七〕
癸卯〔十八〕
甲辰〔十九〕
乙巳〔二十〕
丙午〔二十一〕
丁未〔二十二〕
戊申〔二十三〕
己酉〔二十四〕
庚戌〔二十五〕
辛亥〔二十六〕
壬子〔二十七〕
癸丑〔二十八〕
甲寅〔二十九〕
乙卯〔三十〕
丙辰〔三十一〕
丁巳〔三十二〕
戊午〔三十三〕
己未〔三十四〕
庚申〔三十五〕
辛酉〔三十六〕
壬戌〔三十七〕
癸亥周康王

经辰之寅〔二千一百九十九〕

甲子〔二〕
乙丑〔三〕
丙寅〔四〕
丁卯〔五〕
戊辰〔六〕
己巳〔七〕
庚午〔八〕
辛未〔九〕
壬申〔十〕
癸酉〔十一〕
甲戌〔十二〕
乙亥〔十三〕
丙子〔十四〕
丁丑〔十五〕
戊寅〔十六〕
己卯〔十七〕
庚辰〔十八〕
辛巳〔十九〕
壬午〔二十〕
癸未〔二十一〕
甲申〔二十二〕
乙酉〔二十三〕
丙戌〔二十四〕
丁亥〔二十五〕
戊子〔二十六〕
己丑周昭王

庚寅〔二〕

辛卯〔三〕

壬辰〔四〕

癸巳〔五〕

经辰之卯〔二千二百〕

甲午〔六〕

乙未〔七〕

丙申〔八〕

丁酉〔九〕

戊戌〔十〕

己亥〔十一〕

庚子〔十二〕

辛丑〔十三〕

壬寅〔十四〕

癸卯〔十五〕

甲辰〔十六〕

乙巳〔十七〕

丙午〔十八〕

丁未〔十九〕

戊申〔二十〕

己酉〔二十一〕

庚戌〔二十二〕

辛亥〔二十三〕

壬子〔二十四〕

癸丑〔二十五〕

甲寅〔二十六〕

乙卯〔二十七〕

丙辰〔二十八〕

丁巳〔二十九〕

戊午〔三十〕

己未〔三十一〕

庚申〔三十二〕

辛酉〔三十三〕

壬戌〔三十四〕

癸亥〔三十五〕

经辰之辰〔二千二百一〕

甲子〔三十六〕

乙丑〔三十七〕

丙寅〔三十八〕

丁卯〔三十九〕

戊辰〔四十〕

己巳〔四十一〕

庚午〔四十二〕

辛未〔四十三〕

壬申〔四十四〕

癸酉〔四十五〕

甲戌〔四十六〕

乙亥〔四十七〕

丙子〔四十八〕

丁丑〔四十九〕

戊寅〔五十〕

己卯〔五十一〕

庚辰周穆王

辛巳〔二〕

壬午〔三〕

癸未〔四〕

甲申〔五〕

乙酉〔六〕

丙戌〔七〕
丁亥〔八〕
戊子〔九〕
己丑〔十〕
庚寅〔十一〕
辛卯〔十二〕
壬辰〔十三〕
癸巳〔十四〕

经辰之巳〔二千二百二〕

甲午〔十五〕
乙未〔十六〕
丙申〔十七〕
丁酉〔十八〕
戊戌〔十九〕
己亥〔二十〕
庚子〔二十一〕
辛丑〔二十二〕
壬寅〔二十三〕
癸卯〔二十四〕
甲辰〔二十五〕
乙巳〔二十六〕
丙午〔二十七〕
丁未〔二十八〕
戊申〔二十九〕
己酉〔三十〕
庚戌〔三十一〕
辛亥〔三十二〕
壬子〔三十三〕
癸丑〔三十四〕
甲寅〔三十五〕
乙卯〔三十六〕
丙辰〔三十七〕
丁巳〔三十八〕
戊午〔三十九〕
己未〔四十〕
庚申〔四十一〕
辛酉〔四十二〕
壬戌〔四十三〕
癸亥〔四十四〕

经辰之午〔二千二百三〕

甲子〔四十五〕
乙丑〔四十六〕
丙寅〔四十七〕
丁卯〔四十八〕
戊辰〔四十九〕
己巳〔五十〕
庚午〔五十一〕
辛未〔五十二〕
壬申〔五十三〕
癸酉〔五十四〕
甲戌〔五十五〕
乙亥周恭王
丙子〔二〕
丁丑〔三〕
戊寅〔四〕
己卯〔五〕
庚辰〔六〕
辛巳〔七〕

壬午〔八〕
癸未〔九〕
甲申〔十〕
乙酉〔十一〕
丙戌〔十二〕
丁亥周懿王
戊子〔二〕
己丑〔三〕
庚寅〔四〕
辛卯〔五〕
壬辰〔六〕
癸巳〔七〕

经辰之未〔二千二百四〕

甲午〔八〕
乙未〔九〕
丙申〔十〕
丁酉〔十一〕
戊戌〔十二〕
己亥〔十三〕
庚子〔十四〕
辛丑〔十五〕
壬寅〔十六〕
癸卯〔十七〕
甲辰〔十八〕
乙巳〔十九〕
丙午〔二十〕
丁未〔二十一〕
戊申〔二十二〕
己酉〔二十三〕
庚戌〔二十四〕
辛亥〔二十五〕
壬子周孝王
癸丑〔二〕
甲寅〔三〕
乙卯〔四〕
丙辰〔五〕
丁巳〔六〕
戊午〔七〕
己未〔八〕
庚申〔九〕
辛酉〔十〕
壬戌〔十一〕
癸亥〔十二〕

经辰之申〔二千二百五〕

甲子〔十三〕
乙丑〔十四〕
丙寅〔十五〕
丁卯周夷王
戊辰〔二〕
己巳〔三〕
庚午〔四〕
辛未〔五〕
壬申〔六〕
癸酉〔七〕
甲戌〔八〕
乙亥〔九〕
丙子〔十〕
丁丑〔十一〕

戊寅〔十二〕
己卯〔十三〕
庚辰〔十四〕
辛巳〔十五〕
壬午〔十六〕
癸未周厉王
甲申〔二〕
乙酉〔三〕
丙戌〔四〕
丁亥〔五〕
戊子〔六〕
己丑〔七〕
庚寅〔八〕
辛卯〔九〕
壬辰〔十〕
癸巳〔十一〕

经辰之酉〔二千二百六〕

甲午〔十二〕
乙未〔十三〕
丙申〔十四〕
丁酉〔十五〕
戊戌〔十六〕
己亥〔十七〕
庚子〔十八〕
辛丑〔十九〕
壬寅〔二十〕
癸卯〔二十一〕
甲辰〔二十二〕
乙巳〔二十三〕
丙午〔二十四〕
丁未〔二十五〕
戊申〔二十六〕
己酉〔二十七〕
庚戌〔二十八〕
辛亥〔二十九〕
壬子〔三十〕
癸丑〔三十一〕
甲寅〔三十二〕
乙卯〔三十三〕
丙辰〔三十四〕
丁巳〔三十五〕
戊午〔三十六〕
己未〔三十七〕
庚申〔三十八〕
辛酉〔三十九〕
壬戌〔四十〕
癸亥〔四十一〕

经辰之戌〔二千二百七〕

甲子〔四十二〕
乙丑〔四十三〕
丙寅〔四十四〕
丁卯〔四十五〕
戊辰〔四十六〕
己巳〔四十七〕
庚午〔四十八〕
辛未〔四十九〕
壬申〔五十〕
癸酉〔五十一〕

甲戌周宣王
乙亥〔二〕
丙子〔三〕
丁丑〔四〕
戊寅〔五〕
己卯〔六〕
庚辰〔七〕
辛巳〔八〕
壬午〔九〕
癸未〔十〕
甲申〔十一〕
乙酉〔十二〕
丙戌〔十三〕
丁亥〔十四〕
戊子〔十五〕
己丑〔十六〕
庚寅〔十七〕
辛卯〔十八〕
壬辰〔十九〕
癸巳〔二十〕

经辰之亥〔二千二百八〕

甲午〔二十一〕
乙未〔二十二〕
丙申〔二十三〕
丁酉〔二十四〕
戊戌〔二十五〕
己亥〔二十六〕
庚子〔二十七〕
辛丑〔二十八〕
壬寅〔二十九〕
癸卯〔三十〕
甲辰〔三十一〕
乙巳〔三十二〕
丙午〔三十三〕
丁未〔三十四〕
戊申〔三十五〕
己酉〔三十六〕
庚戌〔三十七〕
辛亥〔三十八〕
壬子〔三十九〕
癸丑〔四十〕
甲寅〔四十一〕
乙卯〔四十二〕
丙辰〔四十三〕
丁巳〔四十四〕
戊午〔四十五〕
己未〔四十六〕
庚申周幽王
辛酉〔二〕
壬戌〔三〕
癸亥〔四〕

（皇极经世书卷三下）

钦定四库全书

子部

皇极经世书卷四上

详校官中书臣吕光復

灵台郎臣倪廷梅复勘

总校官编修臣王燕绪

校对官中书臣高中

誊录监生臣徐庄

皇極經世書卷四上

宋 邵雍 撰

觀物篇十九 以會經運七

經日之甲一

經月之午七

經星之戊一百八十五

經辰之子二千二百九

甲子五

乙丑六

丙寅七

丁卯八

戊辰九

己巳十

庚午十一

辛未東周平王 晉文侯 齊莊公 宋戴公 楚若敖 秦襄公

壬申二 十二 二十六 三十一 二十三 二

钦定四库全书·皇极经世书卷四上

［宋］ 邵 雍 撰

观物篇十九 以会经运七[①]

经日之甲〔一〕

经月之午〔七〕

经星之戌〔一百八十五〕

经辰之子〔二千二百九〕

甲子〔五〕

乙丑〔六〕

丙寅〔七〕

丁卯〔八〕

戊辰〔九〕

己巳〔十〕

庚午〔十一〕

辛未东周平王	晋文侯	齐庄公	宋戴公	楚若敖	秦襄公
壬申〔二〕	十二	二十六	三十一	二十二	二
癸酉〔三〕鲁惠	十三	二十七	三十二	二十三	三

校者注 ① 以会经运七：即“观物篇十九”，从“经日之甲一、经月之午七、经星之戌一百八十五、经辰之子二千二百九”起，至“经辰之亥二千二百二十”止，为春秋年表。公历为公元前417年。

甲戌〔四〕	十四	二十八	三十三	二十四	四
乙亥〔五〕	十五	二十九	三十四	二十五	五
丙子〔六〕	十六	三十	宋武公	二十六	六
丁丑〔七〕	十七	三十一	二	二十七	七
戊寅〔八〕	十八	三十二	三	楚若敖	八
己卯〔九〕	十七	三十三	四	二	九
庚辰〔十〕	二十	三十四	五	三	十
辛巳〔十一〕	二十一	三十五	六	四	十一
壬午〔十二〕	二十二	三十六	七	五	十二
癸未〔十三〕	二十三	三十七	八	六	秦文公
甲申〔十四〕	二十四	三十八	九	楚蚡冒	二
乙酉〔十五〕	二十五	三十九	十	二	三
丙戌〔十六〕	二十六	四十	十一	三	四
丁亥〔十七〕	二十七	四十一	十二	四	五
戊子〔十八〕	二十八	四十二	十三	五	六
己丑〔十九〕	二十九	四十三	十四	六	七
庚寅〔二十〕	三十	四十四	十五	七	八
辛卯〔二十一〕	三十一	四十五	十六	八	九
壬辰〔二十二〕	三十二	四十六	十七	九	十
癸巳〔二十三〕	三十三	四十七	十八	十	十一

经辰之丑〔二千二百一十〕

甲午〔二十四〕	三十四	四十八	宋宣公	十一	十二
乙未〔二十五〕	三十五	四十九	二	十二	十三
丙申〔二十六〕	晋昭侯	五十	三	十三	十四
丁酉〔二十七〕	二	五十一	四	十四	十五
戊戌〔二十八〕	三	五十二	五	十五	十六
己亥〔二十九〕	四	五十三	六	十六	十七
庚子〔三十〕	五	五十四	七	十七	十八
辛丑〔三十一〕	六	五十五	八	楚武王	十九

壬寅〔三十二〕	晋孝侯	五十六	九	二	二十
癸卯〔三十三〕	二	五十七	十	三	二十一
甲辰〔三十四〕	三	五十八	十一	四	二十二
乙巳〔三十五〕	四	五十九	十二	五	二十三
丙午〔三十六〕	五	六十	十三	六	二十四
丁未〔三十七〕	六	六十一	十四	七	二十五
戊申〔三十八〕	七	六十二	十五	八	二十六
己酉〔三十九〕	八	六十三	十六	九	二十七
庚戌〔四十〕	九	六十四	十七	十	二十八
辛亥〔四十一〕	十	齐釐公	十八	十一	二十九
壬子〔四十二〕	十一	二	十九	十二	三十
癸丑〔四十三〕	十二	三	宋穆公	十三	三十一
甲寅〔四十四〕	十三	四	二	十四	三十二
乙卯〔四十五〕	十四	五	三	十五	三十三
丙辰〔四十六〕	十五	六	四	十六	三十四
丁巳〔四十七〕	十六	七	五	十七	三十五
戊午〔四十八〕	晋鄂公	八	六	十八	三十六
己未〔四十九〕鲁隐	二	九	七	十九	三十七
庚申〔五十〕	三	十	八	二十	三十八
辛酉〔五十一〕	四	十一	九	二十一	三十九
壬戌周桓王	五	十二	宋殇公	二十二	四十
癸亥〔二〕	六	十三	二	二十三	四十一

经辰之寅〔二千二百一十一〕

甲子〔三〕	晋哀侯	十四	三	二十四	四十二
乙丑〔四〕	二	十五	四	二十五	四十三
丙寅〔五〕	三	十六	五	二十六	秦灵公
丁卯〔六〕	四	十七	六	二十七	二
戊辰〔七〕	五	十八	七	二十八	三
己巳〔八〕	六	十九	八	二十九	四

庚午〔九〕鲁桓	七	二十	九	三十	五
辛未〔十〕	八	二十一	宋庄公	三十一	六
壬申〔十一〕	孚侯	二十二	二	三十二	七
癸酉〔十二〕	二	二十三	三	三十三	八
甲戌〔十三〕	三	二十四	四	三十四	九
乙亥〔十四〕	泯侯	二十五	五	三十五	十
丙子〔十五〕	二	二十六	六	三十六	十一
丁丑〔十六〕	三	二十七	七	三十七称王	十二
戊寅〔十七〕	四	二十八	八	三十八	秦出公
己卯〔十八〕	五	二十九	九	三十九	二
庚辰〔十九〕	六	三十	十	四十	三
辛巳〔二十〕	七	三十一	十一	四十一	四
壬午〔二十一〕	八	三十二	十二	四十二	五
癸未〔二十二〕	九	三十三	十三	四十三	秦武公
甲申〔二十三〕	十	齐襄公	十四	四十四	二
乙酉周庄王	十一	二	十五	四十五	三
丙戌〔二〕	十二	三	十六	四十六	四
丁亥〔三〕	十三	四	十七	四十七	五
戊子〔四〕鲁庄	十四	五	十八	四十八	六
己丑〔五〕	十五	六	十九	四十九	七
庚寅〔六〕	十六	七	宋湣公	五十	八
辛卯〔七〕	十七	八	二	五十一	九
壬辰〔八〕	十八	九	三	楚文王	十
癸巳〔九〕	十九	十	四	二	十一

经辰之卯〔二千二百一十二〕

甲午〔十〕	二十	十一	五	三	十二
乙未〔十一〕	二十一	齐无知	六	四	十三
丙申〔十二〕	二十二	齐桓公	七	五	十四

丁酉〔十三〕	二十三	二	八	六	十五
戊戌〔十四〕	二十四	三	九	七	十六
己亥〔十五〕	二十五	四	十	八	十七
庚子周釐王	二十六	五	宋桓公	九	十八
辛丑〔二〕	二十七	六	二	十	十九
壬寅〔三〕	晋武侯	七	三	十一	二十
癸卯〔四〕	二	八	四	十二	二十一
甲辰〔五〕	三	九	五	十三	秦德公
乙巳周惠王	晋献公	十	六	楚牡敖	二
丙午〔二〕	二	十一	七	二	秦宣公
丁未〔三〕	三	十二	八	三	二
戊申〔四〕	四	十三	九	四	三
己酉〔五〕	五	十四	十	楚成王	四
庚戌〔六〕	六	十五	十一	二	五
辛亥〔七〕	七	十六	十二	三	六
壬子〔八〕	八	十七	十三	四	七
癸丑〔九〕	九	十八	十四	五	八
甲寅〔十〕	十	十九	十五	六	九
乙卯〔十一〕	十一	二十	十六	七	十
丙辰〔十二〕	十二	二十一	十七	八	十一
丁巳〔十三〕	十三	二十二	十八	九	十二
戊午〔十四〕	十四	二十三	十九	十	秦成公
己未〔十五〕	十五	二十四	二十	十一	二
庚申〔十六〕鲁闵	十六	二十五	二十一	十二	三
辛酉〔十七〕	十七	二十六	二十二	十三	四
壬戌〔十八〕鲁僖	十八	二十七	二十三	十四	秦穆公
癸亥〔十九〕	十九	二十八	二十四	十五	二

经辰之辰〔二千二百一十三〕

甲子〔二十〕	二十	二十九	二十五	十六	三
乙丑〔二十一〕	二十一	三十	二十六	十七	四

丙寅〔二十二〕	二十二	三十一	二十七	十八	五
丁卯〔二十三〕	二十三	三十二	二十八	十九	六
戊辰〔二十四〕	二十四	三十二	二十九	二十	七
己巳〔二十五〕	二十五	三十四	三十	二十一	八
庚午周襄王	廿六奚齐卓子	三十五	三十一	二十二	九
辛未〔二〕	晋惠公	三十六	宋襄公	二十三	十
壬申〔三〕	二	三十七	二	二十四	十一
癸酉〔四〕	三	三十八	三	二十五	十二
甲戌〔五〕	四	三十九	四	二十六	十三
乙亥〔六〕	五	四十	五	二十七	十四
丙子〔七〕	六	四十一	六	二十八	十五
丁丑〔八〕	七	四十二	七	二十九	十六
戊寅〔九〕	八	四十三	八	三十	十七
己卯〔十〕	九	齐孝公	九	三十一	十八
庚辰〔十一〕	十	二	十	三十二	十九
辛巳〔十二〕	十一	三	十一	三十三	二十
壬午〔十三〕	十二	四	十二	三十四	二十一
癸未〔十四〕	十三	五	十三	三十五	二十二
甲申〔十五〕	十四	六	十四	三十六	二十三
乙酉〔十六〕	晋文公	七	宋成公	三十七	二十四
丙戌〔十七〕	二	八	二	三十八	二十五
丁亥〔十八〕	三	九	三	三十九	二十六
戊子〔十九〕	四	十	四	四十	二十七
己丑〔二十〕	五	齐昭公	五	四十一	二十八
庚寅〔二十一〕	六	二	六	四十二	二十九
辛卯〔二十二〕	七	三	七	四十三	三十
壬辰〔二十三〕	八	四	八	四十四	三十一
癸巳〔二十四〕	九	五	九	四十五	三十二

经辰之巳〔二千二百一十四〕

甲午〔二十五〕	晋襄公	六	十	楚穆王	三十三
乙未〔二十六〕鲁文	二	七	十一	二	三十四
丙申〔二十七〕	三	八	十二	三	三十五
丁酉〔二十八〕	四	九	十三	四	三十六

戊戌〔二十九〕	五	十	十四	五	三十七
己亥〔三十〕	六	十一	十五	六	三十八
庚子〔三十一〕	七	十二	十六	七	三十九
辛丑〔三十二〕	晋灵公	十三	十七	八	秦康公
壬寅〔三十三〕	二	十四	宋昭公	九	二
癸卯周顷王	三	十五	二	十	三
甲辰〔二〕	四	十六	四	十二	四
乙巳〔三〕	五	十七	四	十二	五
丙午〔四〕	六	十八	五	十三	六
丁未〔五〕	七	十九	六	十四	七
戊申〔六〕	八	二十	七	楚庄王	八
己酉周匡王	九	齐懿公	八	二	九
庚戌〔二〕	十	二	宋文公	三	十
辛亥〔三〕	十一	三	二	四	十一
壬子〔四〕	十二	四	三	五	十二
癸丑〔五〕鲁宣	十三	齐惠公	四	六	秦共公
甲寅〔六〕	十四	二	五	七	二
乙卯周定王	晋成公	三	六	八	三
丙辰〔二〕	二	四	七	九	四
丁巳〔三〕	三	五	八	十	五
戊午〔四〕	四	六	九	十一	秦桓公
己未〔五〕	五	七	十	十二	二
庚申〔六〕	六	八	十一	十三	三
辛酉〔七〕	七	九	十二	十四	四
壬戌〔八〕	晋景公	十	十三	十五	五
癸亥〔九〕	二	齐顷公	十四	十六	六

经辰之午〔二千二百一十五〕

甲子〔十〕	三	二	十五	十七	七
乙丑〔十一〕	四	三	十六	十八	八

丙寅〔十二〕	五	四	十七	十九	九	
丁卯〔十三〕	六	五	十八	二十	十	
戊辰〔十四〕	七	六	十九	二十一	十一	
己巳〔十五〕	八	七	二十	二十二	十二	
庚午〔十六〕	九	八	二十一	二十三	十三	
辛未〔十七〕鲁成	十	九	二十二	楚共王	十四	
壬申〔十八〕	十一	十	二十三	二	十五	
癸酉〔十九〕	十二	十一	宋共公	三	十六	
甲戌〔二十〕	十三	十二	二	四	十七	
乙亥〔二十一〕	十四	十三	三	五	十八	
丙子周简王	十五	十四	四	六	十九	吴寿梦
丁丑〔二〕	十六	十五	五	七	二十	二
戊寅〔三〕	十七	十六	六	八	二十一	三
己卯〔四〕	十八	十七	七	九	二十二	四
庚辰〔五〕	十九	齐灵公	八	十	二十三	五
辛巳〔六〕	晋厉公	二	九	十一	二十四	六
壬午〔七〕	二	三	十	十二	二十五	七
癸未〔八〕	三	四	十一	十三	二十六	八
甲申〔九〕	四	五	十二	十四	二十七	九
乙酉〔十〕	五	六	十三	十五	秦景公	十
丙戌〔十一〕	六	七	宋平公	十六	二	十一
丁亥〔十二〕	七	八	二	十七	三	十二
戊子〔十三〕	八	九	三	十八	四	十三
己丑〔十四〕鲁襄	晋悼公	十	四	十九	五	十四
庚寅周灵王	二	十一	五	二十	六	十五
辛卯〔二〕	三	十二	六	二十一	七	十六
壬辰〔三〕	四	十三	七	二十二	八	十七
癸巳〔四〕	五	十四	八	二十三	九	十八

经辰之未〔二千二百一十六〕

甲午〔五〕	六	十五	九	二十四	十	十九
乙未〔六〕	七	十六	十	二十五	十一	二十
丙申〔七〕	八	十七	十一	二十六	十二	二十一
丁酉〔八〕	九	十八	十二	二十七	十三	二十二
戊戌〔九〕	十	十九	十三	二十八	十四	二十三
己亥〔十〕	十一	二十	十四	二十九	十五	二十四
庚子〔十一〕	十二	二十一	十五	三十	十六	二十五
辛丑〔十二〕	十三	二十二	十六	三十一	十七	吴诸樊
壬寅〔十三〕	十四	二十三	十七	楚康王	十八	二
癸卯〔十四〕	十五	二十四	十八	二	十九	三
甲辰〔十五〕	晋平公	二十五	十九	三	二十	四
乙巳〔十六〕	二	二十六	二十	四	二十一	五
丙午〔十七〕	三	二十七	二十一	五	二十二	六
丁未〔十八〕	四	二十八	二十二	六	二十三	七
戊申〔十九〕	五	齐庄公	二十三	七	二十四	八
己酉〔二十〕	六	二	二十四	八	二十五	九
庚戌〔二十一〕	七	三	二十五	九	二十六	十
辛亥〔二十二〕	八	四	二十六	十	二十七	十一
壬子〔二十三〕	九	五	二十七	十一	二十八	十二
癸丑〔二十四〕	十	六	二十八	十二	二十九	十三
甲寅〔二十五〕	十一	齐景公	二十九	十三	三十	吴馀祭
乙卯〔二十六〕	十二	二	三十	十四	三十一	二
丙辰〔二十七〕	十三	三	三十一	十五	三十二	三
丁巳周景王	十四	四	三十二	楚郏敖	三十三	四
戊午〔二〕	十五	五	三十三	二	三十四	五
己未〔三〕	十六	六	三十四	三	三十五	六
庚申〔四〕鲁昭	十七	七	三十五	四	三十六	七
辛酉〔五〕	十八	八	三十六	楚灵王	三十七	八
壬戌〔六〕	十九	九	三十七	二	三十八	九

癸亥〔七〕	二十	十	三十八	三	三十九	十

经辰之申〔二千二百一十七〕

甲子〔八〕	二十一	十一	三十九	四	四十	十一
乙丑〔九〕	二十二	十二	四十	五	秦襄公	十二
丙寅〔十〕	二十三	十三	四十一	六	二	十三
丁卯〔十一〕	二十四	十四	四十二	七	三	十四
戊辰〔十二〕	二十五	十五	四十三	八	四	十五
己巳〔十三〕	二十六	十六	四十四	九	五	十六
庚午〔十四〕	晋昭公	十七	宋元公	十	六	十七
辛未〔十五〕	二	十八	二	十一	七	吴馀昧
壬申〔十六〕	三	十九	三	十二	八	二
癸酉〔十七〕	四	二十	四	楚平王	九	三
甲戌〔十八〕	五	二十一	五	二	十	四
乙亥〔十九〕	六	二十二	六	三	十一	吴王僚
丙子〔二十〕	晋顷公	二十三	七	四	十二	二
丁丑〔二十一〕	二	二十四	八	五	十三	三
戊寅〔二十二〕	三	二十五	九	六	十四	四
己卯〔二十三〕	四	二十六	十	七	十五	五
庚辰〔二十四〕	五	二十七	十一	八	十六	六
辛巳〔二十五〕	六	二十八	十二	九	十七	七
壬午周敬王	七	二十九	十三	十	十八	八
癸未〔二〕	八	三十	十四	十一	十九	九
甲申〔三〕	九	三十一	十五	十二	二十	十
乙酉〔四〕	十	三十二	宋景公	十三	二十一	十一
丙戌〔五〕	十一	三十三	二	楚昭王	二十二	十二
丁亥〔六〕	十二	三十四	三	二	二十三	吴阖闾
戊子〔七〕	十三	三十五	四	三	二十四	二
己丑〔八〕	十四	三十六	五	四	二十五	三
庚寅〔九〕	晋定公	三十七	六	五	二十六	四

辛卯〔十〕	二	三十八	七	六	二十七	五	
壬辰〔十一〕鲁定	三	三十九	八	七	二十八	六	
癸巳〔十二〕	四	四十	九	八	二十九	七	

经辰之酉〔二千二百一十八〕

甲午〔十三〕	五	四十一	十	九	三十	八	
乙未〔十四〕	六	四十二	十一	十	三十一	九	
丙申〔十五〕	七	四十三	十二	十一	三十二	十	
丁酉〔十六〕	八	四十四	十三	十二	三十三	十一	
戊戌〔十七〕	九	四十五	十四	十三	三十四	十二	
己亥〔十八〕	十	四十六	十五	十四	三十五	十三	
庚子〔十九〕	十一	四十七	十六	十五	三十六	十四	
辛丑〔二十〕	十二	四十八	十七	十六	秦惠公	十五	
壬寅〔二十一〕	十三	四十九	十八	十七	二	十六	
癸卯〔二十二〕	十四	五十	十九	十八	三	十七	
甲辰〔二十三〕	十五	五十一	二十	十九	四	十八	
乙巳〔二十四〕	十六	五十二	二十一	二十	五	十九	越勾践
丙午〔二十五〕	十七	五十三	二十二	二十一	六	吴夫差	二
丁未〔二十六〕鲁哀	十八	五十四	二十三	二十二	七	二	三
戊申〔二十七〕	十九	五十五	二十四	二十三	八	三	四
己酉〔二十八〕	二十	五十六	二十五	二十四	九	四	五
庚戌〔二十九〕	二十一	五十七	二十六	二十五	秦悼公	五	六
辛亥〔三十〕	二十二	五十八 孺子	二十七	二十六	二	六	七
壬子〔三十一〕	二十三	齐悼公	二十八	二十七	三	七	八
癸丑〔三十二〕	二十四	二	二十九	楚惠王	四	八	九
甲寅〔三十三〕	二十五	三	三十	二	五	九	十
乙卯〔三十四〕	二十六	四	三十一	三	六	十	十一
丙辰〔三十五〕	二十七	齐简公	三十二	四	七	十一	十二
丁巳〔三十六〕	二十八	二	三十三	五	八	十二	十三

戊午〔三十七〕	二十九	三	三十四	六	九	十三	十四
己未〔三十八〕	三十	四	三十五	七	十	十四	十五
庚申〔三十九〕	三十一	齐平公	三十六	八	十一	十五	十六
辛酉〔四十〕	三十二	二	三十七	九	十二	十六	十七
壬戌〔四十一〕	三十三	三	三十八	十	十三	十七	十八
癸亥〔四十二〕	三十四	四	三十九	十一	秦厉公	十八	十九

经辰之戌〔二千二百一十九〕

甲子〔四十三〕	三十五	五	四十	十二	二	十九	二十
乙丑〔四十四〕	三十六	六	四十一	十三	三	二十	二十一
丙寅周元王	三十七	七	四十二	十四	四	二十一	二十二
丁卯〔二〕	晋出公	八	四十三	十五	五	二十二	二十三
戊辰〔三〕	二	九	四十四	十六	六	吴亡	廿四灭吴
己巳〔四〕	三	十	四十五	十七	七		二十五
庚午〔五〕	四	十一	四十六	十八	八		二十六
辛未〔六〕	五	十二	四十七	十九	九		二十七
壬申周慎定	六	十三	四十八	二十	十		二十八
癸酉〔二〕	七	十四	四十九	二十一	十一		
甲戌〔三〕	八	十五	五十	二十二	十二		
乙亥〔四〕	九	十六	五十一	二十三	十三		
丙子〔五〕	十	十七	五十二	二十四	十四		
丁丑〔六〕	十一	十八	五十三	二十五	十五		
戊寅〔七〕	十二	十九	五十四	二十六	十六		
己卯〔八〕	十三	二十	五十五	二十七	十七		
庚辰〔九〕	十四	二十一	五十六	二十八	十八		
辛巳〔十〕	十五	二十二	五十七	二十九	十九		
壬午〔十一〕	十六	二十三	五十八	三十	二十		
癸未〔十二〕	晋哀公	二十四	五十九	三十一	二十一		
甲申〔十三〕	二	二十五	六十	三十二	二十二		

乙酉〔十四〕	三	二十六	六十一	三十三	二十三
丙戌〔十五〕	四	齐宣公	六十二	三十四	二十四
丁亥〔十六〕	五	二	六十三	三十五	二十五
戊子〔十七〕	六	三	六十四	三十六	二十六
己丑〔十八〕	七	四	宋昭公	三十七	二十七
庚寅〔十九〕	八	五	二	三十八	二十八
辛卯〔二十〕	九	六	三	三十九	二十九
壬辰〔二十一〕	十	七	四	四十	三十
癸巳〔二十二〕	十一	八	五	四十一	三十一

经辰之亥〔二千二百二十〕

甲午〔二十三〕	十二	九	六	四十二	三十二
乙未〔二十四〕	十三	十	七	四十三	三十三
丙申〔二十五〕	十四	十一	八	四十四	三十四
丁酉〔二十六〕	十五	十二	九	四十五	秦桓公
戊戌〔二十七〕	十六	十三	十	四十六	二
己亥〔二十八〕哀公	十七	十四	十一	四十七	三
庚子〔廿九〕周惠王 考王	十八	十五	十二	四十八	四
辛丑〔二〕	十九	十六	十三	四十九	五
壬寅〔三〕	晋幽公	十七	十四	五十	六
癸卯〔四〕	二	十八	十五	五十一	七
甲辰〔五〕	三	十九	十六	五十二	八
乙巳〔六〕	四	二十	十七	五十三	九
丙午〔七〕	王	二十一	十八	五十四	十
丁未〔八〕	六	二十一	十九	五十五	十一
戊申〔九〕	七	二十三	二十	五十六	十二
己酉〔十〕	八	二十四	二十一	五十七	十三
庚戌〔十一〕	九	二十五	二十三	楚简王	秦怀公
辛亥〔十二〕	十	二十六	二十三	二	二

壬子〔十三〕	十一	二十七	二十四	三	三
癸丑〔十四〕	十二	二十八	二十五	四	秦灵公
甲寅〔十五〕	十三	二十九	二十六	五	二
乙卯〔十六〕	十四	三十	二十七	六	三
丙辰周威烈	十五	三十一	二十八	七	四
丁巳〔二〕	十六	三十二	二十九	八	五
戊午〔三〕	十七	三十三	三十	九	六
己未〔四〕	十八	三十四	三十一	十	七
庚申〔五〕	晋烈公	三十五	三十二	十一	八
辛酉〔六〕	二	三十六	三十三	十二	九
壬戌〔七〕	三	三十七	三十四	十三	十
癸亥〔八〕	四	三十八	三十五	十四	十一

观物篇二十　以会经运八①

经日之甲〔一〕

经月之午〔七〕

经星之己〔一百八十六〕

经辰之子〔二千二百二十一〕

甲子〔九〕	五	三十九	三十六	十五	十二			
乙丑〔十〕	六	四十	三十七	十六	十三			
丙寅〔十一〕	七	四十一	三十八	十七	秦简公			
丁卯〔十二〕	八	四十二	三十九	十八	二			
戊辰〔十三〕	九	四十三	四十	十九	三			
己巳〔十四〕	十	四十四	四十一	二十	四			
庚午〔十五〕	十一	四十五	四十二	二十一	五			
辛未〔十六〕	十二	四十六	四十三	二十二	六			
壬申〔十七〕	十三	四十七	四十四	二十三	七			
癸酉〔十八〕	十四	四十八	四十五	二十四	八			
甲戌〔十九〕	十五	四十九	四十六	楚声王	九			
乙亥〔二十〕	十六	五十	四十七	二	十			
丙子〔二十一〕	十七	五十一	宋悼公	三	十一			
丁丑〔二十二〕	十八	齐康公	二	四	十二			
戊寅〔二十三〕	十九	二	三	五	十三	韩景侯	魏文侯	赵烈侯
己卯〔二十四〕	二十	三	四	楚悼王	十四	七	二十三	七
庚辰周安王	二十一	四	五	二	十五	八	二十四	八

校者注　①　以会经运八：即“观物篇二十”，从“经日之甲一、经月之午七、经星之己一百八十六、经辰之子二千二百二十一”起，至“经辰之亥二千二百三十二”止，为战国、西汉年表。公历为公元前57年。

辛巳〔二〕	二十二	五	六	三	十六	九	二十五	九
壬午〔三〕	二十三	六	七	四	秦惠公	韩烈侯	二十六	赵武侯
癸未〔四〕	二十四	七	八	五	二	二	二十七	二
甲申〔五〕	二十五	八	宋休公	六	三	三	二十八	三
乙酉〔六〕	二十六	九	二	七	四	四	二十九	四
丙戌〔七〕	二十七	十	三	八	五	五	三十	五
丁亥〔八〕	晋孝公	十一	四	九	六	六	三十一	六
戊子〔九〕	二	十二	五	十	七	七	三十二	七
己丑〔十〕	三	十三	六	十一	八	八	三十三	八
庚寅〔十一〕	四	十四	七	十二	九	九	三十四	九
辛卯〔十二〕	五	十五	八	十三	十	十	三十五	十
壬辰〔十三〕	六	十六	九	十四	十一	十一	三十六	十一
癸巳〔十四〕	七	十七	十	十五	十二	十二	三十七	十二

经辰之丑〔二千二百二十二〕

甲午〔十五〕	八	十八	十一	十六	十三	十三	三十八	十三
乙未〔十六〕	九	后齐太公	十二	十七	秦出子	韩文侯	魏武侯	赵敬侯
丙申〔十七〕	十	二	十三	十八	秦献公	二	二	二
丁酉〔十八〕	十一	齐	十四	十九	二	三	三	三
戊戌〔十九〕	十二	二	十五	二十	三	四	四	四
己亥〔二十〕	十三	三	十六	二十一	四	五	五	五
庚子〔二十一〕	十四	四	十七	二十二	五	六	六	六
辛丑〔二十二〕	十五	五	十八	楚肃王	六	七	七	七
壬寅〔二十三〕	十六	六	十九	二	七	八	八	八
癸卯〔二十四〕	十七	齐威王	二十	三	八	九	九	九
甲辰〔二十五〕	晋静公	二	二十一	四	九	十	十	十
乙巳〔二十六〕	晋亡	三	二十二	五	十	韩哀侯	十一	十一
丙午周烈王	四	二十三	六	十一	二	十二	十二	
丁未〔二〕	五	宋辟公	七	十二	三	十三	赵成侯	

戊申〔三〕	六	二	八	十三	四	十四	二
己酉〔四〕	七	三	九	十四	五	十五	三
庚戌〔五〕	八	宋剔成	十	十五	六	十六	四
辛亥〔六〕	九	二	十一	十六	韩懿侯	魏惠王	五
壬子〔七〕	十	三	楚宣王	十七	二	二	六
癸丑周显王	十一	四	二	十八	三	三	七
甲寅二周分为二	十二	五	三	十九	四	四	八
乙卯〔三〕	十三	六	四	二十	五	五	九
丙辰〔四〕	十四	七	五	二十一	六	六	十
丁巳〔五〕	十五	八	六	二十二	七	七	十一
戊午〔六〕	十六	九	七	二十三	八	八	十二
己未〔七〕	十七	十	八	二十四	九	九	十三
庚申〔八〕	十八	十一	九	秦孝公	十	十	十四
辛酉九东周杰立	十九	十二	十	二	十一	十一	十五
壬戌〔十〕	二十	十三	十一	三	十二	十二	十六
癸亥〔十一〕	二十一	十四	十二	四	韩昭侯	十三	十七

经辰之寅〔二千二百二十三〕

甲子〔十二〕	二十二	十五	十三	五	二	十四	十八
乙丑〔十三〕	二十三	十六	十四	六	三	十五	十九
丙寅〔十四〕	二十四	十七	十五	七	四	十六	二十
丁卯〔十五〕	二十五	十八	十六	八	五	十七	二十一
戊辰〔十六〕	二十六	十九	十七	九	六	十八	二十二
己巳〔十七〕	二十七	二十	十八	十	七	十九	二十三
庚午〔十八〕	二十八	二十一	十九	十一	八	二十	二十四
辛未〔十九〕	二十九	二十二	二十	十二	九	二十一	二十五
壬申〔二十〕	三十	二十三	二十一	十三	十	二十二	赵肃王
癸酉〔二十一〕	三十一	二十四	二十二	十四	十一	二十三	二
甲戌〔二十二〕	三十二	二十五	二十三	十五	十二	二十四	三
乙亥〔二十三〕	二十三	二十六	二十四	十六	十三	二十五	四

丙子〔二十四〕	三十四	二十七	二十五	十七	十四	二十六	五
丁丑〔二十五〕	三十五	二十八	二十六	十八	十五	二十七	六
戊寅〔二十六〕	三十六	二十九	二十七	十九	十六	二十八	七
己卯〔二十七〕	齐宣王	三十	二十八	二十	十七	二十九	八
庚辰〔二十八〕	二	三十一	二十九	二十一	十八	三十	九
辛巳〔二十九〕	三	三十二	三十	二十二	十九	三十一	十
壬午〔三十〕	四	三十三	楚威王	二十三	二十	三十二	十一
癸未〔三十一〕	五	三十四	二	二十四	二十一	三十三	十二
甲申〔三十二〕	六	三十五	三	秦惠王	二十二	三十四	十三
乙酉〔三十三〕	七	三十六	四	二	二十三	三十五	十四
丙戌〔三十四〕	八	三十七	五	三	二十四	三十六	十五
丁亥〔三十五〕	九	三十八	六灭越	四	二十五	魏襄王	十六
戊子〔三十六〕	十	三十九	七	五	二十六	二称王	十七
己丑〔三十七〕	十一	四十	八	六	韩宣王	三	十八
庚寅〔三十八〕	十二	四十一	九	七	二	四	十九
辛卯〔三十九〕	十三	宋元王	十	八	三	五	二十
壬辰〔四十〕	十四	二	十一	九	四	六	二十一
癸巳〔四十一〕	十五	三	楚怀王	十	五	七	二十二

经辰之卯〔二千二百二十四〕

甲午〔四十二〕	十六	四	二	十一	六	八	二十三	
乙未〔四十三〕	十七	五	三	十二	七	九	二十四	
丙申〔四十四〕	十八	六	四	十三	八	十	赵武灵	
丁酉〔四十五〕	十九	七	五	十四	九	十一	二	
戊戌〔四十六〕	齐湣王	八	六	十五	十	十二	三	燕易王
己亥〔四十七〕	二	九	七	十六	十一	十三	四	二
庚子〔四十八〕	三	十	八	十七	十二	十四	五	三
辛丑周慎靓	四	十一	九	十八	十三	十五	六	燕哙王
壬寅〔二〕	五	十二	十	十九	十四	十六	七	二
癸卯〔三〕	六	十三	十一	二十	十五	魏哀王	八	三

甲辰〔四〕	七	十四	十二	二十一	十六	二	九	四
乙巳〔五〕	八	十五	十三	二十二	十七	三	十	五
丙午〔六〕	九	十六	十四	二十三	十八	四	十一	六
丁未周赧王	十	十七	十五	二十四	十九	五	十二	七
戊申〔二〕	十一	十八	十六	二十五	二十	六	十三	八
己酉〔三〕	十二	十九	十七	二十六	二十一	七	十四	燕昭王
庚戌〔四〕	十三	二十	十八	二十七	韩襄王	八	十五	二
辛亥〔五〕	十四	二十一	十九	秦武王	二	九	十六	三
壬子〔六〕	十五	二十二	二十	二	三	十	十七	四
癸丑〔七〕	十六	二十三	二十一	三	四	十一	十八	五
甲寅〔八〕	十七	二十四	二十二	四	五	十二	十九	六
乙卯〔九〕	十八	二十五	二十三	秦昭王	六	十三	二十	七
丙辰〔十〕	十九	二十六	二十四	二	七	十四	二十一	八
丁巳〔十一〕	二十	二十七	二十五	三	八	十五	二十二	九
戊午〔十二〕	二十一	二十八	二十六	四	九	十六	二十三	十
己未〔十三〕	二十二	二十九	二十七	五	十	十七	二十四	十一
庚申〔十四〕	二十三	三十	二十八	六	十一	十八	二十五	十二
辛酉〔十五〕	二十四	三十一	二十九	七	十二	十九	二十六	十三
壬戌〔十六〕	二十五	三十二	三十	八	十三	二十	二十七	十四
癸亥〔十七〕	二十六	三十三	楚顷襄	九	十四	二十	赵惠文	十五

经辰之辰〔二千二百二十五〕

甲子〔十八〕	二十七	三十四	二	十	十五	二十二	二	十六
乙丑〔十九〕	二十八	三十五	三	十一	十六	二十三	三	十七
丙寅〔二十〕	二十九	三十六	四	十二	韩釐王	魏昭王	四	十八
丁卯〔二十一〕	三十	三十七	五	十三	二	二	五	十九
戊辰〔二十二〕	三十一	三十八	六	十四	三	三	六	二十
己巳〔二十三〕	三十二	三十九	七	十五	四	四	七	二十一
庚午〔二十四〕	三十三	四十	八	十六	五	五	八	二十二
辛未〔二十五〕	三十四	四十一	九	十七	六	六	九	二十三

壬申〔二十六〕	三十五	四十二	十	十八	七	七	十	二十四
癸酉〔二十七〕	三十六	四十三	十一	十九	八	八	十一	二十五
甲戌〔二十八〕	三十七	四十四	十二	二十	九	九	十二	二十六
乙亥〔二十九〕	三十八 灭宋	宋亡	十三	二十一	十	十	十三	二十七
丙子〔三十〕	三十九		十四	二十二	十一	十一	十四	二十八
丁丑〔三十一〕	齐襄王		十五	二十三	十二	十二	十五	二十九
戊寅〔三十二〕	二		十六	二十四	十三	十三	十六	三十
己卯〔三十三〕	三		十七	二十五	十四	十四	十七	三十一
庚辰〔三十四〕	四		十八	二十六	十五	十五	十八	三十二
辛巳〔三十五〕	五		十九	二十七	十六	十六	十九	三十三
壬午〔三十六〕	六		二十	二十八	十七	十七	二十	燕惠王
癸未〔三十七〕	七		二十一	二十九	十八	十八	二十一	二
甲申〔三十八〕	八		二十二	三十	十九	十九	二十二	三
乙酉〔三十九〕	九		二十三	三十一	二十	魏釐王	二十三	四
丙戌〔四十〕	十		二十四	三十二	二十一	二	二十四	五
丁亥〔四十一〕	十一		二十五	三十三	二十二	三	二十五	六
戊子〔四十二〕	十二		二十六	三十四	二十三	四	二十六	七
己丑〔四十三〕	十三		二十七	三十五	韩桓惠	五	二十七	八
庚寅〔四十四〕	十四		二十八	三十六	二	六	二十八	燕武城
辛卯〔四十五〕	十五		二十九	三十七	三	七	二十九	二
壬辰〔四十六〕	十六		三十	三十八	四	八	三十	三
癸巳〔四十七〕	十七		三十一	三十九	五	九	三十一	四

经辰之巳〔二千二百二十六〕

甲午〔四十八〕	十八		三十二	四十	六	十	三十二	五
乙未〔四十九〕	十九		三十三	四十一	七	十一	三十三	六
丙申〔五十〕	二十		三十四	四十二	八	十二	赵孝成	七
丁酉〔五十一〕	齐王建		三十五	四十三	九	十三	二	八
戊戌〔五十二〕	二		三十六	四十四	十	十四	三	九

己亥〔五十三〕	三	楚考烈	四十五	十一	十五	四	十
庚子〔五十四〕	四	二	四十六	十二	十六	五	十一
辛丑〔五十五〕	五	三	四十七	十三	十七	六	十二
壬寅〔五十六〕	六	四	四十八	十四	十八	七	十三
癸卯〔五十七〕	七	五	四十九	十五	十九	八	十四
甲辰〔五十八〕	八	六	五十	十六	二十	九	燕孝王
乙巳〔五十九〕周灭	九	七	五十一 灭周	十七	二十一	十	二
丙午	十	八	五十二	十八	二十二	十一	三
丁未	十一	九	五十三	十九	二十三	十二	燕王喜
戊申	十二	十	五十四	二十	二十四	十三	二
己酉	十三	十一	五十五	二十一	二十五	十四	三
庚戌	十四	十二	五十六 孝文	二十二	二十六	十五	四
辛亥东周惠君亡	十五	十三	秦庄襄	二十三	二十七	十六	五
壬子	十六	十四	二	二十四	二十八	十七	六
癸丑	十七	十五	三	二十五	二十九	十八	七
甲寅	十八	十六	四	二十六	三十	十九	八
乙卯	十九	十七	秦始皇	二十七	三十一	二十	九
丙辰	二十	十八	二	二十八	三十二	二十一	十
丁巳	二十一	十九	三	二十九	三十三	赵悼襄	十一
戊午	二十二	二十	四	三十	三十四	二	十二
己未	二十三	二十一	五	三十一	魏景湣	三	十三
庚申	二十四	二十二	六	三十二	二	四	十四
辛酉	二十五	二十三	七	三十三	三	五	十五
壬戌	二十六	二十四	八	三十四	四	六	十六
癸亥	二十七	二十五	九	韩王安	五	七	十七

经辰之午〔二千二百二十七〕

甲子	二十八	楚幽王	十	二	六	八	十八
乙丑	二十九	二	十一	三	七	九	十九

丙寅	三十	三	十二	四	八	赵王迁	二十
丁卯	三十一	四	十三	五	九	二	二十一
戊辰	三十二	五	十四	六	十	三	二十二
己巳	三十三	六	十五	七	十一	四	二十三
庚午	三十四	七	十六	八	十二	五	二十四
辛未	三十五	八	十七 灭韩	韩亡	十三	六	二十五
壬申	三十六	九	十八		十四	七	二十六
癸酉	三十七	十	十九 灭赵		十五	赵亡	二十七
甲戌	三十八	楚哀王	二十		魏王假		燕亡
乙亥	三十九	二	二十一		二		
丙子	四十	三	二十二 灭魏		魏亡		
丁丑	四十一	四	二十三				
戊寅	四十二	楚亡	二十四				
己卯	四十三		二十五				
庚辰	齐亡		二十六灭齐				
辛巳			二十七				
壬午			二十八				
癸未			二十九				
甲申			三十				
乙酉			三十一				
丙戌			三十二				
丁亥			三十三				
戊子			三十四				
己丑			三十五				
庚寅			三十六				
辛卯			三十七				
壬辰			秦二世				
癸巳			二				

经辰之未〔二千二百二十八〕

甲午汉高祖先入关	楚项王后入关　秦亡
乙未〔二〕	二
丙申〔三〕	三
丁酉〔四〕	四
戊戌〔五〕	五
己亥〔六〕	楚亡
庚子〔七〕	
辛丑〔八〕	
壬寅〔九〕	
癸卯〔十〕	
甲辰〔十一〕	
乙巳〔十二〕	
丙午〔十三〕	
丁未汉惠帝	
戊申〔二〕	
己酉〔三〕	
庚戌〔四〕	
辛亥〔五〕	
壬子〔六〕	
癸丑〔七〕	
甲寅汉吕后立无名子	
乙卯〔二〕	
丙辰〔三〕	
丁巳汉吕后立恒山王	
戊午〔二〕	
己未〔三〕	
庚申〔四〕	
辛酉汉文帝	
壬戌〔二〕	
癸亥〔三〕	

经辰之申〔二千二百二十九〕

甲子〔四〕
乙丑〔五〕
丙寅〔六〕
丁卯〔七〕
戊辰〔八〕
己巳〔九〕
庚午〔十〕
辛未〔十一〕
壬申〔十二〕
癸酉〔十三〕
甲戌〔十四〕
乙亥〔十五〕
丙子〔十六〕
丁丑〔十七〕
戊寅后元
己卯〔二〕
庚辰〔三〕
辛巳〔四〕
壬午〔五〕
癸未〔六〕
甲申〔七〕
乙酉汉景帝
丙戌〔二〕
丁亥〔三〕
戊子〔四〕
己丑〔五〕
庚寅〔六〕
辛卯〔七〕
壬辰中元
癸巳〔二〕

经辰之酉〔二千二百三十〕

甲午〔三〕
乙未〔四〕
丙申〔五〕
丁酉〔六〕
戊戌后元
己亥〔二〕
庚子〔三〕
辛丑汉武帝建元
壬寅〔二〕
癸卯〔三〕
甲辰〔四〕
乙巳〔五〕
丙午〔六〕
丁未元光
戊申〔二〕
己酉〔三〕
庚戌〔四〕
辛亥〔五〕
壬子〔六〕
癸丑元朔
甲寅〔二〕
乙卯〔三〕
丙辰〔四〕
丁巳〔五〕

戊午〔六〕
己未元狩
庚申〔二〕
辛酉〔三〕
壬戌〔四〕
癸亥〔五〕

经辰之戌〔二千二百三十一〕

甲子〔六〕
乙丑元鼎
丙寅〔二〕
丁卯〔三〕
戊辰〔四〕
己巳〔五〕
庚午〔六〕
辛未元封
壬申〔二〕
癸酉〔三〕
甲戌〔四〕
乙亥〔五〕
丙子〔六〕
丁丑太初
戊寅〔二〕
己卯〔三〕
庚辰〔四〕
辛巳天汉
壬午〔二〕
癸未〔三〕
甲申〔四〕
乙酉太始
丙戌〔二〕
丁亥〔三〕
戊子〔四〕
己丑征和
庚寅〔二〕
辛卯〔三〕
壬辰〔四〕
癸巳后元

经辰之亥〔二千二百三十二〕

甲午〔二〕
乙未汉昭帝始元
丙申〔二〕
丁酉〔三〕
戊戌〔四〕
己亥〔五〕
庚子〔六〕
辛丑元凤
壬寅〔二〕
癸卯〔三〕
甲辰〔四〕
乙巳〔五〕
丙午〔六〕
丁未元平
戊申汉宣帝本始
己酉〔二〕
庚戌〔三〕
辛亥〔四〕

壬子地节
癸丑〔二〕
甲寅〔三〕
乙卯〔四〕
丙辰元康
丁巳〔二〕
戊午〔三〕
己未〔四〕
庚申神爵
辛酉〔二〕
壬戌〔三〕
癸亥〔四〕

（皇极经世书卷四上）

钦定四库全书

子部
皇极经世书卷四中

详校官中书臣吕光復
灵台郎臣倪廷梅复勘

总校官编修臣王燕绪
校对官中书臣高中
誊录监生臣徐庄

欽定四庫全書
皇極經世書卷四中
宋　邵雍　撰
觀物篇二十一　以會經運九
經日之甲一
經月之午七
經星之庚二百八十七
經辰之子二千二百二十三
甲子五鳳

乙丑二
丙寅三
丁卯四
戊辰甘露
己巳二
庚午三
辛未四
壬申黃龍

钦定四库全书·皇极经世书卷四中

［宋］ 邵 雍 撰

观物篇二十一 以会经运九①

经日之甲〔一〕

经月之午〔七〕

经星之庚〔一百八十七〕

经辰之子〔二千二百三十三〕

甲子五凤

乙丑〔二〕

丙寅〔三〕

丁卯〔四〕

戊辰甘露

己巳〔二〕

庚午〔三〕

辛未〔四〕

壬申黄龙

癸酉汉元帝初元

甲戌〔二〕

乙亥〔三〕

丙子〔四〕

丁丑〔五〕

戊寅永光

己卯〔二〕

庚辰〔三〕

辛巳〔四〕

壬午〔五〕

癸未建昭

校者注 ① 以会经运九：即“观物篇二十一”，从“经日之甲一、经月之午七、经星之庚一百八十七、经辰之子二千二百三十三”起，至“经辰之亥二千二百四十四”止，为东汉、三国年表。公历为公元303年。

甲申〔二〕
乙酉〔三〕
丙戌〔四〕
丁亥〔五〕
戊子竟宁
己丑汉成帝建始
庚寅〔二〕
辛卯〔三〕
壬辰〔四〕
癸巳河平

经辰之丑〔二千二百三十四〕

甲午〔二〕
乙未〔三〕
丙申〔四〕
丁酉阳朔
戊戌〔二〕
己亥〔三〕
庚子〔四〕
辛丑鸿嘉
壬寅〔二〕
癸卯〔三〕
甲辰〔四〕
乙巳永始
丙午〔二〕
丁未〔三〕
戊申〔四〕
己酉元延
庚戌〔二〕
辛亥〔三〕
壬子〔四〕
癸丑绥和
甲寅〔二〕
乙卯汉哀帝建平
丙辰〔二〕
丁巳〔三〕
戊午〔四〕
己未〔五〕元寿
庚申〔六〕
辛酉汉平帝元始
壬戌〔二〕
癸亥〔三〕

经辰之寅〔二千二百三十五〕

甲子〔四〕
乙丑〔五〕
丙寅汉孺子居摄
丁卯〔二〕
戊辰初始
己巳汉王莽称新室改建国元年。
庚午〔二〕
辛未〔三〕
壬申〔四〕
癸酉〔五〕
甲戌天凤
乙亥〔二〕
丙子〔三〕
丁丑〔四〕

戊寅〔五〕
己卯〔六〕
庚辰地皇
辛巳〔二〕
壬午〔三〕
癸未刘玄称更始
甲申汉光武帝封萧王
乙酉〔二〕称帝，称建武。

丙戌〔三〕
丁亥〔四〕
戊子〔五〕
己丑〔六〕
庚寅〔七〕
辛卯〔八〕
壬辰〔九〕
癸巳〔十〕

经辰之卯〔二千二百三十六〕

甲午〔十一〕
乙未〔十二〕
丙申〔十三〕
丁酉〔十四〕
戊戌〔十五〕
己亥〔十六〕
庚子〔十七〕
辛丑〔十八〕
壬寅〔十九〕
癸卯〔二十〕
甲辰〔二十一〕
乙巳〔二十二〕
丙午〔二十三〕
丁未〔二十四〕
戊申〔二十五〕

己酉〔二十六〕
庚戌〔二十七〕
辛亥〔二十八〕
壬子〔二十九〕
癸丑〔三十〕
甲寅〔三十一〕
乙卯〔三十二〕
丙辰中元
丁巳〔二〕
戊午汉明帝永平
己未〔二〕
庚申〔三〕
辛酉〔四〕
壬戌〔五〕
癸亥〔六〕

经辰之辰〔二千二百三十七〕

甲子〔七〕
乙丑〔八〕
丙寅〔九〕
丁卯〔十〕

戊辰〔十一〕
己巳〔十二〕
庚午〔十三〕
辛未〔十四〕

壬申〔十五〕
癸酉〔十六〕
甲戌〔十七〕
乙亥〔十八〕
丙子汉章帝建初
丁丑〔二〕
戊寅〔三〕
己卯〔四〕
庚辰〔五〕
辛巳〔六〕
壬午〔七〕
癸未〔八〕
甲申元和
乙酉〔二〕
丙戌〔三〕
丁亥章和
戊子〔二〕
己丑汉和帝永元
庚寅〔二〕
辛卯〔三〕
壬辰〔四〕
癸巳〔五〕

经辰之巳〔二千二百三十八〕

甲午〔六〕
乙未〔七〕
丙申〔八〕
丁酉〔九〕
戊戌〔十〕
己亥〔十一〕
庚子〔十二〕
辛丑〔十三〕
壬寅〔十四〕
癸卯〔十五〕
甲辰〔十六〕
乙巳〔十七〕元兴
丙午汉殇帝延平
丁未汉安帝永初
戊申〔二〕
己酉〔三〕
庚戌〔四〕
辛亥〔五〕
壬子〔六〕
癸丑〔七〕
甲寅元初
乙卯〔二〕
丙辰〔三〕
丁巳〔四〕
戊午〔五〕
己未〔六〕
庚申永宁
辛酉建元
壬戌延光
癸亥〔二〕

经辰之午〔二千二百三十九〕

甲子〔三〕
乙丑〔四〕
丙寅汉顺帝永建
丁卯〔二〕
戊辰〔三〕
己巳〔四〕
庚午〔五〕
辛未〔六〕
壬申阳嘉
癸酉〔二〕
甲戌〔三〕
乙亥〔四〕
丙子永和
丁丑〔二〕
戊寅〔三〕
己卯〔四〕
庚辰〔五〕
辛巳〔六〕
壬午汉安
癸未〔二〕
甲申建康
乙酉汉冲帝永嘉
丙戌汉质帝本初
丁亥桓帝建和
戊子〔二〕
己丑〔三〕
庚寅和平
辛卯元嘉
壬辰〔二〕
癸巳永兴

经辰之未〔二千二百四十〕

甲午〔二〕
乙未永寿
丙申〔二〕
丁酉〔三〕
戊戌延熹
己亥〔二〕
庚子〔三〕
辛丑〔四〕
壬寅〔五〕
癸卯〔六〕
甲辰〔七〕
乙巳〔八〕
丙午〔九〕
丁未永康
戊申汉灵帝建宁
己酉〔二〕
庚戌〔三〕
辛亥〔四〕
壬子熹平
癸丑〔二〕
甲寅〔三〕
乙卯〔四〕
丙辰〔五〕
丁巳〔六〕

戊午光和
己未〔二〕
庚申〔三〕
辛酉〔四〕
壬戌〔五〕
癸亥〔六〕

经辰之申〔二千二百四十一〕

甲子中平
乙丑〔二〕
丙寅〔三〕
丁卯〔四〕
戊辰〔五〕
己巳光熹　又昭宁、永汉
庚午汉献帝初平
辛未〔二〕
壬申〔三〕
癸酉〔四〕
甲戌兴平
乙亥〔二〕
丙子建安
丁丑〔二〕
戊寅〔三〕
己卯〔四〕
庚辰〔五〕
辛巳〔六〕
壬午〔七〕
癸未〔八〕
甲申〔九〕
乙酉〔十〕
丙戌〔十一〕
丁亥〔十二〕
戊子〔十三〕
己丑〔十四〕
庚寅〔十五〕
辛卯〔十六〕
壬辰〔十七〕
癸巳〔十八〕

经辰之酉〔二千二百四十二〕

甲午〔十九〕
乙未〔二十〕
丙申〔二十一〕
丁酉〔二十二〕
戊戌〔二十三〕
己亥〔二十四〕
庚子魏文帝
辛丑〔二〕黄初　　　蜀先帝

壬寅〔三〕	二章武	吴大帝
癸卯〔四〕	蜀后王建兴	二黄武
甲辰〔五〕	二	三
乙巳〔六〕	三	四
丙午〔七〕	四	五
丁未魏明帝太和	五	六
戊申〔二〕	六	七
己酉〔三〕	七	黄龙
庚戌〔四〕	八	二
辛亥〔五〕	九	三
壬子〔六〕	十	嘉禾
癸丑青龙	十一	二
甲寅〔二〕	十二	三
乙卯〔三〕	十三	四
丙辰〔四〕	十四	五
丁巳景初	十五	六
戊午〔二〕	延熙	赤乌
己未〔三〕	二	二
庚申魏帝芳正始	三	三
辛酉〔二〕	四	四
壬戌〔三〕	五	五
癸亥〔四〕	六	六

经辰之戌〔二千二百四十三〕

甲子〔五〕	七	七
乙丑〔六〕	八	八
丙寅〔七〕	九	九
丁卯〔八〕	十	十
戊辰〔九〕	十一	十一

己巳嘉平	十二	十二
庚午〔二〕	十三	十三
辛未〔三〕	十四	大元
壬申〔四〕	十五	神凤建兴
癸酉〔五〕	十六	吴帝亮
甲戌魏高贵正元	十七	五凤
乙亥〔二〕	十八	二
丙子甘露	十九	太平
丁丑〔二〕	二十	二
戊寅〔三〕	景耀	吴帝休永安
己卯〔四〕	二	二
庚辰魏帝道景元	三	三
辛巳〔二〕	四	四
壬午〔三〕	五	五
癸未〔四〕	蜀炎兴亡	六
甲申咸熙		吴帝始元兴
乙酉晋武帝泰始		甘露
丙戌〔二〕		宝鼎
丁亥〔三〕		二
戊子〔四〕		三
己丑〔五〕		建衡
庚寅〔六〕		二
辛卯〔七〕		三
壬辰〔八〕		凤凰
癸巳〔九〕		二

经辰之亥〔二千二百四十四〕

甲午〔十〕	三
乙未咸宁	天册

丙申〔二〕	天玺
丁酉〔三〕	二
戊戌〔四〕	三
己亥〔五〕	四
庚子太康灭吴	吴亡
辛丑〔二〕	
壬寅〔三〕	
癸卯〔四〕	
甲辰〔五〕	
乙巳〔六〕	
丙午〔七〕	
丁未〔八〕	
戊申〔九〕	
己酉〔十〕	
庚戌太熙永熙	
辛亥晋惠帝永平元康	
壬子〔二〕	
癸丑〔三〕	
甲寅〔四〕	
乙卯〔五〕	
丙辰〔六〕	
丁巳〔七〕	
戊午〔八〕	
己未〔九〕	
庚申〔十〕永康	
辛酉〔十一〕永宁	
壬戌〔十二〕大安	
癸亥〔十三〕	

观物篇二十二　以会经运十①

经日之甲〔一〕

经月之午〔七〕

经星之辛〔一百八十八〕

经辰之子〔二千二百四十五〕

甲子〔十四〕永安 建武 永兴	汉刘渊 元熙		
乙丑〔十五〕	二		
丙寅晋光熙 怀帝	三	后蜀李雄 大武	
丁卯〔二〕永嘉	四	二	
戊辰〔三〕	五永凤	三	
己巳〔四〕	六河瑞	四	
庚午〔五〕	汉刘聪 光兴	五	
辛未〔六〕蒙尘 平阳	二嘉平	六	
壬申〔七〕	三	七	
癸酉晋 愍帝建兴	四	八	
甲戌〔二〕	五建元	九	前凉张寔 永安
乙亥〔三〕	六	十	二
丙子〔四〕蒙尘 平阳	七	十一	三
丁丑东晋元帝 建武	八	十二	四

校者注　①　以会经运十：即“观物篇二十二”，从“经日之甲一、经月之午七、经星之辛一百八十八、经辰之子二千二百四十五”起，至“经辰之亥二千二百五十六”止，为南北朝、隋、唐年表。公历为公元663年。

戊寅〔二〕称帝大兴	前赵刘曜光初	十三	五	
己卯〔三〕	二	十四	六	后赵石勒赵王
庚辰〔四〕	三	十五	凉张茂永元	二
辛巳〔五〕	四	十六	二	三
壬午〔六〕永昌	五	十七	三	四
癸未晋明帝太宁	六	十八	四	五
甲申〔二〕	七	十九	凉张骏太元	六
乙酉〔三〕	八	二十	二	七
丙戌晋成帝咸和	九	二十一	三	八
丁亥〔二〕	十	二十二	四	九
戊子〔三〕	前赵亡	二十三	五	十
己丑〔四〕		二十四	六	十一
庚寅〔五〕		二十五	七	十二建平
辛卯〔六〕		二十六	八	十三
壬辰〔七〕		二十七	九	十四
癸巳〔八〕		蜀李班	十	赵石弘延熙

经辰之丑〔二千二百四十六〕

甲午〔九〕	蜀李期玉恒	十一	二
乙未〔十〕咸康	二	十二	赵石虎建武
丙申〔十一〕	三	十三	二
丁酉〔十二〕	四	十四	三
戊戌〔十三〕	蜀李寿汉兴	十五	四
己亥〔十四〕	二	十六	五
庚子〔十五〕	三	十七	六
辛丑〔十六〕	四	十八	七
壬寅〔十七〕	五	十九	八

癸卯晋康帝建元	汉李势太和	二十	九		
甲辰〔二〕	二	二十一	十		
乙巳晋穆帝永和	三	二十二	十一		
丙午〔二〕	四嘉宁	二十三	十二		
丁未〔三〕灭蜀	蜀汉亡	凉张重华永乐	十三		
戊申〔四〕	二		十四		
己酉〔五〕	三		十五太宁	前燕慕容儁元年	
庚戌〔六〕	四		十六石祗永宁	二	
辛亥〔七〕	五		后赵亡	三灭赵	前秦苻健皇始
壬子〔八〕	六			四元玺	二
癸丑〔九〕	凉张祚和平			五	三
甲寅〔十〕	二			六	四
乙卯〔十一〕	凉玄观太始			七	五
丙辰〔十二〕	二			八	秦苻生寿光
丁巳〔十三〕升平	三			九光寿	秦苻坚永兴
戊午〔十四〕	四			十	二
己未〔十五〕	五			十一	三甘露
庚申〔十六〕	六			前燕慕容暐建熙	四
辛酉〔十七〕	七			二	五
壬戌晋哀帝隆和	八			三	六
癸亥〔二〕兴宁	凉天锡大清			四	七

经辰之寅〔二千二百四十七〕

甲子〔三〕	二			五	八
乙丑〔四〕	三			六	九建元
丙寅晋废帝太和	四			七	十

丁卯〔二〕			五			八	十一
戊辰〔三〕			六			九	十二
己巳〔四〕			七			十	十三
庚午〔五〕			八			前燕亡	十四
辛未晋文帝咸安			九				十五
壬申〔二〕			十				十六
癸酉晋武帝宁康			十一				十七
甲戌〔二〕			十二				十八
乙亥〔三〕			十三				十九
丙子〔四〕大元			凉亡				二十灭凉
丁丑〔五〕							二十一
戊寅〔六〕							二十二
己卯〔七〕							二十三
庚辰〔八〕							二十四
辛巳〔九〕							二十五
壬午〔十〕							二十六
癸未〔十一〕	后燕慕容垂燕元						二十七
甲申〔十二〕	二	后秦姚苌白雀					二十八
乙酉〔十三〕	三	二	后魏	西秦乞伏国仁建义			秦苻丕太安
丙戌〔十四〕	四建兴	三建初	二拓跋珪改登国	二	后凉吕光太安		秦苻登太初
丁亥〔十五〕	五	四	三	三	二		二
戊子〔十六〕	六	五	四	秦乾归太初	三		三
己丑〔十七〕	七	六	五	二	四麟嘉		四
庚寅〔十八〕	八	七	六	三	五		五
辛卯〔十九〕	九	八	七	四	六		六
壬辰〔二十〕	十	九	八	五	七		七
癸巳〔廿一〕	十一	十	九	六	八		八

经辰之卯〔二千二百四十八〕

甲午〔廿二〕	十二	秦姚兴皇初	十	七	九					前秦亡
乙未〔廿三〕	十三	二	十一	八	十					
丙申〔廿四〕	燕宝永康	三皇始	十二	九	十一龙飞					
丁酉晋	二	四	十三	十	十二	南凉秃发乌孤	北凉			
戊戌〔二〕	燕盛建平	五天兴	十四	十一	十三	二太初	二	南燕慕容德称元年		
己亥〔三〕	二长乐	六弘始	十五	十二	凉吕纂咸宁	三	三天玺	二		
庚子〔四〕	三	七	十六	十三	二	凉利鹿孤建和	四	三建平	西凉李暠庚子	
辛丑〔五〕	燕熙光始	八	十七	十四	三	二	北凉沮渠蒙逊	四	二	
壬寅〔六〕元兴	二	九	十八	十五	凉吕隆神鼎	凉傉檀弘昌	二永安	五	三	
癸卯〔七〕	三	十	十九	十六	二	二	三	六	四	
甲辰〔八〕	四	十一	二十天锡	十七	后凉亡	三	四	七	五	
乙巳〔九〕义熙	五	十二	二十一	十八		四	五	燕超太上	六	
丙午〔十〕	北燕高云正始	十三	二十二	十九		五	六	二	七	夏赫连勃勃
丁未〔十一〕	二	十四	二十三	二十更始		六	七	三	八	二
戊申〔十二〕	三	十五	魏明帝	二十一		七嘉平	八	四	九	三
己酉〔十三〕灭南燕	北燕冯跋太平	十六	二永兴	二十二		八	九	南燕亡	十	四
庚戌〔十四〕	二	十七	三	西秦炽磐永康		九	十		十一	五
辛亥〔十五〕	三	十八	四	二		十	十一		十二	六
壬子〔十六〕	四	十九	五	三		十一	十二玄始		十三	七
癸丑〔十七〕	五	二十	六	四		十二	十三		十四	八凤翔
甲寅〔十八〕	六	二十一	七	五		南燕亡	十四		十五	九
乙卯〔十九〕	七	二十二	八	六			十五		十六	十
丙辰〔二十〕	八	秦姚泓永和	九	七			十六		十七	十一

丁巳〔廿一〕灭后秦	九	后秦亡	十	八	十七	西凉李歆嘉兴	十二
戊午晋德文	十		十一	九	十八	二	十三昌武
己未〔二〕元熙	十一		十二	十建弘	十九	三	十四真兴
庚申宋武帝永初	十二		十三	十一	二十	四	十五
辛酉〔二〕	十三		十四	十二	二十一	五	十六
壬戌〔三〕	十四		十五	十三	二十二	六	十七
癸亥宋义符景平	十五		十六	十四	二十三灭西凉	西凉亡	十八

经辰之辰〔二千二百四十九〕

甲子宋文帝元嘉	十六	魏太武始光	十五	二十四	十九
乙丑〔二〕	十七	二	十六	二十五	夏昌承光
丙寅〔三〕	十八	三	十七	二十六	二
丁卯〔四〕	十九	四	十八	二十七	三
戊辰〔五〕	二十	五神麚	西秦暮永永弘	二十八永玄	夏定胜光
己巳〔六〕	二十一	六	二	二十九	二
庚午〔七〕	北燕冯翼太兴	七	三	三十义和	三灭西秦
辛未〔八〕	二	八灭夏	西秦亡	三十一	夏亡
壬申〔九〕	三	九延和		三十二	
癸酉〔十〕	四	十		北凉牧犍永和	
甲戌〔十一〕	五	十一		二	
乙亥〔十二〕	六	十二太延		三	
丙子〔十三〕	北燕亡	十三灭北燕		四	
丁丑〔十四〕		十四		五	
戊寅〔十五〕		十五		六	

己卯〔十六〕	十六 灭北凉	北凉亡
庚辰〔十七〕	十七太平真君	
辛巳〔十八〕	十八	
壬午〔十九〕	十九	
癸未〔二十〕	二十	
甲申〔二十一〕	二十一	
乙酉〔二十二〕	二十二	
丙戌〔二十三〕	二十三	
丁亥〔二十四〕	二十四	
戊子〔二十五〕	二十五	
己丑〔二十六〕	二十六	
庚寅〔二十七〕	二十七	
辛卯〔二十八〕	二十八 正平	
壬辰〔二十九〕	魏文成兴安	
癸巳宋孝武	二	

经辰之巳〔二千二百五十〕

甲午〔二〕孝元	三兴光
乙未〔三〕	四
丙申〔四〕	五
丁酉〔五〕大明	六
戊戌〔六〕	七
己亥〔七〕	八
庚子〔八〕	九和平
辛丑〔九〕	十
壬寅〔十〕	十一

癸卯〔十一〕	十二
甲辰宋帝业永光	十三
乙巳宋明帝太始	十四
丙午〔二〕	魏献文天安
丁未〔三〕	二皇兴
戊申〔四〕	三
己酉〔五〕	四
庚戌〔六〕	五
辛亥〔七〕	魏孝文延兴
壬子宋大豫帝昱	二
癸丑〔二〕	三
甲寅〔三〕	四
乙卯〔四〕	五承明
丙辰〔五〕	六
丁巳宋顺帝昇平	七太和
戊午〔二〕	八
己未齐高帝建元	九
庚申〔二〕	十
辛酉〔三〕	十一
壬戌〔四〕	十二
癸亥齐武帝永明	十三

经辰之午〔二千二百五十一〕

甲子〔二〕	十四
乙丑〔三〕	十五
丙寅〔四〕	十六
丁卯〔五〕	十七
戊辰〔六〕	十八
己巳〔七〕	十九
庚午〔八〕	二十
辛未〔九〕	二十一

壬申〔十〕	二十二
癸酉齐昭业隆昌	二十三
甲戌齐明帝建武	二十四
乙亥〔二〕	二十五迁居洛阳
丙子〔三〕	二十六改姓元氏
丁丑〔四〕	二十七
戊寅〔五〕永泰	二十八
己卯齐宝泰永元	二十九
庚辰〔二〕	魏宣武景明
辛巳齐宝融中兴	二
壬午梁武帝天监	三
癸未〔二〕	四
甲申〔三〕	五正始
乙酉〔四〕	六
丙戌〔五〕	七
丁亥〔六〕	八
戊子〔七〕	九永平
己丑〔八〕	十
庚寅〔九〕	十一
辛卯〔十〕	十二
壬辰〔十一〕	十三
癸巳〔十二〕	十四

经辰之未〔二千二百五十二〕

甲午〔十三〕	十五
乙未〔十四〕	十六
丙申〔十五〕	魏明帝熙平
丁酉〔十六〕	二
戊戌〔十七〕	三神龟
己亥〔十八〕	四

庚子〔十九〕普通	五正光	
辛丑〔二十〕	六	
壬寅〔二十一〕	七	
癸卯〔二十二〕	八	
甲辰〔二十三〕	九	
乙巳〔二十四〕	十孝昌	
丙午〔二十五〕	十一	
丁未〔二十六〕	十二	
戊申〔二十七〕	魏孝庄建义 永安	
己酉〔二十八〕	二	
庚戌〔二十九〕	魏帝煜建明	
辛亥〔三十〕	魏帝恭普泰 朗 中兴	
壬子〔三十一〕	魏帝修太昌 永熙	
癸丑〔三十二〕	二	
甲寅〔三十三〕	西魏宝炬	东魏善见静帝 天平
乙卯〔三十四〕	二大统	二
丙辰〔三十五〕	三	三
丁巳〔三十六〕	四	四
戊午〔三十七〕	五	五元象
己未〔三十八〕	六	六兴和
庚申〔三十九〕	七	七
辛酉〔四十〕	八	八
壬戌〔四十一〕	九	九
癸亥〔四十二〕	十	十武定

经辰之申〔二千二百五十三〕

甲子〔四十三〕	十一	十一
乙丑〔四十四〕	十二	十二
丙寅〔四十五〕中大同	十三	十三

丁卯〔四十六〕太清		十四	十四
戊辰〔四十七〕		十五	十五
己巳梁简文帝		十六	十六
庚午〔二〕大宝		十七	北齐宣帝洋天保
辛未梁栋天正		十八	二
壬申梁元帝承圣		西魏帝钦元年	三
癸酉〔二〕		二	四
甲戌梁恭帝方智		西魏恭帝元年	五
乙亥〔二〕绍泰	后南凉萧詧天定		六
丙子〔三〕太平	二	周闵帝元年	七
丁丑陈武帝永定	三	周明帝元年	八
戊寅〔二〕	四	二	九
己卯〔三〕	五	三武成	十
庚辰陈文帝天嘉	六	周武帝	齐昭帝皇建
辛巳〔二〕	七	二保定	齐武定太宁
壬午〔三〕	后凉萧岿天保	三	二河清
癸未〔四〕	二	四	三
甲申〔五〕	三	五	四
乙酉〔六〕	四	六	齐高纬天统
丙戌〔七〕天康	五	七天保	二
丁亥陈伯宗光天	六	八	三
戊子陈宣帝	七	九	四
乙丑〔二〕	八	十	五
庚寅〔三〕	九	十一	六
辛卯〔四〕	十	十二	七
壬辰〔五〕	十一	十三建德	八
癸巳〔六〕	十二	十四	九

经辰之酉〔二千二百五十四〕

甲午〔七〕	十三	十五	十
乙未〔八〕	十四	十六	十一
丙申〔九〕	十五	十七	十二隆化
丁酉〔十〕	十六	十八灭北齐	北齐亡
戊戌〔十一〕	十七	周宣政宣帝天成	
己亥〔十二〕	十八	周静帝大象	
庚子〔十三〕	十九	二	
辛丑〔十四〕	二十	隋文帝开皇	
壬寅〔十五〕	二十一	二	
癸卯陈叔宝至德	二十二	三	
甲辰〔二〕	二十三	四	
乙巳〔三〕	后凉萧凉广运	五	
丙午〔四〕	纳国于隋	六	
丁未〔五〕祯明		七	
戊申〔六〕		八	
己酉陈亡		九灭陈	
庚戌		十	
辛亥		十一	
壬子		十二	
癸丑		十三	
甲寅		十四	
乙卯		十五	
丙辰		十六	
丁巳		十七	
戊午		十八	
己未		十九	
庚申		二十	
辛酉		二十一仁寿	
壬戌		二十二	
癸亥		二十三	

经辰之戌〔二千二百五十五〕

甲子	隋炀帝
乙丑	二大业
丙寅	三
丁卯	四
戊辰	五
己巳	六
庚午	七
辛未	八
壬申	九
癸酉	十
甲戌	十一
乙亥	十二
丙子	十三
丁丑	隋亡帝侑义宁

戊寅唐高祖武德

己卯〔二〕

庚辰〔三〕

辛巳〔四〕

壬午〔五〕

癸未〔六〕

甲申〔七〕

乙酉〔八〕

丙戌唐太宗

丁亥〔二〕贞观

戊子〔三〕

己丑〔四〕

庚寅〔五〕

辛卯〔六〕

壬辰〔七〕

癸巳〔八〕

经辰之亥〔二千二百五十六〕

甲午〔九〕
乙未〔十〕
丙申〔十一〕
丁酉〔十二〕
戊戌〔十三〕
己亥〔十四〕
庚子〔十五〕
辛丑〔十六〕
壬寅〔十七〕
癸卯〔十八〕
甲辰〔十九〕
乙巳〔二十〕
丙午〔二十一〕
丁未〔二十二〕
戊申〔二十三〕
己酉〔二十四〕
庚戌唐高宗永徽
辛亥〔二〕
壬子〔三〕
癸丑〔四〕
甲寅〔五〕
乙卯〔六〕
丙辰〔七〕显庆
丁巳〔八〕
戊午〔九〕
己未〔十〕
庚申〔十一〕
辛酉〔十二〕龙朔
壬戌〔十三〕
癸亥〔十四〕

（皇极经世书卷四中）

钦定四库全书

子部

皇极经世书卷四下

详校官中书 臣 吕光復

灵台郎 臣 倪廷梅 复勘

总校官编修 臣 王燕绪

校对官中书 臣 高 中

誊 录监生 臣 徐 庄

欽定四庫全書

皇極經世書卷四下　　宋 邵雍 撰

觀物篇二十三　以會經運十一

經日之甲一

經月之午七

經星之壬一百八十九

經辰之子二千二百五十七

甲子十五 麟德

乙丑十六

丙寅十七 乾封

丁卯十八

戊辰十九 總章

己巳二十

庚午二十一 咸亨

辛未二十二

壬申二十三

钦定四库全书·皇极经世书卷四下

[宋] 邵 雍 撰

观物篇二十三 以会经运十一[①]

经日之甲〔一〕

经月之午〔七〕

经星之壬〔一百八十九〕

经辰之子〔二千二百五十七〕

甲子〔十五〕麟德

乙丑〔十六〕

丙寅〔十七〕乾封

丁卯〔十八〕

戊辰〔十九〕总章

己巳〔二十〕

庚午〔二十一〕咸亨

辛未〔二十二〕

壬申〔二十三〕

癸酉〔二十四〕

甲戌〔二十五〕上元

校者注 ① 以会经运十一：即“观物篇二十三”，从“经日之甲一、经月之午七、经星之壬一百八十九、经辰之子二千二百五十七”起，至“经辰之亥二千二百六十八”止，为唐、十国、宋年表。公历为公元1023年。

乙亥〔二十六〕

丙子〔二十七〕仪凤

丁丑〔二十八〕

戊寅〔二十九〕

己卯〔三十〕调露

庚辰〔三十一〕永隆

辛巳〔三十二〕开耀

壬午〔三十三〕永淳

癸未〔三十四〕弘道

甲申唐中宗嗣圣武后废帝为庐陵王，迁之均。立豫章王旦，改元文明，再改元光宅。

乙酉〔二〕武后徙帝于房陵，改元垂拱。

丙戌〔三〕

丁亥〔四〕

戊子〔五〕

己丑〔六〕武后改元永昌。

庚寅〔七〕武后改元载初，又改国为周，元曰天授。豫章王旦为皇嗣。

辛卯〔八〕

壬辰〔九〕武后改元如意，再改长寿。

癸巳〔十〕

经辰之丑〔二千二百五十八〕

甲午〔十一〕武后改元延载。

乙未〔十二〕武后改元证圣，再改天册万岁。

丙申〔十三〕武后改元万岁登封，再改万岁通天。

丁酉〔十四〕武后改元神功。

戊戌〔十五〕武后改元圣历，召帝房陵复政。

己亥〔十六〕

庚子〔十七〕武后改元久视。

辛丑〔十八〕武后改元大足，再改元长安。

壬寅〔十九〕

癸卯〔二十〕
甲辰〔二十一〕
乙巳〔二十二〕武后改元神龙。
丙午〔二十三〕
丁未〔二十四〕景龙
戊申〔二十五〕
己酉〔二十六〕
庚戌唐睿宗景云
辛亥〔二〕
壬子唐玄宗先天
癸丑〔二〕开元
甲寅〔三〕
乙卯〔四〕
丙辰〔五〕
丁巳〔六〕
戊午〔七〕
己未〔八〕
庚申〔九〕
辛酉〔十〕
壬戌〔十一〕
癸亥〔十二〕

经辰之寅〔二千二百五十九〕

甲子〔十三〕
乙丑〔十四〕
丙寅〔十五〕
丁卯〔十六〕
戊辰〔十七〕
己巳〔十八〕
庚午〔十九〕
辛未〔二十〕
壬申〔二十一〕
癸酉〔二十二〕
甲戌〔二十三〕
乙亥〔二十四〕

丙子〔二十五〕杨妃入宫
丁丑〔二十六〕
戊寅〔二十七〕
己卯〔二十八〕
庚辰〔二十九〕
辛巳〔三十〕
壬午〔三十一〕天宝
癸未〔三十二〕
甲申〔三十三〕
乙酉〔三十四〕
丙戌〔三十五〕
丁亥〔三十六〕
戊子〔三十七〕
己丑〔三十八〕
庚寅〔三十九〕
辛卯〔四十〕
壬辰〔四十一〕
癸巳〔四十二〕

经辰之卯〔二千二百六十〕

甲午〔四十三〕
乙未〔四十四〕
丙申唐肃宗至德
丁酉〔二〕
戊戌〔三〕乾元
己亥〔四〕
庚子〔五〕上元
辛丑〔六〕
壬寅〔七〕宝应
癸卯唐代宗广德
甲辰〔二〕
乙巳〔三〕永泰
丙午〔四〕大历
丁未〔五〕
戊申〔六〕
己酉〔七〕
庚戌〔八〕
辛亥〔九〕
壬子〔十〕
癸丑〔十一〕
甲寅〔十二〕
乙卯〔十三〕
丙辰〔十四〕
丁巳〔十五〕
戊午〔十六〕
己未〔十七〕
庚申唐德宗建中
辛酉〔二〕
壬戌〔三〕
癸亥〔四〕

经辰之辰〔二千二百六十一〕

甲子〔五〕兴元
乙丑〔六〕贞元
丙寅〔七〕
丁卯〔八〕
戊辰〔九〕
己巳〔十〕

庚午〔十一〕
辛未〔十二〕
壬申〔十三〕
癸酉〔十四〕
甲戌〔十五〕
乙亥〔十六〕
丙子〔十七〕
丁丑〔十八〕
戊寅〔十九〕
己卯〔二十〕
庚辰〔二十一〕
辛巳〔二十二〕
壬午〔二十三〕
癸未〔二十四〕
甲申〔二十五〕
乙酉〔二十六〕顺宗不及年永贞
丙戌唐宪宗元和
丁亥〔二〕
戊子〔三〕
己丑〔四〕
庚寅〔五〕
辛卯〔六〕
壬辰〔七〕
癸巳〔八〕

经辰之巳〔二千二百六十二〕

甲午〔九〕
乙未〔十〕
丙申〔十一〕
丁酉〔十二〕
戊戌〔十三〕
己亥〔十四〕
庚子〔十五〕
辛丑唐穆宗长庆
壬寅〔二〕
癸卯〔三〕
甲辰〔四〕
乙巳唐敬宗宝历
丙午〔二〕
丁未唐文宗太和
戊申〔二〕
己酉〔三〕
庚戌〔四〕
辛亥〔五〕
壬子〔六〕
癸丑〔七〕
甲寅〔八〕
乙卯〔九〕
丙辰〔十〕
丁巳〔十一〕
戊午〔十二〕
己未〔十三〕
庚申〔十四〕
辛酉唐武宗会昌
壬戌〔二〕
癸亥〔三〕

经辰之午〔二千二百六十三〕

甲子〔四〕

乙丑〔五〕

丙寅〔六〕

丁卯唐宣宗大中

戊辰〔二〕

己巳〔三〕

庚午〔四〕

辛未〔五〕

壬申〔六〕

癸酉〔七〕

甲戌〔八〕

乙亥〔九〕

丙子〔十〕

丁丑〔十一〕

戊寅〔十二〕

己卯〔十三〕

庚辰唐懿宗咸通

辛巳〔二〕

壬午〔三〕

癸未〔四〕

甲申〔五〕

乙酉〔六〕

丙戌〔七〕

丁亥〔八〕

戊子〔九〕

己丑〔十〕

庚寅〔十一〕

辛卯〔十二〕

壬辰〔十三〕

癸巳〔十四〕

经辰之未〔二千二百六十四〕

甲午唐僖宗乾符

乙未〔二〕

丙申〔三〕王仙芝陷淮南。

丁酉〔四〕黄巢陷沂郓。

戊戌〔五〕

己亥〔六〕

庚子〔七〕广明黄巢陷两京称齐全统。

辛丑〔八〕中和

壬寅〔九〕

癸卯〔十〕黄巢走蓝关。

甲辰〔十一〕

乙巳〔十二〕光启					
丙午〔十三〕	王潮据福州				
丁未〔十四〕	二				
戊申〔十五〕	三				
己酉唐绍宗龙纪	四	钱镠据杭州	王建据成都		
庚戌〔二〕大顺	五	二	二		
辛亥〔三〕	六	三	三	杨行密据杨州	
壬子〔四〕景福	七	四	四	二	
癸丑〔五〕	八	五	五	三	
甲寅〔六〕乾宁	九	六	六	四	李茂贞据凤翔
乙卯〔七〕	十	七	七	五	二
丙辰〔八〕	十一	八	八	六	三
丁巳〔九〕	十二	九	九	七	四
戊午〔十〕光化	闽王审知	十	十	八	五
己未〔十一〕	二	十一	十一	九	六
庚申〔十二〕	三	十二	十二	十	七
辛酉〔十三〕天复	四	十三	十三	十一	八
壬戌〔十四〕	五	十四封越王	十四	十二封吴王	九
癸亥〔十五〕	六	十五	十五	十三	十

经辰之申〔二千二百六十五〕

甲子〔十六〕天祐	七	十六	十六	十四	十一
乙丑唐哀帝	八	十七	十七	吴渥立	十二
丙寅〔二〕	九	十八	十八	二	十三
丁卯梁全忠开平	十	十九	十九	三	十四
戊辰〔二〕	十一	二十	蜀王建称帝	吴渭立	十五
己巳〔三〕	十二	二十一	二武成	二	十六
庚午〔四〕	十三	二十二	三	三	十七

辛未〔五〕乾化	十四	二十三	四永平	四	十八		
壬申梁友凤历	十五	二十四	五	五	十九		
癸酉梁友贞乾化	十六	二十五	六	六	二十		
甲戌〔二〕	十七	二十六	七	七	二十一		
乙亥〔三〕	十八	二十七	八	八	二十二		
丙子〔四〕	十九	二十八	九通正	九	二十三		
丁亥〔五〕	二十	二十九	十天汉	十	二十四	南汉刘陟乾亨	
戊寅〔六〕	二十一	三十	十一光天	十一	二十五	二	
己卯〔七〕	二十二	三十一	蜀王衍乾德	十二渭帝武义	廿六	三	
庚辰〔八〕	二十三	三十二	二	二	二十七	四	
辛巳〔九〕龙德	二十四	三十三	三	吴溥立顺义	二十八	五	
壬午〔十〕	二十五	三十四	四	二	二十九	六	
癸未后唐庄宗同光	二十六	三十五	五	三	附于后唐	七	
甲申〔二〕	二十七	三十六	六	四		八	
乙酉〔三〕灭蜀	闽延翰	三十七	蜀亡	五		九白龙	
丙戌后唐明宗天成	闽延钧	三十八		六		十	
丁亥〔二〕	二	三十九		七乾真		十一	契丹耶律德光天显
戊子〔三〕	三	四十		八		十二大有	二
己丑〔四〕	四	四十一		九大和		十三	三
庚寅〔五〕长兴	五	四十二		十		十四	四
辛卯〔六〕	六	四十三		十一		十五	五
壬辰〔七〕	七光启	四十四		十二		十六	六
癸巳后唐闵帝	八	吴元		十三		十七	七

经辰之酉〔二千二百六十六〕

甲午后唐应顺从珂清泰	九	二	蜀孟知祥明德	十四		十八	八

乙未〔二〕	闽永和王昶	三	蜀孟昶明德	十五天祚	十九	九	
丙申（后）晋石瑭天福	二通文	四	二	十六	二十	十	
丁酉〔二〕	三	五	三	南唐李昪昇平	二十一	十一	
戊戌〔三〕	四	六	四广政	二	二十二	十二会同	
己亥〔四〕	闽延义永隆	七	五	三	二十三	十三	
庚子〔五〕	二	八	六	四	二十四	十四	
辛丑〔六〕	三	九	七	五	二十五	十五	
壬寅〔七〕	四	吴钱佐	八	六	廿六份光天	十六	
癸卯晋重贵	五	二	九	七	南汉茂应乾乾和	十七	
甲辰〔二〕开运	闽延政天德	三	十	南唐璟保大	二	十八	
乙巳〔三〕	二	四	十一	二	三	十九	
丙午〔四〕	三	五	十二	三	四	二十	
丁未汉知远	闽留从孝	六	十三	四	五	契丹兀欲天禄	
戊申〔二〕乾祐	二	吴钱俶	十四	五	六	二	
己酉汉陷帝承祐	三	二	十五	六	七	三	
庚戌〔二〕	四	三	十六	七	八	四	
辛亥周郭威广顺	五	四	十七	八	九	契丹述律应历	北汉刘崇乾祐
壬子〔二〕	六	五	十八	九	十	二	二
癸丑〔三〕	七	六	十九	十	十一	三	三
甲寅〔四〕显德	八	七	二十	十一	十二	四	四
乙卯周世宗	九	八	二十一	十二	十三	五	五
丙辰〔二〕	十	九	二十二	十三	十四	六	北汉承钧天会
丁巳〔三〕	十一	十	二十三	十四交泰	十五	七	二
戊午〔四〕	十二	十一	二十四	十五	十六	八	三
己未〔五〕	十三	十二	二十五	十六	南汉张大宝	九	四
庚申宋太祖建隆	十四	十三	二十六	十七	二	十	五

辛酉〔二〕	十五	十四	二十七	十八	三	十一	六
壬戌〔三〕	十六	十五	二十八	南唐李煜	四	十二	七
癸亥〔四〕	闽洪进	十六	二十九	二	五	十三	八

经辰之戌〔二千二百六十七〕

甲子〔五〕	二	十七	三十	三	六	十四	九
乙丑〔六〕灭蜀	三	十八	蜀亡	四	七	十五	十
丙寅〔七〕	四	十九		五	八	十六	十一
丁卯〔八〕	五	二十		六	九	十七	十二
戊辰〔九〕	六	二十一		七	十	十八	十三
己巳〔十〕	七	二十二		八	十一	契丹明记保宁	北汉继元广运
庚午〔十一〕	八	二十三		九	十二	二	二
辛未〔十二〕	九	二十四		十		三	三
壬申〔十三〕	十	二十五		十一		四	四
癸酉〔十四〕	十一	二十六		十二		五	五
甲戌〔十五〕	十二	二十七		十三		六	六
乙亥〔十六〕	十三纳国	二十八		南唐亡		七	七
丙子宋太宗		二十九纳国				八	八
丁丑〔二〕						九	九
戊寅〔三〕						十	十
己卯〔四〕灭北汉						十一	北汉亡
庚辰〔五〕						十二	
辛巳〔六〕						十三	
壬午〔七〕						十四	
癸未〔八〕						契丹隆绪统和	
甲申〔九〕雍熙						二	
乙酉〔十〕						三	
丙戌〔十一〕						四	

丁亥〔十二〕	五
戊子〔十三〕端拱	六
己丑〔十四〕	七
庚寅〔十五〕淳化	八
辛卯〔十六〕	九
壬辰〔十七〕	十
癸巳〔十八〕	十一

经辰之亥〔二千二百六十八〕

甲午〔十九〕	十二
乙未〔二十〕孟道	十三
丙申〔二十一〕	十四
丁酉〔二十二〕	十五
戊戌宋真宗咸平	十六
己亥〔二〕	十七
庚子〔三〕	十八
辛丑〔四〕	十九
壬寅〔五〕	二十
癸卯〔六〕	二十一
甲辰〔七〕景德	二十二
乙巳〔八〕	二十三
丙午〔九〕	二十四
丁未〔十〕	二十五
戊申〔十一〕大中祥符	二十六
己酉〔十二〕	二十七
庚戌〔十三〕	二十八
辛亥〔十四〕	二十九
壬子〔十五〕	三十开泰
癸丑〔十六〕	三十一
甲寅〔十七〕	三十二

乙卯〔十八〕	三十三
丙辰〔十九〕	三十四
丁巳〔二十〕天禧	三十五
戊午〔二十一〕	三十六
己未〔二十二〕	三十七
庚申〔二十三〕	三十八
辛酉〔二十四〕	三十九太平
壬戌〔二十五〕乾兴	四十
癸亥宋仁宗	四十一

观物篇二十四 以会经运十二①

经日之甲〔一〕

经月之午〔七〕

经星之癸〔一百九十〕

经辰之子〔二千二百六十九〕

甲子〔二〕		四十二	
乙丑〔三〕		四十三	
丙寅〔四〕		四十四	
丁卯〔五〕		四十五	
戊辰〔六〕		四十六	
己巳〔七〕		四十七	
庚午〔八〕		四十八	
辛未〔九〕		四十九景福	
壬申〔十〕	明道	契丹宗真重熙	西夏元昊显道
癸酉〔十一〕		三	二
甲戌〔十二〕	景祐	四	三应运
乙亥〔十三〕		五	四
丙子〔十四〕		六	五大庆
丁丑〔十五〕		七	六
戊寅〔十六〕	宝元	八	七天授礼法延祚
己卯〔十七〕		九	八

校者注 ① 以会经运十二：即“观物篇二十四”，从“经日之甲一、经月之午七、经星之癸一百九十、经辰之子二千二百六十九”起，至“经辰子亥二千二百八十”止，360年间，年表列至宋神宗熙宁元年，公历为公元1068年。

庚辰〔十八〕康定	十	九
辛巳〔十九〕庆历	十一	十
壬午〔二十〕	十二	十一
癸未〔二十一〕	十三	十二
甲申〔二十二〕	十四	十三
乙酉〔二十三〕	十五	
丙戌〔二十四〕	十六	
丁亥〔二十五〕	十七	
戊子〔二十六〕	十八	
己丑〔二十七〕	十九	
庚寅〔二十八〕	二十	
辛卯〔二十九〕	二十一	
壬辰〔三十〕	二十二	
癸巳〔三十一〕	二十三	

经辰之丑〔二千二百七十〕

甲午〔三十二〕至和	二十四
乙未〔三十三〕	契丹洪基清宁
丙申〔三十四〕嘉祐	二
丁酉〔三十五〕	三
戊戌〔三十六〕	四
己亥〔三十七〕	五
庚子〔三十八〕	六
辛丑〔三十九〕	七
壬寅〔四十〕	八
癸卯〔四十一〕	九
甲辰宋英宗	十
乙巳〔二〕	十一咸雍
丙午〔三〕	十二改国大辽
丁未〔四〕	十三

戊申今上[1]熙宁	十四
己酉〔二〕	十五
庚戌〔三〕	十六
辛亥〔四〕	十七
壬子〔五〕	十八
癸丑〔六〕	十九
甲寅〔七〕	二十
乙卯〔八〕	二十一
丙辰〔九〕	二十二
丁巳〔十〕	二十三
戊午	
己未	
庚申	
辛酉	
壬戌	
癸亥	

经辰之寅〔二千二百七十一〕

甲子	甲戌	甲申
乙丑	乙亥	乙酉
丙寅	丙子	丙戌
丁卯	丁丑	丁亥
戊辰	戊寅	戊子
己巳	己卯	己丑
庚午	庚辰	庚寅
辛未	辛巳	辛卯
壬申	壬午	壬辰
癸酉	癸未	癸巳

校者注 ① 今上：指宋神宗。

经辰之卯〔二千二百七十二〕

甲午	甲辰	甲寅
乙未	乙巳	乙卯
丙申	丙午	丙辰
丁酉	丁未	丁巳
戊戌	戊申	戊午
己亥	己酉	己未
庚子	庚戌	庚申
辛丑	辛亥	辛酉
壬寅	壬子	壬戌
癸卯	癸丑	癸亥

经辰之辰〔二千二百七十三〕

甲子	甲戌	甲申
乙丑	乙亥	乙酉
丙寅	丙子	丙戌
丁卯	丁丑	丁亥
戊辰	戊寅	戊子
己巳	己卯	己丑
庚午	庚辰	庚寅
辛未	辛巳	辛卯
壬申	壬午	壬辰
癸酉	癸未	癸巳

经辰之巳〔二千二百七十四〕

甲午	辛丑	戊申
乙未	壬寅	己酉
丙申	癸卯	庚戌
丁酉	甲辰	辛亥
戊戌	乙巳	壬子
己亥	丙午	癸丑
庚子	丁未	甲寅

乙卯
丙辰
丁巳
戊午
己未
庚申
辛酉
壬戌
癸亥

经辰之午〔二千二百七十五〕

甲子
乙丑
丙寅
丁卯
戊辰
己巳
庚午
辛未
壬申
癸酉
甲戌
乙亥
丙子
丁丑
戊寅
己卯
庚辰
辛巳
壬午
癸未
甲申
乙酉
丙戌
丁亥
戊子
己丑
庚寅
辛卯
壬辰
癸巳

经辰之未〔二千二百七十六〕

甲午
乙未
丙申
丁酉
戊戌
己亥
庚子
辛丑
壬寅
癸卯
甲辰
乙巳
丙午
丁未
戊申
己酉
庚戌
辛亥
壬子
癸丑
甲寅
乙卯
丙辰
丁巳
戊午
己未
庚申
辛酉
壬戌
癸亥

经辰之申〔二千二百七十七〕

甲子
乙丑
丙寅
丁卯
戊辰
己巳
庚午
辛未
壬申
癸酉
甲戌
乙亥

丙子	壬午	戊子
丁丑	癸未	己丑
戊寅	甲申	庚寅
己卯	乙酉	辛卯
庚辰	丙戌	壬辰
辛巳	丁亥	癸巳

经辰之酉〔二千二百七十八〕

甲午	甲辰	甲寅
乙未	乙巳	乙卯
丙申	丙午	丙辰
丁酉	丁未	丁巳
戊戌	戊申	戊午
己亥	己酉	己未
庚子	庚戌	庚申
辛丑	辛亥	辛酉
壬寅	壬子	壬戌
癸卯	癸丑	癸亥

经辰之戌〔二千二百七十九〕

甲子	甲戌	甲申
乙丑	乙亥	乙酉
丙寅	丙子	丙戌
丁卯	丁丑	丁亥
戊辰	戊寅	戊子
己巳	己卯	己丑
庚午	庚辰	庚寅
辛未	辛巳	辛卯
壬申	壬午	壬辰
癸酉	癸未	癸巳

经辰之亥〔二千二百八十〕

甲午
乙未
丙申
丁酉
戊戌
己亥
庚子
辛丑
壬寅
癸卯

甲辰
乙巳
丙午
丁未
戊申
己酉
庚戌
辛亥
壬子
癸丑

甲寅
乙卯
丙辰
丁巳
戊午
己未
庚申
辛酉
壬戌
癸亥

经星之甲〔一百九十一〕
经星之乙〔一百九十二〕
经星之丙〔一百九十三〕
经星之丁〔一百九十四〕
经星之戊〔一百九十五〕
经星之己〔一百九十六〕
经星之庚〔一百九十七〕
经星之辛〔一百九十八〕
经星之壬〔一百九十九〕
经星之癸〔二百〕

经星之甲〔二百一〕
经星之乙〔二百二〕
经星之丙〔二百三〕
经星之丁〔二百四〕
经星之戊〔二百五〕
经星之己〔二百六〕
经星之庚〔二百七〕
经星之辛〔二百八〕
经星之壬〔二百九〕
经星之癸〔二百十〕

经日之甲〔一〕

经月之未〔八〕

经星之甲〔二百一十一〕
经星之乙〔二百一十二〕
经星之丙〔二百一十三〕

经星之丁〔二百一十四〕
经星之戊〔二百一十五〕
经星之己〔二百一十六〕
经星之庚〔二百一十七〕
经星之辛〔二百一十八〕
经星之壬〔二百一十九〕

经星之癸〔二百二十〕
经星之甲〔二百二十一〕
经星之乙〔二百二十二〕
经星之丙〔二百二十三〕
经星之丁〔二百二十四〕
经星之戊〔二百二十五〕
经星之己〔二百二十六〕
经星之庚〔二百二十七〕
经星之辛〔二百二十八〕
经星之壬〔二百二十九〕
经星之癸〔二百三十〕
经星之甲〔二百三十一〕
经星之乙〔二百三十二〕
经星之丙〔二百三十三〕
经星之丁〔二百三十四〕
经星之戊〔二百三十五〕
经星之己〔二百三十六〕
经星之庚〔二百三十七〕
经星之辛〔二百三十八〕
经星之壬〔二百三十九〕
经星之癸〔二百四十〕

经日之甲〔一〕

经月之申〔九〕

经星之甲〔二百四十一〕
经星之乙〔二百四十二〕
经星之丙〔二百四十三〕
经星之丁〔二百四十四〕
经星之戊〔二百四十五〕
经星之己〔二百四十六〕
经星之庚〔二百四十七〕
经星之辛〔二百四十八〕
经星之壬〔二百四十九〕
经星之癸〔二百五十〕
经星之甲〔二百五十一〕
经星之乙〔二百五十二〕
经星之丙〔二百五十三〕
经星之丁〔二百五十四〕
经星之戊〔二百五十五〕
经星之己〔二百五十六〕
经星之庚〔二百五十七〕
经星之辛〔二百五十八〕
经星之壬〔二百五十九〕
经星之癸〔二百六十〕
经星之甲〔二百六十一〕
经星之乙〔二百六十二〕
经星之丙〔二百六十三〕
经星之丁〔二百六十四〕
经星之戊〔二百六十五〕
经星之己〔二百六十六〕
经星之庚〔二百六十七〕
经星之辛〔二百六十八〕
经星之壬〔二百六十九〕
经星之癸〔二百七十〕

经日之甲〔一〕

经月之酉〔十〕

经星之甲〔二百七十一〕

经星之乙〔二百七十二〕
经星之丙〔二百七十三〕
经星之丁〔二百七十四〕
经星之戊〔二百七十五〕
经星之己〔二百七十六〕
经星之庚〔二百七十七〕
经星之辛〔二百七十八〕
经星之壬〔二百七十九〕
经星之癸〔二百八十〕
经星之甲〔二百八十一〕
经星之乙〔二百八十二〕
经星之丙〔二百八十三〕
经星之丁〔二百八十四〕
经星之戊〔二百八十五〕
经星之己〔二百八十六〕
经星之庚〔二百八十七〕
经星之辛〔二百八十八〕
经星之壬〔二百八十九〕
经星之癸〔二百九十〕
经星之甲〔二百九十一〕
经星之乙〔二百九十二〕
经星之丙〔二百九十三〕
经星之丁〔二百九十四〕
经星之戊〔二百九十五〕
经星之己〔二百九十六〕
经星之庚〔二百九十七〕
经星之辛〔二百九十八〕
经星之壬〔二百九十九〕
经星之癸〔三百〕

经日之甲〔一〕

经月之戊〔十一〕

经星之甲〔三百一〕
经星之乙〔三百二〕
经星之丙〔三百三〕
经星之丁〔三百四〕
经星之戊〔三百五〕
经星之己〔三百六〕
经星之庚〔三百七〕
经星之辛〔三百八〕
经星之壬〔三百九〕
经星之癸〔三百一十〕
经星之甲〔三百一十一〕
经星之乙〔三百一十二〕
经星之丙〔三百一十三〕
经星之丁〔三百一十四〕
经星之戊〔三百一十五〕

闭物经月戊之终

（皇极经世书卷四下）

钦定四库全书

子部

皇极经世书卷五上

详校官中书 臣 吕光復

灵台郎 臣 倪廷梅 复勘

总校官编修 臣 王燕绪

校对官中书 臣 高 中

誊 录监生 臣 庄宝琢

皇極經世書卷五上

宋 邵雍 撰

觀物篇二十五

經元之甲一

經會之巳六

經運之癸一百八十

經世之子二千一百四十九

經世之丑二千一百五十

經世之寅二千一百五十一

經世之卯二千一百五十二

經世之辰二千一百五十三

經世之巳二千一百五十四

經世之午二千一百五十五

經世之未二千一百五十六

甲午

乙未

钦定四库全书·皇极经世书卷五上

[宋] 邵 雍 撰

观物篇二十五[①] 以运经世一

经元之甲〔一〕

经会之巳〔六〕

经运之癸〔一百八十〕

经世之子〔二千一百四十九〕 (-2577)[②]

经世之丑〔二千一百五十〕 (-2547)

经世之寅〔二千一百五十一〕 (-2517)

经世之卯〔二千一百五十二〕 (-2487)

经世之辰〔二千一百五十三〕 (-2457)

经世之巳〔二千一百五十四〕 (-2427)

经世之午〔二千一百五十五〕 (-2397)

经世之未〔二千一百五十六〕

校者注 ① 观物篇二十五：即“以运经世一”，从“经元之甲一、经会之巳六、经运之癸一百八十，经世之子二千一百四十九”起，至“经世之亥二千一百六十”止。即从公元前2577年起到公元前2218年止，主要为尧舜禹年间大事，共有360年。

② -2577：表示“公元前2577年”。下同。括号内的公元纪年为校者所加。下同。

甲午（-2367）
乙未（-2366）
丙申（-2365）
丁酉（-2364）
戊戌（-2363）
己亥（-2362）
庚子（-2361）
辛丑（-2360）
壬寅（-2359）
癸卯（-2358）
甲辰（-2357）　唐帝尧肇位于平阳，号陶唐氏。命羲和钦若昊天，历象日月星辰，敬授人时，期三百六旬有六日，以闰月定四时成岁，曰载建寅月为始，允釐百工，庶绩咸熙。
乙巳（-2356）
丙午（-2355）
丁未（-2354）
戊申（-2353）
己酉（-2352）
庚戌（-2351）
辛亥（-2350）
壬子（-2349）
癸丑（-2348）
甲寅（-2347）
乙卯（-2346）
丙辰（-2345）
丁巳（-2344）
戊午（-2343）
己未（-2342）
庚申（-2341）
辛酉（-2340）
壬戌（-2339）
癸亥（-2338）

经世之申〔二千一百五十七〕

甲子（-2337）　唐帝尧二十一年。
乙丑（-2336）
丙寅（-2335）
丁卯（-2334）
戊辰（-2333）
己巳（-2332）
庚午（-2331）
辛未（-2330）
壬申（-2329）
癸酉（-2328）
甲戌（-2327）
乙亥（-2326）
丙子（-2325）
丁丑（-2324）
戊寅（-2323）
己卯（-2322）
庚辰（-2321）
辛巳（-2320）
壬午（-2319）
癸未（-2318）

甲申（-2317）
乙酉（-2316）
丙戌（-2315）
丁亥（-2314）
戊子（-2313）
己丑（-2312）
庚寅（-2311）
辛卯（-2310）
壬辰（-2309）
癸巳（-2308）

经世之酉〔二千一百五十八〕

甲午（-2307）唐帝尧五十一年。
乙未（-2306）
丙申（-2305）
丁酉（-2304）
戊戌（-2303）
己亥（-2302）
庚子（-2301）
辛丑（-2300）
壬寅（-2299）
癸卯（-2298）
甲辰（-2297）
乙巳（-2296）
丙午（-2295）
丁未（-2294）
戊申（-2293）
己酉（-2292）
庚戌（-2291）
辛亥（-2290）
壬子（-2289）鲧治水，绩用弗成。
癸丑（-2288）帝尧求禅，明明扬侧陋，始征舜登庸，历试诸难，釐降二女，于沩汭作嫔，于虞以观法焉。
甲寅（-2287）
乙卯（-2286）舜言底可绩帝以德荐于天而命之位。
丙辰（-2285）正月上日，舜受命于文祖。用璇玑玉衡以齐七政，类于上帝，祀于六宗，望于山川，遍于群神。辑五瑞五玉，班于群后，肇十有二州，封十有二山。四时行巡狩，协时月正日，同律度量衡，修五礼象以典刑，流共工于幽州，放驩兜于崇山，窜三苗于三危，殛鲧于羽山，四罪正而天下咸服。
丁巳（-2284）
戊午（-2283）
己未（-2282）
庚申（-2281）
辛酉（-2280）
壬戌（-2279）
癸亥（-2278）

经世之戌〔二千一百五十九〕

甲子（－2277）虞帝舜九年。
乙丑（－2276）
丙寅（－2275）
丁卯（－2274）
戊辰（－2273）
己巳（－2272）
庚午（－2271）
辛未（－2270）
壬申（－2269）
癸酉（－2268）
甲戌（－2267）
乙亥（－2266）
丙子（－2265）
丁丑（－2264）
戊寅（－2263）
己卯（－2262）
庚辰（－2261）
辛巳（－2260）
壬午（－2259）
癸未（－2258）
甲申（－2257）
乙酉（－2256）
丙戌（－2255）月正元日，舜格于文祖，号有虞氏，都蒲坂，询四岳，辟四门，明四目，达四聪，咨十有二牧，命九官，以伯禹为司空，稷司农，契司徒，皋陶司士，垂司工，益司虞，夷司礼，夔典乐，龙司言。此九人使宅百揆，三载考绩，黜陟幽明，庶绩其凝。
丁亥（－2254）
戊子（－2253）
己丑（－2252）
庚寅（－2251）
辛卯（－2250）
壬辰（－2249）
癸巳（－2248）

经世之亥〔二千一百六十〕

甲午（－2247）虞舜帝三十九年。
乙未（－2246）
丙申（－2245）
丁酉（－2244）
戊戌（－2243）
己亥（－2242）
庚子（－2241）
辛丑（－2240）
壬寅（－2239）
癸卯（－2238）
甲辰（－2237）
乙巳（－2236）

丙午（-2235）
丁未（-2234）
戊申（-2233）
己酉（-2232）
庚戌（-2231）
辛亥（-2230）
壬子（-2229）
癸丑（-2228）
甲寅（-2227）
乙卯（-2226）
丙辰（-2225） 帝舜求代，以功荐禹于天而命之位。
丁巳（-2224） 正月逆旦，禹受命于神，宗正天下，水土分九州、九山、九川、九泽会于四海，修其六府，咸则三壤，成赋中邦。
戊午（-2223）
己未（-2222）
庚申（-2221）
辛酉（-2220）
壬戌（-2219）
癸亥（-2218）

观物篇二十六[①]　以运经世二

经元之甲〔一〕

经会之午〔七〕

经运之甲〔一百八十一〕

经世之子〔二千一百六十一〕

甲子（－2217）　夏王禹八年。

乙丑（－2216）

丙寅（－2215）

丁卯（－2214）

戊辰（－2213）

己巳（－2212）

庚午（－2211）

辛未（－2210）

壬申（－2209）

癸酉（－2208）　帝舜陟方乃死。

甲戌（－2207）　禹都安邑，徙居阳翟，大会诸侯于涂山，执玉帛者万国。防风氏后至，戮焉。

乙亥（－2206）

丙子（－2205）

丁丑（－2204）

戊寅（－2203）

己卯（－2202）

庚辰（－2201）

辛巳（－2200）

壬午（－2199）

癸未（－2198）　夏王禹东巡狩，至于会稽，崩。元子启践位。

甲申（－2197）　启与有扈战于甘之野。

乙酉（－2196）

丙戌（－2195）

丁亥（－2194）

戊子（－2193）

己丑（－2192）

庚寅（－2191）

辛卯（－2190）

壬辰（－2189）　夏王启崩，元子太康践位。

癸巳（－2188）

校者注　①　观物篇二十六：即“以运经世二”，从“经元之甲一、经会之午七、经运之甲一百八十一，经世之子二千一百六十一”起，至“经世之亥二千一百七十二”止。即从公元前2217年起到公元前1858年止，主要为夏朝大事，共有360年。

经世之丑〔二千一百六十二〕

甲午（-2187）夏王太康二年。
乙未（-2186）
丙申（-2185）
丁酉（-2184）
戊戌（-2183）
己亥（-2182）
庚子（-2181）
辛丑（-2180）
壬寅（-2179）
癸卯（-2178）
甲辰（-2177）
乙巳（-2176）
丙午（-2175）
丁未（-2174）
戊申（-2173）
己酉（-2172）
庚戌（-2171）
辛亥（-2170）
壬子（-2169）
癸丑（-2168）
甲寅（-2167）
乙卯（-2166）
丙辰（-2165）
丁巳（-2164）
戊午（-2163）
己未（-2162）
庚申（-2161）
辛酉（-2160）夏王太康失邦，盘游无度，畋于有洛之表，十旬不返。有穷后羿因民不忍，距于河而死。子仲康立。
壬戌（-2159）命胤侯征羲氏、和氏。
癸亥（-2158）

经世之寅〔二千一百六十三〕

甲子（-2157）夏王仲康三年。
乙丑（-2156）
丙寅（-2155）
丁卯（-2154）
戊辰（-2153）
己巳（-2152）
庚午（-2151）
辛未（-2150）
壬申（-2149）
癸酉（-2148）
甲戌（-2147）夏王仲康崩，子相继立，依同姓诸侯斟灌、斟鄩氏。
乙亥（-2146）
丙子（-2145）
丁丑（-2144）

戊寅（－2143）
己卯（－2142）
庚辰（－2141）
辛巳（－2140）
壬午（－2139）
癸未（－2138）
甲申（－2137）
乙酉（－2136）
丙戌（－2135）
丁亥（－2134）
戊子（－2133）
己丑（－2132）
庚寅（－2131）
辛卯（－2130）
壬辰（－2129）
癸巳（－2128）

经世之卯〔二千一百六十四〕

甲午（－2127） 夏王相二十年。
乙未（－2126）
丙申（－2125）
丁酉（－2124）
戊戌（－2123）
己亥（－2122）
庚子（－2121）
辛丑（－2120）
壬寅（－2119） 寒浞杀有穷后羿，使子浇及豷伐斟灌、斟鄩氏，以灭相。相之臣靡逃于有鬲氏。相之后还于有仍氏，遂生少康。
癸卯（－2118）
甲辰（－2117）
乙巳（－2116）
丙午（－2115）
丁未（－2114）
戊申（－2113）
己酉（－2112）
庚戌（－2111）
辛亥（－2110）
壬子（－2109）
癸丑（－2108）
甲寅（－2107）
乙卯（－2106）
丙辰（－2105）
丁巳（－2104）
戊午（－2103）
己未（－2102）
庚申（－2101）
辛酉（－2100）
壬戌（－2099）
癸亥（－2098）

经世之辰〔二千一百六十五〕

甲子（-2097）夏王少康生二十三年。
乙丑（-2096）
丙寅（-2095）
丁卯（-2094）
戊辰（-2093）
己巳（-2092）
庚午（-2091）
辛未（-2090）
壬申（-2089）
癸酉（-2088）
甲戌（-2087）
乙亥（-2086）
丙子（-2085）
丁丑（-2084）
戊寅（-2083）
己卯（-2082）
庚辰（-2081）
辛巳（-2080）
壬午（-2079）夏之遗臣靡，自有鬲氏收斟灌、斟鄩二国之烬以灭寒浞，而立少康。少康立，灭浇于过，灭豷于戈，以绝有穷氏之族。
癸未（-2078）
甲申（-2077）
乙酉（-2076）
丙戌（-2075）
丁亥（-2074）
戊子（-2073）
己丑（-2072）
庚寅（-2071）
辛卯（-2070）
壬辰（-2069）
癸巳（-2068）

经世之巳〔二千一百六十六〕

甲午（-2067）夏王少康五十三年。
乙未（-2066）
丙申（-2065）
丁酉（-2064）
戊戌（-2063）
己亥（-2062）
庚子（-2061）
辛丑（-2060）
壬寅（-2059）
癸卯（-2058）夏王少康崩，子杼践位。
甲辰（-2057）
乙巳（-2056）
丙午（-2055）
丁未（-2054）

戊申（－2053）
己酉（－2052）
庚戌（－2051）
辛亥（－2050）
壬子（－2049）
癸丑（－2048）
甲寅（－2047）
乙卯（－2046）
丙辰（－2045）
丁巳（－2044）
戊午（－2043）
己未（－2042）
庚申（－2041）夏王杼崩，子槐践位。
辛酉（－2040）
壬戌（－2039）
癸亥（－2038）

经世之午〔二千一百六十七〕

甲子（－2037）夏王槐四年。
乙丑（－2036）
丙寅（－2035）
丁卯（－2034）
戊辰（－2033）
己巳（－2032）
庚午（－2031）
辛未（－2030）
壬申（－2029）
癸酉（－2028）
甲戌（－2027）
乙亥（－2026）
丙子（－2025）
丁丑（－2024）
戊寅（－2023）
己卯（－2022）
庚辰（－2021）
辛巳（－2020）
壬午（－2019）
癸未（－2018）
甲申（－2017）
乙酉（－2016）
丙戌（－2015）夏王槐崩，子芒践位。
丁亥（－2014）
戊子（－2013）
己丑（－2012）
庚寅（－2011）
辛卯（－2010）
壬辰（－2009）
癸巳（－2008）

经世之未〔二千一百六十八〕

甲午（-2007）夏王芒八年。
乙未（-2006）
丙申（-2005）
丁酉（-2004）
戊戌（-2003）
己亥（-2002）
庚子（-2001）
辛丑（-2000）
壬寅（-1999）
癸卯（-1998）
甲辰（-1997）夏王芒崩，子泄践位。
乙巳（-1996）
丙午（-1995）
丁未（-1994）
戊申（-1993）
己酉（-1992）
庚戌（-1991）
辛亥（-1990）
壬子（-1989）
癸丑（-1988）
甲寅（-1987）
乙卯（-1986）
丙辰（-1985）
丁巳（-1984）
戊午（-1983）
己未（-1982）
庚申（-1981）夏王泄崩，子不降践位。
辛酉（-1980）
壬戌（-1979）
癸亥（-1978）

经世之申〔二千一百六十九〕

甲子（-1977）夏王不降四年。
乙丑（-1976）
丙寅（-1975）
丁卯（-1974）
戊辰（-1973）
己巳（-1972）
庚午（-1971）
辛未（-1970）
壬申（-1969）
癸酉（-1968）
甲戌（-1967）
乙亥（-1966）
丙子（-1965）
丁丑（-1964）
戊寅（-1963）
己卯（-1962）
庚辰（-1961）
辛巳（-1960）
壬午（-1959）
癸未（-1958）

甲申（－1957）
乙酉（－1956）
丙戌（－1955）
丁亥（－1954）
戊子（－1953）
己丑（－1952）
庚寅（－1951）
辛卯（－1950）
壬辰（－1949）
癸巳（－1948）

经世之酉〔二千一百七十〕

甲午（－1947）夏王不降三十四年。
乙未（－1946）
丙申（－1945）
丁酉（－1944）
戊戌（－1943）
己亥（－1942）
庚子（－1941）
辛丑（－1940）
壬寅（－1939）
癸卯（－1938）
甲辰（－1937）
乙巳（－1936）
丙午（－1935）
丁未（－1934）
戊申（－1933）
己酉（－1932）
庚戌（－1931）
辛亥（－1930）
壬子（－1929）
癸丑（－1928）
甲寅（－1927）
乙卯（－1926）
丙辰（－1925）
丁巳（－1924）
戊午（－1923）
己未（－1922）夏王不降崩，弟扃立。
庚申（－1921）
辛酉（－1920）
壬戌（－1919）
癸亥（－1918）

经世之戌〔二千一百七十一〕

甲子（－1917）夏王扃五年。
乙丑（－1916）
丙寅（－1915）
丁卯（－1914）
戊辰（－1913）
己巳（－1912）
庚午（－1911）
辛未（－1910）

壬申（-1909）
癸酉（-1908）
甲戌（-1907）
乙亥（-1906）
丙子（-1905）
丁丑（-1904）
戊寅（-1903）
己卯（-1902）
庚辰（-1901） 夏王扃崩，子廑践位。
辛巳（-1900）
壬午（-1899）
癸未（-1898）
甲申（-1897）
乙酉（-1896）
丙戌（-1895）
丁亥（-1894）
戊子（-1893）
己丑（-1892）
庚寅（-1891）
辛卯（-1890）
壬辰（-1889）
癸巳（-1888）

经世之亥〔二千一百七十二〕

甲午（-1887） 夏王廑十四年。
乙未（-1886）
丙申（-1885）
丁酉（-1884）
戊戌（-1883）
己亥（-1882）
庚子（-1881）
辛丑（-1880） 夏王廑崩，不降子孔甲立。
壬寅（-1879）
癸卯（-1878）
甲辰（-1877）
乙巳（-1876）
丙午（-1875）
丁未（-1874）
戊申（-1873）
己酉（-1872）
庚戌（-1871）
辛亥（-1870）
壬子（-1869）
癸丑（-1868）
甲寅（-1867）
乙卯（-1866）
丙辰（-1865）
丁巳（-1864）
戊午（-1863）
己未（-1862）
庚申（-1861）
辛酉（-1860）
壬戌（-1859）
癸亥（-1858）

观物篇二十七[①]　以运经世三

经元之甲〔一〕

经会之午〔七〕

经运之乙〔一百八十二〕

经世之子〔二千一百七十三〕

甲子（－1857）夏王孔甲二十三年。

乙丑（－1856）

丙寅（－1855）

丁卯（－1854）

戊辰（－1853）

己巳（－1852）

庚午（－1851）

辛未（－1850）

壬申（－1849）夏王孔甲崩，子皋践位。

癸酉（－1848）

甲戌（－1847）

乙亥（－1846）

丙子（－1845）

丁丑（－1844）

戊寅（－1843）

己卯（－1842）

庚辰（－1841）

辛巳（－1840）

壬午（－1839）

癸未（－1838）夏王皋崩，子发践位。

甲申（－1837）

乙酉（－1836）

丙戌（－1835）

丁亥（－1834）

戊子（－1833）

己丑（－1832）

庚寅（－1831）

辛卯（－1830）

壬辰（－1829）

癸巳（－1828）

校者注　①　观物篇二十七：即“以运经世三”，从“经元之甲一、经会之午七、经运之乙一百八十二，经世之子二千一百七十三”起，至“经世之亥二千一百八十四”止。即从公元前1857年起到公元前1498年止，主要为夏朝末及商朝大事，共计360年。

经世之丑〔二千一百七十四〕

甲午（-1827） 夏王发十一年。
乙未（-1826）
丙申（-1825）
丁酉（-1824）
戊戌（-1823）
己亥（-1822）
庚子（-1821）
辛丑（-1820）
壬寅（-1819） 夏王发崩，子癸践位，是谓之桀。
癸卯（-1818）
甲辰（-1817）
乙巳（-1816）
丙午（-1815）
丁未（-1814）
戊申（-1813）
己酉（-1812）
庚戌（-1811）
辛亥（-1810）
壬子（-1809）
癸丑（-1808）
甲寅（-1807）
乙卯（-1806）
丙辰（-1805）
丁巳（-1804）
戊午（-1803）
己未（-1802）
庚申（-1801）
辛酉（-1800）
壬戌（-1799）
癸亥（-1798）

经世之寅〔二千一百七十五〕

甲子（-1797） 夏王癸二十二年。
乙丑（-1796）
丙寅（-1795）
丁卯（-1794）
戊辰（-1793）
己巳（-1792）
庚午（-1791）
辛未（-1790）
壬申（-1789）
癸酉（-1788）
甲戌（-1787）
乙亥（-1786） 始嬖妹喜。
丙子（-1785）
丁丑（-1784） 成汤即诸侯位。自商丘徙至亳，始用伊尹。
戊寅（-1783） 成汤征葛。
己卯（-1782） 成汤荐伊尹于夏王。
庚辰（-1781）

辛巳（－1780）
壬午（－1779） 伊尹丑复归于亳。
癸未（－1778）
甲申（－1777） 桀囚成汤于夏台。
乙酉（－1776）
丙戌（－1775）
丁亥（－1774）
戊子（－1773）
己丑（－1772）
庚寅（－1771）
辛卯（－1770）
壬辰（－1769）
癸巳（－1768）

经世之卯〔二千一百七十六〕

甲午（－1767） 夏王癸五十二年。
乙未（－1766） 伊尹相成汤，伐桀。升自陑，遂与桀战于鸣条之野。桀败，走三朡，遂伐三朡。俘厥宝玉，放桀于南巢。还至大坰，仲虺作诰。归至亳乃大诰万方，南面朝诸侯，建国曰商。以丑月为岁始，曰祀。与民更始。
丙申（－1765）
丁酉（－1764）
戊戌（－1763）
己亥（－1762）
庚子（－1761）
辛丑（－1760）
壬寅（－1759）
癸卯（－1758）
甲辰（－1757）
乙巳（－1756）
丙午（－1755）
丁未（－1754） 商王成汤崩，元子太甲践位，不明，伊尹放之桐宫。
戊申（－1753）
己酉（－1752）
庚戌（－1751） 商王太甲思庸，伊尹冕服奉嗣王于亳，返政。
辛亥（－1750）
壬子（－1749）
癸丑（－1748）
甲寅（－1747）
乙卯（－1746）
丙辰（－1745）
丁巳（－1744）
戊午（－1743）
己未（－1742）
庚申（－1741）
辛酉（－1740）
壬戌（－1739）
癸亥（－1738）

经世之辰〔二千一百七十七〕

甲子（－1737）商王太甲十七年。
乙丑（－1736）
丙寅（－1735）
丁卯（－1734）
戊辰（－1733）
己巳（－1732）
庚午（－1731）
辛未（－1730）
壬申（－1729）
癸酉（－1728）
甲戌（－1727）
乙亥（－1726）
丙子（－1725）
丁丑（－1724）
戊寅（－1723）
己卯（－1722）
庚辰（－1721）商王太甲崩，子沃丁践位。
辛巳（－1720）
壬午（－1719）
癸未（－1718）
甲申（－1717）
乙酉（－1716）
丙戌（－1715）
丁亥（－1714）
戊子（－1713）
己丑（－1712）
庚寅（－1711）
辛卯（－1710）
壬辰（－1709）
癸巳（－1708）

经世之巳〔二千一百七十八〕

甲午（－1707）商王沃丁十四年。
乙未（－1706）
丙申（－1705）
丁酉（－1704）
戊戌（－1703）
己亥（－1702）
庚子（－1701）
辛丑（－1700）
壬寅（－1699）
癸卯（－1698）
甲辰（－1697）
乙巳（－1696）
丙午（－1695）
丁未（－1694）
戊申（－1693）
己酉（－1692）商王沃丁崩，弟太庚位。
庚戌（－1691）
辛亥（－1690）
壬子（－1689）

癸丑（-1688）
甲寅（-1687）
乙卯（-1686）
丙辰（-1685）
丁巳（-1684）
戊午（-1683）
己未（-1682）
庚申（-1681）
辛酉（-1680）
壬戌（-1679）
癸亥（-1678）

经世之午〔二千一百七十九〕

甲子（-1677）商王太庚十五年。
乙丑（-1676）
丙寅（-1675）
丁卯（-1674）
戊辰（-1673）
己巳（-1672）
庚午（-1671）
辛未（-1670）
壬申（-1669）
癸酉（-1668）
甲戌（-1667）商王太庚崩，子小甲践位。
乙亥（-1666）
丙子（-1665）
丁丑（-1664）
戊寅（-1663）
己卯（-1662）
庚辰（-1661）
辛巳（-1660）
壬午（-1659）
癸未（-1658）
甲申（-1657）
乙酉（-1656）
丙戌（-1655）
丁亥（-1654）
戊子（-1653）
己丑（-1652）
庚寅（-1651）
辛卯（-1650）商王小甲崩，弟雍已立。
壬辰（-1649）
癸巳（-1648）

经世之未〔二千一百八十〕

甲午（-1647）商王雍已三年。
乙未（-1646）
丙申（-1645）
丁酉（-1644）
戊戌（-1643）
己亥（-1642）

庚子（－1641）
辛丑（－1640）
壬寅（－1639）
癸卯（－1638） 商王雍己崩，弟太戊立，是谓中宗。伊陟臣扈，格于上帝。巫咸乂王家，大修成汤之政。
甲辰（－1637）
乙巳（－1636）
丙午（－1635）
丁未（－1634）
戊申（－1633）
己酉（－1632）
庚戌（－1631）
辛亥（－1630）
壬子（－1629）
癸丑（－1628）
甲寅（－1627）
乙卯（－1626）
丙辰（－1625）
丁巳（－1624）
戊午（－1623）
己未（－1622）
庚申（－1621）
辛酉（－1620）
壬戌（－1619）
癸亥（－1618）

经世之申〔二千一百八十一〕

甲子（－1617）商王太戊二十一年。
乙丑（－1616）
丙寅（－1615）
丁卯（－1614）
戊辰（－1613）
己巳（－1612）
庚午（－1611）
辛未（－1610）
壬申（－1609）
癸酉（－1608）
甲戌（－1607）
乙亥（－1606）
丙子（－1605）
丁丑（－1604）
戊寅（－1603）
己卯（－1602）
庚辰（－1601）
辛巳（－1600）
壬午（－1599）
癸未（－1598）
甲申（－1597）
乙酉（－1596）
丙戌（－1595）
丁亥（－1594）
戊子（－1593）
己丑（－1592）
庚寅（－1591）
辛卯（－1590）
壬辰（－1589）
癸巳（－1588）

经世之酉〔二千一百八十二〕

甲午（-1587）　商王太戊五十一年。
乙未（-1586）
丙申（-1585）
丁酉（-1584）
戊戌（-1583）
己亥（-1582）
庚子（-1581）
辛丑（-1580）
壬寅（-1579）
癸卯（-1578）
甲辰（-1577）
乙巳（-1576）
丙午（-1575）
丁未（-1574）
戊申（-1573）
己酉（-1572）
庚戌（-1571）
辛亥（-1570）
壬子（-1569）
癸丑（-1568）
甲寅（-1567）
乙卯（-1566）
丙辰（-1565）
丁巳（-1564）
戊午（-1563）　商王中宗崩，子仲丁践位，迁于嚣。
己未（-1562）
庚申（-1561）
辛酉（-1560）
壬戌（-1559）
癸亥（-1558）

经世之戌〔二千一百八十三〕

甲子（-1557）　商王仲丁六年。
乙丑（-1556）
丙寅（-1555）
丁卯（-1554）
戊辰（-1553）
己巳（-1552）
庚午（-1551）
辛未（-1550）　商王仲丁崩，国乱，弟外壬立。
壬申（-1549）
癸酉（-1548）
甲戌（-1547）
乙亥（-1546）
丙子（-1545）
丁丑（-1544）
戊寅（-1543）
己卯（-1542）
庚辰（-1541）
辛巳（-1540）
壬午（-1539）

癸未（-1538）
甲申（-1537）
乙酉（-1536）
丙戌（-1535） 商王外壬崩，国复乱，弟河亶甲立，徙居相。
丁亥（-1534）
戊子（-1533）
己丑（-1532）
庚寅（-1531）
辛卯（-1530）
壬辰（-1529）
癸巳（-1528）

经世之亥〔二千一百八十四〕

甲午（-1527） 商王河亶甲八年。
乙未（-1526） 商王河亶甲崩，子祖乙践位，圮于耿，徙居邢，巫贤为相。
丙申（-1525）
丁酉（-1524）
戊戌（-1523）
己亥（-1522）
庚子（-1521）
辛丑（-1520）
壬寅（-1519）
癸卯（-1518）
甲辰（-1517）
乙巳（-1516）
丙午（-1515）
丁未（-1514）
戊申（-1513）
己酉（-1512）
庚戌（-1511）
辛亥（-1510）
壬子（-1509）
癸丑（-1508）
甲寅（-1507）
乙卯（-1506）
丙辰（-1505）
丁巳（-1504）
戊午（-1503）
己未（-1502）
庚申（-1501）
辛酉（-1500）
壬戌（-1499）
癸亥（-1498）

观物篇二十八[①]　以运经世四

经元之甲〔一〕

经会之午〔七〕

经运之丙〔一百八十三〕

经世之子〔二千一百八十五〕

甲子（－1497）商王祖辛十年。

乙丑（－1496）

丙寅（－1495）

丁卯（－1494）

戊辰（－1493）

己巳（－1492）

庚午（－1491）商王祖辛崩，弟沃甲立。

辛未（－1490）

壬申（－1489）

癸酉（－1488）

甲戌（－1487）

乙亥（－1486）

丙子（－1485）

丁丑（－1484）

戊寅（－1483）

己卯（－1482）

庚辰（－1481）

辛巳（－1480）

壬午（－1479）

癸未（－1478）

甲申（－1477）

乙酉（－1476）

丙戌（－1475）

丁亥（－1474）

戊子（－1473）

己丑（－1472）

庚寅（－1471）

辛卯（－1470）

壬辰（－1469）

癸巳（－1468）

校者注　①　观物篇二十八：即“以运经世四”，从“经元之甲一、经会之午七、经运之丙一百八十三，经世之子二千一百八十五”起，至“经世之亥二千一百九十六”止。即从公元前1497年起到公元前1138年止，主要为商朝和周朝大事，共计360年。

经世之丑〔二千一百八十六〕

甲午（-1467）
乙未（-1466）
丙申（-1465）
丁酉（-1464）
戊戌（-1463）
己亥（-1462）
庚子（-1461）
辛丑（-1460）
壬寅（-1459）
癸卯（-1458）
甲辰（-1457）
乙巳（-1456）
丙午（-1455）
丁未（-1454）
戊申（-1453）
己酉（-1452）
庚戌（-1451）
辛亥（-1450）
壬子（-1449）
癸丑（-1448）
甲寅（-1447）
乙卯（-1446）
丙辰（-1445）
丁巳（-1444）
戊午（-1443）
己未（-1442）
庚申（-1441）
辛酉（-1440）
壬戌（-1439）
癸亥（-1438）

经世之寅〔二千一百八十七〕

甲子（-1437）商王祖丁二十九年。
乙丑（-1436）
丙寅（-1435）
丁卯（-1434）商王祖丁崩，国乱。沃甲之子南庚立。
戊辰（-1433）
己巳（-1432）
庚午（-1431）
辛未（-1430）
壬申（-1429）
癸酉（-1428）
甲戌（-1427）
乙亥（-1426）
丙子（-1425）
丁丑（-1424）
戊寅（-1423）
己卯（-1422）
庚辰（-1421）
辛巳（-1420）
壬午（-1419）
癸未（-1418）

甲申（－1417）
乙酉（－1416）
丙戌（－1415）
丁亥（－1414）
戊子（－1413）
己丑（－1412）
庚寅（－1411）
辛卯（－1410）
壬辰（－1409）
癸巳（－1408）商王南庚崩，乱。祖丁之子阳甲立。诸侯不朝。

经世之卯〔二千一百八十八〕

甲午（－1407）商王阳甲二年。
乙未（－1406）
丙申（－1405）
丁酉（－1404）
戊戌（－1403）
己亥（－1402）商王阳甲崩，弟盘庚立，复归于亳，改号曰殷。
庚子（－1401）
辛丑（－1400）
壬寅（－1399）
癸卯（－1398）
甲辰（－1397）
乙巳（－1396）
丙午（－1395）
丁未（－1394）
戊申（－1393）
己酉（－1392）
庚戌（－1391）
辛亥（－1390）
壬子（－1389）
癸丑（－1388）
甲寅（－1387）
乙卯（－1386）
丙辰（－1385）
丁巳（－1384）
戊午（－1383）
己未（－1382）
庚申（－1381）
辛酉（－1380）
壬戌（－1379）
癸亥（－1378）

经世之辰〔二千一百八十九〕

甲子（－1377）商王盘庚二十五年。
乙丑（－1376）
丙寅（－1375）
丁卯（－1374）商王盘庚崩，弟小辛立。

戊辰（-1373）
己巳（-1372）
庚午（-1371）
辛未（-1370）
壬申（-1369）
癸酉（-1368）
甲戌（-1367）
乙亥（-1366）
丙子（-1365）
丁丑（-1364）
戊寅（-1363）
己卯（-1362）
庚辰（-1361）
辛巳（-1360）
壬午（-1359）
癸未（-1358）
甲申（-1357）
乙酉（-1356）
丙戌（-1355）
丁亥（-1354）
戊子（-1353）　商王小辛崩，弟小乙立。
己丑（-1352）
庚寅（-1351）
辛卯（-1350）
壬辰（-1349）
癸巳（-1348）

经世之巳〔二千一百九十〕

甲午（-1347）　商王小乙六年。
乙未（-1346）
丙申（-1345）
丁酉（-1344）
戊戌（-1343）
己亥（-1342）
庚子（-1341）
辛丑（-1340）
壬寅（-1339）
癸卯（-1338）
甲辰（-1337）
乙巳（-1336）
丙午（-1335）
丁未（-1334）
戊申（-1333）
己酉（-1332）
庚戌（-1331）
辛亥（-1330）
壬子（-1329）
癸丑（-1328）
甲寅（-1327）
乙卯（-1326）
丙辰（-1325）　商王小乙崩，子武丁践位，是谓高宗。甘盘为相。以梦求傅说，得之于傅岩。
丁巳（-1324）
戊午（-1323）

己未（－1322）
庚申（－1321）
辛酉（－1320）
壬戌（－1319）
癸亥（－1318）

经世之午〔二千一百九十一〕

甲子（－1317）商王武丁八年。
乙丑（－1316）
丙寅（－1315）
丁卯（－1314）
戊辰（－1313）
己巳（－1312）
庚午（－1311）
辛未（－1310）
壬申（－1309）
癸酉（－1308）
甲戌（－1307）
乙亥（－1306）
丙子（－1305）
丁丑（－1304）
戊寅（－1303）
己卯（－1302）
庚辰（－1301）
辛巳（－1300）
壬午（－1299）
癸未（－1298）
甲申（－1297）
乙酉（－1296）
丙戌（－1295）
丁亥（－1294）
戊子（－1293）
己丑（－1292）
庚寅（－1291）
辛卯（－1290）
壬辰（－1289）
癸巳（－1288）

经世之未〔二千一百九十二〕

甲午（－1287）商王武丁三十八年。
乙未（－1286）
丙申（－1285）
丁酉（－1284）
戊戌（－1283）
己亥（－1282）
庚子（－1281）
辛丑（－1280）
壬寅（－1279）
癸卯（－1278）
甲辰（－1277）
乙巳（－1276）
丙午（－1275）
丁未（－1274）
戊申（－1273）
己酉（－1272）
庚戌（－1271）
辛亥（－1270）

壬子（-1269）
癸丑（-1268）
甲寅（-1267）
乙卯（-1266）商王高宗崩，弟祖庚立。
丙辰（-1265）
丁巳（-1264）
戊午（-1263）
己未（-1262）
庚申（-1261）
辛酉（-1260）
壬戌（-1259）商王祖庚崩，弟祖甲立。
癸亥（-1258）

经世之申〔二千一百九十三〕

甲子（-1257）商王祖甲二年。
乙丑（-1256）
丙寅（-1255）
丁卯（-1254）
戊辰（-1253）
己巳（-1252）
庚午（-1251）
辛未（-1250）
壬申（-1249）
癸酉（-1248）
甲戌（-1247）
乙亥（-1246）
丙子（-1245）
丁丑（-1244）
戊寅（-1243）
己卯（-1242）
庚辰（-1241）
辛巳（-1240）
壬午（-1239）
癸未（-1238）
甲申（-1237）
乙酉（-1236）
丙戌（-1235）
丁亥（-1234）
戊子（-1233）
己丑（-1232）
庚寅（-1231）
辛卯（-1230）
壬辰（-1229）
癸巳（-1228）周文王生。

经世之酉〔二千一百九十四〕

甲午（-1227）商王祖甲三十二年。
乙未（-1226）商王祖甲崩，子廪辛践位。
丙申（-1225）
丁酉（-1224）
戊戌（-1223）
己亥（-1222）

庚子（-1221）
辛丑（-1220） 商王廪辛崩，弟庚丁立。
壬寅（-1219）
癸卯（-1218）
甲辰（-1217）
乙巳（-1216）
丙午（-1215）
丁未（-1214）
戊申（-1213）
己酉（-1212）
庚戌（-1211）
辛亥（-1210）
壬子（-1209）
癸丑（-1208）
甲寅（-1207）
乙卯（-1206）
丙辰（-1205）
丁巳（-1204）
戊午（-1203）
己未（-1202）
庚申（-1201）
辛酉（-1200）
壬戌（-1199） 商王庚丁崩，子武乙践位，徙居河北。
癸亥（-1198）

经世之戌〔二千一百九十五〕

甲子（-1197） 商王武乙二年。
乙丑（-1196）
丙寅（-1195） 商王武乙震死，子太丁立。
丁卯（-1194）
戊辰（-1193）
己巳（-1192） 商王太丁崩，子帝乙践位。
庚午（-1191）
辛未（-1190）
壬申（-1189）
癸酉（-1188）
甲戌（-1187）
乙亥（-1186）
丙子（-1185）
丁丑（-1184）
戊寅（-1183）
己卯（-1182）周文王始即诸侯位。
庚辰（-1181）
辛巳（-1180）
壬午（-1179）
癸未（-1178）
甲申（-1177）
乙酉（-1176）
丙戌（-1175）
丁亥（-1174）
戊子（-1173）
己丑（-1172）
庚寅（-1171）
辛卯（-1170）
壬辰（-1169）
癸巳（-1168）

经世之亥〔二千一百九十六〕

甲午（－1167）商王帝乙二十五年。
乙未（－1166）
丙申（－1165）
丁酉（－1164）
戊戌（－1163）
己亥（－1162）
庚子（－1161）
辛丑（－1160）
壬寅（－1159）
癸卯（－1158）
甲辰（－1157）
乙巳（－1156）
丙午（－1155）商王帝乙崩，次子受辛立，是谓之纣。
丁未（－1154）
戊申（－1153）
己酉（－1152）
庚戌（－1151）
辛亥（－1150）
壬子（－1149）
癸丑（－1148）
甲寅（－1147）始嬖妲己。
乙卯（－1146）
丙辰（－1145）
丁巳（－1144）
戊午（－1143）
己未（－1142）
庚申（－1141）
辛酉（－1140）商囚文王于羑里。
壬戌（－1139）
癸亥（－1138）商王纣放文王归于国，锡命为西方诸侯伯。

（皇极经世书卷五上）

钦定四库全书

子部

皇极经世书卷五下

详校官中书 臣 吕光復

灵台郎 臣 倪廷梅 复勘

总校官编修 臣 王燕绪

校对官主事 臣 陈文枢

誊录监生 臣 庄宝琭

欽定四庫全書

皇極經世書卷五下

宋 邵雍 撰

觀物篇二十九

經元之甲一

經會之午七

經運之丁一百八十四

經世之子二千一百九十七

甲子商王受辛十八年西伯伐崇自岐徙居豐

乙丑周西伯伐密須

丙寅周西伯戡黎

丁卯周西伯伐邘

戊辰

己巳周文王没元子發踐位是謂武王葬文王于畢

庚午

辛未

壬申

钦定四库全书·皇极经世书卷五下

［宋］ 邵 雍 撰

观物篇二十九[①] 以运经世五

经元之甲〔一〕

经会之午〔七〕

经运之丁〔一百八十四〕

经世之子〔二千一百九十七〕

甲子（－1137） 商王受辛十八年，西伯伐崇，自岐徙居丰。

乙丑（－1136） 周西伯伐密须。

丙寅（－1135） 周西伯戡黎。

丁卯（－1134） 周西伯伐邗。

戊辰（－1133）

己巳（－1132） 周文王没，元子发践位，是谓武王。葬文王于毕。

庚午（－1131）

辛未（－1130）

壬申（－1129）

癸酉（－1128）

校者注 ① 观物篇二十九：即“以运经世五”，从“经元之甲一、经会之午七、经运之丁一百八十四，经世之子二千一百九十七”起，至“经世之亥二千二百八”止。即从公元前1137年起到公元前778年止，主要为周朝大事，共计360年。

甲戌（－1127）

乙亥（－1126）

丙子（－1125）

丁丑（－1124）　周武王东观兵于孟津。

戊寅（－1123）　商王纣杀太师比干，囚箕子。微子以祭器奔周。

己卯（－1122）　吕尚相。武王伐商。师逾孟津，大阵兵于商郊，败之于牧野。杀纣，立其子武庚为后。还师在丰，践天子位，南面朝诸侯，大诰天下。以子月为岁始，曰年，与民更始。

庚辰（－1121）　命管叔、蔡叔、霍叔守邶鄘。卫之三邑，谓之三监。

辛巳（－1120）

壬午（－1119）

癸未（－1118）

甲申（－1117）

乙酉（－1116）　周武王崩，元子诵践位，是谓成王。周公为太师，召公为太保。二公分治陕、洛。受顾命，率天下诸侯夹辅王室。葬武王于毕。

丙戌（－1115）　三监及淮夷叛。周公东征，大诰天下。

丁亥（－1114）

戊子（－1113）　三监平治，黜商，命杀武庚。命微之启于宋，代商侯。封康叔于卫，以保商民。命箕子于高丽，辟管叔于商，囚蔡叔于郭邻，降霍叔为庶人，不齿，东征淮夷。鲁侯伯禽誓师于费，淮夷平。遂践奄肃慎来贺。

己丑（－1112）

庚寅（－1111）　往营成周。命召公相宅。

辛卯（－1110）

壬辰（－1109）　成周既成，周公分正成周东郊，以王命诰多士。

癸巳（－1108）

经世之丑〔二千一百九十八〕

甲午（－1107）周成王九年。
乙未（－1106）
丙申（－1105）周公没，命君陈分正成周东郊。葬周公于毕。
丁酉（－1104）
戊戌（－1103）
己亥（－1102）
庚子（－1101）
辛丑（－1100）
壬寅（－1099）
癸卯（－1098）
甲辰（－1097）
乙巳（－1096）
丙午（－1095）
丁未（－1094）
戊申（－1093）
己酉（－1092）
庚戌（－1091）
辛亥（－1090）
壬子（－1089）
癸丑（－1088）
甲寅（－1087）
乙卯（－1086）
丙辰（－1085）
丁巳（－1084）
戊午（－1083）
己未（－1082）
庚申（－1081）
辛酉（－1080）
壬戌（－1079）周成王崩，召公、毕公受顾命，辅元子钊践位，是谓康王。
癸亥（－1078）周康王元年，命毕公代君陈，分正成周东郊。

经世之寅〔二千一百九十九〕

甲子（－1077）周康王二年。
乙丑（－1076）
丙寅（－1075）
丁卯（－1074）
戊辰（－1073）
己巳（－1072）
庚午（－1071）
辛未（－1070）
壬申（－1069）
癸酉（－1068）
甲戌（－1067）
乙亥（－1066）
丙子（－1065）
丁丑（－1064）
戊寅（－1063）
己卯（－1062）

庚辰（－1061）
辛巳（－1060）
壬午（－1059）
癸未（－1058）
甲申（－1057）
乙酉（－1056）
丙戌（－1055）
丁亥（－1054）
戊子（－1053）周康王崩，子瑕践位，是谓昭王。
己丑（－1052）
庚寅（－1051）
辛卯（－1050）
壬辰（－1049）
癸巳（－1048）

经世之卯〔二千二百〕

甲午（－1047）周昭王六年。
乙未（－1046）
丙申（－1045）
丁酉（－1044）
戊戌（－1043）
己亥（－1042）
庚子（－1041）
辛丑（－1040）
壬寅（－1039）
癸卯（－1038）
甲辰（－1037）
乙巳（－1036）
丙午（－1035）
丁未（－1034）
戊申（－1033）
己酉（－1032）
庚戌（－1031）
辛亥（－1030）
壬子（－1029）
癸丑（－1028）
甲寅（－1027）
乙卯（－1026）
丙辰（－1025）
丁巳（－1024）
戊午（－1023）
己未（－1022）
庚申（－1021）
辛酉（－1020）
壬戌（－1019）
癸亥（－1018）

经世之辰〔二千二百一〕

甲子（－1017）
乙丑（－1016）
丙寅（－1015）
丁卯（－1014）
戊辰（－1013）
己巳（－1012）

庚午（-1011）
辛未（-1010）
壬申（-1009）
癸酉（-1008）
甲戌（-1007）
乙亥（-1006）
丙子（-1005）
丁丑（-1004）
戊寅（-1003）
己卯（-1002）周昭王南巡不返。子满立，是谓穆王。
庚辰（-1001）
辛巳（-1000）
壬午（-999）
癸未（-998）
甲申（-997）
乙酉（-996）
丙戌（-995）
丁亥（-994）
戊子（-993）
己丑（-992）
庚寅（-991）
辛卯（-990）
壬辰（-989）
癸巳（-988）

经世之巳〔二千二百二〕

甲午（-987）周穆王十五年。
乙未（-986）
丙申（-985）
丁酉（-984）
戊戌（-983）
己亥（-982）
庚子（-981）
辛丑（-980）
壬寅（-979）
癸卯（-978）
甲辰（-977）
乙巳（-976）
丙午（-975）
丁未（-974）
戊申（-973）
己酉（-972）
庚戌（-971）
辛亥（-970）
壬子（-969）
癸丑（-968）
甲寅（-967）
乙卯（-966）
丙辰（-965）
丁巳（-964）
戊午（-963）
己未（-962）
庚申（-961）
辛酉（-960）
壬戌（-959）
癸亥（-958）

经世之午〔二千二百三〕

甲子（-957）周穆王四十五年。
乙丑（-956）
丙寅（-955）
丁卯（-954）
戊辰（-953）
己巳（-952）
庚午（-951）
辛未（-950）
壬申（-949）
癸酉（-948）
甲戌（-947）周穆王崩，子繄扈践位，是谓共王。
乙亥（-946）
丙子（-945）
丁丑（-944）
戊寅（-943）
己卯（-942）
庚辰（-941）
辛巳（-940）
壬午（-939）
癸未（-938）
甲申（-937）
乙酉（-936）
丙戌（-935）周共王崩，子囏践位，是谓懿王。
丁亥（-934）
戊子（-933）
己丑（-932）
庚寅（-931）
辛卯（-930）
壬辰（-929）
癸巳（-928）

经世之未〔二千二百四〕

甲午（-927）
乙未（-926）
丙申（-925）
丁酉（-924）
戊戌（-923）
己亥（-922）
庚子（-921）
辛丑（-920）
壬寅（-919）
癸卯（-918）
甲辰（-917）
乙巳（-916）
丙午（-915）
丁未（-914）
戊申（-913）
己酉（-912）
庚戌（-911）
辛亥（-910）周懿王崩，穆王子辟方立，是谓孝王。
壬子（-909）

癸丑（-908）
甲寅（-907）
乙卯（-906）
丙辰（-905）
丁巳（-904）
戊午（-903）
己未（-902）
庚申（-901）
辛酉（-900）
壬戌（-899）
癸亥（-898）

经世之申〔二千二百五〕

甲子（-897）周孝王十三年。
乙丑（-896）
丙寅（-895）周孝王崩，懿王子燮立，是谓夷王。周自此衰矣。
丁卯（-894）
戊辰（-893）
己巳（-892）
庚午（-891）
辛未（-890）
壬申（-889）
癸酉（-888）
甲戌（-887）
乙亥（-886）
丙子（-885）
丁丑（-884）
戊寅（-883）
己卯（-882）
庚辰（-881）
辛巳（-880）
壬午（-879）周夷王崩，子胡践位，是谓厉王。
癸未（-878）
甲申（-877）
乙酉（-876）
丙戌（-875）
丁亥（-874）
戊子（-873）
己丑（-872）
庚寅（-871）
辛卯（-870）
壬辰（-869）
癸巳（-868）

经世之酉〔二千二百六〕

甲午（-867）周厉王十二年。
乙未（-866）
丙申（-865）
丁酉（-864）

戊戌（－863）
己亥（－862）
庚子（－861）
辛丑（－860）
壬寅（－859）
癸卯（－858）
甲辰（－857）
乙巳（－856）
丙午（－855）
丁未（－854）
戊申（－853）
己酉（－852）
庚戌（－851）
辛亥（－850）
壬子（－849）
癸丑（－848）　厉王好利，以荣公为卿。
甲寅（－847）
乙卯（－846）
丙辰（－845）　杀谏臣以为谤己者。
丁巳（－844）
戊午（－843）
己未（－842）　周厉王为国人所逐，出奔彘。周召二伯行政，谓之共和。太子靖匿于召公家。文武之德自此尽矣。
庚申（－841）
辛酉（－840）
壬戌（－839）
癸亥（－838）

经世之戌〔二千二百七〕

甲子（－837）　周厉王四十二年，在彘。
乙丑（－836）
丙寅（－835）
丁卯（－834）
戊辰（－833）
己巳（－832）
庚午（－831）
辛未（－830）
壬申（－829）
癸酉（－828）　周厉王死于彘。周召二伯立太子靖，是谓宣王。有仲山甫、尹吉甫、方叔、申伯为辅，大修文武之功。
甲戌（－827）　宣王北伐猃狁，至于太原，吉甫为将。
乙亥（－826）　宣王南征荆蛮，方叔为将。
丙子（－825）

丁丑（-824）
戊寅（-823）
己卯（-822）
庚辰（-821）
辛巳（-820）
壬午（-819）
癸未（-818）
甲申（-817）
乙酉（-816）
丙戌（-815）
丁亥（-814）
戊子（-813）
己丑（-812）
庚寅（-811）
辛卯（-810）
壬辰（-809）
癸巳（-808）

经世之亥〔二千二百八〕

甲午（-807）周宣王二十一年。
乙未（-806）
丙申（-805）
丁酉（-804）
戊戌（-803）
己亥（-802）
庚子（-801）
辛丑（-800）
壬寅（-799）
癸卯（-798）
甲辰（-797）
乙巳（-796）伐鲁，立孝公。
丙午（-795）
丁未（-794）
戊申（-793）
己酉（-792）
庚戌（-791）
辛亥（-790）
壬子（-789）伐姜戎师，败于千亩，遂失南国。
癸丑（-788）料民于太原。
甲寅（-787）
乙卯（-786）
丙辰（-785）
丁巳（-784）
戊午（-783）
己未（-782）周宣王崩，太子涅践位，是谓幽王。
庚申（-781）
辛酉（-780）
壬戌（-779）始嬖褒姒。
癸亥（-778）

观物篇三十[①]　以运经世六

经元之甲〔一〕

经会之午〔七〕

经运之戊〔一百八十五〕

经世之子〔二千二百九〕

甲子（－777）　周幽王五年，废申后及太子宜臼，以褒姒为后，伯服为太子，虢石父为卿。

乙丑（－776）

丙寅（－775）

丁卯（－774）

戊辰（－773）

己巳（－772）

庚午（－771）　申侯以犬戎伐周，败幽王于骊山，杀之。晋、秦率郑、卫之君逐犬戎，立太子宜臼，是谓平王。东徙居洛邑，是谓东周。

辛未（－770）　周平王锡晋文侯襄公，命秦分岐西，晋分河内。

壬申（－769）　秦立西畤，祠白帝。鲁惠公即位。

癸酉（－768）

甲戌（－767）

乙亥（－766）　秦文公即位。

丙子（－765）

丁丑（－764）

校者注　①　观物篇三十：即“以运经世六”，从“经元之甲一、经会之午七、经运之戊一百八十五，经世之子二千二百九”起，至“经世之亥二千二百二十”止。即从公元前777年起到公元前418年止，主要为春秋大事，共计360年。

戊寅（－763）
己卯（－762）　秦东徙居汧、渭之间。
庚辰（－761）
辛巳（－760）
壬午（－759）
癸未（－758）　卫庄公即位。
甲申（－757）
乙酉（－756）　秦作鄜畤。
丙戌（－755）
丁亥（－754）
戊子（－753）
己丑（－752）
丙寅（－751）
辛卯（－750）
壬辰（－749）
癸巳（－748）

经世之丑〔二千二百十〕

甲午（－747）　周平王二十四年。
乙未（－746）　晋昭侯即位。
丙申（－745）　晋昭侯封弟成师于曲沃。
丁酉（－744）　郑庄公即位。
戊戌（－743）　郑庄公封弟段于京城。
己亥（－742）
庚子（－741）　卫公子州吁阻兵。
辛丑（－740）　楚乱，熊通杀其君代立。
壬寅（－739）　晋乱，大夫潘父杀其君昭侯，入曲沃，桓叔不克，国人杀潘父，而立君之弟平，是谓孝侯。
癸卯（－738）
甲辰（－737）

乙巳（-736）
丙午（-735）
丁未（-734）
戊申（-733） 卫州吁出奔。
己酉（-732）
庚戌（-731） 晋曲沃桓叔卒，子庄伯继。齐庄公卒，子釐公立。
辛亥（-730）
壬子（-729） 宋桓公卒，让其弟穆公。
癸丑（-728）
甲寅（-727）
乙卯（-726）
丙辰（-725）
丁巳（-724） 晋曲沃庄伯入翼，杀其君孝侯。国人逐庄伯，立孝侯子，是谓鄂侯。
戊午（-723）
己未（-722） 鲁隐公立。
庚申（-721）
辛酉（-720） 周平王崩，其孙林立，是谓桓王。与郑交恶。宋穆公病，让其兄之子殇公。世子冯奔郑。
壬戌（-719） 卫公子州吁作难，弑其君桓公，代立。宋会陈、蔡、卫三国之师伐卫，杀州吁。于濮国人迎公之弟晋于邢而立之，是谓宣公。
癸亥（-718） 晋曲沃庄伯以郑邢之师攻翼王，使尹氏武氏为之助。翼侯出奔，随庄伯叛王，王使虢伐庄伯。庄伯复奔曲沃，晋人及虢侯立翼侯子光，是谓哀侯。郑伐宋。

经世之寅〔二千二百一十一〕

甲子（-717） 周桓王三年，晋翼侯自随入于鄂，是谓鄂侯。
乙丑（-716） 晋曲沃庄伯卒，子称继，是谓武公。
丙寅（-715） 宋、齐、卫之君盟于瓦屋。

丁卯（-714） 秦自汧、渭之间徙居郿。
戊辰（-713） 齐会鲁、郑之师伐宋。
己巳（-712） 鲁乱，公子翚杀其君隐公，立惠公之子，是谓桓公。翚为之辅。
庚午（-711）
辛未（-710） 宋乱，太宰华督杀司马孔父，及弑其君殇公，迎穆公子冯于郑而立之，是谓庄公。
壬申（-709） 晋曲沃武公败晋师于汾旁，获哀侯，晋人立其子，是谓小子侯。
癸酉（-708） 晋曲沃武公弑其君哀侯于曲沃。
甲戌（-707） 周桓王以蔡、卫、陈之师伐郑，不利。矢中王肩。
乙亥（-706） 蔡人杀陈佗，北戎伐齐，郑使公子忽救之。楚伐随，俾请王之号于周。
丙子（-705） 晋曲沃武公入翼，杀小子侯。王使虢仲伐称，称复归曲沃。虢仲立哀侯弟缗。
丁丑（-704） 秦乱，宁公卒。三父废世子而庚立出子。是年，楚熊通伐随，东开地至濮上。遂称王，是谓武王。
戊寅（-703）
己卯（-702）
庚辰（-701） 郑庄公卒，世子忽继。宋执郑祭仲，立突，是谓厉公。忽奔卫。祭仲专政。卫宣公杀其二子伋、寿。
辛巳（-700） 卫宣公卒，子朔立，是谓惠公。
壬午（-699） 齐会宋、卫、燕伐鲁，不利。
癸未（-698） 秦三父杀出子而立世子，是谓武公。齐釐公卒，世子诸儿继，是谓襄公。宋会齐、蔡、陈伐郑。
甲申（-697） 周桓王崩，太子佗嗣立，是谓庄王。郑祭仲杀雍纠而逐厉公，迎忽反政，是谓昭公。秦伐彭戏氏于华山。齐襄公削公子无知禄。宋会鲁、卫、陈伐郑。
乙酉（-696） 卫公子伋寿傅逐惠公，立伋之弟黔牟。公出奔齐。宋会鲁、卫、陈、蔡伐郑。

丙戌（－695）　秦夷三父族。郑高渠弥弑其君。昭公立其弟子亹弥专攻。

丁亥（－694）　周有黑肩之难。齐襄公杀鲁桓公于泺，立其子同，是谓庄公。又会诸侯于首止。杀郑子亹，高渠弥逃归，与祭仲迎公子婴于陈，立之。

戊子（－693）　周王姬下嫁于齐。

己丑（－692）　周葬桓王。

庚寅（－691）

辛卯（－690）　周伐随，责尊楚也。齐伐纪，纪侯大去其国。楚王卒于伐随，子赀继，是谓文王。始都郢。

壬辰（－689）　齐会宋、鲁、陈、蔡伐卫，入惠公。

癸巳（－688）　卫惠公复入杀二公子傅。黔牟奔周。

经世之卯〔二千二百一十二〕

甲午（－687）　周庄王十年。秦灭小虢。

乙未（－686）　齐公子无知以葵丘之戍人入弑襄公，代立。公子纠奔鲁，小白奔莒。

丙申（－685）　齐人杀无知。公子小白入，是谓桓公。纠后入，不克。齐伐鲁，杀纠，其傅召忽死之。管仲请囚，又相桓公。

丁酉（－684）　鲁败齐师于长勺，败宋师于乘丘。楚败蔡师于莘，以蔡侯献舞，归。自是，江汉之国皆服于楚。

戊戌（－683）

己亥（－682）　周庄王崩，太子胡齐嗣位，是谓釐王。宋乱，南宫万弑其君湣公及其大夫仇牧。太宰华督立公子游。群公子奔萧，攻万。及杀游，立公弟御说，是谓桓公。

庚子（－681）　齐会宋、陈、蔡、邾之师伐鲁，三败之，取。遂又会鲁于柯，遂复其侵地。曹沫劫盟故也。

辛丑（－680）　齐会陈、曹及王人伐宋。楚师入蔡。

壬寅（－679）　齐桓公会宋、陈、卫、郑之君盟于鄄。晋曲沃武公灭翼，以重宝入周，得请为诸侯。

癸卯（-678）　齐桓公会陈、宋、鲁、卫、郑、许、滑、滕之君盟于幽。秦武公卒，弟德公立。楚灭邓。

甲辰（-677）　周釐王崩，太子闵嗣位，是谓惠王。晋武公卒，子献公诡诸继。秦徙居雍。楚文王卒，世子囏继，是谓杜敖。

乙巳（-676）　秦德公卒，子宣公继。

丙午（-675）

丁未（-674）　周有五大夫之难。边伯石速蔿国以蔡、卫之师攻王，立弟颓。王出居郑之栎。

戊申（-673）　郑厉公虢叔入王于成周，杀颓，而执仲父及五大夫。难遂平。

己酉（-672）　秦作密畤，败晋师于河。晋伐骊，获女以为姬。陈公子完奔齐。楚乱，弟恽杀其君囏，代立，是谓成王。

庚戌（-671）　楚修好于周及诸侯。

辛亥（-670）　魏惠公卒，子懿公继。

壬子（-669）　晋有骊姬之难。杀群公子。自翼徙居绛。

癸丑（-668）　晋伐虢，责内群公子也。

甲寅（-667）　周惠王锡齐桓公，命为伯。

乙卯（-666）　晋城曲沃及蒲。楚伐郑。

丙辰（-665）

丁巳（-664）　齐伐山戎至于孤竹以救燕。俾修贡天子。秦宣公卒，弟成公立。楚杀令尹子元，以斗谷于菟为令尹。

戊午（-663）

己未（-662）　鲁乱，叔牙弑其君。庄公开立，是谓湣公。季友立世子班，不克，奔陈。

庚申（-661）　晋灭霍、魏、耿，以耿封赵夙，以魏封毕万。

辛酉（-660）　鲁乱，庆父以庄姜弑闵公，代立。季友逐庆父，而立公子申，是谓僖公。狄灭卫，杀懿公。齐桓公攘戎狄，而立戴公。东处渡河，野处漕邑。戴公卒，弟燬立，是谓文公。自漕邑徙居楚丘。晋伐东山皋落氏。秦成公卒，弟任好立，是谓穆公。

壬戌（－659）　秦伐茅津。齐会宋、郑、鲁、曹、邾之君于柽。

癸亥（－658）　齐城楚丘以居。卫又会江、黄之君于贯。晋灭虢。

经世之辰〔二千二百一十三〕

甲子（－657）　周惠王二十年。齐会江、黄之君于阳谷。

乙丑（－656）　齐会宋、鲁、卫、郑、许、曹之师伐蔡，遂入楚，盟于召陵，执陈辕、涛涂。晋杀世子申生，公子重耳走蒲，夷吾奔屈。秦娶晋女为夫人。

丙寅（－655）　齐桓公会陈、宋、鲁、卫、郑、许、曹之君及王世子，盟于首止。晋伐蒲，重耳奔翟。又伐虞及虢，虢君奔周。是年，秦始得志于诸侯，百里奚、蹇叔为之辅。楚灭弦。

丁卯（－654）　齐伐郑。晋伐屈，夷吾奔梁。

戊辰（－653）

己巳（－652）　周惠王崩，太子郑嗣位，是谓襄王。太叔作难。齐师宋、卫、许、曹、陈会王人于洮。晋伐翟，不利于啮桑。

庚午（－651）　齐桓公会宰孔周公及宋、卫、郑、许、曹之君于葵丘。宋襄公立。晋献公卒，公子奚齐立。大夫里克及丕郑杀之。大夫荀息立其弟卓子。

辛未（－650）　晋里克杀其君卓子及大夫荀息，而纳夷吾。夷吾入，是谓惠公。惠公既立，杀里克而绝秦。

壬申（－649）　周乱，叔带以戎伐周，秦、晋来救。

癸酉（－648）　齐使管仲平周难。楚灭黄。

甲戌（－647）　齐桓公会宋、陈、鲁、卫、郑、许、曹之君，盟于咸。晋饥，秦输之粟。

乙亥（－646）　秦饥，晋闭之籴，而又伐之。楚灭英。

丙子（－645）　齐桓公会宋、陈、鲁、卫、郑、许、曹之君，盟于牡丘以救徐。管仲卒，易牙专政。秦伐晋，败之于韩原，获其君夷吾。夷吾献河西地乃得还，仍以世子圉为质。

丁丑（－644） 戎攻周，齐会诸侯师戎。周又会宋、鲁、陈、郑、许、邢、曹之君于淮，以全鄫。

戊寅（－643） 齐桓公卒，五公子争国。公子无诡立，易牙专政。世子昭出奔宋。

己卯（－642） 宋会曹、卫、邾，伐齐。无诡子败四公子，立世子昭，是谓孝侯。狄伐卫。

庚辰（－641） 秦灭梁。

辛巳（－640）

壬午（－639） 宋襄公会楚、陈、蔡、郑、许、曹六国之君于盂。楚成王执宋襄公于会，以伐宋，盟而释之。

癸未（－638） 齐入王叔带于周。秦晋徙陆浑之戎于伊川。宋会卫、许、滕伐郑，不利。晋公子圉自秦逃归。楚救郑，大败宋师于泓。

甲申（－637） 周颓叔桃子以狄师伐郑，遂以狄女隗氏为后。宋襄公卒，子成公壬臣继。齐伐宋。楚伐陈。

乙酉（－636） 周襄王废狄后，颓叔桃子以狄师攻周王，出居郑之汜。叔带代立，与狄后居于温。晋有郤芮之难。惠公卒，世子圉继，是谓怀公。秦穆公使人杀之，而立公子重耳，是谓文公。赵衰为原大夫，专政。

丙戌（－635） 秦晋之师灭王叔带于温，而纳王于成周。王享晋文公于郑，而命益之河内地。卫文公卒，世子成公郑继。楚围陈，以入顿子。

丁亥（－634） 宋背楚亲晋。楚灭夔，伐宋，又伐齐。

戊子（－633） 齐孝公卒，弟潘父杀世子，代立，是谓昭公。晋救宋，作三军。楚使子玉伐宋。

己丑（－632） 周襄王狩于河阳。晋会齐、宋、蔡、秦之师伐卫，大败楚师于城濮，遂会齐、宋、蔡、郑、鲁、卫之君盟于践土。楚救郑不利，杀令尹子玉得臣。

庚寅（-631）　晋会王人及诸侯于翟泉。

辛卯（-630）　卫成公自陈如周。周请晋纳成公于卫，而诛大夫元晅及公子瑕。秦晋围郑。

壬辰（-629）　鲁取济西田。卫徙居帝丘。

癸巳（-628）　晋文公卒，世子欢继，是谓襄公。

经世之巳〔二千二百一十四〕

甲午（-627）　周襄王二十五年。秦穆公伐郑。晋败秦师于殽，获其帅孟明视、西乞术、白乙丙。鲁僖公卒，世子兴继，是谓文公。

乙未（-626）　晋归秦三帅。楚乱，世子商臣弑其君恽，代立，是谓穆王。

丙申（-625）　秦伐晋，不利于彭衙。

丁酉（-624）　秦伐晋，取王官。楚伐江，晋师来救。

戊戌（-623）　秦伐西戎，破国十二。楚灭江。

己亥（-622）　晋赵成子衰卒，子盾继事。楚灭六。

庚子（-621）　秦穆公卒，世子罃继，是谓康公。葬穆公，三良为殉。晋襄公卒。

辛丑（-620）　晋世子夷皋继，是谓灵公。宋成公卒，国乱，弟御杀世，代立。国人杀御公，立子杵臼，是谓昭公。齐率宋、卫、陈、郑、许、曹之君会赵盾于扈。

壬寅（-619）　周襄王崩，太子壬臣嗣位，是谓顷王。

癸卯（-618）　周葬襄王。晋会诸侯，入救郑。秦伐晋，取武遂。

甲辰（-617）　晋伐秦，取少梁。秦伐晋，取比徵。

乙巳（-616）　鲁败狄于咸，获其帅乔如。

丙午（-615）　秦伐晋，取羁马。

丁未（-614）　楚穆王卒，世子莒继，是谓庄王。

戊申（-613）　周顷王崩，国乱，公卿争权。晋赵盾平同乱，而立王子班，是谓匡王。宋及诸侯盟于新城。齐昭公卒，国乱，公子商人杀世子舍，代立，是谓懿公。

己酉（－612）　秦伐蔡。齐伐鲁。

庚戌（－611）　齐修郪丘之盟。宋人弑其君昭公，弟鲍立，是谓文公。楚灭庸。

辛亥（－610）　晋会卫、陈、郑伐宋。

壬子（－609）　鲁文公卒于台下。襄仲杀世子恶，而立公子倭，是谓宣公。三桓专政。秦康公卒，世子稻继，是谓共公。齐乱，大夫丙歜弑其君懿公，立公子元，是谓惠公。宋乱，群公子作难。

癸丑（－608）　齐取鲁济西田。晋伐郑。楚侵陈及宋。

甲寅（－607）　周匡王崩，弟瑜立，是谓定王。郑败宋师于大棘，获其太宰华元。晋伐郑。秦伐晋。晋赵盾弑其君灵公，迎襄公弟黑臀于周，立之，是谓成公。

乙卯（－606）　周葬匡王，楚伐陆浑之戎遂观兵于周郊。

丙辰（－605）　郑乱，公子作难。

丁巳（－604）　晋伐陈以救郑。秦共公卒，子继，是为桓公。

戊午（－603）　晋赵盾、卫孙免侵陈。

己未（－602）　晋会诸侯于黑壤。

庚申（－601）　晋伐秦。楚灭舒蓼。

辛酉（－600）　晋侯会宋、卫、陈、郑于扈。陈不至，遂伐陈。晋成公卒于扈，公子据立，是谓景公。赵盾卒，子朔继事。

壬戌（－599）　齐归鲁济西田。齐惠公卒，子无野立，是谓顷公。大夫崔杼奔卫。陈乱，夏征舒弑其君灵公。晋伐郑，楚师来救。楚伐郑，晋师来救。

癸亥（－598）　楚伐陈，诛夏征舒，纳公孙宁、仪行父于陈。

经世之午〔二千二百一十五〕

甲子（－597）　周定王十年。楚伐郑，大败晋师于河上。晋屠岸贾作难于下宫，杀赵及其族。朔妻匿于公宫，生武。

乙丑（-596）　楚伐宋。
丙寅（-595）　楚围宋。
丁卯（-594）　周定王杀二伯。晋来赤狄及潞氏。
戊辰（-593）　周宣王榭火。晋灭申氏，又平王室之乱。
己巳（-592）　晋会诸侯之君于断道。
庚午（-591）　鲁宣公卒，世子黑肱继，是谓成公。晋伐齐，楚庄王卒，世子审继，是谓共王。
辛未（-590）　周伐茅戎，不利。
壬申（-589）　齐伐鲁、卫，败鲁之师于新筑。晋会诸侯之师救卫，大败齐师于鞍。宋文公卒，子瑕继，是谓共公。华元专国，两盟于晋。楚会十国之人于蜀。
癸酉（-588）　晋会宋、卫、鲁、曹伐郑。郑两伐许。
甲戌（-587）　晋伐楚救郑。
乙亥（-586）　周定王崩，太子夷嗣位，是谓简王。晋会齐、宋、卫、鲁、郑、、邾、杞八国之君盟于虫牢。楚伐郑。
丙子（-585）　楚伐郑，晋救郑。是年，寿梦称王于吴。
丁丑（-584）　晋会齐、宋、鲁、卫、曹、邾、莒八国之君于马陵，以救郑。吴王寿梦始通好中国。
戊寅（-583）　晋杀大夫赵同、赵括。
己卯（-582）　晋会齐、宋、鲁、卫、郑、曹、邾、杞八国之君盟于蒲。齐顷公卒，子环继，是谓灵公。晋伐郑。秦伐晋。楚伐莒，入郓。
庚辰（-581）　晋景公有疾，授世子州蒲位，是谓厉公。景公卒，程婴攻屠岸贾于公宫，灭其族，复赵武、赵朔之封邑。程婴请死。
辛巳（-580）　秦晋修夹河之盟。
壬午（-579）　晋楚同盟于宋。晋败狄于交刚。
癸未（-578）　鲁成公朝于周。晋会齐、宋、鲁、卫、郑、曹、邾、滕八国之师伐秦，败之麻隧。
甲申（-577）　秦桓公卒，子景公继。

乙酉（－576） 晋会诸侯之君于戚。宋共公卒，国乱，大司马唐山杀世子肥。右师华元、左师鱼石诛唐山，而立公子成，是谓平公。楚迁许于叶。吴大会诸侯之君于钟离。

丙戌（－575） 晋伐郑，大败楚师于鄢陵。楚救郑，不克，矢中王目，诛令尹侧。

丁亥（－574） 晋会诸侯，盟于柯陵。是年，晋杀三郤。

戊子（－573） 晋乱，栾书弑其君厉公，迎公子周于周，立之，是谓悼公。鲁成公卒，子午继，是谓襄公。楚会郑伐宋彭城。晋侯会宋公，鲁仲孙蔑卫侯邾子。齐崔杼同盟于虚朾。

己丑（－572） 周简王崩，太子泄心嗣位，是谓灵王。晋会诸侯之师伐宋，围彭城。

庚寅（－571） 周葬简王。晋伐郑，会诸侯之师于戚，以城虎牢。

辛卯（－570） 晋会八国之君盟于鸡泽。楚伐吴，至于衡山。

壬辰（－569） 晋用魏绛。楚伐陈。

癸巳（－568） 晋会诸侯之师于戚城，又救陈。吴会鲁卫之君于善道。

经世之未〔二千二百一十六〕

甲午（－567） 周灵王五年。

乙未（－566） 晋会七国之君于柤。

丙申（－565） 晋会诸国之君于邢丘。郑子驷杀群公子。

丁酉（－564） 秦伐晋。晋会十一国之君伐郑，楚亦伐郑。两盟晋楚。

戊戌（－563） 晋率十一国之君会吴寿梦于柤，以灭偪阳，又会十一国之师伐郑，又伐秦。楚伐宋，又救郑。

己亥（－562） 晋两会十一国之师伐郑，赐魏绛食采安邑。秦伐晋救郑鲁。三桓分军。楚伐郑，又伐宋。

庚子（－561） 楚会秦伐宋。吴寿梦卒，长子诸樊继。

辛丑（－560） 楚共王卒，子昭废世子代立，是谓康王。吴伐楚不利。

壬寅（-559） 晋率齐、宋、鲁、卫、郑、曹、莒、邾、滕、薛、杞、小邾十二国之君会吴诸樊于向，又会诸侯之师伐秦。卫乱，孙林父宁殖作难，卫侯出奔。齐、楚伐吴有功。

癸卯（-558） 晋悼公卒，子彪继，是谓平公。

甲辰（-557） 晋侯会宋、鲁、卫、郑、曹、莒、邾、薛、杞、小邾十国之君盟于溴梁，执莒子、邾子以归，又伐楚，至于方城。

乙巳（-556）

丙午（-555） 晋用范中行，会宋、卫、鲁、郑、曹、莒、邾、滕、薛、杞、小邾十一国之师伐齐，败之于靡下，进围临淄，齐灵公奔莒。

丁未（-554） 齐废世子光，以公子牙为世子。崔杼复废牙立光为世子。灵公卒，光继，是谓庄公。崔杼当国。郑简公诛大夫子孔，以子产当国。

戊申（-553） 晋侯会十二国之君，盟于澶渊。

己酉（-552） 晋侯会八国诸侯，盟于商壬。栾盈奔楚。

庚戌（-551） 晋会十一国之君，盟于沙随。楚杀令尹子南。晋栾盈自楚适齐。

辛亥（-550） 栾盈自齐复入于晋，不克，死。范中行灭栾氏之族。齐伐晋，取朝歌。

壬子（-549） 晋会十一国之君于夷仪。楚伐吴，又会诸侯伐郑。

癸丑（-548） 齐乱，崔杼弑其君庄公，立异母弟杵臼，是谓景公。崔杼为右相，庆封为左相。晋败齐师于高堂。楚会陈伐郑，及灭舒鸠。吴伐楚不利。诸樊死，弟馀祭立，封季札于延陵。

甲寅（-547） 卫乱，宁喜、孙林父争权。林父不胜，奔晋。宁喜弑其君剽晋执宁喜，求卫侯于齐而纳之。封林父于宿齐。庆封夷崔杼族而专国。郑封子产六邑。楚会陈、蔡伐郑。

乙卯（-546） 晋用赵武为正卿，是为文子。与韩宣子起、魏武子绛同执国命。会诸侯之大夫于宋。卫杀宁喜。晋、楚、齐、秦同会于宋，从向戌之请，将弭兵也。

丙辰（-545） 周灵王崩，太子贵嗣位，是谓景王。齐庆封弛政，其子舍及田、鲍、高、栾之徒逐之。庆封奔鲁，又适吴楚。康王卒，世子麇继，是谓郏敖。

丁巳（-544） 晋智伯会十国诸侯人城杞。楚用叔围为令尹。吴乱，馀祭遇弑，弟馀昧立。季札使鲁、齐、郑、晋。

戊午（-543） 蔡乱，世子弑其君代立。郑乱，群公子争宠。宋灾。晋会诸侯人于澶渊。

己未（-542） 鲁襄公卒，世子又卒，国人立齐归之子裯，是谓昭公。季武子专政。

庚申（-541） 晋赵武会诸侯之大夫于虢。楚乱，令尹围弑其君麇，代立，是谓灵王。公子比奔晋。薳罢为令尹。

辛酉（-540） 晋韩宣子起使鲁。

壬戌（-539） 鲁昭公朝晋。齐晏婴使晋。郑伯朝晋又朝楚。

癸亥（-538） 楚会十一国之君于申，执徐子于会。又会七国诸侯伐吴之朱方以诛齐庆封。吴拔楚三邑。

经世之申〔二千二百一十七〕

甲子（-537） 周景王八年。楚会诸侯伐吴。秦景公卒，世子继，是谓哀公。

乙丑（-536） 齐北伐燕。楚东伐，吴败楚师于乾谿。

丙寅（-535） 楚起章华台。

丁卯（-534） 楚灭陈执其公子招，放之于越。

戊辰（-533）

己巳（-532） 晋平公卒，世子夷继，是谓昭公。齐、陈、鲍逐栾高氏于鲁，分其室。

庚午（-531） 晋韩起会齐、宋、鲁、卫、郑、曹、杞之大夫于厥憖。

楚诱蔡侯于申，杀之。公子弃疾灭蔡，守之。执其世子有，归用之。

辛未（-530）　鲁朝晋。楚伐徐。

壬申（-529）　晋昭公会齐、卫、郑、曹、莒、邾、滕、薛、杞、小邾之君盟于平丘。鲁不得与，执季孙意如以归。楚公子比代立，是谓平王。释陈、蔡二君归国。吴灭州来。

癸酉（-528）　楚复诸侯侵地，观从用政。

甲戌（-527）　晋伐鲜虞。楚费无忌为太子建逆妇于秦。吴馀眛卒，季札逃，国人立馀眛子僚。

乙亥（-526）　晋昭公卒，子去疾立，是谓顷公。楚诱戎蛮子，杀之。

丙子（-525）　晋灭陆浑之戎。吴伐楚。

丁丑（-524）　周铸大钱。宋、卫、陈、郑灾。楚迁许于白羽。

戊寅（-523）　楚用费无忌专政，放太子建于城父。

己卯（-522）　齐景公与大夫晏婴入鲁问礼。宋有华氏之难，大夫华亥、华定、向宁奔陈。楚世子建自城父奔宋，又适郑，又适晋。楚杀其傅伍奢及其子尚。伍员奔吴。

庚辰（-521）　宋华亥、华定、向宁入宋。南里叛。

辛巳（-520）　周景王崩，葬景王。王室乱，三王子争国。国人立猛，是谓悼王。王子朝杀猛代立。晋逐朝而入丐，是谓敬王。宋华亥、华定、向宁奔楚。世子建及晋师袭郑，不克，死。其子胜奔吴。

壬午（-519）　召氏、尹氏入王子朝于成周。单子、刘子以王出奔狄泉。楚徙都鄂。囊瓦子常为令尹。吴伐楚败。陈、蔡顿、胡沈之师于鸡父，灭胡沈，获陈夏啮，楚建之子胜启之也。

癸未（-518）　楚城郢。吴公子光伐楚，拔巢及钟离。二子争桑故也。

甲申（-517）　鲁有二王之难。昭公奔齐。齐景公唁之于野井。晋赵鞅会宋、鲁、卫、曹、邾、滕、薛、小邾之人于冀父。

乙酉（-516）　晋赵鞅会诸侯之师，入王于成周。召尹二氏之族以王子朝奔楚。楚平王卒，世子轸继，是谓昭王。

丙戌（-515）　晋、韩、赵、魏三家大灭公族。祁氏、羊舌氏分其地。楚令尹子常诛费无忌。吴季札使晋。公子光弑其君僚，代立，是谓阖庐。专诸、伍员为相。

丁亥（-514）　鲁昭公自郓如晋，次于乾侯。楚大夫伯嚭奔吴。

戊子（-513）

己丑（-512）　晋顷公卒，世子午继，是谓定公。吴灭徐，以侵楚。

庚寅（-511）　晋定公使大夫荀跞纳鲁昭公，不克。吴代楚，拔舒。

辛卯（-510）　晋韩不信会齐、宋、鲁、曹、郑、莒、薛、杞、小邾之师城成周。鲁昭公卒。于乾侯，三桓立其弟宋，是谓定公。吴伐越。

壬辰（-509）　晋人执宋仲几于京师。楚令尹子常败吴师于豫章。

癸巳（-508）　吴败楚师于豫章。

经世之酉〔二千二百一十八〕

甲午（-507）　周敬王十三年。

乙未（-506）　晋定公会刘子、宋、蔡、鲁、卫、陈、郑、许、曹、莒、邾、顿胡、滕、薛、杞、小邾之君及齐大夫于召陵，以伐楚。楚昭公北伐蔡。吴师入郢，令尹子常奔郑，昭王奔郧，又奔随。使申包胥求救于秦，许徙君容城。吴子阖庐败楚师于柏举，五战及郢，遂入其国，烧其宫，平其墓。伍子胥为之也。

丙申（-505）　鲁阳货囚季氏。秦救楚，败吴师于稷。楚昭王自郧复归于郢。封吴夫概于堂溪，越乘虚破吴，入其国。吴王弟夫概自堂溪亡归，代立。阖庐逐夫概，夫概奔楚。

丁酉（-504）　周有儋翩之难。王出居姑，犹楚去郢复都鄀。郑灭许。

戊戌（-503）　晋师入周敬王于成周。齐取郓为阳虎邑。

己亥（-502）　鲁有阳虎之难。攻三桓，不克，窃宝玉大弓走阳关。

庚子（－501）　秦哀公卒，子惠公继。

辛丑（－500）　鲁以孔丘为司寇，从定公会齐景公于夹谷。齐复鲁侵地。晏婴在会。

壬寅（－499）　宋公之弟辰及大夫仲陀、石驱、公子地自陈入于萧以叛郑。子产卒。

癸卯（－498）　孔子去鲁适卫。

甲辰（－497）　鲁孔子在卫。晋六卿相攻。

乙巳（－496）　卫世子蒯聩奔宋。鲁孔子自卫之宋，又如陈。楚会吴，伐陈灭顿。吴王阖庐伐越不利，死。子夫差立，以伯嚭为太宰。是年，於越勾践败吴师于槜李，称王于会稽。

丙午（－495）　鲁定公卒，子蒋继，是谓哀公。楚灭胡。

丁未（－494）　晋赵鞅围范、中行氏于朝歌。中行走邯郸。楚会陈、随、许，围蔡。吴败越于夫椒，伏而释之。越王勾践伐吴不利，使大夫文种行成，委质以臣妾。遂栖于会稽。

戊申（－493）　卫灵公卒，其孙辄立。晋赵鞅会阳虎，以师入卫。世子蒯聩不克，居之于戚城。鲁孔子复过宋。楚伐蔡。吴徙蔡于州来。於越范蠡归国。

己酉（－492）　秦惠公卒，子悼公继。鲁孔子在陈。

庚戌（－491）　鲁孔子之蔡。

辛亥（－490）　齐伐宋，晋伐卫。齐景公卒，子荼继，是谓孺子。晋、韩、赵、魏败范、中行氏于邯郸。

壬子（－489）　齐乱，田乞弑其君孺子，迎公子阳生于鲁而立之，是谓悼公。高昭子死国，惠子奔莒。鲁孔子复至陈。楚昭王救陈，军于城父，卒于师。世子章继，是谓惠王。吴伐陈。鲁伐邾。宋伐曹。

癸丑（－488）　吴会鲁于鄫，以伐齐。征百牢于鲁。

甲寅（－487）　宋灭曹。楚令尹子西召平王世子建之子胜于吴，以为巢大夫，号白公。吴伐鲁，盟于城下而还。

乙卯（-486） 宋伐郑。楚伐陈。吴伐齐。

丙辰（-485） 齐田乞卒，子常继事，是谓成子。齐乱，鲍子弑其君悼公，立其子壬，是谓简公。田常专国。鲁孔子自陈复至于卫。楚伐陈。吴会鲁伐齐以救陈，杀大夫伍员。

丁巳（-484） 孔子自卫返鲁。子贡使齐及吴、越。晋、齐伐鲁，吴救鲁，败齐师于艾陵。越朝吴。

戊午（-483） 楚白公胜复奔吴。子西复召之。吴会鲁、卫之君于橐皋，移兵攻晋。

己未（-482） 晋定公及诸侯会吴夫差于黄池。越伐吴，入其郛，执其世子友而还。

庚申（-481） 鲁西狩获麟。齐田常杀相阚止，及弑其君简公于舒州，立其弟骜，是谓平公。割安平以东自为封邑。孔子请讨，不克。秦悼公卒，子厉公继。晋伐郑，宋桓魋出奔卫，又奔齐。楚巢大夫白公胜杀令尹子西，逐其君，代立。

辛酉（-480） 鲁使子服景伯使齐，子贡为介，齐归鲁侵地。卫世蒯聩自戚入，是谓庄公。辄出奔鲁。楚叶公以兵入诛白公，而迎章复位。灭陈而县之。

壬戌（-479） 鲁孔子卒。

癸亥（-478） 晋伐卫，庄公出奔。国人立公子班师。齐伐卫，执班师，而立公子起。越败吴师于笠泽。

经世之戌〔二千二百一十九〕

甲子（-477） 周敬王四十三年。卫石圃逐其君起，而迎辄复位。起奔齐。

乙丑（-476） 周敬王崩，太子嗣位，是谓元王。齐田常卒。子盘继事，是谓襄子。吴会齐、晋之师伐楚。越伐吴。

丙寅（-475） 晋定公卒，子凿继之。智伯伐郑，取九邑。越人伐吴。

丁卯（-474） 越伐吴，围其国。

戊辰（-473）　越灭吴，破姑苏，杀其王并其大夫。北会诸侯于徐，致贡于周太宰。范蠡辞禄，游五湖。杀大夫文种。遂兼有吴地。

己巳（-472）

庚午（-471）

辛未（-470）　周元王崩，太子介嗣位，是谓贞定王。

壬申（-469）

癸酉（-468）　鲁季康子卒，三桓作难，弑其君哀公，立其子宁，是谓悼公。

甲戌（-467）

乙亥（-466）

丙子（-465）

丁丑（-464）　晋伐郑。

戊寅（-463）

己卯（-462）

庚辰（-461）　秦伐大荔。

辛巳（-460）

壬午（-459）

癸未（-458）　晋赵简子鞅卒，子毋邮继，是谓襄子。同智伯、韩康子、魏桓子灭范、中行氏，四分其地，及逐其君，立公孙骄，是谓衰公。秦取晋武城。

甲申（-457）　晋伐秦，复武城。

乙酉（-456）　齐平公卒，子积继，是谓灵公。晋智伯及韩、魏二家兵攻赵襄子于晋阳。

丙戌（-455）　晋三家兵围晋阳。

丁亥（-454）　韩康子、魏桓子复合赵襄子兵败智伯，灭之于晋阳，三分其地。齐田盘卒，子白继事，是谓庄子。

戊子（-453）

己丑（-452）

庚寅（-451）

辛卯（-450）
壬辰（-449）
癸巳（-448）

经世之亥〔二千二百二十〕

甲午（-447） 周贞定王二十三年。楚灭蔡。
乙未（-446） 秦厉公卒，子躁公继。
丙申（-445） 秦伐义渠，获其王以归。楚灭杞，东开地至泗上。
丁酉（-444）
戊戌（-443）
己亥（-442） 周贞定王崩，太子去疾嗣位，是谓哀王。王叔袭杀哀王代立，是谓思王。
庚子（-441） 周乱，少弟嵬杀其王叔，代立，是谓考王。
辛丑（-440） 晋哀公疾，子柳继，是谓幽公。公室止有绛及曲沃。
壬寅（-439）
癸卯（-438）
甲辰（-437）
乙巳（-436）
丙午（-435）
丁未（-434）
戊申（-433）
己酉（-432） 秦躁公卒，弟怀王立。楚惠王卒，子中继，是谓简王。
庚戌（-431） 鲁悼公卒，子元公继。楚灭莒。
辛亥（-430）
壬子（-429）
癸丑（-428） 秦庶长鼌弑其君怀公，立躁公孙，是谓灵公。
甲寅（-427）
乙卯（-426） 周考王崩，太子午嗣位，是谓威烈王。河南惠公封其少子于巩，称东周君。
丙辰（-425） 晋赵襄子卒，兄之子浣继事，是谓献子，治中牟。魏桓子卒，子斯继事，是谓文侯。

丁巳（－424）　赵桓子卒，国人杀其子，而迎献子复位。

戊午（－423）　秦攻魏少梁。

己未（－422）　秦作上下畤。

庚申（－421）

辛酉（－420）　魏文侯杀晋幽公，立其弟止，是谓烈公。

壬戌（－419）

癸亥（－418）

（皇极经世书卷五下）

钦定四库全书

子部

皇极经世书卷六上

详校官中书 臣 吕光復

灵台郎 臣 倪廷梅 复勘

总校官编修 臣 王燕绪

校对官编修 臣 沈清藻

誊录监生 臣 庄承簪

欽定四庫全書

皇極經世書卷六上

宋 邵雍 撰

觀物篇三十一 以運經世七

經元之甲一

經會之午七

經運之巳一百八十六

經世之子二千二百三十一

甲子周威烈王九年魏城少梁

乙丑秦靈公卒季父立是謂簡公

丙寅

丁卯魏伐秦韓伐鄭

戊辰齊伐晉魏伐中山

己巳

庚午齊田莊子卒子太公和繼趙城平城

辛未魯元公卒子顯繼是謂穆公

壬申晉韓武子卒子景侯虔繼趙獻子卒子烈侯籍繼

钦定四库全书·皇极经世书卷六上

［宋］　邵　雍　撰

观物篇三十一　以运经世七[①]

经元之甲〔一〕

经会之午〔七〕

经运之己〔一百八十六〕

经世之子〔二千二百二十一〕

甲子（-417）　周威烈王九年。魏城少梁。

乙丑（-416）　秦灵公卒，季父立，是谓简公。

丙寅（-415）

丁卯（-414）　魏伐秦，韩伐郑。

戊辰（-413）　齐伐晋，魏伐中山。

己巳（-412）

庚午（-411）　齐田庄子卒，子太公和继。赵城平城。

辛未（-410）　鲁元公卒，子显继，是谓穆公。

壬申（-409）　晋韩武子卒，子景侯度继。赵献子卒，子烈侯籍继。魏伐秦。

校者注　①　以运经世七：即“观物篇三十一”，从“经元之甲一、经会之午七、经运之己一百八十六，经世之子二千二百二十一”起，至“经世之亥二千二百三十二”止。即从公元前417年起到公元前58年止，主要为战国、秦朝、西汉大事，共计360年。

癸酉（-408）　韩伐郑，取雍邱。魏灭中山。楚简王卒，子当继，是谓声王。
甲戌（-407）　郑伐韩，取负黍。
乙亥（-406）　宋昭公卒，子悼公购继。赵以田公仲为相。
丙子（-405）　齐宣公卒，子康公贷继。田惠以廪邱叛。
丁丑（-404）
戊寅（-403）　晋、韩、赵魏求为诸侯于周。
己卯（-402）　周威烈王崩，太子骄嗣位，是谓安王。楚声王遇盗，卒，子疑立，是谓悼王。
庚辰（-401）　秦攻魏阳狐。
辛巳（-400）　秦简公卒，子惠公继。韩景侯卒，子烈侯继。赵烈侯卒，弟武侯立。魏文侯以卜子夏、段干木为帅，西门豹为将，守邺。吴起为将，守西河。田成子为相，乐羊为将，同韩、赵伐楚，至于乘丘。
壬午（-399）
癸未（-398）
甲申（-397）　韩盗杀相侠累。
乙酉（-396）
丙戌（-395）　晋烈公卒，子孝公继。
丁亥（-394）
戊子（-393）　魏伐郑取酸枣，又败秦军于注。楚伐韩，取负黍。
己丑（-392）
庚寅（-391）　齐田和徙其君康公于海上，食一城。秦伐韩宜阳，拔六城。韩、赵大败楚师于大梁。
辛卯（-390）　鲁败齐于平陆。齐伐魏，取襄陵。
壬辰（-389）　秦伐魏、侵晋。
癸巳（-388）　齐田和会魏文侯于浊泽，求为诸侯，魏请于周及诸侯，皆许之。

经世之丑〔二千二百二十二〕

甲午（-387） 周安王十五年。秦惠公卒，出子悼公继。韩烈侯卒，子文侯继。魏文侯卒，子武侯继。赵武侯卒，烈侯子敬侯继。

乙未（-386） 田和称诸侯于齐，列于周纪。魏攻赵邯郸。

丙申（-385） 韩伐郑，取阳城；伐宋，执宋公于彭城。魏城安邑及王垣。赵师破齐于灵丘。齐太公和卒，子桓公午继。秦庶长改杀出子及其母，迎灵公之子于河西，立之，是谓献公。

丁酉（-384） 赵破齐师于廪丘。

戊戌（-383） 魏败赵师于兔台。

己亥（-382） 齐、魏以卫伐赵，取刚平。

庚子（-381） 赵会楚伐魏，取棘蒲。楚悼王卒，盗杀相吴起，王子继，是谓肃王。诛害吴起者七十余家。

辛丑（-380） 齐伐燕，取桑丘。

壬寅（-379） 齐康公死于海上。齐桓侯卒，子因齐立，是谓威王。

癸卯（-378） 晋孝公卒，子静公俱酒继。韩、赵、魏、伐齐，至于灵丘。

甲辰（-377） 韩文侯卒，子哀侯继。赵攻中山，战于房子。鲁穆公卒，子共公继。

乙巳（-376） 周安王崩，太子喜嗣位，是谓烈王。魏武侯、韩哀侯、赵敬侯同灭晋而三分其地。以静公为家人，食端氏一城。

丙午（-375） 韩灭郑，徙都之。赵敬侯卒，子成侯继。宋休公卒，子辟公继。

丁未（-374）

戊申（-373） 鲁伐齐入阳关。赵伐齐，至博陵。

己酉（-372） 卫拔齐薛陵，攻赵北蔺。赵拔魏卿邑七十三。宋辟公卒，子剔成继。

庚戌（-371） 韩严弑其君哀侯，立其子懿侯。魏武侯卒，公子争国。赵伐魏，立公子罃，是谓惠王。赵败秦军于鄗安。

辛亥（-370） 赵伐齐，至鄄。魏败赵师于覃怀。齐威王烹阿大夫，封即墨大夫万家。楚肃王卒，弟良夫继，是谓宣王。

壬子（-369） 周烈王崩，弟扁嗣位，是谓显王。齐西败赵、魏之师于浊泽。赵输长城，魏入观齐。魏败韩于马陵。

癸丑（-368） 韩、魏攻周。

甲寅（-367） 赵、韩分周为二。

乙卯（-366） 魏会赵攻秦，不利于洛阳。

丙辰（-365） 齐攻秦，不利于石门。魏伐宋，取仪台。

丁巳（-364） 周显王西贺秦献公。魏与秦会于杜平。

戊午（-363）

己未（-362） 秦献公卒，子孝公继，败魏师于少梁。魏败韩师于浍。

庚申（-361） 魏拔赵皮牢。

辛酉（-360） 致文武胙于秦孝公。东周君惠公卒，子傑继。韩、赵、魏伐齐。

壬戌（-359） 秦用卫鞅。韩懿侯卒，子昭侯继。

癸亥（-358）

经世之寅〔二千二百二十三〕

甲子（-357） 周显王十二年。宋取韩黄池。齐封邹忌为成侯。

乙丑（-356） 赵会燕于河上，会齐于平陆。鲁、卫、宋、郑朝魏。

丙寅（-355） 鲁共公卒，子康公继。齐会赵于郊，会魏于平陆，会秦于杜平。

丁卯（-354） 秦攻魏师于元里，取少梁。魏围赵邯郸。

戊辰（-353） 韩攻东周君，取陵观及邢邱。齐田忌、孙膑救赵，败魏于桂陵。是年，齐始称王。

己巳（-352） 秦大良造卫鞅会韩、赵之师，围魏襄陵。

庚午（-351） 韩用申不害为相。秦、赵伐魏，魏归赵邯郸，盟于漳水之上。

辛未（-350）　赵成侯卒，世子继，是谓肃侯。秦开阡陌，大筑冀阙于咸阳，自雍徙都之。

壬申（-349）

癸酉（-348）　赵夺晋君，端氏徙之屯留。秦初为赋。

甲戌（-347）

乙亥（-346）　鲁康公卒，子景公继。

丙子（-345）

丁丑（-344）

戊寅（-343）　周显王锡秦孝公，命为伯。齐威王卒，子宣王辟疆继。

己卯（-342）　诸侯西贺秦。

庚辰（-341）　齐人救韩，田忌、田婴、孙膑大败魏师于马陵，获将庞涓及世子申。

辛巳（-340）　楚宣王卒，子威王继。秦夺魏河西七百里。魏去安邑，徙都大梁。

壬午（-339）

癸未（-338）　秦孝公卒，子惠文君继，是谓惠王。商鞅奔魏，魏不受，入于秦。

甲申（-337）　秦惠文君夷商鞅族。苏秦入秦，秦不受。

乙酉（-336）　周显王西贺秦。孟轲为魏卿。

丙戌（-335）　秦拔韩宜阳。魏惠王卒，子襄王继。齐宣王会魏襄王于鄄。

丁亥（-334）　苏秦会赵、燕、韩、魏、齐、楚六国之师，盟于洹水之上以攻秦。至于函谷，韩作高门。是年，楚灭越，获王无疆，尽取其地。东开地至浙江。魏始称王，田婴为相。

戊子（-333）　燕文公卒，子易王位。韩昭侯卒，子惠王立。楚败齐师于徐州。齐田婴诈楚，故不利。

己丑（-332）　齐会魏伐赵，又伐燕，取十城。

庚寅（－331） 秦伐魏。
辛卯（－330） 宋乱，公弟偃弑其君代立，是谓元王。
壬辰（－329） 楚威王卒，子怀王槐继。魏伐楚，取陉山。秦伐魏，取汾阴。
癸巳（－328） 秦用张仪为相。陈轸适楚。楚灭蜀。魏输秦上郡。

经世之卯〔二千二百二十四〕

甲午（－327） 周显王四十二年。齐会魏攻韩之桑邱。
乙未（－326） 赵肃侯卒，子定继，是谓武灵王。齐用孟轲为上卿。
丙申（－325） 孟轲去齐。
丁酉（－324） 秦始称王。齐宣王卒，子闵王地继。秦筑上郡塞。
戊戌（－323） 韩、燕称王。楚破魏襄陵，入城。移兵攻齐。秦张仪会齐、楚。执政于啮桑。
己亥（－322） 秦张仪出相魏、燕，会韩、魏二君于区鼠。
庚子（－321） 周显王崩，子定嗣位，是谓慎靓王。是年，赵始称王。齐封田婴于薛。盗杀苏秦于齐。苏代复相燕。燕王卒，子哙继，子之专国。苏代使齐。
辛丑（－320） 宋伐楚，取地三百里，始称王。秦、齐交婚。
壬寅（－319） 魏襄王卒，子哀王继。张仪复相秦。
癸卯（－318） 楚会齐、赵、韩、魏、燕攻秦，不利。齐独后。秦樗里疾大败六国之师，获将申差及韩、魏二公子。
甲辰（－317） 齐败魏师于观津，与秦争雄雌。鲁景公卒，子平公继。秦败韩师于浊泽，韩请割名都一以助伐楚，既而背之。秦又伐韩，败韩师于岸门。楚救不至。燕王哙以国属子之。
乙巳（－316） 齐伐燕。秦伐赵，拔中都及西阳。
丙午（－315） 周慎靓王崩，子延继，是谓赧王，称西周君。秦拔义渠二十五城，又取韩之石章。
丁未（－314） 楚、齐和亲。燕乱，将市被攻子之，不克，返攻世子，又不克，死。

戊申（－313） 楚攻秦，不利。秦伐齐，楚救不至。秦张仪结楚。樗里疾攻赵。

己酉（－312） 楚怀王大伐秦，不利。又伐，又不利。秦庶长魏章会齐、韩之师，大败楚师于蓝田，又败之于丹水之阳。获其将屈丐，遂取汉中地，置黔中郡。韩宣王卒，世子苍继，是谓襄王。齐以五都兵攻燕，燕乱，国人立太子平，是谓昭王。

庚戌（－311） 楚屈原使齐。秦张仪使楚，会楚，会齐，韩、赵、魏、燕六国西事秦。至咸阳而秦惠王卒，子武王继。燕起金台以礼郭隗。乐毅自魏至，邹衍自齐至，剧辛自赵至。

辛亥（－310） 秦会魏于临晋。张仪、魏章适卫。樗里疾、甘茂为相。

壬子（－309） 楚合齐以善韩。

癸丑（－308） 秦武王会魏哀王于应，会韩襄王于临晋。

甲寅（－307） 东西二周君相攻。楚围韩之雍邱。秦甘茂拔韩之宜阳。武王举周鼎，绝脉而死，国人迎母弟稷于赵而立之，是谓昭襄王。太后临朝称制，魏冉专政。赵武灵王改用胡服。

乙卯（－306） 秦复韩武遂。严君疾、向寿为相。甘茂适魏。

丙辰（－305） 楚绝齐以善秦。

丁巳（－304） 秦昭王与楚怀王会于黄棘，复之上庸。

戊午（－303） 齐、韩、魏攻楚。楚求救于秦。鲁平公卒，子文公贾继。秦取韩武遂，拔魏蒲坂。

己未（－302） 秦复魏蒲坂，会韩于武遂。

庚申（－301） 楚伐秦，不利。秦昭襄王会齐、韩、魏伐楚，败之于重邱。

辛酉（－300） 齐孟尝君入秦为质。

壬戌（－299） 楚怀王放大夫屈原于江滨。与秦昭襄王会于武关，不复。国人迎太子横于齐而立之，是谓顷襄王。其弟子兰为令尹。齐归秦泾阳君。孟尝君自秦逃归。秦会齐、魏伐楚，取八城。赵拔燕中山，攘地北至燕、代，西至九源。

癸亥（－298） 齐会韩、魏伐秦，至于函谷。秦伐楚，取十六城。赵武灵王称主父，会群臣于东宫，废太子章而授庶子何立，是谓惠文王，以肥义为之相。北略地，南入秦，称使者。

经世之辰〔二千二百二十五〕

甲子（－297） 周赧王十八年。楚怀王于秦逃归，不克。

乙丑（－296） 楚怀王卒于秦。楚遂绝秦。魏哀王卒，子昭王继。齐会韩、魏、赵、宋五国之兵攻秦，至盐氏而还。秦与韩魏河北及封陵以和。韩襄王卒，子釐王继。赵主父灭中山，徙其王于肤施，封废太子章于代，号安阳君，使田不礼为之相。

丙寅（－295） 秦免楼缓相，穰侯魏冉复相，率师攻魏。赵安阳君及不礼作难，公子成及大夫李兑平之。主父死于沙邱宫。

丁卯（－294） 秦向寿伐韩，拔武始。

戊辰（－293） 楚与秦复和。韩伐秦，不利。秦左庶长白起大败韩及诸侯之师于伊阙，取城五，坑军二十四万，获将公孙喜。

己巳（－292） 楚逆妇于秦。秦魏冉免相，大良造白起伐魏，取垣；攻楚拔宛。

庚午（－291） 秦魏冉复相，封陶邑。司马错伐韩轵及邓。

辛未（－290） 齐有田甲之难。免孟尝君相。魏献河东地方四百里入秦，韩献武遂二百里入秦。赵会齐伐韩。

壬申（－289） 齐复孟尝君相。秦伐韩，拔六十一城。

癸酉（－288） 齐、秦约称东西帝，复罢。

甲戌（－287） 齐孟君谢病。秦昭襄王巡汉中及上郡、河北，拔魏新垣及曲阳。

乙亥（－286）　齐灭宋，至于泗上，十二诸侯邹鲁之君皆称臣，南取楚之淮北，西侵韩、赵、魏，魏献秦安邑。秦伐魏之河内，攻韩之夏山。

丙子（－285）　齐孟尝君以薛属魏。秦昭襄王会楚顷襄王于宛，会赵惠文王于中阳，伐齐，拔九城。

丁丑（－284）　燕乐毅会秦、楚、韩、魏五国之师伐齐，大败齐师于济西，遂入临淄，拔城七十。拜乐毅上卿，封昌国君，留围齐即墨及莒。齐闵王保莒。楚使淖齿救齐，杀齐湣王于莒。莒人立其子法章，是谓襄王。荀卿行祭酒。

戊寅（－283）　楚顷襄王会秦昭襄王于鄢。秦穰侯伐卫，至于国。

己卯（－282）　秦昭襄王会韩釐王于新城，会魏昭王于新明。伐赵，拔二城；伐韩，取六邑。

庚辰（－281）　楚会魏、赵伐秦。秦伐楚。魏冉复相。赵使蔺相如入秦献璧。

辛巳（－280）　楚割上庸及汉中请和于秦。秦白起拔赵二城，司马错拔楚上庸。燕昭王卒，子惠王继，以骑劫代乐毅。乐毅奔赵。赵惠文王与秦昭襄王会于渑池。蔺相如相。

壬午（－279）　齐田单大败燕君于即墨，获将骑劫，复城七十，迎襄王自莒入临淄，封田单安平君。秦白起拔楚西陵。

癸未（－278）　楚顷襄王出奔陈。郢陷于秦。大良造白起破楚入郢，烧夷陵，以郢为南郡。封起武安君。

甲申（－277）　秦拔楚巫及黔中，作黔中郡。魏昭王卒，子安釐王继。

乙酉（－276）　楚东取江旁十五邑以扞秦。魏拔秦二城，封无忌信陵君。

丙戌（－275）　秦兵围大梁，魏入温诸和。秦以穰侯为相国。韩暴䳘救魏，不利。赵廉颇拔魏房子、安阳。

丁亥（－274）　魏芒卯攻韩，不利。秦师救韩，败赵魏之师十五万于华阳。魏入南阳请和，以其地为南阳郡。

戊子（－273）　韩釐王卒，子桓惠王继。赵取东胡地。

己丑（－272）　楚黄歇奉太子完入秦为质，求平。又取韩、魏，伐燕。田单拔燕中阳。秦会楚、韩、赵、魏伐燕。燕惠王卒，子武成王继。赵蔺相如伐齐。

庚寅（－271）　秦穰侯伐齐，取刚寿以广陶邑。范雎自魏入秦。

辛卯（－270）　秦师伐韩以逼周。

壬辰（－269）　秦中更胡伤攻赵阏与。赵奢击之有功，封马服君，与廉颇同位。秦人为之少惧。

癸巳（－268）　秦拔魏怀义。

经世之巳〔二千二百二十六〕

甲午（－267）　周赧王四十八年。秦太子卒于魏。

乙未（－266）　秦拔魏郪邱。罢穰侯相国及宣太后权，以客卿范雎为相，封应侯。魏冉就国。赵惠文王卒，子丹继，是谓孝成王。太后专政。

丙申（－265）　齐襄王卒，子建继。田单攻赵，秦以安国君为太子。宣太后卒。拔赵三城，进围邯郸。赵出长安君为质于齐，求救。赵胜为相，封平原君。

丁酉（－264）　齐用田单为相。秦白起伐韩，拔九城。

戊戌（－263）　楚顷襄王卒，太子完自秦亡归继，是谓考烈王。以左徒黄歇为令尹，号春申君，封于吴，食淮北地。秦白起拔韩南郡。

己亥（－262）　楚献地于秦乞和。秦五大夫贲伐韩，拔十五城，以绝太行路。韩冯亭以上党入于赵，赵受韩上党。廉颇军长平。

庚子（－261）　楚伐鲁，取徐州。秦白起攻赵长平。

辛丑（－260）　秦武安君大败赵军于长平，进围邯郸。赵以赵括代廉颇将，长平遂陷，兵四十万为秦所坑。

壬寅（－259）　秦分军为三，罢武安君白起将，以王龁代。攻赵，拔赵武安及皮牢。司马梗北定上党。赵使苏代使秦。

癸卯（-258） 秦加范雎相国。王龁代围邯郸。张唐攻魏。燕武成王卒，子孝王继。赵平原君求救于楚、魏。

甲辰（-257） 楚春申君、魏信陵君救赵。秦起武安君白起，不克，杀之于杜邮。

乙巳（-256） 周赧王会齐、韩、赵、魏兵出伊阙攻秦，不利，西奔秦。秦昭王灭周，尽入其地三十六城。徙其王于𢠸狐。楚灭鲁，以齐荀卿为兰陵令。

丙午（-255） 秦徙周民及九鼎于咸阳。蔡泽自燕入秦，代范雎相。燕孝王卒，子喜继。

丁未（-254） 楚、齐、韩、燕、赵皆服于秦。魏独后，秦使将军樛伐之，取吴城。

戊申（-253） 秦郊上帝于雍邱。赵徙都钜鹿。

己酉（-252） 赵平原君卒。

庚戌（-251） 秦昭襄王卒，太子安国继，是谓孝王。立三日又卒，子楚立，是谓庄襄王。以华阳夫人为后，子政为太子，吕不韦为丞相，封文信侯，食河南十万户。楚春申君入吊于秦。燕将栗腹攻赵，不利。赵廉颇破燕军于鄗，封信平侯。

辛亥（-250） 东周君会诸侯攻秦，不利，没于秦。秦丞相吕不韦平东周，尽入其地，置三川郡，徙其君于阳人。赵廉颇伐燕，围其国。

壬子（-249） 秦蒙骜拔赵太原，拔韩荥阳及成皋。

癸丑（-248） 秦蒙骜拔魏高都，又举赵三十城。楚、齐、魏、韩、燕、赵攻秦，不利。

甲寅（-247） 秦庄襄王卒，太子政继，是谓始皇帝，以吕不韦为相国，号仲父，同太后专政，李斯为舍人。齐田单居聊城。魏无忌自赵归国，率楚、齐、韩、赵、燕五国之师败秦军于河外，走蒙骜，追至函谷。

乙卯（-246） 秦蒙骜平晋阳。

丙辰（-245） 赵孝成王卒，子偃继，是谓悼襄王。以乐乘代廉颇将。颇奔魏。

丁巳（-244） 秦蒙骜攻魏，拔二城；攻韩，拔十二城。

戊午（-243） 魏釐王卒，子景湣王卒，信陵君亦卒。赵将李牧取燕二城。

己未（-242） 秦拔魏二十城，置东郡。赵伐燕，获将剧辛。

庚申（-241） 楚考烈王会齐、韩、赵、魏、燕五国之兵伐秦，至于函谷，不利，东徙都寿春。春申君就国于吴。

辛酉（-240） 秦拔魏之汲，赵拔魏之邺。

壬戌（-239） 秦封嫪毐长信侯，关政于内。韩桓惠王卒，子安继。

癸亥（-238） 长信侯嫪毐作难，攻蕲年宫，不克，伏诛。徙太后于雍，流蜀者四千家。楚考烈王卒，子幽王悍继。

经世之午〔二千二百二十七〕

甲子（-237） 秦始皇帝十年。吕不韦坐嫪毐事，免相。李斯为相。齐、赵来置酒。复华阳太后于甘泉宫。

乙丑（-236） 秦王翦、桓齮拔赵九城。赵悼襄王卒，子迁继。秦兵攻邺。

丙寅（-235） 秦会魏伐楚及韩。文信侯吕不韦自杀。

丁卯（-234） 秦桓齮大败赵军十万于平阳。韩公子非使秦，不还。

戊辰（-233） 秦桓齮破赵宜安及赤岩。韩王安朝秦。

己巳（-232） 秦伐赵，一军攻邺，一军攻狼孟。燕太子丹自秦逃归。赵李牧扞秦有功。

庚午（-231） 魏献秦丽邑。

辛未（-230） 秦内史胜灭韩，获其王，以其地为颍川郡。

壬申（-229） 秦王翦下井陉，大破赵军，进围钜鹿。赵以赵葱代李牧，颜聚代司马尚将。

癸酉（-228） 秦王翦灭赵，获其王，以其地为赵郡。楚幽王卒，母弟犹立，庶兄负刍杀犹代立。魏景湣王卒，子假继。赵亡，太子喜称王于代，会燕军于上谷。

甲戌（-227）　秦王翦破燕军于易水。燕荆轲使秦不还。

乙亥（-226）　秦王翦、王贲灭燕，获其太子丹。翦谢病，还。拔楚城。

丙子（-225）　秦王贲灭魏，决河灌大梁，获其王。

丁丑（-224）　秦王翦破楚，杀其将项燕。楚丧师于靳，走寿春。

戊寅（-223）　秦王翦、蒙武灭楚，获其王，以其地为楚郡。

己卯（-222）　秦王贲平辽东，获燕王。平代，获赵太子。王翦定越，以其地为会稽郡。

庚辰（-221）　秦王翦灭齐，获其王，以其地为齐郡。东至海及朝鲜，西至临洮、羌中，南至北向户，北至阴山、辽东。分天下地为三十郡。罢侯置守。铸天下兵为十二金人。徙天下豪富十二万户于咸阳。大建宫室，作阿房。为万世业，称始皇帝。更以建亥月为岁首。

辛巳（-220）　西巡狩至于陇右、北地及回中乃复。

壬午（-219）　东巡狩至于邹峄，封泰山，禅梁甫。南登琅邪。丞相隗林、王绾，卿士李斯、王戊、五大夫赵婴、将军杨樛及九侯勒帝功于金石，表于海上。遂南至于衡山，浮江自南郡，由武关乃复。

癸未（-218）　东巡狩至博浪沙中，遇盗，遂登之罘，刻石纪功。北由上党乃复。

甲申（-217）

乙酉（-216）

丙戌（-215）　北巡狩至于碣石，由上郡乃复。使蒙恬击胡，取河南地。

丁亥（-214）　南取陆梁地为桂林、象郡。又北斥匈奴，自榆中并河以东属之阴山，为三十四县。城河上为塞。又使蒙恬渡河取高阙、陶山。北假中筑亭障。

戊子（-213）　置酒咸阳宫，聚天下书焚之。

己丑（-212）　聚天下学士于骊山，坑之。广阿房宫，自咸阳达于渭南。

庚寅（－211）

辛卯（－210）　南巡狩至于云梦。左丞相冯去疾留守，右丞相李斯从行，少子胡亥请行。至九疑、浮江，东至于会稽，又北至于琅邪，由平原达沙丘，崩。左丞相李斯、宦氏赵高假帝书更立少子胡亥，赐上郡太子，将军蒙恬死。遂还咸阳。胡亥立，是谓二世。皇帝葬始皇帝骊山。

壬辰（－209）　宦氏赵高为中郎令，专政。东巡狩至于会稽，北又至于辽东，乃复。大杀王族及群臣，复广阿房。征天下材士以五万人为屯，卫咸阳三百里，不得食其谷。戍卒陈胜称王于楚。关东郡邑皆杀其令长以应陈胜而西攻秦。陈胜将武臣称王于赵，魏咎称王于魏，狄人田儋称王于齐。楚人项梁兵会稽。徐人刘季称兵丰沛。陈胜兵西攻秦，至于戏。

癸巳（－208）　秦杀右丞相冯去疾、将军冯劫，及囚左丞相李斯，谏罢阿房故也将军章邯灭陈胜于城父，破项梁于定陶，平田儋于临济，渡河北攻赵。田儋死，其弟荣立儋子市为王。陈胜将秦嘉立胜子景驹为王。项梁杀景驹，求楚怀王孙心，立之，保盱台。项梁死，其子羽军彭城，其将刘季军砀山。楚王心收项梁军，自盱台徙彭城，以刘季为砀郡长，封武安侯，俾南略地而西攻秦。以项羽为鲁国公，封长安侯，俾北救赵而西攻秦。约先入关者王。

经世之未〔二千二百二十八〕

甲午（－207）　秦二世三年。中郎令赵高称丞相，杀李斯及弑其君胡亥于望夷宫，代立，不克。立二世兄之子婴为王。婴立，夷赵高三族。沛公兵十万由武关入至咸阳，秦子婴降于轵道。收图籍，封宫室府库，示众人以约法三章，还军灞上，以待东诸侯。项羽北救赵，杀大将军宋义，至钜鹿大败章邯军于洹水。秦军降者二十万，悉坑之于新安。合齐、赵、魏、韩、燕五国之兵四十万由函谷而入，会沛公于戏，而屠咸阳、杀子婴，收子女玉帛，焚宫室府库。

乙未（-206） 项羽渝约，自主封建，立楚王心为义帝，徙之江南都郴。封沛公季为汉王，迁之汉中，都南郑。分秦关中为三：一封降将张邯为雍王，都废邱；一封降将司马欣为塞王，都栎阳；一封降将董翳为翟王，都高奴。

分齐为三：一封齐将田都为临淄王，都临淄；一封齐将田安为济北王，都博阳；一封齐王田市为胶东王，都即墨。

分楚为三：一封楚将英布为九江王，都六；一封楚将共敖为临江王，都江陵；一封番君吴芮为衡山王，都邾。

分赵为二：一封楚将张耳为常山王，都襄国；一封赵王歇为代王，都雁门。

分韩为二：一封楚将申阳为河南王，都洛阳；一封韩成为韩王，都阳翟。

分魏为二：一封赵将司马印为殷王，都朝歌；一封魏王豹为魏王，都平阳。

分燕为二：一封燕将臧荼为燕王，都蓟；一封燕王韩广为辽东王，都无终。

封吴芮将梅鋗十万户侯，赵歇将陈馀环三县，田市将田荣不及封。羽自称西楚伯王，王梁地九郡，都彭城。诸王之在戏下者，咸遣罢兵就国。羽亦东出，使人杀义帝于江上，杀韩王成，以郑昌代之。臧荼杀韩广于燕，并有其地。田荣杀田都、田安、田市于齐，并有其地，称齐王。彭越受荣符，以覆梁地。陈馀受荣兵以破常山。赵王歇自代迁都钜鹿。张耳走汉。项羽北破田荣于齐，荣死，弟横立。荣子广复保

	城阳。
丙申（－205）	汉王自南郑东，收三秦、二韩、五侯兵合三河，士五十六万东伐楚，入彭城，取重宝美女，为置酒高会。项羽至，自伐齐，大败汉军于睢水，杀十余万，并获汉王父母妻子。汉王退保荥阳，筑甬道以通敖仓粟。使将韩信、张耳攻魏、赵。丞相萧何兵至自关中。自此日战于京索间。
丁酉（－204）	楚围汉于荥阳，拔之。纪信、周苛、枞公死之。汉退师保成皋。九江王英布降于汉。彭越破楚军于下邳。韩信、张耳平魏、赵，还军修武。汉王自成皋北渡河至修武，使张耳收兵越地。韩信伐齐。卢绾、刘贾南渡白马津会彭越攻楚。楚又拔汉成皋。
戊戌（－203）	汉复取成皋，与楚对兵广武。韩信平齐，乞封假王。项羽请和，约分天下于鸿沟，归汉王父母妻子，还军至阳夏。汉军复至，楚复败汉军。汉又大会韩信、彭越、英布及诸侯兵于垓下。
己亥（－202）	汉灭楚，项羽死于东城。汉王以鲁国公礼葬羽于谷城。楚之诸侯而王者并降。封侯：封齐王韩信为楚王，治下邳；建成侯彭越为梁王，治定陶；九江王英布为淮南王，治广陵；韩王信为韩王，治阳翟；衡山王吴芮为长沙王，治临湘。肇帝位于汜水之阳，西都长安，大建宫室。燕王臧荼不恭，命攻下代郡，往平之，获臧荼。以太尉卢绾为燕王。齐王田广卒，叔横立，入于海。
庚子（－201）	帝游云梦，会诸侯于陈，执楚王韩信归，降为淮阴侯。分其地为二：一封刘贾为荆王，治淮东；一封弟交为楚王，治淮西。别封子肥为齐王。徙韩王信为太原王。匈奴寇马邑，韩王信以众叛。帝尊父太公为太上皇。
辛丑（－200）	帝北征韩王信于铜鞮，信走匈奴，遂及匈奴至于平

	城。匈奴围帝于平城七日。樊哙北定代，以兄仲为代王。
壬寅（－199）	建未央宫。代王刘仲自雁门逃归，废为合阳侯，以陈豨为代王。
癸卯（－198）	大朝诸侯于未央宫。赵相贯高事觉。
甲辰（－197）	太上皇及太上后崩。陈豨以雁门叛，帝北征。诛淮阴侯韩信，并夷三族。以萧何为相国。
乙巳（－196）	梁王彭越以定陶叛，平之，夷三族。淮南王英布以广陵叛，兼有淮东西地。
丙午（－195）	帝征淮南，平之，夷英布三族。周勃平代，获陈豨于当城。帝崩，太子盈践位，是谓惠帝。太后吕氏临朝称制。萧何、曹参、陈平、周勃辅政。葬高祖于长陵。卢绾以燕叛。
丁未（－194）	太后杀赵王如意及其母夫人戚氏。齐王肥献阳城，为鲁元公主汤沐邑。
戊申（－193）	相国萧何卒，曹参为相国。
己酉（－192）	城长安。
庚戌（－191）	除挟书律。
辛亥（－190）	相国曹参卒，王陵为右丞相，陈平为左丞相。
壬子（－189）	太尉樊哙卒，周勃为太尉。
癸丑（－188）	惠帝崩，立无名子为帝。葬惠帝于安陵。封吕氏四人为王，六人为侯。罢王陵相，进陈平右丞相，以审食其为左丞相。关政于内，太后专制，名雉。
申寅（－187）	
乙卯（－186）	
丙辰（－185）	
丁巳（－184）	幽无名子于永巷，杀之。立恒山王义为帝。
戊午（－183）	尉它[①]称帝南越。

校者注 ① 尉它：亦称尉他，指赵佗，佗曾任南海郡尉，故称。

己未（－182） 匈奴寇狄道。

庚申（－181） 太后杀赵王友，以梁王吕产为相国，赵王吕禄为上将军，分统南北军。

辛酉（－180） 太后吕氏崩，丞相陈平、太尉周勃、朱虚侯刘章、曲周侯郦商及子寄诛吕禄、吕产，获南北军，夷吕氏三族，废恒山王义，迎高祖中子代王恒于雁门，立之，是谓文帝。以宋昌为卫将军，专南北军。丞相陈平让周勃右丞相而为左丞相。灌婴为太尉，张武为中郎。

壬戌（－179） 以皇子启为皇太子。周勃免相，陈平兼左右丞相。

癸亥（－178） 丞相陈平卒，周勃复相，始作铜虎符。

经世之申〔二千二百二十九〕

甲子（－177） 汉孝文皇帝三年。免周勃相，以灌婴为相。王兴居以济北叛，平之。匈奴寇北地。

乙丑（－176） 绛侯周勃下廷尉。

丙寅（－175）

丁卯（－174） 王长以淮南叛，徙之蜀。放贾谊于长沙。

戊辰（－173）

己巳（－172）

庚午（－171）

辛未（－170）

壬申（－169）

癸酉（－168）

甲戌（－167） 除肉刑。

乙亥（－166）

丙子（－165） 祀上帝。

丁丑（－164）

戊寅（－163） 改称元年，是谓后元。

己卯（－162）

庚辰（－161）

辛巳（-160）

壬午（-159）

癸未（-158）　匈奴寇云中、上郡，命六将屯备。周亚夫军细柳。

甲申（-157）　文帝崩，太子启践位，是谓孝景皇帝。葬太宗于灞陵。

乙酉（-156）　与匈奴约，和亲。

丙戌（-155）

丁亥（-154）　吴王濞、胶西王卬、楚王戊、赵王遂、济南王辟光、淄川王贤、胶东王雄渠，七国连叛。诛御史大夫晁错。七国平，梁孝王霸有东土。

戊子（-153）　以皇子荣为皇太子。

己丑（-152）　以公主嫔于匈奴。

庚寅（-151）

辛卯（-150）　废皇太子荣，以胶东王彻为皇太子。太尉周亚夫为丞相。

壬辰（-149）　改称元年，是谓中元。

癸巳（-148）

经世之酉〔二千二百三十〕

甲午（-147）　汉孝景皇帝十年。周亚夫免相。

乙未（-146）

丙申（-145）

丁酉（-144）

戊戌（-143）　再改元年，是谓后元。周亚夫下狱死。

己亥（-142）

庚子（-141）　景帝崩，皇太子彻践位，是谓孝武皇帝。葬景帝于阳陵。

辛丑（-140）　改建元元年。

壬寅（-139）　窦婴免相。田蚡免太尉。

癸卯（-138）

甲辰（－137）
乙巳（－136）
丙午（－135）
丁未（－134）　改元元光。始令郡国贡。孝廉董仲舒起焉。
戊申（－133）　命将五兵三十万大伐匈奴，不利。
己酉（－132）
庚戌（－131）　窦婴弃市，田蚡卒。
辛亥（－130）　废皇后陈氏，以卫夫人为皇后，弟青为将军。
壬子（－129）　命将四大伐匈奴，无功。
癸丑（－128）　改元元朔。
甲寅（－127）　卫青伐匈奴，有功。收河南，置朔方、五原郡。
乙卯（－126）
丙辰（－125）　匈奴寇上郡。
丁巳（－124）　匈奴寇雁门。卫青伐之，有功，拜大将军。公孙弘为丞相，封平津侯。
戊午（－123）　卫青征匈奴，大有功。霍去病为嫖姚校尉。张骞通西域，有功，封博望侯。
己未（－122）　改元元狩，获白麟故也。淮南王安、衡山王赐二国叛，平之。册据为皇太子。
庚申（－121）　霍去病征匈奴，至于居延，拜骠骑将军。李广征匈奴，无功，谪为庶人。
辛酉（－120）
壬戌（－119）　卫青、霍去病、李广大伐匈奴。李广自杀。
癸亥（－118）　丞相李蔡自杀。

经世之戌〔二千二百三十一〕

甲子（－117）　汉孝武皇帝二十四年。大司马霍去病卒。
乙丑（－116）　改元元鼎。
丙寅（－115）　丞相翟青下狱，死。
丁卯（－114）　徙函谷关于新安。

戊辰（-113） 封方士栾大为乐通侯。

己巳（-112） 南越王相吕嘉叛。诸侯坐酎金轻夺爵者一百六十人。丞相赵周下狱，死。乐通侯栾大坐诬罔，弃市。西羌及匈奴寇五原。

庚午（-111） 南寇平，东越王馀善叛。卜式为御史大夫。

辛未（-110） 改元元封。帝征匈奴，至于北海。东越杀馀善，降。有事于东西中三岳及禅梁甫。东巡狩至于碣石，西历九原，归于甘泉。

壬申（-109） 复巡泰山，作瓠子堤。朝鲜寇辽东。

癸酉（-108） 朝鲜杀其王右渠以降。祀汾阴后土。

甲戌（-107）

乙亥（-106） 南巡狩至于盛唐。大司马卫青卒。

丙子（-105） 西幸回，中及祀汾阴后土。

丁丑（-104） 改元太初。东巡泰山。更以建寅月为岁首。西伐大宛。起建章。

戊寅（-103） 北幸河东，祀后土。骑二万征匈奴，不复。

己卯（-102） 东巡海上。匈奴寇张掖、酒泉。

庚辰（-101） 李广利平大宛，获其王及汗血马。

辛巳（-100） 改元天汉。中郎将苏武使匈奴。北幸河东。

壬午（-99） 东巡至于海上，又西幸回中。将军李陵征匈奴，不还。

癸未（-98） 东巡泰山，又北幸常山。匈奴寇雁门。

甲申（-97） 大伐匈奴，不利。朝诸侯于甘泉宫。

乙酉（-96） 改元太始。

丙戌（-95） 西幸回中。

丁亥（-94） 东巡海上。

戊子（-93） 东巡泰山。

己丑（-92） 改元征和。巫蛊事起。

庚寅（-91） 太子杀江充。丞相刘屈氂攻太子，战于长安。太子败死，皇后自杀。诸邑公主皆坐巫蛊死。

辛卯（-90）　大伐匈奴。巫蛊事觉，诛丞相刘屈氂。

壬辰（-89）　东巡海上。天下疲于兵革。

癸巳（-88）　改元后元。重合侯马通叛。

经世之亥〔二千二百三十二〕

甲午（-87）　汉孝武皇帝五十四年。册皇子弗陵为皇太子。帝幸盩厔①五柞宫，崩。大司马霍光受顾命，太子弗陵嗣皇帝位，是谓昭帝。葬世宗于茂陵，大将军霍光专政。

乙未（-86）　改元始元。

丙申（-85）

丁酉（-84）

戊戌（-83）

己亥（-82）

庚子（-81）

辛丑（-80）　改元元凤。诛鄂邑长公主及燕王旦、左将军上官桀，谋害霍光事觉故也。

壬寅（-79）

癸卯（-78）

甲辰（-77）　丞相田千秋卒。

乙巳（-76）　丞相王欣訢卒。

丙午（-75）

丁未（-74）　改元元平。帝崩，昌邑王贺立。葬昭帝于平陵。贺立不明，大将军霍光废之。迎戾太子孙询，立之，是为孝宣皇帝。邴吉为相。

戊申（-73）　改元本始。

己酉（-72）　命将五兵十五万大伐匈奴。

庚戌（-71）

辛亥（-70）　皇后许氏遇毒，崩。霍光以女上皇后。

校者注　①　盩厔（zhōu zhì）：县名，在中国陕西省，今作周至。

壬子（-69）　改元地节。
癸丑（-68）　大司马、大将军霍光卒，子禹继事。
甲寅（-67）　册皇子奭为皇太子。
乙卯（-66）　大司马霍禹谋逆，事觉，夷三族。废皇后霍氏。
丙辰（-65）　改元元康。
丁巳（-64）　册王氏为皇后。
戊午（-63）　太子太傅疏广、太子少傅疏受谢病归东海。
己未（-62）
庚申（-61）　改元神雀。赵充国伐西羌。
辛酉（-60）
壬戌（-59）　萧望之为御史大夫。
癸亥（-58）　颍川太守黄霸赐爵，关内侯河南太守严延年弃市。

观物篇三十二　以运经世八①

经元之甲〔一〕

经会之午〔七〕

经运之庚〔一百八十七〕

经世之子〔二千二百三十三〕

甲子（－57）	汉孝宣帝十七年。改元五凤。左冯翊太守韩延寿弃市。贬萧望之为太子太傅，坐慢丞相邴吉也。平通侯杨恽弃市，坐怨望也。
乙丑（－56）	
丙寅（－55）	丞相邴吉卒，黄霸为相。
丁卯（－54）	
戊辰（－53）	改元甘露。
己巳（－52）	
庚午（－51）	匈奴呼韩邪单于来朝。于定国为相。
辛未（－50）	
壬申（－49）	改元黄龙。宣帝崩于未央宫。皇太子奭之践位，是谓孝元皇帝。
癸酉（－48）	改元初元。葬中宗于杜陵。
甲戌（－47）	册皇子骜为皇太子。盗杀萧望之。
乙亥（－46）	
丙子（－45）	幸河东。

校者注　①　以运经世八：即“观物篇三十二”，从“经元之甲一、经会之午七、经运之庚一百八十七，经世之子二千二百三十三”起，至“经世之亥二千二百四十四”止。即从公元前57年起到303年止，主要为西汉、东汉、三国、魏晋大事，共计360年。

丁丑（-44）

戊寅（-43）　改元永光。

己卯（-42）　西羌叛。韦元成为相。

庚辰（-41）　西羌平。

辛巳（-40）

壬午（-39）

癸未（-38）　改元建昭。

甲申（-37）

乙酉（-36）　匡衡为相。

丙戌（-35）

丁亥（-34）

戊子（-33）　改元竟宁。帝崩，皇太子骜践位，是谓孝成皇帝。葬高宗于渭陵。王凤为大司马、大将军，专政。

己丑（-32）　改元建始。

庚寅（-31）

辛卯（-30）　王商、薛宣免相。匡衡为庶人。

壬辰（-29）　河大决。王商为相。

癸巳（-28）　改元河平。

经世之丑〔二千二百三十四〕

甲午（-27）　汉孝成皇帝六年。

乙未（-26）

丙申（-25）

丁酉（-24）　改元阳朔。京兆尹王章下狱死。张禹为相。

戊戌（-23）　王音为御史大夫。

己亥（-22）　大司马王凤卒，弟音继事。

庚子（-21）

辛丑（-20）　改元鸿嘉。

壬寅（-19）　幸云阳。

癸卯（-18）　废皇后许氏。

甲辰（－17）	
乙巳（－16）	改元永始。封王莽新都侯。册赵飞燕为皇后。
丙午（－15）	大司马王音卒，王商为大司马，翟方进为相，孔光为御史大夫。
丁未（－14）	
戊申（－13）	大司马王商免，王根为大司马。
己酉（－12）	改元元延。
庚戌（－11）	
辛亥（－10）	
壬子（－9）	
癸丑（－8）	改元绥和。
甲寅（－7）	成帝崩，皇太子欣践位，是谓孝哀皇帝。太后王氏临朝称制。大司马王根专政。葬成帝于延陵。王根罪免，丁明为大司马，孔光为丞相。
乙卯（－6）	改元建平，册傅氏为皇后，傅喜为大司马，朱博为大司空。
丙辰（－5）	傅喜免，丁明复为大司马。孔光免，朱博自杀。
丁巳（－4）	相王商薨，王嘉为相。
戊午（－3）	息夫躬下狱，死。
己未（－2）	改元元寿。相王嘉下狱，死。大司马丁明免。
庚申（－1）	三公分职：董贤为大司马，孔光为大司徒，彭宣为大司空。帝崩，太皇太后王氏称制，罢董贤大司马，以王莽为大司马，录尚书事。废太后赵氏，迎元帝庶孙中山王衎立之，是谓平帝。葬哀帝于义陵。王莽专政。
辛酉（公元元年）	改元元始。封大司马王莽安汉公。
壬戌（2）	
癸亥（3）	

经世之寅〔二千二百三十五〕

甲子（4） 汉孝平皇帝四年。王莽以女上皇后。

乙丑（5） 王莽弑帝于未央宫，立元帝孙孺子婴。莽加九锡。

丙寅（6） 王莽改元居摄。

丁卯（7） 王莽称假皇帝。翟义立严乡侯信于东都。莽将王邑灭之。

戊辰（8） 王莽改元初始。

己巳（9） 王莽窃国，命改国为新室，元曰始建国。降孺子婴为定安公。

庚午（10） 王莽大杀宗室。校书郎扬雄投天禄阁，不克死。

辛未（11）

壬申（12）

癸酉（13）

甲戌（14） 王莽改元天凤。四夷交侵中国。

乙亥（15）

丙子（16）

丁丑（17） 群盗起。

戊寅（18）

己卯（19） 校书郎扬雄卒。

庚辰（20） 王莽改元地皇。兵起绿林。

辛巳（21）

壬午（22） 刘玄称兵宛郸，刘秀及兄伯升称兵春陵。

癸未（23） 刘玄称帝，元曰更始。以刘伯升为司徒，刘秀为太常偏将军。是年，大破莽将王寻、王邑军于昆阳，三辅遂灭莽于渐台。刘玄拜刘秀破虏大将军，行大司马事，使持节巡抚河北。王郎以王子林称帝邯郸。

甲申（24） 刘玄西入长安，杀汉孺子婴。大将军刘秀北狥蓟，还拔邯郸，诛王郎，受玄封萧王。又败铜马贼于鄡，又败赤眉贼于射犬。赤眉西攻长安，刘永擅命。睢阳公孙述称王巴蜀，李宪称王淮南，秦丰称王黎邱，张步

	称兵琅琊，董宪称兵东海，延岑称兵汉中，田戎称兵夷陵。
乙酉（25）	萧王肇帝位于河朔之鄗，国曰汉，元曰建武。南拔洛阳，都之。赤眉陷长安，称帝，杀刘玄。公孙述称帝成都，元曰龙兴。刘永称帝睢阳，隗嚣称兵陇右，卢芳称兵安定，彭宠称兵蓟门。
丙戌（26）	赤眉焚长安宫室陵寝，铜马、赤犊、尤来立孙登为帝于上郡，其将乐方杀之。
丁亥（27）	赤眉降汉于宜阳，长安平。盖延平、刘永于睢阳，隗嚣以西州格命。李宪称帝淮南。
戊子（28）	
己丑（29）	彭宠为家奴所杀，来降，封不义侯，蓟门平。朱祐平秦丰于黎邱，灭张步于临淄。卢芳称帝五原。帝征严光不起。
庚寅（30）	马成平李宪于淮南，吴汉平董宪于东海。隗嚣以入西州入于蜀。
辛卯（31）	
壬辰（32）	西征。冯异、窦融破隗嚣于陇右。
癸巳（33）	隗嚣死，子纯立。来歙、冯异伐蜀，入天水。

经世之卯〔二千二百三十六〕

甲午（34）	汉光武皇帝十年。西征灭隗纯于陇右。
乙未（35）	西征蜀，至于南阳。吴汉、岑彭大破蜀军于荆门。
丙申（36）	吴汉拔成都，诛公孙述及将田戎、岑延。
丁酉（37）	卢芳自五原亡入匈奴。
戊戌（38）	天下平。
己亥（39）	大司徒欧阳歙下狱，死。
庚子（40）	交趾女征侧叛。青徐幽冀盗起。
辛丑（41）	南巡。废皇后郭氏为中山太后。册贵人阴氏为皇后。
壬寅（42）	西巡。史歆以成都叛，吴汉复平之。马援伐交趾。幸

	长安。
癸卯（43）	南巡。马援平交趾，封新息侯。废皇太子疆为东海王。以东海王阳为皇太子，改名庄。
甲辰（44）	大司徒戴涉下狱，死。
乙巳（45）	
丙午（46）	
丁未（47）	
戊申（48）	
己酉（49）	马援破武陵蛮。
庚戌（50）	作寿陵。
辛亥（51）	
壬子（52）	
癸丑（53）	
甲寅（54）	东巡狩。
乙卯（55）	
丙辰（56）	东封泰山，禅梁甫。改元中元。西幸长安。冯鲂为司空。
丁巳（57）	帝崩，皇太子庄践位，是谓孝明皇帝。葬世祖于原陵。
戊午（58）	改元永平。
己未（59）	
庚申（60）	
辛酉（61）	
壬戌（62）	北巡至于邺。
癸亥（63）	东巡至于岱。

经世之辰〔二千二百三十七〕

甲子（64）	汉孝明皇帝七年。
乙丑（65）	
丙寅（66）	

丁卯（67）	南巡狩。
戊辰（68）	
己巳（69）	牟融为司空。
庚午（70）	河大决。
辛未（71）	
壬申（72）	东巡狩。
癸酉（73）	司徒邢穆、驸马都尉韩光下狱，死。
甲戌（74）	
乙亥（75）	帝崩，皇太子炟践位，是谓孝章皇帝。葬显宗于节陵。
丙子（76）	改元建初。
丁丑（77）	
戊寅（78）	
己卯（79）	鲍昱为太尉，桓虞为司徒。诏于白虎观，议五经异同。
庚辰（80）	
辛巳（81）	
壬午（82）	废皇太子庆为清河王。册皇子肇为皇太子。北幸邺，西幸长安。
癸未（83）	东巡狩。
甲申（84）	改元元和。南巡狩。郑弘为太尉。
乙酉（85）	东巡狩。
丙戌（86）	北巡狩。
丁亥（87）	改元章和。南巡狩。
戊子（88）	帝崩，皇太子肇践位，是谓孝和皇帝。太后窦氏临朝称制。窦宪为车骑将军，专政。葬肃宗于敬陵。邓彪为太尉，录尚书事。
己丑（89）	改元永元。窦宪败匈奴于稽落，勒功燕然还，为大将军。
庚寅（90）	

辛卯（91）	帝加元服。班超平西域。
壬辰（92）	窦宪作逆，事觉伏诛。帝始亲万机。
癸巳（93）	

经世之巳〔二千二百三十八〕

甲午（94）	汉孝和皇帝六年。
乙未（95）	
丙申（96）	
丁酉（97）	司徒刘方有罪，自杀。
戊戌（98）	
己亥（99）	
庚子（100）	张酺罢太尉，张禹为太尉。
辛丑（101）	鲁恭为司徒。
壬寅（102）	废皇后阴氏，册贵人邓氏为皇后。徐防为司空。
癸卯（103）	南巡。
甲辰（104）	司徒鲁恭罢免，徐防为司徒，陈宠为司空。
乙巳（105）	改元元兴。帝崩，皇子隆立，是谓殇帝。太后邓氏临朝称制。车骑将军邓骘专政。
丙午（106）	改元延平。葬穆宗于慎陵。帝又崩，邓骘迎章帝孙祐立之，是谓孝安皇帝。葬殇帝于康陵，尹勤为司空。
丁未（107）	改元永初，鲁恭为司徒，张禹为太尉，张敏为司空。周章谋废立，不克自杀。
戊申（108）	邓骘为大将军。
己酉（109）	帝加元服。
庚戌（110）	海寇乱。
辛亥（111）	西羌入寇。张禹免太尉。
壬子（112）	太后邓氏有事于太庙。刘恺为司空。
癸丑（113）	
甲寅（114）	改元元初。司马苞为太尉。
乙卯（115）	册阎氏为皇后。刘恺为司徒，袁敞为司空。

丙辰（116）　李咸为司空。
丁巳（117）
戊午（118）
己未（119）
庚申（120）　改元永宁。杨震为司徒。
辛酉（121）　改元建光。太后邓氏崩，帝始亲政事。特进邓骘度辽将军。邓遵下狱，死。
壬戌（122）　改元延光。
癸亥（123）　司徒杨震为太尉。

经世之午〔二千二百三十九〕

甲子（124）　汉孝安皇帝十八年。东巡。废皇太子保为济阴王。杨震罢太尉，冯石为太尉。
乙丑（125）　帝南巡，崩。叶太后、阎氏临朝称制。阎显为车骑将军，专政。立章帝玄孙北乡侯懿，诛大将军耿宝。葬恭宗于恭陵。懿又卒，车骑将军阎显及大长秋江京闭宫门，择立他子。中黄门孙程十九人杀江京，迎济阴王立子，是谓孝顺皇帝。显兵入北宫不胜。孙程取阎显及江京之党杀之，乱乃定。以王礼葬北乡侯。冯石为太傅，刘喜为太尉，李郃为司徒。
丙寅（126）　改元永建。皇太后阎氏崩。桓焉为太傅，朱宠为太尉，朱伥为司徒。
丁卯（127）
戊辰（128）
己巳（129）　帝加元服。庞参为太尉，王龚为司空，刘俊为司徒。
庚午（130）　班勇弃市。
辛未（131）
壬申（132）　改元阳嘉。册梁氏为皇后。
癸酉（133）　施延为太尉。
甲戌（134）　黄尚为司徒，王卓为司空。

乙亥（135）	
丙子（136）	改元永和。王龚为太尉。
丁丑（137）	郭虔为司空。
戊寅（138）	刘寿为司徒。
己卯（139）	诛中常侍张逵。
庚辰（140）	
辛巳（141）	赵诫为司空，梁冀为大将军。
壬午（142）	改元汉安。遣张纲等八使持节巡行天下。广陵寇乱。赵峻为太尉，胡广为司徒。
癸未（143）	彭门寇乱。
甲申（144）	改元建康。帝崩，皇太子炳践位，是谓冲帝。太后梁氏临朝称制，大将军梁冀专政。葬敬宗于宪陵。盗发宪陵。免尚书栾巴为庶人。
乙酉（145）	改元永嘉。帝崩，太后梁氏、大将军梁冀迎肃宗孙缵立之，是谓质帝，葬冲帝于怀陵。江淮寇乱，九江贼称黄帝，历阳贼称黑帝。
丙戌（146）	改元本初，梁冀弑帝，迎肃宗曾孙志立之，是谓桓帝。李固罢免，梁冀专政。
丁亥（147）	改元建和。梁冀以女上皇后。杜乔为太尉，胡广罢免，李固、杜乔下狱，死。
戊子（148）	帝加元服。赵戒为太尉，袁汤为司徒。
己丑（149）	
庚寅（150）	改元和平。太后梁氏崩。
辛卯（151）	改元元嘉。黄琼为司空，寻罢免。
壬辰（152）	
癸巳（153）	改元永兴。袁成、逢隗为三公。

经世之未〔二千二百四十〕

甲午（154）	汉孝桓帝八年。黄琼为太尉，尹颂为司徒。
乙未（155）	改元永寿。韩縯为司空。

丙申（156）	
丁酉（157）	
戊戌（158）	改元延熹。
己亥（159）	皇后梁氏崩，大将军梁冀谋逆事觉，夷三族。黄门单超擅命。胡广、韩縯减死。
庚子（160）	白马令李云直谏，死于狱。泰山及长沙寇乱。
辛丑（161）	武库火。
壬寅（162）	
癸卯（163）	
甲辰（164）	南巡。杨秉为太尉。
乙巳（165）	废皇后邓氏，册贵人窦氏为皇后。陈蕃为太尉，窦武为大将军。
丙午（166）	党锢事起。司隶李膺等三百人下狱。
丁未（167）	改元永康。帝崩，太后窦氏临朝称制。
戊申（168）	窦氏迎肃宗玄孙解渎亭侯宏立之，是谓灵帝。窦武录尚书事，专政。改元建宁。葬威宗于宣陵。中常侍曹节、王甫杀太傅陈蕃、大将军窦武及尚书尹勋、侍中刘瑜、屯骑校尉冯述，夷其族，徙太后窦氏于南宫。谋诛宦氏不克故也。胡广为太尉，刘宠为司徒。
己酉（169）	朋党事复起。杀李膺等百人。
庚戌（170）	
辛亥（171）	帝加元服。册宋氏为皇后。
壬子（172）	改元熹平。太后窦氏崩，诬构事大起。
癸丑（173）	段颎为太尉，杨赐为司空。
甲寅（174）	李咸为太尉。
乙卯（175）	五经文皆刻石于太学。袁隗为司徒。
丙辰（176）	刘宽为太尉，杨赐为司徒。
丁巳（177）	大伐鲜卑。孟戫为太尉，陈耽为司空。
戊午（178）	改元光和。合浦、交趾内寇。废皇后宋氏。大鬻爵至三公。袁滂为司徒。

己未（179） 诸贵臣下狱，死者相继，宦氏诬故也。刘郃为司徒，段颎为太尉，张济为司空。

庚申（180） 陈耽为司徒。册何氏为皇后。

辛酉（181） 作宫市，帝游，以驴为驾。

壬戌（182）

癸亥（183）

经世之申〔二千二百四十一〕

甲子（184） 改元中平。汉孝灵皇帝十七年，黄巾寇起。邓盛为太尉，张温为司空。侍中向栩、张钧下狱，死。阉人大起诬构。黄巾平。

乙丑（185） 黑山贼起。崔烈为司徒，张延为太尉，许相为司空。三辅寇乱。陈耽、刘陶坐直言死。

丙寅（186） 张温为太尉。江夏兵起。前太尉张延下狱，死。

丁卯（187） 卖官至关内侯。曹嵩为太尉。三辅盗起，渔阳贼称帝。

戊辰（188） 天下群盗起，黄巾贼复寇，群国称帝。置八校尉以捕天下群盗。马日磾为太尉，曹操为典军校尉，袁绍为中军校尉，董重为骠骑将军。

己巳（189） 帝崩，皇太子辩践位，皇太后何氏临朝称制，大将军何进专政。改元光熹。封皇弟协为勃海王。杀上军校尉蹇硕、骠骑将军董重及皇太后，董氏议立协故也。徙协为陈留王。中常侍张让、段珪杀大将军何进。中郎袁术以兵攻东宫，张让、段珪以帝及陈留王走北宫。何苗攻北宫，司隶校尉袁绍兵入，大杀阉竖。让、珪以帝及陈留王出走小平津。尚书卢植兵追及之，让、珪投于河死。卢植以帝及陈留王还宫。改元昭宁。董卓自太原入，废帝为弘农王，立陈留王协，是谓献帝。徙太后何氏于永安宫。改元永汉。卓弑太后何氏及弘农王辩于永安宫。称相国，专制。董琬为

	太尉，杨彪为司徒，荀爽为司空。袁绍入冀州。
庚午（190）	改元初平。天下兵起。群校尉推袁绍为主，同攻董卓。卓大杀宗室及官属，迁帝西都长安。孙坚兵起。荆州白波贼寇东郡。刘虞为太傅，种拂为司空。
辛未（191）	董卓称太师，大焚洛阳宫阙，及徙居民于长安。孙坚败董卓兵于阳人，入洛，修完诸帝陵寝，引军还鲁阳。黑山贼寇，常山黄巾贼扰泰山。
壬申（192）	董卓将，王允、吕布诛卓于长安，夷三族。卓将李傕、郭汜陷长安，杀王允。吕布走。袁绍、傕、汜擅政，以皇甫嵩为太尉，淳于嘉为司徒。曹操破黄巾于寿张。孙坚卒，子策代总其众。
癸酉（193）	李傕、郭汜屠三辅、朱儁为太尉，赵温为司空。袁绍、袁术交兵东方。
甲戌（194）	改元兴平。帝加元服。杨彪为太尉。孙策据有江南。
乙亥（195）	李傕、郭汜争权，相攻于长安。杨定、杨奉、董承以帝东还。曹操破吕布于定陶，遂有兖州。布走刘备。
丙子（196）	帝还洛阳，改元建安。曹操徙帝，都许昌。
丁丑（197）	袁术称帝九江，并袁绍大将军。曹操破袁术于扬州。吕布袭刘备于下邳，刘备走曹操。
戊寅（198）	曹操平吕布于下邳，兼有徐州。
己卯（199）	袁术死，袁绍破曹操将公孙瓒于易水。孙策破刘勋于庐江。
庚辰（200）	曹操大败袁绍于官渡。刘备去曹操，奔刘表于荆州。江南孙策卒，弟权继事。
辛巳（201）	
壬午（202）	袁绍卒，子尚继事，以弟谭为将军
癸未（203）	袁尚、袁谭相攻，谭败，奔曹操。
甲申（204）	曹操破袁尚于邺，兼有冀州。尚走青州，谭复奔尚。
乙酉（205）	曹操灭袁氏于青州，谭死，尚走乌丸。
丙戌（206）	曹操破高干于太原，干走荆州。

丁亥（207） 曹操破乌丸于聊城。袁尚走辽东，死。

戊子（208） 曹操杀太中大夫孔融，遂领丞相。荆州刘表卒，子琮继事。刘备起诸葛亮于南阳。亮以吴周瑜兵大破曹操于赤壁，遂有荆州称牧，治公安。

己丑（209） 孙权会刘备于京口，刘备表孙权为徐州牧，孙权表刘备为荆州牧。

庚寅（210） 曹操起铜爵台于邺。孙权南牧交州。

辛卯（211） 曹操平关中。益州刘璋会刘备于葭萌。孙权自京口徙治秣陵。

壬辰（212） 曹操割河以北属邺。孙权，城石头，改秣陵为建业。

癸巳（213） 曹操以冀之十郡称魏国公，加九锡。刘备攻刘璋于成都。孙权捍曹操于濡须。

经世之酉〔二千二百四十二〕

甲午（214） 汉献帝二十六年。曹操杀皇后伏氏及二皇子，又破张鲁米贼于汉中。刘备克成都，据有巴蜀。孙权取刘备三郡。

乙未（215） 曹操以女上皇后，又平张鲁于汉中。孙权、刘备连兵攻曹操。

丙申（216） 曹操进爵为魏王。南伐吴。

丁酉（217） 曹操用天子服器。孙权称表曹操，报以婚礼。

戊戌（218） 少府耿纪、司直、韦晃杀曹操，不克伏诛。操攻刘备，进攻汉中。

己亥（219） 刘备取曹操，汉中称王。孙权取刘备荆州称牧。关羽死之。

庚子（220） 改元建康。曹操卒，子丕继事。是年，丕代汉命于邺，是谓文帝，改国曰魏，元曰黄初。降帝为山阳公。葬太祖曹操于西陵。自邺徙都洛阳。

辛丑（221） 魏郊祀天地。是年，刘备称帝成都，建国曰蜀，元曰章武。诸葛亮为相。孙权自建业徙都鄂，改鄂为

	武昌。
壬寅（222）	魏加兵于吴。蜀伐吴不利，败于猇亭。是年，孙权称王武昌，是谓文帝，建国曰吴，元曰黄武。通使于蜀，以备前好。
癸卯（223）	蜀主备卒于白帝城，太子禅继，是谓后主，改元建兴。魏与蜀和亲。
甲辰（224）	魏伐吴。
乙巳（225）	魏伐吴，治兵广陵。蜀诸葛亮平四郡蛮。
丙午（226）	魏帝丕终，太子叡嗣位，是谓明帝。司马懿为骠骑大将军。
丁未（227）	魏改元太和。有事于南郊及明堂。蜀诸葛亮出师汉中。
戊申（228）	蜀诸葛亮围魏陈仓。吴破魏石亭。
己酉（229）	蜀克魏武都。吴孙权称帝，改元黄龙，自武昌复徙都建业。
庚戌（230）	魏伐蜀，假司马懿黄钺。蜀诸葛亮攻魏天水。
辛亥（231）	蜀围魏祁山。
壬子（232）	蜀息军黄沙。吴改元嘉和。
癸丑（233）	魏改元青龙。蜀伐魏，师出褒斜。
甲寅（234）	魏南伐吴，至于寿春。西伐蜀，至于渭南。蜀诸葛亮卒于师。吴伐魏，师出合肥。是年，汉山阳公卒。
乙卯（235）	魏大起洛阳宫室。司马懿为太尉。蜀以蒋琬为大将军，专国事。
丙辰（236）	
丁巳（237）	魏改元景初。公孙渊以辽东叛，称王。
戊午（238）	魏司马懿平辽东。蜀改元延熙。吴改元赤乌。
己未（239）	魏明帝叡终，齐王芳继。司马懿及曹爽辅政。
庚申（240）	魏改元正始。
辛酉（241）	吴全琮伐魏，军出淮南。
壬戌（242）	蜀姜维伐魏，军出汉中。

癸亥（243）　帝加元服。司马懿伐吴，至于舒。蜀蒋琬伐魏，军出汉中。吴伐魏，军出六安。

经世之戌〔二千二百四十三〕

甲子（244）　魏王芳五年。蜀主禅二十一年。吴主权二十三年。魏曹爽伐蜀，无功。

乙丑（245）　蜀伐魏，费祎师出汉中。吴将马茂作难，夷三族。

丙寅（246）

丁卯（247）　魏曹爽夺政，何晏秉机，司马懿称病。

戊辰（248）　蜀伐魏，费祎师出汉中。

己巳（249）　魏曹爽奉其君谒高平陵。太傅司马宣王称兵于内，夷大将军曹爽及其支党曹义、曹训、曹彦、何晏、丁谧、邓飏、毕轨、李胜、桓范、张当三族，迎帝还宫。改元嘉平，复皇太后，懿加九锡，专国事。

庚午（250）　魏伐吴南郡。

辛未（251）　魏司马懿宣王卒，子师继事。吴改元太元。

壬申（252）　魏伐吴不利。吴改元神凤。权卒，子亮继，改元建兴。

癸酉（253）　吴、蜀伐魏。

甲戌（254）　魏乱，司马师废其君芳，立高贵乡公髦，改元正元。师假黄钺专制，称景王。蜀伐魏，姜维拔魏三城。吴改元五凤。

乙亥（255）　魏司马师伐吴，平淮南，还许昌，卒。子昭继事，为大将军录尚书事，专制。蜀姜维败魏军于临洮。吴孙峻败魏军于寿春。

丙子（256）　魏改元甘露。大败蜀军于上邽。司马昭称文王，假黄钺。吴改元太平。大将军孙峻卒，国乱。

丁丑（257）　大将军诸葛诞以扬州叛，入于吴。蜀伐魏，姜维师出骆谷。吴主亮始亲政事。

戊寅（258）　魏司马昭伐吴，拔寿春，诛诸葛诞。蜀改元景耀。宦氏黄皓专政。吴乱，大将军孙綝废其君亮，立亮弟休，改元永安。綝作逆伏诛。

己卯（259）

庚辰（260）　魏乱，司马昭弑其君髦，立常道乡公璜，改元景元。昭加九锡，称晋国公，专制。

辛巳（261）

壬午（262）　魏邓艾、钟会伐蜀。

癸未（263）　魏灭蜀，徙其君于洛阳。蜀改元炎兴，是年国亡。吴出军寿春，救蜀不克。

甲申（264）　司马昭进爵为晋王，增郡二十，用天子服器，改元咸熙。以槛车征邓艾。钟会以蜀叛。吴孙休卒，濮阳兴、中军张布废休子，而立权废子和之子皓，改元元兴。皓立，诛兴及布。

乙酉（265）　魏司马昭卒，子炎继事。是年，炎代魏命，是谓武帝，改国为晋，元曰太始。降其君璜为陈留王，徙于邺。吴徙都武昌，改元甘露。

丙戌（266）　吴改元宝鼎，复还建业。

丁亥（267）　晋立子衷为皇太子。

戊子（268）　吴伐晋。

己丑（269）　吴改元建衡，南伐交趾。

庚寅（270）　吴孙秀奔晋。

辛卯（271）　吴平交趾。蜀刘禅卒于晋。

壬辰（272）　晋贾充以女上太子妃，遂为司空。吴改元凤凰。

癸巳（273）　晋何曾为司徒。吴师寇晋弋阳。

经世之亥〔二千二百四十四〕

甲午（274）　晋武帝十年。吴王皓十年。晋分幽州，城平州。

乙未（275）　晋改元咸宁。吴改元天玺。

丙申（276）　晋东西夷十七国内附。

丁酉（277）　晋西夷内附。吴改元天纪。将邵凯、夏祥逃入于晋。

戊戌（278） 吴将刘翻、祖始姚入于晋。
己亥（279） 晋命贾充督杨浑、琅琊王伷、王戎、胡奋、杜预、唐彬、王濬七将，兵二十万伐吴。是年，汲人发魏襄王冢，得书七十五卷。
庚子（280） 晋平吴，徙孙皓于洛阳。改元太康。
辛丑（281）
壬寅（282） 东西夷二十九国修贡。山涛为司徒，卫瓘为司空。贾充卒。
癸卯（283） 孙皓卒。魏舒为司徒。
甲辰（284）
乙巳（285）
丙午（286）
丁未（287）
戊申（288）
己酉（289） 汝南王亮为司为，假黄钺。
庚戌（290） 改元太熙。武帝崩，太子衷践位，是谓惠帝。册妃贾氏为皇后，改元永熙。葬武帝于峻陵。王浑为司徒，何邵为太师，裴楷为少师，和峤为少保，王戎为少傅，卫瓘为太保，石鉴为司空。
辛亥（291） 改元元康。皇后贾氏专制，夷十二大臣族。太傅杨骏、太保卫瓘、汝南王亮皆被戮焉。废太后杨氏为庶人，徙之金墉，遣诸王就国，改元元康。赵王伦为征西将军。
壬子（292） 贾后弑皇太后杨氏于金墉。
癸丑（293）
甲寅（294）
乙卯（295） 武库火。
丙辰（296） 张华为司空。秦雍寇乱，齐万年称兵泾阳，杨茂搜称兵百顷。
丁巳（297） 王戎为司徒，何劭为仆射。

戊午（298）	
己未（299）	贾后废皇太子遹为庶人，及其二子送之金墉。裴頠为仆射。
庚申（300）	改元永康。皇后贾氏徙皇庶人于许昌，杀之。赵王伦、梁王肜废皇后贾氏为庶人，送金墉杀之。诛宰相张华及仆射裴頠。侍中贾谧又诛嵇康、吕安、石崇、潘岳于东市。伦假黄钺，称国相，专制。以肜为太宰，册羊氏为皇后。贾氏党赵廞以成都叛。
辛酉（301）	赵王伦窃命徙帝于金墉，改元建始。齐王冏、成都王颖、河间王颙兵入诛赵王伦及其党，迎帝反正。冏大司马专制，以颖为大将军，颙为太尉，改元永宁。流人李特杀赵廞于成都。张轨以梁州叛。
壬戌（302）	长沙王乂、河间王颙、成都王颖、新野王歆、范阳王虓占鹊巢　兵入诛齐王冏，送其族于金墉，杀之。乂称太尉，专制，改元太安。流人李特以六郡称兵广汉。
癸亥（303）	河间王颙、成都王颖、东海王越执长沙王乂，送之金墉，杀之。颙称太宰，专制于长安。陆机、陆云兵死。石冰以杨徐乱。李特攻成都不克，死。子雄继。

（皇极经世书卷六上）

钦定四库全书

子部
皇极经世书卷六中

详校官中书 臣 吕光復
灵台郎 臣 倪廷梅 复勘
总校官编修 臣 王燕绪
校对官主事 臣 陈文枢
誊录监生 臣 庄承箬

欽定四庫全書

皇極經世書卷六中　　宋　邵雍　撰

觀物篇三十三　以運經世九

經元之甲一

經會之午七

經運之辛一百八十八

經世之子二千二百四十五

甲子晉惠帝十四年河間王顒廢皇后羊氏及皇太子

覃徙之金墉表成都王穎為太弟加九錫鎮鄴改元永安右衛將軍陳昣復羊氏皇后及皇太子大會司徒王戎及東海王越高密王簡平昌公模吳王晏豫章王熾襄陽王範左僕射荀藩八部兵奉帝北伐鄴師敗于湯陰嵇紹死之帝如北軍穎以帝歸鄴改元建武顒將張方入洛復廢皇后羊氏及覃太子安北將軍王浚東瀛公騰以烏丸兵攻鄴穎師敗帝還洛陽河間王使張方徙帝西都長

钦定四库全书·皇极经世书卷六中

[宋] 邵 雍 撰

观物篇三十三 以运经世九[①]

经元之甲〔一〕

经会之午〔七〕

经运之辛〔一百八十八〕

经世之子〔二千二百四十五〕

甲子（304） 晋惠帝十四年。河间王颙废皇后羊氏及皇太子覃，徙之金墉。表成都王颖为太弟。加九锡，镇邺。改元永安。右卫将军陈眕复羊氏皇后及覃太子，大会司徒王戎及东海王越、高密王简、平昌公模、吴王晏、豫章王炽、襄阳王范、左仆射荀潘八部兵，奉帝北伐邺。师败于汤阴，嵇绍死之。帝如北军，颖以帝归邺，改元建武。颙将张方入洛，复废皇后羊氏及覃太子。安北将军王浚、东瀛公腾以乌丸兵攻邺。颖师败，帝还洛阳。河间王使张方徙帝西都长安，亦复羊氏皇后及永安年号。废颖太弟，以豫章王炽为太弟，改元永兴。王戎豫朝政，始分

校者注 ① 以运经世九：即“观物篇三十三”，从“经元之甲一、经会之午七、经运之辛一百八十八，经世之子二千二百四十五”起，至“经世之亥二千二百五十六”止。即从304年起到663年止，主要为南北朝、隋朝、唐朝初年大事，共计360年。

东西台。是年，李雄逐罗尚，于成都称王。单于左贤王刘渊称王离石，国曰汉，元曰元熙。

乙丑（305）　东海王越、严兵、徐方、范阳王虓抗师许昌，成都王颖拥兵河间北。河间王颙又复废羊氏皇后，以颖为大将军，都督河北。虓越将周权入洛，又复羊氏皇后。洛阳令何乔杀周权，又废羊氏皇后。虓越兵攻颖不已，颖败，弃邺走洛阳。虓越攻东阳，颖奔颙于长安。汉刘渊攻晋刘琨于板桥，不利。

丙寅（306）　东海王越、范阳王虓兵攻长安。河间王颙、成都王颖走南山。虓越将祁弘、宋胄以帝东还洛阳，复以羊氏为皇后，改元光熙。越称太傅，录尚书事，专制。颙为司空，卒。越遂弑帝，立太弟炽，是谓怀帝。引温羡为司徒，王衍为司空，颙、颖野死。李雄称帝成都，国曰蜀，元曰太武，谓之后蜀。

丁卯（307）　晋改元永嘉。东海王越称大丞相，镇许昌。以后父梁芬为太尉，成都王党汲桑陷邺。王弥称兵青、徐。汉刘渊破晋河东诸郡。晋刘琨独保晋阳。

戊辰（308）　刘渊称帝蒲子，改元永凤。拔晋平阳居之。王弥、石勒附于汉。石勒攻常山，王弥攻洛阳，焚建春门。

己巳（309）　东海王越入洛，杀大臣十余人，以左仆射山简征东大将军，都督荆州，南镇襄阳。汉刘渊改元河瑞。石勒兵出钜鹿，王弥兵出上党，刘聪兵出壶关，同攻晋洛阳。

庚午（310）　东海王越征兵天下，诸侯咸无从者。自率兵出许昌。汉刘渊卒，子和继。叔楚王聪杀和代立，改元光兴。以北海王义为皇太弟，刘曜为相国，石勒为大将军。

辛未（311）　天下乱。晋诏兖州苟晞会诸侯兵伐许昌，会东海王越卒，乃止。是年，洛阳陷。王衍为军帅，王师十二败，帝及传国玉玺皆没于寇。长安亦陷。南阳王模亦没于寇。汉刘曜、王弥、石勒拔晋洛阳，俘其帝于平阳，改元嘉平。刘曜拔晋，长安保之。石勒害王弥于己吾而并其众。蜀李雄拔晋梓潼及涪城，改元玉衡。

壬申（312） 晋怀帝在平阳。贾疋逐刘曜于长安。三辅与阎鼎、梁芬、梁综、麴允共奉秦王邺为皇太子，以入长安。镇东将军琅琊王睿帅亡，众大集寿春。荀晞保蒙城，不利，降于石勒。刘琨保晋阳，不利，奔常山拓拔。猗庐以兵六万来救，大败刘曜、刘粲于狼猛。刘琨复保阳曲。汉刘聪纳刘殷女二人为皇后，孙四人为贵妃，拔晋太原，复失之。

癸酉（313） 晋怀帝死于平阳。皇太子邺称帝长安，是谓愍帝，改元建兴。以梁芬为司徒，麴允为使，持节领军，录尚书事。索綝为尚书左仆射，琅琊王睿为左丞相，都督陕东诸军事，南阳王保为右丞相，都督陕西诸军事。山东郡县悉陷于寇。汉石勒镇襄国。曹嶷攻下三齐，据有广固。

甲戌（314） 晋以琅琊王睿为大司马，荀组为司空，刘琨为大将军，封凉州张轨为太尉。西平郡王轨卒，子实继，称西河王，国曰凉，元曰永兴，城姑臧。是谓前凉。汉刘聪立三皇后，改元建元。刘曜围晋长安，石勒围晋幽州。

乙亥（315） 晋进左丞相琅琊王睿，都督中外诸军事。右丞相南阳王保为相国，司空荀组为太尉，大将军刘琨为司空。陶侃平江表，获杜弢。汉刘聪立七皇后。授石勒专命，俾征伐晋。勒拔晋濮阳。

丙子（316） 晋长安陷于寇。帝出降于豆田中。汉刘曜拔晋长安，俘其帝于平阳，改元麟嘉。石勒拔晋太原，刘琨走幽州，依段匹羕磾。

丁丑（317） 晋帝在平阳。琅琊王睿渡江称晋王于建康，元曰建武。以西阳王羕为太尉，王敦为大将军，王导都督中外。帝死于平阳。

戊寅（318）　晋王睿称帝于建康，改元太兴。以子绍为太子，是谓东晋元帝。刘琨为段匹磾所害。王敦称牧荆州。王导开府建康。汉刘聪卒，子粲继，改元汉昌。将靳准杀粲代立。相国刘曜自长安入，至赤壁，称帝，改元光初。加大将军勒九锡，封赵国公。国人诛勒，准以迎曜。

己卯（319）　晋南阳王保保祁山称晋王。汉刘曜还长安，改国曰赵，是谓前赵。杀石勒使者王循。石勒称王襄国，国曰赵，元曰赵，是谓后赵。以张宾为之相，号大执法；以弟虎为之将，号元辅。

庚辰（320）　晋南阳王保走桑城，死。凉乱，杀张实。实弟茂代领其众。

辛巳（321）　晋王导为司空，录尚书事。幽州陷，段匹磾没于石勒。鲜卑慕容廆受晋持节，都督辽东、辽西。

壬午（322）　晋改元永昌。大将军王敦以武昌叛，破石头，自为丞相，都督中外。太保西阳王羕进位太宰，加司空。王导进位尚书令。石虎寇泰山。梁硕以淮阴叛，帝忧愤死。皇太子绍嗣位，是谓明帝。石勒拔刘曜河南。

癸未（323）　晋改元太宁。王敦假黄钺。刘曜、石勒皆入寇。赵刘曜拔晋陈安，收陇城、陕西城及上邽。赵石勒灭晋曹嶷于广固。凉张茂称藩于前赵。

甲申（324）　晋王敦寇江宁。帝御六军败敦于越城。敦死于芜湖。王导为太保。蜀李雄以兄之子班为太子。凉张茂卒，兄子骏立，改元太光。

乙酉（325）　晋以子衍为皇太子。石勒入寇。以陶侃为征西大将军，都督荆、湘、梁、雍。明帝终，太子衍嗣位，是谓成帝。太后庾氏称制。司徒王导录尚书事同中书令。庾亮辅政。辽西乱，段辽杀其主自立。赵石勒拔晋荆、兖、豫三州，及刘曜新安、许昌。

丙戌（326）　晋改元咸和。进王导大司马，假黄钺，都督中外军事。蜀李雄攻晋涪城。赵石勒攻晋汝南。

丁亥（327） 晋豫州祖约、历阳苏峻、彭城王雄、章武王休连兵犯建业。司马流距战不克，死于慈湖。

戊子（328） 晋苏峻败内师于西陵，入宫，称骠骑将军，录尚书事。徙帝于石头虞潭。庾冰、王舒称义三吴，会征西将军陶侃、平南将军温峤、平北将军魏该，围峻于白石，灭之。峻弟逸代总其众。韩晃寇宣城，祖约奔。石勒大败刘曜于洛阳，获之，遂灭前赵。以徐光为中书令。

己丑（329） 晋苏逸拔石头。帝野次滕含，败逸于石头。逸退保。吴兴王允之败逸于溧阳，灭之。赵阙□□□□□阙□安。石虎破上邽，杀刘□、刘允三千人。

庚寅（330） 晋陆玩、孔愉为左右仆射，起新宫于阙□□□□郭默于寻阳。蜀李雄阙□□□，东凉张骏阙□□，于石勒。赵石勒称帝，自襄国徙都邺，改元建平。

辛卯（331） 晋以陆玩为尚书令。

壬辰（332） 晋徙居新宫进太尉陶侃大将军。赵石勒卒，子弘继，改元延熙。加石虎九锡，专政，称丞相。魏阙□杀中书令徐光，及右长史程遐。

癸巳（333） 晋辽东公慕容廆卒，子皝继。蜀李雄卒，子班继。叔父寿专政。赵乱，石堪出奔谯城。石朗称兵洛阳。石生抗军长安。石虎咸灭之。

经世之丑〔二千二百四十六〕

甲午（334） 东晋成帝九年。蜀李班为庶兄越所杀，立雄子期，改元玉恒。越专政。凉张骏受晋大将军命。

乙未（335） 晋改元咸康。石虎入寇，假大司马王导黄钺，出兵戍慈湖、牛渚、芜湖。赵乱，石虎杀弘代立，称摄天王，改元建武。

丙申（336）

丁酉（337）　鲜卑慕容皝称王。辽东赵石虎称赵天王。

戊戌（338）　单于冒顿拓跋什翼犍称王，定襄国曰代，元曰建国。蜀乱，李寿自汉中入，杀期代立，改国为汉，元曰汉兴。慕容皝攻后赵。

己亥（339）　晋王导卒。伐蜀。

庚子（340）　晋陆玩为司空。辽东慕容皝献伐石虎之捷。汉李寿拔晋丹州。

辛丑（341）　晋慕容皝求为假燕王，徙居和龙。

壬寅（342）　晋成帝崩，母弟琅琊王岳立，是谓康帝。封成帝二子丕为琅琊王，奕为东海王。中书监庾冰、中书令何充参录尚书事，诸葛恢辅政。汉李寿卒，子势继，改元太和。

癸卯（343）　晋改元建元。

甲辰（344）　晋康帝崩，太子聃继，是谓穆帝。太后称制。赵石虎伐凉，不利；伐燕，有功。

乙巳（345）　晋改元永和。会稽王昱为抚军大将军，录尚书六条事，专政。

丙午（346）　晋桓温伐蜀。汉李势平李弈，改元嘉宁。凉张骏卒，子重华继，改元永乐。赵石虎攻凉金城。

丁未（347）　晋桓温灭蜀，徙李势于建康。蜀复乱。范贲称帝成都。凉张重华败石虎于枹罕。

戊申（348）　晋桓温为征西大将军，入长安，至于灞上。辽东慕容皝卒，子儁继。赵石虎攻晋竟陵。

己酉（349）　晋平蜀乱。鲜卑慕容儁称王辽东国曰燕，元曰燕元，是谓前燕。赵石虎称帝，改元太宁。虎卒，子世继。张豺为相，专制，内难作。石遵自关右入，杀世及张豺，代立。石冰自蓟门入，杀遵，不克。石闵杀遵立石鉴，改元青龙。闵称大将军，专政。苻洪称兵广川。

庚戌（350）　赵石鉴杀大将军闵及李农，不克。闵杀鉴代立，复姓

	冉氏，改国曰魏，元曰永兴。大灭石氏宗室。鉴弟祗称帝襄国，以将刘显南攻冉氏，不克，杀祗，以降闵。破襄国，诛显，灭其族。将苻健自枋头入关，逐杜洪于长安据之。将魏统以兖州、冉遇以豫州、乐引以荆州、郑系以洛州入于晋。刘淮以幽州入于燕。燕南略地至幽冀。
辛亥（351）	赵将周成以廪丘、高昌以野王、乐立以许昌、李历以卫州请附于晋。刘启、姚弋仲亦奔于晋。魏冉闵攻燕，不利，死，国亡。石虎将苻健称天王于长安，国曰秦，元曰皇始，是谓前秦。败晋军于五丈原。燕慕容儁南伐魏，灭冉闵于昌城。
壬子（352）	晋武陵王晞为太宰，会稽王昱为司徒，大将军桓温为太尉。魏冉智以邺降燕。慕容儁称帝，自和龙徙居中山，改元元玺。秦苻健称帝长安。
癸丑（353）	凉、秦相攻。凉张重华卒，子曜灵继，伯父祚杀曜灵代立，改元和平。
甲寅（354）	晋太尉桓温伐秦至灞上。秦苻健败晋军于白鹿原，又败之于子午谷。
乙卯（355）	晋将段龛败燕军于狼山。右军王羲之辞官归。凉宋混、张瓘杀张祚，立曜灵弟元靓，改元大始。燕南攻晋，不利。秦苻健卒，子生继。
丙辰（356）	晋桓温败姚襄军于伊水，遂复洛阳。秦苻生改元寿元。
丁巳（357）	晋改元升平。帝加元服。王彪之为左仆射。燕改元光寿，自中山徙都邺。秦苻生虐用其人。雄子坚杀生代立，去帝号，称天王，改元永兴。以王猛、吕婆楼、强汪、梁平老为之辅。
戊午（358）	晋将冯鸯以众入于燕。燕拔晋上党。
己未（359）	晋代燕，不利。燕败晋于东阿。秦改元甘露。以王猛为中书令、尹京兆。

庚申（360）　晋仇池公杨骏卒，子世继。燕慕容儁卒，子暐继，改元建熙。慕容恪为太宰，专政。慕容评为太傅，慕容根为太师，慕容垂为河南大都督。根作逆，伏诛。

辛酉（361）　晋穆帝终，立成帝子琅琊王丕，是谓哀帝。

壬戌（362）　晋改元隆和。燕师攻晋洛阳。

癸亥（363）　晋改元兴宁。桓温为大司马，假黄钺，都督中外军事，北伐凉。张天锡杀元靓代立，改元太清。燕将慕容评攻晋许昌。

经世之寅〔二千二百四十七〕

甲子（364）　东晋哀帝三年，饵丹有疾，太后称制。燕、秦入寇洛阳。

乙丑（365）　晋哀帝终于饵丹。母弟琅琊王弈立。洛阳陷于燕。司马勋以梁州叛，称成都王。秦改元建元。匈奴左右贤王以朔方叛，平之。

丙寅（366）　晋改元太和。会稽王昱为丞相。燕、秦入寇凉。张天锡受晋命大将军，都督陇右。燕拔晋鲁郡。秦拔晋南乡。

丁卯（367）　燕攻晋竟陵。秦攻晋凉州。

戊辰（368）　秦苻双以上邽、苻柳以蒲阪叛，王猛悉平之。

己巳（369）　晋大司马桓温北伐燕，不利，归罪袁真。袁真以寿阳入于燕。燕大将慕容垂败晋，师于枋头，以众降秦，评害功故也。秦救燕有功，取燕之金墉，责无信也。

庚午（370）　晋寿阳袁真卒，子瑾继。桓温败瑾于寿阳。广汉及成都寇乱。王猛灭燕于邺，徙慕容暐于长安，收郡五十七，猛留镇邺。

辛未（371）　晋桓温平寿阳，获袁瑾以归，废其君弈为海西王，立会稽王昱，改元咸安，是谓文帝。温称丞相，镇姑熟专制，杀太宰武陵王晞、新蔡王晃，仍降。海西王为公，及害其二子与母。

壬申（372） 晋命百济余句为镇东将军，领乐浪守。庾希以海陵叛，入于京口。文帝昱终，子曜嗣，是谓武帝。桓温还姑熟。秦王猛平慕容桓于辽东，灭仇池公杨纂于秦州。

癸酉（373） 晋改元宁康。大司马桓温卒，太后称制。王彪之为尚书令，谢安为尚书仆射，专制。张天锡贡方物。秦拔晋成都及梓潼。

甲戌（374） 晋桓石破秦军于垫江。张育称王于蜀，秦复平之。

乙亥（375） 秦大将军王猛卒。

丙子（376） 晋改元太元，加元服。皇太后委政桓冲。桓豁为将军，谢安为尚书鉴，录尚书事。秦灭前凉，徙张天锡于姑臧。又平朔方，获拓拔什翼犍，徙之长安。

丁丑（377） 晋、秦二国抗衡天下。

戊寅（378） 晋作新宫。

己卯（379） 晋败秦军于淮南，遂拔秦襄阳。

庚辰（380） 晋李逊以变趾叛。秦苻洛以和龙叛。

辛巳（381） 晋谢石为尚书仆射。桓石攻秦有功。四夷六十二国修贡于秦。

壬午（382）

癸未（383） 晋伐蜀，败秦军于武当。秦苻坚举国南伐。晋谢安帅谢琰、谢元、桓冲、桓伊大败秦师于肥水，进围洛阳。秦苻坚丧师寿阳。秦苻融没于战。诸将咸叛。慕容垂称王荥阳，北居中山，国曰燕，元曰燕元，是谓后燕。攻苻丕于邺。丁零翟斌以行唐叛。仇池公杨世入于晋。

甲申（384） 晋假谢安黄钺，都督军事，镇广陵，领荆江十五州，复襄阳。秦苻朗以青州降。秦苻坚来乞师，遣刘牢之救邺。秦将姚苌称王万年，国曰秦，元曰白雀，是谓后秦。慕容冲称王阿房。慕容泓称王华池。慕容永称王长子。吕光称王酒泉。苌、冲称兵，进逼长安。燕北伐高句丽，复辽东故也。

乙酉（385）　晋谢安救秦，至于长安，复洛阳而还，卒。秦苻坚没于姚苌。子丕自邺攻晋阳，称帝，改元太安。慕容冲屠长安。秦将乞伏国仁称牧秦、河二州，国曰秦，元曰建义，是谓西秦。燕慕容垂南平邺，徙都之。秦姚苌获将苻坚于五将山，归杀之于新市。是年冒顿拓拔什翼珪称王定襄之盛乐，国曰魏，元曰登国，是谓后魏道武皇帝。

丙戌（386）　秦苻丕为慕容永所败，走晋东垣，为晋将冯该所杀，其众奔杏城。苻登称帝于陇东，改元太初。苻坚将吕光称牧姑臧，国曰凉，元曰太安，是谓后凉。燕慕容垂称帝于邺，改元建兴。慕容冲为将，段随韩延所害，其众奔垂。慕容永称帝长子。秦姚苌称帝，徙居长安，改元建初。

丁亥（387）　晋以子德宗为太子，败翟辽于洛口。秦苻登东攻姚苌，封乞伏国仁为苑川王。

戊子（388）　秦苻登攻姚苌不利。秦乞伏国仁卒，弟乾归立，称河南王，改元太初，徙都金城。

己丑（389）　晋陆纳为尚书令，彭城妖贼乱。翟辽围荥阳。秦姚苌西攻苻登。凉吕光称三河王，改元麟嘉。

庚寅（390）　晋败翟辽于滑台。永嘉寇乱。秦苻登攻姚苌，不利。

辛卯（391）　晋王珣为左仆射，谢琰为右仆射。

壬辰（392）　晋蒋喆以青州乱。慕容垂平丁零翟钊于滑台。西秦乞伏乾归，开地至巴及陇。

癸巳（393）　秦苻登攻姚苌，不利。秦姚苌卒，子兴继。去帝称王。

经世之卯〔二千二百四十八〕

甲午（394）　东晋孝武帝二十二年。后魏道武皇帝十年。秦苻登攻姚兴，不利，战死。子崇立，奔湟中称帝，改元延初。为乞伏乾归所灭。燕慕容垂平慕容永于长子。秦姚兴复称帝魏里，改元皇初。凉吕光徙居乐都。

乙未（395） 燕慕容垂攻魏不利，魏破燕师于参合陂。

丙申（396） 晋武帝之泛舟于泉池，没。太子德宗嗣位，是谓安帝。会稽王道子专政。燕慕容垂拔魏平城，垂卒于上谷，子宝继，改元永康。太原陷于魏。魏拔燕并州，围中山，称帝，改元皇始。凉品光称天王，改元龙飞。

丁酉（397） 晋改元隆安。兖州王恭、豫州庾楷、吴郡王钦，各以城叛。燕慕容宝北走龙城，慕容详称帝中山。慕容麟杀详代立。慕容德自丁零入，又杀麟代立，徙居邺。中山陷于魏。吕光寇西秦，自金城压复徙居苑川。凉吕光将秃发乌孤称王廉川，国曰凉，元曰太初，是谓南凉。凉吕光将沮渠蒙逊立段业为牧于张掖，国曰凉，元曰神玺，是谓北凉。

戊戌（398） 晋北伐燕，师败于管城。兖州王恭、豫州庾楷、荆州殷仲堪、广州桓玄兵犯建业，败内师于白石。假会稽王道子黄钺，玄师败走浔阳。杜冏以京口乱。燕慕容宝南伐，至于黎阳乃复。将兰汗杀宝代立于龙城，称昌黎王，改元青龙。宝子盛诛兰汗，称王，改元建平；称帝再改元长乐。邺陷于魏。范阳王慕容德自邺南走滑台，称王，改元年，是谓南燕。魏拔燕之邺及信都，改元天兴，自盛乐徙居平城，凉秃发乌孤克金，败吕光于街亭，称武威天王。

己亥（399） 秦姚兴拔晋洛阳。燕慕容德拔晋青州。仇池杨盛称藩于晋。妖贼孙恩陷晋会稽。晋谢琰、刘牢之往伐。刘裕始参军政。秦姚兴去帝号称王，改元洪始。魏南攻滑台。凉吕光传子绍位，称太上皇。光卒，兄纂杀绍代立。凉秃发乌孤徙居乐都。乌孤卒，弟利鹿孤立，又徙居西平，仍附于姚兴。凉段业称天王，改元天玺。大将沮渠蒙逊出守西安。燕慕容德逐辟闾浑于广固，徙居之。滑台没于魏。

庚子（400）　晋司马刘裕败孙恩于临海，以杨州元显为十六州都督。燕慕容盛去帝号，称庶人天王，破高句丽。秦姚兴破西秦，俘其王乞伏乾归于长安。凉吕纂改元咸宁。大司马吕宏杀纂，不克。凉利鹿孤改元建和。凉将李暠称牧秦州，国曰凉，元曰庚子，是谓西凉。燕慕容德称帝广固，改元建平。

辛丑（401）　晋平孙恩。刘裕出守下邳。燕慕容盛将段玑行杀盛。叔父熙诛玑称帝，改元光始。秦姚兴放乞伏乾归还苑川。凉吕超杀其君纂，立其兄隆，改元神鼎，称藩于姚兴。凉秃发利鹿孤称河西王，凉大将沮渠蒙逊自西安入，杀段业代立，改元永安。

壬寅（402）　晋改元元兴。桓玄据荆州、建牙、夏口，假扬州元显黄钺。显军败，玄入于建业，称待中丞相，录尚书事，又称太尉，总百揆。乃杀都督元显及会稽王道子，以琅琊王德文为太宰，改元大亨。刘轨以冀州叛。秦姚兴伐吕光有功，拒魏不利。魏败秦军于蒙坑。凉秃发利鹿孤卒，弟傉檀立，改元弘昌，徙居乐都。凉沮渠蒙逊称藩于姚兴。

癸卯（403）　晋加桓玄九锡，称相国。楚王，用天子器服。玄窃命，徙其帝于永安宫，降为平固王，迁之浔阳，改国曰楚，元曰光始。

甲辰（404）　晋帝在浔阳。刘裕唱义，帅沛国刘毅、东海何无忌二州兵大破桓玄兵于京口，又败玄将桓宏于广陵，吴甫之于江乘，皇甫敷于罗落。玄逼帝走江陵。裕又败玄兵于湓口。玄复逼帝东下。裕又败玄兵于峥嵘洲，又破之于覆舟山，迎帝入江陵。玄败死于枚洄洲，其将桓振复陷江陵，幽帝。谯纵以成都叛，称王。秦姚兴入十二郡，修贡于晋。魏改元天锡。凉吕隆奔姚兴，国亡。凉傉檀去王号，求姑臧于姚兴。燕慕容德卒，兄之子超立。

乙巳（405） 晋平桓振，帝自江陵还建业，改元义熙。刘裕都督中外，录尚书事，还镇丹徒。凉傉檀受姚兴命，徙姑臧。燕慕容超改元太上。凉李暠徙居酒泉，改元建初，称藩于晋。

丙午（406） 晋伐蜀，败谯纵于白帝。孔安国为尚书左仆射，大将军刘裕开府京口。仇池杨盛称藩。燕慕容超三将奔晋。燕慕容熙将冯跋杀熙立。慕容云复姓，高氏称王，改元正始。秦姚兴将赫连勃勃称天王于朔方，国曰夏，元曰龙昇。

丁未（407） 晋刘裕入朝，杀东阳太守殷仲文、南蛮校尉殷叔文、晋陵太守殷道叔、永嘉太守骆求。姚兴攻秃发傉檀及赫连勃勃。乞伏乾归复称王苑川，改元更始。凉秃发傉檀攻沮渠蒙逊及赫连勃勃。

戊申（408） 晋刘裕入总朝政，北败慕容超于临朐，出大岘，进围广固。魏国乱，后万人同子申杀其君珪。次子绍诛万人及申自立，是谓明帝（《魏史》云：贺大人及子如弑珪）。秦乾归南攻姚兴，凉傉檀复称王姑臧，改元嘉平。夏勃勃南攻姚兴。

己酉（409） 晋刘裕灭南燕，徙慕容超于建业。后燕国乱，苻将冯跋用幸臣离班杀云代立，称天王，改元太平，是谓北燕。魏改元永兴。秦乾归平枹罕。夏赫连勃勃攻姚兴。

庚戌（410） 晋始兴贼卢循兵寇建业，刘裕大破之。循走浔阳，再破之于豫章。裕假黄钺。蜀兵陷巴东。秦乞伏乾归为兄之子公府所杀，子炽磐诛公府而自立，改元永康。凉沮渠蒙逊攻李暠有功。夏赫连勃勃攻姚兴，不利。

辛亥（411） 晋刘裕南败卢循，卢循走交州，死。刘毅以江陵叛，凉沮渠蒙逊攻秃发傉檀，有功。夏赫连勃勃攻姚兴，不克。

壬子（412） 晋刘裕杀刘藩及谢琨，遂平刘毅于江陵。凉傉檀徙居乐都。姑臧陷于沮渠蒙逊。凉蒙逊拔秃发傉檀姑臧，徙居之，称西河王，改元弘始。

癸丑（413） 晋朱龄石平蜀。魏改元神瑞，与秦姚兴和亲。秦炽磐破土谷浑于浇河。凉傉檀攻蒙逊不利。夏改元凤翔，筑统万城。

甲寅（414） 秦乞伏炽磐灭南凉秃发傉檀。

乙卯（415） 晋荆州刺史司马休之、雍州刺史鲁宗之叛。裕攻破之，逐之于江陵。刘穆之为尚书左仆射。秦姚兴卒，子泓继，弟弼作乱，不克。魏改元太常。

丙辰（416） 晋刘裕北伐姚泓，拔洛阳，进逼潼关。加裕九锡，总百揆，封宋国公。秦姚泓改元永和。洛阳陷于晋。姚懿、姚恢内叛，兵逼长安，姚绍平之。秦乞伏炽磐拔沮渠蒙逊河湟。夏赫连勃勃拔姚泓阴密。

丁巳（417） 晋刘裕平长安，灭后秦，执姚泓以归。以子义真守长安。裕加宋王。魏南攻晋，兵败于河西。凉李暠卒，子歆立，改元嘉兴。

戊午（418） 晋刘裕弑其君德宗，立其弟琅琊王德文，是谓恭帝。长安陷于夏凉。李歆称藩于晋。夏赫连勃勃拔晋之长安，称帝，改元昌武。

己未（419） 晋改元元熙。宋王刘裕自扬州入，用天子服器。
秦乞伏炽磐改元建弘。夏赫连勃勃还居统万，改元真兴。

庚申（420） 刘裕代晋命于扬州，是谓武帝，改国曰宋，元曰永初，降其君德文为零陵王。

辛酉（421） 宋零陵王德文卒。

壬戌（422） 宋武帝刘裕终，子义符继。魏攻宋滑台。

癸亥（423） 宋改元景平。魏攻宋金墉。明帝终，太子焘继，是谓太武皇帝。凉沮渠蒙逊灭西凉，执李歆归于姑臧。

经世之辰〔二千二百四十九〕

甲子（424）　宋帝义符二年，臣徐羡之、傅亮行弑，立其弟义隆，是谓文帝，还都建业，改元元嘉。魏太武元年，改元始光。

乙丑（425）　魏武帝以崔浩为相。赫连勃勃卒，子昌继，改元承光。

丙寅（426）　宋文帝诛执政徐羡之及傅亮。谢晦以荆州叛，平之。魏拔夏之长安。

丁卯（427）　魏西破夏赫连昌。

戊辰（428）　魏改元神䴥。武帝破夏于统万，俘赫连昌以归，西北开地三千里。秦乞伏炽磐卒，子暮末继，改元永弘。凉沮渠蒙逊改元承玄。夏之统万陷于魏，弟定代立，徙居平凉，改元始光。

己巳（429）

庚午（430）　宋之金墉陷于魏。燕冯跋卒，弟弘杀跋子翼，代立，改元太兴。魏拔宋洛阳。凉沮渠蒙逊改元义和。夏赫连定攻秦暮末。

辛未（431）　宋之滑台陷于魏。夏灭西秦于苑川，俘其君乞伏暮末。魏灭夏于平凉，俘其君赫连定。

壬申（432）　宋谢灵运弃市于广州。魏改元延和，辽西内附。

癸酉（433）　宋谢惠连卒，凉沮渠蒙逊卒，子牧犍继，改元永和。

甲戌（434）　魏南开地至汉中。

乙亥（435）　魏改元太延。

丙子（436）　宋诛檀道济。魏灭北燕，虏冯弘于辽西。

丁丑（437）

戊寅（438）

己卯（439）　魏伐北凉于姑臧，获沮渠牧犍以归。

庚辰（440）　魏改元太平真君。与宋称南北朝。

辛巳（441）

壬午（442）

癸未（443）　魏克仇池。

甲申（444）

乙酉（445）

丙戌（446）　魏毁经像佛教。

丁亥（447）　魏城长安。

戊子（448）

己丑（449）

庚寅（450）　魏南伐，开地江淮。夷宰相崔浩三族。

辛卯（451）　魏改元正平。伐宋至于瓜步。

壬辰（452）　魏国乱，中常侍宗爱弑其君武帝，立南安王余，改元承平，又杀之。群臣迎武帝孙濬立之，是谓文成皇帝，改元兴安。夷宗爱三族。元寿乐为太宰，都督中外，录尚书官。

癸巳（453）　宋国乱，太子劭弑其君文帝，代立，改元太初。少子武陵王骏称帝新亭，克建康，诛元凶，改元孝建，是谓孝武皇帝。

经世之巳〔二千二百五十〕

甲午（454）　宋孝武皇帝二年。魏文成皇帝三年，改元兴光。

乙未（455）　魏改元太安。

丙申（456）

丁酉（457）　宋改元大明。

戊戌（458）

己亥（459）

庚子（460）　魏改元和平。

辛丑（461）

壬寅（462）

癸卯（463）

甲辰（464）　宋孝武帝终，太子业嗣位，改元景和。

乙巳（465）　宋改元永光。业立不明，臣寿寂杀之，迎湘东王彧立之，改元太始，是谓明帝。魏文成帝终，太子弘嗣位，是谓献文皇帝。

丙午（466）　宋晋安王子勋以浔阳叛，称帝，平之。册子昱为太子。魏师入寇。魏改元天安。尽取宋江北地。大丞相乙浑谋逆，伏诛。

丁未（467）　魏改元皇兴。

戊申（468）

己酉（469）　魏拔宋青州。

庚戌（470）

辛亥（471）　魏献文授太子宏位，是谓孝文皇帝。弘称太上皇。改元延兴。

壬子（472）　宋改元太豫。明帝大道死，太子昱立。

癸丑（473）　宋改元元徽。

甲寅（474）　宋桂阳王休范以江州叛，兵犯建业，右卫将军萧道成平之。

乙卯（475）　魏改元承明。

丙辰（476）　宋建平王景素谋杀萧道成，不克。道成为司空，录尚书事。魏太后冯氏弑太上皇。

丁巳（477）　宋国乱，萧道成杀其君昱，废为苍梧王，立明帝子准，改元昇明。道成假黄钺，称齐国公，专制。改元太和。

戊午（478）

己未（479）　宋相国萧道成称王，是年代宋命于建业，改国曰齐，元曰建元，是谓太祖。以子赜为皇太子，降其君准为汝阴君，杀之。

庚申（480）

辛酉（481）

壬戌（482）　齐高帝道成终，太子赜嗣位，是谓武帝。以子懋为太子。攻魏淮南。

癸亥（483）　齐改元永明。

经世之午〔二千二百五十一〕

甲子（484）　齐武帝二年。魏孝文帝十三年。

乙丑（485）

丙寅（486）

丁卯（487）

戊辰（488）

己巳（489）

庚午（490）

辛未（491）

壬申（492）　魏伐蠕蠕。

癸酉（493）　齐武帝终，太子懋再卒，其孙昭业立。

甲戌（494）　齐改元隆昌。五月，西昌王萧鸾行弑，废其君为郁林王，立其弟昭文，改元延兴。鸾假黄钺，称宣城王，都督中外，专制。十月，宣城王萧鸾废昭文为海陵王，杀之代立，是谓明帝，改元建武。以子宝卷为太子。魏大伐齐。

乙亥（495）　齐大杀宗室。是年，魏自平城徙都洛阳，用中国礼乐。

丙子（496）　魏改姓元氏。

丁丑（497）

戊寅（498）　齐改元永泰。明帝鸾终，太子宝卷嗣位。魏伐齐，拔新野。

己卯（499）　齐改元永元，以子诵为太子。魏孝文帝终，太子恪嗣位，是谓宣武皇帝。彭城王勰受顾命辅政。

庚辰（500）　齐崔惠景以广陵叛，兵犯建业。萧懿平之，宝卷杀懿。萧衍称兵襄阳。萧颖胄称兵荆州。魏改元景明。彭城王勰拔齐寿春。

辛巳（501）　齐萧衍立南康王宝融于江陵，以兵围台城。国人杀宝

	卷而入宝融于建业，是谓和帝，改元中兴。衍称相国、司空，假黄钺，录尚书事，专制。废宝卷为东昏侯。萧宝夤奔魏。
壬午（502）	齐萧衍被九锡，封梁王。四月，衍代齐命于建业，是谓武帝，改国为梁，元曰天监。以子统为皇太子，降其君宝融为巴陵王，杀之于姑熟。
癸未（503）	
甲申（504）	魏改元正始。
乙酉（505）	
丙戌（506）	
丁亥（507）	东西夷四十国，修贡于魏。
戊子（508）	魏改元永平。杀太师元勰。
己丑（509）	戎夷二十四国，修贡于魏。
庚寅（510）	
辛卯（511）	东西夷二十九国，修贡于魏。
壬辰（512）	魏改元延昌。
癸巳（513）	

经世之未〔二千二百五十二〕

甲午（514）	梁武帝十三年。魏武帝十五年。
乙未（515）	魏宣武终，太子诩嗣位，是谓孝明皇帝。太后胡氏称制。刘腾、元义为辅相。
丙申（516）	魏改元熙平。
丁酉（517）	
戊戌（518）	魏改元神龟。
己亥（519）	
庚子（520）	梁改元普通。魏改元正光。幽灵太后胡氏于北宫。
辛丑（521）	
壬寅（522）	
癸卯（523）	

甲辰（524）

乙巳（525）　魏改元孝昌。相刘腾、元义罪免为庶人。迎太后胡氏于北宫，还政。中山、上谷、彭城寇乱。

甲午（526）

丁未（527）　梁帝阐没身于同泰寺。改元大通。魏诸都寇乱。

戊申（528）　魏改元武泰。太后胡氏杀其帝诩，立无名子。大都督尔朱荣自太原入，杀无名子及太后胡氏、诸王贵臣。于河阴得长乐王攸，是谓庄帝。改元建义。又改元永安。荣都督中外诸军事，称太原王，还晋阳，专制。

己酉（529）　梁改元中大通。阐复没身于同秦寺。群臣以钱亿万购衍，还政。元颢自梁入洛称帝，改元建武。徙攸于河北。尔朱荣自晋阳入，逐元颢，迎攸返政。

庚戌（530）　魏帝攸杀尔朱荣于洛阳宫。尔朱兆自晋阳入，徙攸于河东，杀之。尔朱世隆立长广王晔于长子，改元建明。

辛亥（531）　梁昭明太子统卒，晋安王纲为太子。魏尔朱兆废晔，立广陵王子恭于洛阳，是谓节愍，改元普太，还镇晋阳。冀州刺史高欢称兵信都，立章武王子、渤海太守朗于信都，改元中兴。欢称丞相。

壬子（532）　魏高欢据邺叛。尔朱兆于韩陵西平并州，南入洛，废恭，杀之。又废朗于河阳，杀之。立平阳王修于洛阳，改元太昌，再改元永熙，还镇邺，专制。尔朱兆走秀容，死。修立，是谓武帝。

癸丑（533）　魏高欢平尔朱氏。

甲寅（534）　魏高欢之洛。帝修西走长安。欢立清河王子善见，是谓静帝，改元天平。徙洛阳四十万户于邺，都之，是谓东魏。欢镇太原，都督中外专制。宇文泰废修于长安，杀之。立南阳王宝炬，是谓文帝，改元大统，是谓西魏。泰都督中外专制。

乙卯（535）　梁改元大同。

丙辰（536）　侯景为东魏右仆射南行台。

丁巳（537）　西魏宇文泰大破东魏高欢军于沙苑。

戊午（538）　东魏改元元象。高欢大破西魏宇文泰兵于洛阳。

己未（539）　东魏改元兴和。

庚申（540）

辛酉（541）

壬戌（542）

癸亥（543）　东魏改元武定。高欢大破西魏宇文泰军于邙山，遂拔洛阳。

经世之申〔二千二百五十三〕

甲子（544）　梁武帝四十三年。西魏文帝十一年。东魏静帝十一年。

乙丑（545）

丙寅（546）　梁武帝三失身于同泰。改元中大同。群臣及皇太子毕会于同泰。是夜同泰大火。

丁卯（547）　梁改元太清。东魏渤海王高欢卒于晋阳，子澄继事。侯景以河南十三州叛。慕容绍宗败侯景于长社。景南走寿春，附于梁，封为河南王。

戊辰（548）　侯景兵犯梁建业，立萧正德于南关。

己巳（549）　侯景破梁台城，杀衍，立太子纲，是谓文帝。景称大丞相，都督中外军事，专政。湘东王绎开府江陵，将王僧辩、陈霸先率兵讨侯景。东魏盗杀高澄于晋阳，弟洋自邺还晋阳继事。

庚午（550）　梁改元太宝。侯景称相国，汉王。逼纲走西州。西魏拔梁之安陆，取汉中地。东魏高洋入总百揆，进爵为齐王。五月，洋代东魏命，是谓宣帝，改国为齐，元曰天宝。降其君善见为中山王。

辛未（551）　侯景废梁帝纲，又杀之，立豫章王栋，改元天正。又废之，代立，改国为汉，元曰太始。西魏文帝宝炬卒，子钦继。

壬申（552）　梁湘东王绎平侯景，使将朱买臣杀栋，称帝江陵，是谓元帝，改元承圣。以陈霸先为征北大将军，王僧辩为扬州刺史。武陵王纪称帝成都，年用天正。西魏称元年。

癸酉（553）　梁平武陵王于蜀。西魏宇文泰杀尚书元烈。

甲戌（554）　梁萧詧引西魏兵陷江陵，杀绎及诸王。大将军陈霸先、扬州刺史王僧辩立绎之子晋安王方智于浔阳，是谓恭帝。还都建业。王僧辩为太尉，居内；陈霸先为司空，镇丹徒。西魏宇文泰弑其君钦，立齐王廓，改元元年。泰用萧詧南征，拔江陵，杀绎，徙其民于长安。

乙亥（555）　梁贞阳侯萧明自齐入至东关，太尉王僧辩拒之，不胜。遂迎萧明入建业立之，降方智为太子，改元天成。司徒陈霸先自丹徒入，杀王僧辩，废萧明为司徒，封建安公。复立方智，改元绍泰。霸先为尚书，都督中外，专制。是年，萧詧称帝江陵，改元大定，北附于宇文氏，是谓后南梁。

丙子（556）　梁改元太平，陈霸先称相国，败齐军于江上。西魏宇文泰卒，子觉继事。是年，觉代西魏命于长安，是谓闵帝，改国为周，是谓后周，元称元年。降其君廓为宋国公。

丁丑（557）　相国陈霸先进爵为陈王。十月，陈霸先代梁命于建业，是谓武帝，改国为陈，元曰永定。降其君方智为江阴王。周乱，宇文护杀其君觉，立宇文毓，是谓明帝，称元年。护为太宰，专制。

戊寅（558）　梁萧庄以郢州称帝，救援于齐。

己卯（559）　陈武帝霸先殂，兄临川王蒨立，是谓文帝。以子伯宗为太子。周宇文毓称天王，改元武成。齐宣王洋卒，子殷继于晋阳，以诸父演为太师，湛为司马。元氏宗室无少长，皆杀之，投于漳水。

庚辰（560） 陈改元天嘉。周乱，宇文护弑其君毓，立其弟邕，是为武帝，齐改元乾明。太师高演弑其君殷，代立，是谓昭帝，改元皇庆。

辛巳（561） 周改元保定。齐帝演卒于晋阳。大司马湛立，改元大宁，是谓武成。

壬午（562） 齐改元清河，还都邺。后南凉萧詧卒，子岿继，改元天保。

癸未（563）

甲申（564） 周、齐战于洛阳。

乙酉（565） 齐高湛传子纬位，改元天统。

丙戌（566） 陈改元天康。文帝蒨终，太子伯宗嗣位，庶兄顼录尚书，都督中外军事，专制。周改元天和。

丁亥（567） 陈改元光大。

戊子（568） 陈乱，安成王陈顼弑其君伯宗，代立，是谓宣帝。

己丑（569） 陈改元太建。以子叔宝为太子。

庚寅（570） 齐改元武平。

辛卯（571）

壬辰（572） 陈将吴明彻伐齐有功。周袭封李渊为唐国公，诛太宰晋公护。改元建德。

癸巳（573） 陈伐齐有功。

经世之酉〔二千二百五十四〕

甲午（574） 陈宣帝顼七年。周武帝邕十五年。齐武帝纬十年。后南梁萧岿十二年。

乙未（575） 周大伐齐，围其晋州及洛阳。

丙申（576） 周拔齐平阳及晋阳。齐拒周不利，晋州陷于周。纬走并州，周围并州。纬走邺，改元隆化。兄德王延宗称帝并州，改元建德。并州又陷于周。

丁酉（577） 周军围齐之邺。纬传子恒位，改元承光。纬走青州。

恒又禅丞相任城王湝，称守国天王。邺又陷于周，国遂亡。纬亦就擒于青州。

戊戌（578）　周改元宣政。帝邕卒于伐齐，子赟继，是谓宣帝，以杨坚为上柱国、大司马，都督扬州，改元天成。

己亥（579）　陈将吴明彻伐周，不利，于吕梁、淮南之地尽没于周。周帝赟传子阐位，是谓静帝。赟称天元大帝，改元大象。

庚子（580）　周大帝赟终，大司马杨坚自扬州入继朝政，假黄钺，都督中外军事，专制。坚召宇文宗室在蕃者六王至长安，皆杀之。天下兵起：尉迟迥称兵相州，宇文胄称兵荥州，石逊称兵建州，席毗称兵沛郡，席义罗称兵兖州，王谦称兵益州。坚悉平之，进爵为隋王，用天子服器。郧州萧难以八州入于陈。

辛丑（581）　周改元大定。是年，隋王杨坚代后周命于长安，是谓文帝，改国曰隋，元曰开皇。以高熲、虞庆则、李德林、康世、康晖、元岩、长孙毗、杨尚希、杨惠十人为之辅。册妃独孤氏为皇后，子勇为太子，广为晋王。降其君阐为介国公，杀之。

壬寅（582）　陈宣帝顼终，子叔宝继，是谓后主。隋起新宫于龙首岗。

癸卯（583）　陈改元至德。隋徙居新宫。

甲辰（584）　后南梁萧岿朝隋。

乙巳（585）　后南梁萧岿卒，子琮继。

丙午（586）　隋成国公梁士彦、杞国公宇文忻、舒国公刘昉谋兴复，不克伏诛。梁萧琮改元广运。

丁未（587）　陈改元祯明。梁萧琮纳国于隋。太傅安平王萧岩、荆州刺史萧瓛降于陈。

戊申（588）　隋命晋王广、秦王俊、清河公杨素督总管九十兵五十一万为八路，大伐陈，以寿春为行台府。

己酉（589）　隋师灭陈，以陈后主叔宝归于长安。

庚戌（590）	苏、越、饶、泉、婺、乐、安、蒋山、永嘉、馀杭、交趾未服，杨素悉平之。
辛亥（591）	
壬子（592）	
癸丑（593）	
甲寅（594	东巡封泰山。
乙卯（595）	
丙辰（596）	
丁巳（597）	
戊午（598）	伐高丽无功。
己未（599）	
庚申（600）	废太子勇，册晋王广为皇太子。
辛酉（601）	改元仁寿。命十六使巡行天下。
壬戌（602）	命七大臣定礼。
癸亥（603）	

经世之戌〔二千二百五十五〕

甲子（604）	隋文帝二十四年。皇太子广行弑于仁寿宫，代立，是谓炀帝。是年，幸洛阳，建东都于郏鄏，以洛州为豫州。
乙丑（605）	改元大业。册妃萧氏为皇后，子晋王昭为皇太子。以宇文述为左卫大将军，郭衍为左武卫大将军，于仲文为右武卫大将军、尚书令，杨素为太子太师，安德王雄为太子太傅，河间王宏为太子太保。遵河由汴渚达于淮，谓之通济渠，幸东都。
丙寅（606）	幸江都，还次东都。太子昭卒，封孙侗为越王，侑为代王，浩为秦王。
丁卯（607）	还长安，北巡榆林，作宫于晋阳。光禄贺若弼、礼部郎宇文弼、太常卿高颎伏诛。西北大筑亭障。
戊辰（608）	北巡五原，作宫于汾阳。遵河由清水达于海，谓之永

济渠。引沁水南达于河北，通涿郡。

己巳（609）　西幸河右，征吐谷浑，至于覆袁。

庚午（610）　南幸江都。

辛未（611）　北幸涿郡。

壬申（612）　以兵百一十三万三千八百为二十四军，分左右道，大伐辽东，不利，全陷九军。

癸酉（613）　以代王侑留守长安，越王侗留守东都，秦王浩从驾征辽东。复大集兵于涿郡。天下群盗起，杨玄感以本兵叛于黎阳。

甲戌（614）　高丽请降，乃班师。扶风盗称帝。延安寇称王。离石贼称天子。

乙亥（615）　北巡至于雁门，为突厥所围。

丙子（616）　南达江都。群盗李密称兵河南，窦建德称兵河北，林士弘称兵江南，徐圆朗称兵东山，刘武周称兵代北，薛举称兵陇右。

丁丑（617）　炀帝在江都。唐公李渊自晋阳入，立代王侑于长安，以江都帝为太上皇，改元义宁。渊称唐王，专制。群盗窦建德称王河北，李密进据兴洛称公，国曰魏，元曰永平。薛举称帝陇右，国曰秦，元曰秦兴。梁师都称兵夏州，李轨称兵凉州，萧铣称兵巴陵，李子通称兵海陵，朱粲称兵冠军，沈法兴称兵毗陵，杜伏威称兵历阳。

戊寅（618）　五月，唐王李渊代隋命于长安，是谓神尧皇帝，改国曰唐，元曰武德。以裴寂、刘文静为辅相，世子建成为皇太子，次子世民为秦王。降其君为酅国公。是年，宇文化及弑炀帝于江都，立秦王浩为主。化及称王，专制。北转至魏州，化及又杀浩代立称帝，国曰许，元曰天寿。又北走聊城。王世充立越王侗于东都，改元皇泰，世充称郑王，专制。群盗窦建德进有河北，都乐寿。陇右薛举卒，子仁果立。刘武周进有河东，称帝，国曰汉，元曰天兴。梁师都进有朔方，称帝，国曰梁，元曰永隆。李轨进有河右，称帝，国曰凉，元曰安乐。萧铣进有江南及岭表，称帝，国曰梁，元曰鸣凤。李子通进有江都，称帝，国曰吴，元曰明政。朱粲进有山南，称帝，国曰楚，元曰昌达。沈法兴进有江东，称王，国曰梁，元曰延康。林士弘称帝虔州，国曰楚，元曰太平。杜伏威进有淮南，受唐封楚王。秦王平陇右，获薛仁果。

己卯（619）　唐秦王平河右，获李轨。李密与王世充相攻不利，奔唐复叛，死于桃林。将徐世勣以河南十郡降。窦建德灭宇文化及于聊城，自乐寿徙于洛南，有黎阳之地，称国曰夏，元曰五凤。萧铣灭林士弘于虔州。杜伏威南保江都。李子通西保江陵。王世充杀越王侗于东都，称帝，国曰郑，元曰开明。朱粲降于唐，复杀唐使者，奔王世充。

庚辰（620）　唐秦王平河东，刘武周走突厥。李子通灭沈法兴于江东，徙居余杭。工部尚书独孤怀恩以谋逆伏诛。

辛巳（621）　唐秦王平河南、河北，获王世充及窦建德以归。杜伏威、李子通于余杭，窦建德故将刘黑闼复称兵河北。

壬午（622）　唐李靖灭萧铣于金陵。江南及岭表平。

癸未（623）　唐秦王平河北，获刘黑闼，又平徐圆朗于曹州。江淮杜伏威来朝，其将辅公祏称王丹阳，徙国曰宋。

甲申（624）　唐李靖平辅公祏于江淮。

乙酉（625）　唐加秦王中书令。

丙戌（626）　皇太子建成、齐王元吉作难，杀秦王不克。秦王以长孙无忌、尉迟敬德、侯君集、张公谨、王君廓、房玄龄、杜如晦、长孙顺德、柴绍、罗艺、刘师元、李世勣、刘宏基、王孝公平之于玄武门。帝乃授秦王世民位，退居太安宫，称太上皇。高士廉为侍中，房玄龄为中书令，萧瑀为尚书右仆射。

丁亥（627）　改元贞观。尚书封伦卒，萧瑀为左仆射，长孙无忌为右仆射。

戊子（628）　平梁师都于朔方。

己丑（629）　相裴寂以罪免，房玄龄为尚书左仆射，杜如晦为尚书右仆射，李靖为兵部尚书，魏征守秘书监，参预朝政。

庚寅（630）　李靖平突厥，获颉利可汗。戴胄、萧瑀参预朝政。温彦博为中书令。

辛卯（631）　春大蒐于昆明。冬，幸温汤。

壬辰（632）　祀南郊。

癸巳（633）　魏征为侍中，颁新定五经于天下。

经世之亥〔二千二百五十六〕

甲午（634）　唐广孝皇帝九年。

乙未（635）　李靖平吐谷浑，获其王放阙□□□□。太上皇崩于太安宫，葬高祖于献陵。

丙申（636）　魏征迁特进，温彦博迁右仆射。

丁酉（637）　幸洛阳宫。

戊戌（638）　高士廉为右仆射。

己亥（639）　幸九成宫。荒服十国来修贡。

庚子（640）　侯君集平高昌，获其王以归。弘化公主嫔于吐谷浑。至日圆丘祀昊天上帝。

辛丑（641）　幸洛阳。文成公主嫔于吐蕃。

壬寅（642）　幸岐阳。

癸卯（643）　图二十四功臣于凌烟阁。内难作，皇子齐王祐以齐叛，废太子承乾为庶人，徙之黔。幽魏王泰于北苑，役之均。以晋王治为皇太子，诛侯君集。至日祀南郊。

甲辰（644）　秦文本、马周为中书令。幸洛阳，及亲征辽东。

乙巳（645）　平高丽。

丙午（646）　李勣破薛延陁。荒服十一国修贡。

丁未（647）　起翠微宫于终南山。

戊申（648）　阿史陁平龟兹，获其王以归。征松外蛮。司空房玄龄

	特进。萧瑀卒。褚遂良为中书令。
己酉（649）	帝崩于翠微宫。皇太子治践位，葬太宗于昭陵。长孙无忌、褚遂良辅政。复李勣官，仍加特进。于志宁、张行成进侍中，知政事。
庚戌（650）	改元永徽。褚遂良罢政。
辛亥（651）	征贺鲁至于金岭。至日，有事于南郊。
壬子（652）	册陈王忠为皇太子。韩瑗、来济为相。宇文节为侍中，柳爽为中书令。
癸丑（653）	驸马都尉房遗爱、柴令武、薛万彻、荆王元景及二公主以谋逆伏诛。遂杀吴王恪。褚遂良复为右仆射。睦州女寇乱。
甲寅（654）	筑长安罗城。亲谒昭陵。
乙卯（655）	废皇后王氏良娣、萧氏为庶人，册昭仪武氏为皇后。罢长孙无忌、褚遂良政事。以许敬宗、李义府为相。武后杀庶人王氏、萧氏。崔敦礼为中书令。
丙辰（656）	废皇太子忠为梁王，册代王弘为皇太子。改元显庆。杜正伦为相。
丁巳（657）	幸许洛，以洛阳为东都。李义府进中书令，许敬宗进侍中，贬相韩瑗、来济为州刺史。
戊午（658）	苏定方平贺鲁，获其王。
己未（659）	杀长孙无忌、褚遂良于流所。幸东都。
庚申（660）	废梁王忠为庶人。苏定方平百济，获其王扶馀。
辛酉（661）	改元龙朔。
壬戌（662）	还长安。建门下、尚书、中书为东、中、西三台，分侍中、中书令为左右相。造蓬莱宫。许圉师为左相，寻下狱。
癸亥（663）	起含元殿于蓬莱宫。李义府为右相，寻配流嶲州，死。改来年为麟德。

（皇极经世书卷六中）

钦定四库全书

子部

皇极经世书卷六下

详校官中书 臣 吕光復
灵台郎 臣 倪廷梅 复勘

总校官编修 臣 王燕绪
校对官中书 臣 高 中
誊 录监生 臣 庄承篯

欽定四庫全書

皇極經世書卷六下　　宋　邵雍　撰

觀物篇三十四　以運經世十

經元之甲一

經會之午七

經運之壬一百八十九

經世之子二千二百五十七

甲子唐弘孝皇帝十五年殺西臺侍中上官儀又殺庶人忠于流所竇德元為左相劉祥道為右相

乙丑帝同皇后巡東海封泰山陸敦信為右相

丙寅帝同皇后至自泰山改元乾封劉仁軌為右相

丁卯禁工商乘馬戴至德李安期張文瓘並同東西臺三品

戊辰李勣平高麗獲其王祀明堂改元總章

己巳帝同皇后幸九成宮郝處俊同東西臺三品李勣卒

钦定四库全书·皇极经世书卷六下

［宋］ 邵 雍 撰

观物篇三十四 以运经世十[①]

经元之甲〔一〕

经会之午〔七〕

经运之壬〔一百八十九〕

经世之子〔二千二百五十七〕

甲子（664） 唐弘孝皇帝十五年，杀西台侍中上官仪，又杀庶人忠于流所。窦德元为左相，刘祥道为右相。

乙丑（665） 帝同皇后巡东海，封泰山。陆敦信为右相。

丙寅（666） 帝同皇后至自泰山，改元乾封。刘仁轨为右相。

丁卯（667） 禁工商乘马。戴至德、李安期、张文瓘并同东西台三品。

戊辰（668） 李勣平高丽，获其王。祀明堂，改元总章。

己巳（669） 帝同皇后幸九成宫。郝处俊同东西台三品。李勣卒。

校者注 ① 以运经世十：即“观物篇三十四”，从“经元之甲一、经会之午七、经运之壬一百八十九，经世之子二千二百五十七”起，至“经世之亥二千二百六十八”止。即从664年起到后周显德六年，即干支纪年为己未年，公元纪年为959年止。这里主要为唐朝、五代大事。960年至1023年，即北宋庚申年至北宋癸亥年，为北宋初年，其间大事邵雍先生没有记述。

庚午（670）	改元咸亨。薛仁贵征吐蕃，不利。
辛未（671）	帝同皇后幸东都及许昌。皇太子弘监国。中书令阎立本、黄门侍郎郝处俊从行。
壬申（672）	帝及皇后至自东都。
癸酉（673）	帝及皇后幸九成宫。
甲戌（674）	皇后称天后，以帝为天皇，改元上元。帝同皇后幸东都。帝有疾。
乙亥（675）	皇太子弘卒，以雍王贤为皇太子。
丙子（676）	帝及皇后自东都至，改元仪凤。来恒、薛元超、李义琰、高智周并同中书门下三品。李敬元、刘仁轨为中书令。
丁丑（677）	
戊寅（678）	改来年为通乾。
己卯（679）	甘露降，改元调露。帝同皇后幸东都。裴行俭大伐突厥。
庚辰（680）	废皇太子贤为庶人。以英王哲为皇太子。帝皇后幸汝阳及嵩岳。裴炎、崔知温、王德真并同中书门下三品。改元永隆。帝及皇后至自东都。
辛巳（681）	裴行俭平突厥，获其王伏念。改元开耀。裴炎进侍中，崔知温、薛元超进中书令。
壬午（682）	改元永淳。帝及皇后幸东都。起奉天宫于嵩之阳。刘景先、郭待举、郭正一、岑长倩、魏元同并同中书门下平章事。
癸未（683）	改元弘道。帝崩于东都，皇太子哲嗣位，是谓昭孝皇帝。天后称制。刘仁轨进尚书左仆射，岑长倩进兵部尚书，魏玄同进黄门侍郎，刘齐贤进侍中，裴炎进中书令。
甲申（684）	改元嗣圣天后。废帝为庐陵王，迁之均。立豫王旦，改元文明。侍中裴炎进爵为侯，王德真进侍中，刘祎之、武承嗣进中书平章事。葬高宗于乾陵。再改元光

宅。徐敬业以扬州叛，南拔润州，平之。杀宰相裴炎。又改来年为垂拱。来俊臣、周兴大行诬构，谓之罗织。

乙酉（685） 武后徙帝居房陵，改中书、门下为凤阁、鸾台。

丙戌（686） 苏良嗣为文昌左相，韦待价为文昌右相，并同凤阁鸾台三品。

丁亥（687） 武后赐宰相刘祎之死，张光辅为凤阁侍郎。

戊子（688） 武后称圣母。关东八王谋兴复。博州琅琊王冲及父蔡州越王贞先发，悉平之，大夷王室。

己丑（689） 武后改元永昌，称圣皇，大杀王族。又杀纳言魏元同及内史张光辅。引王本立、范履冰、邢文伟为相。

庚寅（690） 武后改元载初，以建子月为岁首，祀明堂，以明空为曌，以诏为制。大杀王族，改国为周，元曰天授，称皇帝。降豫王旦为皇嗣，立武氏七庙，封武氏三人为王。引傅游艺为相，改鱼为龟。

辛卯（691） 武后祀明堂，格辅元、乐思晦并同凤阁鸾台平章事，欧阳通为纳言。杀宰相岑长倩、格辅元及纳言欧阳通，用狄仁杰为相。

壬辰（692） 武后祀明堂，改元如意，再改元长寿。杨执柔、崔元综、李昭德、姚𤪌、李元素为相。狄仁杰下狱。

癸巳（693） 武后祀明堂，称金轮皇帝。引豆卢钦望、韦巨源、陆元方为相，娄师德亦相。

经世之丑〔二千二百五十八〕

甲午（694） 唐昭孝皇帝十一年，在房陵。武后祀明堂，改元延载。引苏味道、王孝杰、杨再思、杜景俭、李元素、周允元相继为相。

乙未（695） 武后改元证圣。明堂火，称天册。再改元天册万岁。

丙申（696） 武后封中岳，改元万岁登封。祀明堂，再改元万岁通天。契丹李尽忠以孙万荣叛，陷营、冀。命二十八将

	讨之，不利。引王方庆、李道广为相。
丁酉（697）	武后祀明堂。河朔平。再用娄师德为相。魏王武承嗣、梁王武三思并同凤阁鸾台三品。改元神功。狄仁杰、杜景俭复相。诛司业少卿来俊臣，遂及内史李昭德。
戊戌（698）	武后祀明堂，改元圣历。召帝于房陵，返政。突厥执武延秀及行人阎知微，以破妫檀定赵。用姚元崇、李峤为相。
己亥（699）	武后幸嵩山，封皇嗣旦为相王。引魏元忠、吉顼为相，又引王及善、豆卢钦望为左右相。
庚子（700）	武后幸汝阳，建三阳宫于嵩山之阳。改元久视，复旧正朔。张锡、韦安石为相，武三思为特进相。吉顼配流岭表，内史狄仁杰卒。
辛丑（701）	改元大足。武后幸嵩之三阳宫。又改元长安。李怀远、顾琮、李迥秀为相。
壬寅（702）	武后祀南郊。
癸卯（703）	武后幸东都。朱敬则为相。
甲辰（704）	韦嗣立、宗楚客、崔元暐、张柬之同平章事。韦安石纳言，李峤内史。
乙巳（705）	武后改元神龙。张柬之、崔元暐、桓彦范、敬晖、袁恕己平张易之及昌宗之乱。徙武后于上阳宫，除周国号，以相王旦为安国王，太平公主为镇国公主。赏定乱功也。韦氏复正皇后位，武三思进位司空相。武后崩于东都之上阳宫。祝钦明、唐休璟为相。
丙午（706）	帝还长安，附武后于乾陵。以宫人上官婉儿为昭容，武三思居中用事。封张柬之、桓彦范、崔元暐、袁恕己、敬晖五人为王，寻贬为州司马，杀之于流所。进魏元忠、李峤为中书令，李怀远同中书平章事。册卫王重俊为皇太子。开长宁、安乐二公主府。大行斜封墨制。于惟廉为相，苏瓌进侍中。

丁未（707） 李多祚以羽林兵诛武三思，又杀皇后韦氏，不克，败死。大子重俊出奔，野死。宗楚客、纪处讷、萧至忠为相。改元景龙。

戊申（708） 安乐公主假皇后车服出游。武延秀、张仁亶为相。

己酉（709） 作宫市。韦嗣立、崔湜、韦温、郑愔、苏瓌、赵彦昭相继为相。李峤为特进。

庚戌（710） 杀谏臣燕钦融于殿廷。皇后韦氏及安乐公主行弑于内寝，立温王重茂为嗣，改元唐隆。以裴谈、张锡、张嘉福、岑羲为相。临淄王隆基以刘幽求、薛崇简、钟绍京、麻嗣元兵入诛韦温、纪处讷、宗楚客、武延秀、马秦客、叶静能、赵履冰、杨均及皇后韦氏、安乐公主、上官昭容。葬中宗于定陵。临淄王隆基称平王，降重茂。嗣尊父相王旦为帝，是谓兴孝皇帝。既践位，以钟绍京、刘幽求、薛崇简、崔日用为相。册平王隆基为皇太子，改元景云。追废皇后韦氏、安乐公主为庶人。姚元之为相。

辛亥（711） 皇太子隆基监国，郭元振、张说、窦怀贞、陆象先、魏知古为相，刘幽求进侍中相。

壬子（712） 祀南郊，改元太极。祀北郊，改元延和。帝传位于皇太子隆基，是谓明孝皇帝。既践位，改元先天。黜刘幽求、钟绍京、张晖官。

癸丑（713） 太平公主、窦怀贞、岑羲、萧至忠、常元楷、薛稷、贾膺福、李慈、李钦、李猷、崔湜、卢藏用、傅李忠、僧惠范作逆伏诛。进姜皎、李令问、王毛仲、王守一官，复刘幽求、钟绍京、张晖官，令知政事。讲武于骊山，改元开元。用卢怀慎、姚崇为相，改中书为紫微。

甲寅（714）

乙卯（715） 册郢王嗣谦为皇太子。

丙辰（716） 太上皇崩，葬睿宗于乔陵。源乾曜、苏珽为相，姚崇让宋璟为相。

丁巳（717）　幸洛阳。嫔永乐公主于契丹。

戊午（718）　至自东都。

己未（719）

庚申（720）　张嘉贞为相。

辛酉（721）　相姚崇卒。

壬戌（722）　幸东都。长安窃发。

癸亥（723）

经世之寅〔二千二百五十九〕

甲子（724）　唐明孝皇帝十三年。废皇后王氏为庶人。幸东都。宋璟守长安。

乙丑（725）　封泰山。用源乾曜、张说为左右相。

丙寅（726）　李元纮、杜暹为相。还东都。

丁卯（727）　至自东都。

戊辰（728）　萧嵩为相。

己巳（729）　张说、宋璟为左右相。谒乔、定、献、昭、乾五陵。裴光庭为相。

庚午（730）　北讨契丹。

辛未（731）　幸东都。

壬申（732）　至自东都。宋璟免相。

癸酉（733）　韩休、张九龄、裴耀卿为相。

甲戌（734）　幸东都。李林甫为相。

乙亥（735）

丙子（736）　至自东都。牛仙客为相。是年，太真杨氏入宫。李林甫用事。

丁丑（737）　废皇太子瑛为庶人，罢张九龄相，仍黜之。相宋璟卒，监察御史周子谅言牛仙客事，杖死于朝。

戊寅（738）　册忠王玙为皇太子。相李林甫领陇右河西节度使。牛仙客领河东节度使。

己卯（739） 平突厥，获其王。追封孔宣父为文宣王，颜回为兖国公，余哲并为侯。

庚辰（740）

辛巳（741） 命安禄山为平卢军节度使。

壬午（742） 改元天宝。李适之为相。开庄文列庚桑子四学。裴耀卿进尚书右仆射。

癸未（743）

甲申（744） 改元为载命。安禄山为范阳节度使，作太真妃杨氏养子。

乙酉（745） 册太真妃杨氏为贵妃。契丹杀公主，叛。

丙戌（746） 陈希烈为左相。右相李林甫大行诬构，首陷韦坚。

丁亥（747） 改温泉为华清宫。

戊子（748） 宦人高力士为骠骑大将军，关中外。赐安禄山铁券。幸华清宫。

己丑（749） 幸华清宫。

庚寅（750） 幸华清宫。权归韩国、虢国、秦国三夫人及鸿胪卿杨铦、宰相杨国忠五家。安禄山进封东平郡王。

辛卯（751） 幸华清宫。安禄山入朝乞兼河东。讨云南，不利。

壬辰（752） 幸华清宫。李林甫卒。杨国忠为右相。

癸巳（753） 幸华清宫。杨国忠大行诬构。进封哥舒翰西平郡王。

经世之卯〔二千二百六十〕

甲午（754） 唐明孝皇帝四十三年。受朝于华清宫。韦见素为相。始以诗赋取士。杨国忠进位守司空。

乙未（755） 安禄山以范阳叛，兵陷东都。皇太子玙为元帅，监国。高仙芝、封常清军败。以哥舒翰将兵二十万守潼关。

丙申（756） 潼关不守。帝西幸蜀，至马嵬兵乱，杀宰相杨国忠及贵妃杨氏。禄山陷长安，称帝东都，国曰燕，元曰圣武。皇太子西至灵武即皇帝位，是谓宣孝皇帝，改元

	至德。以广平王俶为元帅，裴冕为相，尊蜀中帝为太上皇。移军彭原。恒山陷，颜杲卿死于东都。
丁酉（757）	朔方节度使郭子仪、太原节度使李光弼兵入，逐安禄山将，大败之于香积，遂复两京。帝还长安，太上皇至自成都。封广平王俶为成王，苗晋卿代韦见素为左相。安禄山为子庆绪所杀，代立，退保相州，改元天成。
戊戌（758）	唐改元乾元。以成王俶为皇太子，李揆、王玙为相。九节度围安庆绪于相州，军溃，禄将史思明杀安庆绪，称帝魏州。
己亥（759）	唐改元顺天。李岘、吕諲、第五琦为相。史思明复陷东都。
庚子（760）	唐改元上元。宦人李辅国逼太上皇入西宫。刘展以扬州叛。
辛丑（761）	太上皇崩于西宫，帝亦不豫。皇太子俶监国。苗晋卿行冢宰。史思相为子朝义所杀，代立，保东都。
壬寅（762）	改元宝应。皇后张氏谋立越王系，内臣李辅国、程元振幽皇后张氏于别殿，杀之。帝崩，皇太子俶践位，是谓孝武皇帝。以雍王适为元帅，元载为相，程元振为骠骑大将军，居中用事。复东都及河朔，史朝义走幽州，幽人杀之以献。
癸卯（763）	吐蕃犯长安。别立武王宏，帝出居郏。郭子仪收京城，帝还长安，放武王宏于华州，葬玄宗于秦陵，葬肃宗于建陵。改元广德。仆固怀恩以汾州叛，罢苗晋卿、裴遵度相，以李岘为相。
甲辰（764）	以雍王为皇太子。吐蕃寇邠及奉天。王缙、杜鸿渐代刘晏、李岘为相。
乙巳（765）	改元永泰。吐蕃大掠畿甸。帝御六军，屯于苑，命九节度以本军讨贼。吐蕃会回纥寇奉天。仆固怀恩启之也。郭子仪复以回纥随白元光破吐蕃于灵武。崔旰以

	西川乱。
丙午（766）	改元大历。周智光以华叛。
丁未（767）	吐蕃大寇灵武。郭子仪镇泾阳。
戊申（768）	吐蕃再寇灵武。
己酉（769）	裴冕为相。
庚戌（770）	臧玠以潭州叛。
辛亥（771）	
壬子（772）	回纥掠京城。朱滔节度幽州。
癸丑（773）	郭子仪大败吐蕃于灵武。
甲寅（774）	
乙卯（775）	魏博节度田承嗣，擅取洺、卫、磁、相，郑州军乱。
丙辰（776）	淄清李正己，擅取齐、海、登、莱、沂、密、德、棣、曹、濮、兖、郓，请命封陇西王。李宝臣封陇西王，李忠臣封西平王，段秀实封张掖王。崔宁破吐蕃。河阳军乱。
丁巳（777）	诛宰相元载，并夷其族。贬相王缙括州刺史，杨绾、常衮为相。
戊午（778）	回纥寇太原，吐蕃寇灵武。
己未（779）	汴州军乱。皇太子适监国。帝崩，皇太子适践位，是谓孝文皇帝。葬代宗于元陵。贬相常衮，以崔祐甫为相，郭子仪为尚父。
庚申（780）	改元建中。朱泚领四镇节度使。刘文喜以泾乱。册宣王诵为皇太子，杨炎为相。贬相刘晏，自杀。
辛酉（781）	卢杞为相。贬相杨炎崖州司马。尚父郭子仪卒。淄青李正己、魏博田悦、恒定李惟岳各拥本部兵叛。李希烈平梁崇义于襄阳，封之为南平王。河东马燧、泽潞李抱真破田悦于洹水。
壬戌（782）	宣武刘洽、神策曲环破李纳于徐州，幽州朱滔平李惟岳于束鹿。朱滔、田悦、王武俊、李纳、李希烈称王，相推为盟主。关播始相。

癸亥（783）　李希烈陷岐州。太师颜真卿宣抚淮宁军事，不还。哥舒曜以凤翔、邠宁、泾原军大伐于东，师丧扈涧。命泾州姚令言以本军卫东都，兵至浐水，返戈入长安，立朱泚为帝于含元殿。浑瑊奉帝出居奉天。朱泚兵屯乾陵。朔方节度使李怀光以本兵救奉天。朱泚退保京城。李怀光以本军叛。李希烈陷襄阳。许、郑及汴州哥舒曜走洛阳。贬宰相卢杞新州司马。萧复、刘从一、姜公辅为相。

经世之辰〔二千二百六十一〕

甲子（784）　唐孝文皇帝五年，在奉天。改元兴元。王武俊格命，李怀光走河中。帝移军梁州。浑瑊及吐蕃败朱泚于武功。李晟收京城，迎帝还宫。田希鉴杀冯河清，以泾州叛。行军司马田绪杀田悦，以魏博降李抱真。王武俊平朱泚于泾城。淄清李纳格命。田希鉴杀姚令言，以泾州降。李晟平泾州乱，杀田希鉴。李希烈将李澄以滑州格命。刘洽、曲环败李希烈于陈州。卢翰为相。

乙丑（785）　改元贞元。李希烈陷南阳。浑瑊平李怀光于河中。

丙寅（786）　刘滋、崔造、齐映、李勉相继为相。陈仙奇杀李希烈，以蔡州降。陈仙奇为蔡州刺史。吴少诚又杀陈仙奇，以蔡州请命，复以吴少城为蔡州刺史。吐蕃寇泾陇。

丁卯（787）　张延赏、柳浑、李泌为相。浑瑊会吐蕃于平凉。吐蕃窃发于会，浑瑊逃归。马燧请之谬也。

戊辰（788）　福建军乱，邠宁军亦乱。李晟、马燧、李泌连相，因征夏县处士阳城为谏议大夫。

己巳（789）　董晋、窦参为相。韦皋破吐蕃于隽州。

庚午（790）　吐蕃陷北庭。

辛未（791）

壬申（792）	襄州军乱。赵璟、陆贽为相。贬相窦参郴州别驾，吐蕃入寇。
癸酉（793）	贾耽、卢迈为相。宣武军乱。
甲戌（794）	南诏异牟寻破吐蕃于神州。韦皋破吐蕃于峨和。元谊以田绪叛于洺，黄少卿以钦叛。
乙亥（795）	
丙子（796）	崔损、赵宗儒为相。
丁丑（797）	韦皋破吐蕃于隽州。
戊寅（798）	郑余庆为相。栗锽杀刺史以明州叛。
己卯（799）	汴州军乱。吴少诚以陈蔡叛。伐淮西，不利。
庚辰（800）	伐蔡不利，又伐又不利。徐州军乱，贬相郑余庆郴州司马。齐抗为相。蔡州吴少诚顺命。
辛巳（801）	韦皋大破吐蕃于雅州，封皋南康郡王。
壬午（802）	
癸未（803）	高郢为相。吐蕃请和。
甲申（804）	吐蕃、南诏、日本修贡。
乙酉（805）	正月，帝崩。皇太子诵践位，王叔文、王伾用事。韦执谊、贾耽、郑珣瑜、高郢、杜佑为相。罢官市，物贬。京兆尹李实、通州长史削民故也。册广陵王纯为皇太子。罢郑珣瑜、高郢相，以杜黄裳、袁滋为相。帝不豫。八月，授位于太子，徙居兴庆宫。皇太子纯践位，是谓章武皇帝。葬德宗于崇陵。贬王伾开州司马，王叔文渝州司马，韦执谊崖州司户，以郑余庆、郑絪为相。
丙戌（806）	改元元和。太上皇崩于兴庆宫。杜佑行冢宰事。葬顺宗于丰陵。王士真为相。刘辟以西川叛，高崇文平之。诛王叔文于贬所。
丁亥（807）	武元衡、李吉甫为相。李锜以润州叛，平之。
戊子（808）	裴垍为相。
己丑（809）	册邓王宁为皇太子。王承宗以镇叛。蔡州吴少诚卒，

弟少阳继事。

庚寅（810）　用权德舆为相。

辛卯（811）　罢李藩相，用李吉甫、李绛为相。皇太子宁卒。

壬辰（812）　册遂王恒为皇太子。魏博军乱。

癸巳（813）　振武军乱。

经世之巳〔二千二百六十二〕

甲午（814）　唐章武皇帝九年。蔡州吴少阳卒，子元济继事，以淮西逆命。

乙未（815）　伐淮西，盗杀宰相武元衡。以裴度为相。会兵伐王承宗于镇。淄青李师道以嵩僧叛。会兵伐淄青。

丙申（816）　大伐淮西及镇阳。李逢吉、王涯为相。黄洞、蛮屠、严州、宿州军乱。

丁酉（817）　崔群、李廓为相。裴度大伐淮西，将李朔入蔡，获吴元济以献，淮西平。斐度复相。

戊戌（818）　镇州王承宗、淄青李师道顺命。李夷简、皇甫镈、程异为相。

己亥（819）　刘悟杀李师道，以淄青十二州降。令狐楚为相。沂及安南军乱。以方士柳泌为台州刺史。帝饵金石有疾。

庚子（820）　帝崩，皇太子恒践位，是谓文思皇帝。段文昌、崔植为相。贬皇甫镈崖州司户。安南平。葬宪宗于景陵。镇王承宗卒，弟承元继事。

辛丑（821）　改元长庆。杜元颖、王播为相。刘总弃幽州，以张弘靖代之。幽州军乱，逐弘靖，立朱克融为留后。镇州军乱，杀田弘正，立王廷凑为留后。瀛州军乱，幽军拔瀛州，镇军围深州。相州军乱。

壬寅（822）　册景王湛为皇太子。幽州朱克融陷沧州。会镇州王廷凑兵攻深州。王智兴逐崔群，以徐州乱。元稹、裴度、李逢吉为相。李岕逐李愿，以汴州乱。镇兵救饶阳及博野。王国清以浙西叛。德州军乱。

癸卯（823）	牛僧孺为相。
甲辰（824）	帝崩，皇太子湛践位，是谓昭武皇帝。贬侍郎李绅端州司马。李逢吉、牛僧孺为相，又以李程、窦易直为相。葬穆宗于光陵。
乙巳（825）	改元宝历。牛僧孺免相。
丙午（826）	裴度复内相，会乱，宫人杀帝于饮所。群臣诛贼，立江王邱，是谓昭献皇帝。以韦处厚为相。幽州军乱，杀其帅朱克融。
丁未（827）	改元太和。贬相李逢吉。葬敬宗于庄陵。
戊申（828）	镇州王廷凑逆命。安南军乱。路隋为相。
己酉（829）	魏博军乱，杀节度使史宪诚，立何进滔为留后。李宗闵为相。南诏蛮陷东都。
庚戌（830）	兴元军乱，杀节度使李绛，温造平之。牛僧孺、宋申锡为相。
辛亥（831）	幽州军乱。贬相宋申锡开州司马。内臣王守澄诬故也。
壬子（832）	
癸丑（833）	李德裕、王涯为相。罢李宗闵相。册鲁王永为皇太子。
甲寅（834）	幽州军乱。复李宗闵相。
乙卯（835）	郑注、李训用事。贬李德裕袁州长史，罢李宗闵相，贬为潮州司户。用李训、贾餗、李固言、舒元舆为相。出郑注为凤翔尹。李训诛宦氏不克，走南山。中尉仇士良屠宰相李训、王涯、贾餗、舒元舆及王播、郭行馀、罗立言、李孝本、韩约十余人。监军张仲清屠郑汪于凤翔。李训野死。引郑覃、李石为相，中尉仇士良、鱼志弘并为大将军。遣内养驰四方交杀州县官吏。
丙辰（836）	改元开成。李固言为相。
丁巳（837）	陈夷行为相。河阳军乱。

戊午（838） 盗杀宰相李石于亲仁里。杨嗣复、李珏为相。易定军乱。皇太子有罪，卒于少阳院。

己未（839） 崔郸为相。册陈王成美为皇太子，监国。

庚申（840） 帝有疾。中尉仇士良、鱼弘志册颍王瀍为皇太子。废皇太子成美复为陈王。帝崩，皇太子瀍立，是谓昭肃皇帝。杨嗣复行冢宰。杀陈王成美、安王溶于邸。二中尉封国公。崔郸、崔珙、陈夷行为相。葬文宗于章陵。杨嗣复、李珏罢相，李德裕复相。

辛酉（841） 改元会昌。用李绅为相。贬相杨嗣复、李珏为州司马。幽州军乱。

壬戌（842） 李德裕专政。

癸亥（843） 刘禛以泽潞叛。

经世之午〔二千二百六十三〕

甲子（844） 唐昭肃皇帝四年。太原军乱。邢、洺、磁三州叛。泽潞二州平。杜宗、崔铉为相。贬相崔珙为州司马。

乙丑（845） 罢崔铉、杜悰相。李回、崔元式、郑肃为相。大除象教。

丙寅（846） 帝饵金石有疾。命光王怡为皇太叔，帝崩，太叔怡立，是谓献文皇帝。用白敏中、卢商、韦琮为相。葬武宗于端陵。

丁卯（847） 改元大中。贬相李德裕潮州司马。

戊辰（848） 周墀、马植、崔龟从为相。

己巳（849） 罢周墀、马植相，再贬李德裕崖州司户。崔铉、魏扶为相。幽州军乱。

庚午（850） 魏扶罢相。令狐绹为相。

辛未（851） 魏謩为相。

壬申（852） 裴休为相。

癸酉（853） 郑朗为相。

甲戌（854）

乙亥（855）

丙子（856）

丁丑（857） 魏謩出尹成都。崔慎由、萧邺为相。

戊寅（858） 刘瑑、夏侯孜为相。宣洪寇乱。

己卯（859） 蒋伸为相。册郓王温为皇太子。帝崩，皇太子温践位，是谓恭惠皇帝。令狐绹行冢宰。

庚辰（860） 葬宣宗于贞陵。令狐绹出尹河中。杜审权、杜悰为相。改元咸通。宣洪寇乱。

辛巳（861） 相萧邺出尹太原。蒋伸罢相。林邑蛮入寇。

壬午（862） 徐州军乱。林邑蛮陷交趾及安南都护。

癸未（863） 杨收、曹确、高璩为相。蛮陷安南州。

甲申（864） 杜审权出刺润州。萧寘为相，蛮寇邕管。

乙酉（865） 徐商为相。高骈平林邑蛮，复安南都护。

丙戌（866） 夏侯孜出尹成都。路岩为相。

丁亥（867） 杨收观察浙西。于琮为相。

戊子（868） 湘潭戍军乱，立庞勋为帅，陷徐、宿、滁、和、濠五州。贬杨收端州司马，移驩州赐死。

己丑（869） 蒋伸罢相，刘瞻为相。徐商出尹江陵。命十八将伐徐，以康成训为军帅。徐寇平。蛮复寇东西二川。

庚寅（870） 相曹确病免。韦保衡为相。大黜官吏。王铎为相。

辛卯（871） 相路岩出尹成都。

壬辰（872） 刘邺出刺幽州，于琮出刺襄州。赵隐为相，大行黜陟。命沙陀李国昌移镇云中，国昌以大同阻命。

癸巳（873） 征李国昌、萧仿为相。册普王俨为皇太子。韦保衡行冢宰。帝崩，皇太子俨践位，是谓恭定皇帝。两军中尉居中用事，黜冢宰韦保衡，仍赐死，复前之官吏。

经世之未〔二千二百六十四〕

甲午（874） 唐恭定皇帝元年。葬懿宗于简陵。崔彦昭、郑畋、卢携为相。改元乾符。蛮寇两川。

乙未（875）　浙西及曹濮寇乱。王铎复相。

丙申（876）　相萧仿病免。浙西寇平。曹濮、王仙芝陷江淮南北十五州，至江南，乞符节于朝，不听。李蔚为相。

丁酉（877）　冤句寇黄巢，陷沂郓，南会王仙芝将尚让于蔡文查牙山，破随及江陵沙陀。李国昌寇朔州。

戊戌（878）　江陵寇平。黄巢扰淮北、淮南及江南、广南。李国昌陷岢岚。昭义军乱。郑从谠为相。李蔚出守东都。

己亥（879）　黄巢据岭表，乞符节于朝，不听。罢卢携、郑畋相，以崔沆、豆卢瑑为相。卢携复相。

庚子（880）　改元广明。郑从谠出尹太原。沙陀军败北。黄巢军北逾五岭，破湖湘及江淮、扬州。高骈距文不利，发徐冤许军赴殷水以捍东都。殷水军溃，黄巢陷东都，西攻郏号，潼关失守。罢卢携相，王徽、裴彻为相。黄巢陷长安，称帝，国曰齐，元曰金统。帝出南山。

辛丑（881）　帝移军兴元。萧遘为相，郑畋为都统，杨复光为监军。羽书飞天下。沙陀顺命，请勤王。黄巢攻凤翔。帝移幸成都，改元中和。以韦昭度为相。河中王重荣军屯沙苑，泾原唐弘失军屯渭北，易定王处存军屯渭桥鄜，延托跋思恭军屯武功，凤翔郑畋军屯周至，邠宁朱玫军屯兴平，荆裘王铎军至自行在，王徽都督潞州。

壬寅（882）　帝在成都。黄巢保长安。其将朱温以同州降，锡名全忠。沙陀李克用自代北至，军屯梁田。

癸卯（883）　帝在成都。诸将合攻，大破巢军于渭南。巢走蓝关，遂收京城。以李克用为河东节度使，朱全忠为宣武军节度使。巢军东走，围陈蔡。蔡州秦宗权以城降贼，合巢兵攻陈州。以春磨围陈三百日。陈刺坚守，不陷。

甲辰（884）　帝在成都。以郑昌图为相。汴州朱全忠及关东诸侯镇帅兵会河东。李克用兵，大破巢军于太康及西华，又北破之于中牟，又东灭之于冤句。巢寇平。朱全忠图李克用于汴之上元驿，不克。自此二帅交恶。朝廷封李克用陇西郡王，以和解之。

乙巳（885） 帝至自成都，改元光启。秦宗权保逆陈，蔡王镕专兵镇阳，李昌符抗兵凤翔，王重荣擅兵蒲郏，诸葛爽拥兵孟洛，孟方立控兵邢洺，李克用阻兵并代，朱全忠渎兵汴滑，时溥弄兵徐泗，朱瑾穷兵齐郓，王敬武握兵淄青，高骈玩兵淮南，刘汉宏恃兵浙东，王处存结兵易定，李可举坚兵幽蓟。中尉田令孜取河中，王重荣解州监池，不克。引邠宁师伐河中，重荣会太原师攻令孜，京师军乱，邠将朱玫败归邠，引神策军大掠都市。令孜以帝幸凤翔，封宣武节度，朱全忠为沛郡王，钱镠始受封为杭州刺史。

丙午（886） 帝在凤翔。河中王重荣条罪攻田令孜。令孜以帝移幸兴元。相萧遘、裴彻、郑昌图召邠军，迎帝还都。朱玫军至自凤翔。令孜以帝移军过散关。朱玫追帝不及，至遵途获皇子襄王煴。兴元节度石君涉合朱玫军破栈，以绝帝归路。帝至兴元，石君涉弃城走朱玫军。帝以孔纬、杜让能为相，出田令孜为剑南节度使。李铤、杨守亮、杨守宗败朱玫军于凤翔。朱玫逼萧遘立襄王煴幸凤翔，玫称大丞相，率百官还京，奉煴称帝，改元建贞。罢萧遘相，以郑昌图、裴彻为相。宣谕四方，加诸镇官。常山、太原、宣武、河中不受命。王重荣、李克用败朱玫将王行瑜于凤翔。行瑜退攻兴元，以邠军退长安，杀朱玫，大掠京城。裴彻、郑昌图以襄王煴奔河中。王重荣杀襄王煴以献。蔡将孙儒陷郑及许、洛、怀、孟、陕、虢。巢将诸葛爽据河阳，李罕之据泽州，张宗奭据怀州，秦宗权称帝陈蔡，王潮据福州。

丁未（887） 帝自兴元移军凤翔，以张濬为相。扬州军乱，牙将毕师铎囚帅高骈，召秦宗权之宣州观察，秦彦为扬州节度使。蔡兵攻汴，兖、郓之师合兵大破其军。蔡将孙儒弃郑及许、洛、怀、孟、陕、虢。张宗奭取洛阳，李罕之取河阳，同附于全忠。张宗奭赐名全义。京师杨守立、李昌符争道，战于通衢。昌符败走陇州。河中军乱，牙将常行儒杀其帅王重荣，立其弟重盈为留后。杨行密与蔡将孙儒争扬州，行密拔扬州。秦彦、毕师铎奔孙儒于高邮，复攻行密。行密求救于汴，汴军援行密于淮口。东川顾彦朗、壁州王建攻成都。

戊申（888） 帝至自凤翔，改元文德。观军容使杨复恭专命。李铤为相。册封寿王杰为皇太弟。帝崩，皇太弟杰践位，是谓景文皇帝。韦昭度行冢宰。魏州军乱，杀帅乐彦贞，小校罗宗弁为留后。张全义拔河阳，李罕之走泽州。蔡将孙儒拔扬州，杨行密走宣城。朱全忠攻徐州，蔡将赵譚以荆襄降于汴。全忠败蔡人于龙坂。蔡将申蘩执秦宗权降于汴。淮西朱全忠兼领蔡州节度使，王建大寇剑南。韦昭度出尹成都。葬僖宗于靖陵。

己酉（889） 改元龙纪。以刘崇望为相，封朱全忠东平王。王建陷成都，称留后。太原李克用攻邢洺。杭州钱镠拔宣城，获刘浩。

庚戌（890） 改元大顺。孟迁以邢入于太原。李克用攻云州，幽州援之，败李克用于蔚州。幽州李匡威、云州赫连铎会汴兵攻太原，李克用潞州军乱，杀李克恭，降于汴。克用将安建以邢、洺、磁三州降于全忠。宰相张濬帅京兆孙揆、华州韩建出阴地关，会汴将葛从周兵入潞州。太原兵攻潞州，幽云兵攻雁门。太原将匡君立入潞州，克用败幽云之兵于雁门。将李存信又败张濬、韩建兵于阴地。遂拔晋，降朝廷，复克用官，贬张濬连州刺史。崔昭纬、徐彦若为相。克用将李存孝以邢入于汴。

辛亥（891） 命中尉杨复恭致政，复恭不受命，陈兵于昌化里。命天威军使李顺节讨之，不利。两军中尉刘景宣、西门重遂杀天威军使李顺节于银台门。顺节兵散，大掠京城。复恭奔兴元。郑延昌为相。太原李克用攻邢州，责叛己也。宣武朱全忠攻魏州，责不助讨也。镇州援邢州，克用攻镇州，幽兵援镇州。汴兵攻宿州，幽镇兵攻定州，处存求救于太原。宣州杨行密灭孙儒，据有扬州。封行密为淮南王。

壬子（892） 改元景福。凤翔李茂贞、邠州王行瑜、华州韩建、同州王行约、秦州李茂庄兵陷兴元，杀杨守亮及杨复恭。左军中尉西门重遂杀天成军使贾德晟于京师，部下奔凤翔。太原李克用会易定兵，败镇兵于尧山。

癸丑（893） 凤翔李茂贞举兵犯阙，败覃王兵于周至。帝诛中军西门重遂、李周僮，贬相杜让能，岐兵乃止。进茂贞中书令，封秦王。以王行瑜为尚父，文博为相。成都王建与李茂贞争东川，幽军乱，逐其帅李匡威于镇，以其弟匡筹为留后。汴兵灭徐，兼领其镇。李克用败镇州王镕于中山，镕乞盟，遂许盟而退。

甲寅（894） 改元乾宁。崔彻为相。王博出镇湖南。李茂贞拥山南十五州以抗王室。汴兵败兖郓之师于东阿。朱瑄、朱瑾求救于太原。李克用拔邢州，获李存孝；拔云州，获赫连铎；拔幽州，获李匡筹。用幽人，请以匡筹将刘仁恭为留后。

乙卯（895） 河中王重盈卒。太原李克用诸以王琦袭重盈封于朝；邠州王行瑜、凤翔李茂贞、华州韩建请以王珙袭重盈封于朝。朝廷先许克用，陕州王珙、绛州王瑶以兵攻琦于河中。王行瑜、李茂贞兵入长安，行废不克，杀宰相韦昭度及李磎，各以兵二千留京师而去。李克用渡河称讨。同州王行实弃郡奔京师，与两军中尉骆全珍、刘璟宣逼帝西幸。帝以李筠、李君实兵出次南山。都人毕从命延王戒丕丹王允从李克用西讨。封淮南杨行密弘农王，亦从西讨。克用败邠军于犁园，帝还京。邠州平。行瑜野死。封克用为晋王，克用还太原。崔昭纬罢相，徐彦若为相。董昌以浙东叛，称王，国曰罗平，元曰大圣。

丙辰（896）　岐兵犯长安。韩建逼帝幸华州，建进封中书令兼两京尹。陆扆、王抟、崔胤、孙偓为相。魏州罗弘信败太原之师于莘，以绝李克用兖、郓之援。克用攻魏，下十城。湖南军乱，立马殷为留后。钱镠平浙东，获董昌。授镠中书令，相王抟观察浙东。陆扆出刺陕州。

丁巳（897）　帝在华州。孙偓罢相，郑綮为相。册德王裕为皇太子。封韩建为昌黎王。郑綮病免，朱朴为相。韩建杀禁卫李筠，以散卫兵；罢八王兵柄，仍杀之；贬相朱朴；杀帝侍卫马殷、许岩士。帝封两浙钱镠吴王，俾救难王室。汴将庞师古拔郓州。朱瑄野死。汴将葛从周拔兖州。朱瑾奔淮南。兖、浑、曹、濮、齐、棣、沂、密、徐、宿、陈、蔡、许、郑、滑尽入于汴。全忠以八郡兵攻淮南。朱瑾以淮南兵败汴兵于清口，获将庞师古，又败汴军于淠河，走葛从周。杨行密遂据有江淮、幽州。刘仁恭败李克用于安塞。福州王潮卒，弟审知继事。

戊午（898）　帝在华州。以崔远为相。册何氏为皇后。帝还长安，改元光化。以华州为兴德府。韩建进封颍川王。汴将葛从周拔李克用之邢、洺、磁。氏叔琮拔赵匡凝之随、唐、郑、泽州，李罕之拔克用之上党归于汴，幽州刘守文拔汴之沧州。魏博罗弘信卒，子绍威称留后。

己未（899）　复陆扆相。蔡军以崔珙奔淮南。幽兵寇赵、魏。魏引汴兵破之。汴将氏叔琮攻太原，不利。陕州军乱，牙将杀其帅王珙，立李璠为留后，又杀之，降于汴。青州王师范将牛从毅以海州入于淮南。

庚申（900） 相崔胤诬杀宰相王抟。枢密使宋道弼、景务修、朱全忠会魏军攻幽之沧、德州。李克用拔汴之邢州，又以三镇兵攻镇州。王镕乞和，乃还。汴将张存敬攻幽之沧州，又拔祁州，又败定州王处直于沙河。进攻定州，处直以定州降于全忠。罢崔远相，以裴贽、裴枢为相。徐彦若观察青海。中尉两军刘季述、王仲先幽帝于东内，令皇太子裕监国。相崔胤、张濬告难于全忠。全忠自定还汴护驾。将孙德昭、周承诲、董彦诛刘季述、王仲先。帝自幽所还政。

辛酉（901） 诛神策使季师度、徐彦回，窘帝故也。降皇太子裕为德王，改元天复。汴将张存敬由含山路拔李克用之河中及晋绛。朱全忠兼领河中节度，进封梁王。梁军大举攻晋之太原。晋将孟迁以泽入于梁。梁将氏叔琮长驱出团栢，屯军洞涡。葛从周以赵魏兵入土门，陷承天。会天大雨，乃复。宰相崔胤受全忠旨，逼帝幸东都。未及行，中尉韩全诲以李茂贞兵劫帝幸凤翔。罢崔胤相。崔胤至三原促全忠西攻。全忠以镇兵破华州，由京城西围凤翔。又破邠州，获李继徽，以绝其援。

壬戌（902） 帝在凤翔。封淮南杨行密吴王，两浙钱镠赵王，俾救难王室，皆不至。李克用南攻，朱全忠自凤翔至河中，命将拔晋之汾州，进围太原，不利。全忠自河中复至凤翔。鄜州节度使李周彝以兵援凤翔。汴将孔勋乘虚陷鄜州。周彝以兵降全忠。邠宁、鄜坊又入于梁。凤翔李茂贞逐诛宦氏韩全诲，以解全忠之围。

癸亥（903） 帝还长安，进朱全忠元帅，复崔胤相。全忠诛宦氏七百人，罢陆扆相，以裴枢、王溥为相。青州王师范拔梁之兖州。全忠东攻青州。成都王建寇李茂贞之秦陇，以修好于全忠。王师范会淮南兵，败梁军于临淄。梁将杨师原败青军于临昭。王师范以青州降。淮南杨行密攻鄂州，荆南成汭救鄂，沣郎军乘虚陷江陵，赵匡凝乘虚陷荆州。成汭愤死。岐兵逼长安。梁军屯河中。全忠逼帝都洛阳，杀宰相崔胤、六军使郑仁规、皇城使王建勋、飞龙使陈班、　门使王建袭、客省使王建义、左仆射张濬，缓迁故也。柳璨、崔远代相。

经世之申〔二千二百六十五〕

甲子（904）　唐景文皇帝十六年。东徙至谷水。梁王朱全忠坑帝侍从三百人。至洛阳，改元天祐。以张汉瑜为相。杨崇本以邠兵寇关转，全忠西攻，行杀于洛宫，立辉王祚，是谓哀帝。李克用以本部兵保太原。

乙丑（905）　梁王全忠逼帝授禅，杀宰相裴枢、崔远、陆扆及九王。用张文蔚、杨涉为相。尽出朝廷官吏。太原李克用、凤翔李茂贞、成都王建、襄阳赵匡凝，同谋兴复。梁将杨师厚败赵匡凝于江湄，进拔襄阳。匡凝将王建武以荆南兵众降唐。邓复郢随襄荆南又入于梁，匡凝奔淮南。朱全忠加九锡，总百揆天下元帅，进封魏王，不受，再逼授禅。杀枢密使蒋元晖、丰德库使应顼、尚食使朱建武及宰相柳璨、太常卿张廷范、太常少卿裴磵、温銮，知制诰张茂昭及皇后何氏。淮南杨行密卒，子渥继事。太原李克用会契丹阿保机于云州，进兵河北。

丙寅（906）　魏州牙兵乱。朱全忠坑之。进围幽之沧州。幽人求救于太原，李克用会幽军攻上党。梁将丁会以泽潞降全忠，自长芦还大梁。

丁卯（907）　朱全忠代唐命于汴，改国曰梁，元曰开平。薛贻矩、韩建为相，降帝为济阴王，徙之曹。河东晋王李克用、淮南吴王杨渥、剑南蜀王王建、山东泰王李茂贞、两浙越王钱镠、荆南渤海王高季昌、湖南楚王马殷、泉南闽王王审知、广南南海王刘隐，并行唐年。

戊辰（908）　梁攻河东。用于兢、张荣为相，杀济阴王于曹州。荆南高季昌、湖南马殷、两浙钱镠附于梁。是年，剑南王建称帝成都，国曰蜀，元曰武成。河东李克用、淮南杨渥、山南李茂贞、泉南王审知、南海刘隐行唐年。河东李克用卒，子存勖继，诛乱。命李克宁、李存显败梁军于潞之三垂岗。淮南杨渥为部将张颢所杀，代立。大将徐温自金陵入，诛颢，立渥弟渭，温专制。

己巳（909）　梁自汴徙都洛阳，交祀天地。赵光逢、杜晓为相。张奉以沙州乱，刘知俊以同州叛，丹襄军乱。泉南王审知、南海刘隐附于梁。刘隐卒，弟岩立。河东李存勖、淮南杨渭、山南李茂贞行唐年。

庚午（910）　梁之镇州王镕、定州王处直请附于晋。河东李存勖东下河北。

辛未（911）　梁改元乾祐。北攻镇定军，败于柏乡。蜀改元永平。是年李存勖将刘守光称帝幽州。

壬申（912）　梁北攻镇定，屠枣强乃复。六月，郢王友珪行弑，代立，改元凤历。杀博王友文于汴。冀王友谦以河中入于晋。许州军乱。晋王李存勖败燕军于龙岗，进围幽州。

癸酉（913）　梁六军杀友珪，立均王友贞于汴复。乾祐三年，晋李存勖平幽州，获刘守光及父仁恭以归。

甲戌（914）　梁将王殷以徐叛，附于吴。晋李存勖开霸府于太原。

乙亥（915）　梁改元贞明，邺王杨师厚卒，分其地六州为两镇，魏军遂乱，囚其帅贺德伦，以六州入于晋。蜀拔山南之秦凤。阶成宫大火。晋李存勖东下，大会兵于魏郊。

丙子（916）　梁之河北皆入于晋。赵光逢、郑珏为相，攻晋不利。

蜀改元通正。拔山南之陇州。晋李存勖败梁军于故元城。吴封相徐温为齐国公，属之以金陵、丹阳、毗陵、宣城、新安、池阳六郡，镇金陵。

丁丑（917） 梁册两浙钱镠为天下兵马元帅。是年，刘岩以南海称帝，国曰汉，元曰乾亨。蜀改元天汉。诛降将刘知俊于炭市。晋李存勖拔梁之杨刘城。

戊寅（918） 梁之郓、濮陷于晋。蜀改元天光。建遇毒死，子行立。晋李存勖拥太原、魏博、幽、沧、镇定、邢、洺、麟胜、云、朔十镇之师，大阅于魏郊，败梁军于胡柳。

己卯（919） 梁张守进以兖入于晋。蜀改元乾德。晋逼梁之河南。是年，杨渭称帝淮南，国曰吴，元曰武义。徐温为大丞相，都督中外，封东海王。

庚辰（920） 梁李琪为相。陈州妖寇乱。晋兵入寇。吴杨渭卒，弟溥立。晋存勖拔梁之同州。

辛巳（921） 梁改元龙德。惠王友能以陈叛。吴改元顺义。晋镇、定乱。契丹犯幽州。

壬午（922） 晋李存勖平镇定，又败契丹于易水。

癸未（923） 河东晋王存勖称帝魏州，是谓庄宗，国曰唐，元曰同光，是谓后唐。以豆卢革为相，郭崇韬（为）枢密使。自魏由郓而南败梁将王彦章于中都，长驱入汴，杀友贞于降国楼，降之为庶人。潞州军乱。淮南杨溥、两浙钱镠、山南李茂贞、湖南马殷请附吴。杨溥去帝号称王。荆南高季兴、泉南王审知行梁年。

甲申（924） 唐自汴徙都洛阳。平上党。

乙酉（925） 唐帝存勖北巡魏郊，以枢密使郭崇韬同魏王继岌伐蜀，七旬平之，获其主王衍以归。至秦川驿，族杀之。以孟知祥镇成都。荆南高季兴请附。蜀改元咸康，国亡。汉改元白龙。泉南王审知为子延翰所杀，代立。

丙戌（926） 唐内命乱。皇后刘氏使人杀枢密使郭崇韬于蜀。魏军变，以镇帅李嗣源代之。嗣源至，魏军又变。二军奉李嗣源入汴。唐帝存勖东征，至万胜乃复。内军又变，杀存勖于绛霄殿。嗣源入洛称帝，是谓明宗，改元天成。诛宰相豆卢革、韦说，以郑珏、任园为相，安重诲为枢密使。魏王继岌自成都入。至渭桥杀之。荆南逆命，泉南称附。泉南王延翰为弟王延钧所杀，代立。

丁亥（927） 唐以冯道、崔协为相。卢台及浚义军乱。淮南杨溥复称帝，改元乾贞。宰相徐温卒，养子知诰继事，于金陵称王。是年，北狄耶律德光称帝潢水，国曰契丹，元曰天显。

戊子（928） 唐以王建立为相，王都以定叛。高季兴以荆南入于吴。汉改元大有。

乙丑（929） 唐以赵凤为相，安重诲专政。吴改元大和。

庚寅（930） 唐改元长兴。河中兵乱。西川孟知祥、东川董璋连叛。

辛卯（931） 唐以李遇为相，罢安重诲枢密使，以赵延寿、范延光为枢密使。东西二川相攻。

壬辰（932） 唐孟知祥平东川，获董璋，称表封知祥为蜀王。吴王钱镠卒，子元瓘继。福州王延钧称帝，国曰闽，元曰光启。

癸巳（933） 唐以刘照为相，潞王从珂出尹凤翔，石敬瑭移镇太原。帝嗣源病，秦王从荣以河南府兵攻端门，不克，败死。明宗终，立宋王从厚，是谓闵帝。冯道、李愚为相，专政。朱宏昭、冯赟为枢密使。

经世之酉〔二千二百六十六〕

甲午（934） 后唐闵帝从厚元年，改元应顺。以凤翔潞王从珂移镇太原。从珂自岐入，逐从厚代立于洛宫，改元清泰。

从厚出奔卫州，就杀之。是年，孟知祥以西川称帝成都，国曰蜀，元曰明德。知祥卒，子昶继。

乙未（935）　唐以韩昭胤为相。昕州戍军乱。吴改元天祚。闽改元永和。臣李仿弑其君延钧，立其子昶。

丙申（936）　唐以马裔孙为相。以太原石敬瑭移镇汶阳。石敬瑭自太原入，以北狄耶律德光称帝入洛，代唐命，改国为晋，元曰天福。以并州从事桑维翰、赵莹为相，冯道依旧相。输冀、代之北入于狄。从珂火死于玄武楼。荆南两浙称附。闽王昶诛李仿，改元通文。

丁酉（937）　晋以李崧为相。河阳张从宾、魏州范延光、滑州符彦饶、安州卢文进不从，命悉平之。吴大将徐知诰代吴命于金陵，改国曰齐，易号为唐，元曰升元，复姓李氏，易名为升。以宋齐邱、徐玠为左右相。徙其君于丹徒，杀之。

戊戌（938）　晋徙都汴。魏帅范延光服命，封高平王，移镇汶阳。北狄耶律德光改元会同。

己亥（939）　闽乱，连重遇弑其君昶，立其叔父延羲，改元永隆。

庚子（940）　晋用和凝为相。李金全以安叛，命马全节以十郡之师平之。

辛丑（941）　晋帝石敬瑭北巡邺。安从进以襄叛，安重宋镇叛。两浙钱元瓘卒，子弘佐继。

壬寅（942）　晋帝石敬瑭终于邺，从子齐王重贵立。侍魏将军耿延广专政，始贰于狄。汉刘岩卒，子玢继，改元光大。

癸卯（943）　晋杨光远以青叛。北狄入寇。汉乱，弟晟杀其君玢，代立，改元应乾，再改元乾和。江南李升卒，子璟继，改元保大。宋齐邱、周京为相。平白云蛮于虔州。闽王延羲弟延政亦称帝建州，国曰殷，元曰天德。

甲辰（944）　晋改元开运。北狄入寇，至于贞博。封晋阳刘知远为太原王，刘照为相。闽乱，大将朱文进杀其君延羲，代立，以福州称附于晋。

乙巳（945） 北狄大入寇晋河朔至于磁相。封刘知远北平王，罢和凝、桑维翰相。以冯玉为相，李崧知枢密院事。

丙午（946） 晋大将杜重威、季守贞及裨将张彦泽以军降狄于中渡。彦泽以兵五百人入汴，为狄清路。幽其君重贵于开封府署。唐平闽之建州，灭王延政。

丁未（947） 正月，契丹耶律德光入汴灭晋，改国曰辽。诛张彦泽，徙其君重贵于北荒政之龙城。二月，北平王刘知远称帝晋阳，年用天福，是谓高祖。五月，契丹溃于汴。耶律德光留相萧翰守汴。翰求后唐明宗子从益立之而去。六月，刘知远留子崇守太原，南入汴，代命建国曰汉。用苏逢吉、苏禹珪为相，又以窦贞固、李涛为相，杨赟、郭威为枢密使。相冯道、李崧自栾城至。杜重威以魏州拒命。闽国分为三，荆南、两浙称附于汉。吴越钱弘佐卒，弟弘倧立。狄契丹耶律德光还至于栾城，卒。兄之子几欲代立，归国废德光母。改元天禄。

戊申（948） 汉改元乾祐。帝知远终，子周王承祐继。罢李涛相，以杨赟为相。平邺，诛杜重威、李守贞。以河中阻命。王景崇以凤翔叛，赵思绾以永兴抗命。郭威以枢密使西伐之。浙东乱，大将胡思进废其君弘倧，立其弟俶。

己酉（949） 汉之蒲、雍、岐三叛平。契丹寇河北，命郭威以枢密使北伐，镇邺。

庚戌（950） 汉夷宰相杨赟、侍卫将军史宏肇、三司使王章族。赐澶州王殷、魏州郭威、王峻死。十二月，枢密使郭威以魏兵人，渡河，败内军于刘子陂，其主承祐野死。郭威至汴，请宰相冯道迎其君之弟承珪于徐州。还至澶渊，军变。复入汴，太后命威监国，降承珪为湘阴公，诛宰相苏逢吉及刘铢。

辛亥（951）	正月，监国郭威代汉命于汴，是谓太祖，改国曰周，元曰应顺。王峻、范质、冯道为相。湘阴公死于宋州。兖州慕容彦超不受命，荆南、两浙称附。太原刘崇称帝河东，国曰汉，年用乾祐。江南唐平、湖南徙其属于金陵。北狄乱，契丹元欲为其族述乾所杀。德光子述律平其乱，代立，改元应历，易名为璟。
壬子（952）	周平兖州。
癸丑（953）	周册皇后侄柴荣为皇太子，封晋王，尹开封府。流王峻于商州，王殷于登州，皆杀之。李谷、冯道为相。
甲寅（954）	周郑仁诲、王溥为相。改元显德。太祖威终，晋王荣绍位于汴宫。河东高崇以契丹之师入寇。周主荣亲征，大破刘崇于高平。诛不用命者将校七十人。进攻太原，不克。泽、潞、汾、辽、忻、代岚石迎降。宰相冯道卒于州。
乙卯（955）	周大伐江南及蜀。汉刘崇卒，子承钧继。
丙辰（956）	周广汴都外城。南伐，取唐之滁和，败其军于涡口。汉刘承钧改元天会。
丁巳（957）	周李谷罢相，王朴为枢密使。伐江南有功。唐改元交泰。兵败于紫金山，请以江北地求和于周。
戊午（958）	周受唐江北地。南汉刘晟卒，子鋹继，改元大宝。唐请附于周，杀宰相宋齐丘及陈觉、李知古。
己未（959）	周征契丹，至于瓦桥，取瀛、莫、易，置雄、霸，遂取幽州，宁、雄、瀛、莫迎，有疾乃还。复册妃符氏为皇后，子崇训为皇太子，封梁王。用魏仁溥、范质为相。赵匡胤进位检校太傅，充殿前都点检。世宗荣终。皇太子崇训嗣位。
庚申（960）	
辛酉（961）	
壬戌（962）	
癸亥（963）	

经世之戌〔二千二百六十七〕 （964）

经世之亥〔二千二百六十八〕 （994）

（皇极经世书卷六下）

欽定四庫全書

子部

皇極經世書卷七上

詳校官中書 臣 吕光復

灵台郎 臣 倪廷梅 复勘

总校官编修 臣 王燕绪

校对官编修 臣 卢 遂

誊 录监生 臣 俞昌言

皇極經世書卷七上　　宋 邵雍 撰

觀物篇三十五

日日聲平闢　　水水音開清

多良千刀妻　　古黑安夫卜東

宮心●●●　　乃走思■■■

日日聲七下唱地之　　水水音九上和天之

用音一百五十二是　　用聲一百一十二是

謂平聲闢音平聲闢　　謂開音清聲開音清

音一千六十四　　聲一千八

日日聲平之一闢　　水水音開之一清

平聲闢唱呂一之一　　開音清和律一之一

古甲九癸　　古古古古

多多多多　　多可个舌

一音 □□近揆 多多多多　　一音 古古古古 禾火化八

钦定四库全书·皇极经世书卷七上

[宋]　邵　雍　撰

观物篇三十五[1]

日日声平辟

多良千刀妻

宫心●●●

日日声七，下唱地之用，音一百五十二，是谓平声辟音，平声辟音一千六十四。

水水音开清

古黑安夫卜东

乃走思■■■

水水音九，上和天之用，声一百一十二，是谓开音清声，开音清声一千八。

日日声平之一辟

水水音开之一清

校者注　①　观物篇三十五：观物篇三十五至观物篇五十，共十六篇，讲的是律吕声音与易卦的关系，又叫《声音律吕图》《经世声音图》，亦称《律吕声音之数图》《皇极经世天声地音图》《声音唱和图》，在此书中占了相当大的篇幅。邵雍先生在《皇极经世书》中所列的《声音律吕图》，以声音对卦，这是一种极为独到的创新。在此十六篇中，每篇之首，上列声图，下列音图，十六篇共三十二图，声图音图之后，又以各种声音与六十四卦相配合，是为《声音唱和图》。此图排列字音，全不依传统的等韵图表，而是依据当时的口语语音，因而在音韵研究上具有重要的价值。图中有所谓“声、音”，声有十大类，音有十二大类。每一大类声中，又有辟、翕和平、上、去、入之分。所谓辟，就是开口；所谓翕，就是合口。每一大类音中，又有清、浊和开、发、收、闭之别。所谓开、发、收、闭，大致相当于等韵学上的一、二、三、四等，不过等韵学上四等专属韵母，邵氏开、发、收、闭则附属于声母。又图中以上下分天地，上为天之用声，下为地之用音，天唱地和，乃生出无数声音。图中许多空位，乃是作者以为虽然实际口语无此语音，但是根据阴阳之数，天地间当有此音。至于以天之四象日、月、星、辰配平、上、去、入四声，以地之四象水、火、土、石配开、发、收、闭四等，乃是术数家之附会，无关音理。

平声辟唱吕一之一		开音清和律一之一	
	古甲九癸 多多多多		古古古古 多可个舌
一音	□□近揆 多多多多	一音	古古古古 禾火化八
一声	坤巧邱弃 多多多多	一声	古古古古 开宰爱○
	□□乾虯 多多多多		古古古古 回每退○
	黑花香血 多多多多		古古古古 良两向○
二音	黄华雄贤 多多多多	一音	古古古古 光广况○
一声	五瓦仰□ 多多多多	二声	古古古古 丁井亘○
	吾牙月尧 多多多多		古古古古 兄永莹○
	安亚乙一 多多多多		古古古古 千典旦○
三音	□爻王寅 多多多多	一音	古古古古 元犬半○
一声	母马美米 多多多多	三声	古古古古 臣引艮○
	目儿眉民 多多多多		古古古古 君允巽○
	夫法□飞 多多多多		古古古古 刀早孝岳
四音	父凡□吠 多多多多	一音	古古古古 毛宝报霍
一声	武晚□尾 多多多多	四声	古古古古 牛斗奏六
	文万□未 多多多多		古古古古 ○○○玉
五音	卜百丙必 多多多多	一音	古古古古 妻子四日

一声	步白葡鼻 多多多多	五声	古古古古 衰○帅骨
	普朴品匹 多多多多		古古古古 ○○○德
	旁排平瓶 多多多多		古古古古 龟水贵北
	东州帝■ 多多多多		古古古古 宫孔众○
六音	兑大弟■ 多多多多	一音	古古古古 龙甬用○
一声	土贪天■ 多多多多	六声	古古古古 鱼鼠去○
	同覃田■ 多多多多		古古古古 乌虎兔○
	乃你女■ 多多多多		古古古古 心审禁○
七音	内南年■ 多多多多	一音	古古古古 ○○○十
一声	老冷吕■ 多多多多	七声	古古古古 男坎欠○
	鹿荦离■ 多多多多		古古古古 ○○○妾
	走哉足■ 多多多多		古古古古 ●●●●
八音	自在匠■ 多多多多	一音	古古古古 ●●●●
一声	草采七■ 多多多多	八声	古古古古 ●●●●
	曹才全■ 多多多多		古古古古 ●●●●
	思三星■ 多多多多		古古古古 ●●●●
九音	寺□象■ 多多多多	一音	古古古古 ●●●●

一声	□□□■ 多多多多	九声	古古古古 ●●●●
	□□□■ 多多多多		古古古古 ●●●●
	■山手■ 多多多多		古古古古 ●●●●
十音	■士石■ 多多多多	一音	古古古古 ●●●●
一声	■□耳■ 多多多多	十声	古古古古 ●●●●
	■□二■ 多多多多		古古古古 ●●●●
			开音清和律一之一
	■庄震■ 多多多多		黑黑黑黑 多可个舌
十一音	■乍□■ 多多多多	二音	黑黑黑黑 禾火化八
一声	■义赤■ 多多多多	一声	黑黑黑黑 开宰爱○
	■崇辰■ 多多多多		黑黑黑黑 回每退○
	■卓中■ 多多多多		黑黑黑黑 良两向○
十二音	■宅直■ 多多多多	二音	黑黑黑黑 光广况○
一声	■拆丑■ 多多多多	二声	黑黑黑黑 丁井亘○
	■茶呈■ 多多多多		黑黑黑黑 兄永莹○
平声辟唱吕一之二			
	古甲九癸 良良良良		黑黑黑黑 千典旦○
一音	□□近揆 良良良良	二音	黑黑黑黑 元犬半○
二声	坤巧邱弃 良良良良	三声	黑黑黑黑 臣引艮○

	□□乾蚪 良良良良		黑黑黑黑 君允巽○
	黑花香血 良良良良		黑黑黑黑 刀早孝岳
二音	黄华雄贤 良良良良	二音	黑黑黑黑 毛宝报霍
二声	五瓦仰□ 良良良良	四声	黑黑黑黑 牛斗奏六
	吾牙月尧 良良良良		黑黑黑黑 ○○○玉
	安亚乙一 良良良良		黑黑黑黑 妻子四日
三音	□爻王寅 良良良良	二音	黑黑黑黑 衰○帅骨
二声	母马美米 良良良良	五声	黑黑黑黑 ○○○德
	目儿眉民 良良良良		黑黑黑黑 龟水贵北
	夫法□飞 良良良良		黑黑黑黑 宫孔众○
四音	父凡□吠 良良良良	二音	黑黑黑黑 龙甬用○
二声	武晚□尾 良良良良	六声	黑黑黑黑 鱼鼠去○
	文万□未 良良良良		黑黑黑黑 乌虎兔○
	卜百丙必 良良良良		黑黑黑黑 心审禁○
五音	步白葡鼻 良良良良	二音	黑黑黑黑 ○○○十
二声	普朴品匹 良良良良	七声	黑黑黑黑 男坎欠○
	旁排平瓶 良良良良		黑黑黑黑 ○○○妾

	东丹帝■ 良良良良		黑黑黑黑 ●●●●
六音	兑大弟■ 良良良良	二音	黑黑黑黑 ●●●●
二声	土贪天■ 良良良良	八声	黑黑黑黑 ●●●●
	同覃田■ 良良良良		黑黑黑黑 ●●●●
	乃你女■ 良良良良		黑黑黑黑 ●●●●
七音	内南年■ 良良良良	二音	黑黑黑黑 ●●●●
二声	老冷吕■ 良良良良	九声	黑黑黑黑 ●●●●
	鹿荦离■ 良良良良		黑黑黑黑 ●●●●
	走哉足■ 良良良良		黑黑黑黑 ●●●●
八音	自在匠■ 良良良良	二音	黑黑黑黑 ●●●●
二声	草采七■ 良良良良	十声	黑黑黑黑 ●●●●
	曹才全■ 良良良良		黑黑黑黑 ●●●●
			开音清和律一之二
	思三星■ 良良良良		安安安安 多可个舌
九音	寺□象■ 良良良良	三音	安安安安 禾火化八
二声	□□□■ 良良良良	一声	安安安安 开宰爱○
	□□□■ 良良良良		安安安安 回每退○
	■山手■ 良良良良		安安安安 良两向○

十音	■士石■ 良良良良	三音	安安安安 光广况○
二声	■□耳■ 良良良良	二声	安安安安 丁井亘○
	■□二■ 良良良良		安安安安 兄永莹○
	■庄震■ 良良良良		安安安安 千典旦○
十一音	■乍□■ 良良良良	三音	安安安安 元犬半○
二声	■义赤■ 良良良良	三声	安安安安 臣引艮○
	■崇辰■ 良良良良		安安安安 君允巽○
	■卓中■ 良良良良		安安安安 刀早孝岳
十二音	■宅直■ 良良良良	三音	安安安安 毛宝报霍
二声	■拆丑■ 良良良良	四声	安安安安 牛斗奏六
	■茶呈■ 良良良良		安安安安 ○○○玉
	平声辟唱吕一之三		
	古甲九癸 千千千千		安安安安 妻子四日
一音	□□近揆 千千千千	三音	安安安安 衰○帅骨
三声	坤巧邱弃 千千千千	五声	安安安安 ○○○德
	□□乾虬 千千千千		安安安安 龟水贵北
	黑花香血 千千千千		安安安安 宫孔众○
二音	黄华雄贤 千千千千	三音	安安安安 龙甬用○

三声	五瓦仰■ 千千千千	六声	安安安安 鱼鼠去○
	吾牙月克 千千千千		安安安安 乌虎兔○
	安亚乙一 千千千千		安安安安 心审禁○
三音	■爻壬寅 千千千千	三音	安安安安 ○○○十
三声	母马美米 千千千千	七声	安安安安 男坎欠○
	目儿眉民 千千千千		安安安安 ○○○妾
	夫法□飞 千千千千		安安安安 ●●●●
四音	父凡□吠 千千千千	三音	安安安安 ●●●●
三声	武晚□尾 千千千千	八声	安安安安 ●●●●
	文万□未 千千千千		安安安安 ●●●●
	卜百丙必 千千千千		安安安安 ●●●●
五音	步白葡鼻 千千千千	三音	安安安安 ●●●●
三声	普朴品匹 千千千千	九声	安安安安 ●●●●
	旁排平瓶 千千千千		安安安安 ●●●●
	东丹帝■ 千千千千		安安安安 ●●●●
六音	兑大弟■ 千千千千	三音	安安安安 ●●●●
三声	土贪天■ 千千千千	十声	安安安安 ●●●●

	同覃田■ 千千千千		安安安安 ●●●●
			开音清和律一之四
	乃你女■ 千千千千		夫夫夫夫 多可个舌
七音	内南年■ 千千千千	四音	夫夫夫夫 禾火化八
三声	老冷吕■ 千千千千	一声	夫夫夫夫 开宰爱○
	鹿荦离■ 千千千千		夫夫夫夫 四每退○
	走哉足■ 千千千千		夫夫夫夫 良两向○
八音	自在匠■ 千千千千	四音	夫夫夫夫 光广况○
三声	草采七■ 千千千千	二声	夫夫夫夫 丁井亘○
	曹才全■ 千千千千		夫夫夫夫 兄永莹○
	思三星■ 千千千千		夫夫夫夫 千典亘○
九音	寺□象■ 千千千千	四音	夫夫夫夫 元犬半○
三声	□□□■ 千千千千	三声	夫夫夫夫 臣引艮○
	□□□■ 千千千千		夫夫夫夫 君允巽○
	■山手■ 千千千千		夫夫夫夫 刀早孝岳
十音	■士石■ 千千千千	四音	夫夫夫夫 毛宝报霍
三声	■□耳■ 千千千千	四声	夫夫夫夫 牛斗奏六
	■□二■ 千千千千		夫夫夫夫 ○○○玉

	■庄震■ 千千千千		夫夫夫夫 妻子四日
十一音	■乍□■ 千千千千	四音	夫夫夫夫 衰○帅骨
三声	■义赤■ 千千千千	五声	夫夫夫夫 ○○○德
	■崇辰■ 千千千千		夫夫夫夫 龟水贵北
	■卓中■ 千千千千		夫夫夫夫 宫孔众○
十二音	■宅直■ 千千千千	四音	夫夫夫夫 龙甬用○
三声	■拆丑■ 千千千千	六声	夫夫夫夫 鱼鼠去○
	■茶呈■ 千千千千		夫夫夫夫 乌虎兔○
	平声辟唱吕一之四		
	古甲九癸 刀刀刀刀		夫夫夫夫 心审禁○
一音	□□近揆 刀刀刀刀	四音	夫夫夫夫 ○○○十
四声	坤巧邱弃 刀刀刀刀	七声	夫夫夫夫 男坎欠○
	□□乾虯 刀刀刀刀		夫夫夫夫 ○○○妾
	黑花香血 刀刀刀刀		夫夫夫夫 ●●●●
二音	黄华雄贤 刀刀刀刀	四音	夫夫夫夫 ●●●●
四声	五瓦仰□ 刀刀刀刀	八声	夫夫夫夫 ●●●●
	吾牙月尧 刀刀刀刀		夫夫夫夫 ●●●●

	安亚乙一 刀刀刀刀		夫夫夫夫 ●●●●
三音	□爻王寅 刀刀刀刀	四音	夫夫夫夫 ●●●●
四声	母马美米 刀刀刀刀	九声	夫夫夫夫 ●●●●
	目儿眉民 刀刀刀刀		夫夫夫夫 ●●●●
	夫法□飞 刀刀刀刀		夫夫夫夫 ●●●●
四音	父凡□吠 刀刀刀刀	四音	夫夫夫夫 ●●●●
四声	武晚□尾 刀刀刀刀	十声	夫夫夫夫 ●●●●
	文万□未 刀刀刀刀		夫夫夫夫 ●●●●
			开音清和律一之五
	卜百丙必 刀刀刀刀		卜卜卜卜 多可个舌
五音	步白精鼻 刀刀刀刀	五音	卜卜卜卜 禾火化八
四声	普朴品匹 刀刀刀刀	一声	卜卜卜卜 开宰爱○
	旁排平瓶 刀刀刀刀		卜卜卜卜 回每退○
	东丹帝■ 刀刀刀刀		卜卜卜卜 良丙向○
六音	兑大弟■ 刀刀刀刀	五音	卜卜卜卜 光广况○
四声	土贪天■ 刀刀刀刀	二声	卜卜卜卜 丁井亘○
	同覃田■ 刀刀刀刀		卜卜卜卜 况永莹○
	乃你女■ 刀刀刀刀		卜卜卜卜 千典旦○

七音	内南年■ 刀刀刀刀	五音	卜卜卜卜 元犬半○
四声	老冷吕■ 刀刀刀刀	三声	卜卜卜卜 臣引艮○
	鹿荦离■ 刀刀刀刀		卜卜卜卜 君允巽○
	走哉足■ 刀刀刀刀		卜卜卜卜 刀早孝岳
八音	自在匠■ 刀刀刀刀	五音	卜卜卜卜 毛宝报霍
四声	草采七■ 刀刀刀刀	四声	卜卜卜卜 牛斗奏六
	曹才全■ 刀刀刀刀		卜卜卜卜 ○○○玉
	思三星■ 刀刀刀刀		卜卜卜卜 妻子四日
九音	寺□象■ 刀刀刀刀	五音	卜卜卜卜 衰○帅骨
四声	□□□■ 刀刀刀刀	五声	卜卜卜卜 ○○○德
	□□□■ 刀刀刀刀		卜卜卜卜 龟水贵北
	■山手■ 刀刀刀刀		卜卜卜卜 宫孔众○
十音	■士石■ 刀刀刀刀	五音	卜卜卜卜 龙甬用○
四声	■□耳■ 刀刀刀刀	六声	卜卜卜卜 鱼鼠去○
	■□二■ 刀刀刀刀		卜卜卜卜 乌虎兔○
	■庄震■ 刀刀刀刀		卜卜卜卜 心审禁○
十一音	■乍□■ 刀刀刀刀	五音	卜卜卜卜 ○○○十

四声	■义赤■ 刀刀刀刀	七声	卜卜卜卜 男坎欠○
	■崇辰■ 刀刀刀刀		卜卜卜卜 ○○○妾
	■卓中■ 刀刀刀刀		卜卜卜卜 ●●●●
十二音	■宅直■ 刀刀刀刀	五音	卜卜卜卜 ●●●●
四声	■拆丑■ 刀刀刀刀	八声	卜卜卜卜 ●●●●
	■茶呈■ 刀刀刀刀		卜卜卜卜 ●●●●
	平声辟唱吕一之五		
	古甲九癸 妻妻妻妻		卜卜卜卜 ●●●●
一音	□□近揆 妻妻妻妻	五音	卜卜卜卜 ●●●●
五声	坤巧邱弃 妻妻妻妻	九声	卜卜卜卜 ●●●●
	□□乾蚪 妻妻妻妻		卜卜卜卜 ●●●●
	黑花香血 妻妻妻妻		卜卜卜卜 ●●●●
二音	黄华雄贤 妻妻妻妻	五音	卜卜卜卜 ●●●●
五声	五瓦仰□ 妻妻妻妻	十声	卜卜卜卜 ●●●●
	吾牙月尧 妻妻妻妻		卜卜卜卜 ●●●●
			开音清和律一之六
	安亚乙一 妻妻妻妻		东东东东 多可个舌
三音	□爻王寅 妻妻妻妻	六音	东东东东 禾火化八
五声	母马美米 妻妻妻妻	一声	东东东东 开宰爱○

	目儿眉民 妻妻妻妻		东东东东 回每退○
	夫法□飞 妻妻妻妻		东东东东 良两向○
四音	父凡□吠 妻妻妻妻	六音	东东东东 光广况○
五声	武晚□尾 妻妻妻妻	二声	东东东东 丁井亘○
	文万□未 妻妻妻妻		东东东东 兄永莹○
	卜百丙必 妻妻妻妻		东东东东 千典旦○
五音	步白精鼻 妻妻妻妻	六音	东东东东 元犬半○
五声	普朴品匹 妻妻妻妻	三声	东东东东 臣引艮○
	旁排平瓶 妻妻妻妻		东东东东 君允巽○
	东丹帝■ 东东东东		妻妻妻妻 刀早孝岳
六音	兑大弟■ 妻妻妻妻	六音	东东东东 毛宝报霍
五声	土贪天■ 妻妻妻妻	四声	东东东东 牛斗奏六
	同覃田■ 妻妻妻妻		东东东东 ○○○玉
	乃你女■ 妻妻妻妻		东东东东 妻子四日
七音	内南年■ 妻妻妻妻	六音	东东东东 衰○帅骨
五声	老冷吕■ 妻妻妻妻	五声	东东东东 ○○○德
	鹿荦离■ 妻妻妻妻		东东东东 龟水贵北

	走哉足■ 妻妻妻妻		东东东东 宫孔众○
八音	自在匠■ 妻妻妻妻	六音	东东东东 龙甬用○
五声	草采七■ 妻妻妻妻	六声	东东东东 鱼鼠去○
	曹才全■ 妻妻妻妻		东东东东 乌虎兔○
	思三星■ 妻妻妻妻		东东东东 心审禁○
九音	寺□象■ 妻妻妻妻	六音	东东东东 ○○○十
五声	□□□■ 妻妻妻妻	七声	东东东东 男坎欠○
	□□□■ 妻妻妻妻		东东东东 ○○○妾
	■山手■ 妻妻妻妻		东东东东 ●●●●
十音	■士石■ 妻妻妻妻	六音	东东东东 ●●●●
五声	■□耳■ 妻妻妻妻	八声	东东东东 ●●●●
	■□二■ 妻妻妻妻		东东东东 ●●●●
	■庄震■ 妻妻妻妻		东东东东 ●●●●
十一音	■乍□■ 妻妻妻妻	六音	东东东东 ●●●●
五声	■义赤■ 妻妻妻妻	九声	东东东东 ●●●●
	■崇辰■ 妻妻妻妻		东东东东 ●●●●
	■卓中■ 妻妻妻妻		东东东东 ●●●●

十二音	■宅直■ 妻妻妻妻	六音	东东东东 ●●●●
五声	■拆丑■ 妻妻妻妻	十声	东东东东 ●●●●
	■茶呈■ 妻妻妻妻		东东东东 ●●●●
	平声辟唱吕一之六		**开音清和吕一之六**
	古甲九癸 宫宫宫宫		乃乃乃乃 多可个舌
一音	□□近揆 宫宫宫宫	七音	乃乃乃乃 禾火化八
六声	坤巧邱弃 宫宫宫宫	一声	乃乃乃乃 开宰爱○
	□□乾蚪 宫宫宫宫		乃乃乃乃 回每退○
	黑花香血 宫宫宫宫		乃乃乃乃 良两向○
二音	黄华雄贤 宫宫宫宫	七音	乃乃乃乃 光广况○
六声	五瓦仰□ 宫宫宫宫	二声	乃乃乃乃 丁井亘○
	吾牙月尧 宫宫宫宫		乃乃乃乃 兄永莹○
	安亚乙一 宫宫宫宫		乃乃乃乃 千典旦○
三音	□爻王寅 宫宫宫宫	七音	乃乃乃乃 元犬半○
六声	母马美米 宫宫宫宫	三声	乃乃乃乃 臣引艮○
	目儿眉民 宫宫宫宫		乃乃乃乃 君允巽○
	夫法□飞 宫宫宫宫		乃乃乃乃 刀早孝岳
四音	父凡□吠 宫宫宫宫	七音	乃乃乃乃 毛宝报霍

六声	武晚□尾 宫宫宫宫	四声	乃乃乃乃 牛斗奏六
	文万□未 宫宫宫宫		乃乃乃乃 ○○○玉
	卜百丙必 宫宫宫宫		乃乃乃乃 妻子四日
五音	步白莆鼻 宫宫宫宫	七音	乃乃乃乃 衰○帅骨
六声	普朴品匹 宫宫宫宫	五声	乃乃乃乃 ○○○德
	旁排平瓶 宫宫宫宫		乃乃乃乃 龟水贵北
	东丹帝■ 宫宫宫宫		乃乃乃乃 宫孔众○
六音	兑大弟■ 宫宫宫宫	七音	乃乃乃乃 龙甬用○
六声	土贪天■ 宫宫宫宫	六声	乃乃乃乃 鱼鼠去○
	同覃田■ 宫宫宫宫		乃乃乃乃 乌虎兔○
	乃你女■ 宫宫宫宫		乃乃乃乃 心审禁○
七音	内南年■ 宫宫宫宫	七音	乃乃乃乃 ○○○十
六声	老冷吕■ 宫宫宫宫	七声	乃乃乃乃 男坎欠○
	鹿荦离■ 宫宫宫宫		乃乃乃乃 ○○○妾
	走哉足■ 宫宫宫宫		乃乃乃乃 ●●●●
八音	自在匠■ 宫宫宫宫	七音	乃乃乃乃 ●●●●
六声	草采七■ 宫宫宫宫	八声	乃乃乃乃 ●●●●

	曹才全■ 宫宫宫宫		乃乃乃乃 ●●●●
	思三星■ 宫宫宫宫		乃乃乃乃 ●●●●
九音	寺□象■ 宫宫宫宫	七音	乃乃乃乃 ●●●●
六声	□□□■ 宫宫宫宫	九声	乃乃乃乃 ●●●●
	□□□■ 宫宫宫宫		乃乃乃乃 ●●●●
	■山手■ 宫宫宫宫		乃乃乃乃 ●●●●
十音	■士石■ 宫宫宫宫	七音	乃乃乃乃 ●●●●
六声	■□耳■ 宫宫宫宫	十声	乃乃乃乃 ●●●●
	■□□■ 宫宫宫宫		乃乃乃乃 ●●●●
			开音清和律一之八
	■庄震■ 宫宫宫宫		走走走走 多可个舌
十一音	■乍□■ 宫宫宫宫	八音	走走走走 禾火化八
六声	■义赤■ 宫宫宫宫	一声	走走走走 开宰爱○
	■崇辰■ 宫宫宫宫		走走走走 回每退○
	■卓中■ 宫宫宫宫		走走走走 良两向○
十二音	■宅直■ 宫宫宫宫	八音	走走走走 光广况○
六声	■拆丑■ 宫宫宫宫	二声	走走走走 丁井亘○
	■茶呈■ 宫宫宫宫		走走走走 兄永莹○

	平声辟唱吕一之七		
	古甲九癸 心心心心		走走走走 千典旦○
一音	□□近揆 心心心心	八音	走走走走 元犬半○
七声	坤巧邱弃 心心心心	三声	走走走走 臣引艮○
	□□乾虯 心心心心		走走走走 君允巽○
	黑花香血 心心心心		走走走走 刀早孝岳
二音	黄华雄贤 心心心心	八音	走走走走 毛宝报霍
七声	五瓦仰■ 心心心心	四声	走走走走 牛斗奏六
	吾牙月尧 心心心心		走走走走 ○○○玉
	安亚乙一 心心心心		走走走走 妻子四日
三音	□爻王寅 心心心心	八音	走走走走 衰○帅骨
七声	母马美米 心心心心	五声	走走走走 ○○○德
	目儿眉民 心心心心		走走走走 龟水贵北
	夫法□飞 心心心心		走走走走 宫孔众○
四音	父凡□吠 心心心心	八音	走走走走 龙甬用○
七声	武晚□尾 心心心心	六声	走走走走 鱼鼠去○
	文万□未 心心心心		走走走走 乌虎兔○

	卜百丙必 心心心心		走走走走 心审禁○
五音	步白精鼻 心心心心	八音	走走走走 ○○○十
七声	普朴品匹 心心心心	七声	走走走走 男坎欠○
	旁排平瓶 心心心心		走走走走 ○○○妾
	东丹帝■ 心心心心		走走走走 ●●●●
六音	兑大弟■ 心心心心	八音	走走走走 ●●●●
七声	土贪天■ 心心心心	八声	走走走走 ●●●●
	同覃田■ 心心心心		走走走走 ●●●●
	乃你女■ 心心心心		走走走走 ●●●●
七音	内南年■ 心心心心	八音	走走走走 ●●●●
七声	老冷吕■ 心心心心	九声	走走走走 ●●●●
	鹿荦离■ 心心心心		走走走走 ●●●●
	走哉足■ 心心心心		走走走走 ●●●●
八音	自在匠■ 心心心心	八音	走走走走 ●●●●
七声	草采七■ 心心心心	十声	走走走走 ●●●●
	曹才全■ 心心心心		走走走走 ●●●●
			开音清和律一之九
	思三星■ 心心心心		思思思思 多可个舌

九音	寺□象■ 心心心心	九音	思思思思 禾火化八
七声	□□□■ 心心心心	一声	思思思思 开宰爱○
	□□□■ 心心心心		思思思思 回每退○
	■山手■ 心心心心		思思思思 良两向○
十音	■士石■ 心心心心	九音	思思思思 光广况○
七声	■耳□■ 心心心心	二声	思思思思 丁井亘○
	■二□■ 心心心心		思思思思 兄永莹○
	■庄震■ 心心心心		思思思思 千典旦○
十一音	■乍□■ 心心心心	九音	思思思思 元犬半○
七声	■义赤■ 心心心心	三声	思思思思 臣引艮○
	■崇辰■ 心心心心		思思思思 君允巽○
	■卓中■ 心心心心		思思思思 刀早孝岳
十二音	■宅直■ 心心心心	九音	思思思思 毛宝报霍
七声	■拆丑■ 心心心心	四声	思思思思 牛斗奏六
	■茶呈■ 心心心心		思思思思 ○○○玉
	平声辟唱吕一之八		
	古甲九癸 ●●●●		思思思思 多可个舌
一音	□□近揆 ●●●●	九音	思思思思 禾火化八

八声	坤巧邱弃 ●●●●	五声	思思思思 开宰爱○
	□□乾蚪 ●●●●		思思思思 回每退○
	黑花香血 ●●●●		思思思思 良两向○
二音	黄华雄贤 ●●●●	九音	思思思思 光广况○
八声	五瓦仰□ ●●●●	六声	思思思思 丁井亘○
	吾牙月尧 ●●●●		思思思思 兄永莹○
	安亚乙一 ●●●●		思思思思 心审禁○
三音	□爻王寅 ●●●●	九音	思思思思 ○○○十
八声	母马美米 ●●●●	七声	思思思思 男坎欠○
	目儿眉民 ●●●●		思思思思 ○○○妾
	夫法□飞 ●●●●		思思思思 ●●●●
四音	父凡□吠 ●●●●	九音	思思思思 ●●●●
八声	武晚□尾 ●●●●	八声	思思思思 ●●●●
	文万□未 ●●●●		思思思思 ●●●●
五音	卜百丙必 ●●●●	九音	思思思思 ●●●●
八声	步白葡鼻 ●●●●	九声	思思思思 ●●●●
	普朴品匹 ●●●●		思思思思 ●●●●

	旁排平瓶 ●●●●		思思思思 ●●●●
	东丹帝□ ●●●●		思思思思 ●●●●
六音	兑大弟□ ●●●●	九音	思思思思 ●●●●
八声	土贪天■ ●●●●	十声	思思思思 ●●●●
	同覃田■ ●●●●		思思思思 ●●●●
			开音清和律一之十
	乃你女■ ●●●●		■■■■ 多可个舌
七音	内南年■ ●●●●	十音	■■■■ 禾火化八
八声	老冷吕■ ●●●●	一声	■■■■ 开宰爱○
	鹿荦离■ ●●●●		■■■■ 回每退○
	走哉足■ ●●●●		■■■■ 良两向○
八音	自在匠■ ●●●●	十音	■■■■ 光广况○
八声	草采七■ ●●●●	二声	■■■■ 丁井亘○
	曹才全■ ●●●●		■■■■ 兄永莹○
	思三星■ ●●●●		■■■■ 千典旦○
九音	寺□象■ ●●●●	十音	■■■■ 元犬半○
八声	□□□■ ●●●●	三声	■■■■ 臣引艮○
	□□□■ ●●●●		■■■■ 君允巽○

	■山手■ ●●●●		■■■■ 刀早孝岳
十音	■士石■ ●●●●	十音	■■■■ 毛宝报霍
八声	■□耳■ ●●●●	四声	■■■■ 牛斗奏六
	■□二■ ●●●●		■■■■ ○○○玉
	■庄震■ ●●●●		■■■■ 妻子四日
十一音	■乍□■ ●●●●	十音	■■■■ 衰○帅骨
八声	■义赤■ ●●●●	五声	■■■■ ○○○德
	■崇辰■ ●●●●		■■■■ 龟水贵北
	■卓中■ ●●●●		■■■■ 宫孔众○
十二音	■宅直■ ●●●●	十音	■■■■ 龙甬用○
八声	■拆丑■ ●●●●	六声	■■■■ 鱼鼠去○
	■茶呈■ ●●●●		■■■■ 乌虎兔○
	平声辟唱吕一之九		
	古甲九癸 ●●●●		■■■■ 心审禁○
一音	□□近揆 ●●●●	十音	■■■■ ○○十○
九声	坤巧邱弃 ●●●●	七声	■■■■ 男坎欠○
	□□乾蚪 ●●●●		■■■■ ○○○妾

	黑花香血 ●●●●		■■■■ ●●●●
二音	黄华雄贤 ●●●●	十音	■■■■ ●●●●
九声	五瓦仰□ ●●●●	八声	■■■■ ●●●●
	吾牙月尧 ●●●●		■■■■ ●●●●
			■■■■ ●●●●
	安亚乙一 ●●●●		■■■■ ●●●●
三音	□爻王寅 ●●●●	十音	■■■■ ●●●●
九声	母马美米 ●●●●	九声	■■■■ ●●●●
	目儿眉民 ●●●●		■■■■ ●●●●
	夫法□飞 ●●●●		■■■■ ●●●●
四音	父凡□吠 ●●●●	十音	■■■■ ●●●●
九声	武晚□尾 ●●●●	十声	■■■■ ●●●●
	文万□未 ●●●●		■■■■ ●●●●
			开音清和律一之十一
	卜百丙必 ●●●●		■■■■ 多可个舌
五音	步白犕鼻 ●●●●	十一音	■■■■ 禾火化八
九声	普朴品匹 ●●●●	一声	■■■■ 开宰爱○
	旁排平瓶 ●●●●		■■■■ 回每退○
	东丹帝■ ●●●●		■■■■ 良两向○

六音	兑大弟■ ●●●●	十一音	■■■■ 光广况○
九声	土贪天■ ●●●●	二声	■■■■ 丁井亘○
	同覃田■ ●●●●		■■■■ 兄永莹○
	乃你女■ ●●●●		■■■■ 千典旦○
七音	内南年■ ●●●●	十一音	■■■■ 元犬半○
九声	老冷吕■ ●●●●	三声	■■■■ 臣引艮○
	鹿荦离■ ●●●●		■■■■ 君允巽○
	走哉足■ ●●●●		■■■■ 刀早孝岳
八音	自在匠■ ●●●●	十一音	■■■■ 毛宝报霍
九声	草采七■ ●●●●	四声	■■■■ 牛斗奏六
	曹才全■ ●●●●		■■■■ ○○○玉
	思三星■ ●●●●		■■■■ 妻子四日
九音	寺□象■ ●●●●	十一音	■■■■ 衰○帅骨
九声	□□□■ ●●●●	五声	■■■■ ○○○德
	□□□■ ●●●●		■■■■ 龟水贵北
	■山手■ ●●●●		■■■■ 宫孔众○
十音	■士石■ ●●●●	十一音	■■■■ 龙甬用○

九声	■□耳■ ●●●●	六声	■■■■ 鱼鼠去○
	■□二■ ●●●●		■■■■ 乌虎兔○
	■庄震■ ●●●●		■■■■ 心审禁○
十一音	■乍□■ ●●●●	十一音	■■■■ ○○○十
九声	■义赤■ ●●●●	七声	■■■■ 男坎欠○
	■崇辰■ ●●●●		■■■■ ○○○妾
	■卓中■ ●●●●		■■■■ ●●●●
十二音	■宅直■ ●●●●	十一音	■■■■ ●●●●
九声	■拆丑■ ●●●●	八声	■■■■ ●●●●
	■茶呈■ ●●●●		■■■■ ●●●●
	平声辟唱吕一之十		
	古甲九癸 ●●●●		■■■■ ●●●●
一音	□□近揆 ●●●●	十一音	■■■■ ●●●●
十声	坤巧邱弃 ●●●●	九声	■■■■ ●●●●
	□□乾蚪 ●●●●		■■■■ ●●●●
	黑花香血 ●●●●		■■■■ ●●●●
二音	黄华雄贤 ●●●●	十一音	■■■■ ●●●●
十声	五瓦仰□ ●●●●	十声	■■■■ ●●●●

	吾牙月尧 ●●●●		■■■■ ●●●●
			开音清和律一之十二
	安亚乙一 ●●●●		■■■■ 多可个舌
三音	□爻王寅 ●●●●	十二音	■■■■ 禾火化八
十声	母马美米 ●●●●	一声	■■■■ 开宰爱○
	目儿眉民 ●●●●		■■■■ 回每退○
	夫法□飞 ●●●●		■■■■ 良两向○
四音	父凡□吠 ●●●●	十二音	■■■■ 光广况○
十声	武晚□尾 ●●●●	二声	■■■■ 丁井亘○
	文万□未 ●●●●		■■■■ 兄永莹○
	卜百丙必 ●●●●		■■■■ 千典旦○
五音	步白鼻葡 ●●●●	十二音	■■■■ 元犬半○
十声	普朴品匹 ●●●●	三声	■■■■ 臣引艮○
	旁排平瓶 ●●●●		■■■■ 君允巽○
	东丹帝■ ●●●●		■■■■ 刀早孝岳
六音	兑大弟■ ●●●●	十二音	■■■■ 毛宝报霍
十声	土贪天■ ●●●●	四声	■■■■ 牛斗奏六
	同覃田■ ●●●●		■■■■ ○○○玉

	乃你女■ ●●●●		■■■■ 妻子四日
七音	内南年■ ●●●●	十二音	■■■■ 衰○帅骨
十声	老冷吕■ ●●●●	五声	■■■■ ○○○德
	鹿荦离■ ●●●●		■■■■ 龟水贵北
	走哉足■ ●●●●		■■■■ 宫孔众○
八音	自在匠■ ●●●●	十二音	■■■■ 龙甬用○
十声	草采七■ ●●●●	六声	■■■■ 鱼鼠去○
	曹才全■ ●●●●		■■■■ 乌虎兔○
	思三星■ ●●●●		■■■■ 心审禁○
九音	寺□象■ ●●●●	十二音	■■■■ ○○○十
十声	□□□■ ●●●●	七声	■■■■ 男坎欠○
	□□□■ ●●●●		■■■■ ○○○妾
	■山手■ ●●●●		■■■■ ●●●●
十音	■士石■ ●●●●	十二音	■■■■ ●●●●
十声	■□耳■ ●●●●	八声	■■■■ ●●●●
	■□二■ ●●●●		■■■■ ●●●●

	■庄震■ ●●●●		■■■■ ●●●●
十一音	■乍□■ ●●●●	十二音	■■■■ ●●●●
十声	■义赤■ ●●●●	九声	■■■■ ●●●●
	■崇辰■ ●●●●		■■■■ ●●●●
	■卓中■ ●●●●		■■■■ ●●●●
十二音	■宅直■ ●●●●	十二音	■■■■ ●●●●
十声	■拆丑■ ●●●●	十声	■■■■ ●●●●
	■茶呈■ ●●●●		■■■■ ●●●●

观物篇三十六[①]

日月声平翕

禾光元毛衰

龙○●●●

日月声七，下唱地之用，音一百五十二，是谓平声翕音，平声翕音一千六十四。

水火音开浊

□黄□父步兑

内自寺■■■

水火音九，上和天之用，声一百一十二，是谓开音浊声，开音浊声一千八。

校者注　①　观物篇三十六：《皇极经世·声音唱和图》实际上是北宋邵雍先生所撰《皇极经世书》中的一张图。邵雍精于《易》学，创造此图来说明汉字声韵与八卦的关系，宋代祝泌的《皇极经世解起数诀》即为注解此图而作。图中“声”指韵母，分为十部，每一部有日、月、星、辰（即平上去入）四类。每一类又细分为日月星辰四小类，日、星为“辟”（即开口），月、辰小类为“翕”（即合口）。“音”指声母，为十二部。每一部有水、火、土、石（即开、发、收、闭，大约相当于一、二、三、四等）四类。每一类又细分为水、火、土、石四小类，水、土清音，火、石为浊音。无声、无音的分别标为●和■，有声无字的标为○，有音无字的标为□。共有天之声数112，地之音数152，声与音唱和，就产生出各种音节来。112声和152音相结合后产生的17024音，是世上可能存在的所有声音的总和。十声和十二音是通过汉字音推测出来的音韵体系。在观物篇三十五至观物篇五十中，用了很长的篇幅详细说明了由天声160声和地音192音一一组合而成的30720个音素的字例。十声图每一声之内有四位，每一位又有平上去入，所以应有160声，但声八、九、十全是无声无音位，所以实有112声。十二音图每音之内分为四位，每一位又分为开发收闭，所以应有192音，但音六、七、八、九没有“闭”音，音十、十一、十二没有“开、闭”两音，所以实为152音。周祖谟（1914－1995，中国文字、音韵、训诂、文献学家）主张《皇极经世·声音唱和图》反映了宋代的实际语音，指出“若乃论及宋代，则迄今尚无撰述见称于世。笔者读邵雍《皇极经世·声音唱和图》，颇怪其分声析韵与《广韵》大相径庭，及取其《击壤集》读之，观其诗文之协韵，无不与图相合，方知此书实为特出，原不以韵书自拘。其分辨声母虽未脱宋人三十六母之窠臼，而能以时音为重，迥非当时之等韵图所可比拟。由是乃悟欲考宋代语音，所资虽多，此其选矣”。周祖谟认为，《皇极经世·声音唱和图》反映的语音系统就是当时的汴洛音。有关《皇极经世·声音唱和图》的研究著作有周祖谟《问学集》（中华书局，一九六六年）、李荣《切韵音系》（科学出版社，一九五六年）、陆志韦《记邵雍皇极经世的“天声地音”》（《燕京学报》第三十一期，一九四六年）。

日月声平之二翕　　　　水火音开之二浊

平声翕唱吕二之一		开音浊和律二之一	
	古甲九癸 禾禾禾禾		□□□□ 多可个舌
一音	□□近揆 禾禾禾禾	一音	□□□□ 禾火化八
一声	坤巧邱弃 禾禾禾禾	一声	□□□□ 开宰爱○
	□□乾虬 禾禾禾禾		□□□□ 回每退○
	黑花香血 禾禾禾禾		□□□□ 良两向○
	黄华雄贤 禾禾禾禾		□□□□ 光广况○
二音	五瓦仰□ 禾禾禾禾	一音	□□□□ 丁井亘○
一声	吾牙月尧 禾禾禾禾	二声	□□□□ 兄永莹○
	安亚乙一 禾禾禾禾		□□□□ 千典旦○
三音	□爻王寅 禾禾禾禾	一音	□□□□ 元犬半○
一声	母马美米 禾禾禾禾	三声	□□□□ 臣引艮○
	目儿眉民 禾禾禾禾		□□□□ 君允巽○
	夫法□飞 禾禾禾禾		□□□□ 刀早孝岳
	曹才全■ 禾禾禾禾		□□□□ ●●●●

	思三星■ 禾禾禾禾		□□□□ ●●●●
九音	寺□象■ 禾禾禾禾	一音	□□□□ ●●●●
一声	□□□■ 禾禾禾禾	九声	□□□□ ●●●●
	□□□■ 禾禾禾禾		□□□□ ●●●●
	■山手■ 禾禾禾禾		□□□□ ●●●●
十音	■士石■ 禾禾禾禾	一音	□□□□ ●●●●
一声	■□耳■ 禾禾禾禾	十声	□□□□ ●●●●
	■□二■ 禾禾禾禾		□□□□ ●●●●
			开音浊和律二之二
	■庄震■ 禾禾禾禾		黄黄黄黄 多可个舌
十一音	■乍□■ 禾禾禾禾	二音	黄黄黄黄 禾火化八
一声	■义赤■ 禾禾禾禾	一声	黄黄黄黄 开宰爱○
	■崇辰■ 禾禾禾禾		黄黄黄黄 回每退○
	■卓中■ 禾禾禾禾		黄黄黄黄 良两向○
十二音	■宅直■ 禾禾禾禾	二音	黄黄黄黄 光广况○
一声	■拆丑■ 禾禾禾禾	二声	黄黄黄黄 丁井亘○
	■茶呈■ 禾禾禾禾		黄黄黄黄 兄永莹○
	平声翕唱吕二之二		
	古甲九癸 光光光光		黄黄黄黄 千典旦○

一音	□□近揆 光光光光	二音	黄黄黄黄 元犬半○
二声	坤巧邱弃 光光光光	三声	黄黄黄黄 臣引艮○
	□□乾蚪 光光光光		黄黄黄黄 君允巽○
	黑花香血 光光光光		黄黄黄黄 刀早孝岳
二音	黄华雄贤 光光光光	二音	黄黄黄黄 毛宝报霍
二声	五瓦仰□ 光光光光	四声	黄黄黄黄 牛斗奏六
	吾牙月尧 光光光光		黄黄黄黄 ○○○玉
	安亚乙一 光光光光		黄黄黄黄 妻子四日
三音	□爻王寅 光光光光	二音	黄黄黄黄 衰○帅骨
二声	母马美米 光光光光	五声	黄黄黄黄 ○○○德
	目儿眉民 光光光光		黄黄黄黄 龟水贵北
	夫法□飞 光光光光		黄黄黄黄 宫孔众○
四音	父凡□吠 光光光光	二音	黄黄黄黄 龙甬用○
二声	武晚□尾 光光光光	六声	黄黄黄黄 鱼鼠去○
	文万□未 光光光光		黄黄黄黄 乌虎兔○
	卜百丙必 光光光光		黄黄黄黄 心审禁○
五音	步白精鼻 光光光光	二音	黄黄黄黄 ○○○十

二声	普朴品匹 光光光光	七声	黄黄黄黄 男坎欠○
	旁排平瓶 光光光光		黄黄黄黄 ○○○妾
	东丹帝■ 光光光光		黄黄黄黄 ○○○○
六音	兑大弟■ 光光光光	二音	黄黄黄黄 ●●●●
二声	土贪天■ 光光光光	八声	黄黄黄黄 ●●●●
	同覃田■ 光光光光		黄黄黄黄 ●●●●
	乃你女■ 光光光光		黄黄黄黄 ●●●●
七音	内南年■ 光光光光	二音	黄黄黄黄 ●●●●
二声	老冷吕■ 光光光光	九声	黄黄黄黄 ●●●●
	鹿荦离■ 光光光光		黄黄黄黄 ●●●●
	走哉足■ 光光光光		黄黄黄黄 ●●●●
八音	自在匠■ 光光光光	二音	黄黄黄黄 ●●●●
二声	草采七■ 光光光光	十声	黄黄黄黄 ●●●●
	曹才全■ 光光光光		黄黄黄黄 ●●●●
			开音浊和律二之三
	思三星■ 光光光光		□□□□ 多可个舌
九音	寺□象■ 光光光光	三音	□□□□ 禾火化八
二声	□□□■ 光光光光	一声	□□□□ 开宰爱○

	□□□■ 光光光光		□□□□ 回每退○
	■山手■ 光光光光		□□□□ 良两向○
十音	■士石■ 光光光光	三音	□□□□ 光广况○
二声	■□耳■ 光光光光	二声	□□□□ 丁井亘○
	■□二■ 光光光光		□□□□ 兄永莹○
	■庄震■ 光光光光		□□□□ 千典旦○
十一音	■乍□■ 光光光光	三音	□□□□ 元犬半○
二声	■义赤■ 光光光光	三声	□□□□ 臣引艮○
	■崇辰■ 光光光光		□□□□ 君允巽○
	■卓中■ 光光光光		□□□□ 刀早孝岳
十二音	■宅直■ 光光光光	三音	□□□□ 毛宝报霍
二声	■拆丑■ 光光光光	四声	□□□□ 牛斗奏六
	■茶呈■ 光光光光		□□□□ ○○○玉
	平声翕唱吕二之三		
	古甲九癸 元元元元		□□□□ 妻子四日
一音	□□近揆 元元元元	三音	□□□□ 衰○帅骨
三声	坤巧邱弃 元元元元	五声	□□□□ ○○○德
	□□乾虯 元元元元		□□□□ 龟水贵北

	黑花香血 元元元元		□□□□ 宫孔众○
二音	黄华雄贤 元元元元	三音	□□□□ 龙甬用○
三声	五瓦仰■ 元元元元	六声	□□□□ 鱼鼠去○
	吾牙月尧 元元元元		□□□□ 乌虎兔○
	安亚乙一 元元元元		□□□□ 心审禁○
三音	□爻王寅 元元元元	三音	□□□□ ○○○○
三声	母马美米 元元元元	七声	□□□□ 男坎欠○
	目儿眉民 元元元元		□□□□ ○○○妾
	夫法□飞 元元元元		□□□□ ●●●●
四音	父凡□吠 元元元元	二音	□□□□ ●●●●
三声	武晚□尾 元元元元	八声	□□□□ ●●●●
	文万□未 元元元元		□□□□ ●●●●
	卜百丙必 元元元元		□□□□ ●●●●
五音	步白莆鼻 元元元元	三音	□□□□ ●●●●
三声	普朴品匹 元元元元	九声	□□□□ ●●●●
	旁排平瓶 元元元元		□□□□ ●●●●
	东丹帝■ 元元元元		□□□□ ●●●●

六音	兑大弟■ 元元元元	三音	□□□□ ●●●●
三声	土贪天■ 元元元元	十声	□□□□ ●●●●
	同覃田■ 元元元元		□□□□ ●●●●
			开音浊和律二之四
	乃你女■ 元元元元		父父父父 多可个舌
七音	内南年■ 元元元元	四音	父父父父 禾火化八
三声	老冷吕■ 元元元元	一声	父父父父 开宰爱○
	鹿荦离■ 元元元元		父父父父 回每退○
	走哉足■ 元元元元		父父父父 良两向○
八音	自在匠■ 元元元元	四音	父父父父 光广况○
三声	草采七■ 元元元元	二声	父父父父 丁井亘○
	曹才全■ 元元元元		父父父父 兄永莹○
	思三星■ 元元元元		父父父父 千典旦○
九音	寺□象■ 元元元元	四音	父父父父 元犬半○
三声	□□□■ 元元元元	三声	父父父父 臣引艮○
	□□□■ 元元元元		父父父父 君允巽○
	■山手■ 元元元元		父父父父 刀早孝岳
十音	■士石■ 元元元元	四音	父父父父 毛宝报霍

三声	■□耳■ 元元元元	四声	父父父父 牛斗奏六
	■□二■ 元元元元		父父父父 ○○○玉
	■庄震■ 元元元元		父父父父 妻子四日
十一音	■乍□■ 元元元元	四音	父父父父 衰○帅骨
三声	■义赤■ 元元元元	五声	父父父父 ○○○德
	■崇辰■ 元元元元		父父父父 龟水贵北
	■卓中■ 元元元元		父父父父 宫孔众○
十二音	■宅直■ 元元元元	四音	父父父父 龙甬用○
三声	■拆丑■ 元元元元	六声	父父父父 鱼鼠去○
	■茶呈■ 元元元元		父父父父 乌虎兔○
	平声翕唱吕二之四		
	古甲九癸 毛毛毛毛		父父父父 心审禁○
一音	□□近揆 毛毛毛毛	四音	父父父父 ○○○十
四声	坤巧邱弃 毛毛毛毛	七声	父父父父 男坎欠○
	□□乾虯 毛毛毛毛		父父父父 ○○○妾
	黑花香血 毛毛毛毛		父父父父 ●●●●
二音	黄华雄贤 毛毛毛毛	四音	父父父父 ●●●●
四声	五瓦仰□ 毛毛毛毛	八声	父父父父 ●●●●

	吾牙月尧 毛毛毛毛		父父父父 ●●●●
	安亚乙一 毛毛毛毛		父父父父 ●●●●
三音	□爻王寅 毛毛毛毛	四音	父父父父 ●●●●
四声	母马美米 毛毛毛毛	九声	父父父父 ●●●●
	目儿眉民 毛毛毛毛		父父父父 ●●●●
	夫法□飞 毛毛毛毛		父父父父 ●●●●
四音	父凡□吠 毛毛毛毛	四音	父父父父 ●●●●
四声	武晚□尾 毛毛毛毛	十声	父父父父 ●●●●
	文万□未 毛毛毛毛		父父父父 ●●●●
			开音浊和律二之五
	卜百丙必 毛毛毛毛		步步步步 多可个舌
五音	步白犕鼻 毛毛毛毛	五音	步步步步 禾火化八
四声	普朴品匹 毛毛毛毛	一声	步步步步 开宰爱○
	旁排平瓶 毛毛毛毛		步步步步 回每退○
	东丹帝■ 毛毛毛毛		步步步步 良两向○
六音	兑大弟■ 毛毛毛毛	五音	步步步步 光广况○
四声	土贪天■ 毛毛毛毛	二声	步步步步 丁井亘○
	同覃田■ 毛毛毛毛		步步步步 兄永莹○

	乃你女■ 毛毛毛毛		步步步步 千典旦○
七音	内南年■ 毛毛毛毛	五音	步步步步 元犬半○
四声	老冷吕■ 毛毛毛毛	三声	步步步步 臣引艮○
	鹿荦离■ 毛毛毛毛		步步步步 君允巽○
	走哉足■ 毛毛毛毛		步步步步 刀早孝岳
八音	自在匠■ 毛毛毛毛	五音	步步步步 毛宝报霍
四声	草采七■ 毛毛毛毛	四声	步步步步 牛斗奏六
	曹才全■ 毛毛毛毛		步步步步 ○○○玉
	思三星■ 毛毛毛毛		步步步步 妻子四日
九音	寺□象■ 毛毛毛毛	五音	步步步步 衰○帅骨
四声	□□□■ 毛毛毛毛	五声	步步步步 ○○○德
	□□□■ 毛毛毛毛		步步步步 龟水贵北
	■山手■ 毛毛毛毛		步步步步 宫孔众○
十音	■士石■ 毛毛毛毛	五音	步步步步 龙甬用○
四声	■□耳■ 毛毛毛毛	六声	步步步步 鱼鼠去○
	■□二■ 毛毛毛毛		步步步步 乌虎兔○

	■庄震■ 毛毛毛毛		步步步步 心审禁○
十一音	■乍□■ 毛毛毛毛	五音	步步步步 ○○○十
四声	■义赤■ 毛毛毛毛	七声	步步步步 男坎欠○
	■崇辰■ 毛毛毛毛		步步步步 ○○○妾
	■卓中■ 毛毛毛毛		步步步步 ●●●●
十二音	■宅直■ 毛毛毛毛	五音	步步步步 ●●●●
四声	■拆丑■ 毛毛毛毛	八声	步步步步 ●●●●
	■茶呈■ 毛毛毛毛		步步步步 ●●●●
	平声翕唱吕二之五		
	古甲九癸 衰衰衰衰		步步步步 ●●●●
一音	□□近揆 衰衰衰衰	五音	步步步步 ●●●●
五声	坤巧邱弃 衰衰衰衰	九声	步步步步 ●●●●
	□□乾蚪 衰衰衰衰		步步步步 ●●●●
	黑花香血 衰衰衰衰		步步步步 ●●●●
二音	黄华雄贤 衰衰衰衰	五音	步步步步 ●●●●
五声	五瓦仰□ 衰衰衰衰	十声	步步步步 ●●●●
	吾牙月尧 衰衰衰衰		步步步步 ●●●●
			开音浊和律二之六
	安亚乙一 衰衰衰衰		兑兑兑兑 多可个舌

三音	□爻王寅 衰衰衰衰	六音	兑兑兑兑 禾火化八
五声	母马美米 衰衰衰衰	一声	兑兑兑兑 开宰爱○
	目儿眉民 衰衰衰衰		兑兑兑兑 回每退○
	夫法□飞 衰衰衰衰		兑兑兑兑 良两向○
四音	父凡□吠 衰衰衰衰	六音	兑兑兑兑 光广况○
五声	武晚□尾 衰衰衰衰	二声	兑兑兑兑 丁井亘○
	文万□未 衰衰衰衰		兑兑兑兑 兄永莹○
	卜百丙必 衰衰衰衰		兑兑兑兑 千典旦○
五音	步白精鼻 衰衰衰衰	六音	兑兑兑兑 元犬半○
五声	普朴品匹 衰衰衰衰	三声	兑兑兑兑 臣引艮○
	旁排平瓶 衰衰衰衰		兑兑兑兑 君允巽○
	东丹帝■ 衰衰衰衰		兑兑兑兑 刀早孝岳
六音	兑大弟■ 衰衰衰衰	六音	兑兑兑兑 毛宝报霍
五声	土贪天■ 衰衰衰衰	四声	兑兑兑兑 牛斗奏六
	同覃田■ 衰衰衰衰		兑兑兑兑 ○○○玉
	乃你女■ 衰衰衰衰		兑兑兑兑 妻子四日
七音	内南年■ 衰衰衰衰	六音	兑兑兑兑 衰○帅骨

五声	老冷吕■ 衰衰衰衰	五声	兑兑兑兑 ○○○德
	鹿荦离■ 衰衰衰衰		兑兑兑兑 龟水贵北
	走哉足■ 衰衰衰衰		兑兑兑兑 宫孔众○
八音	自在匠■ 衰衰衰衰	六音	兑兑兑兑 龙甬用○
五声	草采七■ 衰衰衰衰	六声	兑兑兑兑 鱼鼠去○
	曹才全■ 衰衰衰衰		兑兑兑兑 乌虎兔○
	思三星■ 衰衰衰衰		兑兑兑兑 心审禁○
九音	寺□象■ 衰衰衰衰	六音	兑兑兑兑 ○○○十
五声	□□□■ 衰衰衰衰	七声	兑兑兑兑 男坎欠○
	□□□■ 衰衰衰衰		兑兑兑兑 ○○○妾
	■山手■ 衰衰衰衰		兑兑兑兑 ●●●●
十音	■士石■ 衰衰衰衰	六音	兑兑兑兑 ●●●●
五声	■□耳■ 衰衰衰衰	八声	兑兑兑兑 ●●●●
	■□二■ 衰衰衰衰		兑兑兑兑 ●●●●
	■庄震■ 衰衰衰衰		兑兑兑兑 ●●●●
十一音	■乍□■ 衰衰衰衰	六音	兑兑兑兑 ●●●●
五声	■义赤■ 衰衰衰衰	九声	兑兑兑兑 ●●●●

	■崇辰■ 衰衰衰衰		兑兑兑兑 ●●●●
	■卓中■ 衰衰衰衰		兑兑兑兑 ●●●●
十二音	■宅直■ 衰衰衰衰	六音	兑兑兑兑 ●●●●
五声	■拆丑■ 衰衰衰衰	十声	兑兑兑兑 ●●●●
	■茶呈■ 衰衰衰衰		兑兑兑兑 ●●●●
平声翕唱吕二之六		**开音浊和律二之七**	
	古甲九癸 龙龙龙龙		内内内内 多可个舌
一音	□□近揆 龙龙龙龙	七音	内内内内 禾火化八
六音	坤巧邱弃 龙龙龙龙	一声	内内内内 开宰爱○
	□□乾虬 龙龙龙龙		内内内内 回每退○
	黑花香血 龙龙龙龙		内内内内 良两向○
二音	黄华雄贤 龙龙龙龙	七音	内内内内 光广况○
六声	五瓦仰□ 龙龙龙龙	二声	内内内内 丁井亘○
	吾牙月尧 龙龙龙龙		内内内内 兄永莹○
	安亚乙一 龙龙龙龙		内内内内 千典旦○
三音	□爻王寅 龙龙龙龙	七音	内内内内 元犬半○
六声	母马美米 龙龙龙龙	三声	内内内内 臣引艮○
	目儿眉民 龙龙龙龙		内内内内 君允巽○

	夫法□飞 龙龙龙龙		内内内内 刀早孝岳
四音	父凡□吠 龙龙龙龙	七音	内内内内 毛宝报霍
六声	武晚□尾 龙龙龙龙	四声	内内内内 牛斗奏六
	文万□未 龙龙龙龙		内内内内 ○○○玉
	卜百丙必 龙龙龙龙		内内内内 妻子四日
五音	步白葡鼻 龙龙龙龙	七音	内内内内 衰○帅骨
六声	普朴品匹 龙龙龙龙	五声	内内内内 ○○○德
	旁排平瓶 龙龙龙龙		内内内内 龟水贵北
	东丹帝■ 龙龙龙龙		内内内内 宫孔众○
六音	兑大弟■ 龙龙龙龙	七音	内内内内 龙甬用○
六声	土贪天■ 龙龙龙龙	六声	内内内内 鱼鼠去○
	同覃田■ 龙龙龙龙		内内内内 乌虎兔○
	乃你女■ 龙龙龙龙		内内内内 心审禁○
七音	内南年■ 龙龙龙龙	七音	内内内内 ○○○十
六声	老冷吕■ 龙龙龙龙	七声	内内内内 男坎欠○
	鹿荦离■ 龙龙龙龙		内内内内 ○○○妾
	走哉足■ 龙龙龙龙		内内内内 ●●●●

八音	自在匠○ 龙龙龙龙	七音	内内内内 ●●●●
六声	草采七○ 龙龙龙龙	八声	内内内内 ●●●●
	曹才全○ 龙龙龙龙		内内内内 ●●●●
	思三星■ 龙龙龙龙		内内内内 ●●●●
九音	寺□象■ 龙龙龙龙	七音	内内内内 ●●●●
六声	□□□■ 龙龙龙龙	九声	内内内内 ●●●●
	□□□■ 龙龙龙龙		内内内内 ●●●●
	■士石■ 龙龙龙龙		内内内内 ●●●●
十音	■山手■ 龙龙龙龙	七音	内内内内 ●●●●
六声	■□耳■ 龙龙龙龙	十声	内内内内 ●●●●
	■□二■ 龙龙龙龙		内内内内 ●●●●
			开音浊和律二之八
	■庄震■ 龙龙龙龙		自自自自 多可个舌
十一音	■乍□■ 龙龙龙龙	八音	自自自自 禾火化八
六声	■义赤■ 龙龙龙龙	一声	自自自自 开宰爱○
	■崇辰■ 龙龙龙龙		自自自自 回每退○
	■卓中■ 龙龙龙龙		自自自自 良两向○
十二音	■宅直■ 龙龙龙龙	八音	自自自自 光广况○

六声	■拆丑■ 龙龙龙龙	二声	自自自自 丁井亘○
	■茶呈■ 龙龙龙龙		自自自自 兄永莹○
	平声翕唱吕二之七		
	古甲九癸 ○○○○		自自自自 千典旦○
一音	□□近揆 ○○○○	八音	自自自自 元犬半○
七声	坤巧邱弃 ○○○○	三声	自自自自 臣引艮○
	□□乾蚪 ○○○○		自自自自 君允巽○
	黑花香血 ○○○○		自自自自 刀早孝岳
二音	黄华雄贤 ○○○○	八音	自自自自 毛宝报霍
七声	五瓦仰□ ○○○○	四声	自自自自 牛斗奏六
	吾牙月尧 ○○○○		自自自自 ○○○玉
	安亚乙一 ○○○○		自自自自 妻子四日
三音	○爻壬寅 ○○○○	八音	自自自自 衰○帅骨
七声	母马美米 ○○○○	五声	自自自自 ○○○德
	目儿眉民 ○○○○		自自自自 龟水贵北
	夫法○飞 ○○○○		自自自自 宫孔众○
四音	父凡□吠 ○○○○	八音	自自自自 龙甬用○
七声	武晚□尾 ○○○○	六声	自自自自 鱼鼠去○

	文万○未 ○○○○		自自自自 乌虎兔○
	卜百丙必 ○○○○		自自自自 心审禁○
五音	步白糒鼻 ○○○○	八音	自自自自 ○○○十
七声	普朴品匹 ○○○○	七声	自自自自 男坎欠○
	旁排平瓶 ○○○○		自自自自 ○○○妾
	东丹帝■ ○○○○		自自自自 ●●●●
六音	兑大弟■ ○○○○	八音	自自自自 ●●●●
七声	土贪天■ ○○○○	八声	自自自自 ●●●●
	同覃田■ ○○○○		自自自自 ●●●●
	乃你女■ ○○○○		自自自自 ●●●●
七音	内南年■ ○○○○	八音	自自自自 ●●●●
七声	老冷吕■ ○○○○	九声	自自自自 ●●●●
	鹿荦离■ ○○○○		自自自自 ●●●●
	走哉足■ ○○○○		自自自自 ●●●●
八音	自在匠■ ○○○○	八音	自自自自 ●●●●
七声	草采七■ ○○○○	十声	自自自自 ●●●●
	曹才全■ ○○○○		自自自自 ●●●●

			开音浊和律二之九
	思三星■ ○○○○		寺寺寺寺 多可个舌
九音	寺□象■ ○○○○	九音	寺寺寺寺 禾火化八
七声	□□□■ ○○○○	一声	寺寺寺寺 开宰爱○
	□□□■ ○○○○		寺寺寺寺 回每退○
	■山手■ ○○○○		寺寺寺寺 良两向○
十音	■士石■ ○○○○	九音	寺寺寺寺 光广况○
七声	■□耳■ ○○○○	二声	寺寺寺寺 丁井亘○
	■□二■ ○○○○		寺寺寺寺 兄永莹○
	■庄震■ ○○○○		寺寺寺寺 千典旦○
十一音	■乍□■ ○○○○	九音	寺寺寺寺 元犬半○
七声	■崇辰■ ○○○○	三声	寺寺寺寺 臣引艮○
	■义赤■ ○○○○		寺寺寺寺 君允巽○
	■卓中■ ○○○○		寺寺寺寺 刀早孝岳
十二音	■宅直■ ○○○○	九音	寺寺寺寺 毛宝报霍
七声	■拆丑■ ○○○○	四声	寺寺寺寺 牛斗奏六
	■茶呈■ ○○○○		寺寺寺寺 ○○○玉
	平声翕唱吕二之八		

	古甲九癸 ●●●●		寺寺寺寺 妻子四日
一音	□□近揆 ●●●●	九音	寺寺寺寺 衰○帅骨
八声	坤巧邱弃 ●●●●	五声	寺寺寺寺 ○○○德
	□□乾蚪 ●●●●		寺寺寺寺 龟水贵北
	黑花香血 ●●●●		寺寺寺寺 宫孔众○
二音	黄华雄贤 ●●●●	九音	寺寺寺寺 龙甬用○
八声	五瓦仰□ ●●●●	六声	寺寺寺寺 鱼鼠去○
	吾牙月尧 ●●●●		寺寺寺寺 乌虎兔○
	安亚乙一 ●●●●		寺寺寺寺 心审禁○
三音	□爻王寅 ●●●●	九音	寺寺寺寺 ○○○十
八声	母马美米 ●●●●	七声	寺寺寺寺 男坎欠○
	目儿眉民 ●●●●		寺寺寺寺 ○○○妾
	夫法□飞 ●●●●		寺寺寺寺 ●●●●
四音	父凡□吠 ●●●●	九音	寺寺寺寺 ●●●●
八声	武晚□尾 ●●●●	八声	寺寺寺寺 ●●●●
	文万□未 ●●●●		寺寺寺寺 ●●●●
	卜百丙必 ●●●●		寺寺寺寺 ●●●●

五音	步白精鼻 ●●●●	九音	寺寺寺寺 ●●●●
八声	普朴品匹 ●●●●	九声	寺寺寺寺 ●●●●
	旁排平瓶 ●●●●		寺寺寺寺 ●●●●
	东丹帝■ ●●●●		寺寺寺寺 ●●●●
六音	兑大弟■ ●●●●	九音	寺寺寺寺 ●●●●
八声	土贪天■ ●●●●	十声	寺寺寺寺 ●●●●
	同覃田■ ●●●●		寺寺寺寺 ●●●●
			开音浊和律二之十
	乃你女■ ●●●●		■■■■ 多可个舌
七音	内南年■ ●●●●	十音	■■■■ 禾火化八
八声	老冷吕■ ●●●●	一声	■■■■ 开宰爱○
	鹿荦离■ ●●●●		■■■■ 回每退○
	走哉足■ ●●●●		■■■■ 良两向○
八音	自在匠■ ●●●●	十音	■■■■ 光广况○
八声	草采七■ ●●●●	二声	■■■■ 丁井亘○
	曹才全■ ●●●●		■■■■ 兄永莹○
	思三星■ ●●●●		■■■■ 千典旦○
九音	寺□象■ ●●●●	十音	■■■■ 元犬半○

八声	□□□■ ●●●●	二声	■■■■ 臣引艮○
	□□□■ ●●●●		■■■■ 君允巽○
	■山手■ ●●●●		■■■■ 刀早孝岳
十音	■士石■ ●●●●	十音	■■■■ 毛宝报霍
八声	■□耳■ ●●●●	四声	■■■■ 牛斗奏六
	■□□■ ●●●●		■■■■ ○○○玉
	■庄震■ ●●●●		■■■■ 妻子四日
十一音	■乍□■ ●●●●	十音	■■■■ 衰○帅骨
八声	■义赤■ ●●●●	五声	■■■■ ○○○德
	■崇辰■ ●●●●		■■■■ 龟水贵北
	■卓中■ ●●●●		■■■■ 宫孔众○
十二音	□□□■ ●●●●	十音	■■■■ 龙甬用○
八声	■拆丑■ ●●●●	六声	■■■■ 鱼鼠去○
	■茶呈■ ●●●●		■■■■ 乌虎兔○
	平声翕唱吕二之九		
	古甲九癸 ●●●●		■■■■ 心审禁○
一音	□□近揆 ●●●●	十音	■■■■ ●●●●
九声	坤巧邱弃 ●●●●	七声	■■■■ 男坎欠○

	□□乾虯 ●●●●		■■■■ ○○○妾
	黑花香血 ●●●●		■■■■ ●●●●
二音	黄华雄贤 ●●●●	十音	■■■■ ●●●●
九声	五瓦仰□ ●●●●	八声	■■■■ ●●●●
	吾牙月尧 ●●●●		■■■■ ●●●●
	安亚乙一 ●●●●		■■■■ ●●●●
三音	□爻王寅 ●●●●	十音	■■■■ ●●●●
九声	母马美米 ●●●●	九声	■■■■ ●●●●
	目儿眉民 ●●●●		■■■■ ●●●●
	夫法□飞 ●●●●		■■■■ ●●●●
四音	父凡□吠 ●●●●	十音	■■■■ ●●●●
九声	武晚□尾 ●●●●	十声	■■■■ ●●●●
	文万□未 ●●●●		■■■■ ●●●●
			开音浊和律二之十一
	卜百丙必 ●●●●		■■■■ 多可个舌
五音	步白精鼻 ●●●●	十一音	■■■■ 禾火化八
九声	普朴品匹 ●●●●	一声	■■■■ 开宰爱○
	旁排平瓶 ●●●●		■■■■ 回每退○

	东丹帝■ ●●●●		■■■■ 良两向○
六音	兑大弟■ ●●●●	十一音	■■■■ 光广况○
九声	土贪天■ ●●●●	二声	■■■■ 丁井亘○
	同覃田■ ●●●●		■■■■ 兄永莹○
	乃你女■ ●●●●		■■■■ 千典旦○
七音	内南年■ ●●●●	十一音	■■■■ 元犬半○
九声	老冷吕■ ●●●●	三声	■■■■ 臣引艮○
	鹿荦离■ ●●●●		■■■■ 君允巽○
	走哉足■ ●●●●		■■■■ 刀早孝岳
八音	自在匠■ ●●●●	十一音	■■■■ 毛宝报霍
九声	草采七■ ●●●●	四声	■■■■ 牛斗奏六
	曹才全■ ●●●●		■■■■ ○○○玉
	思三星■ ●●●●		■■■■ 妻子四日
九音	寺□象■ ●●●●	十一音	■■■■ 衰○帅骨
九声	□□□■ ●●●●	五声	■■■■ ○○○德
	□□□■ ●●●●		■■■■ 龟水贵北
	■山手■ ●●●●		■■■■ 宫孔众○

十音	■士石■ ●●●●	十一音	■■■■ 龙甬用○
九声	■□耳■ ●●●●	六声	■■■■ 鱼鼠去○
	■□二■ ●●●●		■■■■ 乌虎兔○
	■庄震■ ●●●●		■■■■ 心审禁○
十一音	■乍□■ ●●●●	十一音	■■■■ ○○○十
九声	■义赤■ ●●●●	七声	■■■■ 男坎欠○
	■崇辰■ ●●●●		■■■■ ○○○妾
	■卓中■ ●●●●		■■■■ ●●●●
十二音	■宅直■ ●●●●	十一音	■■■■ ●●●●
九声	■拆丑■ ●●●●	八声	■■■■ ●●●●
	■茶呈■ ●●●●		■■■■ ●●●●
	平声翕唱吕二之十		
	古甲九癸 ●●●●		■■■■ ●●●●
一音	□□近揆 ●●●●	十一音	■■■■ ●●●●
十声	坤巧邱弃 ●●●●	九声	■■■■ ●●●●
	□□乾虯 ●●●●		■■■■ ●●●●
	黑花香血 ●●●●		■■■■ ●●●●
二音	黄华雄贤 ●●●●	十二音	■■■■ ●●●●

十声	五瓦仰□ ●●●●	十声	■■■■ ●●●●
	吾牙月尧 ●●●●		■■■■ ●●●●
			开音浊和律二之十二
	□爻王寅 ●●●●		■■■■ 多可个舌
三音	安亚乙一 ●●●●	十二音	■■■■ 禾火化八
十声	母马美米 ●●●●	一声	■■■■ 开宰爱○
	目儿眉民 ●●●●		■■■■ 回每退○
	夫法□飞 ●●●●		■■■■ 良两向○
四音	父凡□吠 ●●●●	十二音	■■■■ 光广况○
十声	武晚□尾 ●●●●	二声	■■■■ 丁井亘○
	文万□未 ●●●●		■■■■ 兄永莹○
	卜百丙必 ●●●●		■■■■ 千典旦○
五音	步白葡鼻 ●●●●	十二音	■■■■ 元犬半○
十声	普朴品匹 ●●●●	三声	■■■■ 臣引艮○
	旁排平瓶 ●●●●		■■■■ 君允巽○
	东丹帝■ ●●●●		■■■■ 刀早孝岳
六音	兑大弟■ ●●●●	十二音	■■■■ 毛宝报霍
十声	土贪天■ ●●●●	四声	■■■■ 牛斗奏六

	同覃田■ ●●●●		■■■■ ○○○玉
	乃你女■ ●●●●		■■■■ 妻子四日
七音	内南年■ ●●●●	十二音	■■■■ 衰○帅骨
十声	老冷吕■ ●●●●	五声	■■■■ ○○○德
	鹿荦离■ ●●●●		■■■■ 龟水贵北
	走哉足■ ●●●●		■■■■ 宫孔众○
八音	自在匠■ ●●●●	十二音	■■■■ 龙甬用○
十声	草采七■ ●●●●	六声	■■■■ 鱼鼠去○
	曹才全■ ●●●●		■■■■ 乌虎兔○
	思三星■ ●●●●		■■■■ 心审禁○
九音	寺□象■ ●●●●	十二音	■■■■ ○○○十
十声	■■■■ ●●●●	七声	■■■■ 男坎欠○
	□□□■ ●●●●		■■■■ ○○○妾
	■山手■ ●●●●		■■■■ ●●●●
十音	■士石■ ●●●●	十二音	■■■■ ●●●●
十声	■□耳■ ●●●●	八声	■■■■ ●●●●
	■□二■ ●●●●		■■■■ ●●●●

	■庄震■ ●●●●		■■■■ ●●●●
十一音	■乍□■ ●●●●	十二音	■■■■ ●●●●
十声	■义赤■ ●●●●	九声	■■■■ ●●●●
	■崇辰■ ●●●●		■■■■ ●●●●
	■卓中■ ●●●●		■■■■ ●●●●
十二音	■宅直■ ●●●●	十二音	■■■■ ●●●●
十声	■拆丑■ ●●●●	十声	■■■■ ●●●●
	■茶呈■ ●●●●		■■■■ ●●●●

（皇极经世书卷七上）

钦定四库全书

子部

皇极经世书卷七下

详校官中书 臣 吕光復

灵台郎 臣 倪廷梅 复勘

总校官编修 臣 王燕绪

校对官编修 臣 卢 遂

誊 录监生 臣 俞昌言

皇極經世書卷七下

宋 邵雍 撰

觀物篇三十七

日星聲平闢　水土音開清

開丁臣牛○　坤五母武普土

魚男●●●　老草□■■

日星聲七下唱地之　水土音九上和天之

用音一百五十二是　用聲一百一十二是

謂平聲闢音平聲闢　謂開音清聲開音清

音一千六十四　聲一千八

日星聲平之三闢　水土音開之三清

平聲闢唱呂三之一　開音清和律三之一

钦定四库全书·皇极经世书卷七下

[宋] 邵 雍 撰

观物篇三十七

日星声平辟

开丁臣牛○

鱼男●●●

日星声七，下唱地之用，音一百五十二，是谓平声辟音，平声辟音一千六十四。

水土音开清

坤五母武普土

老草□■■■

水土音九，上和天之用，声一百一十二，是谓开音清声，开音清声一千八。

日星声平之三辟

水土音开之三清

平声辟唱吕三之一		开音清和律三之一	
	古甲九癸 开开开开		坤坤坤坤 多可个舌
一音	□□近揆 开开开开	一音	坤坤坤坤 禾火化八
一声	坤巧邱弃 开开开开	一声	坤坤坤坤 开宰爱○
	□□乾蚪 开开开开		坤坤坤坤 回每退○

	黑花香血 开开开开		坤坤坤坤 良两向○
二音	黄华雄贤 开开开开	一音	坤坤坤坤 光广况○
一声	五瓦仰□ 开开开开	二声	坤坤坤坤 丁井亘○
	吾牙月尧 开开开开		坤坤坤坤 兄永莹○
	安亚乙一 开开开开		坤坤坤坤 千典旦○
三音	□爻王寅 开开开开	一音	坤坤坤坤 元犬半○
一声	母马美米 开开开开	三声	坤坤坤坤 臣引艮○
	目儿眉民 开开开开		坤坤坤坤 君允巽○
	夫法□飞 开开开开		坤坤坤坤 刀早孝岳
四音	父凡□吠 开开开开	一音	坤坤坤坤 毛宝报霍
一声	武晚□尾 开开开开	四声	坤坤坤坤 牛斗奏六
	文万□未 开开开开		坤坤坤坤 ○○○玉
	卜百丙必 开开开开		坤坤坤坤 妻子四日
五音	步白着鼻 开开开开	一音	坤坤坤坤 衰○帅骨
一声	普朴品匹 开开开开	五声	坤坤坤坤 ○○○德
	旁排平瓶 开开开开		坤坤坤坤 龟水贵北
	东丹帝■ 开开开开		坤坤坤坤 宫孔众○

六音	兑大弟■ 开开开开	一音	坤坤坤坤 龙甬用○
一声	土贪天■ 开开开开	六声	坤坤坤坤 鱼鼠去○
	同覃田■ 开开开开		坤坤坤坤 乌虎兔○
	乃你女■ 开开开开		坤坤坤坤 心审禁○
七音	内南年■ 开开开开	一音	坤坤坤坤 ○○○十
一声	老冷吕■ 开开开开	七声	坤坤坤坤 男坎欠○
	鹿荦离■ 开开开开		坤坤坤坤 ○○○妾
	走哉足■ 开开开开		坤坤坤坤 ●●●●
八音	自在匠■ 开开开开	一音	坤坤坤坤 ●●●●
一声	草采七■ 开开开开	八声	坤坤坤坤 ●●●●
	曹才全■ 开开开开		坤坤坤坤 ●●●●
	思三星■ 开开开开		坤坤坤坤 ●●●●
九音	寺□象■ 开开开开	一音	坤坤坤坤 ●●●●
一声	□□□■ 开开开开	九声	坤坤坤坤 ●●●●
	□□□■ 开开开开		坤坤坤坤 ●●●●
	■山手■ 开开开开		坤坤坤坤 ●●●●
十音	■士石■ 开开开开	一音	坤坤坤坤 ●●●●

一声	■□耳■ 开开开开	十声	坤坤坤坤 ●●●●
	■□二■ 开开开开		坤坤坤坤 ●●●●
			开音清和律三之二
	■庄震■ 开开开开		五五五五 多可个舌
十一音	■乍□■ 开开开开	二音	五五五五 禾火化八
一声	■义赤■ 开开开开	一声	五五五五 开宰爱○
	■崇辰■ 开开开开		五五五五 回每退○
	■卓中■ 开开开开		五五五五 良两向○
十二音	■宅直■ 开开开开	二音	五五五五 光广况○
一声	■拆丑■ 开开开开	二声	五五五五 丁井亘○
	■茶呈■ 开开开开		五五五五 兄永莹○
	平声辟唱吕三之二		
	古甲九癸 丁丁丁丁		五五五五 千典旦○
一音	□□近揆 丁丁丁丁	二音	五五五五 元犬半○
二声	坤巧邱弃 丁丁丁丁	三声	五五五五 臣引艮○
	□□乾蚪 丁丁丁丁		五五五五 君允巽○
	黑花香血 丁丁丁丁		五五五五 刀早孝岳
二音	黄华雄贤 丁丁丁丁	二音	五五五五 毛宝报霍
二声	五瓦仰□ 丁丁丁丁	四声	五五五五 牛斗奏六

	吾牙月尧 丁丁丁丁		五五五五 ○○○玉
	安亚乙一 丁丁丁丁		五五五五 妻子四日
三音	□爻王寅 丁丁丁丁	二音	五五五五 衰○帅骨
二声	母马美米 丁丁丁丁	五声	五五五五 ○○○德
	目儿眉民 丁丁丁丁		五五五五 龟水贵北
	夫法□飞 丁丁丁丁		五五五五 宫孔众○
四音	父凡□吠 丁丁丁丁	二音	五五五五 龙甬用○
二声	武晚□尾 丁丁丁丁	六声	五五五五 鱼鼠去○
	文万□未 丁丁丁丁		五五五五 乌虎兔○
	卜百丙必 丁丁丁丁		五五五五 心审禁○
五音	步白精鼻 丁丁丁丁	二音	五五五五 ○○○十
二声	普朴品匹 丁丁丁丁	七声	五五五五 男坎欠○
	旁排平瓶 丁丁丁丁		五五五五 ○○○妾
	东丹帝■ 丁丁丁丁		五五五五 ●●●●
六音	兑大弟■ 丁丁丁丁	二音	五五五五 ●●●●
二声	土贪天■ 丁丁丁丁	八声	五五五五 ●●●●
	同覃田■ 丁丁丁丁		五五五五 ●●●●

	乃你女■ 丁丁丁丁		五五五五 ●●●●
七音	内南年■ 丁丁丁丁	二音	五五五五 ●●●●
二声	老冷吕■ 丁丁丁丁	九声	五五五五 ●●●●
	鹿荦离■ 丁丁丁丁		五五五五 ●●●●
	走哉足■ 丁丁丁丁		五五五五 ●●●●
八音	自在匠■ 丁丁丁丁	二音	五五五五 ●●●●
二声	草采七■ 丁丁丁丁	十声	五五五五 ●●●●
	曹才全■ 丁丁丁丁		五五五五 ●●●●
			开音清和律三之三
	思三星■ 丁丁丁丁		母母母母 多可个舌
九音	寺□象■ 丁丁丁丁	三音	母母母母 禾火化八
二声	□□□■ 丁丁丁丁	一声	母母母母 开宰爱○
	□□□■ 丁丁丁丁		母母母母 回每退○
	■山手■ 丁丁丁丁		母母母母 良两向○
十音	■士石■ 丁丁丁丁	三音	母母母母 光广况○
二声	■□耳■ 丁丁丁丁	二声	母母母母 丁井亘○
	■□二■ 丁丁丁丁		母母母母 兄永莹○

	■庄震■ 丁丁丁丁		母母母母 千典旦○
十一音	■乍□■ 丁丁丁丁	三音	母母母母 元犬半○
二声	■义赤■ 丁丁丁丁	三声	母母母母 臣引艮○
	■崇辰■ 丁丁丁丁		母母母母 君允巽○
	■卓中■ 丁丁丁丁		母母母母 刀早孝岳
十二音	■宅直■ 丁丁丁丁	三音	母母母母 毛宝报霍
二声	■拆丑■ 丁丁丁丁	四声	母母母母 牛斗奏六
	■茶呈■ 丁丁丁丁		母母母母 ○○○玉
	平声辟唱吕三之三		
	古甲九癸 臣臣臣臣		母母母母 妻子四日
一音	□□近揆 臣臣臣臣	三音	母母母母 衰○帅骨
三声	坤巧邱弃 臣臣臣臣	五声	母母母母 ○○○德
	□□乾虯 臣臣臣臣		母母母母 龟水贵北
	黑花香血 臣臣臣臣		母母母母 宫孔众○
二音	黄华雄贤 臣臣臣臣	三音	母母母母 龙甬用○
三声	五瓦仰■ 臣臣臣臣	六声	母母母母 鱼鼠去○
	吾牙月尧 臣臣臣臣		母母母母 乌虎兔○
	安亚乙一 臣臣臣臣		母母母母 心审禁○

三音	□爻王寅 臣臣臣臣	三音	母母母母 ○○○十
三声	母马美米 臣臣臣臣	七声	母母母母 男坎欠○
	目儿眉民 臣臣臣臣		母母母母 ○○○妾
	夫法□飞 臣臣臣臣		母母母母 ●●●●
四音	父凡□吠 臣臣臣臣	三音	母母母母 ●●●●
三声	武晚□尾 臣臣臣臣	八声	母母母母 ●●●●
	文万□未 臣臣臣臣		母母母母 ●●●●
	卜百丙必 臣臣臣臣		母母母母 ●●●●
五音	步白葡鼻 臣臣臣臣	三音	母母母母 ●●●●
三声	普扑匹品 臣臣臣臣	九声	母母母母 ●●●●
	旁排平瓶 臣臣臣臣		母母母母 ●●●●
	东丹帝■ 臣臣臣臣		母母母母 ●●●●
六音	兑大弟■ 臣臣臣臣	三音	母母母母 ●●●●
三声	土贪天■ 臣臣臣臣	十声	母母母母 ●●●●
	同覃田■ 臣臣臣臣		母母母母 ●●●●
			开音清和律三之四
	乃你女■ 臣臣臣臣		武武武武 多可个舌
七音	内南年■ 臣臣臣臣	四音	武武武武 禾火化八

三声	老冷吕■ 臣臣臣臣	一声	武武武武 开宰爱○
	鹿荦离■ 臣臣臣臣		武武武武 回每退○
	走哉足■ 臣臣臣臣		武武武武 良两向○
八音	自在匠■ 臣臣臣臣	四音	武武武武 光广况○
三声	草采七■ 臣臣臣臣	二声	武武武武 丁井亘○
	曹才全■ 臣臣臣臣		武武武武 兄永莹○
	思三星■ 臣臣臣臣		武武武武 千典旦○
九音	寺□象■ 臣臣臣臣	四音	武武武武 元犬半○
三声	□□□■ 臣臣臣臣	三声	武武武武 臣引艮○
	□□□■ 臣臣臣臣		武武武武 君允巽○
	■山手■ 臣臣臣臣		武武武武 刀早孝岳
十音	■士石■ 臣臣臣臣	四音	武武武武 毛宝报霍
三声	■□耳■ 臣臣臣臣	四声	武武武武 牛斗奏六
	■□二■ 臣臣臣臣		武武武武 ○○○玉
	■庄震■ 臣臣臣臣		武武武武 妻子四日
十一音	■乍□■ 臣臣臣臣	四音	武武武武 衰○帅骨
三声	■义赤■ 臣臣臣臣	五声	武武武武 ○○○德

	■崇辰■ 臣臣臣臣		武武武武 龟水贵北
	■卓中■ 臣臣臣臣		武武武武 宫孔众○
十二音	■宅直■ 臣臣臣臣	四音	武武武武 龙甬用○
三声	■拆丑■ 臣臣臣臣	六声	武武武武 鱼鼠去○
	■茶呈■ 臣臣臣臣		武武武武 乌虎兔○
平声辟唱吕三之四			
	古甲九癸 牛牛牛牛		武武武武 心审禁○
一音	□□近揆 牛牛牛牛	四音	武武武武 ○○○十
四声	坤巧邱弃 牛牛牛牛	七声	武武武武 男坎欠○
	□□乾蚪 牛牛牛牛		武武武武 ○○○妾
	黑花香血 牛牛牛牛		武武武武 ●●●●
二音	黄华雄贤 牛牛牛牛	四音	武武武武 ●●●●
四声	五瓦仰□ 牛牛牛牛	八声	武武武武 ●●●●
	吾牙月尧 牛牛牛牛		武武武武 ●●●●
	安亚乙一 牛牛牛牛		武武武武 ●●●●
三音	□爻王寅 牛牛牛牛	四音	武武武武 ●●●●
四声	母马美米 牛牛牛牛	九声	武武武武 ●●●●
	目儿眉民 牛牛牛牛		武武武武 ●●●●

	夫法□飞 牛牛牛牛		武武武武 ●●●●
四音	父凡□吠 牛牛牛牛	四音	武武武武 ●●●●
四声	武晚□尾 牛牛牛牛	十声	武武武武 ●●●●
	文万□未 牛牛牛牛		武武武武 ●●●●
			开音清和律三之五
	卜百丙必 牛牛牛牛		普普普普 多可个舌
五音	步白精鼻 牛牛牛牛	五音	普普普普 禾火化八
四声	普朴品匹 牛牛牛牛	一声	普普普普 开宰爱○
	旁排平瓶 牛牛牛牛		普普普普 回每退○
	东丹帝■ 牛牛牛牛		普普普普 良两向○
六音	兑大弟■ 牛牛牛牛	五音	普普普普 光广况○
四声	土贪天■ 牛牛牛牛	二声	普普普普 丁井亘○
	同覃田■ 牛牛牛牛		普普普普 兄永莹○
	乃你女■ 牛牛牛牛		普普普普 千典旦○
七音	内南年■ 牛牛牛牛	五音	普普普普 元犬半○
四声	老冷吕■ 牛牛牛牛	三声	普普普普 臣引艮○
	鹿荦离■ 牛牛牛牛		普普普普 君允巽○
	走哉足■ 牛牛牛牛		普普普普 刀早孝岳

八音	自在匠■ 牛牛牛牛	五音	普普普普 毛宝报霍
四声	草采七■ 牛牛牛牛	四声	普普普普 牛斗奏六
	曹才全■ 牛牛牛牛		普普普普 ○○○玉
	思三星■ 牛牛牛牛		普普普普 妻子四日
九音	寺□象■ 牛牛牛牛	五音	普普普普 衰○帅骨
四声	□□□■ 牛牛牛牛	五声	普普普普 ○○○德
	□□□■ 牛牛牛牛		普普普普 龟水贵北
	■山手■ 牛牛牛牛		普普普普 宫孔众○
十音	■士石■ 牛牛牛牛	五音	普普普普 龙甬用○
四声	■□耳■ 牛牛牛牛	六声	普普普普 鱼鼠去○
	■□二■ 牛牛牛牛		普普普普 乌虎兔○
	■庄震■ 牛牛牛牛		普普普普 心审禁○
十一音	■乍□■ 牛牛牛牛	五音	普普普普 ○○○十
四声	■义赤■ 牛牛牛牛	七声	普普普普 男坎欠○
	■崇辰■ 牛牛牛牛		普普普普 ○○○妾
	■卓中■ 牛牛牛牛		普普普普 ●●●●
十二音	■宅直■ 牛牛牛牛	五音	普普普普 ●●●●

四声	■拆丑■ 牛牛牛牛	八声	普普普普 ●●●●
	■茶呈■ 牛牛牛牛		普普普普 ●●●●
	平声辟唱吕三之五		
	古甲九癸 ○○○○		普普普普 ●●●●
一音	□□近揆 ○○○○	五音	普普普普 ●●●●
五声	坤巧邱弃 ○○○○	九声	普普普普 ●●●●
	□□乾虬 ○○○○		普普普普 ●●●●
	黑花香血 ○○○○		普普普普 ●●●●
二音	黄华雄贤 ○○○○	五音	普普普普 ●●●●
五声	五瓦仰□ ○○○○	十声	普普普普 ●●●●
	吾牙月尧 ○○○○		普普普普 ●●●●
			开音清和律三之六
	安亚乙一 ○○○○		土土土土 多可个舌
三音	母马美米 ○○○○	六音	土土土土 禾火化八
五声	□爻王寅 ○○○○	一声	土土土土 开宰爱○
	目儿眉民 ○○○○		土土土土 回每退○
	夫法□飞 ○○○○		土土土土 良两向○
四音	父凡□吠 ○○○○	六音	土土土土 光广况○
五声	武晚□尾 ○○○○	二声	土土土土 丁井亘○

	文万□未 ○○○○		土土土土 兄永莹○
	卜百丙必 ○○○○		土土土土 千典旦○
五音	步白葡鼻 ○○○○	六音	土土土土 元犬半○
五声	普朴品匹 ○○○○	三声	土土土土 臣引艮○
	旁排平瓶 ○○○○		土土土土 君允巽○
	东丹帝■ ○○○○		土土土土 刀早孝岳
六音	兑大弟■ ○○○○	六音	土土土土 毛宝报霍
五声	土贪天■ ○○○○	四声	土土土土 牛斗奏六
	同覃田■ ○○○○		土土土土 ○○○玉
	乃你女■ ○○○○		土土土土 妻子四日
七音	内南年■ ○○○○	六音	土土土土 衰○帅骨
五声	老冷吕■ ○○○○	五声	土土土土 ○○○德
	鹿荦离■ ○○○○		土土土土 龟水贵北
	走哉足■ ○○○○		土土土土 宫孔众○
八音	自在匠■ ○○○○	六音	土土土土 龙甬用○
五声	草采七■ ○○○○	六声	土土土土 鱼鼠去○
	曹才全■ 土土土土		土土土土 乌虎兔○

	思三星■ ○○○○		土土土土 心审禁○
九音	寺□象■ ○○○○	六音	土土土土 ○○○十
五声	□□□■ ○○○○	七声	土土土土 男坎欠○
	□□□■ ○○○○		土土土土 ○○○妾
	■山手■ ○○○○		土土土土 ●●●●
十音	■士石■ ○○○○	六音	土土土土 ●●●●
五声	■□耳■ ○○○○	八声	土土土土 ●●●●
	■□二■ ○○○○		土土土土 ●●●●
	■庄震■ ○○○○		土土土土 ●●●●
十一音	■乍□■ ○○○○	六音	土土土土 ●●●●
五声	■义赤■ ○○○○	九声	土土土土 ●●●●
	■崇辰■ ○○○○		土土土土 ●●●●
	■卓中■ ○○○○		土土土土 ●●●●
十二音	■宅直■ ○○○○	六音	土土土土 ●●●●
五声	■拆丑■ ○○○○	十声	土土土土 ●●●●
	■茶呈■ ○○○○		土土土土 ●●●●
	开音清和律三之十		平声辟唱吕三之六

	古甲九癸 鱼鱼鱼鱼		老老老老 多可个舌
一音	□□近揆 鱼鱼鱼鱼	七音	老老老老 禾火化八
六声	坤巧邱弃 鱼鱼鱼鱼	一声	老老老老 开宰爱○
	□□乾虯 鱼鱼鱼鱼		老老老老 回每退○
	黑花香血 鱼鱼鱼鱼		老老老老 良两向○
二音	黄华雄贤 鱼鱼鱼鱼	七音	老老老老 光广况○
六声	五瓦仰□ 鱼鱼鱼鱼	二声	老老老老 丁井亘○
	吾牙月尧 鱼鱼鱼鱼		老老老老 兄永莹○
	安亚乙一 鱼鱼鱼鱼		老老老老 千典旦○
三音	□爻王寅 鱼鱼鱼鱼	七音	老老老老 元犬半○
六声	母马美米 鱼鱼鱼鱼	三声	巧巧巧巧 臣引艮○
	目儿眉民 鱼鱼鱼鱼		老老老老 君允巽○
	夫法□飞 鱼鱼鱼鱼		老老老老 刀早孝岳
四音	父凡□吠 鱼鱼鱼鱼	七音	老老老老 毛宝报霍
六声	武晚□尾 鱼鱼鱼鱼	四声	老老老老 牛斗奏六
	文万□未 鱼鱼鱼鱼		老老老老 ○○○玉
	卜百丙必 鱼鱼鱼鱼		老老老老 妻子四日

五音	步白葡鼻 鱼鱼鱼鱼	七音	老老老老 衰○帅骨
六声	普朴品匹 鱼鱼鱼鱼	五声	老老老老 ○○○德
	旁排平瓶 鱼鱼鱼鱼		老老老老 龟水贵北
	东丹帝■ 鱼鱼鱼鱼		老老老老 宫孔众○
六音	兑大弟■ 鱼鱼鱼鱼	七音	老老老老 龙甬用○
六声	土贪天■ 鱼鱼鱼鱼	六声	老老老老 鱼鼠去○
	同覃田■ 鱼鱼鱼鱼		老老老老 乌虎兔○
	乃你女■ 鱼鱼鱼鱼		老老老老 心审禁○
七音	内南年■ 鱼鱼鱼鱼	七音	老老老老 ○○○十
六声	老冷吕■ 鱼鱼鱼鱼	七声	老老老老 男坎欠○
	鹿荦离■ 鱼鱼鱼鱼		老老老老 ○○○妾
	走哉足■ 鱼鱼鱼鱼		老老老老 ●●●●
八音	自在匠■ 鱼鱼鱼鱼	七音	老老老老 ●●●●
六声	草采七■ 鱼鱼鱼鱼	八声	老老老老 ●●●●
	曹才全■ 鱼鱼鱼鱼		老老老老 ●●●●
	思三星■ 鱼鱼鱼鱼		老老老老 ●●●●
九音	寺□象■ 鱼鱼鱼鱼	七音	老老老老 ●●●●

六声	□□□■ 鱼鱼鱼鱼	九声	老老老老 ●●●●
	□□□■ 鱼鱼鱼鱼		老老老老 ●●●●
	■山手■ 鱼鱼鱼鱼		老老老老 ●●●●
十音	■士石■ 鱼鱼鱼鱼	七音	老老老老 ●●●●
六声	■□耳■ 鱼鱼鱼鱼	十声	老老老老 ●●●●
	■□二■ 鱼鱼鱼鱼		老老老老 ●●●●
			开音清和律三之八
	■庄震■ 鱼鱼鱼鱼		草草草草 多可个舌
十一音	■乍□■ 鱼鱼鱼鱼	八音	草草草草 禾火化八
六声	■义赤■ 鱼鱼鱼鱼	一声	草草草草 开宰爱○
	■崇辰■ 鱼鱼鱼鱼		草草草草 回每退○
	■卓中■ 鱼鱼鱼鱼		草草草草 良两向○
十二音	■宅直■ 鱼鱼鱼鱼	八音	草草草草 光广况○
六声	■拆丑■ 鱼鱼鱼鱼	二声	草草草草 丁井亘○
	■茶呈■ 鱼鱼鱼鱼		草草草草 兄永莹○
	平声辟唱吕三之七		
	古甲九癸 男男男男		草草草草 千典旦○
一音	□□近揆 男男男男	八音	草草草草 元犬半○
七声	坤巧邱弃 男男男男	三声	草草草草 臣引艮○

	□□乾蚪 男男男男		草草草草 君允巽○
	黑花香血 男男男男		草草草草 刀早孝岳
二音	黄华雄贤 男男男男	八音	草草草草 毛宝报霍
七声	五瓦仰□ 男男男男	四声	草草草草 牛斗奏六
	吾牙月尧 男男男男		草草草草 ○○○玉
	安亚乙一 男男男男		草草草草 妻子四日
三音	□爻王寅 男男男男	八音	草草草草 衰○帅骨
七声	母马美米 男男男男	五声	草草草草 ○○○德
	目儿眉民 男男男男		草草草草 龟水贵北
	夫法□飞 男男男男		草草草草 宫孔众○
四音	父凡□吠 男男男男	八音	草草草草 龙甬用○
七声	武晚□尾 男男男男	六声	草草草草 鱼鼠去○
	文万□未 男男男男		草草草草 乌虎兔○
	卜百丙必 男男男男		草草草草 心审禁○
五音	步白葡鼻 男男男男	八音	草草草草 ○○○十
七声	普朴品匹 男男男男	七声	草草草草 男坎欠○
	旁排平瓶 男男男男		草草草草 ○○○妾

	东丹帝■ 男男男男		草草草草 ●●●●
六音	兑大弟■ 男男男男	八音	草草草草 ●●●●
七声	土贪天■ 男男男男	八声	草草草草 ●●●●
	同覃田■ 男男男男		草草草草 ●●●●
	乃你女■ 男男男男		草草草草 ●●●●
七音	内南年■ 男男男男	八音	草草草草 ●●●●
七声	老冷吕■ 男男男男	九声	草草草草 ●●●●
	鹿荦离■ 男男男男		草草草草 ●●●●
	走哉足■ 男男男男		草草草草 ●●●●
八音	自在匠■ 男男男男	八音	草草草草 ●●●●
七声	草采七■ 男男男男	十声	草草草草 ●●●●
	曹才全■ 男男男男		草草草草 ●●●●
			开音清和律三之九
	思三星■ 男男男男		□□□□ 多可个舌
九音	寺□象■ 男男男男	九音	□□□□ 禾火化八
七声	□□□■ 男男男男	一声	□□□□ 开宰爱○
	□□□■ 男男男男		□□□□ 回每退○
	■山手■ 男男男男		□□□□ 良两向○

十音	■士石■ 男男男男	九音	□□□□ 光广况○
七声	■□耳■ 男男男男	二声	□□□□ 丁井亘○
	■□二■ 男男男男		□□□□ 兄永莹○
	■庄震■ 男男男男		□□□□ 千典旦○
十一音	■乍□■ 男男男男	九音	□□□□ 元犬半○
七声	■义赤■ 男男男男	三声	□□□□ 臣引艮○
	■崇辰■ 男男男男		□□□□ 君允巽○
	■卓中■ 男男男男		□□□□ 刀早孝岳
十二音	■宅直■ 男男男男	九音	□□□□ 毛宝报霍
七声	■拆丑■ 男男男男	四声	□□□□ 牛斗奏六
	■茶呈■ 男男男男		□□□□ ○○○玉
	平声辟唱吕三之八		
	古甲九癸 ●●●●		□□□□ 妻子四日
一音	□□近揆 ●●●●	九音	□□□□ 衰○帅骨
八声	坤巧邱弃 ●●●●	五声	□□□□ ○○○德
	□□乾蚪 ●●●●		□□□□ 龟水贵北
	黑花香血 ●●●●		□□□□ 宫孔众○
二音	黄华雄贤 ●●●●	九音	□□□□ 龙甬用○

八声	五瓦仰□ ●●●●	六声	□□□□ 鱼鼠去○
	吾牙月尧 ●●●●		□□□□ 乌虎兔○
	安亚乙一 ●●●●		□□□□ 心审禁○
三音	□爻王寅 ●●●●	九音	□□□□ ○○○十
八声	母马美米 ●●●●	七声	□□□□ 男坎欠○
	目儿眉民 ●●●●		□□□□ ○○○妾
	夫法□飞 ●●●●		□□□□ ●●●●
四音	父凡□吠 ●●●●	九音	□□□□ ●●●●
八声	武晚□尾 ●●●●	八声	□□□□ ●●●●
	文万□未 ●●●●		□□□□ ●●●●
			□□□□ ●●●●
	卜百丙必 ●●●●		□□□□ ●●●●
五音	步白葡鼻 ●●●●	九音	□□□□ ●●●●
八声	普朴品匹 ●●●●	九声	□□□□ ●●●●
	旁排平瓶 ●●●●		□□□□ ●●●●
	东丹帝■ ●●●●		□□□□ ●●●●
六音	兑大弟■ ●●●●	九音	□□□□ ●●●●
八声	土贪天■ ●●●●	十声	□□□□ ●●●●

	同覃田■ ●●●●		□□□□ ●●●●
			开音清和律三之十
	乃你女■ ●●●●		■■■■ 多可个舌
七音	内南年■ ●●●●	十音	■■■■ 禾火化八
八声	老冷吕■ ●●●●	一声	■■■■ 开宰爱○
	鹿荦离■ ●●●●		○○○○ 回每退○
	走哉足■ ●●●●		○○○○ 良两向○
八音	自在匠■ ●●●●	十音	○○○○ 光广况○
八声	草采七■ ●●●●	二声	○○○○ 丁井亘○
	曹才全■ ●●●●		○○○○ 兄永莹○
	思三星■ ●●●●		○○○○ 千典旦○
九音	寺□象■ ●●●●	十音	○○○○ 元犬半○
八声	□□□■ ●●●●	三声	■■■■ 臣引艮○
	□□□■ ●●●●		■■■■ 君允巽○
	■山手■ ●●●●		■■■■ 刀早孝岳
十音	■士石■ ●●●●	十音	■■■■ 毛宝报霍
八声	■□耳■ ●●●●	四声	■■■■ 牛斗奏六
	■□二■ ●●●●		■■■■ ○○○玉

	■庄震■ ●●●●		■■■■ 妻子四日
十一音	■乍□■ ●●●●	十一音	■■■■ 衰○帅骨
八声	■义赤■ ●●●●	五声	■■■■ ○○○德
	■崇辰■ ●●●●		■■■■ 龟水贵北
	■卓中■ ●●●●		■■■■ 宫孔众○
十二音	■宅直■ ●●●●	十音	■■■■ 龙甬用○
八声	■拆丑■ ●●●●	六声	■■■■ 鱼鼠去○
	■茶呈■ ●●●●		■■■■ 乌虎兔○
	平声辟唱吕三之九		
	古甲九癸 ●●●●		■■■■ 心审禁○
一音	□□近揆 ●●●●	十音	■■■■ ○○○十
九声	坤巧邱弃 ●●●●	七声	■■■■ 男坎欠○
	□□乾虯 ●●●●		■■■■ ○○○妾
	黑花香血 ●●●●		■■■■ ●●●●
二音	黄华雄贤 ●●●●	十音	■■■■ ●●●●
九声	五瓦仰□ ●●●●	八声	■■■■ ●●●●
	吾牙月尧 ●●●●		■■■■ ●●●●

	安亚乙一 ●●●●		■■■■ ●●●●
三音	□爻王寅 ●●●●	十音	■■■■ ●●●●
九声	母马美米 ●●●●	九声	■■■■ ●●●●
	目儿眉民 ●●●●		■■■■ ●●●●
	夫法□飞 ●●●●		■■■■ ●●●●
四音	父凡□吠 ●●●●	十音	■■■■ ●●●●
九声	武晚□尾 ●●●●	十声	■■■■ ●●●●
	文万□未 ●●●●		■■■■ ●●●●
			开音清和律三之十一
	卜百丙必 ●●●●		■■■■ 多可个舌
五音	步白犕鼻 ●●●●	十一音	■■■■ 禾火化八
九声	普朴品匹 ●●●●	一声	■■■■ 开宰爱○
	旁排平瓶 ●●●●		■■■■ 回每退○
	东丹帝■ ●●●●		■■■■ 良两向○
六音	兑大弟■ ●●●●	十一音	■■■■ 光广况○
九声	土贪天■ ●●●●	二声	■■■■ 丁井亘○
	同覃田■ ●●●●		■■■■ 兄永莹○
	乃你女■ ●●●●		■■■■ 千典旦○

七音	内南年■ ●●●●	十一音	■■■■ 元犬半○
九声	老冷吕■ ●●●●	三声	■■■■ 臣引艮○
	鹿荦离■ ●●●●		■■■■ 君允巽○
	走哉足■ ●●●●		■■■■ 刀早孝岳
八音	自在匠■ ●●●●	十一音	■■■■ 毛宝报霍
九声	草采七■ ●●●●	四声	■■■■ 牛斗奏六
	曹才全■ ●●●●		■■■■ ○○○玉
	思三星■ ●●●●		■■■■ 妻子四日
九音	寺□象■ ●●●●	十一音	■■■■ 衰○帅骨
九声	□□□■ ●●●●	五声	■■■■ ○○○德
	□□□■ ●●●●		■■■■ 龟水贵北
	■山手■ ●●●●		■■■■ 宫孔众○
十音	■士石■ ●●●●	十一音	■■■■ 龙甬用○
九声	■□耳■ ●●●●	六声	■■■■ 鱼鼠去○
	■□二■ ●●●●		■■■■ 乌虎兔○
	■庄震■ ●●●●		■■■■ 心审禁○
十一音	■乍□■ ●●●●	十一音	■■■■ ○○○十

九声	■义赤■ ●●●●	七声	■■■■ 男坎欠○
	■崇辰■ ●●●●		■■■■ ○○○妾
	■卓中■ ●●●●		■■■■ ●●●●
十二音	■宅直■ ●●●●	十一音	■■■■ ●●●●
九声	■拆丑■ ●●●●	八声	■■■■ ●●●●
	■茶呈■ ●●●●		■■■■ ●●●●
	平声辟唱吕三之十		
	古甲九癸 ●●●●		■■■■ ●●●●
一音	□□近揆 ●●●●	十一音	■■■■ ●●●●
十声	坤巧邱弃 ●●●●	九声	■■■■ ●●●●
	□□乾蚪 ●●●●		■■■■ ●●●●
	黑花香血 ●●●●		■■■■ ●●●●
二音	黄华雄贤 ●●●●	十一音	■■■■ ●●●●
十声	五瓦仰□ ●●●●	十声	■■■■ ●●●●
	吾牙月尧 ●●●●		■■■■ ●●●●
			开音清和律三之十二
	安亚乙一 ●●●●		■■■■ 多可个舌
三音	□爻王寅 ●●●●	十二音	■■■■ 禾火化八
十声	母马美米 ●●●●	一声	■■■■ 开宰爱○

	目儿眉民 ●●●●		■■■■ 回每退○
	夫法□飞 ●●●●		■■■■ 良两向○
四音	父凡□吠 ●●●●	十二音	■■■■ 光广况○
十声	武晚□尾 ●●●●	二声	■■■■ 丁井亘○
	文万□未 ●●●●		■■■■ 兄永莹○
	卜百丙必 ●●●●		■■■■ 千典旦○
五音	步白備鼻 ●●●●	十二音	■■■■ 元犬半○
十声	普朴品匹 ●●●●	三声	■■■■ 臣引艮○
	旁排平瓶 ●●●●		■■■■ 君允巽○
	东丹帝■ ●●●●		■■■■ 刀早孝岳
六音	兑大弟■ ●●●●	十二音	■■■■ 毛宝报霍
十声	土贪天■ ●●●●	四声	■■■■ 牛斗奏六
	同覃田■ ●●●●		■■■■ ○○○玉
	乃你女■ ●●●●		■■■■ 妻子四日
七音	内南年■ ●●●●	十二音	■■■■ 衰○帅骨
十声	老冷吕■ ●●●●	五声	■■■■ ○○○德
	鹿荦离■ ●●●●		■■■■ 龟水贵北

	走哉足■ ●●●●		■■■■ 宫孔众○
八音	自在匠■ ●●●●	十二音	■■■■ 龙甬用○
十声	草采七■ ●●●●	六声	■■■■ 鱼鼠去○
	曹才全■ ●●●●		■■■■ 乌虎兔○
	思三星■ ●●●●		■■■■ 心审禁○
九音	寺□象■ ●●●●	十二音	■■■■ ○○○十
十声	□□□■ ●●●●	七声	■■■■ 男坎欠○
	□□□■ ●●●●		■■■■ ○○○妾
	■山手■ ●●●●		■■■■ ●●●●
十音	■士石■ ●●●●	十二音	■■■■ ●●●●
十声	■□耳■ ●●●●	八声	■■■■ ●●●●
	■□二■ ●●●●		■■■■ ●●●●
	■□□■ ●●●●		■■■■ ●●●●
	■庄震■ ●●●●		■■■■ ●●●●
十一音	■乍□■ ●●●●	十二音	■■■■ ●●●●
十声	■义赤■ ●●●●	九声	■■■■ ●●●●
	■崇辰■ ●●●●		■■■■ ●●●●

	■卓中■ ●●●●		■■■■ ●●●●
十二音	■宅直■ ●●●●	十二音	■■■■ ●●●●
十声	■拆丑■ ●●●●	十声	■■■■ ●●●●
	■茶呈■ ●●●●		■■■■ ●●●●

观物篇三十八

日辰声平翕

回兄君○龟

乌○●●●

日辰声七，下唱地之用，音一百五十二，是谓平声翕音，平声翕音一千六十四。

水石音开浊

□吾目文旁同

鹿曹□■■■

水石音九，上和天之用，声一百一十二，是谓开音浊声，开音浊声一千八。

日辰声平之四翕

水石音开之四浊

	平声翕唱吕四之一		开音浊和律四之一
	古甲九癸 回回回回		□□□□ 多可个舌
一音	□□近揆 回回回回	一音	□□□□ 禾火化八
一声	坤巧邱弃 回回回回	一声	□□□□ 开宰爱○
	□□乾虬 回回回回		□□□□ 回每退○
	黑花香血 回回回回		□□□□ 良两向○
二音	黄华雄贤 回回回回	一音	□□□□ 光广况○
一声	五瓦仰□ 回回回回	二声	□□□□ 丁井亘○
	吾牙月尧 回回回回		□□□□ 兄永莹○

	安亚乙一 回回回回		□□□□ 千典旦○
三音	□爻王寅 回回回回	一音	□□□□ 元犬半○
一声	母马美米 回回回回	三声	□□□□ 臣引艮○
	目儿眉民 回回回回		□□□□ 君允巽○
	夫法□飞 回回回回		□□□□ 刀早孝岳
四音	父凡□吠 回回回回	一音	□□□□ 毛宝报霍
一声	武晚□尾 回回回回	四声	□□□□ 牛斗奏六
	文万□未 回回回回		□□□□ ○○○玉
	卜百丙必 回回回回		□□□□ 妻子四日
五音	步白犕鼻 回回回回	一音	□□□□ 衰○帅骨
一声	普朴品匹 回回回回	五声	□□□□ ○○○德
	旁排平瓶 回回回回		□□□□ 龟水贵北
	东丹帝■ 回回回回		□□□□ 宫孔众○
六音	兑大弟■ 回回回回	一音	□□□□ 龙甬用○
一声	土贪天■ 回回回回	六声	□□□□ 鱼鼠去○
	同覃田■ 回回回回		□□□□ 乌虎兔○

	乃你女■ 回回回回		□□□□ 心审禁○
七音	内南年■ 回回回回	一音	□□□□ ○○○十
一声	老冷吕■ 回回回回	七声	□□□□ 男坎欠○
	鹿荦离■ 回回回回		□□□□ ○○○妾
	走哉足■ 回回回回		□□□□ ●●●●
八音	自在匠■ 回回回回	一音	□□□□ ●●●●
一声	草采七■ 回回回回	八声	□□□□ ●●●●
	曹才全■ 回回回回		□□□□ ●●●●
	思三星■ 回回回回		□□□□ ●●●●
九音	寺□象■ 回回回回	一音	□□□□ ●●●●
一声	□□□■ 回回回回	九声	□□□□ ●●●●
	□□□■ 回回回回		□□□□ ●●●●
	■山手■ 回回回回		□□□□ ●●●●
十音	■士石■ 回回回回	一音	□□□□ ●●●●
一声	■□耳■ 回回回回	十声	□□□□ ●●●●
	■□二■ 回回回回		□□□□ ●●●●
			开音浊和律四之二
	■庄震■ 回回回回		吾吾吾吾 多可个舌

十一音	■乍□■ 回回回回	二音	吾吾吾吾 禾火化八
一声	■义赤■ 回回回回	一声	吾吾吾吾 开宰爱○
	■崇辰■ 回回回回		吾吾吾吾 回每退○
	■卓中■ 回回回回		吾吾吾吾 良两向○
十二音	■宅直■ 回回回回	二音	吾吾吾吾 光广况○
一声	■拆丑■ 回回回回	二声	吾吾吾吾 丁井亘○
	■茶呈■ 回回回回		吾吾吾吾 兄永莹○
平声翕唱吕四之二			
	古甲九癸 兄兄兄兄		吾吾吾吾 千典旦○
一音	□□近揆 兄兄兄兄	二音	吾吾吾吾 元犬半○
二声	坤巧邱弃 兄兄兄兄	三声	吾吾吾吾 臣引艮○
	□□乾虯 兄兄兄兄		吾吾吾吾 君允巽○
	黑花香血 兄兄兄兄		吾吾吾吾 刀早孝岳
二音	黄华雄贤 兄兄兄兄	二音	吾吾吾吾 毛宝报霍
二声	五瓦仰□ 兄兄兄兄	四声	吾吾吾吾 牛斗奏六
	吾牙月尧 兄兄兄兄		吾吾吾吾 ○○○玉
	安亚乙一 兄兄兄兄		吾吾吾吾 妻子四日
三音	□爻王寅 兄兄兄兄	二音	吾吾吾吾 衰○帅骨

二声	母马美米 兄兄兄兄	五声	吾吾吾吾 ○○○德
	目儿眉民 兄兄兄兄		吾吾吾吾 龟水贵北
	夫法□飞 兄兄兄兄		吾吾吾吾 宫孔众○
四音	父凡□吠 兄兄兄兄	二音	吾吾吾吾 龙甬用○
二声	武晚□尾 兄兄兄兄	六声	吾吾吾吾 鱼鼠去○
	文万□未 兄兄兄兄		吾吾吾吾 乌虎兔○
	卜百丙必 兄兄兄兄		吾吾吾吾 心审禁○
五音	步白精鼻 兄兄兄兄	二音	吾吾吾吾 ○○○十
二声	普朴品匹 兄兄兄兄	七声	吾吾吾吾 男坎欠○
	旁排平瓶 兄兄兄兄		吾吾吾吾 ○○○妾
	东丹帝■ 兄兄兄兄		吾吾吾吾 ●●●●
六音	兑大弟■ 兄兄兄兄	二音	吾吾吾吾 ●●●●
二声	土贪天■ 兄兄兄兄	八声	吾吾吾吾 ●●●●
	同覃田■ 兄兄兄兄		吾吾吾吾 ●●●●
	乃你女■ 兄兄兄兄		吾吾吾吾 ●●●●
七音	内南年■ 兄兄兄兄	二音	吾吾吾吾 ●●●●
二声	老冷吕■ 兄兄兄兄	九声	吾吾吾吾 ●●●●

	鹿荦离■ 兄兄兄兄		吾吾吾吾 ●●●●
	走哉足■ 兄兄兄兄		吾吾吾吾 ●●●●
八音	自在匠■ 兄兄兄兄	二音	吾吾吾吾 ●●●●
二声	草采七■ 兄兄兄兄	十声	吾吾吾吾 ●●●●
	曹才全■ 兄兄兄兄		吾吾吾吾 ●●●●
			开音浊和律四之三
	思三星■ 兄兄兄兄		目目目目 多可个舌
九音	寺□象■ 兄兄兄兄	三音	目目目目 禾火化八
二声	□□□■ 兄兄兄兄	一声	目目目目 开宰爱○
	□□□■ 兄兄兄兄		目目目目 回每退○
	■山手■ 兄兄兄兄		目目目目 良两向○
十音	■士石■ 兄兄兄兄	三音	目目目目 光广况○
二声	■□耳■ 兄兄兄兄	二声	目目目目 丁井亘○
	■□二■ 兄兄兄兄		目目目目 兄永莹○
	■庄震■ 兄兄兄兄		目目目目 千典旦○
十一音	■乍□■ 兄兄兄兄	三音	目目目目 元犬半○
二声	■义赤■ 兄兄兄兄	三声	目目目目 臣引艮○
	■崇辰■ 兄兄兄兄		目目目目 君允巽○

	■卓中■ 兄兄兄兄		目目目目 刀早孝岳
十二音	■宅直■ 兄兄兄兄	三音	目目目目 毛宝报霍
二声	■拆丑■ 兄兄兄兄	四声	目目目目 牛斗奏六
	■茶呈■ 兄兄兄兄		目目目目 ○○○玉
	平声翕唱吕四之三		
	古甲九癸 君君君君		目目目目 妻子四日
一音	□□近揆 君君君君	三音	目目目目 衰○帅骨
三声	坤巧邱弃 君君君君	五声	目目目目 ○○○德
	黑花香血 君君君君		目目目目 龟水贵北
	黄华雄贤 君君君君		目目目目 宫孔众○
二音	□□乾虯 君君君君	三音	目目目目 龙甬用○
三声	五瓦仰■ 君君君君	六声	目目目目 鱼鼠去○
	吾牙月尧 君君君君		目目目目 乌虎兔○
	安亚乙一 君君君君		目目目目 心审禁○
三音	□爻王寅 君君君君	三音	目目目目 ○○○十
三声	母马美米 君君君君	七声	目目目目 男坎欠○
	目儿眉民 君君君君		目目目目 ○○○妾
	夫法□飞 君君君君		目目目目 ●●●●

四音	父凡□吠 君君君君	三音	目目目目 ●●●●
三声	武晚□尾 君君君君	八声	目目目目 ●●●●
	文万□未 君君君君		目目目目 ●●●●
	卜百丙必 君君君君		目目目目 ●●●●
五音	步白荀鼻 君君君君	三音	目目目目 ●●●●
三声	普朴品匹 君君君君	九声	目目目目 ●●●●
	旁排平瓶 君君君君		目目目目 ●●●●
	东丹帝■ 君君君君		目目目目 ●●●●
六音	兑大弟■ 君君君君	三音	目目目目 ●●●●
三声	土贪天■ 君君君君	十声	目目目目 ●●●●
	同覃田■ 君君君君		目目目目 ●●●●
			开音浊和律四之四
	乃你女■ 君君君君		文文文文 多可个舌
七音	内南年■ 君君君君	四音	文文文文 禾火化八
三声	老冷吕■ 君君君君	一声	文文文文 开宰爱○
	鹿荦离■ 君君君君		文文文文 回每退○
	走哉足■ 君君君君		文文文文 良两向○
八音	自在匠■ 君君君君	四音	文文文文 光广况○

三声	草采七■ 君君君君	二声	文文文文 丁井亘○
	曹才全■ 君君君君		文文文文 兄永莹○
	思三星■ 君君君君		文文文文 千典旦○
九音	寺□象■ 君君君君	四音	文文文文 元犬半○
三声	□□□■ 君君君君	三声	文文文文 臣引艮○
	□□□■ 君君君君		文文文文 君允巽○
	■山手■ 君君君君		文文文文 刀早孝岳
十音	■士石■ 君君君君	四音	文文文文 毛宝报霍
三声	■□耳■ 君君君君	四声	文文文文 牛斗奏六
	■□二■ 君君君君		文文文文 ○○○玉
	■庄震■ 君君君君		文文文文 妻子四日
十一音	■乍□■ 君君君君	四音	文文文文 衰○帅骨
三声	■义赤■ 君君君君	五声	文文文文 ○○○德
	■崇辰■ 君君君君		文文文文 龟水贵北
	■卓中■ 君君君君		文文文文 宫孔众○
十二音	■宅直■ 君君君君	四音	文文文文 龙甬用○
三声	■拆丑■ 君君君君	六声	文文文文 鱼鼠去○

	■茶呈■ 君君君君		文文文文 乌虎兔○
	平声翕唱吕四之四		
	古甲九癸 ○○○○		文文文文 心审禁○
一音	□□近揆 ○○○○	**四音**	文文文文 ○○○十
四声	坤巧邱弃 ○○○○	**七声**	文文文文 男坎欠○
	□□乾蚪 ○○○○		文文文文 ○○○妾
	黑花香血 ○○○○		文文文文 ○○○○
二音	黄华雄贤 ○○○○	**四音**	文文文文 ●●●●
四声	五瓦仰□ ○○○○	**八声**	文文文文 ●●●●
	吾牙月尧 ○○○○		文文文文 ●●●●
	安亚乙一 ○○○○		文文文文 ●●●●
三音	□爻王寅 ○○○○	**四音**	文文文文 ●●●●
四声	母马美米 ○○○○	**九声**	文文文文 ●●●●
	目儿眉民 ○○○○		文文文文 ●●●●
	夫法□飞 ○○○○		文文文文 ●●●●
四音	父凡□吠 ○○○○	**四音**	文文文文 ●●●●
四声	武晚□尾 ○○○○	**十声**	文文文文 ●●●●
	文万□未 ○○○○		文文文文 ●●●●

			开音浊和律四之五
	卜百丙必 ○○○○		旁旁旁旁 多可个舌
五音	步白葡鼻 ○○○○	五音	旁旁旁旁 禾火化八
四声	普朴品匹 ○○○○	一声	旁旁旁旁 开宰爱○
	旁排平瓶 ○○○○		旁旁旁旁 回每退○
	东丹帝■ ○○○○		旁旁旁旁 良两向○
六音	兑大弟■ ○○○○	五音	旁旁旁旁 光广况○
四声	土贪天■ ○○○○	二声	旁旁旁旁 丁井亘○
	同覃田■ ○○○○		旁旁旁旁 兄永莹○
	乃你女■ ○○○○		旁旁旁旁 千典旦○
七音	内南年■ ○○○○	五音	旁旁旁旁 元犬半○
四声	老冷吕■ ○○○○	三声	旁旁旁旁 臣引艮○
	鹿荦离■ ○○○○		旁旁旁旁 君允巽○
	走哉足■ ○○○○		旁旁旁旁 刀早孝岳
八音	自在匠■ ○○○○	五音	旁旁旁旁 毛宝报霍
四声	草采七■ ○○○○	四声	旁旁旁旁 牛斗奏六
	曹才全■ ○○○○		旁旁旁旁 ○○○玉

	思三星■ ○○○○		旁旁旁旁 妻子四日
九音	寺□象■ ○○○○	五音	旁旁旁旁 衰○帅骨
四声	□□□■ ○○○○	五声	旁旁旁旁 ○○○德
	□□□■ ○○○○		旁旁旁旁 龟水贵北
	■山手■ ○○○○		旁旁旁旁 宫孔众○
十音	■士石■ ○○○○	五音	旁旁旁旁 龙甬用○
四声	■□耳■ ○○○○	六声	旁旁旁旁 鱼鼠去○
	■□二■ ○○○○		旁旁旁旁 乌虎兔○
	■庄震■ ○○○○		旁旁旁旁 心审禁○
十一音	■乍□■ ○○○○	五音	旁旁旁旁 ○○○十
四声	■义赤■ ○○○○	七声	旁旁旁旁 男坎欠○
	■崇辰■ ○○○○		旁旁旁旁 ○○○妾
	■卓中■ ○○○○		旁旁旁旁 ●●●●
十二音	■宅直■ ○○○○	五音	旁旁旁旁 ●●●●
四声	■拆丑■ ○○○○	八声	旁旁旁旁 ●●●●
	■茶呈■ ○○○○		旁旁旁旁 ●●●●
	平声翕唱吕四之五		
	古甲九癸 龟龟龟龟		旁旁旁旁 ●●●●

一音	□□近揆 龟龟龟龟	五音	旁旁旁旁 ●●●●
五声	坤巧邱弃 龟龟龟龟	九声	旁旁旁旁 ●●●●
	□□乾蚪 龟龟龟龟		旁旁旁旁 ●●●●
	黑花香血 龟龟龟龟		旁旁旁旁 ●●●●
二音	黄华雄贤 龟龟龟龟	五音	旁旁旁旁 ●●●●
五声	五瓦仰□ 龟龟龟龟	十声	旁旁旁旁 ●●●●
	吾牙月尧 龟龟龟龟		旁旁旁旁 ●●●●
			开音浊和律四之六
	安亚乙一 龟龟龟龟		同同同同 多可个舌
三音	□爻王寅 龟龟龟龟	六音	同同同同 禾火化八
五声	母马美米 龟龟龟龟	一声	同同同同 开宰爱○
	目儿眉民 龟龟龟龟		同同同同 回每退○
	夫法□飞 龟龟龟龟		同同同同 良两向○
四音	父凡□吠 龟龟龟龟	六音	同同同同 光广况○
五声	武晚□尾 龟龟龟龟	二声	同同同同 丁井亘○
	文万□未 龟龟龟龟		同同同同 兄永莹○
	卜百丙必 龟龟龟龟		同同同同 千典旦○
五音	步白葡鼻 龟龟龟龟	六音	同同同同 元犬半○

五声	普朴品匹 龟龟龟龟	三声	同同同同 臣引艮○
	旁排平瓶 龟龟龟龟		同同同同 君允巽○
	东丹帝■ 龟龟龟龟		同同同同 刀早孝岳
六音	兑大弟■ 龟龟龟龟	六音	同同同同 毛宝报霍
五声	土贪天■ 龟龟龟龟	四声	同同同同 牛斗奏六
	同覃田■ 龟龟龟龟		同同同同 ○○○玉
	乃你女■ 龟龟龟龟		同同同同 妻子四日
七音	内南年■ 龟龟龟龟	六音	同同同同 衰○帅骨
五声	老冷吕■ 龟龟龟龟	五声	同同同同 ○○○德
	鹿荦离■ 龟龟龟龟		同同同同 龟水贵北
	走哉足■ 龟龟龟龟		同同同同 宫孔众○
八音	自在匠■ 龟龟龟龟	六音	同同同同 龙甬用○
五声	草采七■ 龟龟龟龟	六声	同同同同 鱼鼠去○
	曹才全■ 龟龟龟龟		同同同同 乌虎兔○
	思三星■ 龟龟龟龟		同同同同 心审禁○
九音	寺□象■ 龟龟龟龟	六音	同同同同 ○○○十
五声	□□□■ 龟龟龟龟	七声	同同同同 男坎欠○

	□□□■ 龟龟龟龟		同同同同 ○○○妾
	■山手■ 龟龟龟龟		同同同同 ●●●●
十音	■士石■ 龟龟龟龟	六音	同同同同 ●●●●
五声	■□耳■ 龟龟龟龟	八声	同同同同 ●●●●
	■□二■ 龟龟龟龟		同同同同 ●●●●
	■庄震■ 龟龟龟龟		同同同同 ●●●●
十一音	■乍□■ 龟龟龟龟	六音	同同同同 ●●●●
五声	■义赤■ 龟龟龟龟	九声	同同同同 ●●●●
	■崇辰■ 龟龟龟龟		同同同同 ●●●●
	■□□■ 龟龟龟龟		同同同同 ●●●●
十二音	■宅直■ 龟龟龟龟	六音	同同同同 ●●●●
五声	■拆丑■ 龟龟龟龟	十声	同同同同 ●●●●
	■茶呈■ 龟龟龟龟		同同同同 ●●●●
	平声翕唱吕四之六		**开音浊和律四之七**
	古甲九癸 乌乌乌乌		鹿鹿鹿鹿 多可个舌
一音	□□近揆 乌乌乌乌	七音	鹿鹿鹿鹿 禾火化八
六声	坤巧邱弃 乌乌乌乌	一声	鹿鹿鹿鹿 开宰爱○
	□□乾蚪 乌乌乌乌		鹿鹿鹿鹿 回每退○

	黑花香血 乌乌乌乌		鹿鹿鹿鹿 良两向○
二音	黄华雄贤 乌乌乌乌	七音	鹿鹿鹿鹿 光广况○
六声	五瓦仰□ 乌乌乌乌	二声	鹿鹿鹿鹿 丁井亘○
	吾牙月尧 乌乌乌乌		鹿鹿鹿鹿 兄永莹○
	安亚乙一 乌乌乌乌		鹿鹿鹿鹿 千典旦○
三音	□爻王寅 乌乌乌乌	七音	鹿鹿鹿鹿 元犬半○
六声	母马美米 乌乌乌乌	三声	鹿鹿鹿鹿 臣引艮○
	目儿眉民 乌乌乌乌		鹿鹿鹿鹿 君允巽○
	夫法□飞 乌乌乌乌		鹿鹿鹿鹿 刀早孝岳
四音	父凡□吠 乌乌乌乌	七音	鹿鹿鹿鹿 毛宝报霍
六声	武晚□尾 乌乌乌乌	四声	鹿鹿鹿鹿 牛斗奏六
	文万□未 乌乌乌乌		鹿鹿鹿鹿 ○○○玉
	卜百丙必 乌乌乌乌		鹿鹿鹿鹿 妻子四日
五音	步白𤰇鼻 乌乌乌乌	七音	鹿鹿鹿鹿 衰○帅骨
六声	普朴品匹 乌乌乌乌	五声	鹿鹿鹿鹿 ○○○德
	旁排平瓶 乌乌乌乌		鹿鹿鹿鹿 龟水贵北
	东丹帝■ 乌乌乌乌		鹿鹿鹿鹿 宫孔众○

六音	兑大弟■ 乌乌乌乌	七音	鹿鹿鹿鹿 龙甬用○
六声	土贪天■ 乌乌乌乌	六声	鹿鹿鹿鹿 鱼鼠去○
	同覃田■ 乌乌乌乌		鹿鹿鹿鹿 乌虎兔○
	乃你女■ 乌乌乌乌		鹿鹿鹿鹿 心审禁○
七音	内南年■ 乌乌乌乌	七音	鹿鹿鹿鹿 ○○○十
六声	老冷吕■ 乌乌乌乌	七声	鹿鹿鹿鹿 男坎欠○
	鹿荦离■ 乌乌乌乌		鹿鹿鹿鹿 ○○○妾
	走哉足■ 乌乌乌乌		鹿鹿鹿鹿 ●●●●
八音	自在匠■ 乌乌乌乌	七音	鹿鹿鹿鹿 ●●●●
六声	草采七■ 乌乌乌乌	八声	鹿鹿鹿鹿 ●●●●
	曹才全■ 乌乌乌乌		鹿鹿鹿鹿 ●●●●
	思三星■ 乌乌乌乌		鹿鹿鹿鹿 ●●●●
九音	寺□象■ 乌乌乌乌	七音	鹿鹿鹿鹿 ●●●●
六声	□□□■ 乌乌乌乌	九声	鹿鹿鹿鹿 ●●●●
	□□□■ 乌乌乌乌		鹿鹿鹿鹿 ●●●●
	■山手■ 乌乌乌乌		鹿鹿鹿鹿 ●●●●
十音	■士石■ 乌乌乌乌	七音	鹿鹿鹿鹿 ●●●●

六声	■□耳■ 乌乌乌乌	十声	鹿鹿鹿鹿 ●●●●
	■□二■ 乌乌乌乌		鹿鹿鹿鹿 ●●●●
			开音浊和律四之八
	■庄震■ 乌乌乌乌		曹曹曹曹 多可个舌
十一音	■乍□■ 乌乌乌乌	八音	曹曹曹曹 禾火化八
六声	■义赤■ 乌乌乌乌	一声	曹曹曹曹 开宰爱○
	■崇辰■ 乌乌乌乌		曹曹曹曹 回每退○
	■卓中■ 乌乌乌乌		曹曹曹曹 良两向○
十二音	■宅直■ 乌乌乌乌	八音	曹曹曹曹 光广况○
六声	■拆丑■ 乌乌乌乌	二声	曹曹曹曹 丁井亘○
	■茶呈■ 乌乌乌乌		曹曹曹曹 兄永莹○
	平声翕唱吕四之七		
	古甲九癸 ○○○○		曹曹曹曹 千典旦○
一音	□□近揆 ○○○○	八音	曹曹曹曹 元犬半○
七声	坤巧邱弃 ○○○○	三声	曹曹曹曹 臣引艮○
	□□乾蚪 ○○○○		曹曹曹曹 君允巽○
	黑花香血 ○○○○		曹曹曹曹 刀早孝岳
二音	黄华雄贤 ○○○○	八音	曹曹曹曹 毛宝报霍
七声	五瓦仰□ ○○○○	四声	曹曹曹曹 牛斗奏六

	吾牙月尧 ○○○○		曹曹曹曹 ○○○玉
	安亚乙一 ○○○○		曹曹曹曹 妻子四日
三音	□爻王寅 ○○○○	八音	曹曹曹曹 衰○帅骨
七声	母马美米 ○○○○	五声	曹曹曹曹 ○○○德
	目儿眉民 ○○○○		曹曹曹曹 龟水贵北
	夫法□飞 ○○○○		曹曹曹曹 宫孔众○
四音	父凡□吠 ○○○○	八音	曹曹曹曹 龙甬用○
七声	武晚□尾 ○○○○	六声	曹曹曹曹 鱼鼠去○
	文万□未 ○○○○		曹曹曹曹 乌虎兔○
	卜百丙必 ○○○○		曹曹曹曹 心审禁○
五音	步白葡鼻 ○○○○	八音	曹曹曹曹 ○○○十
七声	普朴品匹 ○○○○	七声	曹曹曹曹 男坎欠○
	旁排平瓶 ○○○○		曹曹曹曹 ○○○妾
	东丹帝■ ○○○○		曹曹曹曹 ●●●●
六音	兑大弟■ ○○○○	八音	曹曹曹曹 ●●●●
七声	土贪天■ ○○○○	八声	曹曹曹曹 ●●●●
	同覃田■ ○○○○		曹曹曹曹 ●●●●

	乃你女■ ○○○○		曹曹曹曹 ●●●●
七音	内南年■ ○○○○	八音	曹曹曹曹 ●●●●
七声	老冷吕■ ○○○○	九声	曹曹曹曹 ●●●●
	鹿荦离■ ○○○○		曹曹曹曹 ●●●●
	走哉足■ ○○○○		曹曹曹曹 ●●●●
八音	自在匠■ ○○○○	八音	曹曹曹曹 ●●●●
七声	草采七■ ○○○○	十声	曹曹曹曹 ●●●●
	曹才全■ ○○○○		曹曹曹曹 ●●●●
			开音浊和律四之九
	思三星■ ○○○○		□□□□ 多可个舌
九音	寺□象■ ○○○○	九音	□□□□ 禾火化八
七声	□□□■ ○○○○	一声	□□□□ 开宰爱○
	□□□■ ○○○○		□□□□ 回每退○
	■山手■ ○○○○		□□□□ 良两向○
十音	■士石■ ○○○○	九音	□□□□ 光广况○
七声	■□耳■ ○○○○	二声	□□□□ 丁井亘○
	■□二■ ○○○○		□□□□ 兄永莹○

	■庄震■ ○○○○		□□□□ 千典旦○
十一音	■乍□■ ○○○○	九音	□□□□ 元犬半○
七声	■义赤■ ○○○○	三声	□□□□ 臣引艮○
	■崇辰■ ○○○○		□□□□ 君允巽○
	■卓中■ ○○○○		□□□□ 刀早孝岳
十二音	■宅直■ ○○○○	九音	□□□□ 毛宝报霍
七声	■拆丑■ ○○○○	四声	□□□□ 牛斗奏六
	■茶呈■ ○○○○		□□□□ ○○○玉
	平声翕唱吕四之八		
	古甲九癸 ●●●●		□□□□ 妻子四日
一音	□□近揆 ●●●●	九音	□□□□ 衰○帅骨
八声	坤巧邱弃 ●●●●	五声	□□□□ ○○○德
	□□乾虬 ●●●●		□□□□ 龟水贵北
	黑花香血 ●●●●		□□□□ 宫孔众○
二音	黄华雄贤 ●●●●	九音	□□□□ 龙甬用○
八声	五瓦仰□ ●●●●	六声	□□□□ 鱼鼠去○
	吾牙月尧 ●●●●		□□□□ 乌虎兔○
	安亚乙一 ●●●●		□□□□ 心审禁○

三音	□爻王寅 ●●●●	九音	□□□□ ○○○十
八声	母马美米 ●●●●	七声	□□□□ 男坎欠○
	目儿眉民 ●●●●		□□□□ ○○○妾
	夫法□飞 ●●●●		□□□□ ■■■■
四音	父凡□吠 ●●●●	九音	□□□□ ■■■■
八声	武晚□尾 ●●●●	八声	□□□□ ■■■■
	文万□未 ●●●●		□□□□ ■■■■
			□□□□ ■■■■
	卜百丙必 ●●●●		□□□□ ■■■■
五音	步白糒鼻 ●●●●	九音	□□□□ ■■■■
八声	普朴品匹 ●●●●	九声	□□□□ ■■■■
	旁排平瓶 ●●●●		□□□□ ■■■■
	东丹帝■ ●●●●		□□□□ ■■■■
六音	兑大弟■ ●●●●	九音	□□□□ ■■■■
八声	土贪天■ ●●●●	十声	□□□□ ■■■■
	同覃田■ ●●●●		□□□□ ■■■■
			开音浊和律四之十
	乃你女■ ●●●●		多可个舌 ■■■■
七音	内南年■ ●●●●	十音	禾火化八 ■■■■

八声	老冷吕■ ●●●●	一声	■■■■ 开宰爱○
	鹿荦离■ ●●●●		■■■■ 回每退○
	走哉足■ ●●●●		■■■■ 良两向○
八音	自在匠■ ●●●●	十音	■■■■ 光广况○
八声	草采七■ ●●●●	二声	■■■■ 丁井亘○
	曹才全■ ●●●●		■■■■ 兄永莹○
	思三星■ ●●●●		■■■■ 千典旦○
九音	寺□象■ ●●●●	十音	■■■■ 元犬半○
八声	□□□■ ●●●●	三声	■■■■ 臣引艮○
	□□□■ ●●●●		■■■■ 君允巽○
	■山手■ ●●●●		■■■■ 刀早孝岳
十音	■士石■ ●●●●	十音	■■■■ 毛宝报霍
八声	■□耳■ ●●●●	四声	■■■■ 牛斗奏六
	■□二■ ●●●●		■■■■ ○○○玉
	■庄震■ ●●●●		■■■■ 妻子四日
十一音	■乍□■ ●●●●	十音	■■■■ 衰○帅骨
八声	■义赤■ ●●●●	五声	■■■■ ○○○德

	■崇辰■ ●●●●		■■■■ 龟水贵北
	■卓中■ ●●●●		■■■■ 宫孔众○
十二音	■宅直■ ●●●●	十音	■■■■ 龙甬用○
八声	■拆丑■ ●●●●	六声	■■■■ 鱼鼠去○
	■茶呈■ ●●●●		■■■■ 乌虎兔○
	平声翕唱吕四之九		
	古甲九癸 ●●●●		■■■■ 心审禁○
一音	□□近揆 ●●●●	十音	■■■■ ○○○十
九声	坤巧邱弃 ●●●●	七声	■■■■ 男坎欠○
	□□乾蚪 ●●●●		■■■■ ○○○妾
	黑花香血 ●●●●		■■■■ ●●●●
二音	黄华雄贤 ●●●●	十音	■■■■ ●●●●
九声	五瓦仰□ ●●●●	八声	■■■■ ●●●●
	吾牙月尧 ●●●●		■■■■ ●●●●
			■■■■ ●●●●
	安亚乙一 ●●●●		■■■■ ●●●●
三音	□爻王寅 ●●●●	十音	■■■■ ●●●●
九声	母马美米 ●●●●	九声	■■■■ ●●●●
	目儿眉民 ●●●●		■■■■ ●●●●

	夫法□飞 ●●●●		■■■■ ●●●●
四音	父凡□吠 ●●●●	十音	■■■■ ●●●●
九声	武晚□尾 ●●●●	十声	■■■■ ●●●●
	文万□未 ●●●●		■■■■ ●●●●
			开音浊和律四之十一
	卜百丙必 ●●●●		■■■■ 多可个舌
五音	步白精鼻 ●●●●	十一音	■■■■ 禾火化八
九声	普朴品匹 ●●●●	一声	■■■■ 开宰爱○
	旁排平瓶 ●●●●		■■■■ 回每退○
	东丹帝■ ●●●●		■■■■ 良两向○
六音	兑大弟■ ●●●●	十一音	■■■■ 光广况○
九声	土贪天■ ●●●●	二声	■■■■ 丁井亘○
	同覃田■ ●●●●		■■■■ 兄永莹○
	乃你女■ ●●●●		■■■■ 千典旦○
七音	内南年■ ●●●●	十一音	■■■■ 元犬半○
九声	老冷吕■ ●●●●	三声	■■■■ 臣引艮○
	鹿荦离■ ●●●●		■■■■ 君允巽○
	走哉足■ ●●●●		■■■■ 刀早孝岳

八音	自在匠■ ●●●●	十一音	■■■■ 毛宝报霍
九声	草采七■ ●●●●	四声	■■■■ 牛斗奏六
	曹才全■ ●●●●		■■■■ ○○○玉
	思三星■ ●●●●		■■■■ 妻子四日
九音	寺□象■ ●●●●	十一音	■■■■ 衰○帅骨
九声	□□□■ ●●●●	五声	■■■■ ○○○德
	□□□■ ●●●●		■■■■ 龟水贵北
	■山手■ ●●●●		■■■■ 宫孔众○
十音	■士石■ ●●●●	十一音	■■■■ 龙甬用○
九声	■□耳■ ●●●●	六声	■■■■ 鱼鼠去○
	■□二■ ●●●●		■■■■ 乌虎兔○
	■庄震■ ●●●●		■■■■ 心审禁○
十一音	■乍□■ ●●●●	十一音	■■■■ ○○○十
九声	■义赤■ ●●●●	七声	■■■■ 男坎欠○
	■崇辰■ ●●●●		■■■■ ○○○妾
	■卓中■ ●●●●		■■■■ ●●●●
十二音	■宅直■ ●●●●	十一音	■■■■ ●●●●

九声	■拆丑■ ●●●●	八声	■■■■ ●●●●
	■茶呈■ ●●●●		■■■■ ●●●●
	平声翕唱吕四之十		
	古甲九癸 ●●●●		■■■■ ●●●●
一音	□□近揆 ●●●●	十一音	■■■■ ●●●●
十声	坤巧邱弃 ●●●●	九声	■■■■ ●●●●
	□□乾蚪 ●●●●		■■■■ ●●●●
	黑花香血 ●●●●		■■■■ ●●●●
二音	黄华雄贤 ●●●●	十一音	■■■■ ●●●●
十声	五瓦仰□ ●●●●	十声	■■■■ ●●●●
	吾牙月尧 ●●●●		■■■■ ●●●●
			开音浊和律四之十二
	安亚乙一 ●●●●		■■■■ 多可个舌
三音	□爻王寅 ●●●●	十二音	■■■■ 禾火化八
十声	母马美米 ●●●●	一声	■■■■ 开宰爱○
	目儿眉民 ●●●●		■■■■ 回每退○
	夫法□飞 ●●●●		■■■■ 良两向○
四音	父凡□吠 ●●●●	十二音	■■■■ 光广况○
十声	武晚□尾 ●●●●	二声	■■■■ 丁井亘○

	文万□末 ●●●●		■■■■ 兄永莹○
	卜百丙必 ●●●●		■■■■ 千典旦○
五音	步白犕鼻 ●●●●	十二音	■■■■ 元犬半○
十声	普朴品匹 ●●●●	三声	■■■■ 臣引艮○
	旁排平瓶 ●●●●		■■■■ 君允巽○
	东丹帝■ ●●●●		■■■■ 刀早孝岳
六音	兑大弟■ ●●●●	十二音	■■■■ 毛宝报霍
十声	土贪天■ ●●●●	四声	■■■■ 牛斗奏六
	同覃田■ ●●●●		■■■■ ○○○玉
	乃你女■ ●●●●		■■■■ 妻子四日
七音	内南年■ ●●●●	十二音	■■■■ 衰○帅骨
十声	老冷吕■ ●●●●	五声	■■■■ ○○○德
	鹿荦离■ ●●●●		■■■■ 龟水贵北
	走哉足■ ●●●●		■■■■ 宫孔众○
八音	自在匠■ ●●●●	十二音	■■■■ 龙甬用○
十声	草采七■ ●●●●	六声	■■■■ 鱼鼠去○
	曹才全■ ●●●●		■■■■ 乌虎兔○

	思三星■ ●●●●		■■■■ 心审禁○
九音	寺□象■ ●●●●	十二音	■■■■ ○○○十
十声	□□□■ ●●●●	七声	■■■■ 男坎欠○
	□□□■ ●●●●		■■■■ ○○○妾
	■山手■ ●●●●		■■■■ ●●●●
十音	■士石■ ●●●●	十二音	■■■■ ●●●●
十声	■□耳■ ●●●●	八声	■■■■ ●●●●
	■□二■ ●●●●		■■■■ ●●●●
	■庄震■ ●●●●		■■■■ ●●●●
十一音	■乍□■ ●●●●	十二音	■■■■ ●●●●
十声	■义赤■ ●●●●	九声	■■■■ ●●●●
	■崇辰■ ●●●●		■■■■ ●●●●
	■卓中■ ●●●●		■■■■ ●●●●
十二音	■宅直■ ●●●●	十二音	■■■■ ●●●●
十声	■拆丑■ ●●●●	十声	■■■■ ●●●●
	■茶呈■ ●●●●		■■■■ ●●●●

（皇极经世书卷七下）

康节先生文集①

四库全书版足本

皇极经世书

[宋]邵　雍　著
闵兆才　编校

（下册）

华龄出版社

下册目录

钦定四库全书·皇极经世书卷八上

观物篇三十九…… 492
观物篇四十…… 522

钦定四库全书·皇极经世书卷八下

观物篇四十一…… 552
观物篇四十二…… 582

钦定四库全书·皇极经世书卷九上

观物篇四十三…… 612
观物篇四十四…… 642

钦定四库全书·皇极经世书卷九下

观物篇四十五……672
观物篇四十六……702

钦定四库全书·皇极经世书卷十上

观物篇四十七……732
观物篇四十八……762

钦定四库全书·皇极经世书卷十下

观物篇四十九……792
观物篇五十……822

钦定四库全书·皇极经世书卷十一

观物篇五十一……852
观物篇五十二……855
观物篇五十三……857
观物篇五十四……858
观物篇五十五……861
观物篇五十六……863

钦定四库全书·皇极经世书卷十二

观物篇五十七……868
观物篇五十八……870

观物篇五十九…………………………………………………………………… 871
观物篇六十……………………………………………………………………… 872
观物篇六十一…………………………………………………………………… 875
观物篇六十二…………………………………………………………………… 877

钦定四库全书·皇极经世书卷十三

观物外篇上……………………………………………………………………… 882

钦定四库全书·皇极经世书卷十四

观物外篇下……………………………………………………………………… 904

附录一 《宋史·邵雍传》 ………………………………………………… 918
附录二 《宋史·邵伯温传》 ……………………………………………… 920
附录三 《邵雍年表》 ……………………………………………………… 922
附录四 《圣叹手批谶书七种》 …………………………………………… 939

钦定四库全书

子部

皇极经世书卷八上

详校官中书 臣 吕光復

灵台郎 臣 倪廷梅 复勘

总校官编修 臣 王燕绪

校对官编修 臣 卢 遂

誊 录监生 臣 俞昌言

皇極經世書卷八上

觀物篇三十九　　宋 邵雍 撰

月日聲上闢　火水音發清

可兩典早子　甲花亞法丹百

孔審　婇哉三山莊卓

月日聲七下唱地之　火水音十二上和天

用音一百五十二是　之用聲一百一十二

謂上聲闢音上聲闢　是謂發音清聲發音

音一千六十四　清聲一千三百四十

四

月日聲上之一闢　火水音發之一清

上聲闢唱呂一之一　發音清和律一之一

古甲九癸　甲甲甲甲

可可可可　多可个舌

○○近揆　甲甲甲甲

可可可可　禾火化八

一音　一音

钦定四库全书·皇极经世书卷八上

[宋] 邵 雍 撰

观物篇三十九

月日声上辟

可两典早子

孔审●●●

月日声七，下唱地之用，音一百五十二，是谓上声辟音，上声辟音一千六十四。

火水音发清

甲花亚法丹百

你哉三山庄卓

火水音十二，上和天之用，声一百一十二，是谓发音清声，发音清声一千三百四十四。

月日声上之一辟

火水音发之一清

上声辟唱吕一之一		发音清和律一之一	
	古甲九癸 可可可可		甲甲甲甲 多可个舌
一音	○○近揆 可可可可	一音	甲甲甲甲 禾火化八
一声	坤巧邱弃 可可可可	一声	甲甲甲甲 开宰爱○
	○○乾虬 可可可可		甲甲甲甲 回每退○

	黑花香血 可可可可		甲甲甲甲 良两向○
二音	黄华雄贤 可可可可	一音	甲甲甲甲 光广况○
一声	五瓦仰○ 可可可可	二声	甲甲甲甲 丁井亘○
	吾牙月尧 可可可可		甲甲甲甲 兄永莹○
	安亚乙一 可可可可		甲甲甲甲 千典旦○
三音	○爻壬寅 可可可可	一音	甲甲甲甲 元犬半○
一声	母马美米 可可可可	三声	甲甲甲甲 臣引艮○
	目儿眉民 可可可可		甲甲甲甲 君允巽○
	夫法○飞 可可可可		甲甲甲甲 刀早孝岳
四音	父凡○吠 可可可可	一音	甲甲甲甲 毛宝报霍
一声	武晚○尾 可可可可	四声	甲甲甲甲 牛斗奏六
	文万○未 可可可可		甲甲甲甲 ○○○玉
	卜百丙必 可可可可		甲甲甲甲 妻子四日
五音	步白備鼻 可可可可	一音	甲甲甲甲 衰○帅骨
一声	普朴品匹 可可可可	五声	甲甲甲甲 ○○○德
	旁排平瓶 可可可可		甲甲甲甲 龟水贵北
	东丹帝■ 可可可可		甲甲甲甲 宫孔众○

六音	兑大弟■ 可可可可	一音	甲甲甲甲 龙甬用○
一声	土贪天■ 可可可可	六声	甲甲甲甲 鱼鼠去○
	同覃田■ 可可可可		甲甲甲甲 乌虎兔○
	乃你女■ 可可可可		甲甲甲甲 心审禁○
七音	内南年■ 可可可可	一音	甲甲甲甲 ○○○十
一声	老冷吕■ 可可可可	七声	甲甲甲甲 男坎欠○
	鹿荦离■ 可可可可		甲甲甲甲 ○○○妾
	走哉足■ 可可可可		甲甲甲甲 ○○○○
八音	自在匠■ 可可可可	一音	甲甲甲甲 ○○○○
一声	草采七■ 可可可可	八声	甲甲甲甲 ○○○○
	曹才全■ 可可可可		甲甲甲甲 ○○○○
	思三星■ 可可可可		甲甲甲甲 ○○○○
九音	寺○象■ 可可可可	一音	甲甲甲甲 ○○○○
一声	○○○■ 可可可可	九声	甲甲甲甲 ○○○○
	○○○■ 可可可可		甲甲甲甲 ○○○○
	■山手■ 可可可可		甲甲甲甲 ○○○○
十音	■士石■ 可可可可	一音	甲甲甲甲 ●●●●

一声	■○耳■ 可可可可	十声	甲甲甲甲 ●●●●
	■○二■ 可可可可		甲甲甲甲 ●●●●
			发音清和律一之二
	■庄震■ 可可可可		花花花花 多可个舌
十一音	■乍○■ 可可可可	二音	花花花花 禾火化八
一声	■义赤■ 可可可可	一声	花花花花 开宰爱○
	■崇辰■ 可可可可		花花花花 回每退○
	■卓中■ 可可可可		花花花花 良两向○
十二音	■宅直■ 可可可可	二音	花花花花 光广况○
一声	■拆丑■ 可可可可	二声	花花花花 丁井亘○
	■茶呈■ 可可可可		花花花花 兄永莹○
	上声辟唱吕一之二		
	古甲九癸 两两两两		花花花花 千典旦○
一音	○○近揆 两两两两	二音	花花花花 元犬半○
二声	坤巧邱弃 两两两两	三声	花花花花 臣引艮○
	○○乾蚪 两两两两		花花花花 君允巽○
	黑花香血 两两两两		花花花花 刀早孝岳
二音	黄华雄贤 两两两两	二音	花花花花 毛宝报霍
二声	五瓦仰○ 两两两两	四声	花花花花 牛斗奏六

	吾牙月尧 两两两两		花花花花 ○○○玉
	安亚乙一 两两两两		花花花花 妻子四日
三音	○爻壬寅 两两两两	二音	花花花花 衰○帅骨
二声	母马美米 两两两两	五声	花花花花 ○○○德
	目儿眉民 两两两两		花花花花 龟水贵北
	夫法○飞 两两两两		花花花花 宫孔众○
四音	父凡○吠 两两两两	二音	花花花花 龙甬用○
二声	武晚○尾 两两两两	六声	花花花花 鱼鼠去○
	文万○未 两两两两		花花花花 乌虎兔○
	卜百丙必 两两两两		花花花花 心审禁○
五音	步白葡鼻 两两两两	二音	花花花花 ○○○十
二声	普朴品匹 两两两两	七声	花花花花 男坎欠○
	旁排平瓶 两两两两		花花花花 ○○○妾
	东丹帝■ 两两两两		花花花花 ●●●●
六音	兑大弟■ 两两两两	二音	花花花花 ●●●●
二声	土贪天■ 两两两两	八声	花花花花 ●●●●
	同覃田■ 两两两两		花花花花 ●●●●

	乃你女■ 两两两两		花花花花 ●●●●
七音	内南年■ 两两两两	二音	花花花花 ●●●●
二声	老冷吕■ 两两两两	九声	花花花花 ●●●●
	鹿荦离■ 两两两两		花花花花 ●●●●
	走哉足■ 两两两两		花花花花 ●●●●
八音	自在匠■ 两两两两	二音	花花花花 ●●●●
二声	草采七■ 两两两两	十声	花花花花 ●●●●
	曹才全■ 两两两两		花花花花 ●●●●
			发音清和律一之三
	思三星■ 两两两两		亚亚亚亚 多可个舌
九音	寺○象■ 两两两两	三音	亚亚亚亚 禾火化八
二声	○○○■ 两两两两	一声	亚亚亚亚 开宰爱○
	○○○■ 两两两两		亚亚亚亚 回每退○
	■山手■ 两两两两		亚亚亚亚 良两向○
十音	■士石■ 两两两两	三音	亚亚亚亚 光广况○
二声	■○耳■ 两两两两	二声	亚亚亚亚 丁井亘○
	■○二■ 两两两两		亚亚亚亚 兄永莹○

	■庄震■ 两两两两		亚亚亚亚 千典旦○
十一音	■乍○■ 两两两两	三音	亚亚亚亚 元犬半○
二声	■义赤■ 两两两两	三声	亚亚亚亚 臣引艮○
	■崇辰■ 两两两两		亚亚亚亚 君允巽○
	■卓中■ 两两两两		亚亚亚亚 刀早孝岳
十二音	■宅直■ 两两两两	三音	亚亚亚亚 毛宝报霍
二声	■拆丑■ 两两两两	四声	亚亚亚亚 牛斗奏六
	■茶呈■ 两两两两		亚亚亚亚 ○○○玉
	上声辟唱吕一之三		
	古甲九癸 典典典典		亚亚亚亚 妻子四日
一音	○○近揆 典典典典	三音	亚亚亚亚 衰○帅骨
三声	坤巧邱弃 典典典典	五声	亚亚亚亚 ○○○德
	○○乾虯 典典典典		亚亚亚亚 龟水贵北
	黑花香血 典典典典		亚亚亚亚 宫孔众○
二音	黄华雄贤 典典典典	三音	亚亚亚亚 龙甬用○
三声	五瓦仰○ 典典典典	六声	亚亚亚亚 鱼鼠去○
	吾牙月尧 典典典典		亚亚亚亚 乌虎兔○
	安亚乙一 典典典典		亚亚亚亚 心审禁○

三音	○爻壬寅 典典典典	三音	亚亚亚亚 ○○○十
三声	母马美米 典典典典	七声	亚亚亚亚 男坎欠○
	目儿眉民 典典典典		亚亚亚亚 ○○○妾
	夫法○飞 典典典典		亚亚亚亚 ●●●●
四音	父凡○吠 典典典典	三音	亚亚亚亚 ●●●●
三声	武晚○尾 典典典典	八声	亚亚亚亚 ●●●●
	文万□未 典典典典		亚亚亚亚 ●●●●
	卜百丙必 典典典典		亚亚亚亚 ●●●●
五音	步白葡鼻 典典典典	三音	亚亚亚亚 ●●●●
三声	普朴品匹 典典典典	九声	亚亚亚亚 ●●●●
	旁排平瓶 典典典典		亚亚亚亚 ●●●●
	东丹帝■ 典典典典		亚亚亚亚 ●●●●
六音	兑大弟■ 典典典典	三音	亚亚亚亚 ●●●●
三声	土贪天■ 典典典典	十声	亚亚亚亚 ●●●●
	同覃田■ 典典典典		亚亚亚亚 ●●●●
		发音清和律一之四	
	乃你女■ 典典典典		法法法法 多可个舌
七音	内南年■ 典典典典	四音	法法法法 禾火化八

三声	老冷吕■ 典典典典	一声	法法法法 开宰爱○
	鹿荦离■ 典典典典		法法法法 回每退○
	走哉足■ 典典典典		法法法法 良两向○
八音	自在匠■ 典典典典	四音	法法法法 光广况○
三声	草采七■ 典典典典	二声	法法法法 丁井亘○
	曹才全■ 典典典典		法法法法 兄永莹○
	思三星■ 典典典典		法法法法 千典旦○
九音	寺○象■ 典典典典	四音	法法法法 元犬半○
三声	○○○■ 典典典典	三声	法法法法 臣引艮○
	○○○■ 典典典典		法法法法 君允巽○
	■山手■ 典典典典		法法法法 刀早孝岳
十音	■士石■ 典典典典	四音	法法法法 毛宝报霍
三声	■□耳■ 典典典典	四声	法法法法 牛斗奏六
	■○二■ 典典典典		法法法法 ○○○玉
	■庄震■ 典典典典		法法法法 妻子四日
十一音	■乍□■ 典典典典	四音	法法法法 衰○帅骨
三声	■乂赤■ 典典典典	五声	法法法法 ○○○德

	■崇辰■ 典典典典		法法法法 龟水贵北
	■卓中■ 典典典典		法法法法 宫孔众○
十二音	■宅直■ 典典典典	四音	法法法法 龙甬用○
三声	■拆丑■ 典典典典	六声	法法法法 鱼鼠去○
	■茶呈■ 典典典典		法法法法 乌虎兔○
上声辟唱吕一之四			
	古甲九癸 早早早早		法法法法 心审禁○
一音	□□近揆 早早早早	四音	法法法法 ○○○十
四声	坤巧邱弃 早早早早	七声	法法法法 男坎欠○
	□□乾虬 早早早早		法法法法 ○○○妾
	黑花香血 早早早早		法法法法 ●●●●
二音	黄华雄贤 早早早早	四音	法法法法 ●●●●
四声	五瓦仰□ 早早早早	八声	法法法法 ●●●●
	吾牙月尧 早早早早		法法法法 ●●●●
	安亚乙一 早早早早		法法法法 ●●●●
三音	○爻壬寅 早早早早	四音	法法法法 ●●●●
四声	母马美米 早早早早	九声	法法法法 ●●●●
	目儿眉民 早早早早		法法法法 ●●●●

	夫法○飞 早早早早		法法法法 ●●●●
四音	父凡○吠 早早早早	四音	法法法法 ●●●●
四声	武晚○尾 早早早早	十声	法法法法 ●●●●
	文万○未 早早早早		法法法法 ●●●●
			发音清和律一之五
	卜百丙必 早早早早		百百百百 多可个舌
五音	步白葡鼻 早早早早	五音	百百百百 禾火化八
四声	普朴品匹 早早早早	一声	百百百百 开宰爱○
	旁排平瓶 早早早早		百百百百 回每退○
	东丹帝■ 早早早早		百百百百 良两向○
六音	兑大弟■ 早早早早	五音	百百百百 光广况○
四声	土贪天■ 早早早早	二声	百百百百 丁井亘○
	同覃田■ 早早早早		百百百百 兄永莹○
	乃你女■ 早早早早		百百百百 千典旦○
七音	内南年■ 早早早早	五音	百百百百 元犬半○
四声	老冷吕■ 早早早早	三声	百百百百 臣引艮○
	鹿荦离■ 早早早早		百百百百 君允巽○
	走哉足■ 早早早早		百百百百 刀早孝岳

八音	自在匠■ 早早早早	五音	百百百百 毛宝报霍
四声	草采七■ 早早早早	四声	百百百百 牛斗奏六
	曹才全■ 早早早早		百百百百 ○○○玉
	思三星■ 早早早早		百百百百 妻子四日
九音	寺○象■ 早早早早	五音	百百百百 衰○帅骨
四声	□□□■ 早早早早	五声	百百百百 ○○○德
	□□□■ 早早早早		百百百百 龟水贵北
	■山手■ 早早早早		百百百百 宫孔众○
十音	■士石■ 早早早早	五音	百百百百 龙甬用○
四声	■□耳■ 早早早早	六声	百百百百 鱼鼠去○
	■□二■ 早早早早		百百百百 乌虎兔○
	■庄震■ 早早早早		百百百百 心审禁○
十一音	■乍□■ 早早早早	五音	百百百百 ○○○十
四声	■义赤■ 早早早早	七声	百百百百 男坎欠○
	■崇辰■ 早早早早		百百百百 ○○○妾
	■卓中■ 早早早早		百百百百 ●●●●
十二音	■宅直■ 早早早早	五音	百百百百 ●●●●

四声	■拆丑■ 早早早早	八声	百百百百 ●●●●
	■茶呈■ 早早早早		百百百百 ●●●●
	上声辟唱吕一之五		
	古甲九癸 子子子子		百百百百 ●●●●
一音	○○近揆 子子子子	五音	百百百百 ●●●●
五声	坤巧邱弃 子子子子	九声	百百百百 ●●●●
	○○乾虯 子子子子		百百百百 ●●●●
	黑花香血 子子子子		百百百百 ●●●●
二音	黄华雄贤 子子子子	五音	百百百百 ●●●●
五声	五瓦仰○ 子子子子	十声	百百百百 ●●●●
	吾牙月尧 子子子子		百百百百 ●●●●
			开音清和律一之六
	安亚乙一 子子子子		丹丹丹丹 多可个舌
三音	○爻壬寅 子子子子	六音	丹丹丹丹 禾火化八
五声	母马美米 子子子子	一声	丹丹丹丹 开宰爱○
	目儿眉民 子子子子		丹丹丹丹 回每退○
	夫法□飞 子子子子		丹丹丹丹 良两向○
四音	父凡○吠 子子子子	六音	丹丹丹丹 光广况○
五声	武晚□尾 子子子子	二声	丹丹丹丹 丁井亘○

	文万□未 子子子子		丹丹丹丹 兄永莹○
	卜百丙必 子子子子		丹丹丹丹 千典旦○
五音	步白精鼻 子子子子	六音	丹丹丹丹 元犬半○
五声	普朴品匹 子子子子	三声	丹丹丹丹 臣引艮○
	旁排平瓶 子子子子		丹丹丹丹 君允巽○
	东丹帝■ 子子子子		丹丹丹丹 刀早孝岳
六音	兑大弟■ 子子子子	六音	丹丹丹丹 毛宝报霍
五声	土贪天■ 子子子子	四声	丹丹丹丹 牛斗奏六
	同覃田■ 子子子子		丹丹丹丹 ○○○玉
	乃你女■ 子子子子		丹丹丹丹 妻子四日
七音	内南年■ 子子子子	六音	丹丹丹丹 衰○帅骨
五声	老冷吕■ 子子子子	五声	丹丹丹丹 ○○○德
	鹿荦离■ 子子子子		丹丹丹丹 龟水贵北
	走哉足■ 子子子子		丹丹丹丹 宫孔众○
八音	自在匠■ 子子子子	六音	丹丹丹丹 龙甬用○
五声	草采七■ 子子子子	六声	丹丹丹丹 鱼鼠去○
	曹才全■ 子子子子		丹丹丹丹 乌虎兔○

	思三星■ 子子子子		丹丹丹丹 心审禁○
九音	寺○象■ 子子子子	六音	丹丹丹丹 ○○○十
五声	○○○■ 子子子子	七声	丹丹丹丹 男坎欠○
	○○○■ 子子子子		丹丹丹丹 ○○○妾
	■山手■ 子子子子		丹丹丹丹 ●●●●
十音	■士石■ 子子子子	六音	丹丹丹丹 ●●●●
五声	■○耳■ 子子子子	八声	丹丹丹丹 ●●●●
	■○二■ 子子子子		丹丹丹丹 ●●●●
	■庄震■ 子子子子		丹丹丹丹 ●●●●
十一音	■乍○■ 子子子子	六音	丹丹丹丹 ●●●●
五声	■义赤■ 子子子子	九声	丹丹丹丹 ●●●●
	■崇辰■ 子子子子		丹丹丹丹 ●●●●
	■卓中■ 子子子子		丹丹丹丹 ●●●●
十二音	■宅直■ 子子子子	六音	丹丹丹丹 ●●●●
五声	■拆丑■ 子子子子	十声	丹丹丹丹 ●●●●
	■茶呈■ 子子子子		丹丹丹丹 ●●●●
上声辟唱吕一之六		发音清和律一之七	

	古甲九癸 孔孔孔孔		你你你你 多可个舌
一音	□□近揆 孔孔孔孔	七音	你你你你 禾火化八
六声	坤巧邱弃 孔孔孔孔	一声	你你你你 开宰爱○
	□□乾虯 孔孔孔孔		你你你你 回每退○
	黑花香血 孔孔孔孔		你你你你 良两向○
二音	黄华雄贤 孔孔孔孔	七音	你你你你 光广况○
六声	五瓦仰□ 孔孔孔孔	二声	你你你你 丁井亘○
	吾牙月尧 孔孔孔孔		你你你你 兄永莹○
	安亚乙一 孔孔孔孔		你你你你 千典旦○
三音	□爻王寅 孔孔孔孔	七音	你你你你 元犬半○
六声	母马美米 孔孔孔孔	三声	你你你你 臣引艮○
	目儿眉民 孔孔孔孔		你你你你 君允巽○
	夫法□飞 孔孔孔孔		你你你你 刀早孝岳
四音	父凡□吠 孔孔孔孔	七音	你你你你 毛宝报霍
六声	武晚□尾 孔孔孔孔	四声	你你你你 牛斗奏六
	文万□未 孔孔孔孔		你你你你 ○○○玉
	卜百丙必 孔孔孔孔		你你你你 妻子四日

五音	步白精鼻 孔孔孔孔	七音	你你你你 衰○帅骨
六声	普朴品匹 孔孔孔孔	五声	你你你你 ○○○德
	旁排平瓶 孔孔孔孔		你你你你 龟水贵北
	丹东帝■ 孔孔孔孔		你你你你 宫孔众○
六音	兑大帝■ 孔孔孔孔	七音	你你你你 龙甬用○
六声	土贪天■ 孔孔孔孔	六声	你你你你 鱼鼠去○
	同覃田■ 孔孔孔孔		你你你你 乌虎兔○
	乃你女■ 孔孔孔孔		你你你你 心审禁○
七音	内南年■ 孔孔孔孔	七音	你你你你 ○○○十
六声	老冷吕■ 孔孔孔孔	七声	你你你你 男坎欠○
	鹿荦离■ 孔孔孔孔		你你你你 ○○○妾
	走哉足■ 孔孔孔孔		你你你你 ●●●●
八音	自在匠■ 孔孔孔孔	七音	你你你你 ●●●●
六声	草采七■ 孔孔孔孔	八声	你你你你 ●●●●
	曹才全■ 孔孔孔孔		你你你你 ●●●●
	思三星■ 孔孔孔孔		你你你你 ●●●●
九音	寺□象■ 孔孔孔孔	七音	你你你你 ●●●●

六声	□□□■ 孔孔孔孔	九声	你你你你 ●●●●
	□□□■ 孔孔孔孔		你你你你 ●●●●
	■山手■ 孔孔孔孔		你你你你 ●●●●
十音	■士石■ 孔孔孔孔	七音	你你你你 ●●●●
六声	■□耳■ 孔孔孔孔	十声	你你你你 ●●●●
	■□二■ 孔孔孔孔		你你你你 ●●●●
			发音清和律一之八
	■庄震■ 孔孔孔孔		哉哉哉哉 多可个舌
十一音	■乍□■ 孔孔孔孔	八音	哉哉哉哉 禾火化八
六声	■义赤■ 孔孔孔孔	一声	哉哉哉哉 开宰爱○
	■崇辰■ 孔孔孔孔		哉哉哉哉 回每退○
	■卓中■ 孔孔孔孔		哉哉哉哉 良两向○
十二音	■宅直■ 孔孔孔孔	八音	哉哉哉哉 光广况○
六声	■拆丑■ 孔孔孔孔	二声	哉哉哉哉 丁井亘○
	■茶呈■ 孔孔孔孔		哉哉哉哉 兄永莹○
	上声辟唱吕一之七		
	古甲九癸 审审审审		哉哉哉哉 千典旦○
一音	□□近揆 审审审审	八音	哉哉哉哉 元犬半○
七声	坤巧邱弃 审审审审	三声	哉哉哉哉 臣引艮○

	□□乾蚪 审审审审		哉哉哉哉 君允巽○
	黑花香血 审审审审		哉哉哉哉 刀早孝岳
二音	黄华雄贤 审审审审	八音	哉哉哉哉 毛宝报霍
七声	五瓦仰□ 审审审审	四声	哉哉哉哉 牛斗奏六
	吾牙月尧 审审审审		哉哉哉哉 ○○○玉
	安亚乙一 审审审审		哉哉哉哉 妻子四日
三音	□爻王寅 审审审审	八音	哉哉哉哉 衰○帅骨
七声	母马美米 审审审审	五声	哉哉哉哉 ○○○德
	目儿眉民 审审审审		哉哉哉哉 龟水贵北
	夫法□飞 审审审审		哉哉哉哉 宫孔众○
四音	父凡□吠 审审审审	八音	哉哉哉哉 龙甬用○
七声	武晚□尾 审审审审	六声	哉哉哉哉 鱼鼠去○
	文万□未 审审审审		哉哉哉哉 乌虎兔○
	卜百丙必 审审审审		哉哉哉哉 心审禁○
五音	步白精鼻 审审审审	八音	哉哉哉哉 ○○○十
七声	普朴品匹 审审审审	七声	哉哉哉哉 男坎欠○
	旁排平瓶 审审审审		哉哉哉哉 ○○○妾

	东丹帝■ 审审审审		哉哉哉哉 ●●●●
六音	兑大弟■ 审审审审	八音	哉哉哉哉 ●●●●
七声	土贪天■ 审审审审	八声	哉哉哉哉 ●●●●
	同覃田■ 审审审审		哉哉哉哉 ●●●●
	乃你女■ 审审审审		哉哉哉哉 ●●●●
七音	内南年■ 审审审审	八音	哉哉哉哉 ●●●●
七声	老冷吕■ 审审审审	九声	哉哉哉哉 ●●●●
	鹿荦离■ 审审审审		哉哉哉哉 ●●●●
	走哉足■ 审审审审		哉哉哉哉 ●●●●
八音	自在匠■ 审审审审	八音	哉哉哉哉 ●●●●
七声	草采七■ 审审审审	十声	哉哉哉哉 ●●●●
	曹才全■ 审审审审		哉哉哉哉 ●●●●
			发音清和律一之九
	思三星■ 审审审审		三三三三 多可个舌
九音	寺○象■ 审审审审	九音	三三三三 禾火化八
七声	□□□■ 审审审审	一声	三三三三 开宰爱○
	□□□■ 审审审审		三三三三 回每退○
	■山手■ 审审审审		三三三三 良两向○

十音	■士石■ 审审审审	九音	三三三三 光广况○
七声	■□耳■ 审审审审	二声	三三三三 丁井亘○
	■○二■ 审审审审		三三三三 兄永莹○
	■庄震■ 审审审审		三三三三 千典旦○
十一音	■乍□■ 审审审审	九音	三三三三 元犬半○
七声	■义赤■ 审审审审	三声	三三三三 臣引艮○
	■崇辰■ 审审审审		三三三三 君允巽○
	■卓中■ 审审审审		三三三三 刀早孝岳
十二音	■宅直■ 审审审审	九音	三三三三 毛宝报霍
七声	■拆丑■ 审审审审	四声	三三三三 牛斗奏六
	■茶呈■ 审审审审		三三三三 ○○○玉
	上声辟唱吕一之八		
	古甲九癸 ●●●●		三三三三 妻子四日
一音	□□近揆 ●●●●	九音	三三三三 衰○帅骨
八声	坤巧邱弃 ●●●●	五声	三三三三 ○○○德
	□□乾蚪 ●●●●		三三三三 龟水贵北
	黑花香血 ●●●●		三三三三 宫孔众○
二音	黄华雄贤 ●●●●	九音	三三三三 龙甬用○

八声	五瓦仰□ ●●●●	六声	三三三三 鱼鼠去○
	吾牙月尧 ●●●●		三三三三 乌虎兔○
	安亚乙一 ●●●●		三三三三 心审禁○
三音	□爻王寅 ●●●●	九音	三三三三 ○○○十
八声	母马美米 ●●●●	七声	三三三三 男坎欠○
	目儿眉民 ●●●●		三三三三 ○○○妾
	夫法□飞 ●●●●		三三三三 ●●●●
四音	父凡□吠 ●●●●	九音	三三三三 ●●●●
八声	武晚□尾 ●●●●	八声	三三三三 ●●●●
	文万□未 ●●●●		三三三三 ●●●●
	卜百丙必 ●●●●		三三三三 ●●●●
五音	步白備鼻 ●●●●	九音	三三三三 ●●●●
八声	普朴品匹 ●●●●	九声	三三三三 ●●●●
	旁排平瓶 ●●●●		三三三三 ●●●●
	东丹帝■ ●●●●		三三三三 ●●●●
六音	兑大弟■ ●●●●	九音	三三三三 ●●●●
八声	土贪天■ ●●●●	十声	三三三三 ●●●●

	同覃田■ ●●●●		三三三三 ●●●●
			发音清和律一之十
	乃你女■ ●●●●		山山山山 多可个舌
七音	内南年■ ●●●●	十音	山山山山 禾火化八
八声	老冷吕■ ●●●●	一声	山山山山 开宰爱○
	鹿荦离■ ●●●●		山山山山 回每退○
	走哉足■ ●●●●		山山山山 良两向○
八音	自在匠■ ●●●●	十音	山山山山 光广况○
八声	草采七■ ●●●●	二声	山山山山 丁井亘○
	曹才全■ ●●●●		山山山山 兄永莹○
	思三星■ ●●●●		山山山山 千典旦○
九音	寺□象■ ●●●●	十音	山山山山 元犬半○
八声	□□□■ ●●●●	三声	山山山山 臣引艮○
	□□□■ ●●●●		山山山山 君允巽○
	■山手■ ●●●●		山山山山 刀早孝岳
十音	■士石■ ●●●●	十音	山山山山 毛宝报霍
八声	■□耳■ ●●●●	四声	山山山山 牛斗奏六
	■○二■ ●●●●		山山山山 ○○○玉

	■庄震■ ●●●●		山山山山 妻子四日
十一音	■乍□■ ●●●●	十音	山山山山 衰○帅骨
八声	■义赤■ ●●●●	五声	山山山山 ○○○德
	■崇辰■ ●●●●		山山山山 龟水贵北
	■卓中■ ●●●●		山山山山 宫孔众○
十二音	■宅直■ ●●●●	十音	山山山山 龙甬用○
八声	■拆丑■ ●●●●	六声	山山山山 鱼鼠去○
	■茶呈■ ●●●●		山山山山 乌虎兔○
	上声辟唱吕一之九		
	古甲九癸 ●●●●		山山山山 心审禁○
一音	□□近揆 ●●●●	十音	山山山山 ○○○十
九声	坤巧邱弃 ●●●●	七声	山山山山 男坎欠○
	□□乾虯 ●●●●		山山山山 ○○○妾
	黑花香血 ●●●●		山山山山 ●●●●
二音	黄华雄贤 ●●●●	十音	山山山山 ●●●●
九声	五瓦仰□ ●●●●	八声	山山山山 ●●●●
	吾牙月尧 ●●●●		山山山山 ●●●●

	安亚乙一 ●●●●		山山山山 ●●●●
三音	□爻王寅 ●●●●	十音	山山山山 ●●●●
九声	母马美米 ●●●●	九声	山山山山 ●●●●
	目儿眉民 ●●●●		山山山山 ●●●●
	夫法□飞 ●●●●		山山山山 ●●●●
四音	父凡□吠 ●●●●	十音	山山山山 ●●●●
九声	武晚□尾 ●●●●	十声	山山山山 ●●●●
	文万□未 ●●●●		山山山山 ●●●●
			发音清和律一之十一
	卜百丙必 ●●●●		庄庄庄庄 多可个舌
五音	步白葡鼻 ●●●●	十一音	庄庄庄庄 禾火化八
九声	普朴品匹 ●●●●	一声	庄庄庄庄 开宰爱○
	旁排平瓶 ●●●●		庄庄庄庄 回每退○
	东丹帝■ ●●●●		庄庄庄庄 良两向○
六音	兑大弟■ ●●●●	十一音	庄庄庄庄 光广况○
九声	土贪天■ ●●●●	二声	庄庄庄庄 丁井亘○
	同覃田■ ●●●●		庄庄庄庄 兄永莹○
	乃你女■ ●●●●		庄庄庄庄 千典旦○

七音	内南年■ ●●●●	十一音	庄庄庄庄 元犬半○
九声	老冷吕■ ●●●●	三声	庄庄庄庄 臣引艮○
	鹿荦离■ ●●●●		庄庄庄庄 君允巽○
	走哉足■ ●●●●		庄庄庄庄 刀早孝岳
八音	自在匠■ ●●●●	十一音	庄庄庄庄 毛宝报霍
九声	草采七■ ●●●●	四声	庄庄庄庄 牛斗奏六
	曹才全■ ●●●●		庄庄庄庄 ○○○玉
	思三星■ ●●●●		庄庄庄庄 妻子四日
九音	寺□象■ ●●●●	十一音	庄庄庄庄 衰○帅骨
九声	□□□■ ●●●●	五声	庄庄庄庄 ○○○德
	□□□■ ●●●●		庄庄庄庄 龟水贵北
	■山手■ ●●●●		庄庄庄庄 宫孔众○
十音	■士石■ ●●●●	十一音	庄庄庄庄 龙甬用○
九声	■□耳■ ●●●●	六声	庄庄庄庄 鱼鼠去○
	■□二■ ●●●●		庄庄庄庄 乌虎兔○
	■庄震■ ●●●●		庄庄庄庄 心审禁○
十一音	■乍○■ ●●●●	十一音	庄庄庄庄 ○○○十

九声	■义赤■ ●●●●	七声	庄庄庄庄 男坎欠○
	■崇辰■ ●●●●		庄庄庄庄 ○○○妾
	■卓中■ ●●●●		庄庄庄庄 ●●●●
十二音	■宅直■ ●●●●	十一音	庄庄庄庄 ●●●●
九声	■拆丑■ ●●●●	八声	庄庄庄庄 ●●●●
	■茶呈■ ●●●●		庄庄庄庄 ●●●●
	上声辟唱吕一之十		
	古甲九癸 ●●●●		庄庄庄庄 ●●●●
一音	○○近揆 ●●●●	十一音	庄庄庄庄 ●●●●
十声	坤巧邱弃 ●●●●	九声	庄庄庄庄 ●●●●
	■□乾虬 ●●●●		庄庄庄庄 ●●●●
	黑花香血 ●●●●		庄庄庄庄 ●●●●
二音	黄华雄贤 ●●●●	十一音	庄庄庄庄 ●●●●
十声	五瓦仰□ ●●●●	十声	庄庄庄庄 ●●●●
	吾牙月尧 ●●●●		庄庄庄庄 ●●●●
			发音清和律一之十二
	安亚乙一 ●●●●		卓卓卓卓 多可个舌
三音	□爻王寅 ●●●●	十二音	卓卓卓卓 禾火化八
十声	母马美米 ●●●●	一声	卓卓卓卓 开宰爱○

	目儿眉民 ●●●●		卓卓卓卓 回每退○
	夫法□飞 ●●●●		卓卓卓卓 良两向○
四音	父凡□吠 ●●●●	十二音	卓卓卓卓 光广况○
十声	武晚□尾 ●●●●	二声	卓卓卓卓 丁井亘○
	文万□未 ●●●●		卓卓卓卓 兄永莹○
	卜百丙必 ●●●●		卓卓卓卓 千典旦○
五音	步白葡鼻 ●●●●	十二音	卓卓卓卓 元犬半○
十声	普朴品匹 ●●●●	三声	卓卓卓卓 臣引艮○
	旁排平瓶 ●●●●		卓卓卓卓 君允巽○
	东丹帝■ ●●●●		卓卓卓卓 刀早孝岳
六音	兑大弟■ ●●●●	十二音	卓卓卓卓 毛宝报霍
十声	土贪天■ ●●●●	四声	卓卓卓卓 牛斗奏六
	同覃田■ ●●●●		卓卓卓卓 ○○○玉
	乃你女■ ●●●●		卓卓卓卓 妻子四日
七音	内南年■ ●●●●	十二音	卓卓卓卓 衰○帅骨
十声	老冷吕■ ●●●●	五声	卓卓卓卓 ○○○德
	鹿荦离■ ●●●●		卓卓卓卓 龟水贵北

	走哉足■ ●●●●		卓卓卓卓 宫孔众○
八音	自在匠■ ●●●●	十二音	卓卓卓卓 龙甬用○
十声	草采七■ ●●●●	六声	卓卓卓卓 鱼鼠去○
	曹才全■ ●●●●		卓卓卓卓 乌虎兔○
	思三星■ ●●●●		卓卓卓卓 心审禁○
九音	寺□象■ ●●●●	十二音	卓卓卓卓 ○○○十
十声	□□□■ ●●●●	七声	卓卓卓卓 男坎欠○
	□□□■ ●●●●		卓卓卓卓 ○○○妾
	■山手■ ●●●●		卓卓卓卓 ●●●●
十音	■士石■ ●●●●	十二音	卓卓卓卓 ●●●●
十声	■□耳■ ●●●●	八声	卓卓卓卓 ●●●●
	■□二■ ●●●●		卓卓卓卓 ●●●●
	■庄震■ ●●●●		卓卓卓卓 ●●●●
十一音	■乍□■ ●●●●	十二音	卓卓卓卓 ●●●●
十声	■义赤■ ●●●●	九声	卓卓卓卓 ●●●●
	■崇辰■ ●●●●		卓卓卓卓 ●●●●
	■卓中■ ●●●●		卓卓卓卓 ●●●●

十二音	■宅直■ ●●●●	十二音	卓卓卓卓 ●●●●
十声	■拆丑■ ●●●●	十声	卓卓卓卓 ●●●●
	■茶呈■ ●●●●		卓卓卓卓 ●●●●

观物篇四十

月月声上翕

火广犬宝○

甬○●●●

月月声七，下唱地之用，音一百五十二，是谓上声翕音，上声翕音一千六十四。

火火音发浊

□华爻凡白大

南在□士乍宅

火火音十二，上和天之用，声一百一十二，是谓发音浊声，发音浊声一千三百四十四。

月月声上之二翕

火火音发之二浊

上声翕唱吕二之一		发音浊和律二之一	
	古甲九癸 火火火火		□□□□ 多可个舌
一音	□□近揆 火火火火	一音	□□□□ 禾火化八
一声	坤巧邱弃 火火火火	一声	□□□□ 开宰爱○
	□□乾虯 火火火火		□□□□ 回每退○
	黑花香血 火火火火		□□□□ 良两向○
二音	黄华雄贤 火火火火	一音	□□□□ 光广况○
一声	五瓦仰□ 火火火火	二声	□□□□ 丁井亘○
	吾牙月尧 火火火火		□□□□ 兄永莹○

	安亚乙一 火火火火		□□□□ 千典旦○
三音	□爻王寅 火火火火	一音	□□□□ 元犬半○
一声	母马美米 火火火火	三声	□□□□ 臣引艮○
	目儿眉民 火火火火		□□□□ 君允巽○
	夫法□飞 火火火火		□□□□ 刀早孝岳
四音	父凡□吠 火火火火	一音	古古古古 毛宝报霍
一声	武晚□尾 火火火火	四声	古古古古 牛斗奏六
	文万□未 火火火火		□□□□ ○○○玉
	卜百内必 火火火火		□□□□ 妻子四日
五音	步白葡鼻 火火火火	一音	□□□□ 衰○帅骨
一声	普朴品匹 火火火火	五声	□□□□ ○○○德
	旁排平瓶 火火火火		□□□□ 龟水贵北
	东丹帝■ 火火火火		□□□□ 宫孔众○
六音	兑大弟■ 火火火火	一音	□□□□ 龙甬用○
一声	土贪天■ 火火火火	六声	□□□□ 鱼鼠去○
	同覃田■ 火火火火		□□□□ 乌虎兔○

	乃你女■ 火火火火		□□□□ 心审禁○
七音	内南年■ 火火火火	一音	□□□□ ○○○十
一声	老冷吕■ 火火火火	七声	□□□□ 男坎欠○
	鹿荦离■ 火火火火		□□□□ ○○○妾
	走哉足■ 火火火火		□□□□ ●●●●
八音	自在匠■ 火火火火	一音	□□□□ ●●●●
一声	草采七■ 火火火火	八声	□□□□ ●●●●
	曹才全■ 火火火火		□□□□ ●●●●
	思三星■ 火火火火		□□□□ ●●●●
九音	寺○象■ 火火火火	一音	□□□□ ●●●●
一声	□□□■ 火火火火	九声	□□□□ ●●●●
	□□□■ 火火火火		□□□□ ●●●●
	■山手■ 火火火火		□□□□ ●●●●
十音	■士石■ 火火火火	一音	□□□□ ●●●●
一声	■□耳■ 火火火火	十声	□□□□ ●●●●
	■□二■ 火火火火		□□□□ ●●●●
			发音浊和律二之二
	■庄震■ 火火火火		华华华华 多可个舌

十一音	■乍□■ 火火火火	二音	华华华华 禾火化八
一声	■义赤■ 火火火火	一声	华华华华 开宰爱○
	■崇辰■ 火火火火		华华华华 回每退○
	■卓中■ 火火火火		华华华华 良两向○
十二音	■宅直■ 火火火火	二音	华华华华 光广况○
一声	■拆丑■ 火火火火	二声	华华华华 丁井亘○
	■茶呈■ 火火火火		华华华华 兄永莹○
	上声翕唱吕二之二		
	古甲九癸 广广广广		华华华华 千典旦○
一音	□□近揆 广广广广	二音	华华华华 元犬半○
二声	坤巧邱弃 广广广广	三声	华华华华 臣引艮○
	□□乾蚪 广广广广		华华华华 君允巽○
	黑花香血 广广广广		华华华华 刀早孝岳
二音	黄华雄贤 广广广广	二音	华华华华 毛宝报霍
二声	五瓦仰□ 广广广广	四声	华华华华 牛斗奏六
	吾牙月尧 广广广广		华华华华 ○○○玉
	安亚乙一 广广广广		华华华华 妻子四日
三音	□爻王寅 广广广广	二音	华华华华 衰○帅骨

二声	母马美米 广广广广	五声	华华华华 ○○○德
	目儿眉民 广广广广		华华华华 龟水贵北
	夫法□飞 广广广广		华华华华 宫孔众○
四音	父凡□吠 广广广广	二音	华华华华 龙甬用○
二声	武晚□尾 广广广广	六声	华华华华 鱼鼠去○
	文万□未 广广广广		华华华华 乌虎兔○
	卜百丙必 广广广广		华华华华 心审禁○
五音	步白莆鼻 广广广广	二音	华华华华 ○○○十
二声	普朴品匹 广广广广	七声	华华华华 男坎欠○
	旁排平瓶 广广广广		华华华华 ○○○妾
	东丹帝■ 广广广广		华华华华 ●●●●
六音	兑大弟■ 广广广广	二音	华华华华 ●●●●
二声	土贪天■ 广广广广	八声	华华华华 ●●●●
	同覃田■ 广广广广		华华华华 ●●●●
	乃你女■ 广广广广		华华华华 ●●●●
七音	内南年■ 广广广广	二音	华华华华 ●●●●
二声	老冷吕■ 广广广广	九声	华华华华 ●●●●

	鹿荦离■ 广广广广		华华华华 ●●●●
	走哉足■ 广广广广		华华华华 ●●●●
八音	自在匠■ 广广广广	二音	华华华华 ●●●●
二声	草采七■ 广广广广	十声	华华华华 ●●●●
	曹才全■ 广广广广		华华华华 ●●●●
			发音浊和律二之三
	思三星■ 广广广广		交交交交 多可个舌
九音	寺□象■ 广广广广	三音	交交交交 禾火化八
二声	□□□■ 广广广广	一声	交交交交 开宰爱○
	□□□■ 广广广广		交交交交 回每退○
	■山手■ 广广广广		交交交交 良两向○
十音	■士石■ 广广广广	三音	交交交交 光广况○
二声	■□耳■ 广广广广	二声	交交交交 丁井亘○
	■□二■ 广广广广		交交交交 兄永莹○
	■庄震■ 广广广广		交交交交 千典旦○
十一音	■乍□■ 广广广广	三音	交交交交 元犬半○
二声	■义赤■ 广广广广	三声	交交交交 臣引艮○
	■崇辰■ 广广广广		交交交交 君允巽○

	■卓中■ 广广广广		爻爻爻爻 刀早孝岳
十二音	■宅直■ 广广广广	三音	爻爻爻爻 毛宝报霍
二声	■拆丑■ 广广广广	四声	爻爻爻爻 牛斗奏六
	■茶呈■ 广广广广		爻爻爻爻 ○○○玉
	上声翕唱吕二之二		
	古甲九癸 犬犬犬犬		爻爻爻爻 妻子四日
一音	□□近揆 犬犬犬犬	三音	爻爻爻爻 衰○帅骨
三声	坤巧邱弃 犬犬犬犬	五声	爻爻爻爻 ○○○德
	□□乾蚪 犬犬犬犬		爻爻爻爻 龟水贵北
	黑花香血 犬犬犬犬		爻爻爻爻 宫孔众○
二音	黄华雄贤 犬犬犬犬	三音	爻爻爻爻 龙甬用○
三声	五瓦仰□ 犬犬犬犬	六声	爻爻爻爻 鱼鼠去○
	吾牙月尧 犬犬犬犬		爻爻爻爻 乌虎兔○
	安亚乙一 犬犬犬犬		爻爻爻爻 心审禁○
三音	□爻王寅 犬犬犬犬	三音	爻爻爻爻 ○○○十
三声	母马美米 犬犬犬犬	七声	爻爻爻爻 男坎欠○
	目儿眉民 犬犬犬犬		爻爻爻爻 ○○○妾
	夫法□飞 犬犬犬犬		爻爻爻爻 ●●●●

四音	父凡□吠 犬犬犬犬	三音	爻爻爻爻 ●●●●
三声	武晚□尾 犬犬犬犬	八声	爻爻爻爻 ●●●●
	文万□未 犬犬犬犬		爻爻爻爻 ●●●●
	卜百丙必 犬犬犬犬		爻爻爻爻 ●●●●
五音	步白精鼻 犬犬犬犬	三音	爻爻爻爻 ●●●●
三声	普朴品匹 犬犬犬犬	九声	爻爻爻爻 ●●●●
	旁排平瓶 犬犬犬犬		爻爻爻爻 ●●●●
	东丹帝■ 犬犬犬犬		爻爻爻爻 ●●●●
六音	兑大弟■ 犬犬犬犬	三音	爻爻爻爻 ●●●●
三声	土贪天■ 犬犬犬犬	十声	爻爻爻爻 ●●●●
	同覃田■ 犬犬犬犬		爻爻爻爻 ●●●●
			发音浊和律二之四
	乃你女■ 犬犬犬犬		凡凡凡凡 多可个舌
七音	内南年■ 犬犬犬犬	四音	凡凡凡凡 禾火化八
三声	老冷吕■ 犬犬犬犬	一声	凡凡凡凡 开宰爱○
	鹿荦离■ 犬犬犬犬		凡凡凡凡 回每退○
	走哉足■ 犬犬犬犬		凡凡凡凡 良两向○
八音	自在匠■ 犬犬犬犬	四音	凡凡凡凡 光广况○

三声	草采七■ 犬犬犬犬	二声	凡凡凡凡 丁井亘○
	曹才全■ 犬犬犬犬		凡凡凡凡 兄永莹○
	思三星■ 半半半半		□□□□ 千典旦○
九音	寺□象■ 半半半半	四音	□□□□ 元犬半○
三声	□□□■ 半半半半	三声	□□□□ 臣引艮○
	□□□■ 半半半半		□□□□ 君允巽○
	■山手■ 半半半半		□□□□ 刀早孝岳
十音	■士石■ 半半半半	四音	□□□□ 毛宝报霍
三声	■□耳■ 半半半半	四声	□□□□ 牛斗奏六
	■□二■ 半半半半		□□□□ ○○○玉
	■庄震■ 半半半半		□□□□ 妻子四日
十一音	■乍□■ 半半半半	四音	□□□□ 衰○帅骨
三声	■义赤■ 半半半半	五声	□□□□ ○○○德
	■崇辰■ 半半半半		□□□□ 龟水贵北
	■卓中■ 半半半半		□□□□ 宫孔众○
十二音	■宅直■ 半半半半	四音	□□□□ 龙甬用○
三声	■拆丑■ 半半半半	六声	□□□□ 鱼鼠去○

	■茶呈■ 半半半半		□□□□ 乌虎兔○
	上声翕唱吕二之四		
	古甲九癸 宝宝宝宝		凡凡凡凡 心审禁○
一音	□□近揆 宝宝宝宝	**四音**	凡凡凡凡 ○○○十
四声	坤巧邱弃 宝宝宝宝	**七声**	凡凡凡凡 男坎欠○
	□□乾虯 宝宝宝宝		凡凡凡凡 ○○○妾
	黑花香血 宝宝宝宝		凡凡凡凡 ●●●●
二音	黄华雄贤 宝宝宝宝	**四音**	凡凡凡凡 ●●●●
四声	五瓦仰□ 宝宝宝宝	**八声**	凡凡凡凡 ●●●●
	吾牙月尧 宝宝宝宝		凡凡凡凡 ●●●●
	安亚乙一 宝宝宝宝		凡凡凡凡 ●●●●
三音	□爻王寅 宝宝宝宝	**四音**	凡凡凡凡 ●●●●
四声	母马美米 宝宝宝宝	**九声**	凡凡凡凡 ●●●●
	目儿眉民 宝宝宝宝		凡凡凡凡 ●●●●
	夫法□飞 宝宝宝宝		凡凡凡凡 ●●●●
四音	父凡□吠 宝宝宝宝	**四音**	凡凡凡凡 ●●●●
四声	武晚□尾 宝宝宝宝	**十声**	凡凡凡凡 ●●●●
	文万□未 宝宝宝宝		凡凡凡凡 ●●●●

			发音浊和律二之五
	卜百丙必 宝宝宝宝		白白白白 多可个舌
五音	步白葡鼻 宝宝宝宝	五音	白白白白 禾火化八
四声	普朴品匹 宝宝宝宝	一声	白白白白 开宰爱○
	旁排平瓶 宝宝宝宝		白白白白 回每退○
	东丹帝■ 宝宝宝宝		白白白白 良两向○
六音	兑大弟■ 宝宝宝宝	五音	白白白白 光广况○
四声	土贪天■ 宝宝宝宝	二声	白白白白 丁井亘○
	同覃田■ 宝宝宝宝		白白白白 兄永莹○
	乃你女■ 宝宝宝宝		白白白白 千典旦○
七音	内南年■ 宝宝宝宝	五音	白白白白 元犬半○
四声	老冷吕■ 宝宝宝宝	三声	白白白白 臣引艮○
	鹿荦离■ 宝宝宝宝		白白白白 君允巽○
	走哉足■ 宝宝宝宝		白白白白 刀早孝岳
八音	自在匠■ 宝宝宝宝	五音	白白白白 毛宝报霍
四声	草采七■ 宝宝宝宝	四声	白白白白 牛斗奏六
	曹才全■ 宝宝宝宝		白白白白 ○○○玉

	思三星■ 宝宝宝宝		白白白白 妻子四日
九音	寺□象■ 宝宝宝宝	五音	白白白白 衰○帅骨
四声	□□□■ 宝宝宝宝	五声	白白白白 ○○○德
	□□□■ 宝宝宝宝		白白白白 龟水贵北
	■山手■ 宝宝宝宝		白白白白 宫孔众○
十音	■士石■ 宝宝宝宝	五音	白白白白 龙甬用○
四声	■□耳■ 宝宝宝宝	六声	白白白白 鱼鼠去○
	■□二■ 宝宝宝宝		白白白白 乌虎兔○
	■庄震■ 宝宝宝宝		白白白白 心审禁○
十一音	■乍□■ 宝宝宝宝	五音	白白白白 ○○○十
四声	■义赤■ 宝宝宝宝	七声	白白白白 男坎欠○
	■崇辰■ 宝宝宝宝		白白白白 ○○○妾
	■卓中■ 宝宝宝宝		白白白白 ●●●●
十二音	■宅直■ 宝宝宝宝	五音	白白白白 ●●●●
四声	■拆丑■ 宝宝宝宝	八声	白白白白 ●●●●
	■茶呈■ 宝宝宝宝		白白白白 ●●●●
上声翕唱吕二之五			
	古甲九癸 ○○○○		白白白白 ●●●●

一音	□□近揆 ○○○○	五音	白白白白 ●●●●
五声	坤巧邱弃 ○○○○	九声	白白白白 ●●●●
	□□乾蚪 ○○○○		白白白白 ●●●●
	黑花香血 ○○○○		白白白白 ●●●●
二音	黄华雄贤 ○○○○	五音	白白白白 ●●●●
五声	五瓦仰□ ○○○○	十声	白白白白 ●●●●
	吾牙月尧 ○○○○		白白白白 ●●●●
			发音浊和律二之六
	安亚乙一 ○○○○		大大大大 多可个舌
三音	□爻王寅 ○○○○	六音	大大大大 禾火化八
五声	母马美米 ○○○○	一声	大大大大 开宰爱○
	目儿眉民 ○○○○		大大大大 回每退○
	夫法□飞 ○○○○		大大大大 良两向○
四音	父凡□吠 ○○○○	六音	大大大大 光广况○
五声	武晚□尾 ○○○○	二声	大大大大 丁井亘○
	文万□未 ○○○○		大大大大 兄永莹○
	卜百丙必 ○○○○		大大大大 千典旦○
五音	步白精鼻 ○○○○	六音	大大大大 元犬半○

五声	普朴品匹 ○○○○	三声	大大大大 臣引艮○
	旁排平瓶 ○○○○		大大大大 君允巽○
	东丹帝■ ○○○○		大大大大 刀早孝岳
六音	兑大弟■ ○○○○	六音	大大大大 毛宝报霍
五声	土贪天■ ○○○○	四声	大大大大 牛斗奏六
	同覃田■ ○○○○		大大大大 ○○○玉
	乃你女■ ○○○○		大大大大 妻子四日
七音	内南年■ ○○○○	六音	大大大大 衰○帅骨
五声	老冷吕■ ○○○○	五声	大大大大 ○○○德
	鹿荦离■ ○○○○		大大大大 龟水贵北
	走哉足■ ○○○○		大大大大 宫孔众○
八音	自在匠■ ○○○○	六音	大大大大 龙甬用○
五声	草采七■ ○○○○	六声	大大大大 鱼鼠去○
	曹才全■ ○○○○		大大大大 乌虎兔○
	思三星■ ○○○○		大大大大 心审禁○
九音	寺□象■ ○○○○	六音	大大大大 ○○○十
五声	□□□■ ○○○○	七声	大大大大 男坎欠○

	□□□■ ○○○○		大大大大 ○○○妾
	■山手■ ○○○○		大大大大 ●●●●
十音	■士石■ ○○○○	六音	大大大大 ●●●●
五声	■□耳■ ○○○○	八声	大大大大 ●●●●
	■□二■ ○○○○		大大大大 ●●●●
	■庄震■ ○○○○		大大大大 ●●●●
十一音	■乍□■ ○○○○	六音	大大大大 ●●●●
五声	■义赤■ ○○○○	九声	大大大大 ●●●●
	■崇辰■ ○○○○		大大大大 ●●●●
	■卓中■ ○○○○		大大大大 ●●●●
十二音	■宅直■ ○○○○	六音	大大大大 ●●●●
五声	■拆丑■ ○○○○	十声	大大大大 ●●●●
	■茶呈■ ○○○○		大大大大 ●●●●
	上声翕唱吕二之六		**发音浊和律二之七**
	古甲九癸 甬甬甬甬		南南南南 多可个舌
一音	□□近揆 甬甬甬甬	七音	南南南南 禾火化八
六声	坤巧邱弃 甬甬甬甬	一声	南南南南 开宰爱○
	□□乾蚪 甬甬甬甬		南南南南 回每退○

	黑花香血 甬甬甬甬		南南南南 良两向○
二音	黄华雄贤 甬甬甬甬	七音	南南南南 光广况○
六声	五瓦仰□ 甬甬甬甬	二声	南南南南 丁井亘○
	吾牙月尧 甬甬甬甬		南南南南 兄永莹○
	安亚乙一 甬甬甬甬		南南南南 千典旦○
三音	□爻王寅 甬甬甬甬	七音	南南南南 元犬半○
六声	母马美米 甬甬甬甬	三声	南南南南 臣引艮○
	目儿眉民 甬甬甬甬		南南南南 君允巽○
	夫法□飞 甬甬甬甬		南南南南 刀早孝岳
四音	父凡□吠 甬甬甬甬	七音	南南南南 毛宝报霍
六声	武晚□尾 甬甬甬甬	四声	南南南南 牛斗奏六
	文万□未 甬甬甬甬		南南南南 ○○○玉
	卜百丙必 甬甬甬甬		南南南南 妻子四日
五音	步白葡鼻 甬甬甬甬	七音	南南南南 衰○帅骨
六声	普朴品匹 甬甬甬甬	五声	南南南南 ○○○德
	旁排平瓶 甬甬甬甬		南南南南 龟水贵北
	东丹帝■ 甬甬甬甬		南南南南 宫孔众○

六音	兑大弟■ 甬甬甬甬	七音	南南南南 龙甬用○
六声	土贪天■ 甬甬甬甬	六声	南南南南 鱼鼠去○
	同覃田■ 甬甬甬甬		南南南南 乌虎兔○
	乃你女■ 甬甬甬甬		南南南南 心审禁○
七音	内南年■ 甬甬甬甬	七音	南南南南 ○○○十
六声	老冷吕■ 甬甬甬甬	七声	南南南南 男坎欠○
	鹿荦离■ 甬甬甬甬		南南南南 ○○○妾
	走哉足■ 甬甬甬甬		南南南南 ●●●●
八音	自在匠■ 甬甬甬甬	七音	南南南南 ●●●●
六声	草采七■ 甬甬甬甬	八声	南南南南 ●●●●
	曹才全■ 甬甬甬甬		南南南南 ●●●●
	思三星■ 甬甬甬甬		南南南南 ●●●●
九音	寺□象■ 甬甬甬甬	七音	南南南南 ●●●●
六声	□□□■ 甬甬甬甬	九声	南南南南 ●●●●
	□□□■ 甬甬甬甬		南南南南 ●●●●
	■山手■ 甬甬甬甬		南南南南 ●●●●
十音	■士石■ 甬甬甬甬	七音	南南南南 ●●●●

六声	■□耳■ 甭甭甭甭	十声	南南南南 ●●●●
	■□二■ 甭甭甭甭		南南南南 ●●●●
			发音浊和律二之八
	■庄震■ 甭甭甭甭		在在在在 多可个舌
十一音	■乍□■ 甭甭甭甭	八音	在在在在 禾火化八
六声	■义赤■ 甭甭甭甭	一声	在在在在 开宰爱○
	■崇辰■ 甭甭甭甭		在在在在 回每退○
	■卓中■ 甭甭甭甭		在在在在 良两向○
十二音	■宅直■ 甭甭甭甭	八音	在在在在 光广况○
六声	■拆丑■ 甭甭甭甭	二声	在在在在 丁井亘○
	■茶呈■ 甭甭甭甭		在在在在 兄永莹○
	上声翕唱吕二之七		
	古甲九癸 ○○○○		在在在在 千典旦○
一音	□□近揆 ○○○○	八音	在在在在 元犬半○
七声	坤巧邱弃 ○○○○	三声	在在在在 臣引艮○
	□□乾蚪 ○○○○		在在在在 君允巽○
	黑花香血 ○○○○		在在在在 刀早孝岳
二音	黄华雄贤 ○○○○	八音	在在在在 毛宝报霍
七声	五瓦仰□ ○○○○	四声	在在在在 牛斗奏六

	吾牙月尧 ○○○○		在在在在 ○○○玉
	安亚乙一 ○○○○		在在在在 妻子四日
三音	□爻王寅 ○○○○	八音	在在在在 衰○帅骨
七声	母马美米 ○○○○	五声	在在在在 ○○○○
	目儿眉民 ○○○○		在在在在 龟水贵北
	夫法□飞 ○○○○		在在在在 宫孔众○
四音	父凡□吠 ○○○○	八音	在在在在 龙甬用○
七声	武晚○尾 ○○○○	六声	在在在在 鱼鼠去○
	文万□未 ○○○○		在在在在 乌虎兔○
	卜百丙必 ○○○○		在在在在 心审禁○
五音	步白葡鼻 ○○○○	八音	在在在在 ○○○十
七声	普朴品匹 ○○○○	七声	在在在在 男坎欠○
	旁排平瓶 ○○○○		在在在在 ○○○妾
	东丹帝■ ○○○○		在在在在 ●●●●
六音	兑大弟■ ○○○○	八音	在在在在 ●●●●
七声	土贪天■ ○○○○	八声	在在在在 ●●●●
	同覃田■ ○○○○		在在在在 ●●●●

	乃你女■ ○○○○		在在在在 ●●●●
七音	内南年■ ○○○○	八音	在在在在 ●●●●
七声	老冷吕■ ○○○○	九声	在在在在 ●●●●
	鹿荦离■ ○○○○		在在在在 ●●●●
	走哉足■ ○○○○		在在在在 ●●●●
八音	自在匠■ ○○○○	八音	在在在在 ●●●●
七声	草采七■ ○○○○	十声	在在在在 ●●●●
	曹才全■ ○○○○		在在在在 ●●●●
			发音浊和律二之九
	思三星■ ○○○○		□□□□ 多可个舌
九音	○○○○ 寺□象■	九音	□□□□ 禾火化八
七声	□□□■ ○○○○	一声	□□□□ 开宰爱○
	□□□■ ○○○○		□□□□ 回每退○
	■山手■ ○○○○		□□□□ 良两向○
十音	■士石■ ○○○○	九音	□□□□ 光广况○
七声	■□耳■ ○○○○	二声	□□□□ 丁井亘○
	■□二■ ○○○○		□□□□ 兄永莹○

	■庄震■ ○○○○		□□□□ 千典旦○
十一音	■乍○■ ○○○○	九音	□□□□ 元犬半○
七声	■义赤■ ○○○○	三声	□□□□ 臣引艮○
	■崇辰■ ○○○○		□□□□ 君允巽○
	■卓中■ ○○○○		□□□□ 刀早孝岳
十二音	■宅直■ ○○○○	九音	□□□□ 毛宝报霍
七声	■拆丑■ ○○○○	四声	□□□□ 牛斗奏六
	■茶呈■ ○○○○		□□□□ ○○○玉
	上声翕唱吕二之八		
	古甲九癸 ○○○○		□□□□ 妻子四日
一音	□□近揆 ○○○○	九音	□□□□ 衰○帅骨
八声	坤巧邱弃 ○○○○	五声	□□□□ ○○○德
	□□乾虬 ○○○○		□□□□ 龟水贵北
	黑花香血 ○○○○		□□□□ 宫孔众○
二音	黄华雄贤 ○○○○	九音	□□□□ 龙甬用○
八声	五瓦仰□ ○○○○	六声	□□□□ 鱼鼠去○
	吾牙月尧 ○○○○		□□□□ 乌虎兔○
	安亚乙一 ●●●●		□□□□ 心审禁○

三音	□爻王寅 ●●●●	九音	□□□□ ○○○十
八声	母马美米 ●●●●	七声	□□□□ 男坎欠○
	目儿眉民 ●●●●		□□□□ ○○○妾
	夫法□飞 ●●●●		□□□□ ●●●●
四音	父凡□吠 ●●●●	九音	□□□□ ●●●●
八声	武晚□尾 ●●●●	八声	□□□□ ●●●●
	文万□未 ●●●●		□□□□ ●●●●
	卜百丙必 ●●●●		□□□□ ●●●●
五音	步白精鼻 ●●●●	九音	□□□□ ●●●●
八声	普朴品匹 ●●●●	九声	□□□□ ●●●●
	旁排平瓶 ●●●●		□□□□ ●●●●
	东丹帝■ ●●●●		□□□□ ●●●●
六音	兑大弟■ ●●●●	九音	□□□□ ●●●●
八声	土贪天■ ●●●●	十声	□□□□ ●●●●
	同覃田■ ●●●●		□□□□ ●●●●
		发音浊和律二之十	
	乃你女■ ●●●●		士士士士 多可个舌
七音	内南年■ ●●●●	十音	士士士士 禾火化八

八声	老冷吕■ ●●●●	一声	士士士士 开宰爱○
	鹿荦离■ ●●●●		士士士士 回每退○
	走哉足■ ●●●●		士士士士 良两向○
八音	自在匠■ ●●●●	十音	士士士士 光广况○
八声	草采七■ ●●●●	二声	士士士士 丁井亘○
	曹才全■ ●●●●		士士士士 兄永莹○
	思三星■ ●●●●		士士士士 千典旦○
九音	寺□象■ ●●●●	十音	士士士士 元犬半○
八声	□□□■ ●●●●	三声	士士士士 臣引艮○
	□□□■ ●●●●		士士士士 君允巽○
	■山手■ ●●●●		士士士士 刀早孝岳
十音	■士石■ ●●●●	十音	士士士士 毛宝报霍
八声	■□耳■ ●●●●	四声	士士士士 牛斗奏六
	■□二■ ●●●●		士士士士 ○○○玉
	■庄震■ ●●●●		士士士士 妻子四日
十一音	■乍□■ ●●●●	十音	士士士士 衰○帅骨
八声	■义赤■ ●●●●	五声	士士士士 ○○○德

	■崇辰■ ●●●●		士士士士 龟水贵北
	■卓中■ ●●●●		士士士士 宫孔众○
十二音	■宅直■ ●●●●	十音	士士士士 龙甬用○
八声	■拆丑■ ●●●●	六声	士士士士 鱼鼠去○
	■茶呈■ ●●●●		士士士士 乌虎兔○
	上声翕唱吕二之九		
	古甲九癸 ●●●●		士士士士 心审禁○
一音	□□近揆 ●●●●	十音	士士士士 ○○○十
九声	坤巧邱弃 ●●●●	七声	士士士士 男坎欠○
	□□乾蚪 ●●●●		士士士士 ○○○妾
	黑花香血 ●●●●		士士士士 ●●●●
二音	黄华雄贤 ●●●●	十音	士士士士 ●●●●
九声	五瓦仰□ ●●●●	八声	士士士士 ●●●●
	吾牙月尧 ●●●●		士士士士 ●●●●
	安亚乙一 ●●●●		士士士士 ●●●●
三音	□爻王寅 ●●●●	十音	士士士士 ●●●●
九声	母马美米 ●●●●	九声	士士士士 ●●●●
	目儿眉民 ●●●●		士士士士 ●●●●

	夫法□飞 ●●●●		士士士士 ●●●●
四音	父凡□吠 ●●●●	十音	士士士士 ●●●●
九声	武晚□尾 ●●●●	十声	士士士士 ●●●●
	文万□未 ●●●●		士士士士 ●●●●
			发音浊和律二之十一
	卜百丙必 ●●●●		乍乍乍乍 多可个舌
五音	步白葡鼻 ●●●●	十一音	乍乍乍乍 禾火化八
九声	普朴品匹 ●●●●	一声	乍乍乍乍 开宰爱○
	旁排平瓶 ●●●●		乍乍乍乍 回每退○
	东丹帝■ ●●●●		乍乍乍乍 良两向○
六音	兑大弟■ ●●●●	十一音	乍乍乍乍 光广况○
九声	土贪天■ ●●●●	二声	乍乍乍乍 丁井亘○
	同覃田■ ●●●●		乍乍乍乍 兄永莹○
	乃你女■ ●●●●		乍乍乍乍 千典旦○
七音	内南年■ ●●●●	十一音	乍乍乍乍 元犬半○
九声	老冷吕■ ●●●●	三声	乍乍乍乍 臣引艮○
	鹿荦离■ ●●●●		乍乍乍乍 君允巽○
	走哉足■ ●●●●		乍乍乍乍 刀早孝岳

八音	自在匠■ ●●●●	十一音	乍乍乍乍 毛宝报霍
九声	草采七■ ●●●●	四声	乍乍乍乍 牛斗奏六
	曹才全■ ●●●●		乍乍乍乍 ○○○玉
	思三星■ ●●●●		乍乍乍乍 妻子四日
九音	寺□象■ ●●●●	十一音	乍乍乍乍 衰○帅骨
九声	□□□■ ●●●●	五声	乍乍乍乍 ○○○德
	□□□■ ●●●●		乍乍乍乍 龟水贵北
	■山手■ ●●●●		乍乍乍乍 宫孔众○
十音	■士石■ ●●●●	十一音	乍乍乍乍 龙甬用○
九声	■□耳■ ●●●●	六声	乍乍乍乍 鱼鼠去○
	■□二■ ●●●●		乍乍乍乍 乌虎兔○
	■庄震■ ●●●●		乍乍乍乍 心审禁○
十一音	■乍□■ ●●●●	十一音	乍乍乍乍 ○○○十
九声	■义赤■ ●●●●	七声	乍乍乍乍 男坎欠○
	■崇辰■ ●●●●		乍乍乍乍 ○○○妾
	■卓中■ ●●●●		乍乍乍乍 ●●●●
十二音	■宅直■ ●●●●	十一音	乍乍乍乍 ●●●●

九声	■拆丑■ ●●●●	八声	乍乍乍乍 ●●●●
	■茶呈■ ●●●●		乍乍乍乍 ●●●●
	上声翕唱吕二之十		
	古甲九癸 ●●●●		乍乍乍乍 ●●●●
一音	□□近揆 ●●●●	十一音	乍乍乍乍 ●●●●
十声	坤巧邱弃 ●●●●	九声	乍乍乍乍 ●●●●
	□□乾虯 ●●●●		乍乍乍乍 ●●●●
	黑花香血 ●●●●		乍乍乍乍 ●●●●
二音	黄华雄贤 ●●●●	十一音	乍乍乍乍 ●●●●
十声	五瓦仰□ ●●●●	十声	乍乍乍乍 ●●●●
	吾牙月尧 ●●●●		乍乍乍乍 ●●●●
			发音浊和律二之十二
	安亚乙一 ●●●●		宅宅宅宅 多可个舌
三音	□爻王寅 ●●●●	十二音	宅宅宅宅 禾火化八
十声	母马美米 ●●●●	一声	宅宅宅宅 开宰爱○
	目儿眉民 ●●●●		宅宅宅宅 回每退○
	夫法□飞 ●●●●		宅宅宅宅 良两向○
四音	父凡□吠 ●●●●	十二音	宅宅宅宅 光广况○
十声	武晚□尾 ●●●●	二声	宅宅宅宅 丁井亘○

	文万□未 ●●●●		宅宅宅宅 兄永莹○
	卜百丙必 ●●●●		宅宅宅宅 千典旦○
五音	步白備鼻 ●●●●	十二音	宅宅宅宅 元犬半○
十声	普朴品匹 ●●●●	三声	宅宅宅宅 臣引艮○
	旁排平瓶 ●●●●		宅宅宅宅 君允巽○
	东丹帝■ ●●●●		宅宅宅宅 刀早孝岳
六音	兑大弟■ ●●●●	十二音	宅宅宅宅 毛宝报霍
十声	土贪天■ ●●●●	四声	宅宅宅宅 牛斗奏六
	同覃田■ ●●●●		宅宅宅宅 ○○○玉
	乃你女■ ●●●●		宅宅宅宅 妻子四日
七音	内南年■ ●●●●	十二音	宅宅宅宅 衰○帅骨
十声	老冷吕■ ●●●●	五声	宅宅宅宅 ○○○德
	鹿荦离■ ●●●●		宅宅宅宅 龟水贵北
	走哉足■ ●●●●		宅宅宅宅 宫孔众○
八音	自在匠■ ●●●●	十二音	宅宅宅宅 龙甬用○
十声	草采七■ ●●●●	六声	宅宅宅宅 鱼鼠去○
	曹才全■ ●●●●		宅宅宅宅 乌虎兔○

	思三星■ ●●●●		宅宅宅宅 心审禁○
九音	寺□象■ ●●●●	十二音	宅宅宅宅 ○○○十
十声	□□□■ ●●●●	七声	宅宅宅宅 男坎欠○
	□□□■ ●●●●		宅宅宅宅 ○○○妾
	■山手■ ●●●●		宅宅宅宅 ●●●●
十音	■士石■ ●●●●	十二音	宅宅宅宅 ●●●●
十声	■□耳■ ●●●●	八声	宅宅宅宅 ●●●●
	■□二■ ●●●●		宅宅宅宅 ●●●●
	■庄震■ ●●●●		宅宅宅宅 ●●●●
十一音	■乍□■ ●●●●	十二音	宅宅宅宅 ●●●●
十声	■义赤■ ●●●●	九声	宅宅宅宅 ●●●●
	■崇辰■ ●●●●		宅宅宅宅 ●●●●
	■卓中■ ●●●●		宅宅宅宅 ●●●●
十二音	■宅直■ ●●●●	十二音	宅宅宅宅 ●●●●
十声	■拆丑■ ●●●●	十声	宅宅宅宅 ●●●●
	■茶呈■ ●●●●		宅宅宅宅 ●●●●

（皇极经世书卷八上）

钦定四库全书

子部

皇极经世书卷八下

详校官中书 臣 吕光復

灵台郎 臣 倪廷梅 复勘

总校官编修 臣 王燕绪

校对官编修 臣 卢 遂

誊 录监生 臣 俞昌言

欽定四庫全書

皇極經世書卷八下

宋 邵雍 撰

觀物篇四十二

月星聲上闢 火土音發清

宰井引斗 巧瓦馬晚朴貪

泉坎●●● 冷采□□乂坼

月星聲七下唱地之 火土音十二上和天

用音一百五十二是 之用聲一百一十二

謂上聲闢音上聲闢 是謂發音清聲發音

音一千六十四 清聲一千三百四十

四

月星聲上之三闢 火土音發之三清

上聲闢唱呂三之一 發音清和律三之一

古甲九癸 巧巧巧巧

宰宰宰宰 多可个舌

钦定四库全书·皇极经世书卷八下

[宋] 邵 雍 撰

观物篇四十一

月星声上辟

宰井引斗●

鼠坎●●●

月星声七，下唱地之用，音一百五十二，是谓上声辟音，上声辟音一千六十四。

火土音发清

巧瓦马晚朴贪

冷采□□乂坼

火土音十二，上和天之用，声一百一十二，是谓发音清声，发音清声一千三百四十四。

月星声上之三辟

火土音发之三清

	上声辟唱吕三之一		发音清和律三之一
	古甲九癸 宰宰宰宰		巧巧巧巧 多可个舌
一音	□□近揆 宰宰宰宰	一音	巧巧巧巧 禾火化八
一声	坤巧邱弃 宰宰宰宰	一声	巧巧巧巧 开宰爱○
	□□乾虯 宰宰宰宰		巧巧巧巧 回每退○

	黑花香血 辛辛辛辛		巧巧巧巧 良两向○
二音	黄华雄贤 辛辛辛辛	一音	巧巧巧巧 光广况○
一声	五瓦仰□ 辛辛辛辛	二声	巧巧巧巧 丁井亘○
	吾牙月尧 辛辛辛辛		巧巧巧巧 兄永莹○
	安亚乙一 辛辛辛辛		巧巧巧巧 千典旦○
三音	□爻王寅 辛辛辛辛	一音	巧巧巧巧 元犬半○
一声	母马美米 辛辛辛辛	三声	巧巧巧巧 臣引艮○
	目儿眉民 辛辛辛辛		巧巧巧巧 君允巽○
	夫法□飞 辛辛辛辛		巧巧巧巧 刀早孝岳
四音	父凡□吠 辛辛辛辛	一音	巧巧巧巧 毛宝报霍
一声	武晚□尾 辛辛辛辛	四声	巧巧巧巧 牛斗奏六
	文万□未 辛辛辛辛		巧巧巧巧 ○○○玉
	卜百丙必 辛辛辛辛		巧巧巧巧 妻子四日
五音	步白精鼻 辛辛辛辛	一音	巧巧巧巧 衰○帅骨
一声	普朴品匹 辛辛辛辛	五声	巧巧巧巧 ○○○德
	旁排平瓶 辛辛辛辛		巧巧巧巧 龟水贵北
	东丹帝■ 辛辛辛辛		巧巧巧巧 宫孔众○

六音	兑大弟■ 宰宰宰宰	一音	巧巧巧巧 龙甬用○
一声	土贪天■ 宰宰宰宰	六声	巧巧巧巧 鱼鼠去○
	同覃田■ 宰宰宰宰		巧巧巧巧 乌虎兔○
	乃你女■ 宰宰宰宰		巧巧巧巧 心审禁○
七音	内南年■ 宰宰宰宰	一音	巧巧巧巧 ○○○十
一声	老冷吕■ 宰宰宰宰	七声	巧巧巧巧 男坎欠○
	鹿荦离■ 宰宰宰宰		巧巧巧巧 ○○○妾
	走哉足■ 宰宰宰宰		巧巧巧巧 ●●●●
八音	自在匠■ 宰宰宰宰	一音	巧巧巧巧 ●●●●
一声	草采七■ 宰宰宰宰	八声	巧巧巧巧 ●●●●
	曹才全■ 宰宰宰宰		巧巧巧巧 ●●●●
	思三星■ 宰宰宰宰		巧巧巧巧 ●●●●
九音	寺□象■ 宰宰宰宰	一音	巧巧巧巧 ●●●●
一声	□□□■ 宰宰宰宰	九声	巧巧巧巧 ●●●●
	□□□■ 宰宰宰宰		巧巧巧巧 ●●●●
	■山手■ 宰宰宰宰		巧巧巧巧 ●●●●
十音	■士石■ 宰宰宰宰	一音	巧巧巧巧 ●●●●

一声	■□耳■ 宰宰宰宰	十声	巧巧巧巧 ●●●●
	■□二■ 宰宰宰宰		巧巧巧巧 ●●●●
			发音清和律三之二
	■庄震■ 宰宰宰宰		瓦瓦瓦瓦 多可个舌
十一音	■乍□■ 宰宰宰宰	二音	瓦瓦瓦瓦 禾火化八
一声	■义赤■ 宰宰宰宰	一声	瓦瓦瓦瓦 开宰爱○
	■崇辰■ 宰宰宰宰		瓦瓦瓦瓦 回每退○
	■卓中■ 宰宰宰宰		瓦瓦瓦瓦 良两向○
十二音	■宅直■ 宰宰宰宰	二音	瓦瓦瓦瓦 光广况○
一声	■拆丑■ 宰宰宰宰	二声	瓦瓦瓦瓦 丁井亘○
	■茶呈■ 宰宰宰宰		瓦瓦瓦瓦 兄永莹○
	上声辟唱吕三之二		
	古甲九癸 井井井井		瓦瓦瓦瓦 千典旦○
一音	□□近揆 井井井井	二音	瓦瓦瓦瓦 元犬半○
二声	坤巧邱弃 井井井井	三声	瓦瓦瓦瓦 臣引艮○
	□□乾虯 井井井井		瓦瓦瓦瓦 君允巽○
	黑花香血 井井井井		瓦瓦瓦瓦 刀早孝岳
二音	黄华雄贤 井井井井	二音	瓦瓦瓦瓦 毛宝报霍
二声	五瓦仰□ 井井井井	四声	瓦瓦瓦瓦 牛斗奏六

	吾牙月尧 井井井井		瓦瓦瓦瓦 ○○○玉
	安亚乙一 井井井井		瓦瓦瓦瓦 妻子四日
三音	□爻王寅 井井井井	二音	瓦瓦瓦瓦 衰○帅骨
二声	母马美米 井井井井	五声	瓦瓦瓦瓦 ○○○德
	目儿眉民 井井井井		瓦瓦瓦瓦 龟水贵北
	夫法□飞 井井井井		瓦瓦瓦瓦 宫孔众○
四音	父凡□吠 井井井井	二音	瓦瓦瓦瓦 龙甬用○
二声	武晚□尾 井井井井	六声	瓦瓦瓦瓦 鱼鼠去○
	文万□未 井井井井		瓦瓦瓦瓦 乌虎兔○
	卜百丙必 井井井井		瓦瓦瓦瓦 心审禁○
五音	步白精鼻 井井井井	二音	瓦瓦瓦瓦 ○○○十
二声	普朴品匹 井井井井	七声	瓦瓦瓦瓦 男坎欠○
	旁排平瓶 井井井井		瓦瓦瓦瓦 ○○○妾
	东丹帝■ 井井井井		瓦瓦瓦瓦 ●●●●
六音	兑大弟■ 井井井井	二音	瓦瓦瓦瓦 ●●●●
二声	土贪天■ 井井井井	八声	瓦瓦瓦瓦 ●●●●
	同覃田■ 井井井井		瓦瓦瓦瓦 ●●●●

	乃你女■ 井井井井		瓦瓦瓦瓦 ●●●●
七音	内南年■ 井井井井	二音	瓦瓦瓦瓦 ●●●●
二声	老冷吕■ 井井井井	九声	瓦瓦瓦瓦 ●●●●
	鹿荦离■ 井井井井		瓦瓦瓦瓦 ●●●●
	走哉足■ 井井井井		瓦瓦瓦瓦 ●●●●
八音	自在匠■ 井井井井	二音	瓦瓦瓦瓦 ●●●●
二声	草采七■ 井井井井	十声	瓦瓦瓦瓦 ●●●●
	曹才全■ 井井井井		瓦瓦瓦瓦 ●●●●
			发音清和律三之三
	思三星■ 井井井井		马马马马 多可个舌
九音	寺□象■ 井井井井	三音	马马马马 禾火化八
二声	□□□■ 井井井井	一声	马马马马 开宰爱○
	□□□■ 井井井井		马马马马 回每退○
	■山手■ 井井井井		马马马马 良两向○
十音	■士石■ 井井井井	三音	马马马马 光广况○
二声	■□耳■ 井井井井	二声	马马马马 丁井亘○
	■□二■ 井井井井		马马马马 兄永莹○

	■庄震■ 井井井井		马马马马 千典旦○
十一音	■乍□■ 井井井井	三音	马马马马 元犬半○
二声	■义赤■ 井井井井	三声	马马马马 臣引艮○
	■崇辰■ 井井井井		马马马马 君允巽○
	■卓中■ 井井井井		马马马马 刀早孝岳
十二音	■宅直■ 井井井井	三音	马马马马 毛宝报霍
二声	■拆丑■ 井井井井	四声	马马马马 牛斗奏六
	■茶呈■ 井井井井		马马马马 ○○○玉
	上声辟唱吕三之三		
	古甲九癸 引引引引		马马马马 妻子四日
一音	□□近揆 引引引引	三音	马马马马 衰○帅骨
三声	坤巧邱弃 引引引引	五声	马马马马 ○○○德
	□□乾虯 引引引引		马马马马 龟水贵北
	黑花香血 引引引引		马马马马 宫孔众○
二音	黄华雄贤 引引引引	三音	马马马马 龙甬用○
三声	五瓦仰□ 引引引引	六声	马马马马 鱼鼠去○
	吾牙月尧 引引引引		马马马马 乌虎兔○
	安亚乙一 引引引引		马马马马 心审禁○

三音	□爻王寅 引引引引	三音	马马马马 ○○○十
三声	母马美米 引引引引	七声	马马马马 男坎欠○
	目儿眉民 引引引引		马马马马 ○○○妾
	夫法□飞 引引引引		马马马马 ●●●●
四音	父凡□吠 引引引引	三音	马马马马 ●●●●
三声	武晚□尾 引引引引	八声	马马马马 ●●●●
	文万□未 引引引引		马马马马 ●●●●
	卜百丙必 引引引引		马马马马 ●●●●
五音	步白葡鼻 引引引引	三音	马马马马 ●●●●
三声	普扑匹品 引引引引	九声	马马马马 ●●●●
	旁排平瓶 引引引引		马马马马 ●●●●
	东丹帝■ 引引引引		马马马马 ●●●●
六音	兑大弟■ 引引引引	三音	马马马马 ●●●●
三声	土贪天■ 引引引引	十声	马马马马 ●●●●
	同覃田■ 引引引引		马马马马 ●●●●
			发音清和律三之四
	乃你女■ 引引引引		晚晚晚晚 多可个舌
七音	内南年■ 引引引引	四音	晚晚晚晚 禾火化八

三声	老冷吕■ 引引引引	一声	晚晚晚晚 开宰爱○
	鹿荦离■ 引引引引		晚晚晚晚 回每退○
	走哉足■ 引引引引		晚晚晚晚 良两向○
八音	自在匠■ 引引引引	四音	晚晚晚晚 光广况○
三声	草采七■ 引引引引	二声	晚晚晚晚 丁井亘○
	曹才全■ 引引引引		晚晚晚晚 兄永莹○
	思三星■ 引引引引		晚晚晚晚 千典旦○
九音	寺□象■ 引引引引	四音	晚晚晚晚 元犬半○
三声	□□□■ 引引引引	三声	晚晚晚晚 臣引艮○
	□□□■ 引引引引		晚晚晚晚 君允巽○
	■山手■ 引引引引		晚晚晚晚 刀早孝岳
十音	■士石■ 引引引引	四音	晚晚晚晚 毛宝报霍
三声	■□耳■ 引引引引	四声	晚晚晚晚 牛斗奏六
	■□二■ 引引引引		晚晚晚晚 ○○○玉
	■庄震■ 引引引引		晚晚晚晚 妻子四日
十一音	■乍□■ 引引引引	四音	晚晚晚晚 衰○帅骨
三声	■义赤■ 引引引引	五声	晚晚晚晚 ○○○德

	■崇辰■ 引引引引		晚晚晚晚 龟水贵北
	■卓中■ 引引引引		晚晚晚晚 宫孔众○
十二音	■宅直■ 引引引引	四音	晚晚晚晚 龙甬用○
三声	■拆丑■ 引引引引	六声	晚晚晚晚 鱼鼠去○
	■茶呈■ 引引引引		晚晚晚晚 乌虎兔○
	上声辟唱吕三之四		
	古甲九癸 斗斗斗斗		晚晚晚晚 心审禁○
一音	□□近揆 斗斗斗斗	四音	晚晚晚晚 ○○○十
四声	坤巧邱弃 斗斗斗斗	七声	晚晚晚晚 男坎欠○
	□□乾蚪 斗斗斗斗		晚晚晚晚 ○○○妾
	黑花香血 斗斗斗斗		晚晚晚晚 ●●●●
二音	黄华雄贤 斗斗斗斗	四音	晚晚晚晚 ●●●●
四声	五瓦仰□ 斗斗斗斗	八声	晚晚晚晚 ●●●●
	吾牙月尧 斗斗斗斗		晚晚晚晚 ●●●●
	安亚乙一 斗斗斗斗		晚晚晚晚 ●●●●
三音	□爻王寅 斗斗斗斗	四音	晚晚晚晚 ●●●●
四声	母马美米 斗斗斗斗	九声	晚晚晚晚 ●●●●
	目儿眉民 斗斗斗斗		晚晚晚晚 ●●●●

	夫法□飞 斗斗斗斗		晚晚晚晚 ●●●●
四音	父凡□吠 斗斗斗斗	四音	晚晚晚晚 ●●●●
四声	武晚□尾 斗斗斗斗	十声	晚晚晚晚 ●●●●
	文万□未 斗斗斗斗		晚晚晚晚 ●●●●
			发音清和律三之五
	卜百丙必 斗斗斗斗		朴朴朴朴 多可个舌
五音	步白精鼻 斗斗斗斗	五音	朴朴朴朴 禾火化八
四声	普朴品匹 斗斗斗斗	一声	朴朴朴朴 开宰爱○
	旁排平瓶 斗斗斗斗		朴朴朴朴 回每退○
	东丹帝■ 斗斗斗斗		朴朴朴朴 良两向○
六音	兑大弟■ 斗斗斗斗	五音	朴朴朴朴 光广况○
四声	土贪天■ 斗斗斗斗	二声	朴朴朴朴 丁井亘○
	同覃田■ 斗斗斗斗		朴朴朴朴 兄永莹○
	乃你女■ 斗斗斗斗		朴朴朴朴 千典旦○
七音	内南年■ 斗斗斗斗	五音	朴朴朴朴 元犬半○
四声	老冷吕■ 斗斗斗斗	三声	朴朴朴朴 臣引艮○
	鹿荦离■ 斗斗斗斗		朴朴朴朴 君允巽○
	走哉足■ 斗斗斗斗		朴朴朴朴 刀早孝岳

八音	自在匠■ 斗斗斗斗	**五音**	朴朴朴朴 毛宝报霍
四声	草采七■ 斗斗斗斗	**四声**	朴朴朴朴 牛斗奏六
	曹才全■ 斗斗斗斗		朴朴朴朴 ○○○玉
	思三星■ 斗斗斗斗		朴朴朴朴 妻子四日
九音	寺□象■ 斗斗斗斗	**五音**	朴朴朴朴 衰○帅骨
四声	□□□■ 斗斗斗斗	**五声**	朴朴朴朴 ○○○德
	□□□■ 斗斗斗斗		朴朴朴朴 龟水贵北
	■山手■ 斗斗斗斗		朴朴朴朴 宫孔众○
十音	■士石■ 斗斗斗斗	**五音**	朴朴朴朴 龙甬用○
四声	■□耳■ 斗斗斗斗	**六声**	朴朴朴朴 鱼鼠去○
	■□二■ 斗斗斗斗		朴朴朴朴 乌虎兔○
	■庄震■ 斗斗斗斗		朴朴朴朴 心审禁○
十一音	■乍□■ 斗斗斗斗	**五音**	朴朴朴朴 ○○○十
四声	■义赤■ 斗斗斗斗	**七声**	朴朴朴朴 男坎欠○
	■崇辰■ 斗斗斗斗		朴朴朴朴 ○○○妾
	■卓中■ 斗斗斗斗		朴朴朴朴 ●●●●
十二音	■宅直■ 斗斗斗斗	**五音**	朴朴朴朴 ●●●●

四声	■拆丑■ 斗斗斗斗	八声	朴朴朴朴 ●●●●
	■茶呈■ 斗斗斗斗		朴朴朴朴 ●●●●
	上声辟唱吕三之五		
	古甲九癸 ○○○○		朴朴朴朴 ●●●●
一音	□□近揆 ○○○○	五音	朴朴朴朴 ●●●●
五声	坤巧邱弃 ○○○○	九声	朴朴朴朴 ●●●●
	□□乾虯 ○○○○		朴朴朴朴 ●●●●
	黑花香血 ○○○○		朴朴朴朴 ●●●●
二音	黄华雄贤 ○○○○	五音	朴朴朴朴 ●●●●
五声	五瓦仰□ ○○○○	十声	朴朴朴朴 ●●●●
	吾牙月尧 ○○○○		朴朴朴朴 ●●●●
			发音清和律三之六
	安亚乙一 ○○○○		贪贪贪贪 多可个舌
三音	□爻王寅 ○○○○	六音	贪贪贪贪 禾火化八
五声	母马美米 ○○○○	一声	贪贪贪贪 开宰爱○
	目儿眉民 ○○○○		贪贪贪贪 回每退○
	夫法□飞 ○○○○		贪贪贪贪 良两向○
四音	父凡□吠 ○○○○	六音	贪贪贪贪 光广况○
五声	武晚□尾 ○○○○	二声	贪贪贪贪 丁井亘○

	文万□未 ○○○○		贪贪贪贪 兄永莹○
	卜百丙必 ○○○○		贪贪贪贪 千典旦○
五音	步白葡鼻 ○○○○	六音	贪贪贪贪 元犬半○
五声	普朴品匹 ○○○○	三声	贪贪贪贪 臣引艮○
	旁排平瓶 ○○○○		贪贪贪贪 君允巽○
	东丹帝■ ○○○○		贪贪贪贪 刀早孝岳
六音	兑大弟■ ○○○○	六音	贪贪贪贪 毛宝报霍
五声	土贪天■ ○○○○	四声	贪贪贪贪 牛斗奏六
	同覃田■ ○○○○		贪贪贪贪 ○○○玉
	乃你女■ ○○○○		贪贪贪贪 妻子四日
七音	内南年■ ○○○○	六音	贪贪贪贪 衰○帅骨
五声	老冷吕■ ○○○○	五声	贪贪贪贪 ○○○德
	鹿荦离■ ○○○○		贪贪贪贪 龟水贵北
	走哉足■ ○○○○		贪贪贪贪 宫孔众○
八音	自在匠■ ○○○○	六音	贪贪贪贪 龙甬用○
五声	草采七■ ○○○○	六声	贪贪贪贪 鱼鼠去○
	曹才全■ ○○○○		贪贪贪贪 乌虎兔○

	思三星■ 〇〇〇〇		贪贪贪贪 心审禁〇
九音	寺□象■ 〇〇〇〇	六音	贪贪贪贪 〇〇〇十
五声	□□□■ 〇〇〇〇	七声	贪贪贪贪 男坎欠〇
	□□□■ 〇〇〇〇		贪贪贪贪 〇〇〇妾
	■山手■ 〇〇〇〇		贪贪贪贪 ●●●●
十音	■士石■ 〇〇〇〇	六音	贪贪贪贪 ●●●●
五声	■□耳■ 〇〇〇〇	八声	贪贪贪贪 ●●●●
	■□二■ 〇〇〇〇		贪贪贪贪 ●●●●
	■庄震■ 〇〇〇〇		贪贪贪贪 ●●●●
十一音	■乍□■ 〇〇〇〇	六音	贪贪贪贪 ●●●●
五声	■义赤■ 〇〇〇〇	九声	贪贪贪贪 ●●●●
	■崇辰■ 〇〇〇〇		贪贪贪贪 ●●●●
	■卓中■ 〇〇〇〇		贪贪贪贪 ●●●●
十二音	■宅直■ 〇〇〇〇	六音	贪贪贪贪 ●●●●
五声	■拆丑■ 〇〇〇〇	十声	贪贪贪贪 ●●●●
	■茶呈■ 〇〇〇〇		贪贪贪贪 ●●●●
	上声辟唱吕三之六		发音清和律三之七

	古甲九癸 鼠鼠鼠鼠		泠泠泠泠 多可个舌
一音	□□近揆 鼠鼠鼠鼠	七音	泠泠泠泠 禾火化八
六声	坤巧邱弃 鼠鼠鼠鼠	一声	泠泠泠泠 开宰爱○
	□□乾蚪 鼠鼠鼠鼠		泠泠泠泠 回每退○
	黑花香血 鼠鼠鼠鼠		泠泠泠泠 良两向○
二音	黄华雄贤 鼠鼠鼠鼠	七音	泠泠泠泠 光广况○
六声	五瓦仰□ 鼠鼠鼠鼠	二声	泠泠泠泠 丁井亘○
	吾牙月尧 鼠鼠鼠鼠		泠泠泠泠 兄永莹○
	安亚乙一 鼠鼠鼠鼠		泠泠泠泠 千典旦○
三音	□爻王寅 鼠鼠鼠鼠	七音	泠泠泠泠 元犬半○
六声	母马美米 鼠鼠鼠鼠	三声	宰宰宰宰 臣引艮○
	目儿眉民 鼠鼠鼠鼠		泠泠泠泠 君允巽○
	夫法□飞 鼠鼠鼠鼠		泠泠泠泠 刀早孝岳
四音	父凡□吠 鼠鼠鼠鼠	七音	泠泠泠泠 毛宝报霍
六声	武晚□尾 鼠鼠鼠鼠	四声	泠泠泠泠 牛斗奏六
	文万□未 鼠鼠鼠鼠		泠泠泠泠 ○○○玉
	卜百丙必 鼠鼠鼠鼠		泠泠泠泠 妻子四日

五音	步白精鼻 鼠鼠鼠鼠	七音	泠泠泠泠 衰○帅骨
六声	普朴品匹 鼠鼠鼠鼠	五声	泠泠泠泠 ○○○德
	旁排平瓶 鼠鼠鼠鼠		泠泠泠泠 龟水贵北
	东丹帝■ 鼠鼠鼠鼠		泠泠泠泠 宫孔众○
六音	兑大弟■ 鼠鼠鼠鼠	七音	泠泠泠泠 龙甬用○
六声	土贪天■ 鼠鼠鼠鼠	六声	泠泠泠泠 鱼鼠去○
	同覃田■ 鼠鼠鼠鼠		泠泠泠泠 乌虎兔○
	乃你女■ 鼠鼠鼠鼠		泠泠泠泠 心审禁○
七音	内南年■ 鼠鼠鼠鼠	七音	泠泠泠泠 ○○○十
六声	老泠吕■ 鼠鼠鼠鼠	七声	泠泠泠泠 男坎欠○
	鹿荦离■ 鼠鼠鼠鼠		泠泠泠泠 ○○○妾
	走哉足■ 鼠鼠鼠鼠		泠泠泠泠 ●●●●
八音	自在匠■ 鼠鼠鼠鼠	七音	泠泠泠泠 ●●●●
六声	草采七■ 鼠鼠鼠鼠	八声	泠泠泠泠 ●●●●
	曹才全■ 鼠鼠鼠鼠		泠泠泠泠 ●●●●
	思三星■ 鼠鼠鼠鼠		泠泠泠泠 ●●●●
九音	寺□象■ 鼠鼠鼠鼠	七音	泠泠泠泠 ●●●●

六声	□□□■ 鼠鼠鼠鼠	九声	冷冷冷冷 ●●●●
	□□□■ 鼠鼠鼠鼠		冷冷冷冷 ●●●●
	■山手■ 鼠鼠鼠鼠		冷冷冷冷 ●●●●
十音	■士石■ 鼠鼠鼠鼠	七音	冷冷冷冷 ●●●●
六声	■□耳■ 鼠鼠鼠鼠	十声	冷冷冷冷 ●●●●
	■□二■ 鼠鼠鼠鼠		冷冷冷冷 ●●●●
			发音清和律三之八
	■庄震■ 鼠鼠鼠鼠		采采采采 多可个舌
十一音	■乍□■ 鼠鼠鼠鼠	八音	采采采采 禾火化八
六声	■义赤■ 鼠鼠鼠鼠	一声	采采采采 开宰爱○
	■崇辰■ 鼠鼠鼠鼠		采采采采 回每退○
	■卓中■ 鼠鼠鼠鼠		采采采采 良两向○
十二音	■宅直■ 鼠鼠鼠鼠	八音	采采采采 光广况○
六声	■拆丑■ 鼠鼠鼠鼠	二声	采采采采 丁井亘○
	■茶呈■ 鼠鼠鼠鼠		采采采采 兄永莹○
	上声辟唱吕三之七		
	古甲九癸 坎坎坎坎		采采采采 千典旦○
一音	□□近揆 坎坎坎坎	八音	采采采采 元犬半○
七声	坤巧邱弃 坎坎坎坎	三声	采采采采 臣引艮○

	□□乾蚪 坎坎坎坎		采采采采 君允巽○
	黑花香血 坎坎坎坎		采采采采 刀早孝岳
二音	黄华雄贤 坎坎坎坎	八音	采采采采 毛宝报霍
七声	五瓦仰□ 坎坎坎坎	四声	采采采采 牛斗奏六
	吾牙月尧 坎坎坎坎		采采采采 ○○○玉
	安亚乙一 坎坎坎坎		采采采采 妻子四日
三音	□爻王寅 坎坎坎坎	八音	采采采采 衰○帅骨
七声	母马美米 坎坎坎坎	五声	采采采采 ○○○德
	目儿眉民 坎坎坎坎		采采采采 龟水贵北
	夫法□飞 坎坎坎坎		采采采采 宫孔众○
四音	父凡□吠 坎坎坎坎	八音	采采采采 龙甬用○
七声	武晚□尾 坎坎坎坎	六声	采采采采 鱼鼠去○
	文万□未 坎坎坎坎		采采采采 乌虎兔○
	卜百丙必 坎坎坎坎		采采采采 心审禁○
五音	步白精鼻 坎坎坎坎	八音	采采采采 ○○○十
七声	普朴品匹 坎坎坎坎	七声	采采采采 男坎欠○
	旁排平瓶 坎坎坎坎		采采采采 ○○○妾

	东丹帝■ 坎坎坎坎		采采采采 ●●●●
六音	兑大弟■ 坎坎坎坎	八音	采采采采 ●●●●
七声	土贪天■ 坎坎坎坎	八声	采采采采 ●●●●
	同覃田■ 坎坎坎坎		采采采采 ●●●●
	乃你女■ 坎坎坎坎		采采采采 ●●●●
七音	内南年■ 坎坎坎坎	八音	采采采采 ●●●●
七声	老冷吕■ 坎坎坎坎	九声	采采采采 ●●●●
	鹿荦离■ 坎坎坎坎		采采采采 ●●●●
	走哉足■ 坎坎坎坎		采采采采 ●●●●
八音	自在匠■ 坎坎坎坎	八音	采采采采 ●●●●
七声	草采七■ 坎坎坎坎	十声	采采采采 ●●●●
	曹才全■ 坎坎坎坎		采采采采 ●●●●
			发音清和律三之九
	思三星■ 坎坎坎坎		□□□□ 多可个舌
九音	寺□象■ 坎坎坎坎	九音	□□□□ 禾火化八
七声	□□□■ 坎坎坎坎	一声	□□□□ 开宰爱○
	□□□■ 坎坎坎坎		□□□□ 回每退○
	■山手■ 坎坎坎坎		□□□□ 良两向○

十音	■士石■ 坎坎坎坎	九音	□□□□ 光广况○
七声	■□耳■ 坎坎坎坎	二声	□□□□ 丁井亘○
	■□二■ 坎坎坎坎		□□□□ 兄永莹○
	■庄震■ 坎坎坎坎		□□□□ 千典旦○
十一音	■乍□■ 坎坎坎坎	九音	□□□□ 元犬半○
七声	■义赤■ 坎坎坎坎	三声	□□□□ 臣引艮○
	■崇辰■ 坎坎坎坎		□□□□ 君允巽○
	■卓中■ 坎坎坎坎		□□□□ 刀早孝岳
十二音	■宅直■ 坎坎坎坎	九音	□□□□ 毛宝报霍
七声	■拆丑■ 坎坎坎坎	四声	□□□□ 牛斗奏六
	■茶呈■ 坎坎坎坎		□□□□ ○○○玉
上声辟唱吕三之八			
	古甲九癸 ●●●●		□□□□ 妻子四日
一音	□□近揆 ●●●●	九音	□□□□ 衰○帅骨
八声	坤巧邱弃 ●●●●	五声	□□□□ ○○○德
	○○乾蚪 ●●●●		□□□□ 龟水贵北
	黑花香血 ●●●●		□□□□ 宫孔众○
二音	黄华雄贤 ●●●●	九音	□□□□ 龙甬用○

八声	五瓦仰□ ●●●●	六声	□□□□ 龟鼠去○
	吾牙月尧 ●●●●		□□□□ 乌虎兔○
	安亚乙一 ●●●●		□□□□ 心审禁○
三音	□爻王寅 ●●●●	九音	□□□□ ○○○十
八声	母马美米 ●●●●	七声	□□□□ 男坎欠○
	目儿眉民 ●●●●		□□□□ ○○○妾
	东丹帝■ ●●●●		□□□□ ●●●●
四音	兑大弟■ ●●●●	九音	□□□□ ●●●●
八声	土贪天■ ●●●●	八声	□□□□ ●●●●
	同覃田■ ●●●●		□□□□ ●●●●
	乃你女■ ●●●●		□□□□ ●●●●
五音	内南年■ ●●●●	九音	□□□□ ●●●●
八声	老冷吕■ ●●●●	九声	□□□□ ●●●●
	鹿荦离■ ●●●●		□□□□ ●●●●
	夫法□飞 ●●●●		□□□□ ●●●●
六音	父凡□吠 ●●●●	九音	□□□□ ●●●●
八声	武晚□尾 ●●●●	十声	□□□□ ●●●●

	文万□未 ●●●●		□□□□ ●●●●
			发音清和律三之十
	卜百丙必 ●●●●		□□□□ 多可个舌
七音	步白精鼻 ●●●●	十音	□□□□ 禾火化八
八声	普朴品匹 ●●●●	一声	□□□□ 开宰爱○
	旁排平瓶 ●●●●		□□□□ 回每退○
	走哉足■ ●●●●		□□□□ 良两向○
八音	自在匠■ ●●●●	十音	□□□□ 光广况○
八声	草采七■ ●●●●	二声	□□□□ 丁井亘○
	曹才全■ ●●●●		□□□□ 兄永莹○
	思三星■ ●●●●		□□□□ 千典旦○
九音	寺□象■ ●●●●	十音	□□□□ 元犬半○
八声	□□□■ ●●●●	三声	□□□□ 臣引艮○
	□□□■ ●●●●		□□□□ 君允巽○
	■山手■ ●●●●		□□□□ 刀早孝岳
十音	■士石■ ●●●●	十音	□□□□ 毛宝报霍
八声	■□耳■ ●●●●	四声	□□□□ 牛斗奏六
	■□二■ ●●●●		□□□□ ○○○玉

	■庄震■ ●●●●		□□□□ 妻子四日
十一音	■乍□■ ●●●●	十音	□□□□ 衰○帅骨
八声	■义赤■ ●●●●	五声	□□□□ ○○○德
	■崇辰■ ●●●●		□□□□ 龟水贵北
	■卓中■ ●●●●		□□□□ 宫孔众○
十二音	■宅直■ ●●●●	十音	□□□□ 龙甬用○
八声	■拆丑■ ●●●●	六声	□□□□ 鱼鼠去○
	■茶呈■ ●●●●		□□□□ 乌虎兔○
上声辟唱吕三之九			
	古甲九癸 ●●●●		□□□□ 心审禁○
一音	□□近揆 ●●●●	十音	□□□□ ○○○十
九声	坤巧邱弃 ●●●●	七声	□□□□ 男坎欠○
	□□乾蚪 ●●●●		□□□□ ○○○妾
	黑花香血 ●●●●		□□□□ ●●●●
二音	黄华雄贤 ●●●●	十音	□□□□ ●●●●
九声	五瓦仰□ ●●●●	八声	□□□□ ●●●●
	吾牙月尧 ●●●●		□□□□ ●●●●
			□□□□ ●●●●

	安亚乙一 ●●●●		□□□□ ●●●●
三音	□爻王寅 ●●●●	十音	□□□□ ●●●●
九声	母马美米 ●●●●	九声	□□□□ ●●●●
	目儿眉民 ●●●●		□□□□ ●●●●
	夫法□飞 ●●●●		□□□□ ●●●●
四音	父凡□吠 ●●●●	十音	□□□□ ●●●●
九声	武晚□尾 ●●●●	十声	□□□□ ●●●●
	文万□未 ●●●●		□□□□ ●●●●
			发音清和律三之十一
	卜百丙必 ●●●●		乂乂乂乂 多可个舌
五音	步白糒鼻 ●●●●	十一音	乂乂乂乂 禾火化八
九声	普朴品匹 ●●●●	一声	乂乂乂乂 开宰爱○
	旁排平瓶 ●●●●		乂乂乂乂 回每退○
	东丹帝■ ●●●●		乂乂乂乂 良两向○
六音	兑大弟■ ●●●●	十一音	乂乂乂乂 光广况○
九声	土贪天■ ●●●●	二声	乂乂乂乂 丁井亘○
	同覃田■ ●●●●		乂乂乂乂 兄永莹○
	乃你女■ ●●●●		乂乂乂乂 千典旦○

七音	内南年■ ●●●●	十一音	义义义义 元犬半○
九声	老冷吕■ ●●●●	三声	义义义义 臣引艮○
	鹿荦离■ ●●●●		义义义义 君允巽○
	走哉足■ ●●●●		义义义义 刀早孝岳
八音	自在匠■ ●●●●	十一音	义义义义 毛宝报霍
九声	草采七■ ●●●●	四声	义义义义 牛斗奏六
	曹才全■ ●●●●		义义义义 ○○○玉
	思三星■ ●●●●		义义义义 妻子四日
九音	寺□象■ ●●●●	十一音	义义义义 衰○帅骨
九声	□□□■ ●●●●	五声	义义义义 ○○○德
	□□□■ ●●●●		义义义义 龟水贵北
	■山手■ ●●●●		义义义义 宫孔众○
十音	■士石■ ●●●●	十一音	义义义义 龙甬用○
九声	■□耳■ ●●●●	六声	义义义义 鱼鼠去○
	■□二■ ●●●●		义义义义 乌虎兔○
	■庄震■ ●●●●		义义义义 心审禁○
十一音	■乍□■ ●●●●	十一音	义义义义 ○○○十

九声	■义赤■ ●●●●	七声	义义义义 男坎欠○
	■崇辰■ ●●●●		义义义义 ○○○妾
	■卓中■ ●●●●		义义义义 ●●●●
十二音	■宅直■ ●●●●	十一音	义义义义 ●●●●
九声	■拆丑■ ●●●●	八声	义义义义 ●●●●
	■茶呈■ ●●●●		义义义义 ●●●●
	上声辟唱吕三之十		
	古甲九癸 ●●●●		义义义义 ●●●●
一音	□□近揆 ●●●●	十一音	义义义义 ●●●●
十声	坤巧邱弃 ●●●●	九声	义义义义 ●●●●
	□□乾虯 ●●●●		义义义义 ●●●●
	黑花香血 ●●●●		义义义义 ●●●●
二音	黄华雄贤 ●●●●	十一音	义义义义 ●●●●
十声	五瓦仰□ ●●●●	十声	义义义义 ●●●●
	吾牙月尧 ●●●●		义义义义 ●●●●
			发音清和律三之十二
	安亚乙一 ●●●●		坼坼坼坼 多可个舌
三音	□爻王寅 ●●●●	十二音	坼坼坼坼 禾火化八
十声	母马美米 ●●●●	一声	坼坼坼坼 开宰爱○

	目儿眉民 ●●●●		坼坼坼坼 回每退○
	夫法□飞 ●●●●		坼坼坼坼 良两向○
四音	父凡□吠 ●●●●	十二音	坼坼坼坼 光广况○
十声	武晚□尾 ●●●●	二声	坼坼坼坼 丁井亘○
	文万□未 ●●●●		坼坼坼坼 兄永莹○
	卜百丙必 ●●●●		坼坼坼坼 千典旦○
五音	步白精鼻 ●●●●	十二音	坼坼坼坼 元犬半○
十声	普朴品匹 ●●●●	三声	坼坼坼坼 臣引艮○
	旁排平瓶 ●●●●		坼坼坼坼 君允巽○
	东丹帝■ ●●●●		坼坼坼坼 刀早孝岳
六音	兑大弟■ ●●●●	十二音	坼坼坼坼 毛宝报霍
十声	土贪天■ ●●●●	四声	坼坼坼坼 牛斗奏六
	同覃田■ ●●●●		坼坼坼坼 ○○○玉
	乃你女■ ●●●●		坼坼坼坼 妻子四日
七音	内南年■ ●●●●	十二音	坼坼坼坼 衰○帅骨
十声	老冷吕■ ●●●●	五声	坼坼坼坼 ○○○德
	鹿荦离■ ●●●●		坼坼坼坼 龟水贵北

	走哉足■ ●●●●		坼坼坼坼 宫孔众○
八音	自在匠■ ●●●●	十二音	坼坼坼坼 龙甬用○
十声	草采七■ ●●●●	六声	坼坼坼坼 鱼鼠去○
	曹才全■ ●●●●		坼坼坼坼 乌虎兔○
	思三星■ ●●●●		坼坼坼坼 心審禁○
九音	寺□象■ ●●●●	十二音	坼坼坼坼 ○○○十
十声	■□□■ ●●●●	七声	坼坼坼坼 男坎欠○
	□□□■ ●●●●		坼坼坼坼 ○○○妾
	■山手■ ●●●●		坼坼坼坼 ●●●●
十音	■士石■ ●●●●	十二音	坼坼坼坼 ●●●●
十声	■□耳■ ●●●●	八声	坼坼坼坼 ●●●●
	■□二■ ●●●●		坼坼坼坼 ●●●●
	■庄震■ ●●●●		坼坼坼坼 ●●●●
十一音	■乍□■ ●●●●	十二音	坼坼坼坼 ●●●●
十声	■乂赤■ ●●●●	九声	坼坼坼坼 ●●●●
	■崇辰■ ●●●●		坼坼坼坼 ●●●●
	■卓中■ ●●●●		坼坼坼坼 ●●●●

十二音	■宅直■ ●●●●	十二音	坼坼坼坼 ●●●●
十声	■拆丑■ ●●●●	十声	坼坼坼坼 ●●●●
	■茶呈■ ●●●●		坼坼坼坼 ●●●●

观物篇四十二

月辰声上翕

每永允○水

虎○●●●

月辰声七，下唱地之用，音一百五十二，是谓上声翕音，上声翕音一千六十四。

火石音发浊

□牙儿方排覃

荦才□□崇茶

火石音十二，上和天之用，声一百一十二，是谓发音浊声，发音浊声一千三百四十四。

月辰声上之四翕

火石音发之四浊

上声翕唱吕四之一		发音浊和律四之一	
	古甲九癸 每每每每		□□□□ 多可个舌
一音	□□近揆 每每每每	一音	□□□□ 禾火化八
一声	坤巧邱弃 每每每每	一声	□□□□ 开宰爱○
	□□乾虬 每每每每		□□□□ 回每退○
	黑花香血 每每每每		□□□□ 良两向○
二音	黄华雄贤 每每每每	一音	□□□□ 光广况○
一声	吾瓦仰□ 每每每每	二声	□□□□ 丁井亘○
	吾牙月尧 每每每每		□□□□ 兄永莹○

	安亚乙一 每每每每		□□□□ 千典旦○
三音	□爻王寅 每每每每	一音	□□□□ 元犬半○
一声	母马美米 每每每每	三声	□□□□ 臣引艮○
	目儿眉民 每每每每		□□□□ 君允巽○
	夫法□飞 每每每每		□□□□ 刀早孝岳
四音	父凡□吠 每每每每	一音	□□□□ 毛宝报霍
一声	武晚□尾 每每每每	四声	□□□□ 牛斗奏六
	文万□未 每每每每		□□□□ ○○○玉
	卜百丙必 每每每每		□□□□ 妻子四日
五音	步白精鼻 每每每每	一音	□□□□ 衰○帅骨
一声	普朴品匹 每每每每	五声	□□□□ ○○○德
	旁排平瓶 每每每每		□□□□ 龟水贵北
	东丹帝■ 每每每每		□□□□ 宫孔众○
六音	兑大弟■ 每每每每	一音	□□□□ 龙甬用○
一声	土贪天■ 每每每每	六声	□□□□ 鱼鼠去○
	同覃田■ 每每每每		□□□□ 乌虎兔○

	乃你女■ 每每每每		□□□□ 心审禁○
七音	内南年■ 每每每每	一音	□□□□ ○○○十
一声	老冷吕■ 每每每每	七声	□□□□ 男坎欠○
	鹿荦离■ 每每每每		□□□□ ○○○妾
	走哉足■ 每每每每		□□□□ ●●●●
八音	自在匠■ 每每每每	一音	□□□□ ●●●●
一声	草采七■ 每每每每	八声	□□□□ ●●●●
	曹才全■ 每每每每		□□□□ ●●●●
	思三星■ 每每每每		□□□□ ●●●●
九音	寺□象■ 每每每每	一音	□□□□ ●●●●
一声	□□□■ 每每每每	九声	□□□□ ●●●●
	□□□■ 每每每每		□□□□ ●●●●
	■山手■ 每每每每		□□□□ ●●●●
十音	■士石■ 每每每每	一音	□□□□ ●●●●
一声	■□耳■ 每每每每	十声	□□□□ ●●●●
	■□二■ 每每每每		□□□□ ●●●●
			发音浊和律四之二
	■庄震■ 每每每每		牙牙牙牙 多可个舌

十一音	■乍□■ 每每每每	二音	牙牙牙牙 禾火化八
一声	■义赤■ 每每每每	一声	牙牙牙牙 开宰爱○
	■崇辰■ 每每每每		牙牙牙牙 回每退○
	■卓中■ 每每每每		牙牙牙牙 良两向○
十二音	■宅直■ 每每每每	二音	牙牙牙牙 光广况○
一声	■拆丑■ 每每每每	二声	牙牙牙牙 丁井亘○
	■茶呈■ 每每每每		牙牙牙牙 兄永莹○
	上声翕唱吕四之二		
	古甲九癸 永永永永		牙牙牙牙 千典旦○
一音	□□近揆 永永永永	二音	牙牙牙牙 元犬半○
二声	坤巧邱弃 永永永永	三声	牙牙牙牙 臣引艮○
	□□乾蚪 永永永永		牙牙牙牙 君允巽○
	黑花香血 永永永永		牙牙牙牙 刀早孝岳
二音	黄华雄贤 永永永永	二音	牙牙牙牙 毛宝报霍
二声	吾瓦仰□ 永永永永	四声	牙牙牙牙 牛斗奏六
	吾牙月尧 永永永永		牙牙牙牙 ○○○玉
	安亚乙一 永永永永		牙牙牙牙 妻子四日
三音	□爻王寅 永永永永	二音	牙牙牙牙 衰○帅骨

二声	母马美米 永永永永	五声	牙牙牙牙 ○○○德
	目儿眉民 永永永永		牙牙牙牙 龟水贵北
	夫法□飞 永永永永		牙牙牙牙 宫孔众○
四音	父凡□吠 永永永永	二音	牙牙牙牙 龙甬用○
二声	武晚□尾 永永永永	六声	牙牙牙牙 鱼鼠去○
	文万□未 永永永永		牙牙牙牙 乌虎兔○
	卜百丙必 永永永永		牙牙牙牙 心审禁○
五音	步白精鼻 永永永永	二音	牙牙牙牙 ○○○十
二声	普朴品匹 永永永永	七声	牙牙牙牙 男坎欠○
	旁排平瓶 永永永永		牙牙牙牙 ○○○妾
	东丹帝■ 永永永永		牙牙牙牙 ●●●●
六音	兑大弟■ 永永永永	二音	牙牙牙牙 ●●●●
二声	土贪天■ 永永永永	八声	牙牙牙牙 ●●●●
	同覃田■ 永永永永		牙牙牙牙 ●●●●
	乃你女■ 永永永永		牙牙牙牙 ●●●●
七音	内南年■ 永永永永	二音	牙牙牙牙 ●●●●
二声	老冷吕■ 永永永永	九声	牙牙牙牙 ●●●●

	鹿荦离■ 永永永永		牙牙牙牙 ●●●●
	走哉足■ 永永永永		牙牙牙牙 ●●●●
八音	自在匠■ 永永永永	二音	牙牙牙牙 ●●●●
二声	草采七■ 永永永永	十声	牙牙牙牙 ●●●●
	曹才全■ 永永永永		牙牙牙牙 ●●●●
			发音浊和律四之三
	思三星■ 永永永永		儿儿儿儿 多可个舌
九音	寺□象■ 永永永永	三音	儿儿儿儿 禾火化八
二声	□□□■ 永永永永	一声	儿儿儿儿 开宰爱○
	□□□■ 永永永永		儿儿儿儿 回每退○
	■山手■ 永永永永		儿儿儿儿 良两向○
十音	■士石■ 永永永永	三音	儿儿儿儿 光广况○
二声	■□耳■ 永永永永	二声	儿儿儿儿 丁井亘○
	■□二■ 永永永永		儿儿儿儿 兄永莹○
	■庄震■ 永永永永		儿儿儿儿 千典旦○
十一音	■乍□■ 永永永永	三音	儿儿儿儿 元犬半○
二声	■义赤■ 永永永永	三声	儿儿儿儿 臣引艮○
	■崇辰■ 永永永永		儿儿儿儿 君允巽○

	■卓中■ 永永永永		儿儿儿儿 刀早孝岳
十二音	■宅直■ 永永永永	三音	儿儿儿○ 毛宝报霍
二声	■拆丑■ 永永永永	四声	儿儿儿儿 牛斗奏六
	■茶呈■ 永永永永		儿儿儿儿 ○○○玉
	上声翕唱吕四之三		
	古甲九癸 允允允允		儿儿儿儿 妻子四日
一音	□□近揆 允允允允	三音	儿儿儿儿 衰○帅骨
三声	坤巧邱弃 允允允允	五声	儿儿儿儿 ○○○德
	□□乾蚪 允允允允		儿儿儿儿 龟水贵北
	黑花香血 允允允允		儿儿儿儿 宫孔众○
二音	黄华雄贤 允允允允	三音	儿儿儿儿 龙甬用○
三声	吾瓦仰□ 允允允允	六声	儿儿儿儿 鱼鼠去○
	吾牙月尧 允允允允		儿儿儿儿 乌虎兔○
	安亚乙一 允允允允		儿儿儿儿 心审禁○
三音	□爻王寅 允允允允	三音	儿儿儿儿 ○○○十
三声	母马美米 允允允允	七声	儿儿儿儿 男坎欠○
	目儿眉民 允允允允		儿儿儿儿 ○○○妾
	夫法□飞 允允允允		儿儿儿儿 ●●●●

四音	父凡□吠 允允允允	三音	儿儿儿儿 ●●●●
三声	武晚□尾 允允允允	八声	儿儿儿儿 ●●●●
	文万□未 允允允允		儿儿儿儿 ●●●●
	卜百丙必 允允允允		儿儿儿儿 ●●●●
五音	步白葡鼻 允允允允	三音	儿儿儿儿 ●●●●
三声	普朴品匹 允允允允	九声	儿儿儿儿 ●●●●
	旁排平瓶 允允允允		儿儿儿儿 ●●●●
	东丹帝■ 允允允允		儿儿儿儿 ●●●●
六音	兑大弟■ 允允允允	三音	儿儿儿儿 ●●●●
三声	土贪天■ 允允允允	十声	儿儿儿儿 ●●●●
	同覃田■ 允允允允		儿儿儿儿 ●●●●
			发音浊和律四之四
	乃你女■ 允允允允		万万万万 多可个舌
七音	内南年■ 允允允允	四音	万万万万 禾火化八
三声	老冷吕■ 允允允允	一声	万万万万 开宰爱○
	鹿荦离■ 允允允允		万万万万 回每退○
	走哉足■ 允允允允		万万万万 良两向○
八音	自在匠■ 允允允允	四音	万万万万 光广况○

三声	草采七■ 允允允允	二声	万万万万 丁井亘○
	曹才全■ 允允允允		万万万万 兄永莹○
	思三星■ 允允允允		万万万万 千典旦○
九音	寺□象■ 允允允允	四音	万万万万 元犬半○
三声	□□□■ 允允允允	三声	万万万万 臣引艮○
	□□□■ 允允允允		万万万万 君允巽○
	■山手■ 允允允允		万万万万 刀早孝岳
十音	■士石■ 允允允允	四音	万万万万 毛宝报霍
三声	■□耳■ 允允允允	四声	万万万万 牛斗奏六
	■□二■ 允允允允		万万万万 ○○○玉
	■庄震■ 允允允允		万万万万 妻子四日
十一音	■乍□■ 允允允允	四音	万万万万 衰○帅骨
三声	■义赤■ 允允允允	五声	万万万万 ○○○德
	■崇辰■ 允允允允		万万万万 龟水贵北
	■卓中■ 允允允允		万万万万 宫孔众○
十二音	■宅直■ 允允允允	四音	万万万万 龙甬用○
三声	■拆丑■ 允允允允	六声	万万万万 鱼鼠去○

	■茶呈■ 允允允允		万万万万 乌虎兔○
上声翕唱吕四之四			
	古甲九癸 ○○○○		万万万万 心审禁○
一音	□□近揆 ○○○○	**四音**	万万万万 ○○○十
四声	坤巧邱弃 ○○○○	**七声**	万万万万 男坎欠○
	□□乾蚪 ○○○○		万万万万 ○○○妾
	黑花香血 ○○○○		万万万万 ●●●●
二音	黄华雄贤 ○○○○	**四音**	万万万万 ●●●●
四声	吾瓦仰□ ○○○○	**八声**	万万万万 ●●●●
	吾牙月尧 ○○○○		万万万万 ●●●●
	安亚乙一 ○○○○		万万万万 ●●●●
三音	□爻王寅 ○○○○	**四音**	万万万万 ●●●●
四声	母马美米 ○○○○	**九声**	万万万万 ●●●●
	目儿眉民 ○○○○		万万万万 ●●●●
	夫法□飞 ○○○○		万万万万 ●●●●
四音	父凡□吠 ○○○○	**四音**	万万万万 ●●●●
四声	武晚□尾 ○○○○	**十声**	万万万万 ●●●●
	文万□未 ○○○○		万万万万 ●●●●

			发音浊和律四之五
	卜百丙必 ○○○○		排排排排 多可个舌
五音	步白葡鼻 ○○○○	五音	排排排排 开宰爱○
四声	普朴品匹 ○○○○	一声	排排排排 禾火化八
	旁排平瓶 ○○○○		排排排排 回每退○
	东丹帝■ ○○○○		排排排排 良两向○
六音	兑大弟■ ○○○○	五音	排排排排 光广况○
四声	土贪天■ ○○○○	二声	排排排排 丁井亘○
	同覃田■ ○○○○		排排排排 兄永莹○
	乃你女■ ○○○○		排排排排 千典旦○
七音	内南年■ ○○○○	五音	排排排排 元犬半○
四声	老冷吕■ ○○○○	三声	排排排排 臣引艮○
	鹿荦离■ ○○○○		排排排排 君允巽○
	走哉足■ ○○○○		排排排排 刀早孝岳
八音	自在匠■ ○○○○	五音	排排排排 毛宝报霍
四声	草采七■ ○○○○	四声	排排排排 牛斗奏六
	曹才全■ ○○○○		排排排排 ○○○玉

	思三星■ ○○○○		排排排排 妻子四日
九音	寺□象■ ○○○○	**五音**	排排排排 哀○帅骨
四声	□□□■ ○○○○	**五声**	排排排排 ○○○德
	□□□■ ○○○○		排排排排 龟水贵北
	■山手■ ○○○○		排排排排 宫孔众○
十音	■士石■ ○○○○	**五音**	排排排排 龙甬用○
四声	■□耳■ ○○○○	**六声**	排排排排 鱼鼠去○
	■□二■ 排排排排		允允允允 乌虎兔○
	■庄震■ ○○○○		排排排排 心审禁○
十一音	■乍□■ ○○○○	**五音**	排排排排 ○○○十
四声	■义赤■ ○○○○	**七声**	排排排排 男坎欠○
	■崇辰■ ○○○○		排排排排 ○○○妾
	■卓中■ ○○○○		排排排排 ●●●●
十二音	■宅直■ ○○○○	**五音**	排排排排 ●●●●
四声	■拆丑■ ○○○○	**八声**	排排排排 ●●●●
	■茶呈■ ○○○○		排排排排 ●●●●
	上声翕唱吕四之五		
	古甲九癸 水水水水		排排排排 ●●●●

一音	□□近揆 水水水水	五音	排排排排 ●●●●
五声	坤巧邱弃 水水水水	九声	排排排排 ●●●●
	□□乾虯 水水水水		排排排排 ●●●●
	黑花香血 水水水水		排排排排 ●●●●
二音	黄华雄贤 水水水水	五音	排排排排 ●●●●
五声	吾瓦仰□ 水水水水	十声	排排排排 ●●●●
	吾牙月尧 水水水水		排排排排 ●●●●
			发音浊和律四之六
	安亚乙一 水水水水		罩罩罩罩 多可个舌
三音	□爻王寅 水水水水	六音	罩罩罩罩 禾火化八
五声	母马美米 水水水水	一声	罩罩罩罩 开宰爱○
	目儿眉民 水水水水		罩罩罩罩 回每退○
	夫法□飞 水水水水		罩罩罩罩 良两向○
四音	父凡□吠 水水水水	六音	罩罩罩罩 光广况○
五声	武晚□尾 水水水水	二声	罩罩罩罩 丁井亘○
	文万□未 水水水水		罩罩罩罩 兄水莹○
	卜百丙必 水水水水		罩罩罩罩 千典旦○
五音	步白葡鼻 水水水水	六音	罩罩罩罩 元犬半○

五声	普朴品匹 水水水水	三声	覃覃覃覃 臣引艮〇
	旁排平瓶 水水水水		覃覃覃覃 君允巽〇
	东丹帝■ 水水水水		覃覃覃覃 刀早孝岳
六音	兑大弟■ 水水水水	六音	覃覃覃覃 毛宝报霍
五声	土贪天■ 水水水水	四声	覃覃覃覃 牛斗奏六
	同覃田■ 水水水水		覃覃覃覃 〇〇〇玉
	乃你女■ 水水水水		覃覃覃覃 妻子四日
七音	内南年■ 水水水水	六音	覃覃覃覃 衰〇帅骨
五声	老泠吕■ 水水水水	五声	覃覃覃覃 〇〇〇德
	鹿荦离■ 水水水水		覃覃覃覃 龟水贵北
	走哉足■ 水水水水		覃覃覃覃 宫孔众〇
八音	自在匠■ 水水水水	六音	覃覃覃覃 龙甬用〇
五声	草采七■ 水水水水	六声	覃覃覃覃 鱼鼠去〇
	曹才全■ 水水水水		覃覃覃覃 乌虎兔〇
	思三星■ 水水水水		覃覃覃覃 心审禁〇
九音	寺□象■ 水水水水	六音	覃覃覃覃 〇〇〇十
五声	□□□■ 水水水水	七声	覃覃覃覃 男坎欠〇

	□□□■ 水水水水		覃覃覃覃 ○○○妾
	■山手■ 水水水水		覃覃覃覃 ●●●●
十音	■士石■ 水水水水	六音	覃覃覃覃 ●●●●
五声	■□耳■ 水水水水	八声	覃覃覃覃 ●●●●
	■□二■ 水水水水		覃覃覃覃 ●●●●
	■庄震■ 水水水水		覃覃覃覃 ●●●●
十一音	■乍□■ 水水水水	六音	覃覃覃覃 ●●●●
五声	■义赤■ 水水水水	九声	覃覃覃覃 ●●●●
	■崇辰■ 水水水水		覃覃覃覃 ●●●●
	■卓中■ 水水水水		覃覃覃覃 ●●●●
十二音	■宅直■ 水水水水	六音	覃覃覃覃 ●●●●
五声	■拆丑■ 水水水水	十声	覃覃覃覃 ●●●●
	■茶呈■ 水水水水		覃覃覃覃 ●●●●
	上声翕唱吕四之六		发音浊和律四之七
	古甲九癸 虎虎虎虎		垂垂垂垂 多可个舌
一音	□□近揆 虎虎虎虎	七音	垂垂垂垂 禾火化八
六声	坤巧邱弃 虎虎虎虎	一声	垂垂垂垂 开宰爱○
	□□乾虯 虎虎虎虎		垂垂垂垂 回每退○

	黑花香血 虎虎虎虎		荦荦荦荦 良两向○
二音	黄华雄贤 虎虎虎虎	七音	荦荦荦荦 光广况○
六声	吾瓦仰□ 虎虎虎虎	二声	荦荦荦荦 丁井亘○
	吾牙月尧 虎虎虎虎		荦荦荦荦 兄永莹○
	安亚乙一 虎虎虎虎		荦荦荦荦 千典旦○
三音	□爻王寅 虎虎虎虎	七音	荦荦荦荦 元犬半○
六声	母马美米 虎虎虎虎	三声	荦荦荦荦 臣引艮○
	目儿眉民 虎虎虎虎		荦荦荦荦 君允巽○
	夫法□飞 虎虎虎虎		荦荦荦荦 刀早孝岳
四音	父凡□吠 虎虎虎虎	七音	荦荦荦荦 毛宝报霍
六声	武晚□尾 虎虎虎虎	四声	荦荦荦荦 牛斗奏六
	文万□未 虎虎虎虎		荦荦荦荦 ○○○玉
	卜百丙必 虎虎虎虎		荦荦荦荦 妻子四日
五音	步白糒鼻 虎虎虎虎	七音	荦荦荦荦 衰○帅骨
六声	普朴品匹 虎虎虎虎	五声	荦荦荦荦 ○○○德
	旁排平瓶 虎虎虎虎		荦荦荦荦 龟水贵北
	东丹帝■ 虎虎虎虎		荦荦荦荦 宫孔众○

六音	兑大弟■ 虎虎虎虎	七音	荦荦荦荦 龙甬用○
六声	土贪天■ 虎虎虎虎	六声	荦荦荦荦 鱼鼠去○
	同覃田■ 虎虎虎虎		荦荦荦荦 乌虎兔○
	乃你女■ 虎虎虎虎		荦荦荦荦 心审禁○
七音	内南年■ 虎虎虎虎	七音	荦荦荦荦 ○○○十
六声	老冷吕■ 虎虎虎虎	七声	荦荦荦荦 男坎欠○
	鹿荦离■ 虎虎虎虎		荦荦荦荦 ○○○妾
	走哉足■ 虎虎虎虎		荦荦荦荦 ●●●●
八音	自在匠■ 虎虎虎虎	七音	荦荦荦荦 ●●●●
六声	草采七■ 虎虎虎虎	八声	荦荦荦荦 ●●●●
	曹才全■ 虎虎虎虎		荦荦荦荦 ●●●●
	思三星■ 虎虎虎虎		荦荦荦荦 ●●●●
九音	寺□象■ 虎虎虎虎	七音	荦荦荦荦 ●●●●
六声	□□□■ 虎虎虎虎	九声	荦荦荦荦 ●●●●
	□□□■ 虎虎虎虎		荦荦荦荦 ●●●●
	■山手■ 虎虎虎虎		荦荦荦荦 ●●●●
十音	■士石■ 虎虎虎虎	七音	荦荦荦荦 ●●●●

六声	■□耳■ 虎虎虎虎	十声	垄垄垄垄 ●●●●
	■□二■ 虎虎虎虎		垄垄垄垄 ●●●●
			发音浊和律四之八
	■庄震■ 虎虎虎虎		才才才才 多可个舌
十一音	■乍□■ 虎虎虎虎	八音	才才才才 禾火化八
六声	■义赤■ 虎虎虎虎	一声	才才才才 开宰爱○
	■崇辰■ 虎虎虎虎		才才才才 回每退○
	■卓中■ 虎虎虎虎		才才才才 良两向○
十二音	■宅直■ 虎虎虎虎	八音	才才才才 光广况○
六声	■拆丑■ 虎虎虎虎	二声	才才才才 丁井亘○
	■茶呈■ 虎虎虎虎		才才才才 兄永莹○
	上声翕唱吕四之七		
	古甲九癸 ○○○○		才才才才 千典旦○
一音	□□近揆 ○○○○	八音	才才才才 元犬半○
七声	坤巧邱弃 ○○○○	三声	才才才才 臣引艮○
	□□乾蚪 ○○○○		才才才才 君允巽○
	黑花香血 ○○○○		才才才才 刀早孝岳
二音	黄华雄贤 ○○○○	八音	才才才才 毛宝报霍
七声	吾瓦仰□ ○○○○	四声	才才才才 牛斗奏六

	吾牙月尧 ○○○○		才才才才 ○○○玉
	安亚乙一 ○○○○		才才才才 妻子四日
三音	□爻王寅 ○○○○	八音	才才才才 衰○帅骨
七声	母马美米 ○○○○	五声	才才才才 ○○○德
	目儿眉民 ○○○○		才才才才 龟水贵北
	夫法□飞 ○○○○		才才才才 宫孔众○
四音	父凡□吠 ○○○○	八音	才才才才 龙甬用○
七声	武晚□尾 ○○○○	六声	才才才才 鱼鼠去○
	文万□未 ○○○○		才才才才 乌虎兔○
	卜百丙必 ○○○○		才才才才 心审禁○
五音	步白葡鼻 ○○○○	八音	才才才才 ○○○十
七声	普朴品匹 ○○○○	七声	才才才才 男坎欠○
	旁排平瓶 ○○○○		才才才才 ○○○妾
	东丹帝■ ○○○○		才才才才 ●●●●
六音	兑大弟■ ○○○○	八音	才才才才 ●●●●
七声	土贪天■ ○○○○	八声	才才才才 ●●●●
	同覃田■ ○○○○		才才才才 ●●●●

	乃你女■ ○○○○		才才才才 ●●●●
七音	内南年■ ○○○○	八音	才才才才 ●●●●
七声	老冷吕■ ○○○○	九声	才才才才 ●●●●
	鹿荦离■ ○○○○		才才才才 ●●●●
	走哉足■ ○○○○		才才才才 ●●●●
八音	自在匠■ ○○○○	八音	才才才才 ●●●●
七声	草采七■ ○○○○	十声	才才才才 ●●●●
	曹才全■ ○○○○		才才才才 ●●●●
			发音浊和律四之九
	思三星■ ○○○○		□□□□ 多可个舌
九音	寺□象■ ○○○○	九音	□□□□ 禾火化八
七声	□□□■ ○○○○	一声	□□□□ 开宰爱○
	□□□■ ○○○○		○○○○ 回每退○
	■山手■ ○○○○		□□□□ 良两向○
十音	■士石■ ○○○○	九音	□□□□ 光广况○
七声	■□耳■ ○○○○	二声	□□□□ 丁井亘○
	■□二■ ○○○○		□□□□ 兄永莹○

	■庄震■ ○○○○		□□□□ 千典旦○
十一音	■乍□■ ○○○○	九音	□□□□ 元犬半○
七声	■义赤■ ○○○○	三声	□□□□ 臣引艮○
	■崇辰■ ○○○○		□□□□ 君允巽○
	■卓中■ ○○○○		□□□□ 刀早孝岳
十二音	■宅直■ ○○○○	九音	□□□□ 毛宝报霍
七声	■拆丑■ ○○○○	四声	□□□□ 牛斗奏六
	■茶呈■ ○○○○		□□□□ ○○○玉
	上声翕唱吕四之八		
	古甲九癸 ○○○○		□□□□ 妻子四日
一音	□□近揆 ○○○○	九音	□□□□ 衰○帅骨
八声	坤巧邱弃 ○○○○	五声	□□□□ ○○○德
	□□乾虯 ○○○○		□□□□ 龟水贵北
	黑花香血 ○○○○		□□□□ 宫孔众○
二音	黄华雄贤 ○○○○	九音	□□□□ 龙甬用○
八声	吾瓦仰□ ○○○○	六声	□□□□ 鱼鼠去○
	吾牙月尧 ○○○○		□□□□ 乌虎兔○
	安亚乙一 ○○○○		□□□□ 心审禁○

三音	□爻王寅 ○○○○	九音	□□□□ ○○○十
八声	母马美米 ○○○○	七声	□□□□ 男坎欠○
	目儿眉民 ○○○○		□□□□ ○○○妾
	夫法□飞 ○○○○		□□□□ ●●●●
四音	父凡□吠 ○○○○	九音	□□□□ ●●●●
八声	武晚□尾 ○○○○	八声	□□□□ ●●●●
	文万□未 ○○○○		□□□□ ●●●●
	卜百丙必 ○○○○		□□□□ ●●●●
五音	步白犕鼻 ○○○○	九音	□□□□ ●●●●
八声	普朴品匹 ○○○○	九声	□□□□ ●●●●
	旁排平瓶 ○○○○		□□□□ ●●●●
	东丹帝■ ○○○○		□□□□ ●●●●
六音	兑大弟■ ○○○○	九音	□□□□ ●●●●
八声	土贪天■ ○○○○	十声	□□□□ ●●●●
	同覃田■ ○○○○		□□□□ ●●●●
			发音浊和律四之十
	乃你女■ ○○○○		□□□□ 多可个舌
七音	内南年■ ○○○○	十音	□□□□ 禾火化八

八声	老冷吕■ ○○○○	一声	□□□□ 开宰爱○
	鹿荦离■ ○○○○		□□□□ 回每退○
	走哉足■ ○○○○		□□□□ 良两向○
八音	自在匠■ ○○○○	十音	□□□□ 光广况○
八声	草采七■ ○○○○	二声	□□□□ 丁井亘○
	曹才全■ ○○○○		□□□□ 兄永莹○
	思三星■ ○○○○		□□□□ 千典旦○
九音	寺□象■ ○○○○	十音	□□□□ 元犬半○
八声	□□□■ ○○○○	三声	□□□□ 臣引艮○
	□□□■ ○○○○		□□□□ 君允巽○
	■山手■ ○○○○		□□□□ 刀早孝岳
十音	■士石■ ○○○○	十音	□□□□ 毛宝报霍
八声	■□耳■ ○○○○	四声	□□□□ 牛斗奏六
	■□二■ ○○○○		□□□□ ○○○玉
	■庄震■ ○○○○		□□□□ 妻子四日
十一音	■乍□■ ○○○○	十音	□□□□ 衰○帅骨
八声	■义赤■ ○○○○	五声	□□□□ ○○○德

	■崇辰■ ○○○○		□□□□ 龟水贵北
	■卓中■ ○○○○		□□□□ 宫孔众○
十二音	■宅直■ ○○○○	十音	□□□□ 龙甬用○
八声	■拆丑■ ○○○○	六声	□□□□ 鱼鼠去○
	■茶呈■ ○○○○		□□□□ 乌虎兔○
上声翕唱吕四之九			
	古甲九癸 ○○○○		□□□□ 心审禁○
一音	□□近揆 ○○○○	十音	□□□□ ○○○十
九声	坤巧邱弃 ○○○○	七声	□□□□ 男坎欠○
	□□乾虯 ○○○○		□□□□ ○○○妾
	黑花香血 ○○○○		□□□□ ●●●●
二音	黄华雄贤 ○○○○	十音	□□□□ ●●●●
九声	吾瓦仰□ ○○○○	八声	□□□□ ●●●●
	吾牙月尧 ○○○○		□□□□ ●●●●
	安亚乙一 ○○○○		□□□□ ●●●●
三音	□爻王寅 ○○○○	十音	□□□□ ●●●●
九声	母马美米 ○○○○	九声	□□□□ ●●●●
	目儿眉民 ○○○○		□□□□ ●●●●

	夫法□飞 ○○○○		□□□□ ●●●●
四音	父凡□吠 ○○○○	十音	□□□□ ●●●●
九声	武晚□尾 ○○○○	十声	□□□□ ●●●●
	文万□未 ○○○○		□□□□ ●●●●
		发音浊和律四之十一	
	卜百丙必 ●●●●		祟祟祟祟 多可个舌
五音	步白精鼻 ●●●●	十一音	祟祟祟祟 禾火化八
九声	普朴品匹 ●●●●	一声	祟祟祟祟 开宰爱○
	旁排平瓶 ●●●●		祟祟祟祟 回每退○
	东丹帝■ ●●●●		祟祟祟祟 良两向○
六音	兑大弟■ ●●●●	十一音	祟祟祟祟 光广况○
九声	土贪天■ ●●●●	二声	祟祟祟祟 丁井亘○
	同覃田■ ●●●●		祟祟祟祟 兄永莹○
	乃你女■ ●●●●		尝尝尝尝 千典旦○
七音	内南年■ ●●●●	十一音	祟祟祟祟 元犬半○
九声	老冷吕■ ●●●●	三声	祟祟祟祟 臣引艮○
	鹿荦离■ ●●●●		祟祟祟祟 君允巽○
	走哉足■ ●●●●		祟祟祟祟 刀早孝岳

八音	自在匠■ ●●●●	十一音	崇崇崇崇 毛宝报霍
九声	草采七■ ●●●●	四声	崇崇崇崇 牛斗奏六
	曹才全■ ●●●●		崇崇崇崇 ○○○玉
	思三星■ ●●●●		崇崇崇崇 妻子四日
九音	寺□象■ ●●●●	十一音	崇崇崇崇 衰○帅骨
九声	□□□■ ●●●●	五声	崇崇崇崇 ○○○德
	□□□■ ●●●●		崇崇崇崇 龟水贵北
	■山手■ ●●●●		崇崇崇崇 宫孔众○
十音	■士石■ ●●●●	十一音	崇崇崇崇 龙甬用○
九声	■□耳■ ●●●●	六声	崇崇崇崇 鱼鼠去○
	■□二■ ●●●●		崇崇崇崇 乌虎兔○
	■庄震■ ●●●●		崇崇崇崇 心审禁○
十一音	■乍□■ ●●●●	十一音	崇崇崇崇 ○○○十
九声	■义赤■ ●●●●	七声	崇崇崇崇 男坎欠○
	■崇辰■ ●●●●		崇崇崇崇 ○○○妾
	■卓中■ ●●●●		崇崇崇崇 ●●●●
十二音	■宅直■ ●●●●	十一音	崇崇崇崇 ●●●●

九声	■拆丑■ ●●●●	八声	崇崇崇崇 ●●●●
	■茶呈■ ●●●●		崇崇崇崇 ●●●●
	上声翕唱吕四之十		
	古甲九癸 ●●●●		崇崇崇崇 ●●●●
一音	□□近揆 ●●●●	十一音	崇崇崇崇 ●●●●
十声	坤巧邱弃 ●●●●	九声	崇崇崇崇 ●●●●
	□□乾虯 ●●●●		崇崇崇崇 ●●●●
	黑花香血 ●●●●		崇崇崇崇 ●●●●
二音	黄华雄贤 ●●●●	十一音	崇崇崇崇 ●●●●
十声	吾瓦仰□ ●●●●	十声	崇崇崇崇 ●●●●
	吾牙月尧 ●●●●		崇崇崇崇 ●●●●
			发音浊和律四之十二
	安亚乙一 ●●●●		茶茶茶茶 多可个舌
三音	□爻王寅 ●●●●	十二音	茶茶茶茶 禾火化八
十声	母马美米 ●●●●	一声	茶茶茶茶 开宰爱○
	目儿眉民 ●●●●		茶茶茶茶 回每退○
	夫法□飞 ●●●●		茶茶茶茶 良两向○
四音	父凡□吠 ●●●●	十二音	茶茶茶茶 光广况○
十声	武晚□尾 ●●●●	二声	茶茶茶茶 丁井亘○

	文万□未 ●●●●		茶茶茶茶 兄永莹○
	卜百丙必 ●●●●		茶茶茶茶 千典亘○
五音	步白精鼻 ●●●●	十二音	茶茶茶茶 元犬半○
十声	普朴品匹 ●●●●	三声	茶茶茶茶 臣引艮○
	旁排平瓶 ●●●●		茶茶茶茶 君允巽○
	东丹帝■ ●●●●		茶茶茶茶 刀早孝岳
六音	兑大弟■ ●●●●	十二音	茶茶茶茶 毛宝报霍
十声	土贪天■ ●●●●	四声	茶茶茶茶 牛斗奏六
	同覃田■ ●●●●		茶茶茶茶 ○○○玉
	乃你女■ ●●●●		茶茶茶茶 妻子四日
七音	内南年■ ●●●●	十二音	茶茶茶茶 衰○帅骨
十声	老冷吕■ ●●●●	五声	茶茶茶茶 ○○○德
	鹿荦离■ ●●●●		茶茶茶茶 龟水贵北
	走哉足■ ●●●●		茶茶茶茶 宫孔众○
八音	自在匠■ ●●●●	十二音	茶茶茶茶 龙甬用○
十声	草采七■ ●●●●	六声	茶茶茶茶 鱼龙去○
	曹才全■ ●●●●		茶茶茶茶 乌虎兔○

	思三星■ ●●●●		茶茶茶茶 心审禁○
九音	寺□象■ ●●●●	十二音	茶茶茶茶 ○○○十
十声	□□□■ ●●●●	七声	茶茶茶茶 男坎欠○
	□□□■ ●●●●		茶茶茶茶 ○○○妾
	■山手■ ●●●●		茶茶茶茶 ●●●●
十音	■士石■ ●●●●	十二音	茶茶茶茶 ●●●●
十声	■□耳■ ●●●●	八声	茶茶茶茶 ●●●●
	■□二■ ●●●●		茶茶茶茶 ●●●●
	■庄震■ ●●●●		茶茶茶茶 ●●●●
十一音	■乍□■ ●●●●	十二音	茶茶茶茶 ●●●●
十声	■义赤■ ●●●●	九声	茶茶茶茶 ●●●●
	■崇辰■ ●●●●		茶茶茶茶 ●●●●
	■卓中■ ●●●●		茶茶茶茶 ●●●●
十二音	■宅直■ ●●●●	十二音	茶茶茶茶 ●●●●
十声	■拆丑■ ●●●●	十声	茶茶茶茶 ●●●●
	■茶呈■ ●●●●		茶茶茶茶 ●●●●

（皇极经世书卷八下）

钦定四库全书

子部

皇极经世书卷九上

详校官中书 臣 吕光復

灵台郎 臣 倪廷梅 复勘

总校官编修 臣 王燕绪

校对官待诏 臣 胡士震

誊 录监生 臣 祝 然

皇極經世書卷九上　宋 邵雍 撰

觀物篇四十三

星日聲去闢　土水音收清

个向旦孝四　九香乙　丙帝

衆禁　女足星手震中

星日聲七下唱地之　土水音十二上和天

用音一百五十二是　之用聲一百一十二

謂去聲闢音去聲闢　是謂收音清聲收音

音一千六十四　清聲一千三百四十

四

星日聲去之一闢　土水音收之一清

去聲闢唱呂一之一　收音清和律二之一

古甲九癸
个个个个

口口近揆
个个个个

一音　一音

钦定四库全书·皇极经世书卷九上

[宋] 邵 雍 撰

观物篇四十三

星日声去辟

个向旦孝四

众禁●●●

星日声七，下唱地之用，音一百五十二，是谓去声辟音，去声辟音一千六十四。

土水音收清

九香乙□丙帝

女足星手震中

土水音十二，上和天之用，声一百一十二，是谓收音清声，收音清声一千三百四十四。

星日声去之一辟

土水音收之一清

去声辟唱吕一之一		收音清和律一之一	
	古甲九癸 个个个个		九九九九 多可个舌
一音	□□近揆 个个个个	一音	九九九九 禾火化八
一声	坤巧邱弃 个个个个	一声	九九九九 开宰爱○
	□□乾虯 个个个个		九九九九 回每退○

	黑花香血 个个个个		九九九九 良两向○
二音	黄华雄贤 个个个个	一音	九九九九 光广况○
一声	五瓦仰□ 个个个个	二声	九九九九 丁井亘○
	吾牙月尧 个个个个		九九九九 兄永莹○
	安亚乙一 个个个个		九九九九 千典旦○
三音	□爻王寅 个个个个	一音	九九九九 元犬半○
一声	母马美米 个个个个	三声	九九九九 臣引艮○
	目儿眉民 个个个个		九九九九 君允巽○
	夫法□飞 个个个个		九九九九 刀早孝岳
四音	父凡□吠 个个个个	一音	九九九九 毛宝报霍
一声	武晚□尾 个个个个	四声	九九九九 牛斗奏六
	文万□未 个个个个		九九九九 ○○○玉
	卜百丙必 个个个个		九九九九 妻子四日
五音	步白精鼻 个个个个	一音	九九九九 衰○帅骨
一声	普朴品匹 个个个个	五声	九九九九 ○○○德
	旁排平瓶 个个个个		九九九九 龟水贵北
	东丹帝■ 个个个个		九九九九 宫孔众○

六音	兑大弟■ 个个个个	一音	九九九九 龙甬用○
一声	土贪天■ 个个个个	六声	九九九九 鱼鼠去○
	同覃田■ 个个个个		九九九九 乌虎兔○
	乃你女■ 个个个个		九九九九 心审禁○
七音	内南年■ 个个个个	一音	九九九九 ○○○十
一声	老冷吕■ 个个个个	七声	九九九九 男坎欠○
	鹿荦离■ 个个个个		九九九九 ○○○妾
	走哉足■ 个个个个		九九九九 ●●●●
八音	自在匠■ 个个个个	一音	九九九九 ●●●●
一声	草采七■ 个个个个	八声	九九九九 ●●●●
	曹才全■ 个个个个		九九九九 ●●●●
	思三星■ 个个个个		九九九九 ●●●●
九音	寺□象■ 个个个个	一音	九九九九 ●●●●
一声	□□□■ 个个个个	九声	九九九九 ●●●●
	□□□■ 个个个个		九九九九 ●●●●
	■山手■ 个个个个		九九九九 ●●●●
十音	■士石■ 个个个个	一音	九九九九 ●●●●

一声	■□耳■ 个个个个	十声	九九九九 ●●●●
	■□二■ 个个个个		九九九九 ●●●●
			收音清和律一之二
	■庄震■ 个个个个		香香香香 多可个舌
十一音	■乍□■ 个个个个	二音	香香香香 禾火化八
一声	■义赤■ 个个个个	一声	香香香香 开宰爱○
	■崇辰■ 个个个个		香香香香 回每退○
	■卓中■ 个个个个		香香香香 良两向○
十二音	■宅直■ 个个个个	二音	香香香香 光广况○
一声	■拆丑■ 个个个个	二声	香香香香 丁井亘○
	■茶呈■ 个个个个		香香香香 兄永莹○
	去声辟唱吕一之二		
	古甲九癸 向向向向		香香香香 千典旦○
一音	□□近揆 向向向向	二音	香香香香 元犬半○
二声	坤巧邱弃 向向向向	三声	香香香香 臣引艮○
	□□乾蚪 向向向向		香香香香 君允巽○
	黑花香血 向向向向		香香香香 刀早孝岳
二声	黄华雄贤 向向向向	二音	香香香香 毛宝报霍
二声	五瓦仰□ 向向向向	四声	香香香香 牛斗奏六

	吾牙月尧 向向向向		香香香香 ○○○玉
	安亚乙一 向向向向		香香香香 妻子四日
三音	□爻王寅 向向向向	二音	香香香香 衰○帅骨
二声	母马美米 向向向向	五声	香香香香 ○○○德
	目儿眉民 向向向向		香香香香 龟水贵北
	夫法□飞 向向向向		香香香香 宫孔众○
四音	父凡□吠 向向向向	二音	香香香香 龙甬用○
二声	武晚□尾 向向向向	六声	香香香香 鱼鼠去○
	文万□未 向向向向		香香香香 乌虎兔○
	卜百丙必 向向向向		香香香香 心审禁○
五音	步白蒱鼻 向向向向	二音	香香香香 ○○○十
二声	普朴品匹 向向向向	七声	香香香香 男坎欠○
	旁排平瓶 向向向向		香香香香 ○○○妾
	东丹帝■ 向向向向		香香香香 ●●●●
六音	兑大弟■ 向向向向	二音	香香香香 ●●●●
二声	土贪天■ 向向向向	八声	香香香香 ●●●●
	同覃田■ 向向向向		香香香香 ●●●●

	乃你女■ 向向向向		香香香香 ●●●●
七音	内南年■ 向向向向	二音	香香香香 ●●●●
二声	老冷吕■ 向向向向	九声	香香香香 ●●●●
	鹿荦离■ 向向向向		香香香香 ●●●●
	走哉足■ 向向向向		香香香香 ●●●●
八音	自在匠■ 向向向向	二音	香香香香 ●●●●
二声	草采七■ 向向向向	十声	香香香香 ●●●●
	曹才全■ 向向向向		香香香香 ●●●●
			收音清和律一之三
	思三星■ 向向向向		乙乙乙乙 多可个舌
九音	寺□象■ 向向向向	三音	乙乙乙乙 禾火化八
二声	□□□■ 向向向向	一声	乙乙乙乙 开宰爱○
	□□□■ 向向向向		乙乙乙乙 回每退○
	■山手■ 向向向向		乙乙乙乙 良两向○
十音	■士石■ 向向向向	三音	乙乙乙乙 光广况○
二声	■□耳■ 向向向向	二声	乙乙乙乙 丁井亘○
	■□二■ 向向向向		乙乙乙乙 兄永莹○

	■庄震■ 向向向向		乙乙乙乙 千典旦○
十一音	■乍□■ 向向向向	三音	乙乙乙乙 元犬半○
二声	■义赤■ 向向向向	三声	乙乙乙乙 臣引艮○
	■崇辰■ 向向向向		乙乙乙乙 君允巽○
	■卓中■ 向向向向		乙乙乙乙 刀早孝岳
十二音	■宅直■ 向向向向	三音	乙乙乙乙 毛宝报霍
二声	■拆丑■ 向向向向	四声	乙乙乙乙 牛斗奏六
	■茶呈■ 向向向向		乙乙乙乙 ○○○玉
	去声辟唱吕一之三		
	古甲九癸 旦旦旦旦		乙乙乙乙 妻子四日
一音	□□近揆 旦旦旦旦	三音	乙乙乙乙 衰○帅骨
二声	坤巧邱弃 旦旦旦旦	五声	乙乙乙乙 ○○○德
	□□乾虯 旦旦旦旦		乙乙乙乙 龟水贵北
	黑花香血 旦旦旦旦		乙乙乙乙 宫孔众○
二音	黄华雄贤 旦旦旦旦	三音	乙乙乙乙 龙甬用○
三声	五瓦仰□ 旦旦旦旦	六声	乙乙乙乙 鱼鼠去○
	吾牙月尧 旦旦旦旦		乙乙乙乙 乌虎兔○
	安亚乙一 旦旦旦旦		乙乙乙乙 心审禁○

三音	□爻王寅 旦旦旦旦	三音	乙乙乙乙 ○○○十
三声	母马美米 旦旦旦旦	七声	乙乙乙乙 男坎欠○
	目儿眉民 旦旦旦旦		乙乙乙乙 ○○○妾
	夫法□飞 旦旦旦旦		乙乙乙乙 ●●●●
四音	父凡□吠 旦旦旦旦	三音	乙乙乙乙 ●●●●
三声	武晚□尾 旦旦旦旦	八声	乙乙乙乙 ●●●●
	文万□未 旦旦旦旦		乙乙乙乙 ●●●●
	卜百丙必 旦旦旦旦		乙乙乙乙 ●●●●
五音	步白葡鼻 旦旦旦旦	三音	乙乙乙乙 ●●●●
二声	普朴品匹 旦旦旦旦	九声	乙乙乙乙 ●●●●
	旁排平瓶 旦旦旦旦		乙乙乙乙 ●●●●
	东丹帝■ 旦旦旦旦		乙乙乙乙 ●●●●
六音	兑大弟■ 旦旦旦旦	三音	乙乙乙乙 ●●●●
三声	土贪天■ 旦旦旦旦	十声	乙乙乙乙 ●●●●
	同覃田■ 旦旦旦旦		乙乙乙乙 ●●●●
			收音清和律一之四
	乃你女■ 旦旦旦旦		□□□□ 多可个舌
七音	内南年■ 旦旦旦旦	四音	□□□□ 禾火化八

三声	老冷吕■ 日日日日	一声	□□□□ 开宰爱○
	鹿荦离■ 日日日日		□□□□ 回每退○
	走哉足■ 日日日日		□□□□ 良两向○
八音	自在匠■ 日日日日	四音	□□□□ 光广况○
三声	草采七■ 日日日日	二声	□□□□ 丁井亘○
	曹才全■ 日日日日		□□□□ 兄永莹○
	思三星■ 日日日日		□□□□ 千典旦○
九音	寺□象■ 日日日日	四音	□□□□ 元犬半○
三声	□□□■ 日日日日	三声	□□□□ 臣引艮○
	□□□■ 日日日日		□□□□ 君允巽○
	■山手■ 日日日日		□□□□ 刀早孝岳
十音	■士石■ 日日日日	四音	□□□□ 毛宝报霍
三声	■□耳■ 日日日日	四声	□□□□ 牛斗奏六
	■□二■ 日日日日		□□□□ ○○○玉
	■庄震■ 日日日日		□□□□ 妻子四日
十一音	■乍□■ 日日日日	四音	□□□□ 衰○帅骨
三声	■义赤■ 日日日日	五声	□□□□ ○○○德

	■崇辰■ 旦旦旦旦		□□□□ 龟水贵北
	■卓中■ 旦旦旦旦		□□□□ 宫孔众○
十二音	■宅直■ 旦旦旦旦	四音	□□□□ 龙甬用○
三声	■拆丑■ 旦旦旦旦	六声	□□□□ 鱼鼠去○
	■茶呈■ 旦旦旦旦		□□□□ 乌虎兔○
去声辟唱吕一之四			
	古甲九癸 孝孝孝孝		□□□□ 心审禁○
一音	□□近揆 孝孝孝孝	三音	□□□□ ○○○十
四声	坤巧邱弃 孝孝孝孝	七声	□□□□ 男坎欠○
	□□乾蚪 孝孝孝孝		□□□□ ○○○妾
	黑花香血 孝孝孝孝		□□□□ ●●●●
二音	黄华雄贤 孝孝孝孝	四音	□□□□ ●●●●
四声	五瓦仰□ 孝孝孝孝	八声	□□□□ ●●●●
	吾牙月尧 孝孝孝孝		□□□□ ●●●●
	安亚乙一 孝孝孝孝		□□□□ ●●●●
三音	□爻王寅 孝孝孝孝	四音	□□□□ ●●●●
四声	母马美米 孝孝孝孝	九声	□□□□ ●●●●
	目儿眉民 孝孝孝孝		□□□□ ●●●●

	夫法□飞 孝孝孝孝		□□□□ ●●●●
四音	父凡□吠 孝孝孝孝	四音	□□□□ ●●●●
四声	武晚□尾 孝孝孝孝	十声	□□□□ ●●●●
	文万□未 孝孝孝孝		□□□□ ●●●●
			收音清和律一之五
	卜百丙必 孝孝孝孝		内内内内 多可个舌
五音	步白蒱鼻 孝孝孝孝	五音	内内内内 禾火化八
四声	普朴品匹 孝孝孝孝	一声	内内内内 开宰爱○
	旁排平瓶 孝孝孝孝		内内内内 回每退○
	东丹帝■ 孝孝孝孝		内内内内 良两向○
六音	兑大弟■ 孝孝孝孝	五音	内内内内 光广况○
四声	土贪天■ 孝孝孝孝	二声	内内内内 丁井亘○
	同覃田■ 孝孝孝孝		内内内内 兄永莹○
	乃你女■ 孝孝孝孝		内内内内 千典旦○
七音	内南年■ 孝孝孝孝	五音	内内内内 元犬半○
四声	老冷吕■ 孝孝孝孝	三声	内内内内 臣引艮○
	鹿荦离■ 孝孝孝孝		内内内内 君允巽○
	走哉足■ 孝孝孝孝		内内内内 刀早孝岳

八音	自在匠■ 孝孝孝孝	五音	内内内内 毛宝报霍
四声	草采七■ 孝孝孝孝	四声	内内内内 牛斗奏六
	曹才全■ 孝孝孝孝		内内内内 ○○○玉
	思三星■ 孝孝孝孝		内内内内 妻子四日
九音	寺□象■ 孝孝孝孝	五音	内内内内 衰○帅骨
四声	□□□■ 孝孝孝孝	五声	内内内内 ○○○德
	□□□■ 孝孝孝孝		内内内内 龟水贵北
	■山手■ 孝孝孝孝		内内内内 宫孔众○
十音	■士石■ 孝孝孝孝	五音	内内内内 龙甬用○
四声	■□耳■ 孝孝孝孝	六声	内内内内 鱼鼠去○
	■□二■ 孝孝孝孝		内内内内 乌虎兔○
	■庄震■ 孝孝孝孝		内内内内 心审禁○
十一音	■乍□■ 孝孝孝孝	五音	内内内内 ○○○十
四声	■义赤■ 孝孝孝孝	七声	内内内内 男坎欠○
	■崇辰■ 孝孝孝孝		内内内内 ○○○妾
	■卓中■ 孝孝孝孝		内内内内 ●●●●
十二音	■宅直■ 孝孝孝孝	五音	内内内内 ●●●●

四声	■拆丑■ 孝孝孝孝	八声	内内内内 ●●●●
	■茶呈■ 孝孝孝孝		内内内内 ●●●●
	去声辟唱吕一之五		
	古甲九癸 四四四四		内内内内 ●●●●
一音	□□近揆 四四四四	五音	内内内内 ●●●●
五声	坤巧邱弃 四四四四	九声	内内内内 ●●●●
	□□乾虯 四四四四		内内内内 ●●●●
	黑花香血 四四四四		内内内内 ●●●●
二音	黄华雄贤 四四四四	五音	内内内内 ●●●●
五声	五瓦仰□ 四四四四	十声	内内内内 ●●●●
	吾牙月尧 四四四四		内内内内 ●●●●
			收音清和律一之六
	安亚乙一 四四四四		帝帝帝帝 多可个舌
三音	□爻王寅 四四四四	六音	帝帝帝帝 禾火化八
五声	母马美米 四四四四	一声	帝帝帝帝 开宰爱○
	目儿眉民 四四四四		帝帝帝帝 回每退○
	夫法□飞 四四四四		帝帝帝帝 良两向○
四音	父凡□吠 四四四四	六音	帝帝帝帝 光广况○
五声	武晚□尾 四四四四	二声	帝帝帝帝 丁井旦○

	文万□未 四四四四		帝帝帝帝 兄永莹○
	卜百丙必 四四四四		帝帝帝帝 千典旦○
五音	步白蒱鼻 四四四四	六音	帝帝帝帝 元犬半○
五声	普朴品匹 四四四四	三声	帝帝帝帝 臣引艮○
	旁排平瓶 四四四四		帝帝帝帝 君允巽○
	东丹帝■ 四四四四		帝帝帝帝 刀早孝岳
六音	兑大弟■ 四四四四	六音	帝帝帝帝 毛宝报霍
五声	土贪天■ 四四四四	四声	帝帝帝帝 牛斗奏六
	同覃田■ 四四四四		帝帝帝帝 ○○○玉
	乃你女■ 四四四四		帝帝帝帝 妻子四日
七音	内南年■ 四四四四	六音	帝帝帝帝 衰○帅骨
五声	老冷吕■ 四四四四	五声	帝帝帝帝 ○○○德
	鹿荦离■ 四四四四		帝帝帝帝 龟水贵北
	走哉足■ 四四四四		帝帝帝帝 宫孔众○
八音	自在匠■ 四四四四	六音	帝帝帝帝 龙甬用○
五声	草采七■ 四四四四	六声	帝帝帝帝 鱼鼠去○
	曹才全■ 四四四四		帝帝帝帝 乌虎兔○

	思三星■ 四四四四		帝帝帝帝 心审禁○
九音	寺□象■ 四四四四	六音	帝帝帝帝 ○○○十
五声	□□□■ 四四四四	七声	帝帝帝帝 男坎欠○
	□□□■ 四四四四		帝帝帝帝 ○○○妾
	■山手■ 四四四四		帝帝帝帝 ●●●●
十音	■士石■ 四四四四	六音	帝帝帝帝 ●●●●
五声	■□耳■ 四四四四	八声	帝帝帝帝 ●●●●
	■□二■ 四四四四		帝帝帝帝 ●●●●
	■庄震■ 四四四四		帝帝帝帝 ●●●●
十一音	■乍□■ 四四四四	六音	帝帝帝帝 ●●●●
五声	■义赤■ 四四四四	九声	帝帝帝帝 ●●●●
	■崇辰■ 四四四四		帝帝帝帝 ●●●●
	■卓中■ 四四四四		帝帝帝帝 ●●●●
十二音	■宅直■ 四四四四	六音	帝帝帝帝 ●●●●
五声	■拆丑■ 四四四四	十声	帝帝帝帝 ●●●●
	■茶呈■ 四四四四		帝帝帝帝 ●●●●
去声辟唱吕一之六		收音清和律一之七	

	古甲九癸 众众众众		女女女女 多可个舌
一音	□□近揆 众众众众	七音	女女女女 禾火化八
六声	坤巧邱弃 众众众众	一声	女女女女 开宰爱○
	□□乾蚪 众众众众		女女女女 回每退○
	黑花香血 众众众众		女女女女 良两向○
二音	黄华雄贤 众众众众	七音	女女女女 光广况○
六声	五瓦仰□ 众众众众	二声	女女女女 丁井亘○
	吾牙月尧 众众众众		女女女女 兄永莹○
	安亚乙一 众众众众		女女女女 千典旦○
三音	□爻王寅 众众众众	七音	女女女女 元犬半○
六声	母马美米 众众众众	三声	女女女女 臣引艮○
	目儿眉民 众众众众		女女女女 君允巽○
	夫法□飞 众众众众		女女女女 刀早孝岳
四音	父凡□吠 众众众众	七音	女女女女 毛宝报霍
六声	武晚□尾 众众众众	四声	女女女女 牛斗奏六
	文万□未 众众众众		女女女女 ○○○玉
	卜百丙必 众众众众		女女女女 妻子四日

五音	步白葡鼻 众众众众	七音	女女女女 衰○帅骨
六声	普朴品匹 众众众众	五声	女女女女 ○○○德
	旁排平瓶 众众众众		女女女女 龟水贵北
	东丹帝■ 众众众众		女女女女 宫孔众○
六音	兑大弟■ 众众众众	七音	女女女女 龙甬用○
六声	土贪天■ 众众众众	六声	女女女女 鱼鼠去○
	同覃田■ 众众众众		女女女女 乌虎兔○
	乃你女■ 众众众众		女女女女 心审禁○
七音	内南年■ 众众众众	七音	女女女女 ○○○十
六声	老冷吕■ 众众众众	七声	女女女女 男坎欠○
	鹿荦离■ 众众众众		女女女女 ○○○妾
	走哉足■ 众众众众		女女女女 ●●●●
八音	自在匠■ 众众众众	七音	女女女女 ●●●●
六声	草采七■ 众众众众	八声	女女女女 ●●●●
	曹才全■ 众众众众		女女女女 ●●●●
	思三星■ 众众众众		女女女女 ●●●●
九音	寺□象■ 众众众众	七音	女女女女 ●●●●

六声	□□□■ 众众众众	九声	女女女女 ●●●●
	□□□■ 众众众众		女女女女 ●●●●
	■山手■ 众众众众		女女女女 ●●●●
十音	■士石■ 众众众众	七音	女女女女 ●●●●
六声	■□耳■ 众众众众	十声	女女女女 ●●●●
	■□二■ 众众众众		女女女女 ●●●●
		收音清和律一之八	
	■庄震■ 众众众众		足足足足 多可个舌
十一音	■乍□■ 众众众众	八音	足足足足 禾火化八
六声	■义赤■ 众众众众	一声	足足足足 开宰爱○
	■崇辰■ 众众众众		足足足足 回每退○
	■卓中■ 众众众众		足足足足 良两向○
十二音	■宅直■ 众众众众	八音	足足足足 光广况○
六声	■拆丑■ 众众众众	二声	足足足足 丁井亘○
	■茶呈■ 众众众众		足足足足 兄永莹○
	去声辟唱吕一之七		
	古甲九癸 禁禁禁禁		足足足足 千典旦○
一音	□□近揆 禁禁禁禁	八音	足足足足 元犬牛○
七声	坤巧邱弃 禁禁禁禁	三声	足足足足 臣引艮○

	□□乾蚪 禁禁禁禁		足足足足 君允巽○
	黑花香血 禁禁禁禁		足足足足 刀早孝岳
二音	黄华雄贤 禁禁禁禁	八音	足足足足 毛宝报霍
七声	五瓦仰□ 禁禁禁禁	四声	足足足足 牛斗奏足
	吾牙月尧 禁禁禁禁		足足足足 ○○○玉
	安亚乙一 禁禁禁禁		足足足足 妻子四日
三音	□爻王寅 禁禁禁禁	八音	足足足足 衰○帅骨
七声	母马美米 禁禁禁禁	五声	足足足足 ○○○德
	目儿眉民 禁禁禁禁		足足足足 龟水贵北
	夫法□飞 禁禁禁禁		足足足足 宫孔众○
四音	父凡□吠 禁禁禁禁	八音	足足足足 龙甬用○
七声	武晚□尾 禁禁禁禁	六声	足足足足 鱼鼠去○
	文万□未 禁禁禁禁		足足足足 乌虎兔○
	卜百丙必 禁禁禁禁		足足足足 心审禁○
五音	步白葡鼻 禁禁禁禁	八音	足足足足 ○○○十
七声	普朴品匹 禁禁禁禁	七声	足足足足 男坎欠○
	旁排平瓶 禁禁禁禁		足足足足 ○○○妾

	东丹帝■ 禁禁禁禁		足足足足 ●●●●
六音	兑大弟■ 禁禁禁禁	八音	足足足足 ●●●●
七声	土贪天■ 禁禁禁禁	八声	足足足足 ●●●●
	同覃田■ 禁禁禁禁		足足足足 ●●●●
	乃你女■ 禁禁禁禁		足足足足 ●●●●
七音	内南年■ 禁禁禁禁	八音	足足足足 ●●●●
七声	老冷吕■ 禁禁禁禁	九声	足足足足 ●●●●
	鹿荦离■ 禁禁禁禁		足足足足 ●●●●
	走哉足■ 禁禁禁禁		足足足足 ●●●●
八音	自在匠■ 禁禁禁禁	八音	足足足足 ●●●●
七声	草采七■ 禁禁禁禁	十声	足足足足 ●●●●
	曹才全■ 禁禁禁禁		足足足足 ●●●●
			收音清和律一之九
	思三星■ 禁禁禁禁		星星星星 多可个舌
九音	寺□象■ 禁禁禁禁	九音	星星星星 禾火化八
七声	□□□■ 禁禁禁禁	一声	星星星星 开宰爱○
	□□□■ 禁禁禁禁		星星星星 回每退○
	■山手■ 禁禁禁禁		星星星星 艮两向○

十音	■士石■ 禁禁禁禁	九音	星星星星 光广况○
七声	■□耳■ 禁禁禁禁	二声	星星星星 丁井亘○
	■□二■ 禁禁禁禁		星星星星 兄永莹○
	■庄震■ 禁禁禁禁		星星星星 千典旦○
十一音	■乍□■ 禁禁禁禁	九音	星星星星 元犬半○
七声	■义赤■ 禁禁禁禁	三声	星星星星 臣引艮○
	■崇辰■ 禁禁禁禁		星星星星 君允巽○
	■卓中■ 禁禁禁禁		星星星星 刀早孝岳
十二音	■宅直■ 禁禁禁禁	九音	星星星星 毛宝报霍
七声	■拆丑■ 禁禁禁禁	四声	星星星星 牛斗奏六
	■茶呈■ 禁禁禁禁		星星星星 ○○○玉
去声辟唱吕一之八			
	古甲九癸 ●●●●		星星星星 妻子四日
一音	□□近揆 ●●●●	九音	星星星星 衰○帅骨
八声	坤巧邱弃 ●●●●	五声	星星星星 ○○○德
	□□乾蚪 ●●●●		星星星星 龟水贵北
	黑花香血 ●●●●		星星星星 宫孔众○
二音	黄华雄贤 ●●●●	九音	星星星星 龙甬用○

八声	五瓦仰□ ●●●●	六声	星星星星 鱼鼠去○
	吾牙月尧 ●●●●		星星星星 乌虎兔○
	安亚乙一 ●●●●		星星星星 心审禁○
三音	□爻王寅 ●●●●	九音	星星星星 ○○○十
八声	母马美米 ●●●●	七声	星星星星 男坎欠○
	目儿眉民 ●●●●		星星星星 ○○○妾
	夫法□飞 ●●●●		星星星星 ●●●●
四音	父凡□吠 ●●●●	九音	星星星星 ●●●●
八声	武晚□尾 ●●●●	八声	星星星星 ●●●●
	文万□未 ●●●●		星星星星 ●●●●
	卜百丙必 ●●●●		星星星星 ●●●●
五音	步白葡鼻 ●●●●	九音	星星星星 ●●●●
八声	普朴品匹 ●●●●	九声	星星星星 ●●●●
	旁排平瓶 ●●●●		星星星星 ●●●●
	东丹帝■ ●●●●		星星星星 ●●●●
六音	兑大弟■ ●●●●	九音	星星星星 ●●●●
八声	土贪天■ ●●●●	十声	星星星星 ●●●●

	同覃田■ ●●●●		星星星星 ●●●●
			收音清和律一之十
	乃你女■ ●●●●		手手手手 多可个舌
七音	内南年■ ●●●●	十音	手手手手 禾火化八
八声	老冷吕■ ●●●●	一声	手手手手 开宰爱○
	鹿荦离■ ●●●●		手手手手 回每退○
	走哉足■ ●●●●		手手手手 良两向○
八音	自在匠■ ●●●●	十音	手手手手 光广况○
八声	草采七■ ●●●●	二声	手手手手 丁井亘○
	曹才全■ ●●●●		手手手手 兄永莹○
	思三星■ ●●●●		手手手手 千典旦○
九音	寺□象■ ●●●●	十音	手手手手 元犬半○
八声	□□□■ ●●●●	三声	手手手手 臣引艮○
	□□□■ ●●●●		手手手手 君允巽○
	■山手■ ●●●●		手手手手 刀早孝岳
十音	■士石■ ●●●●	十音	手手手手 毛宝报霍
八声	■□耳■ ●●●●	四声	手手手手 牛斗奏六
	■□二■ ●●●●		手手手手 ○○○玉

	■庄震■ ●●●●		手手手手 妻子四日
十一音	■乍□■ ●●●●	十音	手手手手 衰○帅骨
八声	■义赤■ ●●●●	五声	手手手手 ○○○德
	■崇辰■ ●●●●		手手手手 龟水贵北
	■卓中■ ●●●●		手手手手 宫孔众○
十二音	■宅直■ ●●●●	十音	手手手手 龙甬用○
八声	■拆丑■ ●●●●	六声	手手手手 鱼鼠去○
	■茶呈■ ●●●●		手手手手 乌虎兔○

去声辟唱吕一之九

	古甲九癸 ●●●●		手手手手 心审禁○
一音	□□近揆 ●●●●	十音	手手手手 ○○○十
九声	坤巧邱弃 ●●●●	七声	手手手手 男坎欠○
	□□乾蚪 ●●●●		手手手手 ○○○妾
	黑花香血 ●●●●		手手手手 ●●●●
二音	黄华雄贤 ●●●●	十音	手手手手 ●●●●
九声	五瓦仰□ ●●●●	八声	手手手手 ●●●●
	吾牙月尧 ●●●●		手手手手 ●●●●

	安亚乙一 ●●●●		手手手手 ●●●●
三音	□爻王寅 ●●●●	十音	手手手手 ●●●●
九声	母马美米 ●●●●	九声	手手手手 ●●●●
	目儿眉民 ●●●●		手手手手 ●●●●
	夫法□飞 ●●●●		手手手手 ●●●●
四音	父凡□吠 ●●●●	十音	手手手手 ●●●●
九声	武晚□尾 ●●●●	十声	手手手手 ●●●●
	文万□未 ●●●●		手手手手 ●●●●
			收音清和律一之十一
	卜百丙必 ●●●●		震震震震 多可个舌
五音	步白葡鼻 ●●●●	十一音	震震震震 禾火化八
九声	普朴品匹 ●●●●	一声	震震震震 开宰爱○
	旁排平瓶 ●●●●		震震震震 回每退○
	东丹帝■ ●●●●		震震震震 良两向○
六音	兑大弟■ ●●●●	十一音	震震震震 光广况○
九声	土贪天■ ●●●●	二声	震震震震 丁井亘○
	同覃田■ ●●●●		震震震震 兄永莹○
	乃你女■ ●●●●		震震震震 千典旦○

七音	内南年■ ●●●●	十一音	震震震震 元犬半○
九声	老冷吕■ ●●●●	三声	震震震震 臣引艮○
	鹿荦离■ ●●●●		震震震震 君允巽○
	走哉足■ ●●●●		震震震震 刀早孝岳
八音	自在匠■ ●●●●	十一音	震震震震 毛宝报霍
九声	草采七■ ●●●●	四声	震震震震 牛斗奏六
	曹才全■ ●●●●		震震震震 ○○○玉
	思三星■ ●●●●		震震震震 妻子四日
九音	寺□象■ ●●●●	十一音	震震震震 衰○帅骨
九声	□□□■ ●●●●	五声	震震震震 ○○○德
	□□□■ ●●●●		震震震震 龟水贵北
	■山手■ ●●●●		震震震震 宫孔众○
十音	■士石■ ●●●●	十一音	震震震震 龙甬用○
九声	■□耳■ ●●●●	六声	震震震震 鱼鼠去○
	■□二■ ●●●●		震震震震 乌虎兔○
	■庄震■ ●●●●		震震震震 心审禁○
十一音	■乍□■ ●●●●	十一音	震震震震 ○○○十

九声	■义赤■ ●●●●	七声	震震震震 男坎欠○
	■崇辰■ ●●●●		震震震震 ○○○妾
	■卓中■ ●●●●		震震震震 ●●●●
十二音	■宅直■ ●●●●	十一音	震震震震 ●●●●
九声	■拆丑■ ●●●●	八声	震震震震 ●●●●
	■茶呈■ ●●●●		震震震震 ●●●●
	去声辟唱吕一之十		
	古甲九癸 ●●●●		震震震震 ●●●●
一音	□□近揆 ●●●●	十一音	震震震震 ●●●●
十声	坤巧邱弃 ●●●●	九声	震震震震 ●●●●
	□□乾蚪 ●●●●		震震震震 ●●●●
	黑花香血 ●●●●		震震震震 ●●●●
二音	黄华雄贤 ●●●●	十一音	震震震震 ●●●●
十声	五瓦仰■ ●●●●	十声	震震震震 ●●●●
	吾牙月尧 ●●●●		震震震震 ●●●●
			收音清和律一之十二
	安亚乙一 ●●●●		中中中中 多可个舌
三音	□爻王寅 ●●●●	十二音	中中中中 禾火化八
十声	母马美米 ●●●●	一声	中中中中 开宰爱○

	目儿眉民 ●●●●		中中中中 回每退○
	夫法□飞 ●●●●		中中中中 良两向○
四音	父凡□吠 ●●●●	十二音	中中中中 广光况○
十声	武晚□尾 ●●●●	二声	中中中中 丁井亘○
	文万□未 ●●●●		中中中中 兄永莹○
	卜百丙必 ●●●●		中中中中 千典旦○
五音	步白葡鼻 ●●●●	十二音	中中中中 元犬半○
十声	普朴品匹 ●●●●	三声	中中中中 臣引艮○
	旁排平瓶 ●●●●		中中中中 君允巽○
	东丹帝■ ●●●●		中中中中 刀早孝岳
六音	兑大弟■ ●●●●	十二音	中中中中 毛宝报霍
十声	土贪天■ ●●●●	四声	中中中中 牛斗奏六
	同覃田■ ●●●●		中中中中 ○○○玉
	乃你女■ ●●●●		中中中中 妻子四日
七音	内南年■ ●●●●	十二音	中中中中 衰○帅骨
十声	老冷吕■ ●●●●	五声	中中中中 ○○○德
	鹿荦离■ ●●●●		中中中中 龟水贵北

	走哉足■ ●●●●		中中中中 宫孔众○
八音	自在匠■ ●●●●	十二音	中中中中 龙甬用○
十声	草采七■ ●●●●	六声	中中中中 鱼鼠去○
	曹才全■ ●●●●		中中中中 乌虎兔○
	思三星■ ●●●●		中中中中 心审禁○
九音	寺□象■ ●●●●	十二音	中中中中 ○○○十
十声	□□□■ ●●●●	七声	中中中中 男坎欠○
	□□□■ ●●●●		中中中中 ○○○妾
	■山手■ ●●●●		中中中中 ●●●●
十音	■士石■ ●●●●	十二音	中中中中 ●●●●
十声	■□耳■ ●●●●	八声	中中中中 ●●●●
	■□二■ ●●●●		中中中中 ●●●●
	■庄震■ ●●●●		中中中中 ●●●●
十一音	■乍□■ ●●●●	十二音	中中中中 ●●●●
十声	■乂赤■ ●●●●	九声	中中中中 ●●●●
	■崇辰■ ●●●●		中中中中 ●●●●
	■卓中■ ●●●●		中中中中 ●●●●

十二音	■宅直■ ●●●●	十二音	中中中中 ●●●●
十声	■拆丑■ ●●●●	十声	中中中中 ●●●●
	■茶呈■ ●●●●		中中中中 ●●●●

观物篇四十四

星月声去翕

化况半报帅

用○●●●

星月声七，下唱地之用，音一百五十二，是谓去声翕音，去声翕音一千六十四。

土火音收浊

近雄王□萧弟

年匠象石□直

土火音十二，上和天之用，声一百一十二，是谓收音浊声，收音浊声一千三百四十四。

星月声去之二翕

土火音收之二浊

去声翕唱吕二之一		收音浊和律二之一	
	古甲九癸 化化化化		近近近近 多可个舌
一音	□□近揆 化化化化	一音	近近近近 禾火化八
一声	坤巧邱弃 化化化化	一声	近近近近 开宰爱○
	□□乾蚪 化化化化		近近近近 回每退○
	黑花香血 化化化化		近近近近 良两向○
二音	黄华雄贤 化化化化	一音	近近近近 光广况○
二声	五瓦仰□ 化化化化	二声	近近近近 丁井亘○
	吾牙月尧 化化化化		近近近近 兄永莹○

	安亚乙一 化化化化		近近近近 千典旦○
三音	□爻王寅 化化化化	一音	近近近近 元犬半○
一声	母马美米 化化化化	三声	近近近近 臣引艮○
	目儿眉民 化化化化		近近近近 君允巽○
	夫法□飞 化化化化		近近近近 刀早孝岳
四音	父凡□吠 化化化化	一音	近近近近 毛宝报霍
一声	武晚□尾 化化化化	四声	近近近近 牛斗奏六
	文万□未 化化化化		近近近近 ○○○玉
	卜百丙必 化化化化		近近近近 妻子四日
五音	步白葡鼻 化化化化	一音	近近近近 衰○帅骨
一声	普朴品匹 化化化化	五声	近近近近 ○○○德
	旁排平瓶 化化化化		近近近近 龟水贵北
	东丹帝■ 化化化化		近近近近 宫孔众○
六音	兑大弟■ 化化化化	一音	近近近近 龙甬用○
一声	土贪天■ 化化化化	六声	近近近近 鱼鼠去○
	同覃田■ 化化化化		近近近近 乌虎兔○

	乃你女■ 化化化化		近近近近 心审禁○
七音	内南年■ 化化化化	一音	近近近近 ○○○十
一声	老冷吕■ 化化化化	七声	近近近近 男坎欠○
	鹿荦离■ 化化化化		近近近近 ○○○妾
	走哉足■ 化化化化		近近近近 ●●●●
八音	自在匠■ 化化化化	一音	近近近近 ●●●●
一声	草采七■ 化化化化	八声	近近近近 ●●●●
	曹才全■ 化化化化		近近近近 ●●●●
	思三星■ 化化化化		近近近近 ●●●●
九音	寺□象■ 化化化化	一音	近近近近 ●●●●
一声	□□□■ 化化化化	九声	近近近近 ●●●●
	□□□■ 化化化化		近近近近 ●●●●
	■山手■ 化化化化		近近近近 ●●●●
十音	■士石■ 化化化化	一音	近近近近 ●●●●
一声	■□耳■ 化化化化	十声	近近近近 ●●●●
	■□二■ 化化化化		近近近近 ●●●●
			收音浊和律二之二
	■庄震■ 化化化化		雄雄雄雄 多可个舌

十一音	■乍□■ 化化化化	二音	雄雄雄雄 禾火化八
一声	■义赤■ 化化化化	一声	雄雄雄雄 开宰爱○
	■崇辰■ 化化化化		雄雄雄雄 回每退○
	■卓中■ 化化化化		雄雄雄雄 良两向○
十二音	■宅直■ 化化化化	二音	雄雄雄雄 光广况○
一声	■拆丑■ 化化化化	二声	雄雄雄雄 丁井亘○
	■茶呈■ 化化化化		雄雄雄雄 兄永莹○
去声翕唱吕二之二			
	古甲九癸 化化化化		雄雄雄雄 千典旦○
一音	□□近揆 况况况况	二音	雄雄雄雄 元犬半○
二声	坤巧邱弃 况况况况	三声	雄雄雄雄 臣引艮○
	□□乾蚪 况况况况		雄雄雄雄 君允巽○
	黑花香血 况况况况		雄雄雄雄 刀早孝岳
二音	黄华雄贤 况况况况	二音	雄雄雄雄 毛宝报霍
二声	五瓦仰□ 况况况况	四声	雄雄雄雄 牛斗奏六
	吾牙月尧 况况况况		雄雄雄雄 ○○○玉
	安亚乙一 况况况况		雄雄雄雄 妻子四日
三音	□爻王寅 况况况况	二音	雄雄雄雄 衰○帅骨

二声	母马美米 况况况况	五声	雄雄雄雄 ○○○德
	目儿眉民 况况况况		雄雄雄雄 龟水贵北
	夫法□飞 况况况况		雄雄雄雄 宫孔众○
四音	父凡□吠 况况况况	二音	雄雄雄雄 龙甬用○
二声	武晚□尾 况况况况	六声	雄雄雄雄 鱼鼠去○
	文万□未 况况况况		雄雄雄雄 乌虎兔○
	卜百丙必 况况况况		雄雄雄雄 心审禁○
五音	步白精鼻 况况况况	二音	雄雄雄雄 ○○○十
二声	普朴品匹 况况况况	七声	雄雄雄雄 男坎欠○
	旁排平瓶 况况况况		雄雄雄雄 ○○○妾
	东丹帝■ 况况况况		雄雄雄雄 ●●●●
六音	兑大弟■ 况况况况	二音	雄雄雄雄 ●●●●
二声	土贪天■ 况况况况	八声	雄雄雄雄 ●●●●
	同覃田■ 况况况况		雄雄雄雄 ●●●●
	乃你女■ 况况况况		雄雄雄雄 ●●●●
七音	内南年■ 况况况况	二音	雄雄雄雄 ●●●●
二声	老冷吕■ 况况况况	九声	雄雄雄雄 ●●●●

	鹿荦离■ 况况况况		雄雄雄雄 ●●●●
	走哉足■ 况况况况		雄雄雄雄 ●●●●
八音	自在匠■ 况况况况	二音	雄雄雄雄 ●●●●
二声	草采七■ 况况况况	十声	雄雄雄雄 ●●●●
	曹才全■ 况况况况		雄雄雄雄 ●●●●
			收音浊和律二之三
	思三星■ 况况况况		王王王王 多可个舌
九音	寺□象■ 况况况况	三音	王王王王 禾火化八
二声	□□□■ 况况况况	一声	王王王王 开宰爱○
	□□□■ 况况况况		王王王王 回每退○
	■山手■ 况况况况		王王王王 良两向○
十音	■士石■ 况况况况	三音	王王王王 光广况○
二声	■□耳■ 况况况况	二声	王王王王 丁井亘○
	■□二■ 况况况况		王王王王 兄永莹○
	■庄震■ 况况况况		王王王王 千典旦○
十一音	■乍□■ 况况况况	三音	王王王王 元犬半○
二声	■义赤■ 况况况况	三声	王王王王 臣引艮○
	■崇辰■ 况况况况		王王王王 君允巽○

	■卓中■ 况况况况		王王王王 刀早孝岳
十二音	■宅直■ 况况况况	三音	王王王王 毛宝报霍
二声	■拆丑■ 况况况况	四声	王王王王 牛斗奏六
	■茶呈■ 况况况况		王王王王 ○○○玉
	去声翕唱吕二之三		
	古甲九癸 半半半半		王王王王 妻子四日
一音	□□近揆 半半半半	三音	王王王王 衰○帅骨
三声	坤巧邱弃 半半半半	五声	王王王王 ○○○德
	□□乾虯 半半半半		王王王王 龟水贵北
	黑花香血 半半半半		王王王王 宫孔众○
二音	黄华雄贤 半半半半	三音	王王王王 龙甬用○
三声	五瓦仰■ 半半半半	六声	王王王王 鱼鼠去○
	吾牙月尧 半半半半		王王王王 乌虎兔○
	安亚乙一 半半半半		王王王王 心审禁○
三音	□爻王寅 半半半半	三音	王王王王 ○○○十
三声	母马美米 半半半半	七声	王王王王 男坎欠○
	目儿眉民 半半半半		王王王王 ○○○妾
	夫法□飞 半半半半		王王王王 ●●●●

四音	父凡□吠 半半半半	三音	王王王王 ●●●●
三声	武晚□尾 半半半半	八声	王王王王 ●●●●
	文万□未 半半半半		王王王王 ●●●●
	卜百丙必 半半半半		王王王王 ●●●●
五音	步白精鼻 半半半半	三音	王王王王 ●●●●
三声	普朴品匹 半半半半	九声	王王王王 ●●●●
	旁排平瓶 半半半半		王王王王 ●●●●
	东丹帝■ 半半半半		王王王王 ●●●●
六音	兑大弟■ 半半半半	三音	王王王王 ●●●●
三声	土贪天■ 半半半半	十声	王王王王 ●●●●
	同覃田■ 半半半半		王王王王 ●●●●
			收音浊和律二之四
	乃你女■ 半半半半		□□□□ 多可个舌
七音	内南年■ 半半半半	四音	□□□□ 禾火化八
三声	老冷吕■ 半半半半	一声	□□□□ 开宰爱○
	鹿荤离■ 半半半半		□□□□ 回每退○
	走哉足■ 半半半半		□□□□ 良两向○
八音	自在匠■ 半半半半	四音	□□□□ 光广况○

三声	草采七■ 半半半半	二声	□□□□ 丁井亘○
	曹才全■ 半半半半		□□□□ 兄永莹○
	思三星■ 半半半半		□□□□ 千典旦○
九音	寺□象■ 半半半半	四音	□□□□ 元犬半○
三声	□□□■ 半半半半	三声	□□□□ 臣引艮○
	□□□■ 半半半半		□□□□ 君允巽○
	■山手■ 半半半半		□□□□ 刀早孝岳
十音	■士石■ 半半半半	四音	□□□□ 毛宝报霍
三声	■□耳■ 半半半半	四声	□□□□ 牛斗奏六
	■□二■ 半半半半		□□□□ ○○○玉
	■庄震■ 半半半半		□□□□ 妻子四日
十一音	■乍□■ 半半半半	四音	□□□□ 衰○帅骨
三声	■义赤■ 半半半半	五声	□□□□ ○○○德
	■崇辰■ 半半半半		□□□□ 龟水贵北
	■卓中■ 半半半半		□□□□ 宫孔众○
十二音	■宅直■ 半半半半	四音	□□□□ 龙甬用○
三声	■拆丑■ 半半半半	六声	□□□□ 鱼鼠去○

	■茶呈■ 半半半半		□□□□ 乌虎兔○
去声翕唱吕二之四			
	古甲九癸 报报报报		□□□□ 心审禁○
一音	□□近揆 报报报报	三音	□□□□ ○○○十
四声	坤巧邱弃 报报报报	七声	□□□□ 男坎欠○
	□□乾蚪 报报报报		□□□□ ○○○妾
	黑花香血 报报报报		□□□□ ●●●●
二音	黄华雄贤 报报报报	四音	□□□□ ●●●●
四声	五瓦仰□ 报报报报	八声	□□□□ ●●●●
	吾牙月尧 报报报报		□□□□ ●●●●
	安亚乙一 报报报报		□□□□ ●●●●
三音	□爻王寅 报报报报	四音	□□□□ ●●●●
四声	母马美米 报报报报	九声	□□□□ ●●●●
	目儿眉民 报报报报		□□□□ ●●●●
	夫法□飞 报报报报		□□□□ ●●●●
四音	父凡□吠 报报报报	四音	□□□□ ●●●●
四声	武晚□尾 报报报报	十声	□□□□ ●●●●
	文万□未 报报报报		□□□□ ●●●●

		收音浊和律二之五	
	卜百丙必 报报报报		菁菁菁菁 多可个舌
五音	步白菁鼻 报报报报	五音	菁菁菁菁 禾火化八
四声	普朴品匹 报报报报	一声	菁菁菁菁 开宰爱○
	旁排平瓶 报报报报		菁菁菁菁 回每退○
	东丹帝■ 报报报报		菁菁菁菁 良两向○
六音	兑大弟■ 报报报报	五音	菁菁菁菁 光广况○
四声	土贪天■ 报报报报	二声	菁菁菁菁 丁井亘○
	同覃田■ 报报报报		菁菁菁菁 兄永莹○
	乃你女■ 报报报报		菁菁菁菁 千典旦○
七音	内南年■ 报报报报	五音	菁菁菁菁 元犬半○
四声	老冷吕■ 报报报报	三声	菁菁菁菁 臣引艮○
	鹿荦离■ 报报报报		菁菁菁菁 君允巽○
	走哉足■ 报报报报		菁菁菁菁 刀早孝岳
八音	自在匠■ 报报报报	五音	菁菁菁菁 毛宝报霍
四声	草采七■ 报报报报	四声	菁菁菁菁 牛斗奏六
	曹才全■ 报报报报		菁菁菁菁 ○○○玉

	思三星■ 报报报报		莆莆莆莆 妻子四日
九音	寺□象■ 报报报报	五音	莆莆莆莆 衰○帅骨
四声	□□□■ 报报报报	五声	莆莆莆莆 ○○○德
	□□□■ 报报报报		莆莆莆莆 龟水贵北
	■山手■ 报报报报		莆莆莆莆 宫孔众○
十音	■士石■ 报报报报	五音	莆莆莆莆 龙甬用○
四声	■□耳■ 报报报报	六声	莆莆莆莆 鱼鼠去○
	■□二■ 报报报报		莆莆莆莆 乌虎兔○
	■庄震■ 报报报报		莆莆莆莆 心审禁○
十一音	■乍□■ 报报报报	五音	莆莆莆莆 ○○○十
四声	■义赤■ 报报报报	七声	莆莆莆莆 男坎欠○
	■崇辰■ 报报报报		莆莆莆莆 ○○○妾
	■卓中■ 报报报报		莆莆莆莆 ●●●●
十二音	■宅直■ 报报报报	五音	莆莆莆莆 ●●●●
四声	■拆丑■ 报报报报	八声	莆莆莆莆 ●●●●
	■茶呈■ 报报报报		莆莆莆莆 ●●●●
去声翕唱吕二之五			
	古甲九癸 帅帅帅帅		莆莆莆莆 ●●●●

一音	□□近揆 帅帅帅帅	五音	莆莆莆莆 ●●●●
五声	坤巧邱弃 帅帅帅帅	九声	莆莆莆莆 ●●●●
	□□乾虬 帅帅帅帅		莆莆莆莆 ●●●●
	黑花香血 帅帅帅帅		莆莆莆莆 ●●●●
二音	黄华雄贤 帅帅帅帅	五音	莆莆莆莆 ●●●●
五声	五瓦仰□ 帅帅帅帅	十声	莆莆莆莆 ●●●●
	吾牙月尧 帅帅帅帅		莆莆莆莆 ●●●●
			收音浊和律二之六
	安亚乙一 帅帅帅帅		弟弟弟弟 多可个舌
三音	□爻王寅 帅帅帅帅	六音	弟弟弟弟 禾火化八
五声	母马美米 帅帅帅帅	一声	弟弟弟弟 开宰爱○
	目儿眉民 帅帅帅帅		弟弟弟弟 回每退○
	夫法□飞 帅帅帅帅		弟弟弟弟 良两向○
四音	父凡□吠 帅帅帅帅	六音	弟弟弟弟 光广况○
五声	武晚□尾 帅帅帅帅	二声	弟弟弟弟 丁井亘○
	文万□未 帅帅帅帅		弟弟弟弟 兄永莹○
	卜百丙必 帅帅帅帅		弟弟弟弟 千典旦○
五音	步白莆鼻 帅帅帅帅	六音	弟弟弟弟 元犬半○

五声	普朴品匹 帅帅帅帅	三声	弟弟弟弟 臣引艮〇
	旁排平瓶 帅帅帅帅		弟弟弟弟 君允巽〇
	东丹帝■ 帅帅帅帅		弟弟弟弟 刀早孝岳
六音	兑大弟■ 帅帅帅帅	六音	弟弟弟弟 毛宝报霍
五声	土贪天■ 帅帅帅帅	四声	弟弟弟弟 牛斗奏六
	同覃田■ 帅帅帅帅		弟弟弟弟 〇〇〇玉
	乃你女■ 帅帅帅帅		弟弟弟弟 妻子四日
七音	内南年■ 帅帅帅帅	六音	弟弟弟弟 衰〇帅骨
五声	老冷吕■ 帅帅帅帅	五声	弟弟弟弟 〇〇〇德
	鹿荦离■ 帅帅帅帅		弟弟弟弟 龟水贵北
	走哉足■ 帅帅帅帅		弟弟弟弟 宫孔众〇
八音	自在匠■ 帅帅帅帅	六音	弟弟弟弟 龙甬用〇
五声	草采七■ 帅帅帅帅	六声	弟弟弟弟 鱼鼠去〇
	曹才全■ 帅帅帅帅		弟弟弟弟 乌虎兔〇
	思三星■ 帅帅帅帅		弟弟弟弟 心审禁〇
九音	寺□象■ 帅帅帅帅	六音	弟弟弟弟 〇〇〇十
五声	□□□■ 帅帅帅帅	七声	弟弟弟弟 男坎欠〇

	□□□■ 帅帅帅帅		弟弟弟弟 ○○○妾
	■山手■ 帅帅帅帅		弟弟弟弟 ●●●●
十音	■士石■ 帅帅帅帅	六音	弟弟弟弟 ●●●●
五声	■□耳■ 帅帅帅帅	八声	弟弟弟弟 ●●●●
	■□二■ 帅帅帅帅		弟弟弟弟 ●●●●
	■庄震■ 帅帅帅帅		弟弟弟弟 ●●●●
十一音	■乍□■ 帅帅帅帅	六音	弟弟弟弟 ●●●●
五声	■义赤■ 帅帅帅帅	九声	弟弟弟弟 ●●●●
	■崇辰■ 帅帅帅帅		弟弟弟弟 ●●●●
	■卓中■ 帅帅帅帅		弟弟弟弟 ●●●●
十二音	■宅直■ 帅帅帅帅		弟弟弟弟 ●●●●
五声	■拆丑■ 帅帅帅帅		弟弟弟弟 ●●●●
	■茶呈■ 帅帅帅帅		弟弟弟弟 ●●●●
	去声翕唱吕二之六		**收音浊和律二之七**
	古甲九癸 用用用用		年年年年 多可个舌
一音	□□近揆 用用用用	七音	年年年年 禾火化八
六声	坤巧邱弃 用用用用	一声	年年年年 开宰爱○
	□□乾虬 用用用用		年年年年 回每退○

	黑花香血 用用用用		年年年年 良两向○
二音	黄华雄贤 用用用用	七音	年年年年 光广况○
六声	五瓦仰□ 用用用用	二声	年年年年 丁井亘○
	吾牙月尧 用用用用		年年年年 兄永莹○
	安亚乙一 用用用用		年年年年 千典旦○
三音	□爻王寅 用用用用	七音	年年年年 元犬半○
六声	母马美米 用用用用	三声	年年年年 臣引艮○
	目儿眉民 用用用用		年年年年 君允巽○
	夫法□飞 用用用用		年年年年 刀早孝岳
四音	父凡□吠 用用用用	七音	年年年年 毛宝报霍
六声	武晚□尾 用用用用	四声	年年年年 牛斗奏六
	文万□未 用用用用		年年年年 ○○○玉
	卜百丙必 用用用用		年年年年 妻子四日
五音	步白葡鼻 用用用用	七音	年年年年 衰○帅骨
六声	普朴品匹 用用用用	五声	年年年年 ○○○德
	旁排平瓶 用用用用		年年年年 龟水贵北
	东丹帝■ 用用用用		年年年年 宫孔众○

六音	兑大弟■ 用用用用	七音	年年年年 龙甬用○
六声	土贪天■ 用用用用	六声	年年年年 鱼鼠去○
	同覃田■ 用用用用		年年年年 乌虎兔○
	乃你女■ 用用用用		年年年年 心审禁○
七音	内南年■ 用用用用	七音	年年年年 ○○○十
六声	老冷吕■ 用用用用	七声	年年年年 男坎欠○
	鹿荦离■ 用用用用		年年年年 ○○○妾
	走哉足■ 用用用用		年年年年 ●●●●
八音	自在匠■ 用用用用	七音	年年年年 ●●●●
六声	草采七■ 用用用用	八声	年年年年 ●●●●
	曹才全■ 用用用用		年年年年 ●●●●
	思三星■ 用用用用		年年年年 ●●●●
九音	寺□象■ 用用用用	七音	年年年年 ●●●●
六声	□□□■ 用用用用	九声	年年年年 ●●●●
	□□□■ 用用用用		年年年年 ●●●●
	■山手■ 用用用用		年年年年 ●●●●
十音	■士石■ 用用用用	七音	年年年年 ●●●●

六声	■□耳■ 用用用用	十声	年年年年 ●●●●
	■□二■ 用用用用		年年年年 ●●●●
			收音浊和律二之八
	■庄震■ 用用用用		匠匠匠匠 多可个舌
十一音	■乍□■ 用用用用	八音	匠匠匠匠 禾火化八
六声	■义赤■ 用用用用	一声	匠匠匠匠 开宰爱○
	■崇辰■ 用用用用		匠匠匠匠 回每退○
	■卓中■ 用用用用		匠匠匠匠 良两向○
十二音	■宅直■ 用用用用	八音	匠匠匠匠 光广况○
六声	■拆丑■ 用用用用	二声	匠匠匠匠 丁井亘○
	■茶呈■ 用用用用		匠匠匠匠 兄永莹○
	去声翕唱吕二之七		
	古甲九癸 ○○○○		匠匠匠匠 千典旦○
一音	□□近揆 ○○○○	八音	匠匠匠匠 元犬半○
七声	坤巧邱弃 ○○○○	三声	匠匠匠匠 臣引艮○
	□□乾虯 ○○○○		匠匠匠匠 君允巽○
	黑花香血 ○○○○		匠匠匠匠 刀早孝岳
二音	黄华雄贤 ○○○○	八音	匠匠匠匠 毛宝报霍
七声	五瓦仰□ ○○○○	四声	匠匠匠匠 牛斗奏足

	吾牙月尧 ○○○○		匠匠匠匠 ○○○玉
	安亚乙一 ○○○○		匠匠匠匠 妻子四日
三音	□爻王寅 ○○○○	八音	匠匠匠匠 衰○帅骨
七声	母马美米 ○○○○	五声	匠匠匠匠 ○○○德
	目儿眉民 ○○○○		匠匠匠匠 龟水贵北
	夫法□飞 ○○○○		匠匠匠匠 宫孔众○
四音	父凡□吠 ○○○○	八音	匠匠匠匠 龙甬用○
七声	武晚□尾 ○○○○	六声	匠匠匠匠 鱼鼠去○
	文万□未 ○○○○		匠匠匠匠 乌虎兔○
	卜百丙必 ○○○○		匠匠匠匠 心审禁○
五音	步白荀鼻 ○○○○	八音	匠匠匠匠 ○○○十
七声	普朴品匹 ○○○○	七声	匠匠匠匠 男坎欠○
	旁排平瓶 ○○○○		匠匠匠匠 ○○○妾
	东丹帝■ ○○○○		匠匠匠匠 ●●●●
六音	兑大弟■ ○○○○	八音	匠匠匠匠 ●●●●
七声	土贪天■ ○○○○	八声	匠匠匠匠 ●●●●
	同覃田■ ○○○○		匠匠匠匠 ●●●●

	乃你女■ ○○○○		匠匠匠匠 ●●●●
七音	内南年■ ○○○○	八音	匠匠匠匠 ●●●●
七声	老冷吕■ ○○○○	九声	匠匠匠匠 ●●●●
	鹿荦离■ ○○○○		匠匠匠匠 ●●●●
	走哉足■ ○○○○		匠匠匠匠 ●●●●
八音	自在匠■ ○○○○	八音	匠匠匠匠 ●●●●
七声	草采七■ ○○○○	十声	匠匠匠匠 ●●●●
	曹才全■ ○○○○		匠匠匠匠 ●●●●
			收音浊和律二之九
	思三星■ ○○○○		象象象象 多可个舌
九音	寺□象■ ○○○○	九音	象象象象 禾火化八
七声	□□□■ ○○○○	一声	象象象象 开宰爱○
	□□□■ ○○○○		象象象象 回每退○
	■山手■ ○○○○		象象象象 良两向○
十音	■士石■ ○○○○	九音	象象象象 光广况○
七声	■□耳■ ○○○○	二声	象象象象 丁井亘○
	■□二■ ○○○○		象象象象 兄永莹○

	■庄震■ ○○○○		象象象象 千典旦○
十一音	■乍□■ ○○○○	九音	象象象象 元犬半○
七声	■义赤■ ○○○○	三声	象象象象 臣引艮○
	■崇辰■ ○○○○		象象象象 君允巽○
	■卓中■ ○○○○		象象象象 刀早孝岳
十二音	■宅直■ ○○○○	九音	象象象象 毛宝报霍
七声	■拆丑■ ○○○○	四声	象象象象 牛斗奏六
	■茶呈■ ○○○○		象象象象 ○○○玉
	去声翕唱吕二之八		
	古甲九癸 ●●●●		象象象象 妻子四日
一音	□□近揆 ●●●●	九音	象象象象 衰○帅骨
八声	坤巧邱弃 ●●●●	五声	象象象象 ○○○德
	□□乾蚪 ●●●●		象象象象 龟水贵北
	黑花香血 ●●●●		象象象象 宫孔众○
二音	黄华雄贤 ●●●●	九音	象象象象 龙甬用○
八声	五瓦仰□ ●●●●	五声	象象象象 鱼鼠去○
	吾牙月尧 ●●●●		象象象象 乌虎兔○
	安亚乙一 ●●●●		象象象象 心审禁○

三音	□爻王寅 ●●●●	九音	象象象象 ○○○十
八声	母马美米 ●●●●	七声	象象象象 男坎欠○
	目儿眉民 ●●●●		象象象象 ○○○妾
	夫法□飞 ●●●●		象象象象 ●●●●
四音	父凡□吠 ●●●●	九音	象象象象 ●●●●
八声	武晚□尾 ●●●●	八声	象象象象 ●●●●
	文万□未 ●●●●		象象象象 ●●●●
	卜百丙必 ●●●●		象象象象 ●●●●
五音	步白葡鼻 ●●●●	九音	象象象象 ●●●●
八声	普朴品匹 ●●●●	九声	象象象象 ●●●●
	旁排平瓶 ●●●●		象象象象 ●●●●
	东丹帝■ ●●●●		象象象象 ●●●●
六音	兑大弟■ ●●●●	九音	象象象象 ●●●●
八声	土贪天■ ●●●●	十声	象象象象 ●●●●
	同覃田■ ●●●●		象象象象 ●●●●
			收音浊和律二之十
	乃你女■ ●●●●		石石石石 多可个舌
七音	内南年■ ●●●●	十音	石石石石 禾火化八

八声	老冷吕■ ●●●●	一声	石石石石 开宰爱○
	鹿荦离■ ●●●●		石石石石 回每退○
	走哉足■ ●●●●		石石石石 良两向○
八音	自在匠■ ●●●●	十音	石石石石 光广况○
八声	草采七■ ●●●●	二声	石石石石 丁井亘○
	曹才全■ ●●●●		石石石石 兄永莹○
	思三星■ ●●●●		石石石石 千典旦○
九音	寺□象■ ●●●●	十音	石石石石 元犬半○
八声	□□□■ ●●●●	三声	石石石石 臣引艮○
	□□□■ ●●●●		石石石石 君允巽○
	■山手■ ●●●●		石石石石 刀早孝岳
十音	■士石■ ●●●●	十音	石石石石 毛宝报霍
八声	■□耳■ ●●●●	四声	石石石石 牛斗奏六
	■□二■ ●●●●		石石石石 ○○○玉
	■庄震■ ●●●●		石石石石 妻子四日
十一音	■乍□■ ●●●●	十音	石石石石 衰○帅骨
八声	■义赤■ ●●●●	五声	石石石石 ○○○德

	■崇辰■ ●●●●		石石石石 龟水贵北
	■卓中■ ●●●●		石石石石 宫孔众○
十二音	■宅直■ ●●●●	十音	石石石石 龙甬用○
八声	■拆丑■ ●●●●	六声	石石石石 鱼鼠去○
	■茶呈■ ●●●●		石石石石 乌虎兔○
去声翕唱吕二之九			
	古甲九癸 ●●●●		石石石石 心审禁○
一音	□□近揆 ●●●●	十音	石石石石 ○○○十
九声	坤巧邱弃 ●●●●	七声	石石石石 男坎欠○
	□□乾虬 ●●●●		石石石石 ○○○妾
	黑花香血 ●●●●		石石石石 ●●●●
二音	黄华雄贤 ●●●●	十音	石石石石 ●●●●
九声	五瓦仰□ ●●●●	八声	石石石石 ●●●●
	吾牙月尧 ●●●●		石石石石 ●●●●
	安亚乙一 ●●●●		石石石石 ●●●●
三音	□爻王寅 ●●●●	十音	石石石石 ●●●●
九声	母马美米 ●●●●	九声	石石石石 ●●●●
	目儿眉民 ●●●●		石石石石 ●●●●

	夫法□飞 ●●●●		石石石石 ●●●●
四音	父凡□吠 ●●●●	十音	石石石石 ●●●●
九声	武晚□尾 ●●●●	十声	石石石石 ●●●●
	文万□未 ●●●●		石石石石 ●●●●
		收音浊和律二之十一	
	卜百丙必 ●●●●		□□□□ 多可个舌
五音	步白葡鼻 ●●●●	十一音	□□□□ 禾火化八
九声	普朴品匹 ●●●●	一声	□□□□ 开宰爱○
	旁排平瓶 ●●●●		□□□□ 回每退○
	东丹帝■ ●●●●		□□□□ 良两向○
六音	兑大弟■ ●●●●	十一音	□□□□ 光广况○
九声	土贪天■ ●●●●	二声	□□□□ 丁井亘○
	同覃田■ ●●●●		□□□□ 兄永莹○
	乃你女■ ●●●●		□□□□ 千典旦○
七音	内南年■ ●●●●	十一音	□□□□ 元犬半○
九声	老冷吕■ ●●●●	三声	□□□□ 臣引艮○
	鹿荦离■ ●●●●		□□□□ 君允巽○
	走哉足■ ●●●●		□□□□ 刀早孝岳

八音	自在匠■ ●●●●	十一音	□□□□ 毛宝报霍
九声	草采七■ ●●●●	四声	□□□□ 牛斗奏六
	曹才全■ ●●●●		□□□□ ○○○玉
	思三星■ ●●●●		□□□□ 妻子四日
九音	寺□象■ ●●●●	十一音	□□□□ 衰○帅骨
九声	□□□■ ●●●●	五声	□□□□ ○○○德
	□□□■ ●●●●		□□□□ 龟水贵北
	■山手■ ●●●●		□□□□ 宫孔众○
十音	■士石■ ●●●●	十一音	□□□□ 龙甬用○
九声	■□耳■ ●●●●	六声	□□□□ 鱼鼠去○
	■□二■ ●●●●		□□□□ 乌虎兔○
	■庄震■ ●●●●		□□□□ 心审禁○
十一音	■乍□■ ●●●●	十一音	□□□□ ○○○十
九声	■义赤■ ●●●●	七声	□□□□ 男坎欠○
	■崇辰■ ●●●●		□□□□ ○○○妾
	■卓中■ ●●●●		□□□□ ●●●●
十二音	■宅直■ ●●●●	十一音	□□□□ ●●●●

九声	■拆丑■ ●●●●	八声	□□□□ ●●●●
	■茶呈■ ●●●●		□□□□ ●●●●
	去声翕唱吕二之十		
	古甲九癸 ●●●●		□□□□ ●●●●
一音	□□近揆 ●●●●	十一音	□□□□ ●●●●
十声	坤巧邱弃 ●●●●	九声	□□□□ ●●●●
	□□乾虬 ●●●●		□□□□ ●●●●
	黑花香血 ●●●●		□□□□ ●●●●
二音	黄华雄贤 ●●●●	十一音	□□□□ ●●●●
十声	五瓦仰□ ●●●●	十声	□□□□ ●●●●
	吾牙月尧 ●●●●		□□□□ ●●●●
			收音浊和律二之十二
	安亚乙一 ●●●●		直直直直 多可个舌
三音	□爻王寅 ●●●●	十二音	直直直直 禾火化八
十声	母马美米 ●●●●	一声	直直直直 开宰爱○
	目儿眉民 ●●●●		直直直直 回每退○
	夫法□飞 ●●●●		直直直直 良两向○
四音	父凡□吠 ●●●●	十二音	直直直直 光广况○
十声	武晚□尾 ●●●●	二声	直直直直 丁井亘○

	文万□未 ●●●●		直直直直 兄永莹○
	卜百丙必 ●●●●		直直直直 千典旦○
五音	步白精鼻 ●●●●	十二音	直直直直 元犬半○
十声	普朴品匹 ●●●●	三声	直直直直 臣引艮○
	旁排平瓶 ●●●●		直直直直 君允巽○
	东丹帝■ ●●●●		直直直直 刀早孝岳
六音	兑大弟■ ●●●●	十二音	直直直直 毛宝报霍
十声	土贪天■ ●●●●	四声	直直直直 牛斗奏六
	同覃田■ ●●●●		直直直直 ○○○玉
	乃你女■ ●●●●		直直直直 妻子四日
七音	内南年■ ●●●●	十二音	直直直直 衰○帅骨
十声	老冷吕■ ●●●●	五声	直直直直 ○○○德
	鹿荦离■ ●●●●		直直直直 龟水贵北
	走哉足■ ●●●●		直直直直 宫孔众○
八音	自在匠■ ●●●●	十二音	直直直直 龙甬用○
十声	草采七■ ●●●●	六声	直直直直 鱼鼠去○
	曹才全■ ●●●●		直直直直 乌虎兔○

	思三星■ ●●●●		直直直直 心审禁○
九音	寺□象■ ●●●●	十二音	直直直直 ○○○十
十声	□□□■ ●●●●	七声	直直直直 男坎欠○
	□□□■ ●●●●		直直直直 ○○○妾
	■山手■ ●●●●		直直直直 ●●●●
十音	■士石■ ●●●●	十一音	直直直直 ●●●●
十声	■□耳■ ●●●●	八声	直直直直 ●●●●
	■□二■ ●●●●		直直直直 ●●●●
	■庄震■ ●●●●		直直直直 ●●●●
十一音	■乍□■ ●●●●	十二音	直直直直 ●●●●
十声	■义赤■ ●●●●	九声	直直直直 ●●●●
	■崇辰■ ●●●●		直直直直 ●●●●
	■卓中■ ●●●●		直直直直 ●●●●
十二音	■宅直■ ●●●●	十二音	直直直直 ●●●●
十声	■拆丑■ ●●●●	十声	直直直直 ●●●●
	■茶呈■ ●●●●		直直直直 ●●●●

（皇极经世书卷九上）

钦定四库全书

子部

皇极经世书卷九下

详校官中书 臣 吕光復

灵台郎 臣 倪廷梅 复勘

总校官编修 臣 王燕绪

校对官待诏 臣 胡士震

誊 录监生 臣 祝 然

皇极经世书卷九下　　宋 邵雍 撰

观物篇四十五

星星声去阙　　土土音收清

爱亘艮奏○　　丘仰美□品天

去欠●●●　　吕七□耳赤丑

星星声七下唱地之　　土土音十二上和天

用音一百五十二是　　之用声一百一十二

谓去声阙音去声阙　　是谓收音清声收音

音一千六十四　　清声一千二百四十四

星星声去之三阙　　土土音收之三清

去声阙唱吕三之一　　收音清和律三之一

古甲九癸　　丘丘丘丘

爱爱爱爱　　多可个舌

一音　　一音

□□近揆　　丘丘丘丘

爱爱爱爱　　禾火化八

钦定四库全书·皇极经世书卷九下

[宋] 邵 雍 撰

观物篇四十五

星星声去辟

爱亘艮奏○

去欠●●●

星星声七，下唱地之用，音一百五十二，是谓去声辟音，去声辟音一千六十四。

土土音收清

丘仰美□品天

吕七□耳赤丑

土土音十二，上和天之用，声一百一十二，是谓收音清声，收音清声一千三百四十四。

星星声去之三辟

土土音收之三清

	去声辟唱吕三之一		收音清和律三之一
	古甲九癸 爱爱爱爱		丘丘丘丘 多可个舌
一音	□□近揆 爱爱爱爱	一音	丘丘丘丘 禾火化八
一声	坤巧邱弃 爱爱爱爱	一声	丘丘丘丘 开宰爱○
	□□乾虬 爱爱爱爱		丘丘丘丘 回每退○

	黑花香血 爱爱爱爱		丘丘丘丘 良两向○
二音	黄华雄贤 爱爱爱爱	一音	丘丘丘丘 光广况○
一声	五瓦仰□ 爱爱爱爱	二声	丘丘丘丘 丁井亘○
	吾牙月尧 爱爱爱爱		丘丘丘丘 兄永莹○
	安亚乙一 爱爱爱爱		丘丘丘丘 千典旦○
三音	□爻王寅 爱爱爱爱	一音	丘丘丘丘 元犬半○
一声	母马美米 爱爱爱爱	三声	丘丘丘丘 臣引艮○
	目儿眉民 爱爱爱爱		丘丘丘丘 君允巽○
	夫法□飞 爱爱爱爱		丘丘丘丘 刀早孝岳
四音	父凡□吠 爱爱爱爱	一音	丘丘丘丘 毛宝报霍
一声	武晚□尾 爱爱爱爱	四声	丘丘丘丘 牛斗奏六
	文万□未 爱爱爱爱		丘丘丘丘 ○○○玉
	卜百丙必 爱爱爱爱		丘丘丘丘 妻子四日
五音	步白精鼻 爱爱爱爱	一音	丘丘丘丘 衰○帅骨
一声	普朴品匹 爱爱爱爱	五声	丘丘丘丘 ○○○德
	旁排平瓶 爱爱爱爱		丘丘丘丘 龟水贵北
	东丹帝■ 爱爱爱爱		丘丘丘丘 宫孔众○

六音	兑大弟■ 爱爱爱爱	一音	丘丘丘丘 龙甬用○
一声	土贪天■ 爱爱爱爱	六声	丘丘丘丘 鱼鼠去○
	同覃田■ 爱爱爱爱		丘丘丘丘 乌虎兔○
	乃你女■ 爱爱爱爱		丘丘丘丘 心审禁○
七音	内南年■ 爱爱爱爱	一音	丘丘丘丘 ○○○十
一声	老冷吕■ 爱爱爱爱	七声	丘丘丘丘 男坎欠○
	鹿荦离■ 爱爱爱爱		丘丘丘丘 ○○○妾
	走哉足■ 爱爱爱爱		丘丘丘丘 ●●●●
八音	自在匠■ 爱爱爱爱	一音	丘丘丘丘 ●●●●
一声	草采七■ 爱爱爱爱	八声	丘丘丘丘 ●●●●
	曹才全■ 爱爱爱爱		丘丘丘丘 ●●●●
	思三星■ 爱爱爱爱		丘丘丘丘 ●●●●
九音	寺□象■ 爱爱爱爱	一音	丘丘丘丘 ●●●●
一声	□□□■ 爱爱爱爱	九声	丘丘丘丘 ●●●●
	□□□■ 爱爱爱爱		丘丘丘丘 ●●●●
	■山手■ 爱爱爱爱		丘丘丘丘 ●●●●
十音	■士石■ 爱爱爱爱	一音	丘丘丘丘 ●●●●

一声	■□耳■ 爱爱爱爱	十声	丘丘丘丘 ●●●●
	■□二■ 爱爱爱爱		丘丘丘丘 ●●●●
			收音清和律三之二
	■庄震■ 爱爱爱爱		仰仰仰仰 多可个舌
十一音	■乍□■ 爱爱爱爱	二音	仰仰仰仰 禾火化八
一声	■义赤■ 爱爱爱爱	一声	仰仰仰仰 开宰爱○
	■崇辰■ 爱爱爱爱		仰仰仰仰 回每退○
	■卓中■ 爱爱爱爱		仰仰仰仰 良两向○
十二音	■宅直■ 爱爱爱爱	二音	仰仰仰仰 光广况○
一声	■拆丑■ 爱爱爱爱	二声	仰仰仰仰 丁井亘○
	■茶呈■ 爱爱爱爱		仰仰仰仰 兄永莹○
	去声辟唱吕三之二		
	古甲九癸 亘亘亘亘		仰仰仰仰 千典旦○
一音	□□近揆 亘亘亘亘	二音	仰仰仰仰 元犬半○
二声	坤巧邱弃 亘亘亘亘	三声	仰仰仰仰 臣引艮○
	□□乾虬 亘亘亘亘		仰仰仰仰 君允巽○
	黑花香血 亘亘亘亘		仰仰仰仰 刀早孝岳
二音	黄华雄贤 亘亘亘亘	二音	仰仰仰仰 毛宝报霍
二声	五瓦仰□ 亘亘亘亘	四声	仰仰仰仰 牛斗奏六

	吾牙月尧 亘亘亘亘		仰仰仰仰 ○○○玉
	安亚乙一 亘亘亘亘		仰仰仰仰 妻子四日
三音	□爻王寅 亘亘亘亘	二音	仰仰仰仰 衰○帅骨
二声	母马美米 亘亘亘亘	五声	仰仰仰仰 ○○○德
	目儿眉民 亘亘亘亘		仰仰仰仰 龟水贵北
	夫法□飞 亘亘亘亘		仰仰仰仰 宫孔众○
四音	父凡□吠 亘亘亘亘	二音	仰仰仰仰 龙甬用○
二声	武晚□尾 亘亘亘亘	六声	仰仰仰仰 鱼鼠去○
	文万□未 亘亘亘亘		仰仰仰仰 乌虎兔○
	卜百丙必 亘亘亘亘		仰仰仰仰 心审禁○
五音	步白葡鼻 亘亘亘亘	二音	仰仰仰仰 ○○○十
二声	普朴品匹 亘亘亘亘	七声	仰仰仰仰 男坎欠○
	旁排平瓶 亘亘亘亘		仰仰仰仰 ○○○妾
	东丹帝■ 亘亘亘亘		仰仰仰仰 ●●●●
六音	兑大弟■ 亘亘亘亘	二音	仰仰仰仰 ●●●●
二声	土贪天■ 亘亘亘亘	八声	仰仰仰仰 ●●●●
	同覃田■ 亘亘亘亘		仰仰仰仰 ●●●●

	乃你女■ 亘亘亘亘		仰仰仰仰 ●●●●
七音	内南年■ 亘亘亘亘	二音	仰仰仰仰 ●●●●
二声	老冷吕■ 亘亘亘亘	九声	仰仰仰仰 ●●●●
	鹿荦离■ 亘亘亘亘		仰仰仰仰 ●●●●
	走哉足■ 亘亘亘亘		仰仰仰仰 ●●●●
八音	自在匠■ 亘亘亘亘	二音	仰仰仰仰 ●●●●
二声	草采七■ 亘亘亘亘	十声	仰仰仰仰 ●●●●
	曹才全■ 亘亘亘亘		仰仰仰仰 ●●●●
			收音清和律三之三
	思三星■ 亘亘亘亘		美美美美 多可个舌
九音	寺□象■ 亘亘亘亘	三音	美美美美 禾火化八
二声	□□□■ 亘亘亘亘	一声	美美美美 开宰爱○
	□□□■ 亘亘亘亘		美美美美 回每退○
	■山手■ 亘亘亘亘		美美美美 良两向○
十音	■士石■ 亘亘亘亘	三音	美美美美 光广况○
二声	■□耳■ 亘亘亘亘	二声	美美美美 丁井亘○
	■□二■ 亘亘亘亘		美美美美 兄永莹○

	■庄震■ 亘亘亘亘		美美美美 千典旦○
十一音	■乍□■ 亘亘亘亘	三音	美美美美 元犬半○
二声	■义赤■ 亘亘亘亘	三声	美美美美 臣引艮○
	■崇辰■ 亘亘亘亘		美美美美 君允巽○
	■卓中■ 亘亘亘亘		美美美美 刀早孝岳
十二音	■宅直■ 亘亘亘亘	三音	美美美美 毛宝报霍
二声	■拆丑■ 亘亘亘亘	四声	美美美美 牛斗奏六
	■茶呈■ 亘亘亘亘		美美美美 ○○○玉
	去声辟唱吕三之三		
	古甲九癸 艮艮艮艮		美美美美 妻子四日
一音	□□近揆 艮艮艮艮	三音	美美美美 衰○帅骨
三声	坤巧邱弃 艮艮艮艮	五声	美美美美 ○○○德
	□□乾蚪 艮艮艮艮		美美美美 龟水贵北
	黑花香血 艮艮艮艮		美美美美 宫孔众○
二音	黄华雄贤 艮艮艮艮	三音	美美美美 龙甬用○
三声	五瓦仰□ 艮艮艮艮	六声	美美美美 鱼鼠去○
	吾牙月尧 艮艮艮艮		美美美美 乌虎兔○
	安亚乙一 艮艮艮艮		美美美美 心审禁○

三音	■爻壬寅 艮艮艮艮	三音	美美美美 ○○○十
三声	母马美米 艮艮艮艮	七声	美美美美 男坎欠○
	目儿眉民 艮艮艮艮		美美美美 ○○○妾
	夫法□飞 艮艮艮艮		美美美美 ●●●●
四音	父凡□吠 艮艮艮艮	三音	美美美美 ●●●●
三声	武晚□尾 艮艮艮艮	八声	美美美美 ●●●●
	文万□未 艮艮艮艮		美美美美 ●●●●
	卜百丙必 艮艮艮艮		美美美美 ●●●●
五音	步白犕鼻 艮艮艮艮	三音	美美美美 ●●●●
三声	普朴品匹 艮艮艮艮	九声	美美美美 ●●●●
	旁排平瓶 艮艮艮艮		美美美美 ●●●●
	东丹帝■ 艮艮艮艮		美美美美 ●●●●
六音	兑大弟■ 艮艮艮艮	三音	美美美美 ●●●●
三声	土贪天■ 艮艮艮艮	十声	美美美美 ●●●●
	同覃田■ 艮艮艮艮		美美美美 ●●●●
			收音清和律三之四
	乃你女■ 艮艮艮艮		□□□□ 多可个舌
七音	内南年■ 艮艮艮艮	四音	□□□□ 禾火化八

三声	老冷吕■ 良良良良	一声	□□□□ 开宰爱○
	鹿荦离■ 良良良良		□□□□ 回每退○
	走哉足■ 良良良良		□□□□ 良两向○
八音	自在匠■ 良良良良	四音	□□□□ 光广况○
三声	草采七■ 良良良良	二声	□□□□ 丁井亘○
	曹才全■ 良良良良		□□□□ 兄永莹○
	思三星■ 良良良良		□□□□ 千典旦○
九音	寺□象■ 良良良良	四音	□□□□ 元犬半○
三声	□□□■ 良良良良	三声	□□□□ 臣引艮○
	□□□■ 良良良良		□□□□ 君允巽○
	■山手■ 良良良良		□□□□ 刀早孝岳
十音	■士石■ 良良良良	四音	□□□□ 毛宝报霍
三声	■□耳■ 良良良良	四声	□□□□ 牛斗奏六
	■□二■ 良良良良		□□□□ ○○○玉
	■庄震■ 良良良良		□□□□ 妻子四日
十一音	■乍□■ 良良良良	四音	□□□□ 衰○帅骨
三声	■义赤■ 良良良良	五声	□□□□ ○○○德

	■崇辰■ 艮艮艮艮		□□□□ 龟水贵北
	■卓中■ 艮艮艮艮		□□□□ 宫孔众○
十二音	■宅直■ 艮艮艮艮	四音	□□□□ 龙甬用○
三声	■拆丑■ 艮艮艮艮	六声	□□□□ 鱼鼠去○
	■茶呈■ 艮艮艮艮		□□□□ 乌虎兔○
	去声辟唱吕三之四		
	古甲九癸 奏奏奏奏		□□□□ 心审禁○
一音	□□近揆 奏奏奏奏	四音	□□□□ ○○○十
四声	坤巧邱弃 奏奏奏奏	七声	□□□□ 男坎欠○
	□□乾蚪 奏奏奏奏		□□□□ ○○○妾
	黑花香血 奏奏奏奏		□□□□ ●●●●
二音	黄华雄贤 奏奏奏奏	四音	□□□□ ●●●●
四声	五瓦仰□ 奏奏奏奏	八声	□□□□ ●●●●
	吾牙月尧 奏奏奏奏		□□□□ ●●●●
	安亚乙一 奏奏奏奏		□□□□ ●●●●
三音	□爻王寅 奏奏奏奏	四音	□□□□ ●●●●
四声	母马美米 奏奏奏奏	九声	□□□□ ●●●●
	目儿眉民 奏奏奏奏		□□□□ ●●●●

	夫法□飞 奏奏奏奏		□□□□ ●●●●
四音	父凡□吠 奏奏奏奏	四音	□□□□ ●●●●
四声	武晚□尾 奏奏奏奏	十声	□□□□ ●●●●
	文□万未 奏奏奏奏		□□□□ ●●●●
		收音清和律三之五	
	卜百丙必 奏奏奏奏		品品品品 多可个舌
五音	步白精鼻 奏奏奏奏	五音	品品品品 禾火化八
四声	普朴品匹 奏奏奏奏	一声	品品品品 开宰爱○
	旁排平瓶 奏奏奏奏		品品品品 回每退○
	东丹帝■ 奏奏奏奏		品品品品 良两向○
六音	兑大弟■ 奏奏奏奏	五音	品品品品 光广况○
四声	土贪天■ 奏奏奏奏	二声	品品品品 丁井亘○
	同覃田■ 奏奏奏奏		品品品品 兄永莹○
	乃你女■ 奏奏奏奏		品品品品 千典旦○
七音	内南年■ 奏奏奏奏	五音	品品品品 元犬半○
四声	老冷吕■ 奏奏奏奏	三声	品品品品 臣引艮○
	鹿荦离■ 奏奏奏奏		品品品品 君允巽○
	走哉足■ 奏奏奏奏		品品品品 刀早孝岳

八音	自在匠■ 奏奏奏奏	五音	品品品品 毛宝报霍
四声	草采七■ 奏奏奏奏	四声	品品品品 牛斗奏六
	曹才全■ 奏奏奏奏		品品品品 ○○○玉
	思三星■ 奏奏奏奏		品品品品 妻子四日
九音	寺□象■ 奏奏奏奏	五音	品品品品 衰○帅骨
四声	□□□■ 奏奏奏奏	五声	品品品品 ○○○德
	□□□■ 奏奏奏奏		品品品品 龟水贵北
	■山手■ 奏奏奏奏		品品品品 宫孔众○
十音	■士石■ 奏奏奏奏	五音	品品品品 龙甬用○
四声	■□耳■ 奏奏奏奏	六声	品品品品 鱼鼠去○
	■□二■ 奏奏奏奏		品品品品 乌虎兔○
	■庄震■ 奏奏奏奏		品品品品 心审禁○
十一音	■乍□■ 奏奏奏奏	五音	品品品品 ○○○十
四声	■义赤■ 奏奏奏奏	七声	品品品品 男坎欠○
	■崇辰■ 奏奏奏奏		品品品品 ○○○妾
	■卓中■ 奏奏奏奏		品品品品 ●●●●
十二音	■宅直■ 奏奏奏奏	五音	品品品品 ●●●●

四声	■拆丑■ 奏奏奏奏	八声	品品品品 ●●●●
	■茶呈■ 奏奏奏奏		品品品品 ●●●●
	去声辟唱吕三之五		
	古甲九癸 ○○○○		品品品品 ●●●●
一音	□□近揆 ○○○○	五音	品品品品 ●●●●
五声	坤巧邱弃 ○○○○	九声	品品品品 ●●●●
	□□乾虬 ○○○○		品品品品 ●●●●
	黑花香血 ○○○○		品品品品 ●●●●
二音	黄华雄贤 ○○○○	五音	品品品品 ●●●●
五声	五瓦仰□ ○○○○	十声	品品品品 ●●●●
	吾牙月尧 ○○○○		品品品品 ●●●●
			收音清和律三之六
	安亚乙一 ○○○○		天天天天 多可个舌
三音	□爻王寅 ○○○○	六音	天天天天 禾火化八
五声	母马美米 ○○○○	一声	天天天天 开宰爱○
	目儿眉民 ○○○○		天天天天 回每退○
	夫法□飞 ○○○○		天天天天 良两向○
四音	父凡□吠 ○○○○	六音	天天天天 光广况○
五声	武晚□尾 ○○○○	二声	天天天天 丁井亘○

	文万□未 ○○○○		天天天天 兄永莹○
	卜百丙必 ○○○○		天天天天 千典旦○
五音	步白蒱鼻 ○○○○	六音	天天天天 元犬半○
五声	普朴品匹 ○○○○	三声	天天天天 臣引艮○
	旁排平瓶 ○○○○		天天天天 君允巽○
	东丹帝■ ○○○○		天天天天 刀早孝岳
六音	兑大弟■ ○○○○	六音	天天天天 毛宝报霍
五声	土贪天■ ○○○○	四声	天天天天 牛斗奏六
	同覃田■ ○○○○		天天天天 ○○○玉
	乃你女■ ○○○○		天天天天 妻子四日
七音	内南年■ ○○○○	六音	天天天天 衰○帅骨
五声	老冷吕■ ○○○○	五声	天天天天 ○○○德
	鹿荦离■ ○○○○		天天天天 龟水贵北
	走哉足■ ○○○○		天天天天 宫孔众○
八音	自在匠■ ○○○○	六音	天天天天 龙甬用○
五声	草采七■ ○○○○	六声	天天天天 鱼鼠去○
	曹才全■ ○○○○		天天天天 乌虎兔○

	思三星■ ○○○○		天天天天 心审禁○
九音	寺□象■ ○○○○	六音	天天天天 ○○○十
五声	□□□■ ○○○○	七声	天天天天 男坎欠○
	□□□■ ○○○○		天天天天 ○○○妾
	■山手■ ○○○○		天天天天 ●●●●
十音	■士石■ ○○○○	六音	天天天天 ●●●●
五声	■□耳■ ○○○○	八声	天天天天 ●●●●
	■□二■ ○○○○		天天天天 ●●●●
	■庄震■ ○○○○		天天天天 ●●●●
十一音	■乍□■ ○○○○	六音	天天天天 ●●●●
五声	■义赤■ ○○○○	九声	天天天天 ●●●●
	■崇辰■ ○○○○		天天天天 ●●●●
	■卓中■ ○○○○		天天天天 ●●●●
十二音	■宅直■ ○○○○	六音	天天天天 ●●●●
五声	■拆丑■ ○○○○	十声	天天天天 ●●●●
	■茶呈■ ○○○○		天天天天 ●●●●
	去声辟唱吕三之六		**收音清和律三之七**

	古甲九癸 去去去去		吕吕吕吕 多可个舌
一音	□□近揆 去去去去	七音	吕吕吕吕 禾火化八
六声	坤巧邱弃 去去去去	一声	吕吕吕吕 开宰爱○
	□□乾蚪 去去去去		吕吕吕吕 回每退○
	黑花香血 去去去去		吕吕吕吕 良两向○
二音	黄华雄贤 去去去去	七音	吕吕吕吕 光广况○
六声	五瓦仰□ 去去去去	二声	吕吕吕吕 丁井亘○
	吾牙月尧 去去去去		吕吕吕吕 兄永莹○
	安亚乙一 去去去去		吕吕吕吕 千典旦○
三音	□爻王寅 去去去去	七音	吕吕吕吕 元犬半○
六声	母马美米 去去去去	三声	吕吕吕吕 臣引艮○
	目儿眉民 去去去去		吕吕吕吕 君允巽○
	夫法□飞 去去去去		吕吕吕吕 刀早孝岳
四音	父凡□吠 去去去去	七音	吕吕吕吕 毛宝报霍
六声	武晚□尾 去去去去	四声	吕吕吕吕 牛斗奏六
	文万□未 去去去去		吕吕吕吕 ○○○玉
	卜百丙必 去去去去		吕吕吕吕 妻子四日

五音	步白精鼻 去去去去	七音	吕吕吕吕 衰○帅骨
六声	普朴品匹 去去去去	五声	吕吕吕吕 ○○○德
	旁排平瓶 去去去去		吕吕吕吕 龟水贵北
	东丹帝■ 去去去去		吕吕吕吕 宫孔众○
六音	兑大弟■ 去去去去	七音	吕吕吕吕 龙甬用○
六声	土贪天■ 去去去去	六声	吕吕吕吕 鱼鼠去○
	同覃田■ 去去去去		吕吕吕吕 乌虎兔○
	乃你女■ 去去去去		吕吕吕吕 心审禁○
七音	内南年■ 去去去去	七音	吕吕吕吕 ○○○十
六声	老冷吕■ 去去去去	七声	吕吕吕吕 男坎欠○
	鹿荦离■ 去去去去		吕吕吕吕 ○○○妾
	走哉足■ 去去去去		吕吕吕吕 ●●●●
八音	自在匠■ 去去去去	七音	吕吕吕吕 ●●●●
六声	草采七■ 去去去去	八声	吕吕吕吕 ●●●●
	曹才全■ 去去去去		吕吕吕吕 ●●●●
	思三星■ 去去去去		吕吕吕吕 ●●●●
九音	寺□象■ 去去去去	七音	吕吕吕吕 ●●●●

六声	□□□■ 去去去去	九声	吕吕吕吕 ●●●●
	□□□■ 去去去去		吕吕吕吕 ●●●●
	■山手■ 去去去去		吕吕吕吕 ●●●●
十音	■士石■ 去去去去	七音	吕吕吕吕 ●●●●
六声	■□耳■ 去去去去	十声	吕吕吕吕 ●●●●
	■□二■ 去去去去		吕吕吕吕 ●●●●
			收音清和律三之八
	■庄震■ 去去去去		七七七七 多可个舌
十一音	■乍□■ 去去去去	八音	七七七七 禾火化八
六声	■义赤■ 去去去去	一声	七七七七 开宰爱○
	■崇辰■ 去去去去		七七七七 回每退○
	■卓中■ 去去去去		七七七七 良两向○
十二音	■宅直■ 去去去去	八音	哉哉哉哉 光广况○
六声	■拆丑■ 去去去去	二声	七七七七 丁井亘○
	■茶呈■ 去去去去		七七七七 兄永莹○
	去声辟唱吕三之七		
	古甲九癸 欠欠欠欠		七七七七 千典旦○
一音	□□近揆 欠欠欠欠	八音	七七七七 元犬半○
七声	坤巧邱弃 欠欠欠欠	三声	七七七七 臣引艮○

	□□乾蚪 欠欠欠欠		七七七七 君允巽○
	黑花香血 欠欠欠欠		七七七七 刀早孝岳
二音	黄华雄贤 欠欠欠欠	八音	七七七七 毛宝报霍
七声	五瓦仰□ 欠欠欠欠	四声	七七七七 牛斗奏六
	吾牙月尧 欠欠欠欠		七七七七 ○○○玉
	安亚乙一 欠欠欠欠		七七七七 妻子四日
三音	□爻王寅 欠欠欠欠	八音	七七七七 衰○帅骨
七声	母马美米 欠欠欠欠	五声	七七七七 ○○○德
	目儿眉民 欠欠欠欠		七七七七 龟水贵北
	夫法□飞 欠欠欠欠		七七七七 宫孔众○
四音	父凡□吠 欠欠欠欠	八音	七七七七 龙甬用○
七声	武晚□尾 欠欠欠欠	六声	七七七七 鱼鼠去○
	文万□未 欠欠欠欠		七七七七 乌虎兔○
	卜百丙必 欠欠欠欠		七七七七 心审禁○
五音	步白精鼻 欠欠欠欠	八音	七七七七 ○○○十
七声	普朴品匹 欠欠欠欠	七声	七七七七 男坎欠○
	旁排平瓶 欠欠欠欠		七七七七 ○○○妾

	东丹帝■ 欠欠欠欠		七七七七 ●●●●
六音	兑大弟■ 欠欠欠欠	八音	七七七七 ●●●●
七声	土贪天■ 欠欠欠欠	八声	七七七七 ●●●●
	同覃田■ 欠欠欠欠		七七七七 ●●●●
	乃你女■ 欠欠欠欠		七七七七 ●●●●
七音	内南年■ 欠欠欠欠	八音	七七七七 ●●●●
七声	老冷吕■ 欠欠欠欠	九声	七七七七 ●●●●
	鹿荦离■ 欠欠欠欠		七七七七 ●●●●
	走哉足■ 欠欠欠欠		七七七七 ●●●●
八音	自在匠■ 欠欠欠欠	八音	七七七七 ●●●●
七声	草采七■ 欠欠欠欠	十声	七七七七 ●●●●
	曹才全■ 欠欠欠欠		七七七七 ●●●●
			收音清和律三之九
	思三星■ 欠欠欠欠		□□□□ 多可个舌
九音	寺□象■ 欠欠欠欠	九音	□□□□ 禾火化八
七声	□□□■ 欠欠欠欠	一声	□□□□ 开宰爱○
	□□□■ 欠欠欠欠		□□□□ 回每退○
	■山手■ 欠欠欠欠		□□□□ 良两向○

十音	■士石■ 欠欠欠欠	九音	□□□□ 光广况○
七声	■□耳■ 欠欠欠欠	二声	□□□□ 丁井亘○
	■□二■ 欠欠欠欠		□□□□ 兄永莹○
	■庄震■ 欠欠欠欠		□□□□ 千典旦○
十一音	■乍□■ 欠欠欠欠	九音	□□□□ 元犬半○
七声	■义赤■ 欠欠欠欠	三声	□□□□ 臣引艮○
	■崇辰■ 欠欠欠欠		□□□□ 君允巽○
	■卓中■ 欠欠欠欠		□□□□ 刀早孝岳
十二音	■宅直■ 欠欠欠欠	九音	□□□□ 毛宝报霍
七声	■拆丑■ 欠欠欠欠	四声	□□□□ 牛斗奏六
	■茶呈■ 欠欠欠欠		□□□□ ○○○玉
	去声辟唱吕三之八		
	古甲九癸 ●●●●		□□□□ 妻子四日
一音	□□近揆 ●●●●	九音	□□□□ 衰○帅骨
八声	坤巧邱弃 ●●●●	五声	□□□□ ○○○德
	□□乾虯 ●●●●		□□□□ 龟水贵北
	黑花香血 ●●●●		□□□□ 宫孔众○
二音	黄华雄贤 ●●●●	九音	□□□□ 龙甬用○

八声	五瓦仰□ ●●●●	六声	□□□□ 鱼鼠去○
	吾牙月尧 ●●●●		□□□□ 乌虎兔○
	安亚乙一 ●●●●		□□□□ 心审禁○
三音	□爻王寅 ●●●●	九音	□□□□ ○○○十
八声	母马美米 ●●●●	七声	□□□□ 男坎欠○
	目儿眉民 ●●●●		□□□□ ○○○妾
	夫法□飞 ●●●●		□□□□ ●●●●
四音	父凡□吠 ●●●●	九音	□□□□ ●●●●
八声	武晚□尾 ●●●●	八声	□□□□ ●●●●
	文万□未 ●●●●		□□□□ ●●●●
			□□□□ ●●●●
	卜百丙必 ●●●●		□□□□ ●●●●
五音	步白精鼻 ●●●●	九音	□□□□ ●●●●
八声	普朴品匹 ●●●●	九声	□□□□ ●●●●
	旁排平瓶 ●●●●		□□□□ ●●●●
	东丹帝■ ●●●●		□□□□ ●●●●
六音	兑大弟■ ●●●●	九音	□□□□ ●●●●
八声	土贪天■ ●●●●	十声	□□□□ ●●●●

	同覃田■ ●●●●		□□□□ ●●●●
			收音清和律三之十
	乃你女■ ●●●●		耳耳耳耳 多可个舌
七音	内南年■ ●●●●	十音	耳耳耳耳 禾火化八
八声	老冷吕■ ●●●●	一声	耳耳耳耳 开宰爱○
	鹿荦离■ ●●●●		耳耳耳耳 回每退○
	走哉足■ ●●●●		耳耳耳耳 良两向○
八音	自在匠■ ●●●●	十音	耳耳耳耳 光广况○
八声	草采七■ ●●●●	二声	耳耳耳耳 丁井亘○
	曹才全■ ●●●●		耳耳耳耳 兄永莹○
	思三星■ ●●●●		耳耳耳耳 千典旦○
九音	寺□象■ ●●●●	十音	耳耳耳耳 元犬半○
八声	□□□■ ●●●●	三声	耳耳耳耳 臣引艮○
	□□□■ ●●●●		耳耳耳耳 君允巽○
	■山手■ ●●●●		耳耳耳耳 刀早孝岳
十音	■士石■ ●●●●	十音	耳耳耳耳 毛宝报霍
八声	■□耳■ ●●●●	四声	耳耳耳耳 牛斗奏六
	■□二■ ●●●●		耳耳耳耳 ○○○玉

	■庄震■ ●●●●		耳耳耳耳 妻子四日
十一音	■乍□■ ●●●●	十音	耳耳耳耳 衰○帅骨
八声	■义赤■ ●●●●	五声	耳耳耳耳 ○○○德
	■崇辰■ ●●●●		耳耳耳耳 龟水贵北
	■卓中■ ●●●●		耳耳耳耳 宫孔众○
十二音	■宅直■ ●●●●	十音	耳耳耳耳 龙甬用○
八声	■拆丑■ ●●●●	六声	耳耳耳耳 鱼鼠去○
	■茶呈■ ●●●●		耳耳耳耳 乌虎兔○

去声辟唱吕三之九

	古甲九癸 ●●●●		耳耳耳耳 心审禁○
一音	□□近揆 ●●●●	十音	耳耳耳耳 ○○○十
九声	坤巧邱弃 ●●●●	七声	耳耳耳耳 男坎欠○
	□□乾蚪 ●●●●		耳耳耳耳 ○○○妾
	黑花香血 ●●●●		耳耳耳耳 ●●●●
二音	黄华雄贤 ●●●●	十音	耳耳耳耳 ●●●●
九声	五瓦仰□ ●●●●	八声	耳耳耳耳 ●●●●
	吾牙月尧 ●●●●		耳耳耳耳 ●●●●

	安亚乙一 ●●●●		耳耳耳耳 ●●●●
三音	□爻王寅 ●●●●	十音	耳耳耳耳 ●●●●
九声	母马美米 ●●●●	九声	耳耳耳耳 ●●●●
	目儿眉民 ●●●●		耳耳耳耳 ●●●●
	夫法□飞 ●●●●		耳耳耳耳 ●●●●
四音	父凡□吠 ●●●●	十音	耳耳耳耳 ●●●●
九声	武晚□尾 ●●●●	十声	耳耳耳耳 ●●●●
	文万□未 ●●●●		耳耳耳耳 ●●●●
			收音清和律三之十一
	卜百丙必 ●●●●		赤赤赤赤 多可个舌
五音	步白葡鼻 ●●●●	十一音	赤赤赤赤 禾火化八
九声	普朴品匹 ●●●●	一声	赤赤赤赤 开宰爱○
	旁排平瓶 ●●●●		赤赤赤赤 回每退○
	东丹帝■ ●●●●		赤赤赤赤 良两向○
六音	兑大弟■ ●●●●	十一音	赤赤赤赤 光广况○
九声	土贪天■ ●●●●	二声	赤赤赤赤 丁井亘○
	同覃田■ ●●●●		赤赤赤赤 兄永莹○
	乃你女■ ●●●●		赤赤赤赤 千典旦○

七音	内南年■ ●●●●	十一音	赤赤赤赤 元犬半○
九声	老冷吕■ ●●●●	三声	赤赤赤赤 臣引艮○
	鹿荦离■ ●●●●		赤赤赤赤 君允巽○
	走哉足■ ●●●●		赤赤赤赤 刀早孝岳
八音	自在匠■ ●●●●	十一音	赤赤赤赤 毛宝报霍
九声	草采七■ ●●●●	四声	赤赤赤赤 牛斗奏六
	曹才全■ ●●●●		赤赤赤赤 ○○○玉
	思三星■ ●●●●		赤赤赤赤 妻子四日
九音	寺□象■ ●●●●	十一音	赤赤赤赤 衰○帅骨
九声	□□□■ ●●●●	五声	赤赤赤赤 ○○○德
	□□□■ ●●●●		赤赤赤赤 龟水贵北
	■山手■ ●●●●		赤赤赤赤 宫孔众○
十音	■士石■ ●●●●	十一音	赤赤赤赤 龙甬用○
九声	■□耳■ ●●●●	六声	赤赤赤赤 鱼鼠去○
	■□二■ ●●●●		赤赤赤赤 乌虎兔○
	■庄震■ ●●●●		赤赤赤赤 心审禁○
十一音	■乍□■ ●●●●	十一音	赤赤赤赤 ○○○十

九声	■义赤■ ●●●●	七声	赤赤赤赤 男坎欠○
	■崇辰■ ●●●●		赤赤赤赤 ○○○妾
	■卓中■ ●●●●		赤赤赤赤 ●●●●
十二音	■宅直■ ●●●●	十一音	赤赤赤赤 ●●●●
九声	■拆丑■ ●●●●	八声	赤赤赤赤 ●●●●
	■茶呈■ ●●●●		赤赤赤赤 ●●●●
	去声辟唱吕三之十		
	古甲九癸 ●●●●		赤赤赤赤 ●●●●
一音	□□近揆 ●●●●	十一音	赤赤赤赤 ●●●●
十声	坤巧邱弃 ●●●●	九声	赤赤赤赤 ●●●●
	□□乾虬 ●●●●		赤赤赤赤 ●●●●
	黑花香血 ●●●●		赤赤赤赤 ●●●●
二音	黄华雄贤 ●●●●	十一音	赤赤赤赤 ●●●●
十声	五瓦仰□ ●●●●	十声	赤赤赤赤 ●●●●
	吾牙月尧 ●●●●		赤赤赤赤 ●●●●
			收音清和律三之十二
	安亚乙一 ●●●●		王王王王 多可个舌
三音	□爻王寅 ●●●●	十二音	王王王王 禾火化八
十声	母马美米 ●●●●	一声	王王王王 开宰爱○

	目儿眉民 ●●●●		王王王王 回每退○
	夫法□飞 ●●●●		王王王王 良两向○
四音	父凡□吠 ●●●●	十二音	王王王王 光广况○
十声	武晚□尾 ●●●●	二声	王王王王 丁井亘○
	文万□未 ●●●●		王王王王 兄永莹○
	卜百丙必 ●●●●		王王王王 千典旦○
五音	步白精鼻 ●●●●	十二音	王王王王 元犬半○
十声	普朴品匹 ●●●●	三声	王王王王 臣引艮○
	旁排平瓶 ●●●●		王王王王 君允巽○
	东丹帝■ ●●●●		王王王王 刀早孝岳
六音	兑大弟■ ●●●●	十二音	王王王王 毛宝报霍
十声	土贪天■ ●●●●	四声	王王王王 牛斗奏六
	同覃田■ ●●●●		王王王王 ○○○玉
	乃你女■ ●●●●		王王王王 妻子四日
七音	内南年■ ●●●●	十二音	王王王王 衰○帅骨
十声	老冷吕■ ●●●●	五声	王王王王 ○○○德
	鹿荦离■ ●●●●		王王王王 龟水贵北

	走哉足■ ●●●●		王王王王 宫孔众○
八音	自在匠■ ●●●●	十二音	王王王王 龙甬用○
十声	草采七■ ●●●●	六声	王王王王 鱼鼠去○
	曹才全■ ●●●●		王王王王 乌虎兔○
	思三星■ ●●●●		王王王王 心审禁○
九音	寺□象■ ●●●●	十二音	王王王王 ○○○十
十声	□□□■ ●●●●	七声	王王王王 男坎欠○
	□□□■ ●●●●		王王王王 ○○○妾
	■山手■ ●●●●		王王王王 ●●●●
十音	■士石■ ●●●●	十二音	王王王王 ●●●●
十声	■□耳■ ●●●●	八声	王王王王 ●●●●
	■□二■ ●●●●		王王王王 ●●●●
	■庄震■ ●●●●		王王王王 ●●●●
十一音	■乍□■ ●●●●	十二音	王王王王 ●●●●
十声	■义赤■ ●●●●	九声	王王王王 ●●●●
	■崇辰■ ●●●●		王王王王 ●●●●
	■卓中■ ●●●●		王王王王 ●●●●

十二音	■宅直■ ●●●●	十二音	王王王王 ●●●●
十声	■拆丑■ ●●●●	十声	王王王王 ●●●●
	■茶呈■ ●●●●		王王王王 ●●●●`

观物篇四十六

星辰声去翕

退莹巽○贵

兔○●●●

星辰声七，下唱地之用，音一百五十二，是谓去声翕音，去声翕音一千六十四。

土石音收浊

乾月眉□平田

离全□二辰呈

土石音十二，上和天之用，声一百一十二，是谓收音浊声，收音浊声一千三百四十四。

星辰声去之四翕

土石音收之四浊

	去声翕唱吕四之一		收音浊和律四之一
	古甲九癸 退退退退		乾乾乾乾 多可个舌
一音	□□近揆 退退退退	一音	乾乾乾乾 禾火化八
一声	坤巧邱弃 退退退退	一声	乾乾乾乾 开宰爱○
	□□乾虯 退退退退		乾乾乾乾 回每退○
	黑花香血 退退退退		乾乾乾乾 良两向○
二音	黄华雄贤 退退退退	一音	乾乾乾乾 光广况○
一声	五瓦仰□ 退退退退	二声	乾乾乾乾 丁井亘○
	吾牙月尧 退退退退		乾乾乾乾 兄永莹○

	安亚乙一 退退退退		乾乾乾乾 千典旦○
三音	□爻王寅 退退退退	一音	乾乾乾乾 元犬半○
一声	母马美米 退退退退	三声	乾乾乾乾 臣引艮○
	目儿眉民 退退退退		乾乾乾乾 君允巽○
	夫法□飞 退退退退		乾乾乾乾 刀早孝岳
四音	父凡□吠 退退退退	一音	乾乾乾乾 毛宝报霍
一声	武晚□尾 退退退退	四声	乾乾乾乾 牛斗奏六
	文万□未 退退退退		乾乾乾乾 ○○○玉
	卜百丙必 退退退退		乾乾乾乾 妻子四日
五音	步白葡鼻 退退退退	一音	乾乾乾乾 衰○帅骨
一声	普朴品匹 退退退退	五声	乾乾乾乾 ○○○德
	旁排平瓶 退退退退		乾乾乾乾 龟水贵北
	东丹帝■ 退退退退		乾乾乾乾 宫孔众○
六音	兑大弟■ 退退退退	一音	乾乾乾乾 龙甬用○
一声	土贪天■ 退退退退	六声	乾乾乾乾 鱼鼠去○
	同覃田■ 退退退退		乾乾乾乾 乌虎兔○

	乃你女■ 退退退退		乾乾乾乾 心审禁○
七音	内南年■ 退退退退	一音	乾乾乾乾 ○○○十
一声	老冷吕■ 退退退退	七声	乾乾乾乾 男坎欠○
	鹿荦离■ 退退退退		乾乾乾乾 ○○○妾
	走哉足■ 退退退退		乾乾乾乾 ●●●●
八音	自在匠■ 退退退退	一音	乾乾乾乾 ●●●●
一声	草采七■ 退退退退	八声	乾乾乾乾 ●●●●
	曹才全■ 退退退退		乾乾乾乾 ●●●●
	思三星■ 退退退退		乾乾乾乾 ●●●●
九音	寺□象■ 退退退退	一音	乾乾乾乾 ●●●●
一声	□□□■ 退退退退	九声	乾乾乾乾 ●●●●
	□□□■ 退退退退		乾乾乾乾 ●●●●
	■山手■ 退退退退		乾乾乾乾 ●●●●
十音	■士石■ 退退退退	一音	乾乾乾乾 ●●●●
一声	■□耳■ 退退退退	十声	乾乾乾乾 ●●●●
	■□二■ 退退退退		乾乾乾乾 ●●●●
			收音浊和律四之二
	■庄震■ 退退退退		月月月月 多可个舌

十一音	■乍□■ 退退退退	二音	月月月月 禾火化八
一声	■义赤■ 退退退退	一声	月月月月 开宰爱○
	■崇辰■ 退退退退		月月月月 回每退○
	■卓中■ 退退退退		月月月月 良两向○
十二音	■宅直■ 退退退退	二音	月月月月 光广况○
一声	■拆丑■ 退退退退	二声	月月月月 丁井亘○
	■茶呈■ 退退退退		月月月月 兄永莹○
	去声翕唱吕四之二		
	古甲九癸 莹莹莹莹		月月月月 千典旦○
一音	□□近揆 莹莹莹莹	二音	月月月月 元犬半○
二声	坤巧邱弃 莹莹莹莹	三声	月月月月 臣引艮○
	□□乾蚪 莹莹莹莹		月月月月 君允巽○
	黑花香血 莹莹莹莹		月月月月 刀早孝岳
二音	黄华雄贤 莹莹莹莹	二音	月月月月 毛宝报霍
二声	五瓦仰□ 莹莹莹莹	四声	月月月月 牛斗奏六
	吾牙月尧 莹莹莹莹		月月月月 ○○○玉
	安亚乙一 莹莹莹莹		月月月月 妻子四日
三音	□爻王寅 莹莹莹莹	二音	月月月月 衰○帅骨

二声	母马美米 莹莹莹莹	五声	月月月月 ○○○德
	目儿眉民 莹莹莹莹		月月月月 龟水贵北
	夫法□飞 莹莹莹莹		月月月月 宫孔众○
四音	父凡□吠 莹莹莹莹	二音	月月月月 龙甬用○
二声	武晚□尾 莹莹莹莹	六声	月月月月 鱼鼠去○
	文万□未 莹莹莹莹		月月月月 乌虎兔○
	卜百丙必 莹莹莹莹		月月月月 心审禁○
五音	步白葡鼻 莹莹莹莹	二音	月月月月 ○○○十
二声	普朴品匹 莹莹莹莹	七声	月月月月 男坎欠□
	旁排平瓶 莹莹莹莹		月月月月 □□□妾
	东丹帝■ 莹莹莹莹		月月月月 ●●●●
六音	兑大弟■ 莹莹莹莹	二音	月月月月 ●●●●
二声	土贪天■ 莹莹莹莹	八声	月月月月 ●●●●
	同覃田■ 莹莹莹莹		月月月月 ●●●●
	乃你女■ 莹莹莹莹		月月月月 ●●●●
七音	内南年■ 莹莹莹莹	二音	月月月月 ●●●●
二声	老冷吕■ 莹莹莹莹	九声	月月月月 ●●●●

	鹿荦离■ 莹莹莹莹		月月月月 ●●●●
	走哉足■ 莹莹莹莹		月月月月 ●●●●
八音	自在匠■ 莹莹莹莹	二音	月月月月 ●●●●
二声	草采七■ 莹莹莹莹	十声	月月月月 ●●●●
	曹才全■ 莹莹莹莹		月月月月 ●●●●
			收音浊和律四之三
	思三星■ 莹莹莹莹		眉眉眉眉 多可个舌
九音	寺□象■ 莹莹莹莹	三音	眉眉眉眉 禾火化八
二声	□□□■ 莹莹莹莹	一声	眉眉眉眉 开宰爱○
	□□□■ 莹莹莹莹		眉眉眉眉 回每退○
	■山手■ 莹莹莹莹		眉眉眉眉 良两向○
十音	■士石■ 莹莹莹莹	三音	眉眉眉眉 光广况○
二声	■□耳■ 莹莹莹莹	二声	眉眉眉眉 丁井亘○
	■□二■ 莹莹莹莹		眉眉眉眉 兄永莹○
	■庄震■ 莹莹莹莹		眉眉眉眉 千典旦○
十一音	■乍□■ 莹莹莹莹	三音	眉眉眉眉 元犬半○
二声	■义赤■ 莹莹莹莹	三声	眉眉眉眉 臣引艮○
	■崇辰■ 莹莹莹莹		眉眉眉眉 君允巽○

	■卓中■ 莹莹莹莹		眉眉眉眉 刀早孝岳
十二音	■宅直■ 莹莹莹莹	三音	眉眉眉眉 毛宝报霍
二声	■拆丑■ 莹莹莹莹	四声	眉眉眉眉 牛斗奏六
	■茶呈■ 莹莹莹莹		眉眉眉眉 ○○○玉
	去声翕唱吕四之三		
	古甲九癸 巽巽巽巽		眉眉眉眉 妻子四日
一音	□□近揆 巽巽巽巽	三音	眉眉眉眉 衰○帅骨
三声	坤巧邱弃 巽巽巽巽	五声	眉眉眉眉 ○○○德
	□□乾蚪 巽巽巽巽		眉眉眉眉 龟水贵北
	黑花香血 巽巽巽巽		眉眉眉眉 宫孔众○
二音	黄华雄贤 巽巽巽巽	三音	眉眉眉眉 龙甬用○
三声	五瓦仰□ 巽巽巽巽	六声	眉眉眉眉 鱼鼠去○
	吾牙月尧 巽巽巽巽		眉眉眉眉 乌虎兔○
	安亚乙一 巽巽巽巽		眉眉眉眉 心审禁○
三音	□爻王寅 巽巽巽巽	三音	眉眉眉眉 ○○○十
三声	母马美米 巽巽巽巽	七声	眉眉眉眉 男坎欠○
	目儿眉民 巽巽巽巽		眉眉眉眉 ○○○妾
	夫法□飞 巽巽巽巽		眉眉眉眉 ●●●●

四音	父凡□吠 巽巽巽巽	三音	眉眉眉眉 ●●●●
三声	武晚□尾 巽巽巽巽	八声	眉眉眉眉 ●●●●
	文万□未 巽巽巽巽		眉眉眉眉 ●●●●
	卜百丙必 巽巽巽巽		眉眉眉眉 ●●●●
五音	步白葡鼻 巽巽巽巽	三音	眉眉眉眉 ●●●●
三声	普朴品匹 巽巽巽巽	九声	眉眉眉眉 ●●●●
	旁排平瓶 巽巽巽巽		眉眉眉眉 ●●●●
	东丹帝■ 巽巽巽巽		眉眉眉眉 ●●●●
六音	兑大弟■ 巽巽巽巽	三音	眉眉眉眉 ●●●●
三声	土贪天■ 巽巽巽巽	十声	眉眉眉眉 ●●●●
	同覃田■ 巽巽巽巽		眉眉眉眉 ●●●●
			收音浊和律四之四
	乃你女■ 巽巽巽巽		□□□□ 多可个舌
七音	内南年■ 巽巽巽巽	四音	□□□□ 禾火化八
三声	老冷吕■ 巽巽巽巽	一声	□□□□ 开宰爱○
	鹿荦离■ 巽巽巽巽		□□□□ 回每退○
	走哉足■ 巽巽巽巽		□□□□ 良两向○
八音	自在匠■ 巽巽巽巽	四音	□□□□ 光广况○

三声	草采七■ 巽巽巽巽	二声	□□□□ 丁井亘○
	曹才全■ 巽巽巽巽		□□□□ 兄永莹○
	思三星■ 巽巽巽巽		乾乾乾乾 千典旦○
九音	寺□象■ 巽巽巽巽	四音	□□□□ 元犬半○
三声	□□□■ 巽巽巽巽	三声	□□□□ 臣引艮○
	□□□■ 巽巽巽巽		□□□□ 君允巽○
	■山手■ 巽巽巽巽		□□□□ 刀早孝岳
十音	■士石■ 巽巽巽巽	四音	□□□□ 毛宝报霍
三声	■□耳■ 巽巽巽巽	四声	□□□□ 牛斗奏六
	■□二■ 巽巽巽巽		□□□□ ○○○玉
	■庄震■ 巽巽巽巽		□□□□ 妻子四日
十一音	■乍□■ 巽巽巽巽	四音	□□□□ 衰○帅骨
三声	■义赤■ 巽巽巽巽	五声	□□□□ ○○○德
	■崇辰■ 巽巽巽巽		□□□□ 龟水贵北
	■卓中■ 巽巽巽巽		□□□□ 宫孔众○
十二音	■宅直■ 巽巽巽巽	四音	□□□□ 龙甬用○
三声	■拆丑■ 巽巽巽巽	六声	□□□□ 鱼鼠去○

	■茶呈■ 巽巽巽巽		□□□□ 乌虎兔○
	去声翕唱吕四之四		
	古甲九癸 ○○○○		□□□□ 心审禁○
一音	□□近揆 ○○○○	**四音**	□□□□ ○○○十
四声	坤巧邱弃 ○○○○	**七声**	□□□□ 男坎欠○
	□□乾虬 ○○○○		□□□□ ○○○妾
	黑花香血 ○○○○		□□□□ ●●●●
二音	黄华雄贤 ○○○○	**四音**	□□□□ ●●●●
四声	五瓦仰□ ○○○○	**八声**	□□□□ ●●●●
	吾牙月尧 ○○○○		□□□□ ●●●●
	安亚乙一 ○○○○		□□□□ ●●●●
三音	□爻王寅 ○○○○	**四音**	□□□□ ●●●●
四声	母马美米 ○○○○	**九声**	□□□□ ●●●●
	目儿眉民 ○○○○		□□□□ ●●●●
	夫法□飞 ○○○○		□□□□ ●●●●
四音	父凡□吠 ○○○○	**四音**	□□□□ ●●●●
四声	武晚□尾 ○○○○	**十声**	□□□□ ●●●●
	文万□未 ○○○○		□□□□ ●●●●

			收音浊和律四之五
	卜百丙必 ○○○○		平平平平 多可个舌
五音	步白精鼻 ○○○○	五音	平平平平 禾火化八
四声	普朴品匹 ○○○○	一声	平平平平 开宰爱○
	旁排平瓶 ○○○○		平平平平 回每退○
	东丹帝■ ○○○○		平平平平 良两向○
六音	兑大弟■ ○○○○	五音	平平平平 光广况○
四声	土贪天■ ○○○○	二声	平平平平 丁井亘○
	同覃田■ ○○○○		平平平平 兄永莹○
	乃你女■ ○○○○		平平平平 千典旦○
七音	内南年■ ○○○○	五音	平平平平 元犬半○
四声	老冷吕■ ○○○○	三声	平平平平 臣引艮○
	鹿荦离■ ○○○○		平平平平 君允巽○
	走哉足■ ○○○○		平平平平 刀早孝岳
八音	自在匠■ ○○○○	五音	平平平平 毛宝报霍
四声	草采七■ ○○○○	四声	平平平平 牛斗奏六
	曹才全■ ○○○○		平平平平 ○○○玉

	思三星■ ○○○○		平平平平 妻子四日
九音	寺□象■ ○○○○	五音	平平平平 衰○帅骨
四声	□□□■ ○○○○	五声	平平平平 ○○○德
	□□□■ ○○○○		平平平平 龟水贵北
	■山手■ ○○○○		平平平平 宫孔众○
十音	■士石■ ○○○○	五音	平平平平 龙甬用○
四声	■□耳■ ○○○○	六声	平平平平 鱼鼠去○
	■□二■ ○○○○		平平平平 乌虎兔○
	■庄震■ ○○○○		平平平平 心审禁○
十一音	■乍□■ ○○○○	五音	平平平平 ○○○十
四声	■义赤■ ○○○○	七声	平平平平 男坎欠○
	■崇辰■ ○○○○		平平平平 ○○○妾
	■卓中■ ○○○○		平平平平 ●●●●
十二音	■宅直■ ○○○○	五音	平平平平 ●●●●
四声	■拆丑■ ○○○○	八声	平平平平 ●●●●
	■茶呈■ ○○○○		平平平平 ●●●●
	去声辟唱吕四之五		
	古甲九癸 贵贵贵贵		平平平平 ●●●●

一音	□□近揆 贵贵贵贵	五音	平平平平 ●●●●
五声	坤巧邱弃 贵贵贵贵	九声	平平平平 ●●●●
	□□乾蚪 贵贵贵贵		平平平平 ●●●●
	黑花香血 贵贵贵贵		平平平平 ●●●●
二音	黄华雄贤 贵贵贵贵	五音	平平平平 ●●●●
五声	五瓦仰□ 贵贵贵贵	十声	平平平平 ●●●●
	吾牙月尧 贵贵贵贵		平平平平 ●●●●
			收音浊和律四之六
	安亚乙一 贵贵贵贵		田田田田 多可个舌
三音	□爻王寅 贵贵贵贵	六音	田田田田 禾火化八
五声	母马美米 贵贵贵贵	一声	田田田田 开宰爱○
	目儿眉民 贵贵贵贵		田田田田 回每退○
	夫法□飞 贵贵贵贵		田田田田 良两向○
四音	父凡□吠 贵贵贵贵	六音	田田田田 光广况○
五声	武晚□尾 贵贵贵贵	二声	田田田田 丁井亘○
	文万□未 贵贵贵贵		田田田田 兄永莹○
	卜百丙必 贵贵贵贵		田田田田 千典旦○
五音	步白葡鼻 贵贵贵贵	六音	田田田田 元犬半○

五声	普朴品匹 贵贵贵贵	三声	田田田田 臣引艮○
	旁排平瓶 贵贵贵贵		田田田田 君允巽○
	东丹帝■ 贵贵贵贵		田田田田 刀早孝岳
六音	兑大弟■ 贵贵贵贵	六音	田田田田 毛宝报霍
五声	土贪天■ 贵贵贵贵	四声	田田田田 牛斗奏六
	同覃田■ 贵贵贵贵		田田田田 ○○○玉
	乃你女■ 贵贵贵贵		田田田田 妻子四日
七音	内南年■ 贵贵贵贵	六音	田田田田 衰○帅骨
五声	老冷吕■ 贵贵贵贵	五声	田田田田 ○○○德
	鹿荦离■ 贵贵贵贵		田田田田 龟水贵北
	走哉足■ 贵贵贵贵		田田田田 宫孔众○
八音	自在匠■ 贵贵贵贵	六音	田田田田 龙甬用○
五声	草采七■ 贵贵贵贵	六声	田田田田 鱼鼠去○
	曹才全■ 贵贵贵贵		田田田田 乌虎兔○
	思三星■ 贵贵贵贵		田田田田 心审禁○
九音	寺□象■ 贵贵贵贵	六音	田田田田 ○○○十
五声	□□□■ 贵贵贵贵	七声	田田田田 男坎欠○

	□□□■ 贵贵贵贵		田田田田 ○○○妾
	■山手■ 贵贵贵贵		田田田田 ●●●●
十音	■士石■ 贵贵贵贵	六音	田田田田 ●●●●
五声	■□耳■ 贵贵贵贵	八声	田田田田 ●●●●
	■□二■ 贵贵贵贵		田田田田 ●●●●
	■庄震■ 贵贵贵贵		田田田田 ●●●●
十一音	■乍□■ 贵贵贵贵	六音	田田田田 ●●●●
五声	■义赤■ 贵贵贵贵	九声	田田田田 ●●●●
	■崇辰■ 贵贵贵贵		田田田田 ●●●●
	■卓中■ 贵贵贵贵		田田田田 ●●●●
十二音	■宅直■ 贵贵贵贵	六音	田田田田 ●●●●
五声	■拆丑■ 贵贵贵贵	十声	田田田田 ●●●●
	■茶呈■ 贵贵贵贵		田田田田 ●●●●
	去声翕唱吕四之六		**收音浊和律四之七**
	古甲九癸 兔兔兔兔		离离离离 多可个舌
一音	□□近揆 兔兔兔兔	七音	离离离离 禾火化八
六音	坤巧邱弃 兔兔兔兔	一声	离离离离 开宰爱○
	□□乾蚪 兔兔兔兔		离离离离 回每退○

	黑花香血 兔兔兔兔		离离离离 良两向○
二音	黄华雄贤 兔兔兔兔	七音	离离离离 光广况○
六声	五瓦仰□ 兔兔兔兔	二声	离离离离 丁井亘○
	吾牙月尧 兔兔兔兔		离离离离 兄永莹○
	安亚乙一 兔兔兔兔		离离离离 千典旦○
三音	□爻王寅 兔兔兔兔	七音	离离离离 元犬半○
六声	母马美米 兔兔兔兔	三声	离离离离 臣引艮○
	目儿眉民 兔兔兔兔		离离离离 君允巽○
	夫法□飞 兔兔兔兔		离离离离 刀早孝岳
四音	父凡□吠 兔兔兔兔	七音	离离离离 毛宝报霍
六声	武晚□尾 兔兔兔兔	四声	离离离离 牛斗奏六
	文万□未 兔兔兔兔		离离离离 ○○○玉
	卜百丙必 兔兔兔兔		离离离离 妻子四日
五音	步白犕鼻 兔兔兔兔	七音	离离离离 衰○帅骨
六声	普朴品匹 兔兔兔兔	五声	离离离离 ○○○德
	旁排平瓶 兔兔兔兔		离离离离 龟水贵北
	东丹帝■ 兔兔兔兔		离离离离 宫孔众○

六音	兑大弟■ 兔兔兔兔	七音	离离离离 龙甬用○
六声	土贪天■ 兔兔兔兔	六声	离离离离 鱼鼠去○
	同覃田■ 兔兔兔兔		离离离离 乌虎兔○
	乃你女■ 兔兔兔兔		离离离离 心审禁○
七音	内南年■ 兔兔兔兔	七音	离离离离 ○○○十
六声	老冷吕■ 兔兔兔兔	七声	离离离离 男坎欠○
	鹿荦离■ 兔兔兔兔		离离离离 ○○○妾
	走哉足■ 兔兔兔兔		离离离离 ●●●●
八音	自在匠■ 兔兔兔兔	七音	离离离离 ●●●●
六声	草采七■ 兔兔兔兔	八声	离离离离 ●●●●
	曹才全■ 兔兔兔兔		离离离离 ●●●●
	思三星■ 兔兔兔兔		离离离离 ●●●●
九音	寺□象■ 兔兔兔兔	七音	离离离离 ●●●●
六声	□□□■ 兔兔兔兔	九声	离离离离 ●●●●
	□□□■ 兔兔兔兔		离离离离 ●●●●
	■山手■ 兔兔兔兔		离离离离 ●●●●
十音	■士石■ 兔兔兔兔	七音	离离离离 ●●●●

六声	■□耳■ 兔兔兔兔	十声	离离离离 ●●●●
	■□二■ 兔兔兔兔		离离离离 ●●●●
			收音浊和律四之八
	■庄震■ 兔兔兔兔		全全全全 多可个舌
十一音	■乍□■ 兔兔兔兔	八音	全全全全 禾火化八
六声	■义赤■ 兔兔兔兔	一声	全全全全 开宰爱○
	■崇辰■ 兔兔兔兔		全全全全 回每退○
	■卓中■ 兔兔兔兔		全全全全 良两向○
十二音	■宅直■ 兔兔兔兔	八音	全全全全 光广况○
六声	■拆丑■ 兔兔兔兔	二声	全全全全 丁井亘○
	■茶呈■ 兔兔兔兔		全全全全 兄永莹○
	去声翕唱吕四之七		
	古甲九癸 ○○○○		全全全全 千典旦○
一音	□□近揆 ○○○○	八音	全全全全 元犬半○
七声	坤巧邱弃 ○○○○	三声	全全全全 臣引艮○
	□□乾蚪 ○○○○		全全全全 君允巽○
	黑花香血 ○○○○		全全全全 刀早孝岳
二音	黄华雄贤 ○○○○	八音	全全全全 毛宝报霍
七声	五瓦仰□ ○○○○	四声	全全全全 牛斗奏六

	吾牙月尧 ○○○○		全全全全 ○○○玉
	安亚乙一 ○○○○		全全全全 妻子四日
三音	□爻王寅 ○○○○	八音	全全全全 衰○帅骨
七声	母马美米 ○○○○	五声	全全全全 ○○○德
	目儿眉民 ○○○○		全全全全 龟水贵北
	夫法□飞 ○○○○		全全全全 宫孔众○
四音	父凡□吠 ○○○○	八音	全全全全 龙甬用○
七声	武晚□尾 ○○○○	六声	全全全全 鱼鼠去○
	文万□未 ○○○○		全全全全 乌虎兔○
	卜百丙必 ○○○○		全全全全 心审禁○
五音	步白葡鼻 ○○○○	八音	全全全全 ○○○十
七声	普朴品匹 ○○○○	七声	全全全全 男坎欠○
	旁排平瓶 ○○○○		全全全全 ○○○妾
	东丹帝■ ○○○○		全全全全 ●●●●
六音	兑大弟■ ○○○○	八音	全全全全 ●●●●
七声	土贪天■ ○○○○	八声	全全全全 ●●●●
	同覃田■ ○○○○		全全全全 ●●●●

	乃你女■ ○○○○		全全全全 ●●●●
七音	内南年■ ○○○○	八音	全全全全 ●●●●
七声	老冷吕■ ○○○○	九声	全全全全 ●●●●
	鹿荦离■ ○○○○		全全全全 ●●●●
	走哉足■ ○○○○		全全全全 ●●●●
八音	自在匠■ ○○○○	八音	全全全全 ●●●●
七声	草采七■ ○○○○	十声	全全全全 ●●●●
	曹才全■ ○○○○		全全全全 ●●●●
			收音浊和律四之九
	思三星■ ○○○○		□□□□ 多可个舌
九音	寺□象■ ○○○○	九音	□□□□ 禾火化八
七声	□□□■ ○○○○	一声	□□□□ 开宰爱○
	□□□■ ○○○○		□□□□ 回每退○
	■山手■ ○○○○		□□□□ 良两向○
十音	■士石■ ○○○○	九音	□□□□ 光广况○
七声	■□耳■ ○○○○	二声	□□□□ 丁井亘○
	■□二■ ○○○○		□□□□ 兄永莹○

	■庄震■ ○○○○		□□□□ 千典旦○
十一音	■乍□■ ○○○○	九音	□□□□ 元犬半○
七声	■义赤■ ○○○○	三声	□□□□ 臣引艮○
	■崇辰■ ○○○○		□□□□ 君允巽○
	■卓中■ ○○○○		□□□□ 刀早孝岳
十二音	■宅直■ ○○○○	九音	□□□□ 毛宝报霍
七声	■拆丑■ ○○○○	四声	□□□□ 牛斗奏六
	■茶呈■ ○○○○		□□□□ ○○○玉
去声翕唱吕四之八			
	古甲九癸 ●●●●		□□□□ 妻子四日
一音	□□近揆 ●●●●	九音	□□□□ 衰○帅骨
八声	坤巧邱弃 ●●●●	五声	□□□□ ○○○德
	□□乾蚪 ●●●●		□□□□ 龟水贵北
	黑花香血 ●●●●		□□□□ 宫孔众○
二音	黄华雄贤 ●●●●	九音	□□□□ 龙甬用○
八声	五瓦仰□ ●●●●	六声	□□□□ 鱼鼠去○
	吾牙月尧 ●●●●		□□□□ 乌虎兔○
	安亚乙一 ●●●●		□□□□ 心审禁○

三音	□爻王寅 ●●●●	九音	□□□□ ○○○十
八声	母马美米 ●●●●	七声	□□□□ 男坎欠○
	目儿眉民 ●●●●		□□□□ ○○○妾
	夫法□飞 ●●●●		□□□□ ●●●●
四音	父凡□吠 ●●●●	九音	□□□□ ●●●●
八声	武晚□尾 ●●●●	八声	□□□□ ●●●●
	文万□未 ●●●●		□□□□ ●●●●
	卜百丙必 ●●●●		□□□□ ●●●●
五音	步白葡鼻 ●●●●	九音	□□□□ ●●●●
八声	普朴品匹 ●●●●	九声	□□□□ ●●●●
	旁排平瓶 ●●●●		□□□□ ●●●●
	东丹帝■ ●●●●		□□□□ ●●●●
六音	兑大弟■ ●●●●	九音	□□□□ ●●●●
八声	土贪天■ ●●●●	十声	□□□□ ●●●●
	同覃田■ ●●●●		□□□□ ●●●●
			收音浊和律四之十
	乃你女■ ●●●●		二二二二 多可个舌
七音	内南年■ ●●●●	十音	二二二二 禾火化八

八声	老冷吕■ ●●●●	一声	二二二二 开宰爱○
	鹿荦离■ ●●●●		二二二二 回每退○
	走哉足■ ●●●●		二二二二 良两向○
八音	自在匠■ ●●●●	十音	二二二二 光广况○
八声	草采七■ ●●●●	二声	二二二二 丁井亘○
	曹才全■ ●●●●		二二二二 兄永莹○
	思三星■ ●●●●		二二二二 千典旦○
九音	寺□象■ ●●●●	十音	二二二二 元犬半○
八声	□□□■ ●●●●	三声	二二二二 臣引艮○
	□□□■ ●●●●		二二二二 君允巽○
	■山手■ ●●●●		二二二二 刀早孝岳
十音	■士石■ ●●●●	十音	二二二二 毛宝报霍
八声	■□耳■ ●●●●	四声	二二二二 牛斗奏六
	■□二■ ●●●●		二二二二 ○○○玉
	■庄震■ ●●●●		二二二二 妻子四日
十一音	■乍□■ ●●●●	十音	二二二二 衰○帅骨
八声	■义赤■ ●●●●	五声	二二二二 ○○○德

	■崇辰■ ●●●●		二二二二 龟水贵北
	■卓中■ ●●●●		二二二二 宫孔众○
十二音	■宅直■ ●●●●	十音	二二二二 龙甬用○
八声	■拆丑■ ●●●●	六声	二二二二 鱼鼠去○
	■茶呈■ ●●●●		二二二二 乌虎兔○
	去声翕唱吕四之九		
	古甲九癸 ●●●●		二二二二 心审禁○
一音	□□近揆 ●●●●	十音	二二二二 ○○○十
九声	坤巧邱弃 ●●●●	七声	二二二二 男坎欠○
	□□乾蚪 ●●●●		二二二二 ○○○妾
	黑花香血 ●●●●		二二二二 ●●●●
二音	黄华雄贤 ●●●●	十音	二二二二 ●●●●
九声	五瓦仰□ ●●●●	八声	二二二二 ●●●●
	吾牙月尧 ●●●●		二二二二 ●●●●
	安亚乙一 ●●●●		二二二二 ●●●●
三音	□爻王寅 ●●●●	十音	二二二二 ●●●●
九声	母马美米 ●●●●	九声	二二二二 ●●●●
	目儿眉民 ●●●●		二二二二 ●●●●

	夫法□飞 ●●●●		二二二二 ●●●●
四音	父凡□吠 ●●●●	十音	二二二二 ●●●●
九声	武晚□尾 ●●●●	十声	二二二二 ●●●●
	文万□未 ●●●●		二二二二 ●●●●
			收音浊和律四之十一
	卜百丙必 ●●●●		辰辰辰辰 多可个舌
五音	步白葡鼻 ●●●●	十一音	辰辰辰辰 禾火化八
九声	普朴品匹 ●●●●	一声	辰辰辰辰 开宰爱○
	旁排平瓶 ●●●●		辰辰辰辰 回每退○
	东丹帝■ ●●●●		辰辰辰辰 良两向○
六音	兑大弟■ ●●●●	十一音	辰辰辰辰 光广况○
九声	土贪天■ ●●●●	二声	辰辰辰辰 丁井亘○
	同覃田■ ●●●●		辰辰辰辰 兄永莹○
	乃你女■ ●●●●		辰辰辰辰 千典旦○
七音	内南年■ ●●●●	十一音	辰辰辰辰 元犬半○
九声	老冷吕■ ●●●●	三声	辰辰辰辰 臣引艮○
	鹿荦离■ ●●●●		辰辰辰辰 君允巽○
	走哉足■ ●●●●		辰辰辰辰 刀早孝岳

八音	自在匠■ ●●●●	十一音	辰辰辰辰 毛宝报霍
九声	草采七■ ●●●●	四声	辰辰辰辰 牛斗奏六
	曹才全■ ●●●●		辰辰辰辰 ○○○玉
	思三星■ ●●●●		辰辰辰辰 妻子四日
九音	寺□象■ ●●●●	十一音	辰辰辰辰 衰○帅骨
九声	□□□■ ●●●●	五声	辰辰辰辰 ○○○德
	□□□■ ●●●●		辰辰辰辰 龟水贵北
	■山手■ ●●●●		辰辰辰辰 宫孔众○
十音	■士石■ ●●●●	十一音	辰辰辰辰 龙甬用○
九声	■□耳■ ●●●●	六声	辰辰辰辰 鱼鼠去○
	■□二■ ●●●●		辰辰辰辰 乌虎兔○
	■庄震■ ●●●●		辰辰辰辰 心审禁○
十一音	■乍□■ ●●●●	十一音	辰辰辰辰 ○○○十
九声	■乂赤■ ●●●●	七声	辰辰辰辰 男坎欠○
	■崇辰■ ●●●●		辰辰辰辰 ○○○妾
	■卓中■ ●●●●		辰辰辰辰 ●●●●
十二音	■宅直■ ●●●●	十一音	辰辰辰辰 ●●●●

九声	■拆丑■ ●●●●	八声	辰辰辰辰 ●●●●
	■茶呈■ ●●●●		辰辰辰辰 ●●●●
	去声翕唱吕四之十		
	古甲九癸 ●●●●		辰辰辰辰 ●●●●
一音	□□近揆 ●●●●	十一音	辰辰辰辰 ●●●●
十声	坤巧邱弃 ●●●●	九声	辰辰辰辰 ●●●●
	□□乾虯 ●●●●		辰辰辰辰 ●●●●
	黑花香血 ●●●●		辰辰辰辰 ●●●●
二音	黄华雄贤 ●●●●	十一音	辰辰辰辰 ●●●●
十声	五瓦仰□ ●●●●	十声	辰辰辰辰 ●●●●
	吾牙月尧 ●●●●		辰辰辰辰 ●●●●
			收音浊和律四之十二
	安亚乙一 ●●●●		呈呈呈呈 多可个舌
三音	□爻王寅 ●●●●	十二音	呈呈呈呈 禾火化八
十声	母马美米 ●●●●	一声	呈呈呈呈 开宰爱○
	目儿眉民 ●●●●		呈呈呈呈 回每退○
	夫法□飞 ●●●●		呈呈呈呈 良两向○
四音	父凡□吠 ●●●●	十二音	呈呈呈呈 光广况○
十声	武晚□尾 ●●●●	二声	呈呈呈呈 丁井亘○

	文万□未 ●●●●		垦垦垦垦 兄永莹○
	卜百丙必 ●●●●		垦垦垦垦 千典旦○
五音	步白葡鼻 ●●●●	十二音	垦垦垦垦 元犬半○
十声	普朴品匹 ●●●●	三声	垦垦垦垦 臣引艮○
	旁排平瓶 ●●●●		垦垦垦垦 君允巽○
	东丹帝■ ●●●●		垦垦垦垦 刀早孝岳
六音	兑大弟■ ●●●●	十二音	垦垦垦垦 毛宝报霍
十声	土贪天■ ●●●●	四声	垦垦垦垦 牛斗奏六
	同覃田■ ●●●●		垦垦垦垦 ○○○玉
	乃你女■ ●●●●		垦垦垦垦 妻子四日
七音	内南年■ ●●●●	十二音	垦垦垦垦 衰○帅骨
十声	老冷吕■ ●●●●	五声	垦垦垦垦 ○○○德
	鹿荦离■ ●●●●		垦垦垦垦 龟水贵北
	走哉足■ ●●●●		垦垦垦垦 宫孔众○
八音	自在匠■ ●●●●	十二音	垦垦垦垦 龙甬用○
十声	草采七■ ●●●●	六声	垦垦垦垦 鱼鼠去○
	曹才全■ ●●●●		垦垦垦垦 乌虎兔○

	思三星■ ●●●●		呈呈呈呈 心审禁○
九音	寺□象■ ●●●●	十二音	呈呈呈呈 ○○○十
十声	□□□■ ●●●●	七声	呈呈呈呈 男坎欠○
	□□□■ ●●●●		呈呈呈呈 ○○○妾
	■山手■ ●●●●		呈呈呈呈 ●●●●
十音	■士石■ ●●●●	十二音	呈呈呈呈 ●●●●
十声	■□耳■ ●●●●	八声	呈呈呈呈 ●●●●
	■□二■ ●●●●		呈呈呈呈 ●●●●
	■庄震■ ●●●●		呈呈呈呈 ●●●●
十一音	■乍□■ ●●●●	十二音	呈呈呈呈 ●●●●
十声	■义赤■ ●●●●	九声	呈呈呈呈 ●●●●
	■崇辰■ ●●●●		呈呈呈呈 ●●●●
	■卓中■ ●●●●		呈呈呈呈 ●●●●
十二音	■宅直■ ●●●●	十二音	呈呈呈呈 ●●●●
十声	■拆丑■ ●●●●	十声	呈呈呈呈 ●●●●
	■茶呈■ ●●●●		呈呈呈呈 ●●●●

（皇极经世书卷九下）

钦定四库全书

子部

皇极经世书卷十上

详校官中书 臣 吕光復
灵台郎 臣 倪廷梅 复勘

总校官编修 臣 王燕绪
校对官中书 臣 潘奕雋
誊录监生 臣 黄熙淳

皇極經世書卷十上

觀物篇四十七

宋 邵雍 撰

辰日聲入闢　石水音閉清

舌○○岳日　癸血一飛必■

○●●●　■■■■■■

辰日聲七下唱地之　石水音五上和天之

用音一百五十二是　用聲一百一十二是

謂入聲闢音入聲闢　謂閉音清聲閉音清

音一千六十四　聲五百六十

辰日聲入之一闢　石水音閉之一清

入聲闢唱呂一之一　閉音清和律一之一

古甲九癸　舌舌舌舌　癸癸癸癸　多可介舌

一音　□□近揆　舌舌舌舌　一音　癸癸癸癸　禾火化八

钦定四库全书·皇极经世书卷十上

［宋］　邵　雍　撰

观物篇四十七

辰日声入辟

舌○○岳日

○○●●●

辰日声七，下唱地之用，音一百五十二，是谓入声辟音，入声辟音一千六十四。

石水音闭清

癸血一飞必■

■■■■■■

石水音五，上和天之用，声一百一十二，是谓闭音清声，闭音清声五百六十。

辰日声入之一辟

石水音闭之一清

	入声辟唱吕一之一		闭音清和律一之一
	古甲九癸 舌舌舌舌		癸癸癸癸 多可个舌
一音	□□近揆 舌舌舌舌	一音	癸癸癸癸 禾火化八
一声	坤巧丘弃 舌舌舌舌	一声	癸癸癸癸 开宰爱○
	□□乾虯 舌舌舌舌		癸癸癸癸 回每退○

	黑花香血 舌舌舌舌		癸癸癸癸 良两向○
二音	黄华雄贤 舌舌舌舌	一音	癸癸癸癸 光广况○
一声	五瓦仰□ 舌舌舌舌	二声	癸癸癸癸 丁井亘○
	吾牙月尧 舌舌舌舌		癸癸癸癸 兄永莹○
	安亚乙一 舌舌舌舌		癸癸癸癸 千典旦○
三音	□爻王寅 舌舌舌舌	一音	癸癸癸癸 元犬半○
一声	母马美米 舌舌舌舌	三声	癸癸癸癸 臣引艮○
	目儿眉民 舌舌舌舌		癸癸癸癸 君允巽○
	夫法□飞 舌舌舌舌		癸癸癸癸 刀早孝岳
四音	父凡□吠 舌舌舌舌	一音	舌舌舌舌 毛宝报霍
一声	武晚□尾 癸癸癸癸	四声	癸癸癸癸 牛斗奏六
	文万□未 舌舌舌舌		癸癸癸癸 ○○○玉
	卜百丙必 舌舌舌舌		癸癸癸癸 妻子四日
五音	步白葡鼻 舌舌舌舌	一音	癸癸癸癸 衰○帅骨
一声	普朴品匹 舌舌舌舌	五声	癸癸癸癸 ○○○德
	旁排平瓶 舌舌舌舌		癸癸癸癸 龟水贵北
	东丹帝□ 舌舌舌舌		癸癸癸癸 宫孔众○

六音	兑大弟■ 舌舌舌舌	一音	癸癸癸癸 龙甬用○
一声	土贪天■ 舌舌舌舌	六声	癸癸癸癸 鱼鼠去○
	同覃田■ 舌舌舌舌		癸癸癸癸 乌虎兔○
	乃你女■ 舌舌舌舌		癸癸癸癸 心审禁○
七音	内南年■ 舌舌舌舌	一音	癸癸癸癸 ○○○十
一声	老冷吕■ 舌舌舌舌	七声	癸癸癸癸 男坎欠○
	鹿荦离■ 舌舌舌舌		癸癸癸癸 ○○○妾
	走哉足■ 舌舌舌舌		癸癸癸癸 ●●●●
八音	自在匠■ 舌舌舌舌	一音	癸癸癸癸 ●●●●
一声	草采七■ 舌舌舌舌	八声	癸癸癸癸 ●●●●
	曹才全■ 舌舌舌舌		癸癸癸癸 ●●●●
	思三星■ 舌舌舌舌		癸癸癸癸 ●●●●
九音	寺□象■ 舌舌舌舌	一音	癸癸癸癸 ●●●●
一声	□□□■ 舌舌舌舌	九声	癸癸癸癸 ●●●●
	□□□■ 舌舌舌舌		癸癸癸癸 ●●●●
	■山手■ 舌舌舌舌		癸癸癸癸 ●●●●
十音	■士石■ 舌舌舌舌	一音	癸癸癸癸 ●●●●

一声	■□耳■ 舌舌舌舌	十声	癸癸癸癸 ●●●●
	■□二■ 舌舌舌舌		癸癸癸癸 ●●●●
			闭音清和律一之二
	■庄震■ 舌舌舌舌		血血血血 多可个舌
十一音	■乍□■ 舌舌舌舌	二音	血血血血 禾火化八
一声	■义赤■ 舌舌舌舌	一声	血血血血 开宰爱○
	■崇辰■ 舌舌舌舌		血血血血 回每退○
	■卓中■ 舌舌舌舌		血血血血 良两向○
十二音	■宅直■ 舌舌舌舌	二音	血血血血 光广况○
一声	■拆丑■ 舌舌舌舌	二声	血血血血 丁井亘○
	■茶呈■ 舌舌舌舌		血血血血 兄永莹○
	入声辟唱吕一之二		
	古甲九癸 ○○○○		血血血血 千典旦○
一音	□□近揆 ○○○○	二音	血血血血 元犬半○
一声	坤巧邱弃 ○○○○	三声	血血血血 臣引艮○
	□□乾蚪 ○○○○		血血血血 君允巽○
	黑花香血 ○○○○		血血血血 刀早孝岳
一音	黄华雄贤 ○○○○	二音	血血血血 毛宝报霍
一声	五瓦仰□ ○○○○	四声	血血血血 牛斗奏六

	吾牙月尧 ○○○○		血血血血 ○○○玉
	安亚乙一 ○○○○		血血血血 妻子四日
三音	□爻王寅 ○○○○	二音	血血血血 衰○帅骨
二声	母马美米 ○○○○	五声	血血血血 ○○○德
	目儿眉民 ○○○○		血血血血 龟水贵北
	夫法□飞 ○○○○		血血血血 宫孔众○
四音	父凡□吠 ○○○○	二音	血血血血 龙甬用○
一声	武晚□尾 ○○○○	六声	血血血血 鱼鼠去○
	文万□未 ○○○○		血血血血 乌虎兔○
	卜百丙必 ○○○○		血血血血 心审禁○
五音	步白葡鼻 ○○○○	二音	血血血血 ○○○十
一声	普朴品匹 ○○○○	七声	血血血血 男坎欠○
	旁排平瓶 ○○○○		血血血血 ○○○妾
	东丹帝■ ○○○○		血血血血 ●●●●
六音	兑大弟■ ○○○○	二音	血血血血 ●●●●
一声	土贪天■ ○○○○	八声	血血血血 ●●●●
	同覃田■ ○○○○		血血血血 ●●●●

	乃你女■ ○○○○		血血血血 ●●●●
七音	内南年■ ○○○○	二音	血血血血 ●●●●
二声	老冷吕■ ○○○○	九声	血血血血 ●●●●
	鹿荦离■ ○○○○		血血血血 ●●●●
	走哉足■ ○○○○		血血血血 ●●●●
八音	自在匠■ ○○○○	二音	血血血血 ●●●●
二声	草采七■ ○○○○	十声	血血血血 ●●●●
	曹才全■ ○○○○		血血血血 ●●●●
			闭音清和律一之三
	思三星■ ○○○○		一一一一 多可个舌
九音	寺□象■ ○○○○	三音	一一一一 禾火化八
二声	□□□■ ○○○○	一声	一一一一 开宰爱○
	□□□■ ○○○○		一一一一 回每退○
	□山手■ ○○○○		一一一一 良两向○
十音	□土石■ ○○○○	三音	一一一一 光广况○
二声	□□耳■ ○○○○	二声	一一一一 丁井亘○
	□□二■ ○○○○		一一一一 兄永莹○

	■庄震■ ○○○○		———— 千典旦○
十一音	■乍□■ ○○○○	三音	———— 元犬半○
二声	■义赤■ ○○○○	三声	———— 臣引艮○
	■崇辰■ ○○○○		———— 君允巽○
	■卓中■ ○○○○		———— 刀早孝岳
十二音	■宅直■ ○○○○	三音	———— 毛宝报霍
二声	■拆丑■ ○○○○	四声	———— 牛斗奏六
	■茶呈■ ○○○○		———— ○○○玉
	入声辟唱吕一之三		
	古甲九癸 ○○○○		———— 妻子四日
一音	□□近揆 ○○○○	三音	———— 衰○帅骨
三声	坤巧邱弃 ○○○○	五声	———— ○○○德
	□□乾虬 ○○○○		———— 龟水贵北
	黑花香血 ○○○○		———— 宫孔众○
二音	黄华雄贤 ○○○○	三音	———— 龙甬用○
三声	五瓦仰□ ○○○○	六声	———— 鱼鼠去○
	吾牙月尧 ○○○○		———— 乌虎兔○
	安亚乙一 ○○○○		———— 心审禁○

三音	□爻王寅 ○○○○	三音	一一一一 ○○○十
三声	母马美米 ○○○○	七声	一一一一 男坎欠○
	目儿眉民 ○○○○		一一一一 ○○○妾
	夫法□飞 ○○○○		一一一一 ●●●●
四音	父凡□吠 ○○○○	三音	一一一一 ●●●●
三声	武晚□尾 ○○○○	八声	一一一一 ●●●●
	文万□未 ○○○○		一一一一 ●●●●
	卜百丙必 ○○○○		一一一一 ●●●●
五音	步白蒨鼻 ○○○○	三音	一一一一 ●●●●
三声	普扑匹品 ○○○○	九声	一一一一 ●●●●
	旁排平瓶 ○○○○		一一一一 ●●●●
	东丹帝■ ○○○○		一一一一 ●●●●
六音	兑大弟■ ○○○○	三音	一一一一 ●●●●
三声	土贪天■ ○○○○	十声	一一一一 ●●●●
	同覃田■ ○○○○		一一一一 ●●●●
			闭音清和律一之四
	乃你女■ ○○○○		飞飞飞飞 多可个舌
七音	内南年■ ○○○○	四音	飞飞飞飞 禾火化八

三声	老冷吕■ ○○○○	一声	飞飞飞飞 开宰爱○
	鹿荦离■ ○○○○		飞飞飞飞 回每退○
	走哉足■ ○○○○		飞飞飞飞 良两向○
八音	自在匠■ ○○○○	四音	飞飞飞飞 光广况○
三声	草采七■ ○○○○	二声	飞飞飞飞 丁井亘○
	曹才全■ ○○○○		飞飞飞飞 兄永莹○
	思三星■ ○○○○		飞飞飞飞 千典旦○
九音	寺□象■ ○○○○	四音	飞飞飞飞 元犬半○
三声	□□□■ ○○○○	三声	飞飞飞飞 臣引艮○
	□□□■ ○○○○		飞飞飞飞 君允巽○
	■山手■ ○○○○		飞飞飞飞 刀早孝岳
十音	■士石■ ○○○○	四音	飞飞飞飞 毛宝报霍
三声	■□耳■ ○○○○	四声	飞飞飞飞 牛斗奏六
	■□二■ ○○○○		飞飞飞飞 ○○○玉
	■庄震■ ○○○○		飞飞飞飞 妻子四日
十一音	■乍□■ ○○○○	四音	飞飞飞飞 衰○帅骨
三声	■义赤■ ○○○○	五声	飞飞飞飞 ○○○德

	■崇辰■ ○○○○		飞飞飞飞 龟水贵北
	■卓中■ ○○○○		飞飞飞飞 宫孔众○
十二音	■宅直■ ○○○○	四音	飞飞飞飞 龙甬用○
三声	■拆丑■ ○○○○	六声	飞飞飞飞 鱼鼠去○
	■茶呈■ ○○○○		飞飞飞飞 乌虎兔○
	入声辟唱吕一之四		
	古甲九癸 岳岳岳岳		飞飞飞飞 心审禁○
一音	□□近揆 岳岳岳岳	四音	飞飞飞飞 ○○○十
四声	坤巧邱弃 岳岳岳岳	七声	飞飞飞飞 男坎欠○
	□□乾虯 岳岳岳岳		飞飞飞飞 ○○○妾
	黑花香血 岳岳岳岳		飞飞飞飞 ●●●●
二音	黄华雄贤 岳岳岳岳	四音	飞飞飞飞 ●●●●
四声	五瓦仰□ 岳岳岳岳	八声	飞飞飞飞 ●●●●
	吾牙月尧 岳岳岳岳		飞飞飞飞 ●●●●
	安亚乙一 岳岳岳岳		飞飞飞飞 ●●●●
三音	□爻王寅 岳岳岳岳	四音	飞飞飞飞 ●●●●
四声	母马美米 岳岳岳岳	九声	飞飞飞飞 ●●●●
	目儿眉民 岳岳岳岳		飞飞飞飞 ●●●●

	夫法□飞 岳岳岳岳		飞飞飞飞 ●●●●
四音	父凡□吠 岳岳岳岳	四音	飞飞飞飞 ●●●●
四声	武晚□尾 岳岳岳岳	十声	飞飞飞飞 ●●●●
	文万□未 岳岳岳岳		飞飞飞飞 ●●●●
			闭音清和律一之五
	卜百丙必 岳岳岳岳		必必必必 多可个舌
五音	步白精鼻 岳岳岳岳	五音	必必必必 禾火化八
四声	普朴品匹 岳岳岳岳	一声	必必必必 开宰爱○
	旁排平瓶 岳岳岳岳		必必必必 回每退○
	东丹帝■ 岳岳岳岳		必必必必 良两向○
六音	兑大弟■ 岳岳岳岳	五音	必必必必 光广况○
四声	土贪天■ 岳岳岳岳	二声	必必必必 丁井亘○
	同覃田■ 岳岳岳岳		必必必必 兄永莹○
	乃你女■ 岳岳岳岳		必必必必 千典旦○
七音	内南年■ 岳岳岳岳	五音	必必必必 元犬半○
四声	老冷吕■ 岳岳岳岳	三声	必必必必 臣引艮○
	鹿荦离■ 岳岳岳岳		必必必必 君允巽○
	走哉足■ 岳岳岳岳		必必必必 刀早孝岳

八音	自在匠■ 岳岳岳岳	五音	必必必必 毛宝报霍
四声	草采七■ 岳岳岳岳	四声	必必必必 牛斗奏六
	曹才全■ 岳岳岳岳		必必必必 ○○○玉
	思三星■ 岳岳岳岳		必必必必 妻子四日
九音	寺□象■ 岳岳岳岳	五音	必必必必 衰○帅骨
四声	□□□■ 岳岳岳岳	五声	必必必必 ○○○德
	□□□■ 岳岳岳岳		必必必必 龟水贵北
	■山手■ 岳岳岳岳		必必必必 宫孔众○
十音	■士石■ 岳岳岳岳	五音	必必必必 龙甬用○
四声	■□耳■ 岳岳岳岳	六声	必必必必 鱼鼠去○
	■□二■ 岳岳岳岳		必必必必 乌虎兔○
	■庄震■ 岳岳岳岳		必必必必 心审禁○
十一音	■乍□■ 岳岳岳岳	五音	必必必必 ○○○十
四声	■乂赤■ 岳岳岳岳	七声	必必必必 男坎欠○
	■崇辰■ 岳岳岳岳		必必必必 ○○○妾
	■卓中■ 岳岳岳岳		必必必必 ●●●●
十二音	■宅直■ 岳岳岳岳	五音	必必必必 ●●●●

四声	■拆丑■ 岳岳岳岳	八声	必必必必 ●●●●
	■茶呈■ 岳岳岳岳		必必必必 ●●●●
	入声辟唱吕一之五		
	古甲九癸 日日日日		必必必必 ●●●●
一音	□□近揆 日日日日	五音	必必必必 ●●●●
五声	坤巧邱弃 日日日日	九声	必必必必 ●●●●
	□□乾虯 日日日日		必必必必 ●●●●
	黑花香血 日日日日		必必必必 ●●●●
二音	黄华雄贤 日日日日	五音	必必必必 ●●●●
五声	五瓦仰□ 日日日日	十声	必必必必 ●●●●
	吾牙月尧 日日日日		必必必必 ●●●●
	安亚乙一 日日日日		■■■■ 多可个舌
三音	□爻王寅 日日日日	六音	■■■■ 禾火化八
五声	母马美米 日日日日	一声	■■■■ 开宰爱○
	目儿眉民 日日日日		■■■■ 回每退○
	夫法□飞 日日日日		■■■■ 良两向○
四音	父凡□吠 日日日日	六音	■■■■ 光广况○
五声	武晚□尾 日日日日	二声	■■■■ 丁井亘○

	文万□未 日日日日		■■■■ 兄永莹○
	卜百丙必 日日日日		■■■■ 千典旦○
五音	步白葡鼻 日日日日	六音	■■■■ 元犬半○
五声	普朴品匹 日日日日	二声	■■■■ 臣引艮○
	旁排平瓶 日日日日		■■■■ 君允巽○
	东丹帝■ 日日日日		■■■■ 刀早孝岳
六音	兑大弟■ 日日日日	六音	■■■■ 毛宝报霍
五声	土贪天■ 日日日日	四声	■■■■ 牛斗奏六
	同覃田■ 日日日日		■■■■ ○○○玉
	乃你女■ 日日日日		■■■■ 妻子四日
七音	内南年■ 日日日日	六音	■■■■ 衰○帅骨
五声	老冷吕■ 日日日日	五声	■■■■ ○○○德
	鹿荦离■ 日日日日		■■■■ 龟水贵北
	走哉足■ 日日日日		■■■■ 宫孔众○
八音	自在匠■ 日日日日	六音	■■■■ 龙甬用○
五声	草采七■ 日日日日	六声	■■■■ 鱼鼠去○
	曹才全■ 日日日日		■■■■ 乌虎兔○

	思三星■ 日日日日		■■■■ 心审禁○	
九音	寺□象■ 日日日日	六音	■■■■ ○○○十	
五声	□□□■ 日日日日	七声	■■■■ 男坎欠○	
	□□□■ 日日日日		■■■■ ○○○妾	
	■山手■ 日日日日		■■■■ ●●●●	
十音	■士石■ 日日日日	六音	■■■■ ●●●●	
五声	■□耳■ 日日日日	八声	■■■■ ●●●●	
	■□二■ 日日日日		■■■■ ●●●●	
	■庄震■ 日日日日		■■■■ ●●●●	
十一音	■乍□■ 日日日日	六音	■■■■ ●●●●	
五声	■义赤■ 日日日日	九声	■■■■ ●●●●	
	■崇辰■ 日日日日		■■■■ ●●●●	
	■卓中■ 日日日日		■■■■ ●●●●	
十二音	■宅直■ 日日日日	六音	■■■■ ●●●●	
五声	■拆丑■ 日日日日	十声	■■■■ ●●●●	
	■茶呈■ 日日日日		■■■■ ●●●●	
	入声辟唱吕一之六		闭音清和律一之七	

	古甲九癸 ○○○○		■■■■ 多可个舌
一音	□□近揆 ○○○○	七音	■■■■ 禾火化八
六声	坤巧邱弃 ○○○○	一声	■■■■ 开宰爱○
	□□乾蚪 ○○○○		■■■■ 回每退○
	黑花香血 ○○○○		■■■■ 良两向○
二音	黄华雄贤 ○○○○	七音	■■■■ 光广况○
六声	五瓦仰□ ○○○○	二声	■■■■ 丁井亘○
	吾牙月尧 ○○○○		■■■■ 兄永莹○
	安亚乙一 ○○○○		■■■■ 千典旦○
二音	□爻王寅 ○○○○	七音	■■■■ 元犬半○
六声	母马美米 ○○○○	三声	■■■■ 臣引艮○
	目儿眉民 ○○○○		■■■■ 君允巽○
	夫法□飞 ○○○○		■■■■ 刀早孝岳
四音	父凡□吠 ○○○○	七音	■■■■ 毛宝报霍
六声	武晚□尾 ○○○○	四声	■■■■ 牛斗奏六
	文万□未 ○○○○		■■■■ ○○○玉
	卜百丙必 ○○○○		■■■■ 妻子四日

五音	步白葡鼻 ○○○○	七音	■■■■ 衰○帅骨
六声	普朴品匹 ○○○○	五声	■■■■ ○○○德
	旁排平瓶 ○○○○		■■■■ 龟水贵北
	东丹帝■ ○○○○		■■■■ 宫孔众○
六音	兑大弟■ ○○○○	七音	■■■■ 龙甬用○
六声	土贪天■ ○○○○	六声	■■■■ 鱼鼠去○
	同覃田■ ○○○○		■■■■ 乌虎兔○
	乃你女■ ○○○○		■■■■ 心审禁○
七音	内南年■ ○○○○	七音	■■■■ ○○○十
六声	老冷吕■ ○○○○	七声	■■■■ 男坎欠○
	鹿荦离■ ○○○○		■■■■ ○○○妾
	走哉足■ ○○○○		■■■■ ●●●●
八音	自在匠■ ○○○○	七音	■■■■ ●●●●
六声	草采七■ ○○○○	八声	■■■■ ●●●●
	曹才全■ ○○○○		■■■■ ●●●●
	思三星■ ○○○○		■■■■ ●●●●
九音	寺□象■ ○○○○	七音	■■■■ ●●●●

六声	□□□■ ○○○○	九声	■■■■ ●●●●
	□□□■ ○○○○		■■■■ ●●●●
	■山手■ ○○○○		■■■■ ●●●●
十音	■士石■ ○○○○	七音	■■■■ ●●●●
六声	■□耳■ ○○○○	十声	■■■■ ●●●●
	■□二■ ○○○○		■■■■ ●●●●
			闭音清和律一之八
	■庄震■ ○○○○		■■■■ 多可个舌
十一音	■乍□■ ○○○○	八音	■■■■ 禾火化八
六声	■义赤■ ○○○○	一声	■■■■ 开宰爱○
	■崇辰■ ○○○○		■■■■ 回每退○
	■卓中■ ○○○○		■■■■ 良两向○
十一音	■宅直■ ○○○○	八音	■■■■ 光广况○
六声	■拆丑■ ○○○○	二声	■■■■ 丁井亘○
	■茶呈■ ○○○○		■■■■ 兄永莹○
	古甲九癸 ○○○○		■■■■ 千典旦○
一音	□□近揆 ○○○○	八音	■■■■ 元犬半○
七声	坤巧邱弃 ○○○○	三声	■■■■ 臣引艮○

	□□乾蚪 ○○○○		■■■■ 君允巽○
	黑花香血 ○○○○		■■■■ 刀早孝岳
二音	黄华雄贤 ○○○○	八音	■■■■ 毛宝报霍
七声	五瓦仰□ ○○○○	四声	■■■■ 牛斗奏六
	吾牙月尧 ○○○○		■■■■ ○○○玉
	安亚乙一 ○○○○		■■■■ 妻子四日
三音	□爻王寅 ○○○○	八音	■■■■ 衰○帅骨
七声	母马美米 ○○○○	五声	■■■■ ○○○德
	目儿眉民 ○○○○		■■■■ 龟水贵北
	夫法□飞 ○○○○		■■■■ 宫孔众○
四音	父凡□吠 ○○○○	八音	■■■■ 龙甬用○
七声	武晚□尾 ○○○○	六声	■■■■ 鱼鼠去○
	文万□未 ○○○○		■■■■ 乌虎兔○
	卜百丙必 ○○○○		■■■■ 心审禁○
五音	步白葡鼻 ○○○○	八音	■■■■ ○○○十
七声	普朴品匹 ○○○○	七声	■■■■ 男坎欠○
	旁排平瓶 ○○○○		■■■■ ○○○妾

	东丹帝■ ○○○○		■■■■ ●●●●
六音	兑大弟■ ○○○○	八音	■■■■ ●●●●
七声	土贪天■ ○○○○	八声	■■■■ ●●●●
	同覃田■ ○○○○		■■■■ ●●●●
			■■■■ ●●●●
	乃你女■ ○○○○		■■■■ ●●●●
七音	内南年■ ○○○○	八音	■■■■ ●●●●
七声	老冷吕■ ○○○○	九声	■■■■ ●●●●
	鹿荦离■ ○○○○		■■■■ ●●●●
	走哉足■ ○○○○		■■■■ ●●●●
八音	自在匠■ ○○○○	八音	■■■■ ●●●●
七声	草采七■ ○○○○	十声	■■■■ ●●●●
	曹才全■ ○○○○		■■■■ ●●●●
			闭音清和律一之九
	思三星■ ○○○○		■■■■ 多可个舌
九音	寺□象■ ○○○○	九音	■■■■ 禾火化八
七声	□□□■ ○○○○	一声	■■■■ 开宰爱○
	□□□■ ○○○○		■■■■ 回每退○
	■山手■ ○○○○		■■■■ 良两向○

十音	■士石■ ○○○○	九音	■■■■ 光广况○
七声	■□耳■ ○○○○	二声	■■■■ 丁井亘○
	■□二■ ○○○○		■■■■ 兄永莹○
	■庄震■ ○○○○		■■■■ 千典旦○
十一音	■乍□■ ○○○○	九音	■■■■ 元犬半○
七声	■义赤■ ○○○○	三声	■■■■ 臣引艮○
	■崇辰■ ○○○○		■■■■ 君允巽○
	■卓中■ ○○○○		■■■■ 刀早孝岳
十二音	■宅直■ ○○○○	九音	■■■■ 毛宝报霍
七声	■拆丑■ ○○○○	四声	■■■■ 牛斗奏六
	■茶呈■ ○○○○		■■■■ ○○○玉
入声辟唱吕一之八			
	古甲九癸 ●●●●		■■■■ 妻子四日
一音	□□近揆 ●●●●	九音	■■■■ 衰○帅骨
八声	坤巧邱弃 ●●●●	五声	■■■■ ○○○德
	□□乾虬 ●●●●		■■■■ 龟水贵北
	黑花香血 ●●●●		■■■■ 宫孔众○
二音	黄华雄贤 ●●●●	九音	■■■■ 龙甬用○

八声	五瓦仰□ ●●●●	六声	■■■■ 鱼鼠去○
	吾牙月尧 ●●●●		■■■■ 乌虎兔○
	安亚乙一 ●●●●		■■■■ 心审禁○
三音	□爻王寅 ●●●●	九音	■■■■ ○○○十
八声	母马美米 ●●●●	七声	■■■■ 男坎欠○
	目儿眉民 ●●●●		■■■■ ○○○妾
	夫法□飞 ●●●●		■■■■ ●●●●
四音	父凡□吠 ●●●●	九音	■■■■ ●●●●
八声	武晚□尾 ●●●●	八声	■■■■ ●●●●
	文万□未 ●●●●		■■■■ ●●●●
	卜百丙必 ●●●●		■■■■ ●●●●
五音	步白精鼻 ●●●●	九音	■■■■ ●●●●
八声	普朴品匹 ●●●●	九声	■■■■ ●●●●
	旁排平瓶 ●●●●		■■■■ ●●●●
	东丹帝■ ●●●●		■■■■ ●●●●
六音	兑大弟■ ●●●●	九音	■■■■ ●●●●
八声	土贪天■ ●●●●	十声	■■■■ ●●●●

	同覃田■ ●●●●		■■■■ ●●●●
			闭音清和律一之十
	乃你女■ ●●●●		■■■■ 多可个舌
七音	内南年■ ●●●●	十音	■■■■ 禾火化八
八声	老冷吕■ ●●●●	一声	■■■■ 开宰爱○
	鹿荦离■ ●●●●		■■■■ 回每退○
	走哉足■ ●●●●		■■■■ 良两向○
八音	自在匠■ ●●●●	十音	■■■■ 光广况○
八声	草采七■ ●●●●	二声	■■■■ 丁井亘○
	曹才全■ ●●●●		■■■■ 兄永莹○
	思三星■ ●●●●		■■■■ 千典旦○
九音	寺□象■ ●●●●	十音	■■■■ 元犬半○
八声	□□□■ ●●●●	三声	■■■■ 臣引艮○
	□□□■ ●●●●		■■■■ 君允巽○
	■山手■ ●●●●		■■■■ 刀早孝岳
十音	■士石■ ●●●●	十音	■■■■ 毛宝报霍
八声	■□耳■ ●●●●	四声	■■■■ 牛斗奏六
	■□二■ ●●●●		■■■■ ○○○玉

	■庄震■ ●●●●		■■■■ 妻子四日
十一音	■乍□■ ●●●●	十音	■■■■ 衰○帅骨
八声	■义赤■ ●●●●	五声	■■■■ ○○○德
	■崇辰■ ●●●●		■■■■ 龟水贵北
	■卓中■ ●●●●		■■■■ 宫孔众○
十二音	■宅直■ ●●●●	十音	■■■■ 龙甬用○
八声	■拆丑■ ●●●●	六声	■■■■ 鱼鼠去○
	■茶呈■ ●●●●		■■■■ 乌虎兔○
	入声辟唱吕一之九		
	古甲九癸 ●●●●		■■■■ 心审禁○
一音	□□近揆 ●●●●	十音	■■■■ ○○○十
九声	坤巧邱弃 ●●●●	十声	■■■■ 男坎欠○
	□□乾虯 ●●●●		■■■■ ○○○妾
	黑花香血 ●●●●		■■■■ ●●●●
二音	黄华雄贤 ●●●●	十音	■■■■ ●●●●
九声	五瓦仰□ ●●●●	八声	■■■■ ●●●●
	吾牙月尧 ●●●●		■■■■ ●●●●
			■■■■ ●●●●

	安亚乙一 ●●●●		■■■■ ●●●●
三音	□爻王寅 ●●●●	十音	■■■■ ●●●●
九声	母马美米 ●●●●	九声	■■■■ ●●●●
	目儿眉民 ●●●●		■■■■ ●●●●
	夫法□飞 ●●●●		■■■■ ●●●●
四音	父凡□吠 ●●●●	十音	■■■■ ●●●●
九声	武晚□尾 ●●●●	十声	■■■■ ●●●●
	文万□未 ●●●●		■■■■ ●●●●
			闭音清和律一之十一
	卜百丙必 ●●●●		■■■■ 多可个舌
五音	步白精鼻 ●●●●	十一音	■■■■ 禾火化八
九声	普朴品匹 ●●●●	一声	■■■■ 开宰爱○
	旁排平瓶 ●●●●		■■■■ 回每退○
	东丹帝■ ●●●●		■■■■ 良两向○
六音	兑大弟■ ●●●●	十一音	■■■■ 光广况○
九声	土贪天■ ●●●●	二声	■■■■ 丁井亘○
	同覃田■ ●●●●		■■■■ 兄永莹○
	乃你女■ ●●●●		■■■■ 千典旦○

七音	内南年■ ●●●●	十一音	■■■■ 元犬半○
九声	老冷吕■ ●●●●	三声	■■■■ 臣引艮○
	鹿荦离■ ●●●●		■■■■ 君允巽○
	走哉足■ ●●●●		■■■■ 刀早孝岳
八音	自在匠■ ●●●●	十一音	■■■■ 毛宝报霍
九声	草采七■ ●●●●	四声	■■■■ 牛斗奏六
	曹才全■ ●●●●		■■■■ ○○○玉
	思三星■ ●●●●		■■■■ 妻子四日
九音	寺□象■ ●●●●	十一音	■■■■ 衰○帅骨
九声	□□□■ ●●●●	五声	■■■■ ○○○德
	□□□■ ●●●●		■■■■ 龟水贵北
	■山手■ ●●●●		■■■■ 宫孔众○
十音	■士石■ ●●●●	十一音	■■■■ 龙甬用○
九声	■□耳■ ●●●●	六声	■■■■ 鱼鼠去○
	■□二■ ●●●●		■■■■ 乌虎兔○
	■庄震■ ●●●●		■■■■ 心审禁○
十一音	■乍□■ ●●●●	十一音	■■■■ ○○○十

九声	■义赤■ ●●●●	七声	■■■■ 男坎欠○
	■崇辰■ ●●●●		■■■■ ○○○妾
	■卓中■ ●●●●		■■■■ ●●●●
十二音	■宅直■ ●●●●	十一音	■■■■ ●●●●
九声	■拆丑■ ●●●●	八声	■■■■ ●●●●
	■茶呈■ ●●●●		■■■■ ●●●●
	入声辟唱吕一之十		
	古甲九癸 ●●●●		■■■■ ●●●●
一音	□□近揆 ●●●●	十一音	■■■■ ●●●●
十声	坤巧邱弃 ●●●●	九声	■■■■ ●●●●
	□□乾蚪 ●●●●		■■■■ ●●●●
	黑花香血 ●●●●		■■■■ ●●●●
二音	黄华雄贤 ●●●●	十一音	■■■■ ●●●●
十声	五瓦仰□ ●●●●	十声	■■■■ ●●●●
	吾牙月尧 ●●●●		■■■■ ●●●●
			闭音清和律一之十二
	安亚乙一 ●●●●		■■■■ 多可个舌
三音	□爻王寅 ●●●●	十二音	■■■■ 禾火化八
十声	母马美米 ●●●●	一声	■■■■ 开宰爱○

	目儿眉民 ●●●●		■■■■ 回每退○
	夫法□飞 ●●●●		■■■■ 良两向○
四音	父凡□吠 ●●●●	十二音	■■■■ 光广况○
十声	武晚□尾 ●●●●	二声	■■■■ 丁井亘○
	文万□未 ●●●●		■■■■ 兄永莹○
	卜百丙必 ●●●●		■■■■ 千典旦○
五音	步白犕鼻 ●●●●	十二音	■■■■ 元犬半○
十声	普朴品匹 ●●●●	三声	■■■■ 臣引艮○
	旁排平瓶 ●●●●		■■■■ 君允巽○
	东丹帝■ ●●●●		■■■■ 刀早孝岳
六音	兑大弟■ ●●●●	十二音	■■■■ 毛宝报霍
十声	土贪天■ ●●●●	四声	■■■■ 牛斗奏六
	同覃田■ ●●●●		■■■■ ○○○玉
	乃你女■ ●●●●		■■■■ 妻子四日
七音	内南年■ ●●●●	十二音	■■■■ 衰○帅骨
十声	老冷吕■ ●●●●	五声	■■■■ ○○○德
	鹿荦离■ ●●●●		■■■■ 龟水贵北

	走哉足■ ●●●●		■■■■ 宫孔众○
八音	自在匠■ ●●●●	十二音	■■■■ 龙甬用○
十声	草采七■ ●●●●	六声	■■■■ 鱼鼠去○
	曹才全■ ●●●●		■■■■ 乌虎兔○
	思三星■ ●●●●		■■■■ 心审禁○
九音	寺□象■ ●●●●	十二音	■■■■ ○○○十
十声	□□□■ ●●●●	七声	■■■■ 男坎欠○
	□□□■ ●●●●		■■■■ ○○○妾
	■山手■ ●●●●		■■■■ ●●●●
十音	■士石■ ●●●●	十二音	■■■■ ●●●●
十声	■□耳■ ●●●●	八声	■■■■ ●●●●
	■□二■ ●●●●		■■■■ ●●●●
	■庄震■ ●●●●		■■■■ ●●●●
十一音	■乍□■ ●●●●	十二音	■■■■ ●●●●
十声	■乂赤■ ●●●●	九声	■■■■ ●●●●
	■崇辰■ ●●●●		■■■■ ●●●●
	■卓中■ ●●●●		■■■■ ●●●●

十一音	■宅直■ ●●●●	十二音	■■■■ ●●●●
十声	■拆丑■ ●●●●	十声	■■■■ ●●●●
	■茶呈■ ●●●●		■■■■ ●●●●

观物篇四十八

辰月声入翕

八○○霍骨

○十●●●

辰月声七，下唱地之用，音一百五十二，是谓入声翕音，入声翕音一千六十四。

石火音闭浊

揆贤寅吠鼻■

■■■■■■

石火音五，上和天之用，声一百一十二，是谓闭音浊声，闭音浊声五百六十。

辰月声入之二翕

石火音闭之二浊

入声翕唱吕二之一		闭音浊和律二之一	
	古甲九癸 八八八八		揆揆揆揆 多可个舌
一音	□□近揆 八八八八	一音	揆揆揆揆 禾火化八
一声	坤巧邱弃 八八八八	一声	揆揆揆揆 开宰爱○
	□□乾蚪 八八八八		揆揆揆揆 回每退○
	黑花香血 八八八八		揆揆揆揆 良两向○
二音	黄华雄贤 八八八八	一音	揆揆揆揆 光广况○
一声	五瓦仰□ 八八八八	二声	揆揆揆揆 丁井亘○
	吾牙月尧 八八八八		揆揆揆揆 兄永莹○

	安亚乙一 八八八八		揆揆揆揆 千典旦○
三音	□爻王寅 八八八八	一音	揆揆揆揆 元犬半○
一声	母马美米 八八八八	三声	揆揆揆揆 臣引艮○
	目儿眉民 八八八八		揆揆揆揆 君允巽○
	夫法□飞 八八八八		揆揆揆揆 刀早孝岳
四音	父凡□吠 八八八八	一音	揆揆揆揆 毛宝报霍
一声	武晚□尾 八八八八	四声	揆揆揆揆 牛斗奏六
	文万□未 八八八八		揆揆揆揆 ○○○玉
	卜百丙必 八八八八		揆揆揆揆 妻子四日
五音	步白葡鼻 八八八八	一音	揆揆揆揆 衰○帅骨
一声	普朴品匹 八八八八	五声	揆揆揆揆 ○○○德
	旁排平瓶 八八八八		揆揆揆揆 龟水贵北
	东丹帝■ 八八八八		揆揆揆揆 宫孔众○
六音	兑大弟■ 八八八八	一音	揆揆揆揆 龙甬用○
一声	土贪天■ 八八八八	六声	揆揆揆揆 鱼鼠去○
	同覃田■ 八八八八		揆揆揆揆 乌虎兔○

	乃你女■ 八八八八		揆揆揆揆 心审禁○
七音	内南年■ 八八八八	一音	揆揆揆揆 ○○○十
一声	老冷吕■ 八八八八	七声	揆揆揆揆 男坎欠○
	鹿荦离■ 八八八八		揆揆揆揆 ○○○妾
	走哉足■ 八八八八		揆揆揆揆 ●●●●
八音	自在匠■ 八八八八	一音	揆揆揆揆 ●●●●
一声	草采七■ 八八八八	八声	揆揆揆揆 ●●●●
	曹才全■ 八八八八		揆揆揆揆 ●●●●
	思三星■ 八八八八		揆揆揆揆 ●●●●
九音	寺□象■ 八八八八	一音	揆揆揆揆 ●●●●
一声	□□□■ 八八八八	九声	揆揆揆揆 ●●●●
	□□□■ 八八八八		揆揆揆揆 ●●●●
	□山手■ 八八八八		揆揆揆揆 ●●●●
十音	□土石■ 八八八八	一音	揆揆揆揆 ●●●●
一声	■□耳■ 八八八八	十声	揆揆揆揆 ●●●●
	□□二■ 八八八八		揆揆揆揆 ●●●●
			闭音浊和律二之二
	■庄震■ 八八八八		贤贤贤贤 多可个舌

十一音	■乍□■ 八八八八	二音	贤贤贤贤 禾火化八
一声	■义赤■ 八八八八	一声	贤贤贤贤 开宰爱○
	■崇辰■ 八八八八		贤贤贤贤 回每退○
	■卓中■ 八八八八		贤贤贤贤 良两向○
十二音	■宅直■ 八八八八	二音	贤贤贤贤 光广况○
一声	■拆丑■ 八八八八	二声	贤贤贤贤 丁井亘○
	■茶呈■ 八八八八		贤贤贤贤 兄永莹○
入声翕唱吕二之二			
	古甲九癸 ○○○○		贤贤贤贤 千典旦○
一音	□□近揆 ○○○○	二音	贤贤贤贤 元犬半○
一声	坤巧邱弃 ○○○○	三声	贤贤贤贤 臣引艮○
	□□乾蚪 ○○○○		贤贤贤贤 君允巽○
	黑花香血 ○○○○		贤贤贤贤 刀早孝岳
一音	黄华雄贤 ○○○○	二音	贤贤贤贤 毛宝报霍
一声	五瓦仰□ ○○○○	四声	贤贤贤贤 牛斗奏六
	吾牙月尧 ○○○○		贤贤贤贤 ○○○玉
	安亚乙一 ○○○○		贤贤贤贤 妻子四日
三音	□爻王寅 ○○○○	二音	贤贤贤贤 衰○帅骨

二声	母马美米 ○○○○	五声	贤贤贤贤 ○○○德
	目儿眉民 ○○○○		贤贤贤贤 龟水贵北
	夫法□飞 ○○○○		贤贤贤贤 宫孔众○
四音	父凡□吠 ○○○○	二音	贤贤贤贤 龙甬用○
一声	武晚□尾 ○○○○	六声	贤贤贤贤 鱼鼠去○
	文万□未 ○○○○		贤贤贤贤 乌虎兔○
	卜百丙必 ○○○○		贤贤贤贤 心审禁○
五音	步白葡鼻 ○○○○	二音	贤贤贤贤 ○○○十
二声	普朴品匹 ○○○○	七声	贤贤贤贤 男坎欠○
	旁排平瓶 ○○○○		贤贤贤贤 ○○○妾
	东丹帝■ ○○○○		贤贤贤贤 ●●●●
六音	兑大弟■ ○○○○	二音	贤贤贤贤 ●●●●
二声	土贪天■ ○○○○	八声	贤贤贤贤 ●●●●
	同覃田■ ○○○○		贤贤贤贤 ●●●●
	乃你女■ ○○○○		贤贤贤贤 ●●●●
七音	内南年■ ○○○○	二音	贤贤贤贤 ●●●●
二声	老冷吕■ ○○○○	九声	贤贤贤贤 ●●●●

	鹿荦离■ ○○○○		贤贤贤贤 ●●●●
	走哉足■ ○○○○		贤贤贤贤 ●●●●
八音	自在匠■ ○○○○	二音	贤贤贤贤 ●●●●
二声	草采七■ ○○○○	十声	贤贤贤贤 ●●●●
	曹才全■ ○○○○		贤贤贤贤 ●●●●
			闭音浊和律二之三
	思三星■ ○○○○		寅寅寅寅 多可个舌
九音	寺□象■ ○○○○	三音	寅寅寅寅 禾火化八
二声	□□□■ ○○○○	一声	寅寅寅寅 开宰爱○
	□□□■ ○○○○		寅寅寅寅 回每退○
	■山手■ ○○○○		寅寅寅寅 良两向○
十音	■士石■ ○○○○	三音	寅寅寅寅 光广况○
二声	■□耳■ ○○○○	二声	寅寅寅寅 丁井亘○
	■□二■ ○○○○		寅寅寅寅 兄永莹○
	■庄震■ ○○○○		寅寅寅寅 千典旦○
十一音	■乍□■ ○○○○	三音	寅寅寅寅 元犬半○
二声	■义赤■ ○○○○	三声	寅寅寅寅 臣引艮○
	■崇辰■ ○○○○		寅寅寅寅 君允巽○

	■卓中■ ○○○○		寅寅寅寅 刀早孝岳
十二音	■宅直■ ○○○○	三音	寅寅寅寅 毛宝报霍
二声	■拆丑■ ○○○○	四声	寅寅寅寅 牛斗奏六
	■茶呈■ ○○○○		寅寅寅寅 ○○○玉
入声翕唱吕二之三			
	古甲九癸 ○○○○		寅寅寅寅 妻子四日
一音	□□近揆 ○○○○	三音	寅寅寅寅 衰○帅骨
三声	坤巧邱弃 ○○○○	五声	寅寅寅寅 ○○○德
	□□乾蚪 ○○○○		寅寅寅寅 龟水贵北
	黑花香血 ○○○○		寅寅寅寅 宫孔众○
二音	黄华雄贤 ○○○○	三音	寅寅寅寅 龙甬用○
三声	五瓦仰□ ○○○○	六声	寅寅寅寅 鱼鼠去○
	吾牙月尧 ○○○○		寅寅寅寅 乌虎兔○
	安亚乙一 ○○○○		寅寅寅寅 心审禁○
三音	□爻王寅 ○○○○	三音	寅寅寅寅 ○○○十
三声	母马美米 ○○○○	七声	寅寅寅寅 男坎欠○
	目儿眉民 ○○○○		寅寅寅寅 ○○○妾
	夫法□飞 ○○○○		寅寅寅寅 ●●●●

四音	父凡□吠 ○○○○	三音	寅寅寅寅 ●●●●
三声	武晚□尾 ○○○○	八声	寅寅寅寅 ●●●●
	文万□未 ○○○○		寅寅寅寅 ●●●●
	卜百丙必 ○○○○		寅寅寅寅 ●●●●
五音	步白葡鼻 ○○○○	三音	寅寅寅寅 ●●●●
三声	普朴品匹 ○○○○	九声	寅寅寅寅 ●●●●
	旁排平瓶 ○○○○		寅寅寅寅 ●●●●
	东丹帝■ ○○○○		寅寅寅寅 ●●●●
六音	兑大弟■ ○○○○	三音	寅寅寅寅 ●●●●
三声	土贪天■ ○○○○	十声	寅寅寅寅 ●●●●
	同覃田■ ○○○○		寅寅寅寅 ●●●●
		闭音浊和律二之四	
	乃你女■ ○○○○		吠吠吠吠 多可个舌
七音	内南年■ ○○○○	四音	吠吠吠吠 禾火化八
三声	老冷吕■ ○○○○	一声	吠吠吠吠 开宰爱○
	鹿荦离■ ○○○○		吠吠吠吠 回每退○
	走哉足■ ○○○○		吠吠吠吠 良两向○
八音	自在匠■ ○○○○	四音	吠吠吠吠 光广况○

三声	草采七■ ○○○○	二声	呔呔呔呔 丁井亘○
	曹才全■ ○○○○		呔呔呔呔 兄永莹○
	思三星■ ○○○○		呔呔呔呔 千典旦○
九音	寺□象■ ○○○○	四音	呔呔呔呔 元犬半○
三声	□□□■ ○○○○	三声	呔呔呔呔 臣引艮○
	□□□■ ○○○○		呔呔呔呔 君允巽○
	■山手■ ○○○○		呔呔呔呔 刀早孝岳
十音	■士石■ ○○○○	四音	呔呔呔呔 毛宝报霍
三声	■□耳■ ○○○○	四声	呔呔呔呔 牛斗奏六
	■□二■ ○○○○		呔呔呔呔 ○○○玉
	■庄震■ ○○○○		呔呔呔呔 妻子四日
十一音	■乍□■ ○○○○	四音	呔呔呔呔 衰○帅骨
三声	■义赤■ ○○○○	五声	呔呔呔呔 ○○○德
	■崇辰■ ○○○○		呔呔呔呔 龟水贵北
	■卓中■ ○○○○		呔呔呔呔 宫孔众○
十二音	■宅直■ ○○○○	四音	呔呔呔呔 龙甬用○
三声	■拆丑■ ○○○○	六声	呔呔呔呔 鱼鼠去○

	■茶呈■ ○○○○		吠吠吠吠 乌虎兔○
	入声翕唱吕二之四		
	古甲九癸 霍霍霍霍		吠吠吠吠 心审禁○
一音	□□近揆 霍霍霍霍	**四音**	吠吠吠吠 ○○○十
四声	坤巧邱弃 霍霍霍霍	**七声**	吠吠吠吠 男坎欠○
	□□乾蚪 霍霍霍霍		吠吠吠吠 ○○○妾
	黑花香血 霍霍霍霍		吠吠吠吠 ●●●●
二音	黄华雄贤 霍霍霍霍	**四音**	吠吠吠吠 ●●●●
四声	五瓦仰□ 霍霍霍霍	**八声**	吠吠吠吠 ●●●●
	吾牙月尧 霍霍霍霍		吠吠吠吠 ●●●●
	安亚乙一 霍霍霍霍		吠吠吠吠 ●●●●
三音	□爻王寅 霍霍霍霍	**四音**	吠吠吠吠 ●●●●
四声	母马美米 霍霍霍霍	**九声**	吠吠吠吠 ●●●●
	目儿眉民 霍霍霍霍		吠吠吠吠 ●●●●
	夫法□飞 霍霍霍霍		吠吠吠吠 ●●●●
四音	父凡□吠 霍霍霍霍	**四音**	吠吠吠吠 ●●●●
四声	武晚□尾 霍霍霍霍	**十声**	吠吠吠吠 ●●●●
	文万□未 霍霍霍霍		吠吠吠吠 ●●●●

			闭音浊和律二之五
	卜百丙必 霍霍霍霍		鼻鼻鼻鼻 多可个舌
五音	步白葡鼻 霍霍霍霍	五音	鼻鼻鼻鼻 禾火化八
四声	普朴品匹 霍霍霍霍	一声	鼻鼻鼻鼻 开宰爱○
	旁排平瓶 霍霍霍霍		鼻鼻鼻鼻 回每退○
	东丹帝■ 霍霍霍霍		鼻鼻鼻鼻 良两向○
六音	兑大弟■ 霍霍霍霍	五音	鼻鼻鼻鼻 光广况○
四声	土贪天■ 霍霍霍霍	二声	鼻鼻鼻鼻 丁井亘○
	同覃田■ 霍霍霍霍		鼻鼻鼻鼻 兄永莹○
	乃你女■ 霍霍霍霍		鼻鼻鼻鼻 千典旦○
七音	内南年■ 霍霍霍霍	五音	鼻鼻鼻鼻 元犬半○
四声	老冷吕■ 霍霍霍霍	三声	鼻鼻鼻鼻 臣引艮○
	鹿荦离■ 霍霍霍霍		鼻鼻鼻鼻 君允巽○
	走哉足■ 霍霍霍霍		鼻鼻鼻鼻 刀早孝岳
八音	自在匠■ 霍霍霍霍	五音	鼻鼻鼻鼻 毛宝报霍
四声	草采七■ 霍霍霍霍	四声	鼻鼻鼻鼻 牛斗奏六
	曹才全■ 霍霍霍霍		鼻鼻鼻鼻 ○○○玉

	思三星■ 霍霍霍霍		鼻鼻鼻鼻 妻子四日
九音	寺□象■ 霍霍霍霍	五音	鼻鼻鼻鼻 衰○帅骨
四声	□□□■ 霍霍霍霍	五声	鼻鼻鼻鼻 ○○○德
	□□□■ 霍霍霍霍		鼻鼻鼻鼻 龟水贵北
	■山手■ 霍霍霍霍		鼻鼻鼻鼻 宫孔众○
十音	■士石■ 霍霍霍霍	五音	鼻鼻鼻鼻 龙甬用○
四声	■□耳■ 霍霍霍霍	六声	鼻鼻鼻鼻 鱼鼠去○
	■□二■ 霍霍霍霍		鼻鼻鼻鼻 乌虎兔○
	■庄震■ 霍霍霍霍		鼻鼻鼻鼻 心审禁○
十一音	■乍□■ 霍霍霍霍	五音	鼻鼻鼻鼻 ○○○十
四声	■义赤■ 霍霍霍霍	七声	鼻鼻鼻鼻 男坎欠○
	■崇辰■ 霍霍霍霍		鼻鼻鼻鼻 ○○○妾
	■卓中■ 霍霍霍霍		鼻鼻鼻鼻 ●●●●
十二音	■宅直■ 霍霍霍霍	五音	鼻鼻鼻鼻 ●●●●
四声	■拆丑■ 霍霍霍霍	八声	鼻鼻鼻鼻 ●●●●
	■茶呈■ 霍霍霍霍		鼻鼻鼻鼻 ●●●●
入声翕唱吕二之二			
	古甲九癸 骨骨骨骨		鼻鼻鼻鼻 ●●●●

一音	□□近揆 骨骨骨骨	五音	鼻鼻鼻鼻 ●●●●
五声	坤巧邱弃 骨骨骨骨	九声	鼻鼻鼻鼻 ●●●●
	□□乾蚪 骨骨骨骨		鼻鼻鼻鼻 ●●●●
	黑花香血 骨骨骨骨		鼻鼻鼻鼻 ●●●●
二音	黄华雄贤 骨骨骨骨	五音	鼻鼻鼻鼻 ●●●●
五声	五瓦仰□ 骨骨骨骨	十声	鼻鼻鼻鼻 ●●●●
	吾牙月尧 骨骨骨骨		鼻鼻鼻鼻 ●●●●
			闭音浊和律二之六
	安亚乙一 骨骨骨骨		■■■■ 多可个舌
三音	□爻王寅 骨骨骨骨	六音	■■■■ 禾火化八
五声	母马美米 骨骨骨骨	一声	■■■■ 开宰爱○
	目儿眉民 骨骨骨骨		■■■■ 回每退○
	夫法□飞 骨骨骨骨		■■■■ 良两向○
四音	父凡□吠 骨骨骨骨	六音	■■■■ 光广况○
五声	武晚□尾 骨骨骨骨	二声	■■■■ 丁井亘○
	文万□未 骨骨骨骨		■■■■ 兄永莹○
	卜百丙必 骨骨骨骨		■■■■ 千典旦○
五音	步白精鼻 骨骨骨骨	六音	■■■■ 元犬半○

五声	普朴品匹 骨骨骨骨	三声	■■■■ 臣引艮○
	旁排平瓶 骨骨骨骨		■■■■ 君允巽○
	东丹帝■ 骨骨骨骨		■■■■ 刀早孝岳
六音	兑大弟■ 骨骨骨骨	六音	■■■■ 毛宝报霍
五声	土贪天■ 骨骨骨骨	四声	■■■■ 牛斗奏六
	同覃田■ 骨骨骨骨		■■■■ ○○○玉
	乃你女■ 骨骨骨骨		■■■■ 妻子四日
七音	内南年■ 骨骨骨骨	六音	■■■■ 衰○帅骨
五声	老冷吕■ 骨骨骨骨	五声	■■■■ ○○○德
	鹿荦离■ 骨骨骨骨		■■■■ 龟水贵北
	走哉足■ 骨骨骨骨		■■■■ 宫孔众○
八音	自在匠■ 骨骨骨骨	六音	■■■■ 龙甬用○
五声	草采七■ 骨骨骨骨	六声	■■■■ 鱼鼠去○
	曹才全■ 骨骨骨骨		■■■■ 乌虎兔○
	思三星■ 骨骨骨骨		■■■■ 心审禁○
九音	寺□象■ 骨骨骨骨	六音	■■■■ ○○○十
五声	□□□■ 骨骨骨骨	七声	■■■■ 男坎欠○

	□□□■ 骨骨骨骨		■■■■ ○○○妾
	■山手■ 骨骨骨骨		■■■■ ●●●●
十音	■士石■ 骨骨骨骨	六音	■■■■ ●●●●
五声	■□耳■ 骨骨骨骨	八声	■■■■ ●●●●
	■□二■ 骨骨骨骨		■■■■ ●●●●
	■庄震■ 骨骨骨骨		■■■■ ●●●●
十一音	■乍□■ 骨骨骨骨	六音	■■■■ ●●●●
五声	■义赤■ 骨骨骨骨	九声	■■■■ ●●●●
	■崇辰■ 骨骨骨骨		■■■■ ●●●●
	■卓中■ 骨骨骨骨		■■■■ ●●●●
十二音	■宅直■ 骨骨骨骨	六音	■■■■ ●●●●
五声	■拆丑■ 骨骨骨骨	十声	■■■■ ●●●●
	■茶呈■ 骨骨骨骨		■■■■ ●●●●
入声翕唱吕二之六		闭音浊和律二之七	
	古甲九癸 ○○○○		■■■■ 多可个舌
一音	□□近揆 ○○○○	七音	■■■■ 禾火化八
六音	坤巧邱弃 ○○○○	一声	■■■■ 开宰爱○
	□□乾虯 ○○○○		■■■■ 回每退○

	黑花香血 ○○○○		■■■■ 良两向○
二音	黄华雄贤 ○○○○	七音	■■■■ 光广况○
六声	五瓦仰□ ○○○○	二声	■■■■ 丁井亘○
	吾牙月尧 ○○○○		■■■■ 兄永莹○
	安亚乙一 ○○○○		■■■■ 千典旦○
三音	□爻王寅 ○○○○	七音	■■■■ 元犬半○
六声	母马美米 ○○○○	三声	■■■■ 臣引艮○
	目儿眉民 ○○○○		■■■■ 君允巽○
	夫法□飞 ○○○○		■■■■ 刀早孝岳
四音	父凡□吠 ○○○○	七音	■■■■ 毛宝报霍
六声	武晚□尾 ○○○○	四声	■■■■ 牛斗奏六
	文万□未 ○○○○		■■■■ ○○○玉
	卜百丙必 ○○○○		■■■■ 妻子四日
五音	步白備鼻 ○○○○	七音	■■■■ 衰○帅骨
六声	普朴品匹 ○○○○	五声	■■■■ ○○○德
	旁排平瓶 ○○○○		■■■■ 龟水贵北
	东丹帝■ ○○○○		■■■■ 宫孔众○

六音	兑大弟■ ○○○○	七音	■■■■ 龙甬用○
六声	土贪天■ ○○○○	六声	■■■■ 鱼鼠去○
	同覃田■ ○○○○		■■■■ 乌虎兔○
	乃你女■ ○○○○		■■■■ 心审禁○
七音	内南年■ ○○○○	七音	■■■■ ○○○十
六声	老冷吕■ ○○○○	七声	■■■■ 男坎欠○
	鹿荦离■ ○○○○		■■■■ ○○○妾
	走哉足■ ○○○○		■■■■ ●●●●
八音	自在匠■ ○○○○	七音	■■■■ ●●●●
六声	草采七■ ○○○○	八声	■■■■ ●●●●
	曹才全■ ○○○○		■■■■ ●●●●
	思三星■ ○○○○		■■■■ ●●●●
九音	寺□象■ ○○○○	七音	■■■■ ●●●●
六声	□□□■ ○○○○	九声	■■■■ ●●●●
	□□□■ ○○○○		■■■■ ●●●●
	■山手■ ○○○○		■■■■ ●●●●
十音	■士石■ ○○○○	七音	■■■■ ●●●●

六声	■□耳■ ○○○○	十声	■■■■ ●●●●
	■□二■ ○○○○		■■■■ ●●●●
			闭音浊和律二之八
	■庄震■ ○○○○		■■■■ 多可个舌
十一音	■乍□■ ○○○○	八音	■■■■ 禾火化八
六声	■义赤■ ○○○○	一声	■■■■ 开宰爱○
	■崇辰■ ○○○○		■■■■ 回每退○
	■卓中■ ○○○○		■■■■ 良两向○
十二音	■宅直■ ○○○○	八音	■■■■ 光广况○
六声	■拆丑■ ○○○○	二声	■■■■ 丁井亘○
	■茶呈■ ○○○○		■■■■ 兄永莹○
	入声翕唱吕二之七		
	古甲九癸 十十十十		■■■■ 千典旦○
一音	○○近揆 十十十十	八音	■■■■ 元犬半○
七声	坤巧邱弃 十十十十	三声	■■■■ 臣引艮○
	○○乾虬 十十十十		■■■■ 君允巽○
	黑花香血 十十十十		■■■■ 刀早孝岳
二音	黄华雄贤 十十十十	八音	■■■■ 毛宝报霍
七声	五瓦仰□ 十十十十	四声	■■■■ 牛斗奏六

	吾牙月尧 十十十十		■■■■ ○○○玉
	安亚乙一 十十十十		■■■■ 妻子四日
三音	□爻王寅 十十十十	八音	■■■■ 衰○帅骨
七声	母马美米 十十十十	五声	■■■■ ○○○德
	目儿眉民 十十十十		■■■■ 龟水贵北
	夫法□飞 十十十十		■■■■ 宫孔众○
四音	父凡□吠 十十十十	八音	■■■■ 龙甬用○
七声	武晚□尾 十十十十	六声	■■■■ 鱼鼠去○
	文万□未 十十十十		■■■■ 乌虎兔○
	卜百丙必 十十十十		■■■■ 心审禁○
五音	步白犕鼻 十十十十	八音	■■■■ ○○○十
七声	普朴品匹 十十十十	七声	■■■■ 男坎欠○
	旁排平瓶 十十十十		■■■■ ○○○妾
	东丹帝■ 十十十十		■■■■ ●●●●
六音	兑大弟■ 十十十十	八音	■■■■ ●●●●
七声	土贪天■ 十十十十	八声	■■■■ ●●●●
	同覃田■ 十十十十		■■■■ ●●●●

	乃你女■ 十十十十		■■■■ ●●●●
七音	内南年■ 十十十十	八音	■■■■ ●●●●
七声	老冷吕■ 十十十十	九声	■■■■ ●●●●
	鹿荦离■ 十十十十		■■■■ ●●●●
	走哉足■ 十十十十		■■■■ ●●●●
八音	自在匠■ 十十十十	八音	■■■■ ●●●●
七声	草采七■ 十十十十	十声	■■■■ ●●●●
	曹才全■ 十十十十		■■■■ ●●●●
			闭音浊和律二之九
	思三星■ 十十十十		■■■■ 多可个舌
九音	寺□象■ 十十十十	九音	■■■■ 禾火化八
七声	□□□■ 十十十十	一声	■■■■ 开宰爱○
	□□□■ 十十十十		■■■■ 回每退○
	■山手■ 十十十十		■■■■ 良两向○
十音	■士石■ 十十十十	九音	■■■■ 光广况○
七声	□□耳■ 十十十十	二声	■■■■ 丁井亘○
	■□二■ 十十十十		■■■■ 兄永莹○

	■庄震■ 十十十十		■■■■ 千典旦○
十一音	■乍□■ 十十十十	九音	■■■■ 元犬半○
七声	■义赤■ 十十十十	三声	■■■■ 臣引艮○
	■崇辰■ 十十十十		■■■■ 君允巽○
	■卓中■ 十十十十		■■■■ 刀早孝岳
十二音	■宅直■ 十十十十	九音	■■■■ 毛宝报霍
七声	■拆丑■ 十十十十	四声	■■■■ 牛斗奏六
	■茶呈■ 十十十十		■■■■ ○○○玉
	入声翕唱吕二之八		
	古甲九癸 ●●●●		■■■■ 妻子四日
一音	□□近揆 ●●●●	九音	■■■■ 衰○帅骨
八声	坤巧邱弃 ●●●●	五声	■■■■ ○○○德
	□□乾虯 ●●●●		■■■■ 龟水贵北
	黑花香血 ●●●●		■■■■ 宫孔众○
二音	黄华雄贤 ●●●●	九音	■■■■ 龙甬用○
八声	五瓦仰□ ●●●●	六声	■■■■ 鱼鼠去○
	吾牙月尧 ●●●●		■■■■ 乌虎兔○
	安亚乙一 ●●●●		■■■■ 心审禁○

三音	□爻王寅 ●●●●	九音	■■■■ ○○○十
八声	母马美米 ●●●●	七声	■■■■ 男坎欠○
	目儿眉民 ●●●●		■■■■ ○○○妾
	夫法□飞 ●●●●		■■■■ ●●●●
四音	父凡□吠 ●●●●	九音	■■■■ ●●●●
八声	武晚□尾 ●●●●	八声	■■■■ ●●●●
	文万□未 ●●●●		■■■■ ●●●●
	卜百丙必 ●●●●		■■■■ ●●●●
五音	步白葡鼻 ●●●●	九音	■■■■ ●●●●
八声	普朴品匹 ●●●●	九声	■■■■ ●●●●
	旁排平瓶 ●●●●		■■■■ ●●●●
	东丹帝■ ●●●●		■■■■ ●●●●
六音	兑大弟■ ●●●●	九音	■■■■ ●●●●
八声	土贪天■ ●●●●	十声	■■■■ ●●●●
	同覃田■ ●●●●		■■■■ ●●●●
			闭音浊和律二之十
	乃你女■ ●●●●		■■■■ 多可个舌
七音	内南年■ ●●●●	十音	■■■■ 禾火化八

八声	老冷吕■ ●●●●	一声	■■■■ 开宰爱○
	鹿荦离■ ●●●●		■■■■ 回每退○
	走哉足■ ●●●●		■■■■ 良两向○
八音	自在匠■ ●●●●	十音	■■■■ 光广况○
八声	草采七■ ●●●●	二声	■■■■ 丁井亘○
	曹才全■ ●●●●		■■■■ 兄永莹○
	思三星■ ●●●●		■■■■ 千典旦○
九音	寺□象■ ●●●●	十音	■■■■ 元犬半○
八声	□□□■ ●●●●	三声	■■■■ 臣引艮○
	□□□■ ●●●●		■■■■ 君允巽○
	■山手■ ●●●●		■■■■ 刀早孝岳
十音	■士石■ ●●●●	十音	■■■■ 毛宝报霍
八声	■□耳■ ●●●●	四声	■■■■ 牛斗奏六
	■□二■ ●●●●		■■■■ ○○○玉
	■庄震■ ●●●●		■■■■ 妻子四日
十一音	■乍□■ ●●●●	十音	■■■■ 衰○帅骨
八声	■义赤■ ●●●●	五声	■■■■ ○○○德

	■崇辰■ ●●●●		■■■■ 龟水贵北
	■卓中■ ●●●●		■■■■ 宫孔众○
十二音	■宅直■ ●●●●	十音	■■■■ 龙甬用○
八声	■拆丑■ ●●●●	六声	■■■■ 鱼鼠去○
	■茶呈■ ●●●●		■■■■ 乌虎兔○
入声翕唱吕二之九			
	古甲九癸 ●●●●		■■■■ 心审禁○
一音	□□近揆 ●●●●	十音	■■■■ ○○○十
九声	坤巧邱弃 ●●●●	七声	■■■■ 男坎欠○
	□□乾蚪 ●●●●		■■■■ ○○○妾
	黑花香血 ○○○○		■■■■ ●●●●
二音	黄华雄贤 ○○○○	十音	■■■■ ●●●●
九声	五瓦仰□ ○○○○	八声	■■■■ ●●●●
	吾牙月尧 ○○○○		■■■■ ●●●●
	安亚乙一 ○○○○		■■■■ ●●●●
三音	□爻王寅 ○○○○	十音	■■■■ ●●●●
九声	母马美米 ○○○○	九声	■■■■ ●●●●
	目儿眉民 ○○○○		■■■■ ●●●●

	夫法□飞 ○○○○		■■■■ ●●●●
四音	父凡□吠 ●●●●	十音	■■■■ ●●●●
九声	武晚□尾 ●●●●	十声	■■■■ ●●●●
	文万□未 ●●●●		■■■■ ●●●●
			闭音浊和律二之十一
	卜百丙必 ●●●●		■■■■ 多可个舌
五音	步白精鼻 ●●●●	十一音	■■■■ 禾火化八
九声	普朴品匹 ●●●●	一声	■■■■ 开宰爱○
	旁排平瓶 ●●●●		■■■■ 回每退○
	东丹帝■ ●●●●		■■■■ 良两向○
六音	兑大弟■ ●●●●	十一音	■■■■ 光广况○
九声	土贪天■ ●●●●	二声	■■■■ 丁井亘○
	同覃田■ ●●●●		■■■■ 兄永莹○
	乃你女■ ●●●●		■■■■ 千典旦○
七音	内南年■ ●●●●	十一音	■■■■ 元犬半○
九声	老冷吕■ ●●●●	三声	■■■■ 臣引艮○
	鹿荦离■ ●●●●		■■■■ 君允巽○
	走哉足■ ●●●●		■■■■ 刀早孝岳

八音	自在匠■ ●●●●	十一音	■■■■ 毛宝报霍
九声	草采七■ ●●●●	四声	■■■■ 牛斗奏六
	曹才全■ ●●●●		■■■■ ○○○玉
	思三星■ ●●●●		■■■■ 妻子四日
九音	寺□象■ ●●●●	十一音	■■■■ 衰○帅骨
九声	□□□■ ●●●●	五声	■■■■ ○○○德
	□□□■ ●●●●		■■■■ 龟水贵北
	■山手■ ●●●●		■■■■ 宫孔众○
十音	■士石■ ●●●●	十一音	■■■■ 龙甬用○
九声	■□耳■ ●●●●	六声	■■■■ 鱼鼠去○
	■□二■ ●●●●		■■■■ 乌虎兔○
	■庄震■ ●●●●		■■■■ 心审禁○
十一音	■乍□■ ●●●●	十一音	■■■■ ○○○十
九声	■义赤■ ●●●●	七声	■■■■ 男坎欠○
	■崇辰■ ●●●●		■■■■ ○○○妾
	■卓中■ ●●●●		■■■■ ●●●●
十二音	■宅直■ ●●●●	十一音	■■■■ ●●●●

九声	■拆丑■ ●●●●	八声	■■■■ ●●●●
	■茶呈■ ●●●●		■■■■ ●●●●
	入声翕唱吕二之十		
	古甲九癸 ●●●●		■■■■ ●●●●
一音	□□近揆 ●●●●	十一音	■■■■ ●●●●
十声	坤巧邱弃 ●●●●	九声	■■■■ ●●●●
	□□乾虯 ●●●●		■■■■ ●●●●
	黑花香血 ●●●●		■■■■ ●●●●
二音	黄华雄贤 ●●●●	十一音	■■■■ ●●●●
十声	五瓦仰□ ●●●●	十声	■■■■ ●●●●
	吾牙月尧 ●●●●		■■■■ ●●●●
			闭音浊和律二之十二
	安亚乙一 ●●●●		■■■■ 多可个舌
三音	□爻王寅 ●●●●	十二音	■■■■ 禾火化八
十声	母马美米 ●●●●	一声	■■■■ 开宰爱○
	目儿眉民 ●●●●		■■■■ 回每退○
	夫法□飞 ●●●●		■■■■ 良两向○
四音	父凡□吠 ●●●●	十二音	■■■■ 光广况○
十声	武晚□尾 ●●●●	二声	■■■■ 丁井亘○

	文万□未 ●●●●		■■■■ 兄永莹○
	卜百丙必 ●●●●		■■■■ 千典旦○
五音	步白葡鼻 ●●●●	十二音	■■■■ 元犬半○
十声	普朴品匹 ●●●●	三声	■■■■ 臣引艮○
	旁排平瓶 ●●●●		■■■■ 君允巽○
	东丹帝■ ●●●●		■■■■ 刀早孝岳
六音	兑大弟■ ●●●●	十二音	■■■■ 毛宝报霍
十声	土贪天■ ●●●●	四声	■■■■ 牛斗奏六
	同覃田■ ●●●●		■■■■ ○○○玉
	乃你女■ ●●●●		■■■■ 妻子四日
七音	内南年■ ●●●●	十二音	■■■■ 衰○帅骨
十声	老冷吕■ ●●●●	五声	■■■■ ○○○德
	鹿荦离■ ●●●●		■■■■ 龟水贵北
	走哉足■ ●●●●		■■■■ 宫孔众○
八音	自在匠■ ●●●●	十二音	■■■■ 龙甬用○
十声	草采七■ ●●●●	六声	■■■■ 鱼鼠去○
	曹才全■ ●●●●		■■■■ 乌虎兔○

	思三星■ ●●●●		■■■■ 心审禁○
九音	寺□象■ ●●●●	十二音	■■■■ ○○○十
十声	□□□■ ●●●●	七声	■■■■ 男坎欠○
	□□□■ ●●●●		■■■■ ○○○妾
	■山手■ ●●●●		■■■■ ●●●●
十音	■士石■ ●●●●	十二音	■■■■ ●●●●
十声	■□耳■ ●●●●	八声	■■■■ ●●●●
	■□二■ ●●●●		■■■■ ●●●●
	■庄震■ ●●●●		■■■■ ●●●●
十一音	■乍□■ ●●●●	十二音	■■■■ ●●●●
十声	■义赤■ ●●●●	九声	■■■■ ●●●●
	■崇辰■ ●●●●		■■■■ ●●●●
	■卓中■ ●●●●		■■■■ ●●●●
十二音	■宅直■ ●●●●	十二音	■■■■ ●●●●
十声	■拆丑■ ●●●●	十声	■■■■ ●●●●
	■茶呈■ ●●●●		■■■■ ●●●●

（皇极经世书卷十上）

欽定四库全书

子部

皇极经世书卷十下

详校官中书 臣 吕光復

灵台郎 臣 倪廷梅 复勘

总校官编修 臣 王燕绪

校对官中书 臣 潘奕隽

誊录监生 臣 黄熙淳

皇極經世書卷十下

宋 邵雍 撰

觀物篇四十九

辰星聲入闢　石土音閉清

六德

弃口米尾匹■

■■■■■■

辰星聲七下唱地之　石土音五上和天之

用音一百五十二是　用聲一百一十二是

謂入聲闢音入聲闢　謂閉音清聲閉音清

音一千六十四　聲五百六十

辰星聲入之三闢　石土音閉之三清

入聲闢唱呂三之一　閉音清和律三之一

古甲九癸　弃弃弃弃

○○○　多可介舌

□□近揆　弃弃弃弃

○○○○　禾火化八

一音　一音

钦定四库全书·皇极经世书卷十下

［宋］　邵　雍　撰

观物篇四十九

辰星声入辟

○○○六德

○○●●●

辰星声七，下唱地之用，音一百五十二，是谓入声辟音，入声辟音一千六十四。

石土音闭清

弃□米尾匹■

■■■■■■

石土音五，上和天之用，声一百一十二，是谓闭音清声，闭音清声五百六十。

辰星声入之三辟

石土音闭之三清

入声辟唱吕三之一		闭音清和律三之一	
	古甲九癸 ○○○○		弃弃弃弃 多可个舌
一音	□□近揆 ○○○○	一音	弃弃弃弃 禾火化八
一声	坤巧邱弃 ○○○○	一声	弃弃弃弃 开宰爱○
	□□乾虯 ○○○○		弃弃弃弃 回每退○

	黑花香血 ○○○○		弃弃弃弃 良两向○
二音	黄华雄贤 ○○○○	一音	弃弃弃弃 光广况○
一声	五瓦仰□ ○○○○	二声	弃弃弃弃 丁井亘○
	吾牙月尧 ○○○○		弃弃弃弃 兄永莹○
	安亚乙一 ○○○○		弃弃弃弃 千典旦○
三音	□爻王寅 ○○○○	一音	弃弃弃弃 元犬半○
一声	母马美米 ○○○○	三声	弃弃弃弃 臣引艮○
	目儿眉民 ○○○○		弃弃弃弃 君允巽○
	夫法□飞 ○○○○		弃弃弃弃 刀早孝岳
四音	父凡□吠 ○○○○	一音	弃弃弃弃 毛宝报霍
一声	武晚□尾 ○○○○	四声	弃弃弃弃 牛斗奏六
	文万□未 ○○○○		弃弃弃弃 ○○○玉
	卜百丙必 ○○○○		弃弃弃弃 妻子四日
五音	步白精鼻 ○○○○	一音	弃弃弃弃 衰○帅骨
一声	普朴品匹 ○○○○	五声	弃弃弃弃 ○○○德
	旁排平瓶 ○○○○		弃弃弃弃 龟水贵北
	东丹帝■ ○○○○		弃弃弃弃 宫孔众○

六音	兑大弟■ ○○○○	一音	弃弃弃弃 龙甬用○
一声	土贪天■ ○○○○	六声	弃弃弃弃 鱼鼠去○
	同覃田■ ○○○○		弃弃弃弃 乌虎兔○
	乃你女■ ○○○○		弃弃弃弃 心审禁○
七音	内南年■ ○○○○	一音	弃弃弃弃 ○○○十
一声	老冷吕■ ○○○○	七声	弃弃弃弃 男坎欠○
	鹿荦离■ ○○○○		弃弃弃弃 ○○○妾
	走哉足■ ○○○○		弃弃弃弃 ●●●●
八音	自在匠■ ○○○○	一音	弃弃弃弃 ●●●●
一声	草采七■ ○○○○	八声	弃弃弃弃 ●●●●
	曹才全■ ○○○○		弃弃弃弃 ●●●●
	思三星■ ○○○○		弃弃弃弃 ●●●●
九音	寺□象■ ○○○○	一音	弃弃弃弃 ●●●●
一声	□□□■ ○○○○	九声	弃弃弃弃 ●●●●
	□□□■ ○○○○		弃弃弃弃 ●●●●
	■山手■ ○○○○		弃弃弃弃 ●●●●
十音	■士石■ ○○○○	一音	弃弃弃弃 ●●●●

一声	■□耳■ ○○○○	十声	弃弃弃弃 ●●●●
	■□二■ ○○○○		弃弃弃弃 ●●●●
			闭音清和律三之二
	■庄震■ ○○○○		□□□□ 多可个舌
十一音	■乍□■ ○○○○	二音	□□□□ 禾火化八
一声	■义赤■ ○○○○	一声	□□□□ 开宰爱○
	■崇辰■ ○○○○		□□□□ 回每退○
	■卓中■ ○○○○		□□□□ 良两向○
十音	■宅直■ ○○○○	二音	□□□□ 光广况○
一声	■拆丑■ ○○○○	二声	□□□□ 丁井亘○
	■茶呈■ ○○○○		□□□□ 兄永莹○
	入声辟唱吕三之二		
	古甲九癸 ○○○○		□□□□ 千典旦○
一音	□□近揆 ○○○○	二音	□□□□ 元犬半○
二声	坤巧丘弃 ○○○○	三声	□□□□ 臣引艮○
	□□乾虬 ○○○○		□□□□ 君允巽○
	黑花香血 ○○○○		□□□□ 刀早孝岳
二音	黄华雄贤 ○○○○	二音	□□□□ 毛宝报霍
二声	五瓦仰□ ○○○○	四声	□□□□ 牛斗奏六

	吾牙月尧 ○○○○		□□□□ ○○○玉
	安亚乙一 ○○○○		□□□□ 妻子四日
三音	□爻王寅 ○○○○	二音	□□□□ 衰○帅骨
二声	母马美米 ○○○○	五声	□□□□ ○○○德
	目儿眉民 ○○○○		□□□□ 龟水贵北
	夫法□飞 ○○○○		□□□□ 宫孔众○
四音	父凡□吠 ○○○○	二音	□□□□ 龙甬用○
二声	武晚□尾 ○○○○	六声	□□□□ 鱼鼠去○
	文万□未 ○○○○		□□□□ 乌虎兔○
	卜百丙必 ○○○○		□□□□ 心审禁○
五音	步白蒱鼻 ○○○○	二音	□□□□ ○○○十
二声	普朴品匹 ○○○○	七声	□□□□ 男坎欠○
	旁排平瓶 ○○○○		□□□□ ○○○妾
	东丹帝■ ○○○○		□□□□ ●●●●
六音	兑大弟■ ○○○○	二音	□□□□ ●●●●
二声	土贪天■ ○○○○	八声	□□□□ ●●●●
	同覃田■ ○○○○		□□□□ ●●●●

			□□□□ ●●●●
	乃你女■ ○○○○		□□□□ ●●●●
七音	内南年■ ○○○○	二音	□□□□ ●●●●
二声	老冷吕■ ○○○○	九声	□□□□ ●●●●
	鹿荦离■ ○○○○		□□□□ ●●●●
	走哉足■ ○○○○		□□□□ ●●●●
八音	自在匠■ ○○○○	二音	□□□□ ●●●●
二声	草采七■ ○○○○	十声	□□□□ ●●●●
	曹才全■ ○○○○		□□□□ ●●●●
			闭音清和律三之三
	思三星■ ○○○○		米米米米 多可个舌
九音	寺□象■ ○○○○	三音	米米米米 禾火化八
二声	□□□■ ○○○○	一声	米米米米 开宰爱○
	□□□■ ○○○○		米米米米 回每退○
	■山手■ ○○○○		米米米米 良两向○
十音	■士石■ ○○○○	三音	米米米米 光广况○
二声	■□耳■ ○○○○	二声	米米米米 丁井亘○
	■□二■ ○○○○		米米米米 兄永莹○

	■庄震■ ○○○○		米米米米 千典旦○
十一音	■乍□■ ○○○○	三音	米米米米 元犬半○
二声	■义赤■ ○○○○	三声	米米米米 臣引艮○
	■崇辰■ ○○○○		米米米米 君允巽○
	■卓中■ ○○○○		米米米米 刀早孝岳
十二音	■宅直■ ○○○○	三音	米米米米 毛宝报霍
二声	■拆丑■ ○○○○	四声	米米米米 牛斗奏六
	■茶呈■ ○○○○		米米米米 ○○○玉
入声辟唱吕二之三			
	古甲九癸 ○○○○		米米米米 妻子四日
一音	□□近揆 ○○○○	三音	米米米米 衰○帅骨
三声	坤巧邱弃 ○○○○	五声	米米米米 ○○○德
	□□乾虬 ○○○○		米米米米 龟水贵北
	黑花香血 ○○○○		米米米米 宫孔众○
二音	黄华雄贤 ○○○○	三音	米米米米 龙甬用○
三声	五瓦仰□ ○○○○	六声	米米米米 鱼鼠去○
	吾牙月尧 ○○○○		米米米米 乌虎兔○
	安亚乙一 ○○○○		米米米米 心审禁○

三音	□爻王寅 ○○○○	三音	米米米米 ○○○十
三声	母马美米 ○○○○	九声	米米米米 男坎欠○
	目儿眉民 ○○○○		米米米米 ○○○妾
	夫法□飞 ○○○○		米米米米 ●●●●
四音	父凡□吠 ○○○○	三音	米米米米 ●●●●
三声	武晚□尾 ○○○○	八声	米米米米 ●●●●
	文万□未 ○○○○		米米米米 ●●●●
	卜百丙必 ○○○○		米米米米 ●●●●
五音	步白葡鼻 ○○○○	三音	米米米米 ●●●●
三声	普朴品匹 ○○○○	九声	米米米米 ●●●●
	旁排平瓶 ○○○○		米米米米 ●●●●
	东丹帝■ ○○○○		米米米米 ●●●●
六音	兑大弟■ ○○○○	三音	米米米米 ●●●●
三声	土贪天■ ○○○○	十声	米米米米 ●●●●
	同覃田■ ○○○○		米米米米 ●●●●
			闭音清和律三之四
	乃你女■ ○○○○		尾尾尾尾 多可个舌
七音	内南年■ ○○○○	四音	尾尾尾尾 禾火化八

三声	老冷吕■ ○○○○	一声	尾尾尾尾 开宰爱○
	鹿荦离■ ○○○○		尾尾尾尾 回每退○
	走哉足■ ○○○○		尾尾尾尾 良两向○
八音	自在匠■ ○○○○	四音	尾尾尾尾 光广况○
三声	草采七■ ○○○○	二声	尾尾尾尾 丁井亘○
	曹才全■ ○○○○		尾尾尾尾 兄永莹○
	思三星■ ○○○○		尾尾尾尾 千典旦○
九音	寺□象■ ○○○○	四音	尾尾尾尾 元犬半○
三声	□□□■ ○○○○	三声	尾尾尾尾 臣引艮○
	□□□■ ○○○○		尾尾尾尾 君允巽○
	■山手■ ○○○○		尾尾尾尾 刀早孝岳
十音	■士石■ ○○○○	四音	尾尾尾尾 毛宝报霍
三声	■□耳■ ○○○○	四声	尾尾尾尾 牛斗奏六
	■□二■ ○○○○		尾尾尾尾 ○○○玉
	■庄震■ ○○○○		尾尾尾尾 妻子四日
十一音	■乍□■ ○○○○	四音	尾尾尾尾 衰○帅骨
三声	■义赤■ ○○○○	五声	尾尾尾尾 ○○○德

	■崇辰■ ○○○○		尾尾尾尾 龟水贵北
	■卓中■ ○○○○		尾尾尾尾 宫孔众○
十二音	■宅直■ ○○○○	四音	尾尾尾尾 龙甬用○
三声	■拆丑■ ○○○○	六声	尾尾尾尾 鱼鼠去○
	■茶呈■ ○○○○		尾尾尾尾 乌虎兔○
	入声辟唱吕三之四		
	古甲九癸 六六六六		尾尾尾尾 心审禁○
一音	□□近揆 六六六六	四音	尾尾尾尾 ○○○十
四声	坤巧邱弃 六六六六	七声	尾尾尾尾 男坎欠○
	□□乾虯 六六六六		尾尾尾尾 ○○○妾
	黑花香血 六六六六		尾尾尾尾 ●●●●
二音	黄华雄贤 六六六六	四音	尾尾尾尾 ●●●●
四声	五瓦仰□ 六六六六	八声	尾尾尾尾 ●●●●
	吾牙月尧 六六六六		尾尾尾尾 ●●●●
	安亚乙一 六六六六		尾尾尾尾 ●●●●
三音	□爻王寅 六六六六	四音	尾尾尾尾 ●●●●
四声	母马美米 六六六六	九声	尾尾尾尾 ●●●●
	目儿眉民 六六六六		尾尾尾尾 ●●●●

	夫法□飞 六六六六		尾尾尾尾 ●●●●
四音	父凡□吠 六六六六	四音	尾尾尾尾 ●●●●
四声	武晚□尾 六六六六	十声	尾尾尾尾 ●●●●
	文万□未 六六六六		尾尾尾尾 ●●●●
			闭音清和律三之五
	卜百丙必 六六六六		匹匹匹匹 多可个舌
五音	步白葡鼻 六六六六	五音	匹匹匹匹 禾火化八
四声	普朴品匹 六六六六	一声	匹匹匹匹 开宰爱○
	旁排平瓶 六六六六		匹匹匹匹 回每退○
	东丹帝■ 六六六六		匹匹匹匹 良两向○
六音	兑大弟■ 六六六六	五音	匹匹匹匹 光广况○
四声	土贪天■ 六六六六	二声	匹匹匹匹 丁井亘○
	同覃田■ 六六六六		匹匹匹匹 兄永莹○
	乃你女■ 六六六六		匹匹匹匹 千典旦○
七音	内南年■ 六六六六	五音	匹匹匹匹 元犬半○
四声	老冷吕■ 六六六六	三声	匹匹匹匹 臣引艮○
	鹿荦离■ 六六六六		匹匹匹匹 君允巽○
	走哉足■ 六六六六		匹匹匹匹 刀早孝岳

八音	自在匠■ 六六六六	五音	匹匹匹匹 毛宝报霍
四声	草采七■ 六六六六	四声	匹匹匹匹 牛斗奏六
	曹才全■ 六六六六		匹匹匹匹 ○○○玉
	思三星■ 六六六六		匹匹匹匹 妻子四日
九音	寺□象■ 六六六六	五音	匹匹匹匹 衰○帅骨
四声	□□□■ 六六六六	五声	匹匹匹匹 ○○○德
	□□□■ 六六六六		匹匹匹匹 龟水贵北
	■山手■ 六六六六		匹匹匹匹 宫孔众○
十音	■士石■ 六六六六	五音	匹匹匹匹 龙甬用○
四声	■□耳■ 六六六六	六声	匹匹匹匹 鱼鼠去○
	■□二■ 六六六六		匹匹匹匹 乌虎兔○
	■庄震■ 六六六六		匹匹匹匹 心审禁○
十一音	■乍□■ 六六六六	五音	匹匹匹匹 ○○○十
四声	■义赤■ 六六六六	七声	匹匹匹匹 男坎欠○
	■崇辰■ 六六六六		匹匹匹匹 ○○○妾
	■卓中■ 六六六六		匹匹匹匹 ●●●●
十二音	■宅直■ 六六六六	五音	匹匹匹匹 ●●●●

四声	■拆丑■ 六六六六	八声	匹匹匹匹 ●●●●
	■茶呈■ 六六六六		匹匹匹匹 ●●●●
	入声辟唱吕三之五		
	古甲九癸 德德德德		匹匹匹匹 ●●●●
一音	□□近揆 德德德德	五音	匹匹匹匹 ●●●●
五声	坤巧邱弃 德德德德	九声	匹匹匹匹 ●●●●
	□□乾虯 德德德德		匹匹匹匹 ●●●●
	黑花香血 德德德德		匹匹匹匹 ●●●●
二音	黄华雄贤 德德德德	五音	匹匹匹匹 ●●●●
五声	五瓦仰□ 德德德德	十声	匹匹匹匹 ●●●●
	吾牙月尧 德德德德		匹匹匹匹 ●●●●
			闭音清和律三之六
	安亚乙一 德德德德		□□□□ 多可个舌
三音	□爻王寅 德德德德	六音	■■■■ 禾火化八
五声	母马美米 德德德德	一声	■■■■ 开宰爱○
	目儿眉民 德德德德		■■■■ 回每退○
	夫法□飞 德德德德		■■■■ 良两向○
四音	父凡□吠 德德德德	六音	■■■■ 光广况○
五声	武晚□尾 德德德德	二声	■■■■ 丁井亘○

	文万□未 德德德德		■■■■ 兄永莹○
	卜百丙必 德德德德		■■■■ 千典旦○
五音	步白葡鼻 德德德德	六音	■■■■ 元犬半○
五声	普朴品匹 德德德德	三声	■■■■ 臣引艮○
	旁排平瓶 德德德德		■■■■ 君允巽○
	东丹帝■ 德德德德		■■■■ 刀早孝岳
六音	兑大弟■ 德德德德	六音	■■■■ 毛宝报霍
五声	土贪天■ 德德德德	四声	■■■■ 牛斗奏六
	同覃田■ 德德德德		■■■■ ○○○玉
	乃你女■ 德德德德		■■■■ 妻子四日
七音	内南年■ 德德德德	六音	■■■■ 衰○帅骨
五声	老冷吕■ 德德德德	五声	■■■■ ○○○德
	鹿荦离■ 德德德德		■■■■ 龟水贵北
	走哉足■ 德德德德		■■■■ 宫孔众○
八音	自在匠■ 德德德德	六音	■■■■ 龙甬用○
五声	草采七■ 德德德德	六声	■■■■ 鱼鼠去○
	曹才全■ 德德德德		■■■■ 乌虎兔○

	思三星■ 德德德德		■■■■ 心审禁○
九音	寺□象■ 德德德德	六音	■■■■ ○○○十
五声	□□□■ 德德德德	七声	■■■■ 男坎欠○
	□□□■ 德德德德		■■■■ ○○○妾
	■山手■ 德德德德		■■■■ ●●●●
十音	■士石■ 德德德德	六音	■■■■ ●●●●
五声	■□耳■ 德德德德	八声	■■■■ ●●●●
	■□二■ 德德德德		■■■■ ●●●●
	■庄震■ 德德德德		■■■■ ●●●●
十一音	■乍□■ 德德德德	六音	■■■■ ●●●●
五声	■义赤■ 德德德德	九声	■■■■ ●●●●
	■崇辰■ 德德德德		■■■■ ●●●●
	■卓中■ 德德德德		■■■■ ●●●●
十二音	■宅直■ 德德德德	六音	■■■■ ●●●●
五声	■拆丑■ 德德德德	十声	■■■■ ●●●●
	■茶呈■ 德德德德		■■■■ ●●●●
	入声辟唱吕三之六		闭音清和律三之七

	古甲九癸 ○○○○		■■■■ 多可个舌○
一音	□□近揆 ○○○○	七音	■■■■ 禾火化八
六声	坤巧邱弃 ○○○○	一声	■■■■ 开宰爱○
	□□乾蚪 ○○○○		■■■■ 回每退○
	黑花香血 ○○○○		■■■■ 良两向○
二音	黄华雄贤 ○○○○	七音	■■■■ 光广况○
六声	五瓦仰□ ○○○○	二声	■■■■ 丁井亘○
	吾牙月尧 宫宫宫宫		■■■■ 兄永莹○
	安亚乙一 ○○○○		■■■■ 千典旦○
三音	□爻王寅 ○○○○	七音	■■■■ 元犬半○
六声	母马美米 ○○○○	三声	■■■■ 臣引艮○
	目儿眉民 ○○○○		■■■■ 君允巽○
	夫法□飞 ○○○○		■■■■ 刀早孝岳
四音	父凡□吠 ○○○○	七音	■■■■ 毛宝报霍
六声	武晚□尾 ○○○○	四声	■■■■ 牛斗奏六
	文万□未 ○○○○		■■■■ ○○○玉
	卜百丙必 ○○○○		■■■■ 妻子四日

五音	步白葡鼻 ○○○○	七音	■■■■ 衰○帅骨
六声	普朴品匹 ○○○○	五声	■■■■ ○○○德
	旁排平瓶 ○○○○		■■■■ 龟水贵北
	东丹帝■ ○○○○		■■■■ 宫孔众○
六音	兑大弟■ ○○○○	七音	■■■■ 龙甬用○
六声	土贪天■ ○○○○	六声	■■■■ 鱼鼠去○
	同覃田■ ○○○○		■■■■ 乌虎兔○
	乃你女■ ○○○○		■■■■ 心审禁○
七音	内南年■ ○○○○	七音	■■■■ ○○○十
六声	老冷吕■ ○○○○	七声	■■■■ 男坎欠○
	鹿荦离■ ○○○○		■■■■ ○○○妾
	走哉足■ ○○○○		■■■■ ●●●●
八音	自在匠■ ○○○○	七音	■■■■ ●●●●
六声	草采七■ ○○○○	八声	■■■■ ●●●●
	曹才全■ ○○○○		■■■■ ●●●●
	思三星■ ○○○○		■■■■ ●●●●
九音	寺□象■ ○○○○	七音	■■■■ ●●●●

六声	□□□■ ○○○○	九声	■■■■ ●●●●
	□□□■ ○○○○		■■■■ ●●●●
	■山手■ ○○○○		■■■■ ●●●●
十音	■士石■ ○○○○	七音	■■■■ ●●●●
六声	■□耳■ ○○○○	十声	■■■■ ●●●●
	■□二■ ○○○○		■■■■ ●●●●
			闭音清和律三之八
	■庄震■ ○○○○		■■■■ 多可个舌
十一音	■乍□■ ○○○○	八音	■■■■ 禾火化八
六声	■义赤■ ○○○○	一声	■■■■ 开宰爱○
	■崇辰■ ○○○○		■■■■ 回每退○
	■卓中■ ○○○○		■■■■ 良两向○
十二音	■宅直■ ○○○○	八音	■■■■ 光广况○
六声	■拆丑■ ○○○○	二声	■■■■ 丁井亘○
	■茶呈■ ○○○○		■■■■ 兄永莹○
入声辟唱吕三之七			
	古甲九癸 ○○○○		■■■■ 千典旦○
一音	□□近揆 ○○○○	八音	■■■■ 元犬半○
七声	坤巧邱弃 ○○○○	三声	■■■■ 臣引艮○

	□□乾蚪 ○○○○		■■■■ 君允巽○
	黑花香血 ○○○○		■■■■ 刀早孝岳
二音	黄华雄贤 ○○○○	八音	■■■■ 毛宝报霍
七声	五瓦仰□ ○○○○	四声	■■■■ 牛斗奏六
	吾牙月尧 ○○○○		■■■■ ○○○玉
	安亚乙一 ○○○○		■■■■ 妻子四日
三音	□爻王寅 ○○○○	八音	■■■■ 衰○帅骨
七声	母马美米 ○○○○	五声	■■■■ ○○○德
	目儿眉民 ○○○○		■■■■ 龟水贵北
	夫法□飞 ○○○○		■■■■ 宫孔众○
四音	父凡□吠 ○○○○	八音	■■■■ 龙甬用○
七声	武晚□尾 ○○○○	六声	■■■■ 鱼鼠去○
	文万□未 ○○○○		■■■■ 乌虎兔○
	卜百丙必 ○○○○		■■■■ 心审禁○
五音	步白葡鼻 ○○○○	八音	■■■■ ○○○十
七声	普朴品匹 ○○○○	七声	■■■■ 男坎欠○
	旁排平瓶 ○○○○		■■■■ ○○○妾

	东丹帝■ ○○○○		■■■■ ●●●●
六音	兑大弟■ ○○○○	八音	■■■■ ●●●●
七声	土贪天■ ○○○○	八声	■■■■ ●●●●
	同覃田■ ○○○○		■■■■ ●●●●
	乃你女■ ○○○○		■■■■ ●●●●
七音	内南年■ ○○○○	八音	■■■■ ●●●●
七声	老冷吕■ ○○○○	九声	■■■■ ●●●●
	鹿荦离■ ○○○○		■■■■ ●●●●
	走哉足■ ○○○○		■■■■ ●●●●
八音	自在匠■ ○○○○	八音	■■■■ ●●●●
七声	草采七■ ○○○○	十声	■■■■ ●●●●
	曹才全■ ○○○○		■■■■ ●●●●
			闭音清和律三之九
	思三星■ ○○○○		■■■■ 多可个舌
九音	寺□象■ ○○○○	九音	■■■■ 禾火化八
七声	□□□■ ○○○○	一声	■■■■ 开宰爱○
	□□□■ ○○○○		■■■■ 回每退○
	■山手■ ○○○○		■■■■ 良两向○

十音	■士石■ ○○○○	九音	■■■■ 光广况○
七声	■□耳■ ○○○○	二声	■■■■ 丁井亘○
	■□二■ ○○○○		■■■■ 兄永莹○
	■庄震■ ○○○○		■■■■ 千典旦○
十一音	■乍□■ ○○○○	九音	■■■■ 元犬半○
七声	■义赤■ ○○○○	三声	■■■■ 臣引艮○
	■崇辰■ ○○○○		■■■■ 君允巽○
	■卓中■ ○○○○		■■■■ 刀早孝岳
十二音	■宅直■ ○○○○	九音	■■■■ 毛宝报霍
七声	■拆丑■ ○○○○	四声	■■■■ 牛斗奏六
	■茶呈■ ○○○○		■■■■ ○○○玉
入声辟唱吕三之八			
	古甲九癸 ●●●●		■■■■ 妻子四日
一音	□□近揆 ●●●●	九音	■■■■ 衰○帅骨
八声	坤巧邱弃 ●●●●	五声	■■■■ ○○○德
	□□乾蚪 ●●●●		■■■■ 龟水贵北
	黑花香血 ●●●●		■■■■ 宫孔众○
二音	黄华雄贤 ●●●●	九音	■■■■ 龙甬用○

八声	五瓦仰□ ●●●●	六声	■■■■ 鱼鼠去○
	吾牙月尧 ●●●●		■■■■ 乌虎兔○
	安亚乙一 ●●●●		■■■■ 心审禁○
三音	□爻王寅 ●●●●	九音	■■■■ ○○○十
八声	母马美米 ●●●●	七声	■■■■ 男坎欠○
	目儿眉民 ●●●●		■■■■ ○○○妾
	夫法□飞 ●●●●		■■■■ ●●●●
四音	父凡□吠 ●●●●	九音	■■■■ ●●●●
八声	武晚□尾 ●●●●	八声	■■■■ ●●●●
	文万□未 ●●●●		■■■■ ●●●●
	卜百丙必 ●●●●		■■■■ ●●●●
五音	步白葡鼻 ●●●●	九音	■■■■ ●●●●
八声	普朴品匹 ●●●●	九声	■■■■ ●●●●
	旁排平瓶 ●●●●		■■■■ ●●●●
	东丹帝■ ●●●●		■■■■ ●●●●
六音	兑大弟■ ●●●●	九音	■■■■ ●●●●
八声	土贪天■ ○○○○	十声	■■■■ ●●●●

	同覃田■ ○○○○		■■■■ ●●●●
			闭音清和律三之十
	乃你女■ ○○○○		■■■■ 多可个舌
七音	内南年■ ○○○○	十音	■■■■ 禾火化八
八声	老冷吕■ ○○○○	一声	■■■■ 开宰爱○
	鹿荦离■ ○○○○		■■■■ 回每退○
	走哉足■ ○○○○		■■■■ 良两向○
八音	自在匠■ ○○○○	十音	■■■■ 光广况○
八声	草采七■ ○○○○	二声	■■■■ 丁井亘○
	曹才全■ ○○○○		■■■■ 兄永莹○
	思三星■ ○○○○		■■■■ 千典旦○
九音	寺□象■ ○○○○	十音	■■■■ 元犬半○
八声	□□□■ ●●●●	三声	■■■■ 臣引艮○
	□□□■ ●●●●		■■■■ 君允巽○
	■山手■ ●●●●		■■■■ 刀早孝岳
十音	■士石■ ●●●●	十音	■■■■ 毛宝报霍
八声	■□耳■ ●●●●	四声	■■■■ 牛斗奏六
	■□二■ ●●●●		■■■■ ○○○玉

	■庄震■ ●●●●		■■■■ 妻子四日
十一音	■乍□■ ●●●●	十音	■■■■ 衰○帅骨
八声	■义赤■ ●●●●	五声	■■■■ ○○○德
	■崇辰■ ●●●●		■■■■ 龟水贵北
	■卓中■ ●●●●		■■■■ 宫孔众○
十二音	■宅直■ ●●●●	十音	■■■■ 龙甬用○
八声	■拆丑■ ●●●●	六声	■■■■ 鱼鼠去○
	■茶呈■ ●●●●		■■■■ 乌虎兔○

入声辟唱吕三之九

	古甲九癸 ●●●●		■■■■ 心审禁○
一音	□□近揆 ●●●●	十音	■■■■ ○○○十
九声	坤巧邱弃 ●●●●	七声	■■■■ 男坎欠○
	□□乾虬 ●●●●		■■■■ ○○○妾
	黑花香血 ●●●●		■■■■ ●●●●
二音	黄华雄贤 ●●●●	十音	■■■■ ●●●●
九声	五瓦仰□ ●●●●	八声	■■■■ ●●●●
	吾牙月尧 ●●●●		■■■■ ●●●●

	安亚乙一 ●●●●		■■■■ ●●●●
三音	□爻王寅 ●●●●	十音	■■■■ ●●●●
九声	母马美米 ●●●●	九声	■■■■ ●●●●
	目儿眉民 ●●●●		■■■■ ●●●●
	夫法□飞 ●●●●		■■■■ ●●●●
四音	父凡□吠 ●●●●	十音	■■■■ ●●●●
九声	武晚□尾 ●●●●	十声	■■■■ ●●●●
	文万□未 ●●●●		■■■■ ●●●●
			闭音清和律三之十一
	卜百丙必 ●●●●		■■■■ 多可个舌
五音	步白葡鼻 ●●●●	十一音	■■■■ 禾火化八
九声	普朴品匹 ●●●●	一声	■■■■ 开宰爱○
	旁排平瓶 ●●●●		■■■■ 回每退○
	东丹帝■ ●●●●		■■■■ 良两向○
六音	兑大弟■ ●●●●	十一音	■■■■ 光广况○
九声	土贪天■ ●●●●	二声	■■■■ 丁井亘○
	同覃田■ ●●●●		■■■■ 兄永莹○
	乃你女■ ●●●●		■■■■ 千典旦○

七音	内南年■ ●●●●	十一音	■■■■ 元犬半○
九声	老冷吕■ ●●●●	三声	■■■■ 臣引艮○
	鹿荦离■ ●●●●		■■■■ 君允巽○
	走哉足■ ●●●●		■■■■ 刀早孝岳
八音	自在匠■ ●●●●	十一音	■■■■ 毛宝报霍
九声	草采七■ ●●●●	四声	■■■■ 牛斗奏六
	曹才全■ ●●●●		■■■■ ○○○玉
	思三星■ ●●●●		■■■■ 妻子四日
九音	寺□象■ ●●●●	十一音	■■■■ 衰○帅骨
九声	□□□■ ●●●●	五声	■■■■ ○○○德
	□□□■ ●●●●		■■■■ 龟水贵北
	■山手■ ●●●●		■■■■ 宫孔众○
十音	■士石■ ●●●●	十一音	■■■■ 龙甬用○
九声	■□耳■ ●●●●	六声	■■■■ 鱼鼠去○
	■□二■ ●●●●		■■■■ 乌虎兔○
	■庄震■ ●●●●		■■■■ 心审禁○
十一音	■乍□■ ●●●●	十一音	■■■■ ○○○十

九声	■义赤■ ●●●●	七声	■■■■ 男坎欠○
	■崇辰■ ●●●●		■■■■ ○○○妾
	■卓中■ ●●●●		■■■■ ●●●●
十二音	■宅直■ ●●●●	十一音	■■■■ ●●●●
九声	■拆丑■ ●●●●	八声	■■■■ ●●●●
	■茶呈■ ●●●●		■■■■ ●●●●
	入声辟唱吕三之十		
	古甲九癸 ●●●●		■■■■ ●●●●
一音	□□近揆 ●●●●	十一音	■■■■ ●●●●
十声	坤巧邱弃 ●●●●	九声	■■■■ ●●●●
	□□乾蚪 ●●●●		■■■■ ●●●●
	黑花香血 ●●●●		■■■■ ●●●●
二音	黄华雄贤 ●●●●	十一音	■■■■ ●●●●
十声	五瓦仰□ ●●●●	十声	■■■■ ●●●●
	吾牙月尧 ●●●●		■■■■ ●●●●
			闭音清和律三之十二
	安亚乙一 ●●●●		■■■■ 多可个舌
三音	□爻王寅 ●●●●	十二音	■■■■ 禾火化八
十声	母马美米 ●●●●	一声	■■■■ 开宰爱○

	目儿眉民 ●●●●		■■■■ 回每退○
	夫法□飞 ●●●●		■■■■ 良两向○
四音	父凡□吠 ●●●●	十二音	■■■■ 光广况○
十声	武晚□尾 ●●●●	二声	■■■■ 丁井亘○
	文万□未 ●●●●		■■■■ 兄永莹○
	卜百丙必 ●●●●		■■■■ 千典旦○
五音	步白葡鼻 ●●●●	十二音	■■■■ 元犬半○
十声	普朴品匹 ●●●●	三声	■■■■ 臣引艮○
	旁排平瓶 ●●●●		■■■■ 君允巽○
	东丹帝■ ●●●●		■■■■ 刀早孝岳
六音	兑大弟■ ●●●●	十二音	■■■■ 毛宝报霍
十声	土贪天■ ●●●●	四声	■■■■ 牛斗奏六
	同覃田■ ●●●●		■■■■ ○○○玉
	乃你女■ ●●●●		■■■■ 妻子四日
七音	内南年■ ●●●●	十二音	■■■■ 衰○帅骨
十声	老冷吕■ ●●●●	五声	■■■■ ○○○德
	鹿荦离■ ●●●●		■■■■ 龟水贵北

	走哉足■ ●●●●		■■■■ 宫孔众○
八音	自在匠■ ●●●●	十二音	■■■■ 龙甬用○
十声	草采七■ ●●●●	六声	■■■■ 鱼鼠去○
	曹才全■ ●●●●		■■■■ 乌虎兔○
	思三星■ ●●●●		■■■■ 心审禁○
九音	寺□象■ ●●●●	十二音	■■■■ ○○○十
十声	□□□■ ●●●●	七声	■■■■ 男坎欠○
	□□□■ ●●●●		■■■■ ○○○妾
	■山手■ ●●●●		■■■■ ●●●●
十音	■士石■ ●●●●	十二音	■■■■ ●●●●
十声	■□耳■ ●●●●	八声	■■■■ ●●●●
	■□二■ ●●●●		■■■■ ●●●●
	■庄震■ ●●●●		■■■■ ●●●●
十一音	■乍□■ ●●●●	十二音	■■■■ ●●●●
十声	■乂赤■ ●●●●	九声	■■■■ ●●●●
	■崇辰■ ●●●●		■■■■ ●●●●
	■卓中■ ●●●●		■■■■ ●●●●

十二音	■宅直■ ●●●●	十二音	■■■■ ●●●●
十声	■拆丑■ ●●●●	十声	■■■■ ●●●●
	■茶呈■ ●●●●		■■■■ ●●●●

观物篇五十

辰辰声入翕

○○○玉北

○妾●●○

辰辰声七，下唱地之用，音一百五十二，是谓入声翕音，入声翕音一千六十四。

石石音闭浊

蚪尧民未瓶■

■■■■■■

石石音五，上和天之用，声一百一十二，是谓闭音浊声，闭音浊声五百六十。

辰辰声入之四翕

石石音闭之四浊

入声翕唱吕四之一		闭音浊和律四之一	
	古甲九癸 ○○○○		蚪蚪蚪蚪 多可个舌
一音	□□近揆 ○○○○	一音	蚪蚪蚪蚪 禾火化八
一声	坤巧邱弃 ○○○○	一声	蚪蚪蚪蚪 开宰爱○
	□□乾蚪 ○○○○		蚪蚪蚪蚪 回每退○
	黑花香血 ○○○○		蚪蚪蚪蚪 良两向○
二音	黄华雄贤 ○○○○	一音	蚪蚪蚪蚪 光广况○
一声	五瓦仰□ ○○○○	二声	蚪蚪蚪蚪 丁井亘○
	吾牙月尧 ○○○○		蚪蚪蚪蚪 兄永莹○

	安亚乙一 ○○○○		蚪蚪蚪蚪 千典旦○
三音	□爻王寅 ○○○○	一音	蚪蚪蚪蚪 元犬半○
一声	母马美米 ○○○○	三声	蚪蚪蚪蚪 臣引艮○
	目儿眉民 ○○○○		蚪蚪蚪蚪 君允巽○
	夫法□飞 ○○○○		蚪蚪蚪蚪 刀早孝岳
四音	父凡□吠 ○○○○	一音	蚪蚪蚪蚪 毛宝报霍
一声	武晚□尾 ○○○○	四声	蚪蚪蚪蚪 牛斗奏六
	文万□未 ○○○○		蚪蚪蚪蚪 ○○○玉
	卜百丙必 ○○○○		蚪蚪蚪蚪 妻子四日
五音	步白葡鼻 ○○○○	一音	蚪蚪蚪蚪 衰○帅骨
一声	普朴品匹 ○○○○	五声	蚪蚪蚪蚪 ○○○德
	旁排平瓶 ○○○○		蚪蚪蚪蚪 龟水贵北
	东丹帝■ ○○○○		蚪蚪蚪蚪 宫孔众○
六音	兑大弟■ ○○○○	一音	蚪蚪蚪蚪 龙甬用○
一声	土贪天■ ○○○○	六声	蚪蚪蚪蚪 鱼鼠去○
	同覃田■ ○○○○		蚪蚪蚪蚪 乌虎兔○

	乃你女■ ○○○○		蚪蚪蚪蚪 心审禁○
七音	内南年■ ○○○○	一音	蚪蚪蚪蚪 ○○○十
一声	老冷吕■ ○○○○	七声	蚪蚪蚪蚪 男坎欠○
	鹿荦离■ ○○○○		蚪蚪蚪蚪 ○○○妾
	走哉足■ ○○○○		蚪蚪蚪蚪 ●●●●
八音	自在匠■ ○○○○	一音	蚪蚪蚪蚪 ●●●●
一声	草采七■ ○○○○	八声	蚪蚪蚪蚪 ●●●●
	曹才全■ ○○○○		蚪蚪蚪蚪 ●●●●
	思三星■ ○○○○		蚪蚪蚪蚪 ●●●●
九音	寺□象■ ○○○○	一音	蚪蚪蚪蚪 ●●●●
九声	□□□■ ○○○○	九声	蚪蚪蚪蚪 ●●●●
	□□□■ ○○○○		蚪蚪蚪蚪 ●●●●
	■山手■ ○○○○		蚪蚪蚪蚪 ●●●●
十音	■士石■ ○○○○	一音	蚪蚪蚪蚪 ●●●●
一声	■□耳■ ○○○○	十声	蚪蚪蚪蚪 ●●●●
	■□二■ ○○○○		蚪蚪蚪蚪 ●●●●
			闭音浊和律四之二
	■庄震■ ○○○○		尧尧尧尧 多可个舌

十一音	■乍□■ ○○○○	二音	尧尧尧尧 禾火化八
二声	■义赤■ ○○○○	一声	尧尧尧尧 开宰爱○
	■崇辰■ ○○○○		尧尧尧尧 回每退○
	■卓中■ ○○○○		尧尧尧尧 良两向○
十二音	■宅直■ ○○○○	二音	尧尧尧尧 光广况○
一声	■拆丑■ ○○○○	二声	尧尧尧尧 丁井亘○
	■茶呈■ ○○○○		尧尧尧尧 兄永莹○
入声翕唱吕四之二			
	古甲九癸 ○○○○		尧尧尧尧 千典旦○
一音	□□近揆 ○○○○	二音	尧尧尧尧 元犬半○
二声	坤丘邱弃 ○○○○	三声	尧尧尧尧 臣引艮○
	□□乾蚪 ○○○○		尧尧尧尧 君允巽○
	黑花香血 ○○○○		尧尧尧尧 刀早孝岳
二音	黄华雄贤 ○○○○	二音	尧尧尧尧 毛宝报霍
二声	五瓦仰□ ○○○○	四声	尧尧尧尧 牛斗奏六
	吾牙月尧 ○○○○		尧尧尧尧 ○○○玉
	安亚乙一 ○○○○		尧尧尧尧 妻子四日
三音	□爻王寅 ○○○○	二音	尧尧尧尧 衰○帅骨

二声	母马美米 ○○○○	五声	尧尧尧尧 ○○○德
	目儿眉民 ○○○○		尧尧尧尧 龟水贵北
	夫法□飞 ○○○○		尧尧尧尧 宫孔众○
四音	父凡□吠 ○○○○	二音	尧尧尧尧 龙甬用○
二声	武晚□尾 ○○○○	六声	尧尧尧尧 鱼鼠去○
	文万□未 ○○○○		尧尧尧尧 乌虎兔○
	卜百丙必 ○○○○		尧尧尧尧 心审禁○
五音	步白蒱鼻 ○○○○	二音	尧尧尧尧 ○○○十
二声	普朴品匹 ○○○○	七声	尧尧尧尧 男坎欠○
	旁排平瓶 ○○○○		尧尧尧尧 ○○○妾
	东丹帝■ ○○○○		尧尧尧尧 ●●●●
六音	兑大弟■ ○○○○	二音	尧尧尧尧 ●●●●
二声	土贪天■ ○○○○	八声	尧尧尧尧 ●●●●
	同覃田■ ○○○○		尧尧尧尧 ●●●●
	乃你女■ ○○○○		尧尧尧尧 ●●●●
七音	内南年■ ○○○○	二音	尧尧尧尧 ●●●●
二声	老冷吕■ ○○○○	九声	尧尧尧尧 ●●●●

	鹿荦离■ ○○○○		尧尧尧尧 ●●●●
	走哉足■ ○○○○		尧尧尧尧 ●●●●
八音	自在匠■ ○○○○	二音	尧尧尧尧 ●●●●
二声	草采七■ ○○○○	十声	尧尧尧尧 ●●●●
	曹才全■ ○○○○		尧尧尧尧 ●●●●
			闭音浊和律四之三
	思三星■ ○○○○		民民民民 多可个舌
九音	寺□象■ ○○○○	三音	民民民民 禾火化八
三声	□□□■ ○○○○	一声	民民民民 开宰爱○
	□□□■ ○○○○		民民民民 回每退○
	■山手■ ○○○○		民民民民 良两向○
十音	■士石■ ○○○○	三音	民民民民 光广况○
二声	■□耳■ ○○○○	二声	民民民民 丁井亘○
	■□二■ ○○○○		民民民民 兄永莹○
	■庄震■ ○○○○		民民民民 千典旦○
十一音	■乍□■ ○○○○	三音	民民民民 元犬半○
二声	■义赤■ ○○○○	三声	民民民民 臣引艮○
	■崇辰■ ○○○○		民民民民 君允巽○

	■卓中■ ○○○○		民民民民 刀早孝岳
十二音	■宅直■ ○○○○	三音	民民民民 毛宝报霍
二声	■拆丑■ ○○○○	四声	民民民民 牛斗奏六
	■茶呈■ ○○○○		民民民民 ○○○玉
入声翕唱吕四之三			
	古甲九癸 ○○○○		民民民民 妻子四日
一音	□□近揆 ○○○○	三音	民民民民 衰○帅骨
三声	坤巧邱弃 ○○○○	五声	民民民民 ○○○德
	□□乾蚪 ○○○○		民民民民 龟水贵北
	黑花香血 ○○○○		民民民民 宫孔众○
二音	黄华雄贤 ○○○○	三音	民民民民 龙甬用○
三声	五瓦仰□ ○○○○	六声	民民民民 鱼鼠去○
	吾牙月尧 ○○○○		民民民民 乌虎兔○
	安亚乙一 ○○○○		民民民民 心审禁○
三音	□爻王寅 ○○○○	三音	民民民民 ○○○十
三声	母马美米 ○○○○	九声	民民民民 男坎欠○
	目儿眉民 ○○○○		民民民民 ○○○妾
	夫法□飞 ○○○○		民民民民 ●●●●

四音	父凡□吠 ○○○○	三音	民民民民 ●●●●
三声	武晚□尾 ○○○○	八声	民民民民 ●●●●
	文万□未 ○○○○		民民民民 ●●●●
	卜百丙必 ○○○○		民民民民 ●●●●
五音	步白精鼻 ○○○○	三音	民民民民 ●●●●
三声	普朴品匹 ○○○○	九声	民民民民 ●●●●
	旁排平瓶 ○○○○		民民民民 ●●●●
	东丹帝■ ○○○○		民民民民 ●●●●
六音	兑大弟■ ○○○○	三音	民民民民 ●●●●
三声	土贪天■ ○○○○	十声	民民民民 ●●●●
	同覃田■ ○○○○		民民民民 ●●●●
			闭音浊和律四之四
	乃你女■ ○○○○		未未未未 多可个舌
七音	内南年■ ○○○○	四音	未未未未 禾火化八
三声	老冷吕■ ○○○○	一声	未未未未 开宰爱○
	鹿荦离■ ○○○○		未未未未 回每退○
	走哉足■ ○○○○		未未未未 良两向○
八音	自在匠■ ○○○○	四音	未未未未 光广况○

三声	草采七■ ○○○○	二声	未未未未 丁井亘○
	曹才全■ ○○○○		未未未未 兄永莹○
	思三星■ ○○○○		未未未未 千典旦○
九音	寺□象■ ○○○○	四音	未未未未 元犬半○
三声	□□□■ ○○○○	三声	未未未未 臣引艮○
	□□□■ ○○○○		未未未未 君允巽○
	■山手■ ○○○○		未未未未 刀早孝岳
十音	■士石■ ○○○○	四音	未未未未 毛宝报霍
三声	■□耳■ ○○○○	四声	未未未未 牛斗奏六
	■□二■ ○○○○		未未未未 ○○○玉
	■庄震■ ○○○○		未未未未 妻子四日
十一音	■乍□■ ○○○○	四音	未未未未 衰○帅骨
三声	■义赤■ ○○○○	五声	未未未未 ○○○德
	■崇辰■ ○○○○		未未未未 龟水贵北
	■卓中■ ○○○○		未未未未 宫孔众○
十二音	■宅直■ ○○○○	四音	未未未未 龙甬用○
三声	■拆丑■ ○○○○	六声	未未未未 鱼鼠去○

	■茶呈■ ○○○○		未未未未 乌虎兔○
	入声翕唱吕四之四		
	古甲九癸 玉玉玉玉		未未未未 心审禁○
一音	□□近揆 玉玉玉玉	四音	未未未未 ○○○十
四声	坤巧邱弃 玉玉玉玉	七声	未未未未 男坎欠○
	□□乾虯 玉玉玉玉		未未未未 ○○○妾
	黑花香血 玉玉玉玉		未未未未 ●●●●
二音	黄华雄贤 玉玉玉玉	四音	未未未未 ●●●●
四声	五瓦仰□ 玉玉玉玉	八声	未未未未 ●●●●
	吾牙月尧 玉玉玉玉		未未未未 ●●●●
	安亚乙一 玉玉玉玉		未未未未 ●●●●
三音	□爻王寅 玉玉玉玉	四音	未未未未 ●●●●
五声	母马美米 玉玉玉玉	九声	未未未未 ●●●●
	目儿眉民 玉玉玉玉		未未未未 ●●●●
	夫法□飞 玉玉玉玉		未未未未 ●●●●
四音	父凡□吠 玉玉玉玉	四音	未未未未 ●●●●
四声	武晚□尾 玉玉玉玉	十声	未未未未 ●●●●
	文万□未 玉玉玉玉		未未未未 ●●●●

			闭音浊和律四之五
	卜百丙必 玉玉玉玉		瓶瓶瓶瓶 多可个舌
五音	步白葡鼻 玉玉玉玉	五音	瓶瓶瓶瓶 禾火化八
四声	普朴品匹 玉玉玉玉	一声	瓶瓶瓶瓶 开宰爱○
	旁排平瓶 玉玉玉玉		瓶瓶瓶瓶 回每退○
	东丹帝■ 玉玉玉玉		瓶瓶瓶瓶 良两向○
六音	兑大弟■ 玉玉玉玉	五音	瓶瓶瓶瓶 光广况○
四声	土贪天■ 玉玉玉玉	二声	瓶瓶瓶瓶 丁井亘○
	同覃田■ 玉玉玉玉		瓶瓶瓶瓶 兄永莹○
	乃你女■ 玉玉玉玉		瓶瓶瓶瓶 千典旦○
七音	内南年■ 玉玉玉玉	五音	瓶瓶瓶瓶 元犬半○
四声	老冷吕■ 玉玉玉玉	三声	瓶瓶瓶瓶 臣引艮○
	鹿荦离■ 玉玉玉玉		瓶瓶瓶瓶 君允巽○
	走哉足■ 玉玉玉玉		瓶瓶瓶瓶 刀早孝岳
八音	自在匠■ 玉玉玉玉	五音	瓶瓶瓶瓶 毛宝报霍
四声	草采七■ 玉玉玉玉	四声	瓶瓶瓶瓶 牛斗奏六
	曹才全■ 玉玉玉玉		瓶瓶瓶瓶 ○○○玉

	思三星■ 玉玉玉玉		瓶瓶瓶瓶 妻子四日
九音	寺□象■ 玉玉玉玉	五音	瓶瓶瓶瓶 衰○帅骨
四声	□□□■ 玉玉玉玉	五声	瓶瓶瓶瓶 ○○○德
	□□□■ 玉玉玉玉		瓶瓶瓶瓶 龟水贵北
	■山手■ 玉玉玉玉		瓶瓶瓶瓶 宫孔众○
十音	■士石■ 玉玉玉玉	五音	瓶瓶瓶瓶 龙甬用○
四声	■□耳■ 玉玉玉玉	六声	瓶瓶瓶瓶 鱼鼠去○
	■□二■ 玉玉玉玉		瓶瓶瓶瓶 乌虎兔○
	■庄震■ 玉玉玉玉		瓶瓶瓶瓶 心审禁○
十一音	■乍□■ 玉玉玉玉	五音	瓶瓶瓶瓶 ○○○十
四声	■义赤■ 玉玉玉玉	七声	瓶瓶瓶瓶 男坎欠○
	■崇辰■ 玉玉玉玉		瓶瓶瓶瓶 ○○○妾
	■卓中■ 玉玉玉玉		瓶瓶瓶瓶 ●●●●
十二音	■宅直■ 玉玉玉玉	五音	瓶瓶瓶瓶 ●●●●
四声	■拆丑■ 玉玉玉玉	八声	瓶瓶瓶瓶 ●●●●
	■茶呈■ 玉玉玉玉		瓶瓶瓶瓶 ●●●●
	入声翕唱吕四之五		
	古甲九癸 北北北北		瓶瓶瓶瓶 ●●●●

一音	□□近揆 北北北北	五音	瓶瓶瓶瓶 ●●●●
五声	坤巧邱弃 北北北北	九声	瓶瓶瓶瓶 ●●●●
	□□乾虯 北北北北		瓶瓶瓶瓶 ●●●●
	黑花香血 北北北北		瓶瓶瓶瓶 ●●●●
二音	黄华雄贤 北北北北	五音	瓶瓶瓶瓶 ●●●●
五声	五瓦仰□ 北北北北	十声	瓶瓶瓶瓶 ●●●●
	吾牙月尧 北北北北		瓶瓶瓶瓶 ●●●●
			闭音浊和律四之六
	安亚乙一 北北北北		■■■■ 多可个舌
三音	□爻王寅 北北北北	六音	■■■■ 禾火化八
五声	母马美米 北北北北	一声	■■■■ 开宰爱○
	目儿眉民 北北北北		■■■■ 回每退○
	夫法□飞 北北北北		■■■■ 良两向○
四音	父凡□吠 北北北北	六音	■■■■ 光广况○
四声	武晚□尾 北北北北	二声	■■■■ 丁井亘○
	文万□未 北北北北		■■■■ 兄永莹○
	卜百丙必 北北北北		■■■■ 千典旦○
五音	步白荀鼻 北北北北	六音	■■■■ 元犬半○

五声	普朴品匹 北北北北	三声	■■■■ 臣引艮○
	旁排平瓶 北北北北		■■■■ 君允巽○
	东丹帝■ 北北北北		■■■■ 刀早孝岳
六音	兑大弟■ 北北北北	六音	■■■■ 毛宝报霍
五声	土贪天■ 北北北北	四声	■■■■ 牛斗奏六
	同覃田■ 北北北北		■■■■ ○○○玉
	乃你女■ 北北北北		■■■■ 妻子四日
七音	内南年■ 北北北北	六音	■■■■ 衰○帅骨
五声	老冷吕■ 北北北北	五声	■■■■ ○○○德
	鹿荦离■ 北北北北		■■■■ 龟水贵北
	走哉足■ 北北北北		■■■■ 宫孔众○
八音	自在匠■ 北北北北	六音	■■■■ 龙甬用○
五声	草采七■ 北北北北	六声	■■■■ 鱼鼠去○
	曹才全■ 北北北北		■■■■ 乌虎兔○
	思三星■ 北北北北		■■■■ 心审禁○
九音	寺□象■ 北北北北	六音	■■■■ ○○○十
五声	□□□■ 北北北北	七声	■■■■ 男坎欠○

	□□□■ 北北北北		■■■■ ○○○妾
	■山手■ 北北北北		■■■■ ●●●●
十音	■士石■ 北北北北	六音	■■■■ ●●●●
五声	■□耳■ 北北北北	八声	■■■■ ●●●●
	■□二■ 北北北北		■■■■ ●●●●
	■庄震■ 北北北北		■■■■ ●●●●
十一音	■乍□■ 北北北北	六音	■■■■ ●●●●
五声	■义赤■ 北北北北	九声	■■■■ ●●●●
	■崇辰■ 北北北北		■■■■ ●●●●
	■卓中■ 北北北北		■■■■ ●●●●
十二音	■宅直■ 北北北北	六音	■■■■ ●●●●
五声	■拆丑■ 北北北北	十声	■■■■ ●●●●
	■茶呈■ 北北北北		■■■■ ●●●●
	入声翕唱吕四之六		**闭音浊和律四之七**
	古甲九癸 ○○○○		■■■■ 多可个舌
一音	□□近揆 ○○○○	七音	■■■■ 禾火化八
六声	坤巧邱弃 ○○○○	一声	■■■■ 开宰爱○
	□□乾蚪 ○○○○		■■■■ 回每退○

	黑花香血 ○○○○		■■■■ 良两向○
二音	黄华雄贤 ○○○○	七音	■■■■ 光广况○
六声	五瓦仰□ ○○○○	二声	■■■■ 丁井亘○
	吾牙月尧 ○○○○		■■■■ 兄永莹○
	安亚乙一 ○○○○		■■■■ 千典旦○
三音	□爻王寅 ○○○○	七音	■■■■ 元犬半○
六声	母马美米 ○○○○	三声	■■■■ 臣引艮○
	目儿眉民 ○○○○		■■■■ 君允巽○
	夫法□飞 ○○○○		■■■■ 刀早孝岳
四音	父凡□吠 ○○○○	七音	■■■■ 毛宝报霍
六声	武晚□尾 ○○○○	四声	■■■■ 牛斗奏六
	文万□未 ○○○○		■■■■ ○○○玉
	卜百丙必 ○○○○		■■■■ 妻子四日
五音	步白𤰈鼻 ○○○○	七音	■■■■ 衰○帅骨
六声	普朴品匹 ○○○○	五声	■■■■ ○○○德
	旁排平瓶 ○○○○		■■■■ 龟水贵北
	东丹帝■ ○○○○		■■■■ 宫孔众○

六音	兑大弟■ ○○○○	七音	■■■■ 龙甬用○
六声	土贪天■ ○○○○	六声	■■■■ 鱼鼠去○
	同覃田■ ○○○○		■■■■ 乌虎兔○
	乃你女■ ○○○○		■■■■ 心审禁○
七音	内南年■ ○○○○	七音	■■■■ ○○○十
六声	老冷吕■ ○○○○	七声	■■■■ 男坎欠○
	鹿荦离■ ○○○○		■■■■ ○○○妾
	走哉足■ ○○○○		■■■■ ●●●●
八音	自在匠■ ○○○○	七音	■■■■ ●●●●
六声	草采七■ ○○○○	八声	■■■■ ●●●●
	曹才全■ ○○○○		■■■■ ●●●●
	思三星■ ○○○○		■■■■ ●●●●
九音	寺□象■ ○○○○	七音	■■■■ ●●●●
六声	□□□■ ○○○○	九声	■■■■ ●●●●
	□□□■ ○○○○		■■■■ ●●●●
	■山手■ ○○○○		■■■■ ●●●●
十音	■士石■ ○○○○	七音	■■■■ ●●●●

六声	■□耳■ ○○○○	十声	■■■■ ●●●●
	■□二■ ○○○○		■■■■ ●●●●
			闭音浊和律四之八
	■庄震■ ○○○○		■■■■ 多可个舌
十一音	■乍□■ ○○○○	八音	■■■■ 禾火化八
六声	■义赤■ ○○○○	一声	■■■■ 开宰爱○
	■崇辰■ ○○○○		■■■■ 回每退○
	■卓中■ ○○○○		■■■■ 良两向○
十二音	■宅直■ ○○○○	八音	■■■■ 光广况○
六声	■拆丑■ ○○○○	二声	■■■■ 丁井亘○
	■茶呈■ ○○○○		■■■■ 兄永莹○
入声翕唱吕四之七			
	古甲九癸 妾妾妾妾		■■■■ 千典旦○
一音	□□近揆 妾妾妾妾	八音	■■■■ 元犬半○
七声	坤巧邱弃 妾妾妾妾	三声	■■■■ 臣引艮○
	□□乾虬 妾妾妾妾		■■■■ 君允巽○
	黑花香血 妾妾妾妾		■■■■ 刀早孝岳
二音	黄华雄贤 妾妾妾妾	八音	■■■■ 毛宝报霍
七声	五瓦仰□ 妾妾妾妾	四声	■■■■ 牛斗奏六

	吾牙月尧 妾妾妾妾		■■■■ ○○○玉
	安亚乙一 妾妾妾妾		■■■■ 妻子四日
三音	□爻王寅 妾妾妾妾	八音	■■■■ 衰○帅骨
七声	母马美米 妾妾妾妾	五声	■■■■ ○○○德
	目儿眉民 妾妾妾妾		■■■■ 龟水贵北
	夫法□飞 妾妾妾妾		■■■■ 宫孔众○
四音	父凡□吠 妾妾妾妾	八音	■■■■ 龙甬用○
七声	武晚□尾 妾妾妾妾	六声	■■■■ 鱼鼠去○
	文万□未 妾妾妾妾		■■■■ 乌虎兔○
	卜百丙必 妾妾妾妾		■■■■ 心审禁○
五音	步白犕鼻 妾妾妾妾	八音	■■■■ ○○○十
七声	普朴品匹 妾妾妾妾	七声	■■■■ 男坎欠○
	旁排平瓶 妾妾妾妾		■■■■ ○○○妾
	东丹帝■ 妾妾妾妾		■■■■ ●●●●
六音	兑大弟■ 妾妾妾妾	八音	■■■■ ●●●●
七声	土贪天■ 妾妾妾妾	八声	■■■■ ●●●●
	同覃田■ 妾妾妾妾		■■■■ ●●●●

	乃你女■ 妾妾妾妾		■■■■ ●●●●
七音	内南年■ 妾妾妾妾	八音	■■■■ ●●●●
七声	老冷吕■ 妾妾妾妾	九声	■■■■ ●●●●
	鹿荦离■ 妾妾妾妾		■■■■ ●●●●
	走哉足■ 妾妾妾妾		■■■■ ●●●●
八音	自在匠■ 妾妾妾妾	八音	■■■■ ●●●●
七声	草采七■ 妾妾妾妾	十声	■■■■ ●●●●
	曹才全■ 妾妾妾妾		■■■■ ●●●●
			闭音浊和律四之九
	思三星■ 妾妾妾妾		■■■■ 多可个舌
九音	寺□象■ 妾妾妾妾	九音	■■■■ 禾火化八
七声	□□□■ 妾妾妾妾	一声	■■■■ 开宰爱○
	□□□■ 妾妾妾妾		■■■■ 回每退○
	■山手■ 妾妾妾妾		■■■■ 良两向○
十音	■士石■ 妾妾妾妾	九音	■■■■ 光广况○
七声	■□耳■ 妾妾妾妾	二声	■■■■ 丁井亘○
	■□二■ 妾妾妾妾		■■■■ 兄永莹○

	■庄震■ 妾妾妾妾		■■■■ 千典旦○
十一音	■乍□■ 妾妾妾妾	九音	■■■■ 元犬半○
七声	■义赤■ 妾妾妾妾	三声	■■■■ 臣引艮○
	■崇辰■ 妾妾妾妾		■■■■ 君允巽○
	■卓中■ 妾妾妾妾		■■■■ 刀早孝岳
十二音	■宅直■ 妾妾妾妾	九音	■■■■ 毛宝报霍
七声	■拆丑■ 妾妾妾妾	四声	■■■■ 牛斗奏六
	■茶呈■ 妾妾妾妾		■■■■ ○○○玉
	入声翕唱吕四之八		
	古甲九癸 ○○○○		■■■■ 妻子四日
一音	□□近揆 ○○○○	九音	■■■■ 衰○帅骨
八声	坤巧邱弃 ○○○○	五声	■■■■ ○○○德
	□□乾蚪 ○○○○		■■■■ 龟水贵北
	黑花香血 ○○○○		■■■■ 宫孔众○
二音	黄华雄贤 ○○○○	九音	■■■■ 龙甬用○
八声	五瓦仰□ ○○○○	六声	■■■■ 鱼鼠去○
	吾牙月尧 ○○○○		■■■■ 乌虎兔○
	安亚乙一 ●●●●		■■■■ 心审禁○

三音	□爻王寅 ●●●●	九音	■■■■ ○○○十
八声	母马美米 ●●●●	七声	■■■■ 男坎欠○
	目儿眉民 ●●●●		■■■■ ○○○妾
	夫法□飞 ●●●●		■■■■ ●●●●
四音	父凡□吠 ●●●●	九音	■■■■ ●●●●
八声	武晚□尾 ●●●●	八声	■■■■ ●●●●
	文万□未 ●●●●		■■■■ ●●●●
	卜百丙必 ●●●●		■■■■ ●●●●
五音	步白精鼻 ●●●●	九音	■■■■ ●●●●
八声	普朴品匹 ●●●●	九声	■■■■ ●●●●
	旁排平瓶 ●●●●		■■■■ ●●●●
	东丹帝■ ●●●●		■■■■ ●●●●
六音	兑大弟■ ●●●●	九音	■■■■ ●●●●
八声	土贪天■ ●●●●	十声	■■■■ ●●●●
	同覃田■ ●●●●		■■■■ ●●●●
			闭音浊和律四之十
	乃你女■ ●●●●		■■■■ 多可个舌
七音	内南年■ ●●●●	十音	■■■■ 禾火化八

八声	老冷吕■ ●●●●	一声	■■■■ 开宰爱○
	鹿荦离■ ●●●●		■■■■ 回每退○
	走哉足■ ●●●●		■■■■ 良两向○
八音	自在匠■ ●●●●	十音	■■■■ 光广况○
八声	草采七■ ●●●●	二声	■■■■ 丁井亘○
	曹才全■ ●●●●		■■■■ 兄永莹○
	思三星■ ●●●●		■■■■ 千典旦○
九音	寺□象■ ●●●●	十音	■■■■ 元犬半○
八声	□□□■ ●●●●	三声	■■■■ 臣引艮○
	□□□■ ●●●●		■■■■ 君允巽○
	■山手■ ●●●●		■■■■ 刀早孝岳
十音	■士石■ ●●●●	十音	■■■■ 毛宝报霍
八声	■□耳■ ●●●●	四声	■■■■ 牛斗奏六
	■□二■ ●●●●		■■■■ ○○○玉
	■庄震■ ●●●●		■■■■ 妻子四日
十一音	■乍□■ ●●●●	十音	■■■■ 衰○帅骨
八声	■义赤■ ●●●●	五声	■■■■ ○○○德

	■崇辰■ ●●●●		■■■■ 龟水贵北
	■卓中■ ●●●●		■■■■ 宫孔众○
十二音	■宅直■ ●●●●	十音	■■■■ 龙甬用○
八声	■拆丑■ ●●●●	六声	■■■■ 鱼鼠去○
	■茶呈■ ●●●●		■■■■ 乌虎兔○

入声翕唱吕四之九

	古甲九癸 ●●●●		■■■■ 心审禁○
一音	□□近揆 ●●●●	十音	■■■■ ○○○十
九声	坤巧邱弃 ●●●●	七声	■■■■ 男坎欠○
	□□乾虯 ●●●●		■■■■ ○○○妾
	黑花香血 ●●●●		■■■■ ●●●●
一音	黄华雄贤 ●●●●	十音	■■■■ ●●●●
九声	五瓦仰□ ●●●●	八声	■■■■ ●●●●
	吾牙月尧 ●●●●		■■■■ ●●●●
	安亚乙一 ●●●●		■■■■ ●●●●
三音	□爻王寅 ●●●●	十音	■■■■ ●●●●
九声	母马美米 ●●●●	九声	■■■■ ●●●●
	目儿眉民 ●●●●		■■■■ ●●●●

	夫法□飞 ●●●●		■■■■ ●●●●
四音	父凡□吠 ●●●●	十音	■■■■ ●●●●
九声	武晚□尾 ●●●●	十声	■■■■ ●●●●
	文万□未 ●●●●		■■■■ ●●●●
			闭音浊和律四之十一
	卜百丙必 ●●●●		■■■■ 多可个舌
五音	步白精鼻 ●●●●	十一音	■■■■ 禾火化八
九声	普朴品匹 ●●●●	一声	■■■■ 开宰爱○
	旁排平瓶 ●●●●		■■■■ 回每退○
	东丹帝■ ●●●●		■■■■ 良两向○
六音	兑大弟■ ●●●●	十一音	■■■■ 光广况○
九声	土贪天■ ●●●●	二声	■■■■ 丁井亘○
	同覃田■ ●●●●		■■■■ 兄永莹○
	乃你女■ ●●●●		■■■■ 千典旦○
七音	内南年■ ●●●●	十一音	■■■■ 元犬半○
九声	老冷吕■ ●●●●	三声	■■■■ 臣引艮○
	鹿荦离■ ●●●●		■■■■ 君允巽○
	走哉足■ ●●●●		■■■■ 刀早孝岳

八音	自在匠■ ●●●●	十一音	■■■■ 毛宝报霍
九声	草采七■ ●●●●	四声	■■■■ 牛斗奏六
	曹才全■ ●●●●		■■■■ ○○○玉
	思三星■ ●●●●		■■■■ 妻子四日
九音	寺□象■ ●●●●	十一音	■■■■ 衰○帅骨
九声	□□□■ ●●●●	五声	■■■■ ○○○德
	□□□■ ●●●●		■■■■ 龟水贵北
	■山手■ ●●●●		■■■■ 宫孔众○
十音	■士石■ ●●●●	十一音	■■■■ 龙甬用○
九声	■□耳■ ●●●●	六声	■■■■ 鱼鼠去○
	■□二■ ●●●●		■■■■ 乌虎兔○
	■庄震■ ●●●●		■■■■ 心审禁○
十一音	■乍□■ ●●●●	十一音	■■■■ ○○○十
九声	■义赤■ ●●●●	七声	■■■■ 男坎欠○
	■崇辰■ ●●●●		■■■■ ○○○妾
	■卓中■ ●●●●		■■■■ ●●●●
十二音	■宅直■ ●●●●	十一音	■■■■ ●●●●

九声	■拆丑■ ●●●●	八声	■■■■ ●●●●
	■茶呈■ ●●●●		■■■■ ●●●●
	入声翕唱吕四之十		
	古甲九癸 ○○○○		■■■■ ●●●●
一音	□□近揆 ○○○○	十一音	■■■■ ●●●●
十声	坤巧邱弃 ○○○○	九声	■■■■ ●●●●
	□□乾蚪 ○○○○		■■■■ ●●●●
	黑花香血 ○○○○		■■■■ ●●●●
二音	黄华雄贤 ○○○○	十一音	■■■■ ●●●●
十声	五瓦仰□ ○○○○	十声	■■■■ ●●●●
	吾牙月尧 ○○○○		■■■■ ●●●●
			闭音浊和律四之十二
	安亚乙一 ○○○○		■■■■ 多可个舌
三音	□爻王寅 ○○○○	十二音	■■■■ 禾火化八
十声	母马美米 ○○○○	一声	■■■■ 开宰爱○
	目儿眉民 ○○○○		■■■■ 回每退○
	夫法□飞 ○○○○		■■■■ 良两向○
四音	父凡□吠 ○○○○	十二音	■■■■ 光广况○
十声	武晚□尾 ○○○○	二声	■■■■ 丁井亘○

	文万□未 ○○○○		■■■■ 兄永莹○
	卜百丙必 ○○○○		■■■■ 千典旦○
五音	步白葡鼻 ○○○○	十二音	■■■■ 元犬半○
十声	普朴品匹 ○○○○	三声	■■■■ 臣引艮○
	旁排平瓶 ○○○○		■■■■ 君允巽○
	东丹帝■ ○○○○		■■■■ 刀早孝岳
六音	兑大弟■ ○○○○	十二音	■■■■ 毛宝报霍
十声	土贪天■ ○○○○	四声	■■■■ 牛斗奏六
	同覃田■ ○○○○		■■■■ ○○○玉
	乃你女■ ○○○○		■■■■ 妻子四日
七音	内南年■ ○○○○	十二音	■■■■ 衰○帅骨
十声	老冷吕■ ○○○○	五声	■■■■ ○○○德
	鹿荦离■ ○○○○		■■■■ 龟水贵北
	走哉足■ ○○○○		■■■■ 宫孔众○
八音	自在匠■ ○○○○	十二音	■■■■ 龙甬用○
十声	草采七■ ○○○○	六声	■■■■ 鱼鼠去○
	曹才全■ ○○○○		■■■■ 乌虎兔○

九音	思三星■ ○○○○	十二音	■■■■ 心审禁○
十声	寺□象■ ○○○○	七声	■■■■ ○○○十
	□□□■ ○○○○		■■■■ 男坎欠○
	□□□■ ○○○○		■■■■ ○○○妾
	■山手■ ○○○○		■■■■ ●●●●
十音	■士石■ ○○○○	十二音	■■■■ ●●●●
十声	■□耳■ ○○○○	八声	■■■■ ●●●●
	■□二■ ○○○○		■■■■ ●●●●
	■庄震■ ○○○○		■■■■ ●●●●
十一音	■乍□■ ○○○○	十二音	■■■■ ●●●●
十声	■义赤■ ○○○○	九声	■■■■ ●●●●
	■崇辰■ ○○○○		■■■■ ●●●●
	■卓中■ ○○○○		■■■■ ●●●●
十二音	■宅直■ ○○○○	十二音	■■■■ ●●●●
十声	■拆丑■ ○○○○	十声	■■■■ ●●●●
	■茶呈■ ○○○○		■■■■ ●●●●

（皇极经世书卷十下）

钦定四库全书

子部

皇极经世书卷十一

详校官中书 臣 吕光復

灵台郎 臣 倪廷梅 复勘

总校官编修 臣 王燕绪

校对官中书 臣 潘奕儁

誊录监生 臣 王遇亨

皇極經世書卷十一　　宋　邵雍　撰

觀物篇五十一

物之大者無若天地然而亦有所盡也天之大陰陽盡之矣地之大剛柔盡之矣陰陽盡而四時成焉剛柔盡而四維成焉夫四時四維者天地至大之謂也凡言大者無得而過之也亦未始以大為自得故能成其大豈不謂至偉至偉者歟

天生于動者也地生于靜者也一動一靜交而天地之道盡之矣

動之始則陽生焉動之極則陰生焉一陰一陽交而天之用盡之矣靜之始則柔生焉靜之極則剛生焉一柔一剛交而地之用盡之矣

動之大者謂之太陽動之小者謂之少陽靜之大者謂之太陰靜之小者謂之少陰太陽為日太陰為月少陽為星少陰為辰日月星辰交而天之體盡之矣靜之大

钦定四库全书·皇极经世书卷十一

［宋］ 邵 雍 撰

观物篇五十一

物之大者，无若天地，然而亦有所尽也。

天之大，阴阳尽之矣；

地之大，刚柔尽之矣。

阴阳尽而四时成焉，刚柔尽而四维成焉。

夫四时、四维者，天地至大之谓也。凡言大者，无得而过之也。

亦未始以大为自得，故能成其大，岂不谓至伟至伟者欤？

天生于动者也，地生于静者也，一动一静交而天地之道尽之矣。

动之始，则阳生焉；动之极，则阴生焉。一阴一阳交而天之用尽之矣。静之始，则柔生焉；静之极，则刚生焉。一柔一刚交而地之用尽之矣。

动之大者谓之太阳，动之小者谓之少阳；

静之大者谓之太阴，静之小者谓之少阴。

太阳为日，太阴为月，少阳为星，少阴为辰。日月星辰交而天之体尽之矣。

静之大者谓之太柔，静之小者谓之少柔；

动之大者谓之太刚，动之小者谓之少刚。

太柔为水，太刚为火，少柔为土，少刚为石。水、火、土、石交而地之体尽之矣。

日为暑，月为寒，星为昼，辰为夜。暑、寒、昼、夜交而天之变尽之矣。

水为雨，火为风，土为露，石为雷。雨、风、露、雷交而地之化尽之矣。

暑变物之性，寒变物之情，昼变物之形，夜变物之体。性、情、形、体交而动植之感尽之矣。

雨化物之走，风化物之飞，露化物之草，雷化物之木。走、飞、草、木交而动植之应尽之矣。

走感暑而变者，性之走也；感寒而变者，情之走也；
感昼而变者，形之走也；感夜而变者，体之走也。
飞感暑而变者，性之飞也；感寒而变者，情之飞也；
感昼而变者，形之飞也；感夜而变者，体之飞也。
草感暑而变者，性之草也；感寒而变者，情之草也；
感昼而变者，形之草也；感夜而变者，体之草也。
木感暑而变者，性之木也；感寒而变者，情之木也；
感昼而变者，形之木也；感夜而变者，体之木也。
性应雨而化者，走之性也；应风而化者，飞之性也；
应露而化者，草之性也；应雷而化者，木之性也。
情应雨而化者，走之情也；应风而化者，飞之情也；
应露而化者，草之情也；应雷而化者，木之情也。
形应雨而化者，走之形也；应风而化者，飞之形也；
应露而化者，草之形也；应雷而化者，木之形也。
体应雨而化者，走之体也；应风而化者，飞之体也；
应露而化者，草之体也；应雷而化者，木之体也。

性之走善色，情之走善声，形之走善气，体之走善味。
性之飞善色，情之飞善声，形之飞善气，体之飞善味。
性之草善色，情之草善声，形之草善气，体之草善味。
性之木善气，情之木善声，形之木善气，体之木善味。
走之性善耳，飞之性善目，草之性善口，木之性善鼻。

走之情善耳，飞之情善目，草之情善口，木之情善鼻。

走之形善耳，飞之形善目，草之形善口，木之形善鼻。

走之体善耳，飞之体善目，草之体善口，木之体善鼻。

夫人也者，暑寒昼夜无不变，雨风露雷无不化，性情形体无不感，走飞草木无不应，所以目善万物之色，耳善万物之声，鼻善万物之气，口善万物之味，灵于万物，不亦宜乎！

观物篇五十二

人之所以能灵于万物者，谓其目能收万物之色，耳能收万物之声，鼻能收万物之气，口能收万物之味。声色气味者，万物之体也；目耳鼻口者，万人之用也。体无定用，惟变是用；用无定体，惟化是体。体用交而人物之道于是乎备矣。

然则人亦物也，圣亦人也。有一物之物，有十物之物，有百物之物，有千物之物，有万物之物，有亿物之物，有兆物之物。（生一物之物当）[①]为兆物之物者，岂非人乎？

有一人之人，有十人之人，有百人之人，有千人之人，有万人之人，有亿人之人，（生一人之人当）为兆人之人者，岂非圣乎？

是知人也者，物之至者也；圣也者，人之至者也。物之至者，始得谓之物之物也；人之至者，始得谓之人之人也。

夫物之物者，至物之谓也；人之人者，至人之谓也。

以一至物而当一至人，则非圣人而何人？谓之不圣，则吾不信也，何哉？谓其能以一心观万心，一身观万身，一物观万物，一世观万世者焉。

又谓其能以心代天意，口代天言，手代天功，身代天事者焉；

又谓其能以上识天时，下尽地理，中尽物情，通照人事者焉；

又谓其能以弥纶天地，出入造化，进退古今，表里人物者焉。

噫！圣人者，非世世而效圣焉，吾不得而目见之也。

虽然吾不得而目见之，察其心，观其迹，探其体，潜其用，虽亿千万年亦可以理知之也。

人或告我曰：天地之外，别有天地万物，异乎此天地万物，则吾不得而知之也。

校者注　①　括号内的宋体字，为校者所加。下同。

非惟吾不得而知之也，圣人亦不得而知之也。
凡言知者，谓其心得而知之也。
言言者，谓其口得而言之也。
既心尚不得而知之，口又恶得而言之乎？
以心不可得知而知之，是谓妄知也；
以口不可得言而言之，是谓妄言也。
吾又安能从妄人而行妄知、妄言者乎？

观物篇五十三

《易》曰："穷理、尽性，以至于命。"所以谓之理者，物之理也；所以谓之性者，天之性也；所以谓之命者，处理性者也。所以能处理性者，非道而何？是知道为天地之本，天地为万物之本。以天地观万物，则万物为万物；以道观天地，则天地亦为万物。道之道，尽之于天矣；天之道，尽之于地矣。天地之道，尽之于万物矣；天地万物之道，尽之于人矣。人能知其天地万物之道所以尽于人者，然后能尽民也。

天之能尽物，则谓之曰昊天；人之能尽民，则谓之曰圣人。谓昊天能异乎万物，则非所以谓之昊天也；谓圣人能异乎万民，则非所以谓之圣人也。万民与万物同，则圣人固不异乎昊天者矣。然则圣人与昊天为一道，圣人与昊天为一道，则万民与万物亦可以为一道。一世之万民与一世之万物既可以为一道，则万世之万民与万世之万物亦可以为一道也明矣。

夫昊天之尽物，圣人之尽民，皆有四府焉。昊天之四府者，春、夏、秋、冬之谓也，阴阳升降于其间矣。圣人之四府者，《易》《书》《诗》《春秋》之谓也，《礼》《乐》污隆于其间矣。

春为生物之府，夏为长物之府，秋为收物之府，冬为藏物之府。号物之庶谓之万，虽曰万之又万，其庶能出此昊天之四府者乎？

《易》为生民之府，《书》为长民之府，《诗》为收民之府，《春秋》为藏民之府。号民之庶谓之万，虽曰万之又万，其庶能出此圣人之四府者乎？

昊天之四府者，时也；圣人之四府者，经也。昊天以时授人，圣人以经法天，天人之事，当如何哉？

观物篇五十四

观春则知《易》之所存乎，观夏则知《书》之所存乎，观秋则知《诗》之所存乎，观冬则知《春秋》之所存乎。

《易》之《易》者，生生之谓也；《易》之《书》者，生长之谓也；

《易》之《诗》者，生收之谓也；《易》之《春秋》者，生藏之谓也。

《书》之《易》者，长生之谓也；《书》之《书》者，长长之谓也；

《书》之《诗》者，长收之谓也；《书》之《春秋》者，长藏之谓也。

《诗》之《易》者，收生之谓也；《诗》之《书》者，收长之谓也；

《诗》之《诗》者，收收之谓也；《诗》之《春秋》者，收藏之谓也。

《春秋》之《易》者，藏生之谓也；《春秋》之《书》者，藏长之谓也；

《春秋》之《诗》者，藏收之谓也；《春秋》之《春秋》者，藏藏之谓也。

生生者，修夫意者也；生长者，修夫言者也；

生收者，修夫象者也；生藏者，修夫数者也。

长生者，修夫仁者也；长长者，修夫礼者也；

长收者，修夫义者也；长藏者，修夫智者也。

收生者，修夫性者也；收长者，修夫情者也；

收收者，修夫形者也；收藏者，修夫体者也。

藏生者，修夫圣者也；藏长者，修夫贤者也；

藏收者，修夫才者也；藏藏者，修夫术者也。

修夫意者，三皇之谓也；修夫言者，五帝之谓也；

修夫象者，三王之谓也；修夫数者，五伯之谓也。

修夫仁者，有虞之谓也；修夫礼者，有夏之谓也；

修夫义者，有商之谓也；修夫智者，有周之谓也。

修夫性者，文王之谓也；修夫情者，武王之谓也；

修夫形者，周公之谓也；修夫体者，召公之谓也。

修夫圣者，秦穆之谓也；修夫贤者，晋文之谓也；

修夫才者，齐桓之谓也；修夫术者，楚庄之谓也。

皇帝王伯者，易之体也；虞夏商周者，书之体也；

文武周召者，诗之体也；秦晋齐楚者，春秋之体也。

意言象数者，易之用也；仁义礼智者，书之用也；

性情形体者，诗之用也；圣贤才术者，春秋之用也。

用也者，心也；体也者，迹也。心迹之间，有权存焉者，圣人之事也。

三皇同意而异化，五帝同言而异教，三王同象而异劝，五伯同数而异率。同意而异化者必以道，以道化民者，民亦以道归之，故尚自然。夫自然者，无为无有之谓也。无为者，非不谓也，不固为者也，故能广。无有者，非不有也，不固有者也，故能大。广大悉备而不固为、固有者，其惟三皇乎？是故知能以道化天下者，天下亦以道归焉。所以圣人有言曰："我无为而民自化，我无事而民自富，我好静而民自正，我无欲而民自朴。"其斯之谓欤！

三皇同仁而异化，五帝同礼而异教，三王同义而异劝，五伯同智而异率。同礼而异教者必以德，以德教民者，民亦以德归之，故尚让。夫让也者，先人后己之谓也。以天下授人而不为轻，若素无之也；受人之天下而不为重，若素有之也。若素无素有者，谓不己无己有之也。若己无己有，则举一毛以取与于人，犹有贪鄙之心生焉，而况天下者乎？能知其天下之天下，非己之天下者，其惟五帝乎？是故知能以德教天下者，天下亦以德归焉。所以圣人有言曰："垂衣裳而天下治，盖取诸乾坤。"其斯之谓欤！

三皇同性而异化，五帝同情而异教，三王同形而异劝，五伯同体而异率。同形而异劝者必以功，以功劝民者，民亦以功归之，故尚政。夫政也者，正也，以正正夫不正之谓也。天下之正，莫如利民焉；天下之不正，莫如害民焉。能利民者正，则谓之曰王矣；能害民者不正，则谓之曰贼矣。以利除害，安有去王耶？以王去贼，安有弑君耶？是故知王者正也，能以功正天下之不正者，天下亦以功归焉。所以圣人有言曰："天地革而四时成。汤武革命，顺乎天而应乎人。"其斯之谓欤！

三皇同圣而异化，五帝同贤而异教，三王同才而异劝，五伯同术而异率。同术而异率者必以力，以力率民者，民亦以力归之，故尚争。夫争也者，争夫利者也。取以利，不以义，然后谓之争。小争交以言，大争交以兵，争夫强弱者也。犹借夫名焉者，谓之曲直。名也者，命物正事之称也；利也者，养人成务之具也。名不以仁，无以守业；利不以义，无以居功。利不以功居，名不以业守，则乱矣，民所以必争之也。五伯者，借虚名以争实利者也。帝不足则王，王不足则伯，伯又不足则左衽矣。然则五伯不谓无功于中国，语其王则未也，过左衽则远矣。周之东迁，文武之功德于是乎尽矣！犹能维持二十四君，王室不绝如线，秦楚不敢屠害中原者，由五伯借名之力也。是故知能以力率天下者，天下亦以力归焉。所以圣人有言曰："眇能视，跛能履，履虎尾，咥人凶，武人为于大君。"其斯之谓欤！

夫意也者，尽物之性也；言也者，尽物之情也；

象也者，尽物之形也；数也者，尽物之体也。

仁也者，尽人之圣也；礼也者，尽人之贤也；

义也者，尽人之才也；智也者，尽人之术也。

尽物之性者，谓之道；尽物之情者，谓之德；

尽物之形者，谓之功；尽物之体者，谓之力。

尽人之圣者，谓之化；尽人之贤者，谓之教；

尽人之才者，谓之劝；尽人之术者，谓之率。

道德功力者，存乎体者也；化教劝率者，存乎用者也。体用之间，有变存焉者，圣人之业也。

夫变也者，昊天生万物之谓也；权也者，圣人生万民之谓也。非生物非生民，而得谓之权变乎？

观物篇五十五

善化天下者，止于尽道而已；善教天下者，止于尽德而已；

善劝天下者，止于尽功而已；善率天下者，止于尽力而已。

以道德功力为化者，乃谓之皇矣；

以道德功力为教者，乃谓之帝矣；

以道德功力为劝者，乃谓之王矣；

以道德功力为率者，乃谓之伯矣。

以化教劝率为道者，乃谓之《易》矣；

以化教劝率为德者，乃谓之《书》矣；

以化教劝率为功者，乃谓之《诗》矣；

以化教劝率为力者，乃谓之《春秋》矣。

此四者，天地始则始焉，天地终则终焉，终始随乎天地者也。

夫古今者，在天地之间，犹旦暮也。

以今观今，则谓之今矣；

以后观今，则今亦谓之古矣；

以今观古，则谓之古矣；

以古自观，则古亦谓之今矣。

是知古亦未必为古，今亦未必为今，皆自我而观之也。安知千古之前、万古之后，其人不自我而观之也？

若然，则皇帝王伯者，圣人之时也；《易》《书》《诗》《春秋》者，圣人之经也。时有消长，经有因革。时有消长，否泰尽之矣；经有因革，损益尽之矣。否泰尽而体用分，损益尽而心迹判。体与用分，心与迹判，圣人之事业于是乎备矣。

所以自古当世之君天下者，其命有四焉：一曰正命，二曰受命，三曰改命，四曰摄命。

正命者，因而因者也；受命者，因而革者也；

改命者，革而因者也；摄命者，革而革者也。

因而因者，长而长者也；因而革者，长而消者也；

革而因者，消而长者也；革而革者，消而消者也。

革而革者，一世之事业也；革而因者，十世之事业也；

因而革者，百世之事业也；因而因者，千世之事业也；

可以因则因，可以革则革者，万世之事业也。

一世之事业者，非五伯之道而何？

十世之事业者，非三王之道而何？

百世之事业者，非五帝之道而何？

千世之事业者，非三皇之道而何？

万世之事业者，非仲尼之道而何？

是知皇帝王伯者，命世之谓也。仲尼者，不世之谓也。

仲尼曰："殷因于夏礼，所损益可知也；周因于殷礼，所损益可知也；其或继周者，虽百世可知也。"如是，则何止于百世而已哉？亿千万世皆可得而知之也。

人皆知仲尼之为仲尼，不知仲尼之所以为仲尼。不欲知仲尼之所以为仲尼则已，如其必欲知仲尼之所以为仲尼，则舍天地将奚之焉？人皆知天地之为天地，不知天地之所以为天地。不欲知天地之所以为天地则已，如其必欲知天地之所以为天地，则舍动静将奚之焉？夫一动一静者，天地之至妙者欤。夫一动一静之间者，天地人之至妙至妙者欤。是故知仲尼之所以能尽三才之道者，谓其行无辙迹也。故有言曰："予欲无言。"又曰："天何言哉？四时行焉，百物生焉。"其斯之谓欤！

观物篇五十六

孔子赞《易》，自羲轩而下；序《书》，自尧舜而下；删《诗》，自文武而下；修《春秋》，自桓文而下。自羲轩而下，祖三皇也；自尧舜而下，宗五帝也；自文武而下，子三王也；自桓文而下，孙五伯也。祖三皇，尚贤也；宗五帝，亦尚贤也。三皇尚贤以道，五帝尚贤以德。子三王，尚亲也；孙五伯，亦尚亲也。三王尚亲以功，五伯尚亲以力。呜呼！时之既往，亿万千年；时之未来，亦亿万千年。仲尼中间生而为人，何祖宗之寡而子孙之多耶？此所以重赞尧舜，至禹则曰："禹，吾无间然矣。"仲尼后禹千五百余年，今之后仲尼又千五百余年。虽不敢比夫仲尼，上赞尧舜禹，岂不敢比孟子，上赞仲尼乎？人谓仲尼惜乎无土，吾独以为不然。匹夫以百亩为土，大夫以百里为土，诸侯以四境为土，天子以四海为土，仲尼以万世为土。若然，则孟子言"自生民以来，未有如夫子"，斯亦未为之过矣。

夫人不能自富，必待天与其富然后能富。人不能自贵，必待天与其贵然后能贵。若然，则富贵在天也，不在人也。有求而得之者，有求而不得者矣，是系乎天者也。功德在人也，不在天也，可修而得之，不修则不得。是非系乎天也，系乎人者也。夫人之能求而得富贵者，求其可得者也。非其可得者，非所以能求之也。昧者不知，求而得之，则谓其己之能得也，故矜之；求而失之，则谓其人之不与也，故怨之。如知其己之所以能得，人之所以能与，则天下安有不知量之人耶？天下至富也，天子至贵也，岂可妄意求而得之也？

虽曰天命，亦未始不由积功累行。圣君艰难以成之，庸君暴虐以坏之，是天欤？是人欤？是知人作之咎，固难逃已；天降之灾，禳之奚益？积功累行，君子常分，非有求而然也。有求而然者，所谓利乎仁者也，君子安有余事于其间哉？然而有幸有不幸者，始可以语命也已。

夏禹以功有天下，夏桀以虐失天下。殷汤以功有天下，殷纣以虐失天下。周武以功有天下，周幽以虐失天下。三者虽时不同，其成败之形一也。平王东迁，无功以复王业。赧王西走，无虐以丧王室。威令不逮一小国诸侯，仰存于五伯而已，此又奚足道哉！但时无真王者出焉，虽有虚名，与杞宋其谁曰少异？是时也，《春秋》之作不亦宜乎！

仲尼修《经》周平王之时，《书》终于晋文侯，《诗》列为王国风，《春秋》始于鲁隐公，《易》尽于未济卦。予非知仲尼者，学为仲尼者也。礼乐赏罚自天子出而出自诸侯，天子之重去矣。宗周之功德自文武出而出自幽厉，文武之基息矣。由是犬戎得以侮中国，周之诸侯非一，独晋能攘去戎狄，徙王东都洛邑，用存王国，为天下伯者之倡，秬鬯圭瓒之所锡，其能免乎？

《传》称："子贡欲去鲁告朔之饩羊。"孔子曰："赐也，尔爱其羊，我爱其礼。"是知名存实亡者，犹愈于名实俱亡者矣。礼虽废而羊存，则后世安知无复行礼者乎？晋文公尊王，虽用虚名，犹能力使天下诸侯，知有周天子而不敢以兵加之也。及晋之衰也，秦由是敢灭周。斯爱礼之言，信不诬矣。

齐景公尝一日问政于孔子，孔子对曰："君君，臣臣，父父，子子。"公曰："善哉！信如君不君，臣不臣，父不父，子不子，虽有粟，吾得而食诸？"是时也，诸侯僭天子，陪臣执国命，禄去公室，政出私门。景公自不能上奉，周天子欲其臣下奉己，不亦难乎！厥后齐祚卒，为田氏所移。夫齐之有田氏者，亦犹晋之有三卿也。晋之有三卿者，亦犹周之有五伯也。韩、赵、魏之于晋也，既立其功，又分其地；既卑其主，又夺其国。田氏之于齐也，既得其禄，又专其政；既杀其君，又移其祚。其如天下之事，岂无渐乎？履霜之戒，宁无思乎？

《传》称："王者，往也。能往天下者，可以王矣。"周之衰也，诸侯不朝天子久矣。及楚预中国会盟，仲尼始进爵为之。子其于僭王也，不亦陋乎？

夫以力胜人者，人亦以力胜之。吴尝破越而有轻楚之心，及其破楚，又有骄齐之志。贪婪功利，不顾德义，侵侮齐晋，专以夷狄为事，遂复为越所灭。越又不监之其后，复为楚所灭。楚又不监之其后，复为秦所灭。秦又不监之其后，复为汉所代。恃强凌弱，与豺虎何以异乎？

非所以谓之中国义理之师也。

宋之为国也，爵高而力卑者乎？盟不度德，会不量力，区区与诸侯并驱中原，耻居其后。其于伯也，不亦难乎？

周之同姓诸侯而克永世者，独有燕在焉。燕处北陆之地，去中原特远，苟不随韩、赵、魏、齐、楚较利刃、争虚名，则足以养德待时而观诸侯之变。秦虽虎狼，亦未易加害，延十五六年后，天下事未可知也。

中原之地，方九千里，古不加多而今不加少，然而有祚长祚短、地大地小者，攻守异故也。自三代以降，汉唐为盛，秦界于周汉之间矣。秦始盛于穆公，中于孝公，终于始皇。起于西夷，迁于岐山，徙于咸阳。兵渎宇内，血流天下，并吞四海，更革古今。虽不能比德三代，非晋隋可同年而语也。其祚之不永，得非用法太酷、杀人之多乎？所以仲尼序《书》，终于《秦誓》一事，其旨不亦远乎？

夫好生者，生之徒也；好杀者，死之徒也。周之好生也以义，汉之好生也亦以义。秦之好杀也以利，楚之好杀也亦以利。周之好生也以义，而汉且不及；秦之好杀也以利，而楚又过之。天之道、人之情，又奚择于周、秦、汉、楚哉？择乎善恶而已。是知善也者，无敌于天下而天下共善之；恶也者，亦无敌于天下而天下亦共恶之。天之道、人之情，又奚择于周、秦、汉、楚哉？择乎善恶而已！

（皇极经世书卷十一）

皇極經世書卷十二　　宋　邵雍　撰

觀物篇五十七

昔者孔子語堯舜則曰垂衣裳而天下治語湯武則曰順乎天而應乎人斯言可以該古今帝王受命之理也堯禪舜以德舜禪禹以功以德帝也以功亦帝也然而德下一等則入于功矣湯伐桀以放武伐紂以殺以放王也以殺亦王也然而放下一等則入于殺矣是知時

有消長事有因革前聖後聖非出乎一途哉

天與人相為表裏天有陰陽人有邪正邪正之由繫乎上之所好也上好德則民用正上好佞則民用邪邪正之由有自來矣雖聖君在上不能無小人是難其為小人雖庸君在上不能無君子是難其為君子自古聖君之盛未有如唐堯之世君子何其多耶時非無小人也是難其為小人故君子多也所以雖有四凶不能肆其惡自古庸君之盛未有如商紂之世小人何其多耶時非無君子也是難其為君子故小人多也所以雖有三仁不能遂其善是知君擇臣臣擇君者是繫乎人也君得臣臣得君者是非繫乎人也繫乎天者也

賢愚人之本性利害民之常情虞舜陶于河濱傅說築于巖下天下皆知其賢而百執事不為之舉者利害使之然也吁利害叢于中而矛戟森于外又安知有虞舜之聖而傅說之賢哉河濱非禪位之所巖下非求相之方昔也在億萬人之下而今也在億萬人之上相去一

何遠之甚耶然而必此云者貴有名者也

易曰坎有孚維心亨行有尚中正行險往且有功雖危無咎能自信故也伊尹以之是知古之人患名過實者有之矣其間有幸與不幸者雖聖人力有不及者矣伊尹行冢宰居責成之地借使避放君之名豈曰不忠乎則天下之事去矣又安能正嗣君成終始之大忠者乎吁若委寄于匪人三年之間其如嗣君何則天下之事亦去矣又安有伊尹也坎有孚維心亨不亦近之乎

钦定四库全书·皇极经世书卷十二

[宋] 邵 雍 撰

观物篇五十七

昔者孔子语尧舜，则曰："垂衣裳而天下治。"语汤武，则曰："顺乎天而应乎人。"斯言可以该古今帝王受命之理也。尧禅舜以德，舜禅禹以功。以德帝也，以功亦帝也，然而德下一等则入于功矣。汤伐桀以放，武伐纣以杀。以放王也，以杀亦王也，然而放下一等则入于杀矣。是知时有消长，事有因革，前圣后圣，非出乎一途哉！

天与人相为表里，天有阴阳，人有邪正。邪正之由，系乎上之所好也。上好德，则民用正；上好佞，则民用邪。邪正之由，有自来矣。虽圣君在上，不能无小人，是难其为小人。虽庸君在上，不能无君子，是难其为君子。自古圣君之盛，未有如唐尧之世，君子何其多耶！时非无小人也，是难其为小人，故君子多也。所以虽有四凶，不能肆其恶。自古庸君之盛，未有如商纣之世，小人何其多耶！时非无君子也，是难其为君子，故小人多也。所以虽有三仁，不能遂其善。是知君择臣、臣择君者，是系乎人也；君得臣、臣得君者，是非系乎人也，系乎天者也。

贤愚，人之本性；利害，民之常情。虞舜陶于河滨，傅说筑于岩下，天下皆知其贤而百执事不为之举者，利害使之然也。吁！利害丛于中而矛戟森于外，又安知有虞舜之圣而傅说之贤哉？河滨，非禅位之所；岩下，非求相之方。昔也在亿万人之下，而今也在亿万人之上，相去一何远之甚耶？然而必此云者，贵有名者也。

《易》曰："坎，有孚，维心亨，行有尚。"中正，行险，往且有功，虽危无咎，能自信故也。伊尹以之是知古之人患名过实者，有之矣。其间有幸与不幸者，虽圣人，力有不及者矣。伊尹行冢宰，居责成之地，借使避放君之名，岂曰不忠乎？则天下之事去矣，又安能正嗣君、成终始之大忠者乎？吁！若委寄于匪人，三年之间，其如嗣君何？则天下之事亦去矣，又安有伊尹也？"坎，有孚，维心亨"，不亦近之乎？

《易》曰："由豫，大有得。勿疑，朋盍簪。"刚健主豫，动而有应，群疑乃亡，能自强故也。周公以之是知圣人不能使人无谤，能处谤者也。周公居总己、当任重之地，借使避灭亲之名，岂曰不孝乎？则天下之事去矣，又安能保嗣君、成终始之大孝乎？吁！若委寄于匪人，七年之间，其如嗣君何？则天下之事亦去矣，又安有周公也？"由豫，大有得。勿疑，朋盍簪"，不亦近之乎？

夫天下将治，则人必尚行也；天下将乱，则人必尚言也。尚行，则笃实之风行焉；尚言，则诡谲之风行焉。天下将治，则人必尚义也；天下将乱，则人必尚利也。尚义，则谦让之风行焉；尚利，则攘夺之风行焉。三王，尚行者也；五伯，尚言者也。尚行者必入于义也，尚言者必入于利也。义、利之相去，一何远之若是耶！是知言之于口，不若行之于身；行之于身，不若尽之于心。言之于口，人得而闻之；行之于身，人得而见之；尽之于心，神得而知之。人之聪明犹不可欺，况神之聪明乎！是知无愧于口，不若无愧于身；无愧于身，不若无愧于心。无口过易，无身过难；无身过易，无心过难。心既无过，何难之有？吁！安得无心过之人而与之语心哉！是知圣人所以能立无过之地者，谓其善事于心者也。

观物篇五十八

仲尼曰："《韶》尽美矣，又尽善也！《武》尽美矣，未尽善也！"又曰："管仲相桓公，霸诸侯，一匡天下，民到于今受其赐。微管仲，吾其被发左衽矣。"是知武王虽不逮舜之尽善尽美，以其解天下之倒悬，则下于舜一等耳。桓公虽不逮武之应天顺人，以其霸诸侯，一匡天下，则高于狄亦远矣！以武比舜，则不能无过；比桓，则不能无功。以桓比狄，则不能无功；比武，则不能无过。

汉氏宜立乎桓、武之间矣。是时也，非会天下之民厌秦之暴且甚，虽十刘季、百子房，其如人心之未易何？且古今之时则异也，而民好生恶死之心非异也。自古杀人之多，未有如秦之甚，天下安有不厌之乎！夫杀人之多，不必以刃，谓天下之人无生路可趍也，而又况以刃多杀天下之人乎！

秦二世，万乘也，求为黔首而不能得；汉刘季，匹夫也，免为元首而不能已。万乘与匹夫，相去有间矣，然而有时而代之者，谓其天下之利害有所悬之耳。天之道，非祸万乘而福匹夫也，谓其祸无道而福有道也。人之情，非去万乘而就匹夫也，谓其去无道而就有道也。万乘与匹夫相去有间矣，然而有时而代之者，谓其直以天下之利害有所悬之耳！

日既没矣，月既望矣，星不能不希矣。非星之希，是星难乎其为光矣，能为其光者，不亦希乎？汉、唐既创业矣，吕、武既擅权矣，臣不能不希矣。非臣之希，是臣难乎其为忠矣，能为其忠者，不亦希乎？是知成天下事易，死天下事难；死天下事易，成天下事难，苟能成之，又可计乎死与生也？如其不成，虽死奚益？况其有正与不正者乎？与其死于不正，孰若生于正？与其生于不正，孰若死于正？在乎忠与智者之一择焉！死固可惜，贵乎成天下之事也。如其败天下之事，一死奚以塞责？生固可爱，贵乎成天下之事也。如其败天下之事，一生何以收功？噫！能成天下之事，又能不失其正而生者，非汉之留侯、唐之梁公而何？微斯二人，则汉、唐之祚或几乎移矣！岂若虚生虚死者焉？夫虚生虚死者，譬之萧艾，忠与智者，不游乎其间矣。

观物篇五十九

仲尼曰："善人为邦百年，亦可以胜残去杀矣。"诚哉是言也！自极乱至于极治，必三变矣。三皇之法无杀，五伯之法无生。伯一变至于王矣，王一变至于帝矣，帝一变至于皇矣，其于生也，非百年而何？是知三皇之世如春，五帝之世如夏，三王之世如秋，五伯之世如冬。如春，温如也；如夏，燠如也；如秋，凄如也；如冬，冽如也。

春、夏、秋、冬者，昊天之时也；《易》《书》《诗》《春秋》者，圣人之经也。天时不差，则岁功成矣；圣经不忒，则君德成矣。天有常时，圣有常经。行之正则正矣，行之邪则邪矣。邪正之间，有道在焉。行之正则谓之正道；行之邪则谓之邪道。邪正之由人乎？由天乎？

天由道而生，地由道而成，物由道而行。天、地、人、物则异也，其于由道一也。夫道也者，道也。道无形，行之则见于事矣。如道路之道坦然，使千亿万年行之，人知其归者也。

或曰：君子道长，则小人道消；君子道消，则小人道长。长者是则消者非也，消者是则长者非也。何以知正道、邪道之然乎？吁！贼夫人之论也，不曰君行君事，臣行臣事，父行父事，子行子事，夫行夫事，妻行妻事，君子行君子事，小人行小人事，中国行中国事，僭窃行僭窃事，谓之正道；君行臣事，臣行君事，父行子事，子行父事，夫行妻事，妻行夫事，君子行小人事，小人行君子事，中国行僭窃事，僭窃行中国事，谓之邪道。至于三代之世治，未有不治人伦之为道也；三代之世乱，未有不乱人伦之为道也。后世之慕三代之治世者，未有不正人伦者也；后世之慕三代之乱世者，未有不乱人伦者也。自三代而下，汉、唐为盛，未始不由治而兴，乱而亡，况其不盛于汉、唐者乎？其兴也，又未始不由君道盛、夫道盛、父道盛、君子之道盛、中国之道盛；其亡也，又未始不由臣道盛、子道盛、妻道盛、小人之道盛、夷狄之道盛。噫！二道对行，何故治世少而乱世多耶？君子少而小人多耶？曰：岂不知阳一而阴二乎？天地尚由是道而生，况其人与物乎？人者，物之至灵者也。物之灵未若人之灵，尚由是道而生，又况人灵于物者乎？是知人亦物也，以其至灵，故特谓之人也。

观物篇六十

日经天之元，月经天之会，星经天之运，辰经天之世。

以日经日，则元之元可知之矣；

以日经月，则元之会可知之矣；

以日经星，则元之运可知之矣；

以日经辰，则元之世可知之矣。

以月经日，则会之元可知之矣；

以月经月，则会之会可知之矣；

以月经星，则会之运可知之矣；

又月经辰，则会之世可知之矣。

以星经日，则运之元可知之矣；

以星经月，则运之会可知之矣；

以星经星，则运之运可知之矣；

以星经辰，则运之世可知之矣。

以辰经日，则世之元可知之矣；

以辰经月，则世之会可知之矣；

以辰经星，则世之运可知之矣；

以辰经辰，则世之世可知之矣。

元之元一，

元之会十二，

元之运三百六十，

元之世四千三百二十。

会之元十二，

会之会一百四十四，

会之运四千三百二十，

会之世五万一千八百四十。

运之元三百六十，

运之会四千三百二十，

运之运一十二万九千六百，

运之世一百五十五万五千二百。

世之元四千三百二十，

世之会五万一千八百四十，

世之运一百五十五万五千二百，

世之世一千八百六十六万二千四百。

元之元，以春行春之时也；元之会，以春行夏之时也；

元之运，以春行秋之时也；元之世，以春行冬之时也。

会之元，以夏行春之时也；会之会，以夏行夏之时也；

会之运，以夏行秋之时也；会之世，以夏行冬之时也。

运之元，以秋行春之时也；运之会，以秋行夏之时也；

运之运，以秋行秋之时也；运之世，以秋行冬之时也。

世之元，以冬行春之时也；世之会，以冬行夏之时也；

世之运，以冬行秋之时也；世之世，以冬行冬之时也。

皇之皇，以道行道之事也；皇之帝，以道行德之事也；

皇之王，以道行功之事也；皇之伯，以道行力之事也。

帝之皇，以德行道之事也；帝之帝，以德行德之事也；

帝之王，以德行功之事也；帝之伯，以德行力之事也。

王之皇，以功行道之事也；王之帝，以功行德之事也；

王之王，以功行功之事也；王之伯，以功行力之事也。

伯之皇，以力行道之事也；伯之帝，以力行德之事也；

伯之王，以力行功之事也；伯之伯，以力行力之事也。

时有消长，事有因革，圣人无不尽之所以。仲尼曰："可与共学，未可与适道；可与适道，未可与立；可与立，未可与权。"是知千万世之时、千万世之经，岂可画地而轻言也哉！

三皇，春也；五帝，夏也；三王，秋也；五伯，冬也。七国，冬之余冽也。汉王而不足，晋伯而有余。三国，伯之雄者也；十六国，伯之从者也；南五代，伯之借乘也；北五代，伯之传舍也。隋，晋之子也；

唐，汉之弟也。隋季诸郡之伯，江汉之余波也；唐季诸镇之伯，日月之余光也；后五代之伯，日未出之星也。

自帝尧至于今，上下三千余年，前后百有余世，书传可明纪者，四海之内，九州之间，其间或合或离，或治或堕，或强或羸，或唱或随，未始有兼世而能一其风俗者。吁！古者谓三十年为一世，岂徒然哉？俟化之必洽，教之必浃，民之情始可一变矣。苟有命世之人继世而兴焉，则虽民如夷狄，三变而帝道可举矣！惜乎时无百年之世，世无百年之人，比其有代，则贤之与不肖何止于相半也！时之难，不其然乎？人之难，不其然乎？

观物篇六十一

太阳之体数十，太阴之体数十二；
少阳之体数十，少阴之体数十二；
少刚之体数十，少柔之体数十二；
太刚之体数十，太柔之体数十二。
进太阳、少阳、太刚、少刚之体数，
退太阴、少阴、太柔、少柔之体数，
是谓太阳、少阳、太刚、少刚之用数。
进太阴、少阴、太柔、少柔之体数，
退太阳、少阳、太刚、少刚之体数，
是谓太阴、少阴、太柔、少柔之用数。
太阳、少阳、太刚、少刚之体数一百六十；
太阴、少阴、太柔、少柔之体数一百九十二。
太阳、少阳、太刚、少刚之用数一百一十二；
太阴、少阴、太柔、少柔之用数一百五十二。
以太阳、少阳、太刚、少刚之用数，
唱太阴、少阴、太柔、少柔之用数，
是谓日、月、星、辰之变数。
以太阴、少阴、太柔、少柔之用数，
和太阳、少阳、太刚、少刚之用数，
是谓水、火、土、石之化数。
日、月、星、辰之变数一万七千二十四，谓之动数；
水、火、土、石之化数一万七千二十四，谓之植数。

再唱和日、月、星、辰、水、火、土、石之变化，通数二万八千九百八十一万六千五百七十六，谓之动植通数。

日、月、星、辰者，变乎暑、寒、昼、夜者也；

水、火、土、石者，化乎雨、风、露、雷者也。

暑、寒、昼、夜者，变乎性、情、形、体者也；

雨、风、露、雷者，化乎走、飞、草、木者也。

暑变飞、走、草、木之性；

寒变飞、走、草、木之情；

昼变飞、走、草、木之形；

夜变飞、走、草、木之体。

雨化性、情、形、体之走；

风化性、情、形、体之飞；

露化性、情、形、体之草；

雷化性、情、形、体之木。

性、情、形、体者，本乎天者也；

飞、走、草、木者，本乎地者也。

本乎天者，分阴分阳之谓也；

本乎地者，分柔分刚之谓也。

夫分阴分阳、分柔分刚者，天地万物之谓也；备天地万物者，人之谓也。

观物篇六十二

有日日之物者也，有日月之物者也，有日星之物者也，有日辰之物者也。有月日之物者也，有月月之物者也，有月星之物者也，有月辰之物者也。有星日之物者也，有星月之物者也，有星星之物者也，有星辰之物者也。有辰日之物者也，有辰月之物者也，有辰星之物者也，有辰辰之物者也。

日日物者，飞飞也；日月物者，飞走也；

日星物者，飞木也；日辰物者，飞草也。

月日物者，走飞也；月月物者，走走也；

月星物者，走木也；月辰物者，走草也。

星日物者，木飞也；星月物者，木走也；

星星物者，木木也；星辰物者，木草也。

辰日物者，草飞也；辰月物者，草走也；

辰星物者，草木也；辰辰物者，草草也。

有皇皇之民者也，有皇帝之民者也，有皇王之民者也，有皇伯之民者也。有帝皇之民者也，有帝帝之民者也，有帝王之民者也，有帝伯之民者也。有王皇之民者也，有王帝之民者也，有王王之民者也，有王伯之民者也。有伯皇之民者也，有伯帝之民者也，有伯王之民者也，有伯伯之民者也。

皇皇民者，士士也；皇帝民者，士农也；

皇王民者，士工也；皇伯民者，士商也。

帝皇民者，农士也；帝帝民者，农农也；

帝王民者，农工也；帝伯民者，农商也。

王皇民者，工士也；王帝民者，工农也；
王王民者，工工也；王伯民者，工商也。
伯皇民者，商士也；伯帝民者，商农也；

伯王民者，商工也；伯伯民者，商商也。
飞飞物者，性性也；飞走物者，性情也；
飞木物者，性形也；飞草物者，性体也。
走飞物者，性情也；走走物者，情情也；
走木物者，情形也；走草物者，情体也。
木飞物者，形性也；木走物者，形情也；
木木物者，形形也；木草物者，形体也。
草飞物者，体性也；草走物者，体情也；
草木物者，体形也；草草物者，体体也。
士士民者，仁仁也；士农民者，仁礼也；
士工民者，仁义也；士商民者，仁智也。
农士民者，礼仁也；农农民者，礼礼也；
农工民者，礼义也；农商民者，礼智也。
工士民者，义仁也；工农民者，义礼也；
工工民者，义义也；工商民者，义智也。
商士民者，智仁也；商农民者，智礼也；
商工民者，智义也；商商民者，智智也。

飞飞之物一之一，飞走之物一之十，飞木之物一之百，飞草之物一之千。走飞之物十之一，走走之物十之十，走木之物十之百，走草之物十之千。木飞之物百之一，木走之物百之十，木木之物百之百，木草之物百之千。草飞之物千之一，草走之物千之十，草木之物千之百，草草之物千之千。

士士之民一之一，士农之民一之十，士工之民一之百，士商之民一之千。农士之民十之一，农农之民十之十，

农工之民十之百，农商之民十之千。工士之民百之一，
工农之民百之十，工工之民百之百，工商之民百之千。
商士之民千之一，商农之民千之十，商工之民千之百，
商商之民千之千。
一一之飞当兆物，一十之飞当亿物，一百之飞当万物，
一千之飞当千物。十一之走当亿物，十十之走当万物，
十百之走当千物，十千之走当百物。百一之木当万物，
百十之木当千物，百百之木当百物，百千之木当十物。
千一之草当千物，千十之草当百物，千百之草当十物，
千千之草当一物。
一一之士当兆民，一十之士当亿民，一百之士当万民，
一千之士当千民。十一之农当亿民，十十之农当万民，
十百之农当千民，十千之农当百民。百一之工当万民，
百十之工当千民，百百之工当百民，百千之工当十民。
千一之商当千民，千十之商当百民，千百之商当十民，
千千之商当一民。
为一一之物能当兆物者，非巨物而何？
为一一之民能当兆民者，非巨民而何？
为千千之物能分一物者，非细物而何？
为千千之物能分一物者，非细物而何？
为千千之民能分一民者，非细民而何？

固知物有大小，民有贤愚。移昊天生兆物之德而生兆民，则岂不谓至神者乎？移昊天养兆物之功而养兆民，则岂不谓至圣者乎？吾而今而后知践形为大，非大圣大神之人，岂有不负于天地者乎？

天所以谓之观物者，非以目观之也，非观之以目而观之以心也，非观之以心而观之以理也。天下之物，莫不有理焉，莫不有性焉，莫不有命焉。所以谓之理者，穷之而后可知也。所以谓之性者，尽之而后可知也。所以谓之命者，至之而后可知也。此三知者，天下之真知也，虽圣人无以过之也；而过之者，非所以谓之圣人也。夫鉴之所以能为明者，谓其能不隐万物之形也。虽然鉴之能不隐万物之形，未若水之能一万物

之形也。虽然水之能一万物之形，又未若圣人之能一万物之情也。圣人之所以能一万物之情者，谓其圣人之能反观也。所以谓之反观者，不以我观物也。不以我观物者，以物观物之谓也。既能以物观物，又安有我干其间哉？是知我亦人也，人亦我也，我与人皆物也。此所以能用天下之目为己之目，其目无所不观矣；用天下之耳为己之耳，其耳无所不听矣；用天下之口为己之口，其口无所不言矣；用天下之心为己之心，其心无所不谋矣！

夫天下之观其于见也，不亦广乎？

天下之听其于闻也，不亦远乎？

天下之言其于论也，不亦高乎？

天下之谋其于乐也，不亦大乎？

夫其见至广，其闻至远，其论至高，其乐至大，能为至广、至远、至高、至大之事而中无一为焉，岂不谓至神至圣者乎？非惟吾谓之至神至圣，而天下亦谓之至神至圣；非惟一时之天下谓之至神至圣，而千万世之天下亦谓之至神至圣者乎，过此以往，未之或知也已。

（皇极经世书卷十二）

钦定四库全书

子部

皇极经世书卷十三

详校官中书 臣 吕光復

灵台郎 臣 倪廷梅 复勘

总校官编修 臣 王燕绪

校对官中书 臣 潘奕雋

誊 录监生 臣 王遇亨

皇極經世書卷十三

宋 邵雍 撰

觀物外篇上

天數五地數五合而為十數之全也天以一而變四地以一而變四四者有體也而其一者無體也是謂有無之極也天之體數四而用者三不用者一也地之體數四而用者三不用者一也是故無體之一以況自然也不用之一以況道也用之者三以況天地人也

天有四時一時四月一月四十日四四十六而各去其一是以一時三月一月三十日也四時體數也三月三十日用數也體雖具四而其一常不用也故用者止于三而極于九也體數常偶故有四有十二用數常奇故有三有九

大數不足而小數常盈者何也以其大者不可見而小者可見也故時止乎四月止乎三而日盈乎十也是以人之支體有四而指有十也

钦定四库全书·皇极经世书卷十三

[宋] 邵 雍 撰

观物外篇上

天数五，地数五，合而为十——数之全也。天以一而变四，地以一而变四。四者，有体也，而其一者无体也，是谓有无之极也。天之体数四而用者三，不用者一也；地之体数四而用者三，不用者一也。是故无体之一以况自然也，不用之一以况道也，用之者三以况天、地、人也。

天有四时，一时四月，一月四十日，四四十六而各去其一，是以一时三月，一月三十日也。四时，体数也；三月、三十日，用数也。体虽具四而其一常不用也，故用者止于三而极于九也。体数常偶，故有四，有十二；用数常奇，故有三，有九。

大数不足而小数常盈者，何也？以其大者不可见而小者可见也，故时止乎四，月止乎三，而日盈乎十也。是以人之支体有四而指有十也。

天见乎南而潜乎北，极于六而余于七。是以人知其前，时其后，而略其左右也。

天体数四而用三，地体数四而用三。天克地、地克天，而克者在地，犹昼之余分在夜也。是以天三而地四。天有三辰，地有四行也。然地之大且见且隐，其余分之谓耶。体者八变，用者六变，是以八卦之象不易四，反易者二，以六卦变而成八也。重卦之象，不易者八，反易者二十八，以三十六变而成六十四也。故爻止于六，卦尽于八，策穷于三十六，而重卦极于六十四也。卦成于八，重于六十四；爻成于六，策穷于三十六，而重于三百八十四也。

天有二正，地有二正，而共用二变，以成八卦也。天有四正，地有四正，而共用二十八变，以成六十四卦也。是以小成之卦正者四，变者二，共六卦也；大成之卦正者八，变者二十八，共三十六卦也。乾、坤、离、坎为三十六卦之祖也；兑、震、巽、艮为二十八卦之祖也。

卦之正变共三十六，而爻有二百一十六，则用数之策也。三十六去四则三十二也，又去四则二十八也，又去四则二十四也。故卦数三十二位去四而言之也；天数二十八位去八而言之也；地数二十四位去十二而言之也。四者，乾、坤、离、坎也；八者，并颐、中孚、大过、小过也；十二者，并兑、震、泰、既济也。

乾七子，兑六子，离五子，震四子，巽三子，坎二子，艮一子；坤全阴，故无子。乾七子，坤六子，兑五子，艮四子，离三子，坎二子，震一子；巽阴刚，故无子。乾、坤七变，是以昼夜之极不过七分也。兑、艮六变，是以月止于六，共为十二也。离、坎五变，是以日止于五，共为十也。震、巽四变，是以体止于四，共为八也。

日有八位而用止于七，去乾而言之也。月有八位而用止于六，去兑而言之也。星有八位而用止于五，去离而言之也。辰有八位而用止于四，去震而言之也。日有八位而数止于七，去泰而言之也。月自兑起者，月不能及日之数也，故十二月常余十二日也。

乾，阳中阳，不可变，故一年止举十二月也。震，阴中阴，不可变，故一日十二时不可见也。兑，阳中阴；离，阴中阳，皆可变，故日月之数可分也。是以阴数以十二起，阳数以三十起，而常存二六也。

举年见月，举月见日，举日见时，阳统阴也。是天四变含地四变，日之变含月与星辰之变也。是以一卦含四卦也。

日一位，月一位，星一位，辰一位。日有四位，月有四位，星有四位，辰有四位，四四十有六位。尽此一变而日月之数穷矣。

天有四变，地有四变。变有长也，有消也。十有六变而天地之数穷矣。

日起于一，月起于二，星起于三，辰起于四。衍而伸之，阳数常六，阴数常二，十有二变而大小之运穷矣。

三百六十变为十二万九千六百；十二万九千六百变为一百六十七亿

九千六百一十六万；一百六十七亿九千六百一十六万变为二万八千二百一十一兆。九百九十万七千四百五十六亿以三百六十为时，以十二万九千六百为日，以一百六十七亿九千六百一十六万为月，以二万八千二百一十一兆九百九十万七千四百五十六亿为年，则大小运之数立矣。

二万八千二百一十一兆九百九十万七千四百五十六亿分而为十二，前六限为长，后六限为消，以当一年十二月之数，而进退三百六十日矣。一百六十七亿九千六百一十六万分而为三十，以当一月三十日之数，随大运之消长而进退六十日矣。十二万九千六百分而为十二，以当一日十二时之数，而进退六日矣。三百六十以当一时之数，随小运之进退以当昼夜之时也。十六变之数去其交数，取其用数，得二万八千二百一十一兆九百九十万七千四百五十六亿，分为十二，前六限为长，后六限为消，每限得一百六十七亿九千六百一十六万，每一百六十七亿九千六百一十六万衍开一分，进六十日也。六限开六分，进三百六十日也。犹有余分之一，故开七分，进三百六十日也，其退亦若是矣。十二万九千六百去其三者，交数也；取其七者，用数也。用数三而成于六，加余分故有七也。七之得九万七百二十年，半之得四万五千三百六十年，以进六日也。日有昼夜，数有朓朒，以成十有二日也。每三千六百年进一日，凡四万三千二百年进十有二日也。余二千一百六十年，进余分之六，合交数之二千一百六十年，共进十有二分，以为闰也。故小运之变凡六十，而成三百六十六日也。

天统乎体，故八变而终于十六；地分乎用，故六变而终于十二。天起于一而终于七秭[1]九千五百八十六万六千一百一十垓[2]九千九百四十六万四千八京[3]八千四百三十九万一千九百三十六兆。地起于十二而终于二百四秭六千九百八十万七千三百八十一垓五千四百九十一万八千四百九十九兆七百二十万亿也。乾为一，乾之五爻分而为大有，以当三百六十之数也；乾之四爻分而为小畜，以当十二万九千六百之数也；乾之三

校者注 ① 秭：一秭为一万亿。

② 垓：一垓为一万万。

③ 京：一京为一千万。秭、垓、京均为古代用来计数的专用名词。

爻分而为履，以当一百六十七亿九千六百一十六万之数也；乾之二爻分而为同人，以当二万八千一百一十一兆九百九十万七千四百五十六亿之数也；乾之初爻分而为姤，以当七秭九千五百八十六万六千一百十垓九千九百四十六万四千八京八千四百三十九万一千九百三十六兆之数也。是谓分数也，分大为小，皆自上而下，故以阳数当之。（如一分为十二，十二分为三百六十也。）

一生二为夬，当十二之数也；二生四为大壮，当四千三百二十之数也；四生八为泰，当五万五千九百八十七万二千之数也；八生十六为临，当九百四十三千六百九十九万六千九百一十五亿二千万之数也；十六生三十二为复，当二千六百五十二万八千八百七十垓三千六百六十四万八千八百京二千九百四十七万九千七百三十一兆二千万亿之数也；三十二生六十四为坤，当无极之数也。是谓长数也，长小为大，皆自下而上，故以阴数当之。

天自临以上，地自师以上，运数也。天自同人以下，地自遁以下，年数也。运数则在天者，年数则在地者也。天自贲以上，地自艮以上，用数也。天自明夷以下，地自否以下，交数也。天自震以上，地自晋以上，有数也。天自益以下，地自豫以下，无数也。

天之有数起乾而止震，余入于无者，天辰不见也。地去一而起十二者也，火常潜也。故天以体为基而常隐其基，地以用为本而常藏其用也。一时止于三月，一月止于三十日，皆去其辰数也。是以八八之卦六十四而不变者八，可变者七八五十六，其义亦由此矣。

有地然后有二，有二然后有昼夜。二三以变，错综而成。故《易》以二为生数，以十二而起。而一非数也，非数而数，以之成也。天行不息，未尝有昼夜，人居地上以为昼夜，故以地上之数为人之用也。

阳爻，昼数也。阴爻，夜数也。天地相衔，阴阳相交，故昼夜相杂，刚柔相错。春夏，阳多也，故昼数多，夜数少；秋冬，阴多也，故昼数少，夜数多。

体数之策三百八十四，去乾、坤、离、坎之策，为用数三百六十。体数之用二百七十，去乾与离、坎之策，为用数之用二百五十二也。体数之用二百七十，其一百五十六为阳，一百十四为阴。去离之策，得一百五十二，阳一百一十二，阴为实用之数也。盖阳去离而用乾，阴去坤而用坎也。是以天之阳策一百十二，去其阴也。地之阴策一百十二，阳策四十，去其南北之阳也。极南大暑，极北大寒，物不能生，是以去之也。其四十为天之余分耶。阳侵阴，昼侵夜，是以在地也，合之为一百五十二阳，一百十二阴也。阳去乾之策，阴去坎之策，得一百四十四阳，一百八阴，为用数之用也。阳三十六，三之为一百八；阴三十六，三之为一百八。三阳、三阴，阴阳各半也。阳有余，分之一为三十六，合之为一百四十四阳，一百八阴也。故体数之用二百七十，而实用者二百六十四，用数之用二百五十二也。

卦有六十四而用止乎三十六，爻有三百八十四而用止乎二百一十六也。

六十四分而二百五十六，是以一卦去其初上之爻，亦二百五十六也。此生物之数也。故离、坎为生物之主，以离四阳、坎四阴，故生物者必四也。阳一百一十二，阴一百一十二，去其离、坎之爻，则一百一十六也。阴阳之四十，共为二百五十六也。是以八卦用六爻，乾、坤主之也。六爻用四位，离、坎主之也。故天之昏晓不生物，而日中生物；地之南北不生物，而中央生物也。

体数何为者也？生物者也。用数何为者也？运行者也。运行者，天也；生物者，地也。天以独运，故以用数自相乘，而以用数之用为生物之时也；地偶而生，故以体数之用阳乘阴为生物之数也。

天数三，故六六而又六之，是以乾之策二百一十有六。地数两，故十二而十二之，是以坤之策百四十有四也。乾用九，故三其八为二十四而九之，亦二百一十六；两其八为十六而九之，亦百四十有四。坤用六，故三其十二为三十六而六之，亦二百一十六；两其十二为二十四而六之，亦百四十有四也。坤以十二之二十四六之，六之一与半，为乾之余分，则乾得二百五十二，坤得一百八也。

体有三百八十四而用止于三百六十，何也？以乾、坤、离、坎之不用也。乾、坤、离、坎之不用，何也？乾、坤、离、坎之不用，所以成三百六十之用也。故万物变易，而四者不变也。夫惟不变，是以能变也。用止于三百六十而有三百六十六，何也？数之赢也。数之赢则何用也？乾全用也。乾、坤不用，则离、坎用半也。乾全用者何也？阳主赢也。乾、坤不用者，何也？独阳不生，专阴不成也。离、坎用半何也？离东、坎西，当阴阳之半，为春秋、昼夜之门也。或用乾，或用离、坎，何也？主阳而言之，故用乾也；主赢分而言之，则阳侵阴、昼侵夜，故用离坎也。阳主赢，故乾全用也；阴主虚，故坤全不用也。阳侵阴、阴侵阳，故离、坎用半也。是以天之南全见而北全不见，东西各半见也。离、坎，阴阳之限也。故离当寅，坎当申，而数常逾之者，盖阴阳之溢也。然用数不过乎寅，交数不过乎申也。（或离当卯，坎当酉。）

乾四十八，兑三十，离二十四，震十，坤十二，艮二十，坎三十六，巽四十；乾三十六，坤十二，离、兑、巽二十八，坎、艮、震二十。乾四十八而四分之一，为阴所克；坤四十八而四分之一分，为所克之阳也。故乾得三十六而坤得十二也。阳主进，是以进之为三百六十日；阴主消，是以十二月消十二日也。

阳四卦十二爻，八阳四阴。以三十六乘其阳，以二十四乘其阴，则三百八十四也。

圆者，星也，历纪之数，其肇于此乎？方者，土也，画州井地之法其仿于此乎？盖圆者，河图之数；方者，洛书之文。故牺、文因之而造《易》，禹、箕叙之而作《范》也。

圆数有一，方数有二，奇偶之义也。六即一也，十二即二也。

圆者，径一围三，重之则六。方者，径一围四，重之则八也。天圆而地方。圆者之数，起一而积六；方者之数，起一而积八。变之则起四而积十二也。六者常以六变，八者常以八变，而十二者亦以八变，自然之道也。八者，天地之体也；六者，天之用也；十二者，地之用也。天变方为圆而常存其一；地分一为四而常执其方。天变其体而不变其用也；地变其用而不变其体也。六者并其一而为七，十二者并其四而为十六也。阳主进，故天并其七而为七；阴主退，故地去其四而止于十二也。是阳常存一而阴常晦一也。故天地之体止于八，而天之用极于七，地之用止于十二也。

圆者，刓方以为用，故一变四，四去其一则三也；三变九，九去其三则六也。方者，引圆以为体，故一变三，并之四也；四变十二，并之十六也。故用数成于三而极于六；体数成于四而极于十六也。是以圆者径一而围三，起一而积六；方者分一而为四，分四而为十六。皆自然之道也。

圆者一变则生六，去一则五也；二变则生十二，去二则十也；三变则生十八，去三则十五也；四变则二十四，去四则二十也；五变则三十，去五则二十五也；六变则三十六，去六则三十也。是以存之则六六，去之则五五也。五则四而存一也；四则三而存一也；二则一而存一也。故一生二去一则一也；二生三去一则二也；三生四去一则三也；四生五去一则四也。是故二以一为本，三以二为本，四以三为本，五以四为本，六以五为本。（更思之）

方者一变而为四，四生八并四而为十二；八生十二并八而为二十；十二生十六并十二而为二十八；十六生二十并十六而为三十六也。一生三并而为四也；十二生二十并而为三十二也；二十八生三十六并而为六十四也。（更思之）

一役二以生三，三去其一则二也；三生九，九去其一则八也；去其三则六也。故一役三，三复役二也。三役九，九复役八与六也。是以二生四，八生十六，六生十二也。三并一则为四，九并三则为十二，十二又并四则为十六。故四以一为本，三为用；十二以三为本，九为用；十六以四为本，十二为用。（更思之）

裁方而为圆，天之所以运行。分天而为小，地之所以生化。故天用六变，地用四变也。一八为九，裁为七，八裁为六，十六裁为十二，二十四裁为十八，三十二裁为二十四，四十裁为三十，四十八裁为三十六，五十六裁为四十二，六十四裁为四十八也。一分为四，八分为三十二，十六分为六十四，以至九十六分为三百八十四也。

一生六，六生十二，十二生十八，十八生二十四，二十四生三十，三十生三十六，引而伸之，六十变而生三百六十矣。此运行之数也。四生十二，十二生二十，二十生二十八，二十八生三十六，此生物之数也。故乾之阳策三十六，兑、离、巽之阳策二十八，震、坎、艮之阳策二十，坤之阳策十二也。

圆者六变，六六而进之，故六十变而三百六十矣；方者八变，故八八而成六十四矣。阳主进，是以进之为六十也。

六变而成三十六矣，八变而成六十四矣，十二变而成三百六十四矣。六六而变之，八八六十四变而成三百八十四矣。八八而变之，七七四十九变而成三百八十四矣。

蓍德圆，以况天之数，故七七四十九也。五十者，存一而言之也。卦德方，以况地之数，故八八六十四也。六十者，去四而言之也。蓍者，用数也。卦者，体数也。用以体为基，故存一也；体以用为本，故去四也。圆者本一，方者本四，故蓍存一而卦去四也。蓍之用数七，并其余分，亦存一之义也。挂其一，亦去一之义也。

蓍数不以六而以七，何也？并其余分也。去其余分则六，故策数三十六也。是以五十者，六十四卦闰岁之策也。其用四十有九，六十四卦，一岁之策也。归奇挂一，犹一岁之闰也。卦直去四者，何也？天变而地效之，是以蓍去一则卦去四也。

蓍之用数，挂一以象三，其余四十八，则一卦之策也。四其十二，为四十八也。十二去三而用九，四三十二所去之策也，四九三十六所用之策也，以当乾之三十六阳爻也。十二去五而用七，四五二十所去之策也，四七二十八所用之策也，以当兑、离之二十八阳爻也。十二去六而用六，四六二十四所去之策也，四六二十四所用之策也，以当坤之二十四阴爻也。十二去四而用八，四四十六所去之策也，四八三十二所用之策也，以当艮、坎之二十四爻并上卦之八阴为三十二爻也。是故七、九为阳，六、八为阴也。九者，阳之极数；六者，阴之极数。数极则反，故为卦之变也。震、巽无策者，以当不用之数。天以刚为德，故柔者不见；地以柔为体，故刚者不生。是以震、巽无策也。（或先艮后兑离。）乾用九，故其策九也。四之者，以应四时，一时九十日也。坤用六，故其策亦六也。

奇数四：有一，有二，有三，有四；策数四：有六，有七，有八，有九。合而为八数，以应方数之八变也。

归奇合挂之数有六：谓五与四四也，九与八八也；五与四八也，九与四八也，五与八八也，九与四四也。以应圆数之变六也。

奇数极于四而五不用，策数极于九而十不用。五则一也，十则二也，故去五十而用四十九也。奇不用五，策不用十，有无之极也。以况自然之数也。

蓍数全，故阳策三十六与二十八合之为六十四也。卦数去其四，故阴策二十四与三十二合之为五十六也。九进之为三十六，皆阳数也，故为阳中之阳；七进之为二十八，先阳而后阴也，故为阳中之阴；六进之为二十四，皆阴数也，故为阴中之阴；八进之为三十二，先阴而后阳也，故为阴中之阳。

蓍四进之则百，卦四进之则百二十。百则十也，百二十则十二也。

归奇合挂之数得五与四四，则策数四九也。得九与八八，则策数四六也。得五与八八，得九与四八，则策数皆四七也；得九与四四，得五与四八，则策数皆四八也。为九者，一变以应乾也。为六者，一变以应坤也。为七者，二变以应兑与离也。为八者，二变以应艮与坎也。五与四四去挂一之数，则四八三十二也；九与八八去挂一之数，是四六二十四也；五与八八、九与四八去挂一之数，则四五二十也；九与四四、五与四八去挂一之数，是四四十六也。故去其三、四、五、六之数，以成九、八、七、六之策也。

天一、地二；天三、地四；天五、地六；天七、地八；天九、地十。参伍以变，错综其数也。如天地之相衔，昏夜之相交也。一者，数之始而非数也。故二二为四，三三为九，四四为十六，五五为二十五，六六为三十六，七七为四十九，八八为六十四，九九为八十一，而一不可变也。百则十也，十则一也，亦不可变也。是故数去其一而极于九，皆用其变者也。五五二十五，天数也；六六三十六，乾之策数也；七七四十九，大衍之用数也；八八六十四，卦数也；九九八十一，玄范之数也。

大衍之数，其算法之源乎，是以算数之起，不过乎方圆曲直也。乘数，生数也；除数，消数也。算法虽多，不出乎此矣！

《易》之大衍，何数也？圣人之倚数也。天数二十五，合之为五十；地数三十，合之为六十。故曰五位相得而各有合也。五十者，蓍之数也；六十者，卦之数也。五者，蓍之小衍也，故五十为大衍也。八者，卦之小成，则六十四为大成也。

五十分之则为十，若三天两之则为六，两地又两之则为四。此天地分太极之数也。天之变六，六其六得三十六，为乾一爻之数也，积六爻之策共得二百一十有六，为乾之策。六其四得二十四，为坤一爻之策，积六爻之数共得一百四十有四，为坤之策。积二篇之策，乃万有一千五百二十也。

阳得阴而生，阴得阳而成，故蓍数四而九，卦数六而十也。犹干支之相错，干以六终而支以五终也。

卦为六十四而用止六十者，何也？六十卦者，三百六十爻也，故甲子止于六十也。六甲，天道穷矣，是以策数应之，三十六与二十四合之则六十也。三十二与二十八合之亦六十也。乾四十八，坤十二；震二十，巽四十；离、兑三十二，坎、艮二十八，合之亦六十也。

三四十二也，二六亦十二也，二其十二二十四也，三八亦二十四也，四六亦二十四也。三其十二三十六也，四九亦三十六也，六六亦三十六也。四其十二四十八也，三其十六亦四十八也，六八亦四十八也。五其十二六十也，三其二十亦六十也，六其十亦六十也。皆自然之相符也。（此盖阴数分其阳数耳，是以相因也。如月初一分作十二也，二十四气、七十二候之数，亦可因以明之。）

四九三十六也，六六三十六也，阳六而又兼阴六之半，是以九也。故以二卦言之，阴阳各三也；以三爻言之，天、地、人各二也；阴阳之中各有天、地、人；天、地、人之中各有阴阳。故参天两地而倚数也。

《易》有真数三而已。参天者，三三而九；两地者，倍三而六。参天两地而倚数，非天地之正数也。倚者，拟也，拟天地正数而生也。

《易》之数，穷天地终始。或曰：天地亦有终始乎？曰：既有消长，岂无终始？天地虽大，是亦形器，乃二物也。

《易》之生数一十二万九千六百，总为四千三百二十，比消长之大数，演三十年之辰数，即其数也。岁三百六十日，得四千三百二十辰，以三十乘之，得其数矣。凡甲子、甲午为世首，此为经世之数，始于日甲、月子、星甲、辰子。又云：此经世日甲之数，月子、星甲、辰子从之也。

十、百、千、万、亿，为奇天之数也。十二、百二十、千二百、万二千、亿二万，为偶地之数也。

十干，天也；十二支，地也。支干配天地之用也。

干者干之义，阳也；支者，枝之义，阴也。干十而支十二，是阳数中有阴，阴数中有阳也。

阳数一衍之为十，十干之类是也；阴数二衍之为十二，十二支、十二月之类是也。

阳无十，故不足于后；阴无一，故不足于首。

阳数于三百六十上盈；阴数于三百六十上缩。

体四而变六，兼神与气也。气变必有，故三百六十也。气以六变，体以四分。

天地之交十之三。

凡事为之极几，十之七则可以正矣。盖夏至之日止于六十，兼之以晨昏分（可辨邑矣），庶几乎十之七也。

正音律数，行至于七而止者，以夏至之日出于寅而入于戌。亥、子、丑三时则日入于地而目无所见。此三数不行者，所以比于三时也。故生物之数亦然。非数之不行也，有数而不见也。

天下之数出于理，违乎理则入于术。世人以数而入术，故失于理也。

太极既分，两仪立矣。阳下交于阴，阴上交于阳，四象生矣。阳交于阴、阴交于阳而生天之四象；刚交于柔、柔交于刚而生地之四象，于是八卦成矣。八卦相错然后万物生焉。是故一分为二，二分为四，四分为八，八分为十六，十六分为三十二，三十二分为六十四。故曰：分阴分阳，迭用柔刚，易六位而成章也。十分为百，百分为千，千分为万，犹根之有干，干之有枝，枝之有叶，愈大则愈少，愈细则愈繁。合之斯为一，衍之斯为万。是故乾以分之，坤以翕之，震以长之，巽以消之。长则分，分则消，消则翕也。乾、坤定位也，震、巽一交也，兑、离、坎、艮再交也，故震阳少而阴尚多也，巽阴少而阳尚多也，兑、离阳浸多也，坎、艮阴浸多也，是以辰与火不见也。

一气分而阴阳判，得阳之多者为天，得阴之多者为地。是故阴阳半而形质具焉；阴阳偏而性情分焉。形质又分，则多阳者为刚也，多阴者为柔也；性情又分，则多阳者阳之极也，多阴者阴之极也。兑、离、巽得阳之多者也，艮、坎、震得阴之多者也，是以为天地用也。乾阳极，坤阴极，是以不用也。

乾、坤之名位不可易也，坎、离名可易而位不可易也。震、巽位可易而名不可易也，兑、艮名与位皆可易也，离肖乾，坎肖坤，中孚肖乾，颐肖离，小过肖坤，大过肖坎，是以乾、坤、离、坎、中孚、颐、大过、小过皆不可易者也。离在天而当夜，故阳中有阴也；坎在地而当昼，故阴中有阳也。震始交阴而阳生，巽始消阳而阴生。兑，阳长也；艮，阴长也。震、兑，在天之阴也；巽、艮，在地之阳也。故震、兑上阴而下阳；巽、艮上阳而下阴。天以始生言之，故阴上而阳下，交泰之义也；地以既成言之，故阳上而阴下，尊卑之位也。乾、坤定上下之位，离、坎列左右之门，天地之所阖辟，日月之所出入，是以春夏秋冬、晦朔弦望、昼夜长短、行度盈缩，莫不由乎此矣。

乾四分取一以与坤，坤四分取一以奉乾。乾、坤合而生六子，三男皆阳也，三女皆阴也。兑分一阳以与艮，坎分一阴以奉离，震、巽以二相易。合而言之，阴阳各半，是以水火相生而相克，然后既成万物也。

乾、坤纵而六子横，《易》之本也。震、兑横而六卦纵，《易》之用也。

起震终艮一节，明文王八卦也。天地定位一节，明伏羲八卦也。

八卦相错者，相交错而成六十四卦也。数往者，顺若顺天而行，是左旋也，皆已生之卦也，故云：数往也。知来者，逆若逆天而行，是右行也，皆未生之卦也，故云：知来也。夫《易》之数由逆而成矣。此一节直解图意，若逆知四时之谓也。

阳在阴中，阳逆行；阴在阳中，阴逆行；阳在阳中、阴在阴中，则皆顺行。此真至理，按图可见之矣。

顺数之：乾一，兑二，离三，震四，巽五，坎六，艮七，坤八；逆数之：震一，离、兑二、乾三，巽四，坎五，艮、坤六也。

四正者，乾、坤、坎、离也，观其象无反覆之变，所以为正也。卦之反对，皆六阳、六阴也。在《易》则六阳、六阴者，十有一对也。去四正者，八阳、四阴，八阴、四阳者，各六对也。十阳二阴，十阴二阳者，各三对也。

复至乾，凡百有十二阳；姤至坤，凡八十阳。姤至坤，凡百有十二阴；复至乾，凡八十阴。

夫《易》根于乾、坤而生于姤、复，盖刚交柔而为夏；柔交刚而为姤。自兹而无穷矣。

无极之前，阴含阳也；有象之后，阳分阴也。阴为阳之母，阳为阴之父，故母孕长男而为复，父生长女而为姤。是以阳起于复而阴起于姤也。

诸卦不交于乾、坤者，则生于否、泰。否、泰，乾、坤之交也。乾、坤起自奇偶，生自太极。

自泰至否，其间则有蛊矣。自否至泰，其间则有随矣。一变而二，二变而四，三变而八卦成矣；四变而有十六，五变而三十有二，六变而六十四卦备矣。

至哉！文王之作《易》也。其得天地之用乎？故乾、坤交而为泰；坎、离交而为既济也。乾生于子，坤生于午，坎终于寅，离终于申，以应天之时也。置乾于西北，退坤于西南，长子用事而长女代母，坎、离得位，兑、艮为偶，以应地之方也。王者之法，其尽于是矣！

《易》者，一阴一阳之谓也。震、兑，始交者也，故当朝夕之位；离、坎，交之极也，故当子午位；巽、艮虽不交，而阴阳犹杂也，故当用中之偏位；乾、坤，纯阴阳也，故当不用之位。

坤纯三女于西南，乾纯三男于东北。道生天，天生地，及其功成而身退，故子继父禅，是以乾退一位也。

《易》之首于乾、坤，中于坎、离，终于水、火之交。不交，皆至理也。

自乾、坤至坎、离，以天道也。自咸、恒至既济、未济，以人事也。

乾、坤交而为泰，变而为杂卦也。

上经起于三，下经起于四，皆交泰之义也。

乾、坤、坎、离为上篇之用，兑、艮、震、巽为下篇之用也。颐、中孚、大过、小过，为二篇之正也。

乾、坤，天地之本；坎、离，天地之用。是以《易》始于乾、坤，中于坎、离，终于既济、未济。而泰、否为上经之中；咸、恒为下经之首，皆言乎其用也。故《易》者，用也。乾用九，坤用六，大衍用四十九，而“潜龙勿用”也。大哉用乎！吾于此见圣人之心也。

夫卦，各有性有体，然皆不离乾、坤之门，如万物受性于天，而各为其性也。在人则为人之性，在禽兽则为禽兽之性，在草木则为草木之性。

不知乾，无以知性命之理。

在人则乾道成男，坤道成女；在物则乾道成阳，坤道成阴。

君子于《易》，玩象、玩数、玩辞、玩意。

象起于形，数起于质，名起于言，意起于用。

有意必有言，有言必有象，有象必有数。数立则象生，象生则言彰，言彰则意显，象数则筌蹄也。言意则鱼、兔也，得鱼、兔而忘筌蹄则可也。舍筌蹄而求鱼、兔，则未见其得也。

《易》为意象，立意皆所以明象统下三者：有言象，不拟物而直言以明事；有象象，拟一物以明意；有数象，七日、八月、三年、十年之类是也。

《易》有内象，理致是也；有外象，指定一物而不变者是也。自然而然不得而更者，内象内数也。他皆外象外数也。乾为天之类，本象也；为金之类，别象也。

乾，奇也、阳也、健也，故天下之健莫如天。坤，偶也、阴也、顺也，故天下之顺莫如地——所以顺天也。震，起也，一阳起也。起，动也。故天下之动莫如雷。坎，陷也，一阳陷于二阴。陷，下也。故天下之下莫如水。艮，止也，一阳于是而止也。故天下之止莫如山。巽，入也，一阴入二阳之下。故天下之入莫如风。离，丽也，一阴离于二阳，其卦错然成文而华丽也。故天下之丽莫如火，故又为附丽之丽。兑，说也，一阴出于外而说于物。故天下之说莫如泽。

火内暗而外明，故离阳在外，火之用，用外也。水外暗而内明，故坎阳在内，水之用，用内也。

震为龙，一阳动于二阴之下，震也；重渊之下有动物者，岂非龙乎？

兑，说也。其他说皆有所害，惟朋友讲习，无说于此，故言其极者。

以尊降卑曰临，以上观下曰观。

复次剥，明治生于乱乎。姤次夬，明乱生于治乎？时哉，时哉！未有剥而不复，未有夬而不姤者。防乎其防，邦家其长，子孙其昌。是以圣人贵未然之防，是谓《易》之大纲。

寂然不动，反本复静，坤之时也。感而遂通天下之故。阳动于中，间不容发，复之义也。

不见动而动，妄也；动于否之时，是也。见动而动则为无妄，然所以有灾者，阳微而无应也。有应而动，则为益矣。大过，本末弱也，必有大德大位然后可救。常分有可过者，有不可过者。有大德大位，可过者也，伊、周其人也，不可惧也；有大德无大位，不可过也，孔、孟其人也。不可闷也，其位不胜德邪。大哉！位科待才（一云“时”），用之宅也。

作《易》者，其如知乎。圣人知天地万物之理而一以贯之。夫《易》者，圣人长君子、消小人之具也。及其长也，辟之于未然；及其消也，阖之于未然。一消一长，一阖一辟，浑浑然无迹。非天下之至神，其孰能与于此？

神者，《易》之主也，所以无方。《易》者，神之用也，所以无体。神无方而《易》无体，滞于一方则不能变化，非神也；有定体则不能变通，非《易》也。《易》虽有体，体者象也，假象以见体，而本无体也。

《易》无体也。曰：既有典常，则是有体也。恐遂以为有体，故曰不可为典要。既有典常，常也；不可为典要，变也。生而成，成而生，《易》之道也。

元、亨、利、贞，变易不常，天道之变也。吉、凶、悔、吝，变易不定，人道之应也。

天变而人效之，故元、亨、利、贞，《易》之变也；人行而天应之，故吉、凶、悔、吝，《易》之应也。以元、亨为变，则利、贞为应；以吉、凶为应，则悔、吝为变。元则吉，吉则利应之；亨则凶，凶则应之以贞；悔则吉，吝则凶，是以变中有应，应中有变也。变中之应，天道也，故元为变，则亨应之；利为变，则应之以贞。应中之变，人事也，故变则凶，应则吉；变则吝，应则悔也。悔者，吉之先；而吝者，凶之本。是以君子从天不从人。

元者，春也，仁也。春者，时之始；仁者，德之长。时则未盛而德足以长人，故言德而不言时。亨者，夏也，礼也。夏者，时之盛；礼者，德之文。盛则必衰而文不足救之，故言时而不言德。故曰："大哉乾元！而上九有悔也。"利者，秋也，义也。秋者，时之成；义者，德之方。万物方成而获利。义者不通于利，故言时而不言德也。贞者，冬也，智也。冬者，时之末；智者，德之衰。正则吉，不正则凶。故言德而不言时也。故曰：利、贞者，性情也。

元、亨、利、贞之德，各包吉、凶、悔、吝之事。虽行乎德，若违于时，亦或凶矣。

初与上同，然上之亢不及初之进也。二与五同，然二之阴中不及五之阳中也。三与四同，然三处下卦之上，不若四之近君也。

六虚者，六位也。虚以待变，动之事也。

《易》有三百八十四爻，真天文也。

图虽无文（先天图也），吾终日言，而未尝离乎是，盖天地万物之理尽在其中矣。

先天图者，环中也。

先天学，心法也，故图皆自中起，万化万事先生乎心也。先天学主乎诚，至诚可以通神明，不诚则不可以得道。

先天之学，心也；后天之学，迹也。

尧之前，先天也；尧之后，后天也。后天乃效法耳。

《易》始于三皇，《书》始于二帝，《诗》始于三王，《春秋》始于五霸。所谓皇、帝、王、霸者，非独谓三皇、五帝、三王、五霸而已。但用无为，则皇也；用恩信，则帝也；用公正，则王也；用智力，则霸也。

法始乎伏羲，成乎尧，革于三王，极于五霸，绝于秦。万世治乱之迹无以逃此矣。

秦穆公伐郑，败而有悔过自誓之言，此非止霸者之事，几于王道。能悔则无过矣，此圣人所以录于书末也。

平王名虽王，实不及一小国之诸侯；齐、晋虽侯，而实借王。此春秋之名实也。子贡欲去告朔之饩羊。羊，名也；礼，实也。名存而实亡，犹愈于名实俱亡。苟存其名，安知后世无王者作？是以有所待也。

秦穆公有功于周，能迁善改过，为霸者之最。晋文侯世世勤王，迁平王于洛，次之。齐桓公九合诸侯，不以兵车，又次之。楚庄强大，又次之。宋襄公虽霸而力微，会诸侯而为楚所执，不足论也。治春秋者，不先定四国之功过，则事无统理，不得圣人之心矣。春秋之间，有功者未见大于四国者，有过者亦未见大于四国者也。故四国者，功之首、罪之魁也。

五霸者，功之首、罪之魁也。《春秋》者，孔子之刑书也。功过不相掩，圣人先褒其功，后贬其罪，故罪人有功者，亦必录之，不可不恕也。

某人受《春秋》于尹师、鲁师，鲁受于穆伯长。某人后复攻伯长曰："《春秋》无褒，皆是贬也。"田述古曰："孙复亦云：《春秋》有贬而无褒。"曰："春秋礼法废，君臣乱，其间有能为小善者，安得不进之也？况五霸实有功于天下，且五霸固不及于王，不犹愈于左衽乎？安得不与之也？"治《春秋》者，不辨名实，不定五霸之功过，则未可言治《春秋》。先定五霸之功过而治《春秋》，则大意立。若事事求之，则无绪也。

《春秋》为君弱臣强而作，故谓之名分之书。

人言《春秋》非性命之书，非也。至于书"郊牛之口伤，改卜牛，牛死，犹三望"，此因鲁事而贬之也，圣人何容心哉？无我故也，岂非由性命而发言也？又云："《春秋》皆因事而褒贬，岂圣人特立私意哉？"人知《春秋》圣人之笔削，为天下之至公，不知圣人之所以为公也。如因牛伤则知鲁之僭郊；因初献六羽则知旧僭公佾；因新作雉门，则知旧无雉门。皆非圣人有意于其间，故曰：《春秋》，尽性之书也。鲁之两观、郊天大禘，皆非礼也。诸侯苟有四时之禘，以为常祭可也。

至于五年大禘，不可为也。

“始作两观”，始者，贬之也，诛其旧无也。“初献六羽”，初者，褒之也，以其旧僭八佾也。

晋狐射姑杀阳处父，《春秋》书“晋杀其大夫阳处父”——上漏言也。君不密，则失臣，故书国杀。

夫圣人之经，浑然无迹，如天道焉，故《春秋》录实事而善恶形于其中矣。

《春秋》三传之外，陆淳啖助可以兼治。

管仲用智数，晚识物理，大抵才力过人也。

叔向、子产、晏子之才相等埒。

季札之才近伯夷。

伯夷义不食周粟，至饿且死，止得为仁而已。

伯夷、柳下惠得圣人之一端。伯夷得圣人之清，柳下惠得圣人之和。孔子时清时和，时行时止，故得圣人之时。“显诸仁，藏诸用”，孟子善藏其用乎？

圣人之难，在不失仁义忠信而成事业。何如则可？在于绝四：毋意、毋必、毋固、毋我，合而言之则一，分而言之则二；合而言之则二，分而言之则四。始于有意，成于有我。有意然后有必，必生于意。有固然后有我，我生于固。意有心，必有待，固不化，我有己也。

刘绚问无为，对曰：“时然后言，人不厌其言；乐然后笑，人不厌其笑；义然后取，人不厌其取。此所谓无为也。”时然后言，乃应变而言，言不在我也。

“知之为知之，不知为不知”，圣人之性也。苟不知而强知之，非情而失性，而情则众人矣。

“志于道者”，统而言之：志者，潜心之谓也；德者，得于已有形，故可据德；主于仁，故曰依。

“君子喻于义”，贤人也；“小人喻于利”而已。义利兼忘者，唯圣人能之。君子畏义而有所不为；小人直不畏耳。圣人则动“不逾矩”，何义之畏乎？

谁能出不由户？户，道也。未有不由道而能济者也。不由户者，开穴隙之类是也。

“多闻，择其善者而从之。”虽多闻，必择善而从之。“多见而识之。”识，别也，虽多见，必有以别之。

“三人行，亦有师焉。”至于友一乡之贤、天下之贤，以天下为未足，又至于上论古人，无以加焉。

当仁不让于师者，进人之道也。

有马者，借人乘之，舍己以从人也。

或问：“才难，何谓也？”曰：“临大事然后见才之难也。”曰：“何独言才？”曰：“才者，天之良质也；学者，所以成其才也。”曰：“古人有不由学问而能立功业者，何必曰学？”曰：“周勃、霍光能成大事，唯其无学，故未尽善也。人而无学，则不能烛理；不能独理，则固执而不通。”

人有出人之才，必以刚克。中刚则足以立事业、处患难，若用于他，反为邪恶，故孔子以申枨为焉。得刚既有欲心，必无刚也。

仲弓可使南面，可使从政也。

颜子“不迁怒，不贰过”，皆情也，非性也。不至于性命，不足以谓之好学。

颜子不贰过，孔子曰：“有不善未尝不知，知之未尝复行是也，是一而不再也。”韩愈以为，将发于心而使能绝去，是过与颜子也。过与是，为私意焉，能至于道哉？或曰：“与善不亦愈于与恶乎？”曰：“圣人则不如是。私心，过与善恶同矣。”

知《易》者不必引用讲解，是为知《易》。孟子之言未尝及《易》，其间《易》道存焉，俾人见之者鲜耳。人能用《易》，是为知《易》。如孟子，可谓善用《易》者也。

瞽瞍杀人，舜视弃天下犹弃敝屣也，窃负而逃，遵海滨而处，终身䜣然，乐而忘天下。圣人虽天下之大，不能易天性之爱。

汤放桀，武王伐纣，而不以为弑者。若孟子言“男女授受不亲”，礼也；“嫂溺则援之以手”，权也。故孔子既尊夷、齐，亦与汤、武。夷、齐，仁也；汤、武，义也。唯汤武则可，非汤武，是篡也。

中庸非天降地出。揆物之理，度人之情，行其所安，是为得矣。

中庸之法自中者，天也；自外者，人也。

老子五千言，大抵皆明物理。

老子，知《易》之体者也。

庄子曰："庖人虽不治庖，尸祝不越樽俎而代之。"此君子思不出其位，素位而行之意也。

庄子齐物，未免乎较量。较量则争，争则不平，不平则不和。

庄子与惠子游于濠梁之上，庄子曰："鯈鱼出游从容，是鱼乐也。"此尽己之性，能尽物之性也。非鱼则然，天下之物皆然。若庄子者，可谓善通物矣。

庄子雄辩，数千年一人而已。如《庖丁解牛》曰："踌躇四顾。"孔子观吕梁之水，曰："蹈水之道无私。"皆至理之言也。

庄子气豪，若吕梁之事，言之至者也。《盗跖》，言事之无可奈何者，虽圣人亦莫如之何。《渔父》，言事之不可强者，虽圣人亦不可强。此言有为、无为之理。顺理则无为，强则有为也。

庄子著《盗跖》篇，所以明至恶，虽至圣亦莫能化。盖上智与下愚不移故也。

鲁国之儒一人者，谓孔子也。

庄、荀之徒失之辩。

佛氏弃君臣、父子、夫妇之道，岂自然之理哉？

智哉留侯，善藏其用。

汉儒以反经合道为权，得一端者也。权，所以平物之轻重。圣人行权，酌其轻重而行之，合其宜而已，故执中无权者，犹为偏也。王通言春秋王道之权，非王通莫能及此。故权在一身，则有一身之权；在一乡，则有一乡之权；以至于天下，则有天下之权。用虽不同，其权一也。

文中子曰："易乐者必多哀，轻施者必好夺。"或曰："天下皆争利弃义，吾独若之何？"子曰："舍其所争，取其所弃，不亦君子乎！"若此之类，礼义之言也，心迹之判久矣！若此之类，造化之言也。

《太玄》九日当两卦，余一卦当四日半。扬雄作《玄》，可谓见天地之心者也。

洛下闳改《颛顼历》为《太初历》。子云准太初作《太玄》，凡八十一卦，九分共二卦。凡一五隔一四。细分之则四分半当一卦。气起于中心，故首中卦。

历不能无差。今之学历者，但知历法，不知历理。能布算者，洛下闳也；能推步者，甘公、石公也。洛下闳但知历法，扬雄知历法又知历理。

五星之说自甘公、石公始也。

《素问》《阴符》，七国时书也。

《素问》《密语》之类，于术之理可谓至矣。

韵法，阖辟者律天，清浊者吕地。

韵法，先闭后开者，春也；纯开者，夏也；先开后闭者，秋也；冬则闭而无声。

东为春声，阳为夏声，此见作韵者，亦有所至矣。衔凡，冬声也。

（皇极经世书卷十三）

钦定四库全书

子部

皇极经世书卷十四

详校官中书 臣 吕光復

灵台郎 臣 倪廷梅 复勘

总校官编修 臣 王燕绪

校对官中书 臣 潘奕雋

誊录监生 臣 王遇亨

皇極經世書卷十四

宋 邵雍 撰

觀物外篇下

太極一也不動生二二則神也神生數數生象象生器

太極不動性也發則神神則數數則象象則器器之變復歸於神也

心為太極又曰道為太極

太極道之極也太玄道之玄也太素色之本也太一數之始也太初事之初也其成功則一也

元有二有生天地之始太極也有萬物之中各有始者生之本也

萬物各有太極兩儀四象八卦之次亦有古今之象陰陽分而生二儀二儀交而生四象四象交而生八卦八卦交而生萬物故二儀生天地之類四象定天地之體四象生八卦之類八卦定日月之體八卦生萬物之類重卦定萬物之體類者生之序也體者象之交也推類

钦定四库全书·皇极经世书卷十四

[宋]　邵　雍　撰

观物外篇下

太极，一也。不动生二，二则神也。神生数，数生象，象生器。太极不动，性也。发则神，神则数，数则象，象则袛器。器之变复归于神也。

心为太极，又曰：道为太极。

太极，道之极也；太玄，道之玄也；太素，色之本也；太一，数之始也；太初，事之初也。其成功则一也。

元有二，有生天地之始，太极也；有万物之中各有始者，生之本也。

万物各有太极、两仪、四象、八卦之次，亦有古今之象。阴阳分而生二仪，二仪交而生四象，四象交而生八卦，八卦交而生万物。故二仪生天地之类，四象定天地之体；四象生八卦之类，八卦定日月之体；八卦生万物之类，重卦定万物之体。类者，生之序也；体者，象之交也。推类者，必本乎生；观体者，必由乎象。生则未来而逆推；象则既成而顺观。是故，日月，一类也，同出而异处也，异处而同象也。推此以往，物焉逃哉！

天变时而地应物。时则阴变而阳应，物则阳变而阴应。故时可逆知，物必顺成。是以阳迎而阴随，阴逆而阳顺，本一气也。生则为阳，消则为阴，故二者一而已矣，（四者二而已矣），六者三而已矣，八者四而已矣。是以言天而不言地，言君而不言臣，言父而不言子，言夫而不言妇也。然天得地而万物生，君得臣而万化行，父得子、夫得妇而家道成。故有一则有二，有二则有四，有三则有六，有四则有八。

语其体，则天分而为地，地分而为万物，而道不可分也。其终则万物归地，地归天，天归道。是以君子贵道也。

一阴一阳之谓道。道无声无形，不可得而见者也。故假道路之道而为名。人之有行必由乎道。一阴一阳，天地之道也。物由是而生，由是而成者也。

阳者，道之用；阴者，道之体。阳用阴，阴用阳。以阳为用则尊阴，以阴为用则尊阳也。阴几于道，故以况道也。阳尊而神尊，故役物神，故藏用。是以道生天地万物而不自见也，万物亦取法乎道也。

阴对阳为二，然阳来则生，阳去则死。天地万物生死主于阳，则归之于一也。

自下而上谓之升，自上而下谓之降。升者，生也；降者，消也。故阳生于下而阴生于上，是以万物皆反生。阴生阳，阳生阴；阴复生阳，阳复生阴，是以循环而无穷也。

性非体不成，体非性不生。阳以阴为体，阴以阳为性。动者，性也；静者，体也。在天则阳动而阴静，在地则阳静而阴动。性得体而静，体随性而动，是以阳舒而阴疾也。（更详之）

阳不能独立，必得阴而后立，故阳以阴为基。阴不能自见，必待阳而后见，故阴以阳为唱。阳知其始而享其成，阴效其法而终其用。

阳能知而阴不能知，阳能见而阴不能见也。能知能见者为有，故阳性有而阴性无也，阳有所不遍无阴无所不遍也，阳有去而阴常居也。无不遍而常居者为实，故阳体虚而阴体实也。

阳之类圆，成形则方；阴之类方，成形则圆。

阴事太半，盖阳一而阴二也。阳主辟而出，阴主翕而入。

春阳得权故多旱，秋阴得权故多雨。

冬至之子，中阴之极；春分之卯，中阳之中；夏至之午，中阳之极；秋分之酉，中阴之中。凡三百六十，中分之则一百八十。此二至二分，相去之数也。

二至相去，东西之度，凡一百八十；南北之度，凡六十。冬至之后为呼，夏至之后为吸，此天地一岁之呼吸也。

朔易以阳气自北方而生，至北方而尽，谓变易循环也。

东赤、南白、西黄、北黑，此正色也，验之于晓、午、暮、夜之时可见之矣。

天地之气运北而南则治，南而北则乱。乱久则复北而南矣。天道人事皆然。推之历代，可见消长之理也。

天地之本，其起于中乎？是以乾坤屡变而不离乎中。人居天地之中，心居人之中。日中则盛，月中则盈。故君子贵中也。

生者，性天也；成者，形地也。

得天气者动，得地气者静。

天以气为主，体为次；地以体为主，气为次。在天地者，亦如之。

天主用，地主体；圣人主用，百姓主体。故日用而不知。

显诸仁者，天地生万物之功，则人可得而见也；所以造万物，则人不可得而见，是藏诸用也。

或问：显诸仁，藏诸用？曰：若日月之照临四时之成岁，是显诸仁也；其度数之然而不知其所以然，是藏诸用也。

天之象类则可得而推，如其神用，则不可得而测也。

天以理尽而不可以形尽，浑天之术以形尽天，可乎？倚盖之说，昆仑四垂而为海，推之理则不然。夫地直方而静，岂得如圆动之天乎？

天圆而地方，天南高而北下，是以望之如倚盖焉。地东南下西北高，是以东南多水，西北多山也。天覆地，地载天，天地相函，故天上有地，地上有天。

天之阳在南，故日处之；地刚在北，故山处之。所以地高西北，天高东南也。

天之阳在南而阴在北；地之阴在南而阳在北；人之阳在上而阴在下。既交，则阳下而阴上。

极南大暑，极北大寒，故南融而北结，万物之死地也。

夏则日随斗而北，冬则日随斗而南，故天地交而寒暑和，寒暑和而物乃生也。

天浑浑于上而不可测也，故观斗数以占天也。斗之所建，天之行也。魁建子，杓建寅，星以寅为昼也。斗有七星，是以昼不过乎七分也。（更详之）

天行所以为昼夜，日行所以为寒暑。夏浅冬深，天地之交也；左旋右行，天日之交也。

日朝在东，夕在西，随天之行也。夏在北，冬在南，随天之交也。天一周而超一星，应日之行也。春酉正、夏午正、秋卯正、冬子正，应日之交也。

冬至之月所行如夏至之日，夏至之月所行如冬至之日。

阳主舒长，阴主惨急。日入盈度，阴从于阳；日入缩度，阳从于阴。

日行阳度则盈，行阴度则缩，宾主之道也。月去日则明生而迟，近日则魄生而疾，君臣之道也。

日以迟为进，月以疾为退，日月一会而加半日、减半日，是以为闰余也。日一大运而进六日，月一大运而退六日，是以为闰差也。

一岁之闰六阴六阳，三年三十六日，故三年一闰，五年六十日，故五年再闰。

尧典期三百六旬有六日。夫日之余盈也六，则月之余缩也亦六。若去日月之余十二，则有三百五十四，乃日行之数。以十二除之，则得二十九日。

阳消则生阴，故日下而月西出也；阴盛则敌阳，故日望而月东出也。天为父，日为子，故天左旋，日右行。日为夫，月为妇，故日东出，月西生也。

日月之相食，数之交也。日望月则月食，月掩日则日食，犹水火之相克也。是以君子用智，小人用力。

月体本黑，受日之光故白。

日入地中，构精之象也。

日随天而转，月随日而行，星随月而见，故星法月，月法日，日法天。天半明半晦，半盈半缩；月半盈半亏；星半动半静，阴阳之义也。天昼夜常见，日见于昼，月见于夜而半不见，星半见于夜，贵贱之等也。

月昼可见也，故为阳中之阴；星夜可见也，故为阴中之阳。

阳中有阴，阴中有阳，天之道也。阳中之阳，日也，暑之道也；阳中之阴，月也，以其阳之类，故能见于昼；阴中之阳，星也，所以见于夜；阴中之阴，辰也，天壤也。

辰数十二，日月交会谓之辰。辰，天之体也；天之体，无物之气也。

辰至日为生，日至辰为用。盖顺为生而逆为用也。

星为日余，辰为月余。

星之至微如尘沙者，陨而为堆阜。

天奇而地偶，是以占天文者，观星而已；察地理者，观山水而已。观星而天体见矣，观山水而地体见矣。天体容物，地体负物，是故体几于道也。

日、月、星、辰共为天；水、火、土、石共为地；耳、目、口、鼻共为首；髓、血、筋、骨共为身。此乃五之数也。

天有五辰：日、月、星、辰与天而为五；地有五行：金、木、水、火与土而为五。五行之木，万物之类也；五行之金，出乎石也，故水、火、土、石不及金、木，金、木生其间也。

阳中阳，日也；阳中阴，月也；阴中阳，星也；阴中阴，辰也。柔中柔，水也；柔中刚，火也；刚中柔，土也；刚中刚，石也。夫四象在，错综而用之。日、月，天之阴阳；水、火，地之阴阳；星、辰，天之刚柔；土、石，地之刚柔。

（阳得阴而为雨，阴得阳而为风，刚得柔而为云，柔得刚而为雷。无阴则不能为雨，无阳则不能为雷。雨，柔也，而属阴；阴不能独立，故待阳而后兴，雷，刚也，而属体；体不能自用，必待阳而后发也。云有水、火、土、石之异，他类亦然[①]。）

天之阳在东南，日月居之；地之阴在西北，火石处之。天以刚为德，

校者注　①　此段内容根据《宋元学案》所加，四库版《皇极经世书》无此内容。

故柔者不见；地以柔以体，故刚者不主。是以震，天之阴也；巽，地之阳也。

地阴也有阳，而阴效之，故至阴者辰也，至阳者日也，皆在乎天，而地则水火而已。是以地上皆有质之物，阴伏阳而形质生，阳伏阴而性情生，是以阳生阴，阴生阳；阳克阴，阴克阳。阳之不可伏者，不见于地；阴之不可克者，不见于天。伏阳之少者，其体必柔，是以畏阳而为阳所用；伏阳之多者，其体必刚，是以御阳而为阴所用。故水、火动而随阳，土、石静而随阴也。（一说：云阴效阳而能伏，是以辰在天而地之四物皆有所欠也。）

阳生阴，故水先成；阴生阳，故火后成。阴阳相生也，体性相须也。是以阳去则阴竭，阴尽则阳灭。

火以性为主，体次之；水以体为主，性次之。

天火，无体之火也；地火，有体之火也。

火无体，因物以为体。金石之火烈于草木之火者，因物而然也。

火生于无，水生于有。

海潮者，地之喘息也，所以应月者，从其类也。

灯之明暗之境，日月之象也。

水者，火之地；火者，水之气。黑者，白之地；寒者，暑之地。

月者，日之影也；情者，性之影也；阴者，阳之影；鬼者，人之影也。

明则有日月，幽则有鬼神。

鬼神者，无形而有用，其情状可得而知也，于用则可见之矣。若人之耳、目、口、鼻、手、足，草木之枝叶、华实、颜色，皆鬼神之所为也。福善祸淫，主之者谁耶？聪明正直，有之者谁邪？不疾而速，不行而至，任之者谁邪？皆鬼神之情状也。

天地之心者，生万物之本也。天地之情者，情状也，与鬼神之情状同。

以天地生万物，则以万物为万物；以道生天地，则天地亦万物也。

天地生万物，圣人生万民。

生生长类天地，成功别生分类，圣人成能。

动物自首生，植物自根生。自首生，命在首；自根生，命在根。

本乎天者亲上，本乎地者亲下，故变之与应常反对也。有变则必有应也。故变于内者应于外，变于外者应于内，变于下者应于上，变于上者应于下也。天变而日应之，故变者从天而应者，法日也。是以日纪乎星，月会于辰，水生于土，火潜于石。飞者栖木，走者依草。心肺之相联，肝胆之相属。无它，变应之道也。

阳交于阴而生蹄角之类也，刚交于柔而生根荄之类也；阴交于阳而生羽翼之类也，柔交于刚而生枝干之类也。天交于地，地交于天，故有羽而走者，足而腾者，草中有木，木中有草也。各以类而推之，则生物之类不过是矣。走者便于下，飞者利于上，从其类也。水之物无异乎陆之物，各有寒热之性，大较则陆为阳中之阴，而水为阴中之阳。

陆中之物，水中必具者，犹影象也。陆多走，水多飞者，交也。是故巨于陆者必细于水，巨于水者必细于陆也。

水之族以阴为主，阳次之；陆之类以阳为主，阴次之。故水类出水则死，风类入水则死，然有出入之类者，龟、蟹、鹅、凫之类是也。

鱼在于水则生，离则死，交与不交之谓也。

鱼者，水之族也；虫者，风之族也。

风类、水类，小大相反。

在水者不瞑，在风者瞑。走之类上睫接下，飞之类下睫接上。类使之然也。

在水而鳞，鬣飞之类也。龟獭之类，走之类也。

飞之类喜风而敏于飞上，走之类喜土而利于走下。飞之走，鸡凫之类是也；走之飞，龙马之属是也。

马牛皆阴类。细分之，则马为阳而牛为阴。

鹰鹏之类食生，而鸡凫之类不专食生。虎豹之类食生，而猫犬之类食生又食谷。以类推之，从可知矣。

虎豹之毛，犹草也。鹰鹯之羽，犹木也。

草伏之兽，毛如草之茎。林栖之鸟，羽如林之叶。类使之然也。

禽虫之卵，果谷之类也。谷之类多子，虫之类亦然。

蚕之类，今岁蛾而子，来岁则子而蚕。芜菁之类，今岁根而苗，来岁则苗而子。

木者，星之子，是以果实象也。

木之支干，土石之所成，所以不易。叶花，水火之所盛，故变而易也。

叶，阴也；华实，阳也。枝叶耎[①]而根干坚也。

木之坚，非雷不能震；草之柔，非露不能润。

草类之细入于坤。

水之木，珊瑚之类是也；石之花，监法之类是也。

龙能大能小，然亦有制之者。受制于阴阳之气，得时则能变化，变变则不能也。

有一日之物，有一月之物，有一时之物，有一岁之物，有十岁之物。至于百千万，皆有之。天地亦物也，亦有数焉。雀，三年之物；马，三十年之物。凡飞走之物皆可以数推。人，百有二十年之物。

人为万物之灵，寄类于走。走，阴也，故百有二十。

人寓形于走类，何也？走类者，地之长子也。

动者体横，植者体纵。人宜横而反纵也。

人之骨巨而体繁，木之干巨而叶繁，应天地之数也。

飞者有翅，走者有趾。人之两手，翅也；两足，趾也。

飞者食木，走者食草，人皆兼之而又食飞走也，故最贵于万物也。

天六地四，天以气为质，而以神为神；地以质为质，而以气为神；唯人兼乎万物而为万物之灵。如禽兽之声，以其类而各能得其一，无所不能者，人也。推之他事，亦莫不然。唯人得天地日月交之用，他类则不能也。人之生，真可谓之贵矣！天地与其贵而不自贵，是悖天地之理，不祥莫大焉！

天有四时，地有四方，人有四支，是以指节可以观天，掌文可以察地，天地之理具乎指掌矣，可不贵之哉！人之四支各有脉也。一脉三部，一部三候，以应天数也。

身，地也，本乎静。所以能动者，气血使之然也。

校者注　①耎：古同“软”。

水在人之身为血，土在人之身为肉。

日为心，月为胆，星为脾，辰为肾脏也；石为肺，土为肝，火为胃，水为膀胱府也。

天地并行则脏府配。四脏，天也；四府，地也。

脏者，天行也；府者，地行也。天地并行则配为八卦。

体必交而后生，故阳与刚交而生心肺，阳与柔交而生肝胆，柔与阴交而生肾与膀胱，刚与阴交而生脾胃。心生目，胆生耳，脾生鼻，肾生口，肺生骨，肝生肉，胃生体，膀胱生血。故乾为心，兑为脾，离为胆，震为肾，坤为血，艮为肉，坎为髓，巽为骨。泰为目，中孚为鼻，既济为耳，颐为口，大过为肺，未济为胃，小过为肝，否为膀胱。

天地有八象，人有十六象，何也？合天地而生人，合父母而生子，故有十六象也。

心居肺，胆居肝，何也？言性者必归之天，言体者必归之地。地中有天，石中有火，是以心胆象之也。

心胆之倒悬，何也？草木者，地之本体也。人与草木反生，是以倒悬也。

口目横而鼻耳纵，何也？体必交也，故动者宜纵而反横，植者宜横而反纵，皆交也。

目口凸而耳鼻窍，窍者，受臭嗅气，物或不能闭之；凸者，视色别味，物则能闭之也。四者虽象于一，而各备其四矣。

鼻之气目见之，口之言耳闻之，以类应也。

胆与肾同阴，心与脾同阳。心主目，脾主鼻。

《素问》：肺主皮毛、心脉、脾肉、肝筋、肾骨，上而下，外而内也。心血、肾骨，交法也。交即用也。

心藏神，肾藏精，脾藏魂，胆藏魄，胃受物而化之，传气于肺，传血于肝，而传水谷于脬肠矣。

神者，人之主，将寐在脾，熟寐在肾，将寤在胆（又言在肝），正寤在心。

天之神栖乎日，人之神栖乎目。人之神寤则栖心，寐则栖肾，所以象天，此昼夜之道也。

天地之大寤在夏，人之神则存于心。

神统于心，气统于肾，行统于首。形气交而神主乎其中，三才之道也。

气一而已，主之者乾也。神亦一而已，乘气而变化，能出入于有无死生之间，无方而不测者也。

潜天潜地，不行而至，不为阴阳所摄者，神也；出入有无死生者，道也。神无所在无所不在，至人与他心通者，以其本于一也。道与一，神之强名也。以神为神者，至言也。所以造物者，神也。神不死，所更者，四时也。所以造人者，神人也，神亦不死。假如一木结实而种之，又成是木而结是实。木非旧木也，此木之神不二也，此实生生之理也。（造物，一作造万物。神人，一无“人”字。）

气者，神之宅也；体者，气之宅也。

形可分，神不可分。

精气为物，形也；游魂为变，神也。又曰精气为物，体也；游魂为变，用也。

气形盛则魂魄盛，气形衰则魂魄亦从而衰矣。魂随气而变，魄随形而止，故形在则魄存，形化则魄散，见气变而形化。

人得中和之气则刚柔均，阳多则偏刚，阴多则偏柔。

气则养性，性则乘气，故气存则性存，性动则气动也。

神无方而性有质。

有形则有体，有性则有用。

心性而胆情，阳性而阴情，性神而情鬼。

发于性则见于情，发于情则见于色，以类而应也。

天使我有是之谓命，命之在我之谓性，性之在物之谓理。

理穷而后知性，性尽而后知命，知而后至。

人之类，备乎万物之性。

人之贵兼乎万类，自重而得其贵，所以能用万类。

己配天地谓之人，唯仁者，其可谓之人矣。

人之神则天地之神，人之自欺，所以欺天地，可不慎哉！

人之精神贵藏而用之。苟炫于外，则鲜有不败者。如利刃，物来则剸之；若恃刃之利而求割乎物，则刃与物俱伤矣。

精，义入神以致用也；不精，义则不能入神，不能入神，则不能致用也。

无思无为者，神妙致一之地也。所谓一以贯之，圣人以此洗心，退藏于密。

心一而不分，则能应万变，此君子所以虚心而不动也。人心当如止水则定，定则静，静则明。

任我则情，情则蔽，蔽则昏矣。因物则性，性则神，神则明矣。

以物观物，性也；以我观物，情也。性公而明，情偏而暗。

诚者，主性之具，无端无方者也。

资性得之天也，学问得之人也。资性由内出者也，学问由外入者也。自诚，明性也；自明，诚学也。

至理之学，非至诚则不至。物理之学，或有所不通，不可以强通。虽通则有我，有我则失理，而入于术矣。

言发于真诚则心不劳而逸久。久而信之作伪，任数一时，或可以欺人，持久必败。

天地日月，悠久而已，故人当存乎远，不可见其近。智数或能施于一朝，盖有时而穷。惟至诚与天地同久，天地无，则至诚可息；苟天地不能无，则至诚亦不息也。

为学养心，患在不由直道、去利欲。由直道、任至诚，则无所不通。天地之道，直而已，当以求之；若用智数，由迳以求之，是屈天地而徇人欲也，不亦难乎！

人必内重，内重则外轻。苟内轻，必外重，好利好名，无所不至。

义重则内重，利重则外重。

凡处失在得之先，则得亦不喜；若处得在失之先，则失难处矣，必至于陨获。

天下之事，皆以道致之，则休戚不能至矣。

事无大小，皆有道在其间。能安分则谓之道，不能安分谓之非道。

人之为道，当至于鬼神不能窥处，是为至矣。

凡人之善恶形于言、发于行，人始得而知之。但萌诸心，发于虑，鬼神已得而知之矣。此君子所以慎独也。（又云：思虑一萌，鬼神得而知之矣。故君子不可不慎独。）

人之畏鬼，亦犹鬼之畏人。人积善而阳多，鬼益畏之矣；积恶而阴多，鬼弗畏之矣。大人者，与鬼神合，其吉凶夫何畏之有？

循理则为常，理之外，则为异矣。

能循天理动者，造化在我也。

天下言读书者不少，能读书者少。若得天理真乐，何书不可读？何坚不可破？何理不可精？

得天理者，不独润身，亦能润心；不独润心，至于性命亦润。

君子之学，以润身为本，其治人应物，皆余事也。

一国、一家、一身皆同。能处一身则能处一家，能处一家则能处一国，能处一国则能处天下。心为身本，身为家本，家为国本，国为天下本。心能运身，苟心所不欲，身能行乎？

君子处畎亩则行畎亩之事，居庙堂则行庙堂之事，故无入不自得。

变从时而便天下之事，不失礼之大经；变从时而顺天下之理，不失义之大权者，君子之道也。

敛天下之智为智，敛天下之善为善，则广矣，自用则小人，患乎自满，满则止也。故禹不自满，假所以为贤。虽学，亦当常若不足，不可临深以为高也。

人必有德器，然后喜怒皆不妄。为卿相，为匹夫，以至学问高天下，亦若无有也。

无德者责人、怨人、易满，满则止也。

人贵有德。小人有才者，有之矣，故才不可恃，德剿不可无。经纶天地之谓才，远举必至之谓志，并包含容之谓量。剸割者，才力也；明辨者，智识也；宽弘者，德器也。三者不可阙一。

人苟用心，必有所得，独有多寡之异，智识之有深浅也。（又云：凡人用心者，必有所得，只是有多寡。）

事必量力，量力故能久。

圣人利物而无我。

易地而处则无我也。

不我物，则能物物。

以物喜物，以物悲物，此发而中节也。

人智强，则物智弱。

夫弓固有强弱，然一弓二人张之，则有力者以为弓弱，无力者以为弓强。故有力者不以己之力有余，而以为弓弱；无力者不以己之力不足，而以为弓强。何不思之甚也！一弓非有强弱者，二人之力强弱不同也。今有食一杯在前，二人大馁而见之，若相让则均得食矣；相夺则争，非徒争之而已，或不得其食矣。此二者，皆人之情也，知之者鲜知此，则天下之事皆如是也。

金须百炼然后精，人亦如此。

今有人登两台，两台皆等，则不见其高。一台高，然后知其卑下者也。

室中造车，天下可行，轨辙合故也。苟顺义理、合人情，日月所照，皆可行也。

所行之路不可不宽，宽则少碍。

能医人能医之疾，不得谓之良医；医人之所不能医者，天下之良医也。能处人所不能处之事，则能为人所不能为之事也。

良药不可以离手，善言不可以离口。

大羹可和，玄酒可漓，则是造化亦可和可漓也。

自然而然者，天也，唯圣人能索之；效法者，人也，若时行时止，虽人也亦天也。

人谋，人也；鬼谋，天也。天人同谋而皆可，则事成而吉也。事无巨细，皆有天人之理。修身，人也；遇不遇，天也。得失不动心，所以顺天也。行险侥幸，是逆天也。求之者，人也；得之与否，天也。得失不动心，所以顺天也。强取必得，是逆天理也；逆天理者，患祸必至。

天之孽，十之一，犹可违；人之孽，十之九，不可逭。

天道之变，王道之权也。

为治之道，必通其变，不可以胶柱。犹春之时不可行冬之令也。

用兵之道，必待人民富、仓廪实、府库充、兵强、名正、天时顺、地利得，然后可举。

天时、地理、人事三者，知之不易。

学以人事为大。今之经典，古之人事也。

学不际天人，不足以谓之学。

学不至于乐，不可谓之学。

记问之学，未足以为事业。

凡人为学，失于自主张太过。

学在不止，故王通云："没身而已。"

（皇极经世书卷十四）

附录一

《宋史·邵雍传》

邵雍，字尧夫。其先范阳人，父古徙衡漳，又徙共城。雍年三十，游河南，葬其亲伊水上，遂为河南人。

雍少时，自雄其才，慷慨欲树功名。于书无所不读，始为学，即坚苦刻厉，寒不炉，暑不扇，夜不就席者数年。已而叹曰："昔人尚友于古，而吾独未及四方。"于是逾河、汾，涉淮、汉，周流齐、鲁、宋、郑之墟，久之，幡然来归，曰："道在是矣。"遂不复出。

北海李之才，摄共城令，闻雍好学，尝造其庐，谓曰："子亦闻物理性命之学乎？"雍对曰："幸受教。"乃事之才，受《河图》《洛书》《伏羲八卦》《六十四卦》图像。之才之传，远有端绪，而雍探赜索隐，妙悟神契，洞彻蕴奥，汪洋浩博，多其所自得者。及其学益老，德益劭，玩心高明，以观夫天地之运化，阴阳之消长。远而古今世变，微而走飞草木之性情，深造曲畅，庶几所谓不惑，而非依仿象类、亿则屡中者。遂衍伏羲先天之旨，著书十余万言行于世，然世之知其道者鲜矣。

初至洛，蓬荜环堵，不芘风雨，躬樵爨以事父母，虽平居屡空，而怡然有所甚乐，人莫能窥也。及执亲丧，哀毁尽礼。富弼、司马光、吕公著诸贤退居洛中，雅敬雍，恒相从游，为市园宅。雍岁时耕稼，仅给衣食。名其居曰"安乐窝"，因自号安乐先生。旦则焚香燕坐，晡时酌酒三四瓯，微醺即止，常不及醉也。兴至辄哦诗自咏。春秋时出游城中，风雨常不出，出则乘小车，一人挽之，惟意所适。士大夫家识其车音，争相迎候，童孺厮隶皆欢相谓曰："吾家先生至也。"不复称其姓字。或留信宿乃去。好事者别作屋如雍所居，以候其至，名曰"行窝”。

司马光兄事雍，而二人纯德尤乡里所慕向，父子昆弟每相饬曰：“毋为不善，恐司马端明、邵先生知。”士之道洛者，有不之公府，必之雍。雍德气粹然，望之知其贤，然不事表露，不设防畛，群居燕笑终日，不为甚异。与人言，乐道其善而隐其恶。有就问学则答之，未尝强以语人。人无贵贱少长，一接以诚，故贤者悦其德，不贤者服其化。一时洛中人才特盛，而忠厚之风闻天下。

熙宁行新法，吏牵迫不可为，或投劾去。雍门生故友居州县者，皆贻书访雍，雍曰：“此贤者所当尽力之时，新法固严，能宽一分，则民受一分赐矣，投劾何益耶?”

嘉祐诏求遗逸，留守王拱辰以雍应诏，授将作监主簿，复兴逸士，补颍州团练推官，皆固辞乃受命，竟称疾不之官。熙宁十年，卒，年六十七，赠秘书省著作郎。元祐中赐谥康节。

雍高明英迈，迥出千古，而坦夷浑厚，不见圭角，是以清而不激，和而不流，人与交久，益尊信之。河南程颢初侍其父识雍，论议终日，退而叹曰：“尧夫，内圣外王之学也。”

雍知虑绝人，遇事能前知。程颐尝曰：“其心虚明，自能知之。”当时学者因雍超诣之识，务高雍所为，至谓雍有玩世之意；又因雍之前知，谓雍于凡物声气之所感触，辄以其动而推其变焉。于是摭世事之已然者，皆以雍言先之，雍盖未必然也。

雍疾病，司马光、张载、程颢、程颐晨夕候之。将终，共议丧葬事外庭，雍皆能闻众人所言，召子伯温谓曰：“诸君欲葬我近城地，当从先茔尔。”既葬，颢为铭墓，称雍之道“纯一不杂，就其所至，可谓安且成矣”。所著书曰《皇极经世》《观物内外篇》《渔樵问对》，诗曰《伊川击壤集》。

子伯温，别有传。

附录二

《宋史·邵伯温传》

邵伯温，字子文，洛阳人，康节处士雍之子也。雍名重一时，如司马光、韩维、吕公著、程颐兄弟，皆交其门。伯温入闻父教，出则事司马光等。而光等亦屈名位辈行，与伯温为再世交，故所闻日博，而尤熟当世之务。光入相，尝欲荐伯温，未果而薨。后以河南尹与部使者荐，特授大名府助教，调潞州长子县尉。

初蔡确之相也，神宗崩。哲宗立，邢恕自襄州移河阳，诣确谋造定策事。及司马光子康诣阙，恕诏康诣河阳，伯温谓康曰："公休除丧，未见君，不宜枉道先见朋友。"康曰："已诺之。"伯温曰："恕倾巧，或以事要公休，若从之，必为异日之悔。"康竟往。恕果劝康作书称确，以为他日全身保家计。康恕同年登科，恕又出光门下，康遂作书如恕言。恕盖以康为光子，言确有定策功，世必见信。既而梁焘以谏议诏恕，亦要焘至河阳，连日夜论确功不休，且以康书为证，焘不悦。会吴处厚奏确诗谤朝政，焘与刘安氏共请诛确，且论恕罪，亦命康分折，康始悔之。康卒，子植幼，宣仁后悯之。吕大防谓康素以伯温之托，请以伯温为西京教授以教植。伯温既至官，则诲植曰："温公之孙，大谏之子，贤愚在天下可畏也。"植闻之，力学不懈，卒有立。

绍圣初，章惇为相。惇尝事康节，欲用伯温。伯温不往。会法当赴吏部铨，程颐谓伯温曰："吾危子之行也。"伯温曰："岂不欲见先公于地下耶？"至则先就部拟官，而后见宰相。惇论及康节之学曰："嗟乎！吾于先生不能卒业也。"伯温曰："先君先天之学，论天地万物，未有不尽者。其信也，则人之仇怨反覆者，可忘矣。"时惇方兴党狱，故以是劝之。惇悚然，犹荐之于朝。而伯温愿补郡县吏。惇不悦，遂得监永兴军铸钱监。时元祐诸贤方南迁，士鲜访之者。伯温见范祖禹于咸平，见范纯仁于颍昌，或为之恐不顾也。会西边用兵，复夏人故地，从军者得累数阶。伯温当行，辄推同列。秩满，惇犹在相位。伯温义不至京师，从外台辟环庆路帅幕，实避惇也。

徽宗即位，以日食求言，伯温上书累数千言，大要欲复祖宗制度，辨宣仁诬谤，解元祐党锢，分君子小人，戒劳民用兵，语极恳至。宣仁王后之谤，伯温既辨之，又著书，名《辨诬》。后崇宁大观间，以元符上书人分邪正等，伯温在邪等中，以此书也。出监华州西狱庙，久之知峡州灵宝县，徙芮城县；丁母忧，服除，主管永兴军，耀州三白渠公事。童贯为宣抚使，士大夫争出其门。伯温闻其来，出他州避之。除知果州，请罢岁输泸南诸州绫绢丝绵数十万，以宽民力。除知兴元府遂宁府汾州皆不赴，擢提点成都路刑狱。贼史斌破武休入汉利窥剑门，伯温与成都帅臣卢法原合谋守剑门，贼竟不能入。蜀人德之，除利路转运副使，提举太平观。绍兴四年卒，年七十八。

初，邵雍尝曰："世行乱，蜀安，可避居。"及宣和末，伯温载家使蜀，故免于难。伯温尝论元祐绍圣之政曰："公卿大夫当知国体，以蔡确奸邪，投之死地何足惜，然尝为宰相，当以宰相待之。范忠宣有文正余风，知国体者也，故欲薄确之罪，言既不用，退而行确词命，然后求去，君子长者仁人用心也。确死南荒，岂独有伤国体哉！刘挚梁焘王严叟刘安世，忠直有余，然疾恶已甚，不知国体，以贻后日缙绅之祸，不能无过也。"赵鼎少从伯温游，及当相，乞行追录，始赠秘阁修撰。尝表伯温之墓曰："以学行起元祐，以名节居绍圣，以言废于崇宁。"世以此三语，尽伯温出处云。著书有《河南集》《闻见录》《皇极系述》《辨诬》《易辨惑》《皇极经世序》《观物内外篇解》近百卷。

附录三

《邵雍年表》[1]

辛亥　宋真宗大中祥符四年　（1011 年）[2]

邵雍生。时为 12 月 25 日戌时。邵雍《生日吟》云：“辛亥年，辛丑月，甲子日，甲戌时。日辰同甲，年月同辛，吾于此际，生而为人。”

祖父邵德新，世居范阳（今河北琢州市）。父邵古（988—1067），母李氏，生雍于今琢州市大邵村。邵古时年 23 岁，知诗书，明音韵，为人忠厚。为避乱，后迁居衡漳（今河南林县）。雍之幼年、少年时期，在衡漳度过，今林县有康节村。

是年，真宗赴宝鼎县祭祀汾阴后土。

太宗、真宗时三任宰相敢言直谏的吕蒙正卒。

数术家刘牧生。刘牧后师事范仲淹。受《易》于范谔昌，谔昌学于道士许坚，许坚之师为种放。与邵雍易学同一学脉。

四川商户发行“交子”，为世界发行纸币之始。

壬子　大中祥符五年　（1012 年）

邵雍 2 岁。

是年，宋真宗派使臣去福建取早熟、耐旱的占城稻种，发放江、淮、二浙三路种植推广。

政治家王钦若以枢密使加平章事，专主政事，号“枢相”。

真宗诡称“天尊下降”，朝野大事庆贺。

校者注　①　《邵雍年表》：此表摘自《邵雍评传》（唐明邦著，南京大学出版社，1998 年版）。

②　括号内的公元纪年为校者所加。

冬，道士张君房除著作郎，专事整理道教经典。王钦若等奉命编纂《道藏》。

癸丑　大中祥符六年　（1013 年）

邵雍 3 岁。

朝廷推尊道教，特加封道教祖师老子为太上老君混元上德皇帝。

王钦若等领衔编修的大型文化典籍《册府元龟》1000 卷，告成。

甲寅　大中祥符七年　（1014 年）

邵雍 4 岁。

抗金名将杨延昭（六郎）卒。

王钦若罢相。抗金名臣寇准复相。

朝廷鼓励研究《易经》。九月，陈彭年、冯元奉命校定《周易》，重新刻板。

是年，河决澶州。

乙卯　大中祥符八年　（1015 年）

邵雍 5 岁。

隐士种放（955—）卒。放字明逸。洛阳人。曾从道士陈抟（871—989）受《先天图》，传穆修。又以河图、洛书传李溉。放屡隐屡仕，广置田园，乃宋代图书学重要倡导者。

朝廷召道教创始人张天师（陵）第 24 代孙张正随入京，赐号真静先生，准于江西龙虎山建授箓院。

丙辰　大中祥符九年　（1016 年）

邵雍 6 岁。

父亲开始教他读书识字。

河北、江淮蝗虫为害。连云障日。久旱。

丁巳　宋真宗天禧元年　（1017 年）

邵雍 7 岁。

戏于蚁穴，云见红日、云气，其母令勿胡言。

宰相王旦（957—）卒。王钦若任相。

周敦颐生于湖南道县。后为北宋道学五子之一，创立“无极而太极”学说。建濂溪学派，以其宅旁有溪如青罗带，号濂溪，颐少年时常嬉游其上。

戊午 天禧二年 （1018年）

邵雍8岁。

居衡漳，习童子课。

己未 天禧三年 （1019年）

邵雍9岁。

司马光生于陕州夏县。

王钦若罢相，寇准复相。

是年，河决滑州。

庚申 天禧四年 （1020年）

邵雍10岁。

张载生于陕西眘县横渠镇。载少时喜读兵书，好谈兵。年21会见范仲淹，始改习儒学，后著《正蒙》《易余》，创关学，成为著名唯物主义思想家。北宋道学五子之一。

科学家苏颂（—1101）生。

北宋文学家杨亿（974—）卒。编著《西昆酬唱集》。

真宗诡称道教神灵庇佑宋朝，将《大中祥符降圣记》赐天下道观。

辛酉 天禧五年 （1021年）

邵雍11岁。

北宋垦田数达五百二十四万七千余顷，为北宋纳税田亩最高数字。王安石生于江西临川。

天禧中，范谔昌撰《大易源流图》，先定纳甲法，以见纳音数。

壬戌 宋真宗乾兴元年 （1022年）

邵雍12岁。

随父母迁居共城（今河南辉县）苏门山，于百源湖（今名百泉湖）畔结茅屋而居。

真宗（968—）卒，仁宋即位，年13岁，太后听政。

是年，淮南盐税由收粟帛改为纳钱，乃刺激商品经济发展的重要契机。

官府准予赐给兖州学田10顷，开州县学校领有学田之端。

癸亥　宋仁宋天圣元年　(1023 年)

邵雍 13 岁。

宰相寇准（961—）卒于雷州。他力主抗金，封莱国公，著有《寇忠愍公诗集》。

甲子　天圣二年　(1024 年)

邵雍 14 岁。

二月，朝廷特准在川蜀设交子务，官办流通“交子”（纸币），禁止商家私造。为世界历史上政府发行纸币之始，实为商品经济发展新措施。

乙丑　天圣三年　(1025 年)

邵雍 15 岁。

已能诗善文，显露聪慧天资。

前宰相王钦若（962 或 965—）卒。谥文穆。仁宗褒奖其对道教发展的贡献，特将之列为仙官，准予茅山建神像立祀。

丙寅　天圣四年　(1026 年)

邵雍 16 岁。

约于此时外出游学，西渡河、汾，南游淮、汉，数年乃归。曾于晋北夜行，连马坠山岩，邵雍无恙，只坏一帽。

朝廷采纳范仲淹建议，在泰州筑捍海堰 180 里，防海潮以卫耕地，并由范仲淹总其事。

秘书监致仕胡旦言撰《周易演圣通论》70 卷，以驳正五经，朝廷赐钱缮写。

丁卯　天圣五年　(1027 年)

邵雍 17 岁。

工部郎中燕肃请造指南车（以齿轮转动）。内侍卢道隆上所造记里鼓车。医学家王惟一铸造针灸铜人，以供实习。

戊辰　天圣六年　(1028 年)

邵雍 18 岁。

杭州处士林逋（967—）卒，谥和靖先生，著有《林和靖诗集》。

己巳　天圣七年　(1029 年)

邵雍19岁。

母亲李氏约于本年去世。死前望子心切，以致倒诵佛经。

辽军官大延琳利用人民反徭役情绪，起兵称“兴辽”，据东京（今辽阳），年号天庆。次年，延琳被擒。

庚午 天圣八年 （1030年）

邵雍20岁。

思想家李觏撰《潜书》成。

数术家李之才及进士第。与苏舜钦等人师事穆修，受《易》及数术之学。

朝廷召信州龙虎山25代天师张朝曜入京。赐号澄素先生，令世袭。

道士张君房编撰《云笈七签》122卷，进呈。

辛未 天圣九年 （1031年）

邵雍21岁。

其父约于此年续娶。

著名科学家沈括生于浙江余杭。

辽圣宗死，子真宗即位，肖太后摄政。

壬申 仁宗明道元年 （1032年）

邵雍22岁。

理学家程颢（伯淳）生于河南洛阳，后与邵雍为忘年交，亦北宋道学五子之一。

李觏撰《周礼致太平记》成书。

数术家穆修（979—）卒。穆修受学于隐士种放，传《先天图》于李之才，传《太极图》于李溉。

癸酉 明道二年 （1033年）

邵雍23岁。

宋仁宗亲政。遣右司谏范仲淹安抚江淮灾民，开仓赈灾。仲淹上书言人民负担过重。

理学家程颐（伊川）生于河南洛阳。后为北宋道学五子之一，与邵雍为忘年交。

甲戌 宋仁宗景祐元年 （1034年）

邵雍 24 岁。

河决澶州，久不堵塞，导致河道南移。

乙亥 景祐二年 （1035 年）

邵雍 25 岁。

同父异母弟邵睦生。

辽兴宗重熙五年，因兵役、徭役繁重，人民纷纷亡命山泽，起而反抗。

丙子 景祐三年 （1036 年）

邵雍 26 岁。

天章阁待制范仲淹，因言事直切，为宰相吕夷简所恨，乃以“荐引朋党”为由。贬知饶州（今江西波阳），欧阳修等亦株连遭贬。

丁丑 景祐四年 （1037 年）

邵雍 27 岁。

深研历史，酝酿“皇帝王伯”历史观。

文学家苏轼（东坡）生于四川眉山，后倡导蜀学，为唐宋八大家之一。继承家学，著《毗陵易传》。

京师地震。忻、代、并州同时地震，死二万二千余人。

戊寅 景祐五年、仁宗宝元元年 （1038 年）

邵雍 28 岁。

李觏著《广潜书》。次年撰《富国》、《强兵》、《安民》诸论。

景祐末，灾异数起。数术家林寘“依《周易》推衍五行阴阳之变”，“上大好之”。

己卯 宝元二年 （1039 年）

邵雍 29 岁。

有《闲吟》一诗自述家境云：“欲有一瓢乐，曾无二亩田。”

文学家苏辙生于四川眉山。后著《老子解》。

易学家陆秉撰《周易意学》10 卷，献于朝。朝廷“敕书嘉奖”。其书论《易》，多采《参同契》说。

庚辰 仁宗康定元年 （1040 年）

邵雍 30 岁。

家居苏门山下，自炊以养其父。雍独筑室百源之上。

数术家李之才（？—1045），为共城令，叩门谒邵雍，雍再拜，愿受业。李之才遂以《先天图》传邵雍；雍始研图书之学。《宋史·邵雍传》：“（邵雍）事之才，受《河图》《洛书》《伏羲八卦》《六十四卦》图象。”“三年不设榻，昼夜危坐以思。”

宋咸作《易辨》，以辨王弼、刘牧《易》学之是非；谓刘牧作《钩隐图》，“业刘者实繁”。

曾公亮编成军事著作《武经总要》，其中载有三种火药配方，及开宝二年（969）发明火箭法，成平三年（1000）唐福制造火箭、火球之事。

辛巳　仁宗庆历元年　（1041 年）

邵雍 31 岁。

易学家徐复传京（房）氏易，为仁宗讲《易》于崇政殿。京房易已久无通其术者。徐复遇隐士得其传，杂以六壬、遁甲。

司马光著《贾生论》《四豪记》。

壬午　庆历二年　（1042 年）

邵雍 32 岁。

在此以前，邵雍居共城，刻苦学习。“冬不炉，夏不扇”，“昼夜危坐以思，写《周易》一部，贴屋壁间，日通数十遍”。

庆历间，邵雍过洛阳。馆于水北汤氏，爱其山水风俗之美，始有定居洛阳之意。

王安石开始仕宦生涯。至嘉祐五年（1060）逐步形成其变法思想。著《淮南杂记》《洪范传》等篇。

吴秘献刘牧《易数钩隐图》于朝，受朝廷褒奖。由是图书之学盛行。考官以李鼎祚《周易集解》拟题试贤良，应试者多未见其书。

癸未　庆历三年　（1043 年）

邵雍 33 岁。

约于此年随师李之才去河阳，住于州学。戍边将校知其贫困，赠以纸 100 张，笔 10 支。

李觏创办盱江书院。继续著《周礼致太平记》《庆历民言》。后又完成《删定易图序记》。

召范仲淹为枢密副使，旋任参知政事。仲淹提出均公田、厚农桑、修武备、择官长等十项主张，以谋革新，推行庆历新政。

山东沂州、江苏楚州、泰州、陕西商山，湖北光化、湖南兰山等地驻军士卒及农民纷纷起义。

甲申　庆历四年　（1044 年）

邵雍 34 岁。

孙景初刊行希见之李鼎祚《周易集解》。

纳欧阳修、宋祁等人建议，朝廷令州县皆立学校，培养科举应试人才，提高人民文化素质。但入学者往往“以先圣之宫墙，为干禄之捷径”。

欧阳修为河北都转运使。参政范仲淹领刑法，有事急以条上。

宋与西夏议和成，宋册封夏元昊为夏国王。岁“赐”银、绢、茶 25.5 万，与西夏互市。

乙酉　庆历五年　（1045 年）

邵雍 35 岁。

邵雍之师数术家李之才卒。之才从穆修受《先天图》，创卦变说，有《卦变反对图》《六十四卦相生图》传世。邵雍失其师，甚悲痛。

思想家石介卒。石介为学者孙复（992—1057）弟子，曾撰《周易解》（又称《周易口义》）10 卷。

范仲淹以“朋党”事，罢参政。富弼、韩琦、欧阳修均受牵涉。

丙戌　庆历六年　（1046 年）

邵雍 36 岁。

馆于洛，爱其山川秀丽，始有卜居之意。冬病，自京师归共城。

周敦颐为南安军司理参军。程珦通判军事，因与敦颐友善，使其二子程颢、程颐师事之。敦颐乃以《太极图说》授二程。

范仲淹撰《岳阳楼记》，倡“先天下之忧而忧，后天下之乐而乐”。

丁亥　庆历七年　（1047 年）

邵雍 37 岁。

“悼自之穷处”，有《春郊十咏》，云：“总是灰心事，冥焉昼午过。”“尽日客不来，至夜门犹闭。”是年作《共城十吟》。

庆历间，养兵125.9万，禁军82.6万，连年用兵，财政日益枯竭。

河北贝州军卒弥勒教徒王则于冬至日起义，称东平郡王，国号安阳，年号得胜。两月后王则被俘杀。

戊子　庆历八年　（1048年）

邵雍38岁。

政府实行盐钞制度，使商人入钱，给以盐钞，于产地领盐，听其销售。

思想家苏舜钦（1008—）卒。舜钦四种梓州（今中江）人，居苏州沧浪亭，诗与梅尧臣齐名。

发明家、布衣毕昇（湖北人）于庆历年间（1041—1048）发明活字印刷术，为世界公认中国三大发明之一。事载沈括《梦溪笔谈》。欧洲于1450年始用活字印刷。今湖北英山县睡狮山毕家坳有毕昇墓。

是年，河北灾民数十万流入京师。

己丑　宋仁宗皇祐元年　（1049年）

邵雍39岁。

是年，随父伊川自卫州共城迁居洛阳。爱其山川风俗之美。门生武涉知县侯绍曾助其行。初寓天寿寺，不为人所知。此后，不少权贵与之交游，居洛几三十年。

邵雍与二程比邻，欲以数学传二程，二程不受。

广西源州少数民族首领侬智高起义，称南天国，年号景瑞，据邕州（今南宁）。

庚寅　皇祐二年　（1050年）

邵雍40岁。

思想家谢良佐（上蔡）生。

辽规定医、卜、屠、贩、奴隶等不得应进士举。

辛卯　皇祐三年　（1051年）

邵雍41岁。

一日午睡，见鼠，以瓦枕投之，枕破。枕中有字曰："此枕当卯年四月四日巳时见鼠而破。"雍曰："物皆有数。"

壬辰　皇祐四年　（1052年）

邵雍 42 岁。

依智高破邕州，称大南国仁惠皇帝。宋用狄青为将。次年大破之，收复邕州。智高走大理，不知所终。

政治改革家范仲淹（989—）卒。谥文正。著有《范文正公集》。

癸巳　皇祐五年　（1053 年）

邵雍 43 岁。

娶门生王允修之妹为妻，太学博士姜子发为介绍人。邵雍称“贫不能娶”，乃由太傅张穆之为之备聘礼。

思想家杨时生。后著《龟山集》，主张“致知必先于格物”。

著名词人柳永（约 987—）约卒于此年，著《乐章集》，时称“有井水处即能歌柳词”。

甲午　仁宗至和元年　（1054 年）

邵雍 44 岁。

有诗云：“居洛七年。知己惟二三。”

欧阳修入京，遭排挤去职。仁宗命其主修《新唐书》。

乙未　至和二年　（1055 年）

邵雍 45 岁。

门生日益增多。

生子名伯温。有诗云：“我今行年四十五，生男方始为人父。鞠育教诲诚在我。寿夭贤愚系于汝。我若寿命七十岁，眼前见汝二十五。我欲愿汝成大贤，未知天意肯从否。”

文彦博、富弼为宰相。

封孔子 47 世孙孔宗愿为衍圣公。世袭衍圣公自此始。

召天师道传人张嗣宗入京，赐号虚白先生。迁道教祖庭上清观于龙虎山之阳。

词人晏殊（991—）卒。谥元献。曾任宰相。著有《珠玉集》。

丙申　仁宗嘉祐元年　（1056 年）

邵雍 46 岁。

天章阁侍讲、思想家胡瑗管勾太学。

龙图阁大学士包拯（999—1062）权知开封府，为人刚正不阿，权臣贵戚为之敛手。

丁酉 嘉祐二年 （1057 年）

邵雍 47 岁。

哲学家张载坐虎皮椅讲《周易》于京师。听从者众，著《易说》。一日与二程论《易》，甚折服，曰："比见二程，深明《易》道，吾所弗及"，遂撤座辍讲。

学者孙复（992—）卒。复曾隐居泰山，讲学授徒，世称泰山先生，其高足有石介、文彦博、范纯仁等。

朝廷设立校正医书局，集中掌禹锡、林亿等专家学者校正医学著作。

欧阳修知贡举，禁抑险怪奇涩之文。

仁宗封道教尊神玄武为"镇天真武应真君"。

戊戌 嘉祐三年 （1058 年）

邵雍 48 岁。

时居洛阳履道坊西。

韩琦为相。欧阳修代包拯知开封府。

度支判官王安石上万言书，谓财力日困，风俗日坏，主张变去图强。

己亥 嘉祐四年 （1059 年）

邵雍 49 岁。

约于此年重返百泉故里，有诗《重阳日再到百泉故居》云："山河一梦外，风雨十年期。"

朝廷遣官员分赴各路实行"均田"，清查逃税土地，欲均赋税负担。

思想家李觏（1009—）卒。他创立盱江书院，从学者常数百人。世称直讲先生。著有《易论》1 卷，《删定易图序论》6 卷，有《李觏集》。

思想家胡瑗（993—）卒，一生讲学，人称安定先生。讲"明体达用之学"，分设经义、治事两科，"出其门者无虑数千余人"。著《易传》（又名《周易口义》）10 卷。程颐称学《易》者必先读此书。

泉州洛阳桥建成，创世界桥梁史奇迹。

庚子　嘉祐五年　（1060 年）

邵雍 50 岁。

约于此年前后著成《皇极经世》。年初作《新正吟》。患重病，卧床三月。有《重病吟》。

王安石撰《上仁宗皇帝言事书》，提出变法纲领。

欧阳修等修《新唐书》成。

诗人梅尧臣（圣俞，1002—）卒。与欧阳修同为北宋前期诗文革新运动领袖，主张诗文当反映社会现实。著有《宛陵先生集》。并注《孙子》。

黄河于大名向东决出，在今黄河口以北处入海。

辛丑　嘉祐六年　（1061 年）

邵雍 51 岁。

哲学家周敦颐在庐山建“濂溪书堂”。

史学家宋祁（998—）卒。湖北安陆人，与欧阳修同修《新唐书》。

壬寅　嘉祐七年　（1062 年）

邵雍 52 岁。

迁入洛阳新居“安乐窝”，开始晚年生活。

富弼、司马光、吕公著等与邵雍友善，集资于洛阳天津桥畔为邵雍购建新居，名曰“安乐窝”。（其地基尚未作契约转让）邵雍写诗答谢云：“嘉祐壬寅岁，新巢始孱功。正分道德里，更近帝王宫。槛仰端门峻，轩迎两观雄。……无才济天下，有分乐年丰。”“雍岁时耕稼，仅给衣食。”

包拯（999—）卒。拯为安徽合肥人，为官清廉正直，世号“包青天”。著有《包孝肃奏议》10 卷。

癸卯　嘉祐八年　（1063 年）

邵雍 53 岁。

仁宗（1010—）卒，嗣子曙即位，为英宗。

王安石讲学于江宁，形成学派。

甲辰 宋英宗治平元年 （1064 年）

邵雍 54 岁。

数术家刘牧卒，著《易数钩隐图》，为最早的图书学著作，影响后世。

西夏兵屡次攻扰宋之秦凤、泾源等地。

乙巳 治平二年 （1065 年）

邵雍 55 岁。

学有所成，声名远扬。

约在此时，洛阳二十家，仿“安乐窝”为邵雍筑“行窝”，待其居游。

朝廷议尊英宗本生父濮安懿王为皇，欧阳修等赞成，司马光等反对，大起争议，史称“濮议”。

司马光奉诏编撰《资治通鉴》，仁宗亲自为之作序。

丙午 治平三年 （1066 年）

邵雍 56 岁。

治平间（1064—1067），邵雍与客人散步于洛阳天津桥上，忽闻杜鹃声，云杜鹃自南而北，天下将乱。有诗曰：“几家大弟横斜照，一片残春啼子规。”

朝廷尊濮安懿王为皇。吕诲等反对者均被贬黜。是年天下主客户 1418.1486 万，人口 2050.6980 万。

文学家苏洵（1009—）卒。洵乃唐宋八大家之一，与子苏轼、苏辙，并称“三苏”。著《易传》未完成，命苏轼完成其书。

是年，开始出版校正医书局所校正的《素问》《难经》等重要医学典籍。

契丹改国号为大辽。

丁未 治平四年 （1067 年）

邵雍 57 岁。

正月初一日，雍父伊川去世，享年 79 岁，临终曰：“吾儿以布衣名动朝廷，子孙皆力学孝谨，吾瞑目无憾。”

秋，邵雍《自况》云：“治平丁未仲伙，游伊洛二川，六日晚，出洛城西门，宿奉亲僧舍，听张道人弹琴。”

参知政事欧阳修受人攻击，罢知亳州。

戊申　宋神宗熙宁元年　（1068年）

邵雍58岁。

约于此时，“安乐窝”完成契约转让手续。作《天津弊居蒙诸公共为买成作诗以谢》。

后母所生弟邵睦（33岁），少雍25岁，事雍如父。四月八日暴卒。雍失去得力助手，有诗二首记其悲痛之情。

神宗召见翰林学士王安石。安石上书主张变法。

是年，开始编撰世界上最早的建筑学专著《营造法式》。

上年及本年，福建、广东、河南、河北、山东等地，连续发生大地震。地裂泉涌，有半年不止者。人民死伤甚众。

宋与西夏，发生战争。持续数年，宋军死亡惨重。

己酉　熙宁二年　（1069年）

邵雍59岁。

诏举遗逸，吕诲等人力荐邵雍。除秘书省校书郎、颍川团练推官。辞之，不许。既受命，即引病不就，以诗答乡人曰：“平生不作皱眉事，天下应无切齿人。……幸逢尧舜为真主，且放巢由作外臣。”

五月，王安石始推新法，建议兴学校，罢诗赋，以经义取士。

司马光与王安石争议。写《论风俗札子》《体要疏》。安石写《答司马谏议书》。

道士张伯端遇丹家刘操于成都，授以《金液还丹诀》。伯端改名用诚，号紫阳真人。

庚戌　熙宁三年　（1070年）

邵雍60岁。

四月，全面推行新法。邵雍之门生有欲投劾而归者，雍以书劝止曰：“正贤者所当尽力之时，新法固严，能宽一分则民受一分之赐矣，投劾而去何益。”

同年，司马光因与王安石不和，退居洛阳，名其园曰“独乐”。时与邵雍游，曰：“光陕人，先生卫人，今同居洛，即乡人也。”俟后，司马光组织“洛阳耆英会”，反对变法。

张载辞官回乡，隐居终南山，讲《易》，撰《正蒙》。程颐上奏反新法，著《谏新法疏》。韩琦请罢青苗法。四月，御史中丞吕公著、御史程颢等，以反对新法罢职。十二月，王安石初次任宰相，行免役法、保甲保。

李寿翁刊行《麻衣道者正易心法》42 章于当涂。《正易心法注》传为陈抟撰。

辛亥　熙宁四年　（1071 年）

邵雍 61 岁。

有诗云：“洛阳城里一愚夫，十许来年不读书。”

罢诗赋及明经诸科。以经义、策论取士。

贬逐反对新法者多人。苏轼通判杭州。欧阳修致仕。

壬子　熙宁五年　（1072 年）

邵雍 62 岁。

《六十二吟》：“多少英豪弄才智，大曾经过恶思量。”

推行市易法、保马法，颁方田均税法。

沈括提举司天监。括招卫朴造新历。

欧阳修（1007—）卒。修为古文运动代表人物。工诗词。著《易童子问》，谓《文言》《系辞》非孔子所作。

易学家朱震生，后撰《汉上易传》。

癸丑　熙宁六年　（1073 年）

邵雍 63 岁。

作《六十三吟》：“行年六十有三岁，齿发虽衰志未衰。耻把精神虚作弄，肯将才力妄施为？愁闻刮骨声音切，闷见吹毛智数卑。珍重至人（按，指陈抟）尝有语，‘失便宜是得便宜’。”是年与大名王仲贤论“学书防学道”。

哲学家周敦颐（1017—）卒。年 57。著有《易通》（《通书》）40 篇，《太极图说》1 篇。提出“无极而太极”的宇宙演化模式。作《爱莲说》。晚年定居庐山下，筑濂溪书堂，创濂溪学派，世号濂溪先生。

甲寅　熙宁七年　（1074 年）

邵雍 64 年。

王安石初次罢相。知江宁府。韩绛为相，吕惠卿参知政事，遵行新法。沈括主持新制浑仪、浮漏成功。

思想家胡安国生。

己卯　熙宁八年　（1075 年）

邵雍 65 岁。

作《六十五岁新正自贻》云：“予家洛城里，况在天津畔。行年六十五，当宋之盛旦。……面前有芝兰，目下无冰炭。坐上有余欢，胸中无交战。……荣辱既不入，富贵徒自炫，恶闻人之恶，乐道人之善。”

二月，王安石复相。辽与宋争地界，派沈括赴辽谈判，拒绝割地；另派官员去议和，终以割河东（山西北部）700 里地予辽而达成和议。

六月，颁王安石撰《诗》《书》《周礼》“三经新义”于学官。韩琦（1008—）卒。琦支持“庆历新政”，曾为宰相。后反对王安石变法。

道士张伯端撰内丹名著《悟真篇》。

丙辰　熙宁九年　（1076 年）

邵雍 66 岁。

王安石再次罢相，知江宁府。熙宁变法彻底失败。撰《字说》《老子注》《解愣严经疏》。其子王雱卒。

张载撰《正蒙》成。

水利家侯叔献（1023—）卒。曾主持引汴入淮工程。

丁巳　熙宁十年　（1077 年）

邵雍卒。享年 67 岁。

夏，感微疾，“气日益耗，神日益明”。七月初四日，大书诗一章曰：“生于太平世，长于太平世，死于太平世。客同年几何？六十有七岁。俯仰天地间，浩然独无愧。”夜五更捐馆。

《自贻诗》云："六十有七岁，生为世上人。四方中正地，万物备全身。天外更无乐，胸中别有春。"诏赠秘书省著作郎。元祐中谥康节。程颢为邵雍撰墓志铭。

邵雍之子伯温（1057—1134），字子文。时22岁。后官至利州路转运副使。著《易学辨惑》《邵氏闻见录》。《宋史》有传。

哲学家张载卒，享年58岁。倡导"关学"，主张"太虚即气""一物两体，一故神，两故化"。著《易说》《正蒙》。有《张子全书》。

是年，黄河大决于澶州曹村，河道南移。

附录四

《圣叹手批谶书七种》

周呂望萬年歌

蜀漢諸葛亮馬前歌

唐袁天罡李淳風推背圖

唐李淳風藏頭詩

宋邵康節梅花詩

明劉伯温燒餅歌

黄蘗禪師詩

序

谓数可知乎，可知而不可知也；谓数不可知乎，不可知而可知也。可知者数，不可知者亦数。可知其所不可知者数，不可知其所可知者亦数也。

吾尝仰观于天，日月星辰犹是也；俯察于地，山川草木犹是也。我所亲见之天地，非犹是我所未亲见之天地耶。然不得谓我所未亲见之天地，即为我所亲见之天地。天地自天地，而我异矣。我自我，而天地异矣。我生以前之天地可知也，可知者数也；我生以后之天地不可知也，不可知者亦数也。

有我生以前之天地，然后有我生以后之天地，此可知其所不可知者数也。我生以后之天地，究不同于我生以前之天地，此不可知其所可知者亦数也。数之时义大矣哉！

唐臣袁天罡、李淳风著有《推背图》，父老相传，迄未寓目。壬戌之夏，得一抄本，展而读之，其经过之事，若合符节，其数耶，其数之可知者耶。其数之可知而不可知，不可知而可知者耶。

玩其词，参其意，胡运不长，可立而待，毋以天之骄子自处也。

癸亥人日金喟[1]识

校者注　①　金喟：即金圣叹（1608－1661年），名采，字若采。一说原姓张。明亡后改名人瑞，字圣叹，自称泐庵法师。明末清初苏州吴县人，著名的文学家、文学批评家。此书原名为《圣叹手批中国预言七种》。金圣叹的主要成就在于文学批评，他对《水浒传》《西厢记》《左传》等书及杜甫诸家唐诗都有评点。金圣叹敬佩杜甫的忠君爱国，特别认同孔子弟子曾点。曾点以无意仕宦与向往自由而著名，为孔子所赞叹，金圣叹特此取字为“圣叹”。金圣叹的主要成就在于文学批评，他的评点很注重思想内容的阐发，往往借题发挥，议论政事，其社会观和人生观灼然可见。在20世纪新文学运动中，文学史家都赞扬金圣叹，胡适认为他是“大怪杰”，有眼光有胆色，林语堂称他是“十七世纪伟大的印象主义批评家”。

目 录

周吕望著乾坤万年歌 汉严光注 …………………………… 943
蜀汉诸葛丞相马前课 白鹤山僧守元解释 ………………… 948
推背图 唐司天监袁天罡李淳风撰 …………………………… 952
李淳风藏头诗 唐司天监供应制诏赐紫臣李淳风撰 ……… 982
宋邵康节先生梅花诗十章 ………………………………………… 986
刘伯温烧饼歌 明护国军师刘基撰 ………………………… 988
黄蘖禅师诗 ………………………………………………………… 992

周吕望著乾坤万年歌

汉严光注

太极未判昏已过，风后女娲石上坐。三皇五帝已相承，宗派源流应不错。而今天下一统周，礼乐文章八百秋。（太公，商末周初之人。先从上古说起，渐引至周朝，周列三十六主，共八百七十四年。此言“八百秋”，举大数言之也。）

串去中直传天下，却是春禾换日头。（继周者，秦也。秦始皇本姓吕，乃吕不韦之子。所谓串无中直者，串字去了中间一竖，是个吕字。所谓春禾换日头者，将春字下边日字去了，换一禾字，是个秦字。此二句言其继周而有天下者，是吕、秦也。）

天下由来不固久，二十年间不能守。（秦始皇灭周，在帝位十二年。秦二世在位三年，子婴在位四十六日。秦共三王，合十五年四十六日。言二十年间不能守者，举大数言之也。）

卯坐金头带直刀，削尽天下木羊首。（继秦而有天下者，汉高祖刘邦也。金字上加一卯字，右边加一直刀，合成劉字。高祖于乙未年立为汉王。木羊首，言自乙未年立为汉王，则王基已立，削平天下，从此为首。）

一土临朝更不祥，改年换国篡平床。（篡汉者，王莽也。一土，合成个王字。篡平床者，王莽以毒酒药死平王于床也。改年换国者，王莽改汉之国号而自立国号曰新，自称曰新皇帝。）

泉中涌出光华主，兴复江山又久长。（灭王莽而兴汉室者，光武帝刘秀也，刘秀家在南阳白水乡，泉字分开为白水二字。所谓泉中涌出光华主者，言刘秀自白水乡出，灭王莽兴复汉室也。）

四百年来更世界，日上一曲怀毒害。（西汉二百四十年，东汉一百九十六年，两汉共四百一十年。言四百年者，亦举成数言之也。日上加一曲字，合成个曹字，指曹操。说怀毒害者，谓曹氏篡汉也。）

一枝流落去西川，三分社稷传两代。（刘备为汉家一枝后代，称帝于西蜀，得天下三分之一。昭烈帝与后主只两代。）

四十年来又一变，相传马上同无半。两头点火上长安，委鬼山河通一占。（四十年者，昭烈帝与后主，共坐四十三年也。篡汉者魏也，篡魏者晋司马炎也。同无半者，将左边去了一竖，合成个司字。马上加一司字，是司马氏也。两头点火者，上下两火是一炎字，此指司马炎也。委鬼山河通一占者，委鬼合成一个魏字，谓魏代之，山河通被晋占也。）

山河既属普无头，离乱中分数十秋。（普字无上头，是一晋字，言山河既属晋也。离乱中分者，谓两晋之间，前后僭乱者十八国也。）

子中一朱不能保，江东复立作皇州。（谓晋武帝有二子，太子为惠帝，中子为怀帝，为刘聪虏去，被杀。武帝之孙，为愍帝，为汉将所杀，而西晋遂亡。所谓子中一朱不能保者，言子孙之中无一人能保其性命，以理天下，是晋绝其后代，而无人矣。将朱字去了人，成一牛字，东晋元帝名睿，其母夏侯氏通于小吏牛金生帝，初为安东将军，及闻愍帝被害，乃即位于建康，建康属江东地。所谓江东复立作皇州者，即指建康也。）

相传一百五十载，钊到兔儿平四海。（西晋五十二年，东晋一百又三年，共一百五十五年，故曰一百五十载。继东晋者，南宋武帝也。武帝姓刘名裕，卯属兔，钊字头上加一卯字，是劉字。）

天命当头六十年，肃头盖草生好歹。（刘宋为前五代头一代，故曰天命当头。刘宋八主，共六十年。继刘宋者，南齐高帝也。高帝姓萧，名道成。肃头盖草，是个萧字。）

都无真主管江山，一百年前扰几番。耳东入国人离乱，南隔长安北隔关。（继南齐者，南梁，姓萧名衍。继南梁者，南陈，姓陈名霸先。南齐五主，共二十三年。南梁四主，共五十五年。南陈五主，共三十三年。合齐、梁、陈，共一百十一年，故曰一百年来扰几番。耳字旁加东字，是个陈字，指陈霸先也。）

水龙木易承天命，方得江山归一定。五六年来又不祥，此时天下又纷争。（水龙，疑是壬辰二字，或谓壬辰年、壬辰月、壬辰日，盖不可考。继陈有天下者，隋帝杨坚也，木易合为楊字。所谓江山归一者，杨坚灭陈，天下一统也。所谓五六年又不祥者，五六乘为三十，隋三主，共二十九年，而为唐所灭也。）

木下男儿火年起，一扫烟尘木易已。（灭隋者李渊也，木下男儿是一李字。李渊起兵在丁丑年，故曰火年起。木易已，谓李氏一起而楊氏逐致覆灭也。）

高祖世界百余年，虽见干戈不伤体。子继孙承三百春，又遭离乱似瓜分。（唐历二十一主，共二百八十八年。似瓜分者，唐朝后分为五代。）

五十年来二三往，不真不假乱为君。（二三合成五数，谓梁、唐、晋、汉、周五代也，五代共五十六年。所谓二三往者，往，过也，言五十年间五代已过也。所谓不真不假乱为君者，五代之君有传位于子者，有传位于养子者，有传位于妻侄者。）

金猪此木为皇帝，未经十载遭更易。（后周主郭威，是辛亥得天下者，故曰金猪。郭威无子，以妻侄柴荣为子，传以位。此木二字，合成柴字。郭威在位六年，柴荣与子三年半，共三主，只九年半，而禅位于宋，故曰未经十载遭更易，谓改易后周而为宋也。）

肖郎走出在金猴，稳稳清平传几世。（继后周者，宋太祖赵匡胤也。肖字加一走字，合成趙字。太祖庚申年得天下，故曰金猴。）

一汴二杭事不巧，却被胡人通占了。三百年来棉木终，三间海内去潜踪。（北宋都汴，南宋都临安，即今浙江杭州府，故曰一汴二杭。胡人，指元朝。北宋九主，共一百六十七年。南宋九主，共一百五十三年。二宋合共三百二十年。棉木之棉，宜用宀，宀字，下加木字，乃宋字。此曰棉木者，以棉与宀同音，乃借棉以替宀也。棉木终，言宋朝将尽也。宋末帝昺为元兵所逼，入海内溺死，故曰三间海内去潜踪，而宋遂亡也。）

一兀为君八十载，淮南忽见红光起。八只牛来力量大。日月同行照天下。（继宋者，元也。一兀，合成元字。元朝十主，共八十九年。继元者，明太祖朱洪武也。淮南红光起者，朱洪武是江南凤阳府人也。洪武初生时，有红光烛天，异香经宿不散。八只牛来力量大者，八只牛合成朱字。力量大者，洪武也。日月同行，是一明字，谓明朝也。）

土猴一兀自消除，四海衣冠新彩画。（土猴者，洪武元年戊申也。言至戊申年，元朝消灭，而明之天下焕然一新也。）

三百年来事不顺，虎头带土何须问。（明十七主，共二百七十年。虎头带土者，是戊寅二字。按崇祯十一年，是戊寅。是年两畿、山东、河南大旱，蝗。九月，清兵分三路南下，自此以后，天下荒乱日甚，而天下不堪问也。）

十八孩儿跳出来，苍生方得苏危困。（十八孩儿是个李字，指李自成也。跳读逃，乃逃走也。崇祯三月十七日，李自成陷京师，崇祯缢死煤山。五月，清兵定京师，李自成败，遂焚九门城楼，挟明太子二王西走，清遂定鼎。可谓前遭危困者，今则无事矣，故曰苍生方得苏危困。）

相继春秋二百余，五湖云扰又风颠。（二百余，指清说。自此以后事尚未来，尚待明解。）

人丁口取江南地，京国重新又一迁。
两分疆界各保守，更得相安一百九。
那时走出草田来，手执金龙步玉阶。
清平海内中华定，南北同归一统排。
谁知不许乾坤久，一百年来天上口。
木边一兔走将来，自在为君不动手。
又为棉木定山河，四海无波二百九。
王上有人鸡上火，一番更变不须说。
此时建国又一人，君正臣贤垂黼黻。
平定四海息干戈，二百年来为社稷。
二百五十年中好，江南走出刽头卯。
大好山河又二分，幸不全亡莫嫌小。
两人相和百忙中，治世能人一厶弓。

江南江北各平定，一统山河四海同。
二百年来为正主，一渡颠危猴上水。
别枝花开果儿红，复取江山如旧许。
二百年来衰气运，任君保重成何济。
水边田上米郎来，直入长安加整顿。
行仁行义立乾坤，子子孙孙三十世。
我今只算万年终，剥复循环理无穷。
知音君子详此数，今古存亡一贯通。

蜀汉诸葛丞相马前课

白鹤山僧守元解释

第一课○◉◉◉◉○　　**中下**

无力回天，鞠躬尽瘁；

阴居阳拂，八千女鬼。

证曰：阳阴阴阴阴阳，在卦为颐。

解曰：诸葛卒后，后主降于魏。

第二课○◉○○◉○　　**中下**

火上有火，光烛中土；

称名不正，江东有虎。

证曰：阳阴阳阳阴阳，在卦为离。

解曰：司马炎篡魏，元帝都建康，建康属江东。

第三课○◉◉◉◉◉　　**下下**

扰扰中原，山河无主；

二三其位，羊终马始。

证曰：阳阴阴阴阴阴，在卦为剥。

解曰：五代始于司马，终于杨氏。

第四课◉◉○◉○◉　　**中上**

十八男儿，起于太原；

动则得解，日月丽天。

证曰：阴阴阳阴阳阴，在卦为解。

解曰：唐太宗起兵太原。

第五课○○○◉◉◉　　下中

五十年中，其数有八：

小人道长，生灵荼毒。

证曰：阳阳阳阴阴阴，在卦为否。

解曰：后五代八姓，共五十三年。

第六课◉○○◉○○　　上中

惟天生水，顺天应人；

刚中柔外，土乃生金。

证曰：阴阳阳阴阳阳，在卦为兑。

解曰：赵宗聿兴天下，化成金兵入寇，是刚中柔外之象。

第七课◉○◉○○◉　　中中

一元复始，以刚处中；

五五相传，尔西我东。

证曰：阴阳阴阳阳阴在卦为井。

解曰：有元一代，凡十世，至正以后割据者众，有尔西我东之象。

第八课○○◉◉◉○　　上上

日月丽天，其色若赤；

绵绵延延，凡十六叶。

证曰：阳阳阴阴阴阳，在卦为益。

解曰：日月为明，赤者朱，有明一代，凡十六主。

第九课○◉○◉◉◉　　中上

水月有主，古月为君；

十传绝统，相敬若宾。

证曰：阳阴阳阴阴阴，在卦为晋。

解曰：水月有主，清也；古月，胡也。胡人为君殆亦天数，不可强欤！老僧生于嘉靖十年，今年八十有六，过此以后，不敢妄议。

第十课◉○◉○◉◉　　中下

豕后牛前，千人一口；

五二倒置，朋来无咎。

证曰：阴阳阴阳阴阴，在卦为蹇。

（解曰：豕者猪也，猪者亥也。）

第十一课○◉○○◉○　中下

四门乍辟，突如其来；

晨鸡一声，其道大衰。

按：此课与第二课重出，非吉兆也。

证曰：阳阴阳阳阴阳，在卦为离。

（解曰：四门乍辟，不宜解释。）

第十二课◉○○○○◉　上中

拯患救难，是唯圣人；

阳复而治，晦极生明。

证曰：阴阳阳阳阳阴，在卦为大过。

（解曰：灾难当头之极，其时圣人出现，救苦救难。）

第十三课○◉◉○○○　上中

贤不遗野，天下一家；

无名无德，光耀中华。

证曰：阳阴阴阳阳阳，在卦为大畜。

（解曰：世界大同之象。）

第十四课○◉○◉○◉　中下

占得此课，易数乃终；

前古后今，其道无穷。

证曰：阳阴阳阴阳阴，在卦为未济。

（解曰：悟道偈终。）

按：孔明马前课乃军中闲暇之时，作此以示后人趋避之方。此十四课为马前课中之别裁，每一课指一朝，其兴衰治乱可得诸言。外至十四课止者，两次来复之期也。殿以未济，以见此后又一元矣。天道循环，明者自明，昧者自昧，又乌可以坐而致哉！

八六老僧白鹤山守元誌

推背图

唐司天监袁天罡李淳风撰

第一象 甲子 ䷀ 乾下乾上 乾

谶曰：

茫茫天地，不知所止；
日月循环，周而复始。

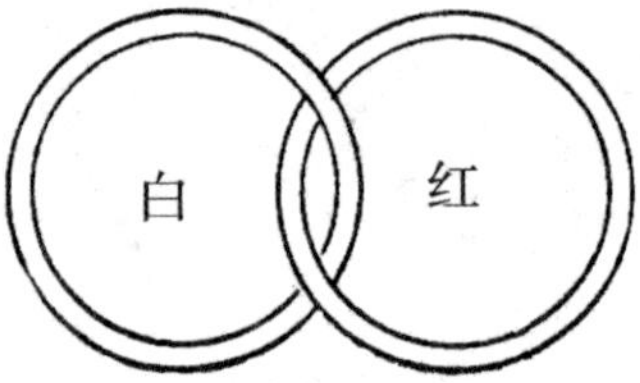

颂曰：

自从盘古迄希夷，虎斗龙争事正奇；
悟得循环真谛在；试于唐后论元机。

圣叹曰："此象主古今治乱相因，如日月往来，阴阳递嬗，即孔子百世可知之意。红者为日，白者为月，有日月而后昼夜成，有昼夜而后寒暑判，有寒暑而后历数定，有历数而后统系分，有统系而后兴亡见矣。

第二象 乙丑 ䷫ 巽下乾上 姤

谶曰：

累累硕果，莫明其数；
一果一仁，即新即故。

颂曰：

万物土中生，二九先成实；
一统定中原，阴盛阳先竭。

圣叹曰：一盘果子，即李实也，其数二十一，自唐高祖至昭宣，凡二十一主。二九者，指唐祚二百八十九年。阴盛者，指武曌当国，淫昏乱政，几危唐代。厥后开元之治虽足媲（美）贞观，而贵妃召祸，乘舆播迁，女宠代兴，良娣继之，亦未始非阴盛之象。

第三象　丙寅　䷠　艮下乾上　遁

谶曰：

日月当空，照临下土；

扑朔迷离，不文亦武。

颂曰：

参遍空王色相空，一朝重入帝王宫；

遗枝拨尽根犹在，喔喔晨鸡孰是雄？

圣叹曰：此象主武曌当国，废中宗于房州，杀唐宗室殆尽。初武氏削发为尼，故有“参遍空王”之句。高宗废后王氏而立之，故有“喔喔晨鸡孰是雄”之兆。

第四象　丁卯　䷋　坤下乾上　否

谶曰：

飞者不飞，走者自走；

振羽高冈，乃克有后。

颂曰：

威行青女实权奇，极目萧条十八枝；

赖有猴儿齐着力，已倾大树仗扶持。

圣叹曰：此象主狄仁杰荐张柬之等五人反周为唐。〇武后尝梦鹦鹉两翼俱折，狄仁杰曰：武者陛下之姓也，起二子则两翼振矣。五猴，指张柬之等五人。

第五象　戊辰　䷓　坤下巽上　观

谶曰：

杨花飞，蜀道难；

截断竹箫方见日，更无一吏乃平安。

颂曰：

渔阳鼙鼓过潼关，此日君王幸剑山；

木易若逢山下鬼，定于此处葬金环。

圣叹曰：一马鞍，指安禄山。一史书，指史思明。一妇人死，卧地上，乃贵妃死于马嵬驿。截断竹萧者，肃宗即位，而安史之乱平。

第六象　己巳　䷖　坤下艮上　剥

谶曰：

非都是都，非皇是皇；

阴霾既去，日月复光。

颂曰：

大帜巍巍树两京，辇舆今日又东行；

乾坤再造人民乐，一二年来见太平。

圣叹曰：此象主明皇还西京。○至德二载九月，广平王俶郭子仪收复西京，十月收复东京，安史之乱尽弭，十二月迎上皇还西京，故云“再造”。

第七象　庚午　☰☳　震下乾上　无妄

谶曰：

旌节满我目，山川蹋我足；
破关客乍来，陡令中原哭。

颂曰：

蝼蚁从来足溃堤，六宫深锁梦全非；
重门金鼓含兵气，小草滋生土口啼。

圣叹曰：此象主藩镇跋扈及吐蕃入寇中原。

第八象　辛未　☲☷　坤下离上　晋

谶曰：

欃枪血中土，破贼还为贼；
朵朵李花飞，帝曰迁大吉。

颂曰：

天子蒙尘马首东，居然三杰踞关中；
孤军一驻安社稷，内外能收手臂功。

圣叹曰：此象主建中之乱。三人者，李希烈、朱泚、李怀光也。李怀光以破朱泚功，为卢杞所忌，遂反，故曰“破贼还为贼”。三人先后犯阙，德宗乘舆播迁，赖李晟以孤军收复京城，而社稷重安矣。

第九象 壬申 ䷍ 乾下离上 大有

谶曰：

非白非黑，草头人出；
借得一枝，满天飞血。

颂曰：

万人头上起英雄，血染河山日色红；
一树李花都惨淡，可怜巢覆亦成空。

圣叹曰：此象主黄巢作乱。○唐祚至昭宗，朱温弑之以自立，改（国）号梁，温为黄巢旧党，故曰“覆巢亦成空”。

第十象 癸酉 ䷜ 坎下坎上 坎

谶曰：

荡荡中原，莫御八牛；
泗水不涤，有血无头。

颂曰：

一后二主尽升遐，四海茫茫总一家；
不但我生还杀我，回头还有李儿花。

圣叹曰：此象主朱温弑何皇后、昭宣、昭宗而自立，所谓“一后二主”也。未几，为次子友珪所弑，是颂中第三句意。李克用之子存勖代父复仇，百战灭梁，改称后唐，是颂中第四句意。

第十一象　甲戌　䷻　兑下坎上　节

谶曰：

五人同卜，非禄非福；

兼而言之，喜怒哀乐。

颂曰：

龙蛇相斗三十年，一日同光直上天；

上得天堂好游戏，东兵百万入秦川。

圣叹曰：此象指伶人郭从谦作乱，唐主为流矢所中。

第十二象　乙亥　䷂　震下坎上　屯

谶曰：

块然一石，谓他人父；

统二八州，已非唐土。

颂曰：

反兆先多口，出入皆无主；

系铃自解铃，父亡子亦死。

圣叹曰：此象主石敬瑭求救于契丹。○唐主遣张敬达讨石敬瑭，敬瑭不得已，求救于契丹，事之以父礼，贿之以幽蓟十六州。晋帝之立，固契丹功也，然卒以契丹亡，故有“系铃解铃”之兆。

第十三象 丙子 ䷾ 离下坎上 既济

谶曰：

汉水竭，雀高飞；
飞来飞去何所止，高山不及城郭低。

颂曰：

百个雀儿水上飞，九十九个过山西；
惟有一个踏破足，高栖独自理毛衣。

圣叹曰：此象主周主郭威夺汉自立。郭威，少贱，世称之曰“郭雀儿”。

第十四象 丁丑 ䷰ 离下兑上 革

谶曰：

李树得根芽，石榴漫放花；
枯木逢春只一瞬，让他天下竞荣华。

颂曰：

金木水火土已终，十三童子五王公；
英明重见太平日，五十三参运不通。

圣叹曰：此象主周世宗承郭威受命，为五代之终。世宗姓柴名荣，英明武断，勤于为治，惜功业未竟而殂。五代共五十三年，凡八姓十三主，颂意显然。

第十五象　戊寅　䷶　离下震上　丰

谶曰：

天有日月，地有山川；
海内纷纷，父后子前。

颂曰：

战事中原迄未休，几人高枕卧金戈；
寰中自有真天子，扫尽群妖见日头。

圣叹曰：此象主五代末造，割据者星罗棋布，惟吴越钱氏（钱镠四世）稍图治安，南唐李氏（李昪三世）略知文物，余悉淫乱昏虐。太祖崛起，拯民水火。太祖，小名香孩儿，手执帚者，扫除群雄也。

第十六象　己卯　䷣　离下坤上　明夷

谶曰：

天一生水，姿禀圣武；
顺天应人，无今无古。

颂曰：

纳土姓钱并姓李，其余相次朝天子；
天将一统付真人，不杀人民更全嗣。

圣叹曰：此象主宋太祖受禅汴都，天下大定，钱李二氏相率归化，此一治也。

第十七象 庚辰 ䷆ 坎下坤上 师

谶曰：

声赫赫，干戈息；
扫边氛，奠邦邑。

颂曰：

天子亲征乍渡河，欢声百里起讴歌；
运筹幸有完全女，奏得奇功在议和。

圣叹曰：此象主真宗澶渊之役。○景德元年，契丹大举入，寇准劝帝亲征（完全女，指准言），乃幸澶渊。既渡河，远近望见御盖皆踊跃呼万岁，声闻数十里，契丹夺气，遂议和。

第十八象 辛巳 ䷳ 艮下艮上 艮

谶曰：

天下之母，金刀伏兔；
三八之年，治安巩固。

颂曰：

水旱频仍不是灾，力扶幼主镇埏垓；
朝中又见钗光照，宇内承平气象开。

圣叹曰：此象主仁宗嗣立，刘太后垂帘听政。旁有一犬，其惟狄青乎。

第十九象　壬午　☶☲　离下艮上　贲

谶曰：

众人嚜嚜，尽入其室；
百万雄师，头上一石。

颂曰：

朝用奇谋夕丧师，人民西北尽流离；
韶华虽好春光老，悔不深居坐殿墀。

圣叹曰：此象主神宗误用安石，引用群邪，致启边衅，用兵西北，丧帅百万。〇熙宁初，王韶上《平戎三策》，安石惊为奇谋，力荐于神宗，致肇此祸。

第二十象　癸未　☰☲　离下乾上　同人

谶曰：

朝无光，日月盲；
莫与京，终旁皇。

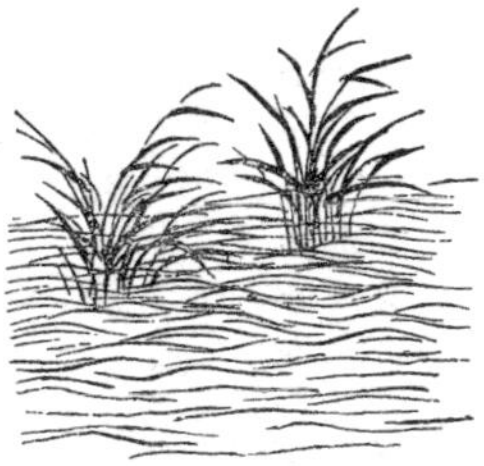

颂曰：

父子同心并同道，中天日月手中物；
奇云翻过北海头，凤阙龙廷生怛恻。

圣叹曰：此象主司马光卒，蔡京父子弄权，群小朋兴，贤良受锢，有日月晦盲之象。

第二十一象 甲申 ䷨ 兑下艮上 损

谶曰：

空厥宫中，雪深三尺；
吁嗟元首，南辕北辙。

颂曰：

妖氛未靖不康宁，北扫烽烟望帝京；
异姓立朝终国位，卜世三六又南行。

圣叹曰：此象主金兵南下，徽宗禅位。〇靖康元年十一月，京师陷，明年四月，金以二帝及宗室妃嫔北去，立张邦昌为帝。“卜世三六”者，举其大败。宋自太祖至徽钦，凡一百七十二年。（历九世。）

第二十二象 乙酉 ䷥ 兑下离上 睽

谶曰：

天影当空，否极见泰；
鳳鳳淼淼，木冓大赖。

颂曰：

神京王气满东南，祸水汪洋把策干；
一木会支二八月，临行马色半平安。

圣叹曰：此象康王南渡，建都临安，秦桧专权，遂成偏安之局。〇木冓，康王名構。一木会支二八月者，指秦桧也，木会为桧，春半秋半却成一秦字。

第二十三象　丙戌　☱☰　兑下乾上　履

谶曰：

似道非道，乾沈坤黜；
祥光宇内，一江断楫。

颂曰：

胡儿大张挞伐威，两柱擎天力不支；
如何兵火连天夜，犹自张灯作水嬉。

圣叹曰：此象主贾似道当权，汪立信、文天祥辈不能以独力支持宋室。襄樊围急，西子湖边似道犹张灯夜宴，宋室之亡，其宜也。

第二十四象　丁亥　☱☴　兑下巽上　中孚

谶曰：

山崖海边，不帝亦仙；
二九四八，於万斯年。

颂曰：

十一卜人小月终，回天无力道俱穷；
干戈四起疑无路，指点洪涛巨浪中。

圣叹曰：此象主帝昺迁崖山。○元令张弘范来攻，宋将张世杰兵溃，陆秀夫负帝赴海，宋室以亡。

第二十五象 戊子 ䷴ 艮下巽上 渐

谶曰：

北帝南臣，一兀自立；
斡难河水，燕巢补数。

颂曰：

鼎足争雄事本奇，一狼二鼠判须臾；
北关锁钥虽牢固，子子孙孙五五宜。

圣叹曰：此象主元太祖称帝斡难河，太祖名铁木真，元代凡十主。斧，铁也；柄，木也。斧柄十段，即隐十主之意。

第二十六象 己丑 ䷲ 震下震上 震

谶曰：

时无夜，年无米；
花不花，贼四起。

颂曰：

鼎沸中原木木来，四方警报起边垓；
房中自有长生术，莫怪都城彻夜开。

圣叹曰：此象主顺帝惑西僧房中运气之术，溺于娱乐，以致刘福通、徐寿辉、方国珍、明玉珍、张士诚，陈友谅等狼顾鸱张，乘机而起。宦官朴不花壅不上闻，至徐达、常遇春直入京师，都城夜开，毫无警备。有元一代，竟丧于淫僧之手，不亦哀哉！○刘福通立韩林儿为帝，故曰“木木来”。

第二十七象　庚寅　䷏　坤下震上　豫

谶曰：

惟日与月，下民之极；
应运而兴，其色曰赤。

颂曰：

枝枝叶叶现金光，晃晃朗朗照四方；
江东岸上光明起，谈空说偈有真王。

圣叹曰：此象主明太祖登极。太祖曾为皇觉寺僧，洪武一代，海内熙洽，治臻太平。

第二十八象　辛卯　䷧　坎下震上 解

谶曰：

草头火脚，宫阙灰飞；
家中有鸟，郊外有尼。

颂曰：

羽满高飞日，争妍有李花；
真龙游四海，方外是吾家。

圣叹曰：此象主燕王起兵，李景隆迎燕兵入都，宫中大火，建文祝发出亡。

第二十九象 壬辰 ䷟ 巽下震上 恒

谶曰：

枝发厥荣，为国之栋；
皞皞熙熙，康乐利众。

颂曰：

一枝向北一枝东，又有南枝种亦同；
宇内同歌贤母德，真有三代之遗风。

圣叹曰：此象主宣宗时张太后用杨士奇、杨溥、杨荣三人，能使天下乂安，希风三代，此一治也。〇时人称士奇为西杨，溥为南杨，荣为东杨。

第三十象 癸巳 ䷭ 巽下坤上 升

谶曰：

半圭半林，合则生变；
石亦有灵，生荣死贱。

颂曰：

缺一不成也占先，六龙亲御到胡边；
天心复见人心顺，相克相生马不前。

圣叹曰：此象主张太后崩，权归王振，致有乜先之患。其后上皇复辟，石亨自诩首功，率以恣横伏诛，此一乱也。

第三十一象　甲午　䷤　离下巽上　家人

谶曰：

当涂遗孽，秽乱宫阙；
一男一女，断送人国。

颂曰：

忠臣贤士尽沈沦，天启其衷乱更纷；
纵有胸怀能坦白，乾坤不属旧明君。

圣叹曰：此象主天启七年间，妖气漫天，元气受伤。一男一女，指魏阉与客氏而言。〇客氏，熹宗乳母，称奉圣夫人。

第三十二象　乙未　䷯　巽下坎上　井

谶曰：

马迹北阙，犬嗷西方；
八九数尽，日月无光。

颂曰：

杨花落尽李花残，五色旗分自北来；
太息金陵王气尽，一枝春色占长安。

圣叹曰：此象主李闯、张献忠扰乱中原，崇祯投缳梅山，福王偏安，不久明祀遂亡。颂末句似指胡后，大有深意。

第三十三象 丙申 ䷛ 巽下兑上 大过

谶曰：

黄河水清，气顺则治；
主客不分，地支无子。

颂曰：

天长白瀑来，胡人气不衰；
藩篱多撤去，稚子半可哀。

圣叹曰：此象乃满清入关之征。反客为主，殆亦气数使然，非人力所能挽回欤。辽金而后，胡人两主中原，觥觥汉族对之得毋有愧。

第三十四象 丁酉 ䷸ 巽下巽上 巽

谶曰：

头有发，衣怕白；
太平时，王杀王。

颂曰：

太平又见血花飞，五色章成里外衣；
洪水滔天苗不秀，中原曾见梦全非。

圣叹曰：证已往之事易，推未来之事难，然既证已往，不得不推及将来。吾但愿自此以后，吾所谓平治者幸而中，吾所谓不平治者幸而不中，而吾或可告无罪矣。〇此象疑遭水灾，或兵戎与天灾共见，此一乱也。

第三十五象　戊戌　䷐　震下兑上　随

谶曰：

西方有人，足踏神京；

帝出不还，三台扶倾。

颂曰：

黑云黯黯自西来，帝子临河筑金台；

南有兵戎北有火，中兴曾见有奇才。

圣叹曰：此象疑有出狩事，亦乱兆也。

第三十六象　己亥　䷈　乾下巽上　小畜

谶曰：

纤纤女子，赤手御敌；

不分祸福，灯光蔽日。

颂曰：

双拳旋转乾坤，海内无端不靖；

母子不分先后，西望长安入觐。

圣叹曰：此象疑一女子能定中原，建都长安。

第三十七象 庚子 ䷩ 震下巽上 益

谶曰：

汉水茫茫，不统继统；

南北不分，和衷与共。

颂曰：

水清终有竭，倒戈逢八月；

海内竟无王，半凶还半吉。

圣叹曰：此象虽有元首出现，而一时未易平治，亦一乱也。

第三十八象 辛丑 ䷔ 震下离上 噬嗑

谶曰：

门外一鹿，群雄争逐；

劫及鸢鱼，水深火热。

颂曰：

火运开时祸蔓延，万人后死万人先；

海波能使江河浊，境外何殊在目前。

圣叹曰：此象兵祸起于门外，有延及门内之兆。

第三十九象　壬寅　☱☴　巽下兑上　颐

谶曰：

鸟无足，山有月；

旭初升，人都哭。

颂曰：

十二月中气不和，南山有雀北山罗；

一朝听得金鸡叫，大海沈沈日已过。

圣叹曰：此象疑外夷争斗，扰乱中原，必至酉年始得平定也。

第四十象　癸卯　☶☴　巽下艮上　蛊

谶曰：

一二三四，无土有主；

小小天罡，垂拱而治。

颂曰：

一口东来气太骄，脚下无履首无毛；

若逢木子冰霜涣，生我者猴死我雕。

圣叹曰：此象有一李姓，能服东夷，而不能图长治久安之策，卒至旋治旋乱，有兽活禽死之意也。

第四十一象 甲辰 ䷝ 离下离上 离

谶曰：

天地晦盲，草木蕃殖；
阴阳反背，上土下日。

颂曰：

帽儿须戴血无头，手弄乾坤何日休；
九十九年成大错，称王只合在秦州。

圣叹曰：此象一武士擅握兵权，致肇地覆天翻之祸，或一白姓者平之。

第四十二象 乙巳 ䷷ 艮下离上 旅

谶曰：

美人自西来，朝中日渐安；
长弓在地，危而不危。

颂曰：

西方女子琵琶仙，皎皎衣裳色更鲜；
此时浑迹居朝市，闹乱君臣百万般。

圣叹曰：此象疑一女子当国，服色尚白，大权独揽，几危社稷，发现或在卯年，此始乱之兆也。

第四十三象　丙午　☲☴　巽下离上　鼎

谶曰：

君非君，臣非臣；
始艰危，终克定。

颂曰：

黑兔走入青龙穴，欲尽不尽不可说；
惟有外边根树上，三十年中子孙结。

圣叹曰：此象疑前象女子乱国未终，君臣出狩，有一杰出之人为之底定，然必在三十年后。

第四十四象　丁未　☲☵　坎下离上　未济

谶曰：

日月丽天，群阴慑服；
百灵来朝，双羽四足。

颂曰：

中国而今有圣人，虽非豪杰也周成；
四夷重译称天子，否极泰来九国春。

圣叹曰：此象乃圣人复生，四夷来朝之兆，一大治也。

第四十五象　戊申　䷃　坎下艮上　蒙

谶曰：

有客西来，至东而止；
木火金水，洗此大耻。

颂曰：

炎运宏开世界同，金乌隐匿白洋中；
从今不敢称雄长，兵气全销运已终。

圣叹曰：此象于太平之世复见兵戎，当在海洋之上，自此之后，更臻盛世矣。

第四十六象　己酉　䷺　坎下巽上　涣

谶曰：

黯黯阴霾，杀不用刀；
万人不死，一人难逃。

颂曰：

有一军人身带弓，只言我是白头翁；
东边门里伏金剑，勇士后门入帝宫。

圣叹曰：此象疑君王昏聩，一勇士仗义兴兵，为民请命，故曰“万人不死，一人难逃”。

第四十七象　庚戌　䷅　坎下乾上　讼

谶曰：

偃武修文，紫微星明；

匹夫有责，一言为评。

颂曰：

无王无帝定乾坤，来自田间第一人；

好把旧书多读到，义言一出见英明。

圣叹曰：此象有贤君下士，豪杰来归之兆，盖辅助得人，而帝不居德，王不居功，蒸蒸然有无为而治之盛，此一治也。

第四十八象　辛亥　䷌　离下乾上　同人

谶曰：

卯午之间，厥象维离；

八牛牵动，雍雍熙熙。

颂曰：

水火既济人民吉，手执金戈不杀贼；

五十年中一将臣，青青草自田间出。

圣叹曰：此象疑一朱姓与一苗姓争夺朝纲，而朱姓有以德服人之化，龙蛇相斗，想在辰巳之年，其建都或在南方。

第四十九象　壬子　䷁　坤下坤上　坤

谶曰：

山谷少人口，欲剿失其巢；

帝王称弟兄，纷纷是英豪。

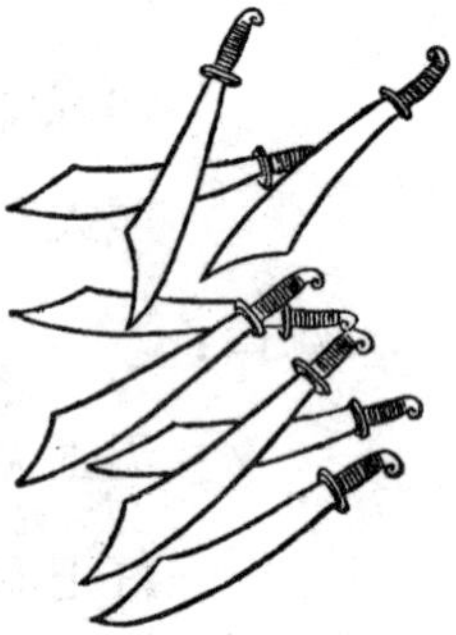

颂曰：

一个或人口内啼，分南分北分东西；

六爻占尽文明见，棋布星罗日月齐。

圣叹曰：久分必合，久合必分，理数然也，然有文明之象，当不如割据者之纷扰耳。

第五十象　癸丑　䷗　震下坤上　复

谶曰：

水火相战，时穷则变；

贞下起元，兽贵人贱。

颂曰：

虎头人遇虎头年，白米盈仓不值钱；

豺狼结队街中走，拨尽风云始见天。

圣叹曰：此象遇寅年必遭大乱，君昏臣暴，下民无生息之日，又一乱也。

第五十一象　甲寅　䷒　兑下坤上　临

谶曰：

阴阳和，化以正；

坤顺而感，后见尧舜。

颂曰：

谁云女子尚刚强，坤德居然感四方；

重见中天新气象，卜年一六寿而康。

圣叹曰：此象乃明君得贤后之助，化行国内，重见升平，又一治也。

第五十二象　乙卯　䷊　乾下坤上　泰

谶曰：

彗星乍见，不利东北；

踽踽何之，瞻彼乐国。

颂曰：

欃枪一点现东方，吴楚依然有帝王；

门外客来终不久，乾坤再造在角亢。

圣叹曰：此象主东北被夷人所扰，有迁都南方之兆。角、亢，南极也。其后有明君出，驱逐外人，再度升平。

第五十三象 丙辰 ䷡ 乾下震上 大壮

谶曰：

关中天子，礼贤下士；
顺天休命，半老有子。

颂曰：

一个孝子自西来，手握乾纲天下安；
域中两见旌旗美，前人不及后人才。

圣叹曰：此象乃一秦姓名孝者，登极关中，控制南北，或以秦为国号，此一治也。

第五十四象 丁巳 ䷪ 乾下兑上 夬

谶曰：

磊磊落落，残棋一局；
啄息苟安，虽笑亦哭。

颂曰：

不分牛鼠与牛羊，去毛存鞟尚称强；
寰中自有真龙出，九曲黄河水不黄。

圣叹曰：此象有实去名存之兆，或如周末时，号令不行，尚颁正朔，亦久合必分之征也。

第五十五象　戊午　䷄　乾下坎上　需

谶曰：

惧则生戒，无远勿届；

水边有女，对日自拜。

颂曰：

觊觎神器终无用，翼翼小心有臣众；

转危为安见节义，未必河山是我送。

圣叹曰：此象有一石姓或刘姓一统中原，有一姓汝者谋篡夺之，幸有大臣尽忠王室，戒谨惕励，一切外侮不灭自灭，虽乱而亦治也。

第五十六象　己未　䷇　坤下坎上　比

谶曰：

飞者非鸟，潜者非鱼；

战不在兵，造化游戏。

颂曰：

海疆万里尽云烟，上迄云霄下及泉；

金母木公工幻弄，干戈未接祸连天。

圣叹曰：此象行军用火，即战不在兵之意。颂云“海疆万里”，则战争之烈，不仅在于中国也。

第五十七象 庚申 ䷹ 兑下兑上 兑

谶曰：

物极必反，以毒制毒；

三尺童子，四夷詟服。

颂曰：

坎离相克见天倪，天使斯人弭杀机；

不信奇才产吴越，重洋从此戢兵师。

圣叹曰：此象言吴越之间有一童子，能出奇制胜，将燎原之火扑灭净尽，而厄运自此终矣，又一治也。

第五十八象 辛酉 ䷮ 坎下兑上 困

谶曰：

大乱平，四夷服；

称弟兄，六七国。

颂曰：

烽烟净尽海无波，称帝称王又统和；

犹有煞星隐西北，未能遍唱太平歌。

圣叹曰：此象有四夷来王，海不扬波之兆。惜乎西北一隅尚未平靖，犹有遗憾，又一治也。

第五十九象　壬戌　䷞　艮下兑上　咸

谶曰：

无城无府，无尔无我；

天下一家，治臻大化。

颂曰：

一人为大世界福，手执签筒拔去竹；

红黄黑白不分明，东南西北尽和睦。

圣叹曰：此乃大同之象，人生其际，饮和食德，当不知若何愉快也。惜乎其数已终，其或反本归原，还于混噩欤。

第六十象　癸亥　䷬　坤下兑上　萃

谶曰：

一阴一阳，无终无始；

终者自终，始者自始。

颂曰：

茫茫天数此中求，世道兴衰不自由；

万万千千说不尽，不如推背去归休。

圣叹曰：一人在前，一人在后，有往无来，无独有偶，以此殿图，其寓意至深远。盖无象之象胜于有象，我亦以不解解之，著者有知，当亦许可。

李淳风藏头诗

唐司天监供应制诏赐紫臣李淳风撰

唐太宗贞观七年，五月十九日，太宗问于李淳风曰：“朕之天下，今稍定矣。卿深明易道，不知何人始丧我国家？以及我朝之后，登极者何人？得传者何代？卿为朕历历言之。”

对曰：“欲知将来，当观已往，得贤者治，失贤者丧。此万世不易之道也。”

太宗曰：“朕所问者，非此之谓也。欲卿以术数之学，推我朝得享几许年？至何人乱我国家？何人亡我国家？何人得我国家？以及代代相传，朕欲预知之耳。”

淳风曰：“此乃天机，臣不敢泄！”

太宗曰：“言出卿口，入朕之耳，惟卿与朕言之，他人皆不能知也，卿必为朕言之！”

淳风曰：“臣不敢泄漏。”

太宗曰：“卿若不言，亦不强，试随朕入禁宫。”于是，淳风侍太宗登高楼。

太宗曰：“上不至天，下不至地，卿可为朕言之？”

淳风曰：“乱我朝之天下者，即在君侧。三十年后，杀唐之子孙殆尽，主自不知耳。”

太宗曰：“此人是文是武？卿为朕明言之，朕即杀之，以除国患！”

淳风曰：“此乃天意，岂人力所能为耶！此人在二旬之上，今若杀之，天必祸我国家，再生少年，唐室子孙益危矣！”

太宗曰：“天意既定，试约言其人！”

淳风曰：“其为人也，止戈不离身，两目长在空（指武则天僭位事，按：则天名曌），实如斯也！”

太宗曰：“乱我国家，何人能平之？”

淳风曰：“有文曲星下界，生于卖豆腐之家，后来为相，自能平之。”

太宗曰：“此人何姓？”

淳风曰：“天机不可泄，泄之有殃。”

太宗曰：“此人平后可治乎？”

淳风曰：“已丑有一口、一巾不成，五者乱之（指韦后弑乱事）。幸有五天罡下界平治。”

太宗曰：“此后可太平乎？”

淳风曰：“前二十四年可媲美于尧舜，后二十四年又有乱天下者。危而不危。一人大口，逢杨而生，遇郭而止（指安、史背叛事）。”

太宗曰：“何人平治？”

淳风曰：“光子作将，然后平治。”

太宗曰：“此后可太平乎？”

淳风曰：“越五十年，稍稍太平。后六十年，混世魔王下界。日月生于面目，杀人无数，血流成河，幸有独眼龙平治之。后又树挂拐尺者乱之（指朱温篡夺事），此时天下荒乱，人民饥饿。四十年中，有五火猪，更递为君（指后五代事），唐家血食尽矣，天下非唐有矣。”

太宗曰：“此后何君出焉？”

淳风曰：“有真龙降世，走随小月（指宋太祖之姓曰赵），阳火应运，木时戴帽（国号曰宋）。开天地之文运，启斯世之朦胧。礼乐作、教化兴，真太平有道之世也！”

太宗曰：“乱此国，又是何人？”

淳风曰：“有乱之者。然君臣皆贤，惜不善其后。后得拨乱之臣，始得渐平。迨二百年，有春头之人，蒙蔽主上，陷害忠良（指秦桧误国事）。使此国之君，另守一方（高宗南渡）。迨百年之后，有人之王头腰八者乱之（金人入寇），然亦不得此国之天下。有一兀之主兴焉（有天下者曰元），人皆披发，头生花。听其语，不知其音；视其人，恶见其面（指元朝，系鞑子事）。若非天生一牛（指朱太祖之姓），日月并行（国号曰明），天下几无人类也。女生须，男生子，地裂山崩矣。”

太宗曰：“后太平乎？”

淳风曰：“此后大水在足，以有道之主生焉。然数年后，幽燕并起，皇孙遁去（指燕王篡夺事）。又越数十年，有承天启运之主出焉（指熹宗，年号曰天启），又得忠贤之臣，委以重任，斯坏国家（指魏忠贤乱政事）。”

太宗曰：“忠贤之臣以坏国家，卿言何颠倒也？”

淳风曰：“天意如是，斯时人皆得志。混世魔王出焉，一马常在门中，弓长不肯解弓，杀人其势汹汹（指李自成、张献忠等乱事）。其时文士家中坐，武将不领人。越数年，乃丧国家。有八旗常在身之主出焉（指清朝而言），人皆口内生火，手上走马，头上生花，衣皆两截，天下几非人类矣。越二百余年，又有混世魔王出焉，头上生黄毛，目中长流水，口内食人肉，于是人马东西走，苦死中原人。若非真主生于红雁之中，木子作将，廿口作臣，天下人民尚有存者哉？然八十年后，魔王遍地、殃星满天，有之者有，无之者无，金银随水去，土木了无人。不幸带幸亡，来又有金。越数年后，人皆头顶五八之帽，身穿天之衣，而人类又无矣。幸有小天罡下界，扫除海内而太平焉。”

太宗曰：“太平之后又若何？”

淳风曰：“九十年后，又有木蔔之人出焉，常带一枝花。太阳在夜，太阴在日，紊乱山河。两广之人民，受无穷之祸。不幸有贺之君，身带长弓，一日一勾，此人目常在后，眉常在腰，而人民又无矣。若非真主出世，天下乌得文明？”

太宗曰：“何为文明？”

淳风曰：“此人头顶一瓮，两手在天，两足入地，腰系九觔带，身穿八丈衣。四海无内外，享福得安宁。秀士登紫殿，红帽无一人。”

太宗曰：“太平几何？

淳风曰：“如是者五十年，惜以一长一短，以粗为细，以小为大，而人民困矣，朝野乱矣。赖文武二曲星，一生于粪内，一生于泥中。后来两人同心，而天下始太平矣。五百余年，天使魔王下界，混乱人民，一在山之山，一在土之土，使天下之人民男不男、女不女，而天下又大乱矣。”

太宗曰：“乱后何如?”

淳风曰：“大乱之后，又有真主出焉，无口无目，无手无足，观之不见人，听之不闻声。当是时也，天下文明，皆知礼俗，尚淳厚。三代而后，此为有道之世也。”

太宗曰：“如是者几何年?”

淳风曰：“如是者二百八十年。迨后立不立，天下无日；坐不坐，地下无货。安之曰安一不成，危之曰危二不成，而混世之王出焉，男女皆去衣而行，禽兽皆着衣而走。海内之地，几无人类矣！幸太原有人主之分，而天下始平。”

太宗曰：“此后复何如?”

淳风曰：“此后衣冠文物之世，而大圣生于言午，相之者又桑中白玉，上黄盘河中，而天下有三日，地无一石。生在此时者，皆享莫大之福也。”

太宗曰：“若此者多少年?”

淳风曰：“如此者六百年。后来天出口，山内水鸣，始坏国家，于是人民惶惶。魔王生焉，人皆四目，牛无足，头生于背，尾生于口，而天下大乱，有口者曰妖，二目者曰魔。鼠生当阳，群魔尽焉。背上生子，腰中出手，天上无星辰，地下无山河。幸有向日之主出焉，贫者怜之，富者仰之，而人皆享福。当时二人一处生二天，不外走，大者须供小者，又要走。”

太宗曰：“以后如何?”

淳风曰：“此后二百年间，虽治乱相循，然不至于大乱。过此以往，海内又有海，天上更有天，人马东南走，苦死中原人，有也常在侧，猫儿不轻身。见之者曰：有耳?视之者曰：无形。而天下大乱者，六十余年。”

太宗曰：“此后又如何?”

淳风曰：“此后一治一乱，两两相至，酉戌之年人数尽矣，天地合矣。”

太宗叹曰：“噫！朕知之矣。”

宋邵康节先生梅花诗十章

其一

荡荡天门万古开，几人归去几人来。山河虽好非完璧（宋室偏安），不信黄金是祸胎（金人入寇）

其二

湖山一梦事全非（建都临安），再见云龙向北飞（元兵入临安，恭宗北狩）。三百年来终一日（帝昺），长天碧水叹涤涤（帝昺赴海）。

其三

天地相乘数一原（元凡十世），忽逢甲子又兴元（元世祖忽必烈）。年华二八乾坤改（元祚八十八年），看尽残花总不言（宦官朴不花）。

其四

毕竟英雄起布衣（明太祖崛起微贱），朱门不是旧皇畿（改都金陵）。飞来燕子寻常事（燕王篡位），开到李花春已非（李自成作乱而明祚亡矣）。

其五

胡儿骑马走长安（清兵入关），开辟中原海境宽（夷人通商）。洪水乍平洪水起（洪秀全、黎元洪），清光宜向汉中看（辛亥八月武昌起义）。

其六

漫天一白汉江秋（武昌起义，民军尚白），憔悴黄花总带愁（黄兴）。吉曜半升箕斗隐（袁世凯应召南北议和），金乌起灭海山头。

其七

云雾苍茫各一天，可怜西北起烽烟。东来暴客西来盗，还有胡儿在眼前。

其八

如棋世事局初残，共济和衷却大难。豹死犹留皮一袭，最佳秋色在长安。

其九

火龙蛰起燕门秋，原璧应难赵氏收。一院梨花春有主，连宵风雨不须愁。

其十

数点梅花天地春，欲将剥复问前因。寰中自有承平日，四海为家孰主宾。

按：原本无注释，兹就其经过者于每句下略注一二。其未来者，不敢臆度，读者谅之。

清溪散人识

按散人注，至第六首止。鄙意，第七首首句，明指国中昏乱；“东来”句，指军阀之各据地盘；“胡儿在眼前”，明说宣统之优游于京师也。第八首，言共和政体之大难；三四两句，言官僚派之只争权利，不顾声名也。第九首，指复辟之大福不再，而黎元洪之复总统也。第十首，三四句，指大同景象，中外一家也。

刘伯温烧饼歌

明护国军师刘基撰

明太祖一日身居内殿，食烧饼，方啖一口，内监忽报国师刘基进见，太祖以碗覆之，始召基入。

礼毕，帝问曰："先生深明数理，可知碗中是何物件?"

基乃捏指轮算，对曰："半似日兮半似月，曾被金龙咬一缺，此乃食物（饼）也。"开视果然。

帝即问以天下后世之事若何。

基曰："茫茫天数，我主万子万孙，何必问哉?"

帝曰："虽然自古兴亡原有一定，况天下非一人之天下，惟有德者能享之。言之何妨？试略言之。"

基曰："泄漏天机，臣罪非轻！陛下恕臣万死，方敢冒奏。"

帝即赐以免死金牌，基谢恩毕。

奏曰："我朝大明一统世界，南方终灭北方兴，虽然太子是嫡裔，文星高拱日防西。"

帝曰："朕今都城筑坚守密，何防之有?"

基曰："臣见都城虽属巩固，防守严密，似觉无虞，只恐燕子飞来。"（指太祖第四子燕王篡夺）随作歌三首曰：

"此城御驾尽亲征，一院山河永乐平（燕王后号永乐）。

秃顶人来文墨苑（指姚广孝），英雄一半尽还乡（千忠会）。

北方胡虏残生命，御驾亲征得太平。

失算功臣不敢谏，旧灵遮掩主惊魂。

国压瑞云七载长，胡人不敢害贤良。

相送金龙复故旧（英宗北狩得还），灵明日月振边疆。"

帝曰："此时天下若何？"基曰："天下大乱矣。"帝曰："朕之天下，有谁乱者？"

基曰："天下饥寒有怪异，栋梁龙德乘婴儿。禁宫阔大任横走，长大金龙太平时。老拣金精尤壮旺，相传昆玉继龙堂（英宗复辟）。阉人任用保社稷，八千女鬼乱朝纲（指魏忠贤）。"

帝曰："八千女鬼乱朕天下若何？"

基曰："忠良杀害崩如山，无事水边成异潭。救得蛟龙真骨肉，可怜父子难顺当。"

帝曰："莫非父子争国乎？"基曰："非也！树上挂曲尺（指明朝朱姓），遇顺则止，至此天下未已。"

帝曰："何为未已？"基曰："万子万孙层叠层（万历子孙），祖宗山上贝衣行（崇祯）。公侯不复朝金阙，十八孩儿难上难。"卦曰：'木下一了头，目上一刀一戊丁（李自成乱）。天下重文不重武，英雄豪杰总无成。戊子己丑乱如麻，到处人民不在家。偶遇饥荒草寇发，平安镇守好桂花（吴三桂）。'"

帝曰："偶遇饥荒，平常小丑，天下已乎？"基曰："西方贼拥乱到前，无个忠良敢谏言。喜见子孙耻见日，衰颓气运早升天。月缺两二吉在中，奸人机发去西东。黄河涉过闹金阙，奔走梅花上九重（崇祯崩于煤山）。"

帝曰："莫非梅花山作乱乎？从今命人看守何如？"基曰："非也！迁南迁北定太平，辅佐帝王有牛星。运至六百又得半，梦奇有字人心惊。"

帝曰："有六百年之国祚，朕心足矣，尚望有半乎？天机卿难言明，何不留下锦囊一封，藏在库内，世世相传勿遗也，急时有难，则开视之，可乎？"

基曰："臣亦有此意。"遂又歌曰："九尺红罗三尺刀，劝君任意自游遨。阉人尊贵不修武，惟有胡人二八秋。"

"臣封柜内，俟后开时自验。"

（基又曰：）

"桂花开放好英雄，拆缺长城尽孝忠（吴三桂出关请兵）。周家天下有重复，摘尽李花枉劳功。黄牛背上鸭头绿，安享国家珍与粟。云盖中秋迷去路，胡人依旧胡人毒。反覆从来折桂枝（三桂归顺，后复叛，灭之），水浸月宫主上立（清字）。禾米一木并将去，二十三人八方居。”

帝曰：“二十三人乱朕天下？八方安居否？”基曰：“臣该万死，不敢隐瞒，至此大明天下亡之久矣。”

帝大惊，即问：“此人生长在何方？若何衣冠？称何国号？治天下何如？”基曰：“还是胡人二八秋，二八胡人二八忧。二八牛郎二八月，二八姮娥配土牛。”

帝曰：“自古胡人无百年之国运，乃此竟有二百余年之运耶？”

基曰：“雨水草头真主出（满洲），赤头童子皆流血。倒置三元总谶说，须是川页合成出（顺治）。十八年间水火夺，庸人不用水火臣（康熙）。此中自己用汉人，卦分气数少三数（在位六十一年）。亲上加亲又配亲。”

帝曰：“胡人至此，用人水夺火灭，亲上加亲，莫非驸马作乱乎？”基曰：“非也！胡人英雄，水火既济，安享太平，有位有势。时值升平，称为盛世，气数未减，还有后继。宝剑重磨又重磨，抄家灭族可奈何。阉人社稷藏邪鬼，孝弟忠奸诛戮多。李花结子正逢春，牛鸣二八倒插丁。六十周甲多一甲，螺角倒吹也无声。点画佳人丝自分，一止当年嗣失真（雍正）。泥鸡啼叫空无口，树产灵枝枝缺魂。朝臣乞来月无光，叩首各人口渺茫（乾隆）。一见生中相庆贺，逍遥周甲乐饥荒（在位六十年）。”

帝曰：“胡人到此败亡否？”基曰：“未也，虽然治久生乱，值此困苦，民怀异心，然气运未尽也。廿岁力士开双口，人又一心度短长（嘉庆）。时俺寺僧八千众，火龙渡河热难当。叩首之时头小兀，姮娥虽有月无光（道光）。太极殿前卦对卦（咸丰），添香禳斗闹朝堂。金羊水猴饥荒岁，犬吠猪鸣泪两行。洞边去水台用水，方能复正旧朝纲（同治）。火烧鼠牛犹自可，虎入泥窝无处藏。草头家上十口女，又抱孩儿作主张（光绪）。二四八旗难蔽日，辽阳思念旧家乡。东拜斗，西拜旗，南逐鹿，北逐狮。分南分北分东西，偶逢异人在楚归。马行万里寻安歇，残害中女四木鸡。六一人不识，山水倒相逢。黄龙早丧赤城中，猪羊鸡犬九家空。饥荒灾害皆并至，一似风登民物同。得见金龙民心开，刀兵水火一齐来。文钱斗米无人籴，父死无人兄弟抬。天上金龙绊马甲，二十八星问土人。蓬头幼女蓬头嫁，揖让新君让旧君。”

帝曰：“胡人至此败亡否?”基曰：“手执钢刀九十九，杀尽胡人方罢休。炮响火烟迷去路，迁南迁北六三秋。可怜难渡之门关，摘尽李花胡不还。黄牛山下有一洞，可投拾万八千众。先到之人得安稳，后到之人半路送。难恕有罪无不罪，天下算来民尽瘁。火风鼎，两火初兴定太平；火山旅，银河织女让牛星。火德星君来下界，金殿楼台尽丙丁。一个胡子大将军，按剑驰马察情形。除暴去患人多爱，永享九州金满赢。”

帝曰：“胡人此时尚在否?”基曰：“胡人至此，亡之久矣。四大八方有文星，品物咸亨一样形。琴瑟和谐成古道，左中兴帝右中兴。五百年间出圣君，周流天下贤良辅。气运南方出将臣，圣人能化乱渊源。八面夷人进贡临。宫女勤针望夜月，乾坤有象重黄金。北方胡掳害生灵，更会南军诛戮行。匹马单骑安外国，众君揖让留三星。上元复转气运开，大修文武圣主裁。上下三元无倒置，衣冠文物一齐来。七元无错又三元，大开文风考对联。猴子沐盘鸡逃架，犬吠猪鸣太平年。文武全才一戊丁，流离散乱皆逃民。爱民如子亲兄弟，创立新君修旧京。千言万语知虚实，留与苍生作证萌。”

黄蘖禅师诗

日月落时江海闭，青猿相遇判兴亡。
八牛运向滇黔尽，二九丹成金谷藏。
黑虎当头运际康，四方戡定静垂裳。
唐虞以后无斯盛，五五还兼六六长。
有一真人出雍州，鹡鸰原上使人愁。
须知深刻非常法，白虎嗟逢岁一周。
乾卦占来景运隆，一般六甲祖孙同。
外攘初度筹边策，内禅无惭太古风。
赤龙受庆事堪嘉，那怕莲池闻白花。
二十五弦弹易尽，龙来龙去不逢蛇。
白蛇当道漫腾光，宵旰勤劳一世忙。
不幸英雄来海上，望洋从此叹洋洋。
亥豕无讹二卦开，三三两两总堪哀。
东南万里红巾扰，西北千群白帽来。
同心佐治运中兴，南北烽烟一扫平。
一纪刚周阳一复，寒冰空自惕兢兢。
光芒闪闪见灾星，统绪旁延信有凭。
秦晋一家仍鼎足，黄猿运兀力难胜。
用武时当白虎年，四方各自起烽烟。
九州又见三分定，七载仍留一线延。
红鸡啼后鬼生愁，宝位纷争半壁休。
幸有金鳌能戴主，旗分八面下秦州。

中兴事业付麟儿，豕后牛前耀德仪。
继统偏安三十六，坐看境外血如糜。
赤鼠时同运不同，中原好景不为功。
西方再见南军至，刚到金蛇运已终。
（胡儿不悲业不成，久久之事终有功。）
日月推迁似转轮，嗟予出世本无因。
老僧从此休饶舌，后事还须问后人。